Le Petit Bâtard

WILLIAM KOWALSKI

Le Petit Bâtard

FRANCE LOISIRS

Titre original : *Eddie's Bastard*,
publié avec l'accord de Harper Collins Publishers Inc.

Traduit de l'anglais (États-Unis) par Philippe Loubat-Delranc.

Édition du Club France Loisirs,
avec l'autorisation des Presses de la Cité.

France Loisirs,
123, boulevard de Grenelle, Paris
www.franceloisirs.com

ISBN : 2-7441-4398-7

Pour McKinley Patrick Miller
et en souvenir de Dale

Remerciements

Certes, écrire est avant tout une activité solitaire, mais aucun romancier ne peut mener un projet à son terme sans le soutien d'amis et de parents qui croient en lui et en ce qu'il a entrepris. Mary Ingram Waugh a été la première à lire l'ébauche de cette histoire, et c'est elle qui m'a convaincu qu'elle valait la peine que j'aille jusqu'au bout ; sans ses encouragements, ce roman n'aurait jamais vu le jour. Mon père, William John Kowalski Junior, m'a soutenu sans réserve pendant que je mettais la dernière main à ce texte. Ma mère, Kathleen Emily Siepel, m'a généreusement procuré un lieu où j'ai pu travailler en toute tranquillité. Mon ami et mentor, W.S. « Jack » Kuniczak, lui-même romancier de grand talent, a su me conseiller et m'encourager quand j'en avais besoin — à savoir : très souvent. Et Peter Nash, lui aussi écrivain formidable et professeur généreux, a su, avec élégance et gentillesse, me faire comprendre que je devais remettre mon ouvrage sur le métier alors que je pensais, moi, en avoir terminé ; qu'il me fallait reprendre mon souffle, rassembler mes idées et tout revoir depuis le début — leçon pour laquelle je lui serai éternellement reconnaissant.

Je remercie également les personnes suivantes, qui m'ont énormément aidé, parfois à leur insu : mon frère,

Patrick ; ma sœur, Laura ; Chris Maher ; Heather Lovaglio ; Ken Schiff, animateur de mon premier atelier d'écriture, et ami ; Marie, Rebecca et Nick Schiff ; Anita Iannello ; Loretta Frankovitch ; Lhasa de Sela ; Bob et Laurie Martin ; Annie et Ezra Nash ; Paul Schmidt ; Dave Beltran-del-Rio ; Patricia Beltran-del-Rio ; Bill Blais ; Jorge Aigla et toute sa famille ; Esther Woodruff ; Anne Windom ; Kevin Siepel ; Tom Zimolzak ; Tony, Anita, Emily et Dante Stefanelli ; Timothy March ; Jonathan Cramer ; John Hawkins ; le père Hildebrand Greene ; Jim Kerr ; Chris Sarko Kerr ; Jodi et Payton Kelly ; Sandie Stefurak ; et l'imbattable Markus Greisshammer.

Je ne trouverai jamais les mots justes pour exprimer ma reconnaissance envers mon agent, Anne Hawkins, de chez John Hawkins & Co, dont l'énergie et la patience sans borne, ainsi que l'enthousiasme m'ont souvent servi d'exemple, et sans qui je n'aurais pu venir à bout des dernières étapes.

Je tiens également à remercier Marjorie Braman, ma directrice de collection de chez HarperCollins. Ses remarques judicieuses m'ont été une aide précieuse au fil de la tâche ardue de la relecture de ce roman, et la confiance dont elle a toujours fait preuve à mon égard a été une continuelle source d'inspiration.

Pour finir, merci à tous mes professeurs, mes amis et les membres de ma famille que je n'ai pas cités ici. Tous, vous m'avez aidé à votre façon, et je vous en serai éternellement reconnaissant.

Tout comme le chêne, si fort soit-il,
s'écroulerait sans ses racines,
de même l'homme qui ne connaît pas les siens
s'écrasera à terre, sans rêves et insatisfait.
Nous ne pouvons espérer nous comprendre
si nous ne savons rien de ceux qui nous ont précédés.

WILLIAM A. MANN III
extrait de son *Journal*, v. 1885.

1

Je nais. Grand-Père me trouve et me donne un prénom. J'apprends à lire. Les fantômes. Je rencontre Annie Simpson.

Je suis arrivé en ce monde comme presque tous les bâtards : par surprise. C'est la seule chose que je savais sur moi-même au début de ma vie. Au tout début, bien sûr, je ne savais rien. Les bébés naissent avec l'esprit aussi vierge qu'un cahier neuf et je ne faisais pas exception à la règle. Plus tard, en grandissant et en apprenant des choses — au fur et à mesure que les pages se couvraient d'écriture, pour ainsi dire —, j'ai commencé à faire des rapprochements, et c'est alors que je me suis rendu compte que je n'étais pas un enfant comme les autres. Les autres avaient une mère, moi non ; un père, même chose ; acte de naissance, aucun ; nom, inconnu. Et dès que je fus en âge de comprendre que les bébés ne tombent pas du ciel, je pris conscience que mon arrivée n'était pas un mystère pour moi seul. Ce fut un événement étrange pour tout mon entourage.

De toute évidence, personne ne savait où j'étais né, ni exactement quand, ni de qui. De même, personne ne savait où j'avais été conçu. Comment, ça, bien sûr, c'était évident. Contrairement à ma première idée, les bébés ne tombent pas du ciel, même si, dans mon cas, cela semblait possible. Un jour, quelque part, mon père avait fait l'amour avec ma mère, et voilà.

À côté du mot *mère,* il y a un espace blanc.

Mon père, je sais qui il est — ou plutôt, qui il était : Eddie Mann, lieutenant de l'US Air Force (dcd). Le « dcd » signifie « décédé ». À un moment donné, comme tous ceux qui me connaissaient, j'ai eu des soupçons sur l'identité de ma mère. Mais ils restaient vagues, non vérifiables, et les soupçons, il vaut mieux laisser ça aux tabloïds qu'il m'arrive de lire de temps en temps pendant que je patiente dans la file d'attente au supermarché.

J'avoue avoir un faible pour ces journaux-là. Ils stimulent mon imagination, me donnent à penser que, peut-être, l'impossible n'est pas aussi inaccessible qu'on le croit. Mes articles préférés sont ceux qui concernent Bat Boy, un enfant mi-humain mi-chauve-souris que quelqu'un prétend avoir trouvé dans une grotte du Sud des États-Unis. Je m'entends bien avec Bat Boy, même si je ne crois pas en son existence. J'imagine qu'on a de longues conversations, lui et moi, que je lui apprends à jouer au base-ball, que je suis son meilleur ami. Comme moi, il a surgi alors qu'on ne l'attendait pas, et personne ne sait trop quoi faire de lui.

Mon imagination — la partie de mon esprit qui m'autorise à croire en Bat Boy — remonte aussi jusqu'à la période avant ma naissance, et encore avant. Je vois ma mère, une jeune fille enceinte, en proie à une peur panique, mais d'une grande lucidité, et mue par le désir de me voir réussir ma vie. Elle accouche de moi en secret, quelque part : dans une gare, un taxi, au pied d'un arbre en plein cœur d'une forêt. Puis, après ma naissance, elle — une princesse, la reine des fées, Amelia

Earhart[1] — me dépose sur les marches de l'escalier de service de la demeure ancestrale des Mann, à Mannville, dans l'État de New York, où mon père est né et a grandi, de même que son père, et le père de son père avant lui. C'est là que mon imagination est déchargée de ses obligations et où les faits prennent la relève. L'histoire qui va suivre s'est réellement passée.

C'était le 3 août 1970. Mon grand-père, l'herboriste et entrepreneur raté Thomas Mann Junior (aucun lien de parenté avec l'écrivain), qui vivait seul et abandonné de tous dans sa ferme, m'a trouvé. À l'instar d'un personnage de Dickens, on m'avait enveloppé dans une couverture et placé dans un panier en osier. Bien des années plus tard, j'allais découvrir que Grand-Père avait conservé ce panier, ce dont je lui ai toujours été profondément reconnaissant. Des années durant, ce fut mon bien le plus précieux. De tout ce que je possédais, c'était la seule chose dont je savais avec certitude que ma mère l'avait touchée.

L'aube commençait à poindre et, ce jour-là, c'était l'anniversaire de Grand-Père. Il le fêtait comme il fêtait tous les jours de la semaine : en buvant du whisky, assis tout seul à sa vieille table de cuisine au plateau éraflé. Du whisky, il en buvait le matin, il en buvait au déjeuner, il en buvait avant le dîner, il en buvait après le dîner. Parfois, il ne se donnait même pas la peine de dîner. Manger le dessoûlait, et cela lui était désagréable ; il préférait être ivre. Mais ce jour-là, il se passait quelque chose d'inhabituel, quelque chose qui brisait la monotonie de son ébriété. Et cette chose, c'étaient mes pleurs. Grand-Père

1. Aviatrice américaine (1897-1937[?]) disparue dans le Pacifique *(N.d.T.)*

les entendit vaguement, du coin de l'oreille, pourrait-on dire. Ce son lui était familier. Il l'avait déjà entendu mais ne parvenait pas à l'identifier.

« Les poulets », dit-il pour lui-même. Je sais qu'il a dit ça parce que, plus tard, il allait me raconter toute cette histoire sans arrêt. Il ne restait plus aucun poulet à la ferme, et ce, depuis des années, mais parfois il l'oubliait. Quand il était ivre, Grand-Père se souvenait des jours meilleurs, quand les poulets étaient synonymes de prospérité, que les choses allaient bien. À cette époque, la ferme fonctionnait encore, les cultures poussaient encore, mon père n'était encore qu'un bébé, les autruches n'avaient pas encore compromis notre avenir et les poulets erraient en liberté. Dans son esprit imbibé d'alcool, « poulets », ça voulait dire espoir, et ils devaient être protégés.

Aussi interrompit-il ses libations. Il sortit par la porte de la cuisine pour vérifier s'il n'y avait pas des renards dans le poulailler, qui, bien que désert depuis longtemps, tenait toujours debout. Et, en guise de renards, ce fut moi qu'il trouva.

Des années plus tard, Grand-Père m'a raconté qu'il avait failli me marcher dessus. Le vrombissement intempestif d'un bombardier au-dessus de la ferme lui avait fait lever la tête et laisser son pied en suspension dans les airs. Voilà ce qui m'a sauvé la vie.

« Heureusement qu'y a eu cet avion à réaction, disait Grand-Père, sans ça j'aurais écrabouillé le petit moucheron que t'étais. »

C'était l'année où la rivière Cuyahoga, polluée, prit feu et brûla pendant trois jours. Le pays, divisé par la guerre du Viêt-nam, retrouva son unité devant la vision d'horreur de la spectaculaire alchimie de l'eau en flammes. Le début de ma vie coïncida avec une prise de conscience générale : le monde était un endroit pollué et agonisant, et c'était notre faute. J'ai toujours considéré cet événement, lié à ma naissance, comme un augure. Une rivière en flammes, c'est un symbole d'une force extrême. Les rivières, c'est le temps au travail. Elles filent, elles filent, toujours en avant, jamais en arrière, plus ou moins lentement, pareilles au flot régulier des jours. Le feu est l'élément purificateur par excellence, le symbole de la force. Le phénix naît du feu. Prométhée a dérobé le feu aux dieux. Le feu est inévitable. Il débarrasse les forêts de leurs détritus, et des plantes minuscules commencent à germer après son passage ; finalement, une nouvelle forêt renaît, et le feu est oublié jusqu'à son retour.

Une rivière en flammes. Puissance sur le temps ; purification par le temps. Si nous, les Mann, avions un blason, telle serait notre devise.

Un autre signe qui marqua ma naissance fut l'apparition du bombardier. C'était un F-4 Phantom, le genre d'avion de combat que mon père, Eddie, pilotait au Viêt-nam. Il n'y avait aucune raison pour qu'il survole une ville de campagne à l'ouest de l'État de New York, ni ce jour-là ni n'importe quel autre jour. En fait, il n'y a aucune base de l'US Air Force à cent cinquante kilomètres à la ronde. Dans certaines parties du pays, il arrive souvent que de mystérieux avions traversent le ciel, mais Mannville n'est pas du nombre.

Grand-Père sut que c'était un F-4 d'après la photo que mon père lui avait envoyée quelques mois plus tôt, que j'ai toujours et sur laquelle il pose devant son avion, fier comme Artaban : un as du pilotage, avec déjà deux avions abattus à son crédit. Il avait tout juste vingt et un ans. Il est torse nu, musclé, les bras croisés, les dents étincelantes dans un sourire ravageur. Le bleu pâle de ses yeux est perceptible dans le noir et blanc de la photo.

Grand-Père savait sans le moindre doute possible de qui j'étais le fils. J'avais les yeux de mon père, et Grand-Père les avait reconnus immédiatement. « Tous les bébés ont les yeux bleus à la naissance, me disait-il plus tard, quand il me racontait l'histoire de mon arrivée, mais la plupart les perdent en grandissant. Tous les Mann ont les yeux bleus, qu'il neige ou qu'il vente. Prends les Simpson, en haut de la colline. Ils ont les yeux couleur d'eau boueuse. Bleu mais boueux, comme s'il y avait du marron mélangé quelque part là-dedans. On peut tout savoir sur un homme rien que par ses yeux. Y a pas un seul membre de notre famille qui ait perdu le concours du regard jusqu'à aujourd'hui. Quant aux Simpson, va surtout pas les fréquenter. Des gens qui ont des yeux comme ça, c'est qu'ils ont plein de choses à cacher. »

En cette fin de matinée de l'été 1970, Grand-Père se figea, abasourdi, à la vue d'un bébé dans un panier, posé sur le seuil. « La barbe m'en a poussé jusqu'à mes bottes », devait-il dire plus tard, même s'il ne portait pas la barbe. Il lança des regards soupçonneux autour de lui pour voir qui avait bien pu me laisser là. Pas âme qui vive. Le domaine, même s'il était moins vaste depuis le fiasco des autruches, était tout de même encore assez grand, et il eût été facile pour n'importe qui de se cacher derrière l'un des innombrables arbres et buissons disséminés dans le jardin. Mais il n'y avait personne. Au loin, derrière le garage — qui, il fut un temps, servait d'écurie pour les attelages —, un léger bruissement se fit entendre dans les buissons, mais ça aurait pu être le vent, un chien ou n'importe quoi. Grand-Père préféra penser que ce n'était pas ma mère qui s'était cachée pour s'assurer que l'on me découvrirait avant que je meure de faim. Une pauvre fille m'avait laissé là, se disait-il. Nul doute qu'elle avait ses raisons.

Déjà, il tournait et retournait dans sa tête les diverses possibilités. Eddie avait eu beaucoup de petites amies, il aurait pu en avoir bien davantage s'il avait voulu. Devant lui, les filles de Mannville tombaient à la renverse comme des dominos. On ne pouvait pas leur en vouloir. Mon père était d'une beauté irrésistible.

Et mon grand-père ne pouvait en vouloir à son fils d'avoir engrossé une fille : un accident est vite arrivé ; c'est biologique, tout simplement.

Grand-Père ne voulut pas obliger ma mère à se faire connaître. Il ignora le bruissement et préféra reporter son attention sur moi. Un mot était scotché à mon panier. Au recto, on pouvait lire en capitales d'imprimerie : LE BÂTARD D'EDDIE.

« Eh ben, pensa Grand-Père — en tout cas, plus tard, il me déclara qu'il avait pensé cela —, c'est pas une bien belle façon de le dire. » Il envisagea de rattraper la femme qui se cachait dans les buissons. Mais le bruissement avait cessé. À supposer que ma mère se soit jamais trouvée là, elle n'y était plus.

Et c'est en ces termes que j'en suis venu à me définir moi-même. Le Bâtard d'Eddie : net et précis. Ce n'est pas un titre très noble, mais c'est tout de même un titre, et j'ai appris à le porter, sans fierté peut-être, mais au moins sans honte.

Au verso, d'une écriture soignée, était noté :

15 juillet 1970

4 litres de lait
100 grammes de fromage
6 pommes
1 miche de pain

C'était un reçu de l'épicerie Gruber. Grand-Père l'examina de près. Il pourrait montrer ce mot à Harold et Emily Gruber et leur demander s'ils se rappelaient qui avait acheté ces produits le 15 juillet. Ainsi, il pourrait savoir qui m'avait abandonné sur son escalier.

« C'était comme si elle avait voulu que je découvre qui elle était, me dit Grand-Père plus tard. Ou bien elle était pas très maligne. »

Il remit la question à plus tard. Sur le moment, mes pleurs l'emplirent d'une tendresse et d'une sollicitude paternelles. Il ramassa le panier, l'emporta dans la maison et me posa sur la table de la cuisine, où il s'assit pour me regarder.

— Ahhh, Eddie, dit-il, si seulement tu avais vécu assez longtemps pour le voir.

Alors, racontait Grand-Père, il se mit à pleurer, car mon père, si beau, si populaire, avait été abattu au-dessus de la mer de Chine trois mois plus tôt, et aucun parachute n'avait été repéré.

On pleurait tous les deux, Grand-Père et moi, derniers vestiges de la famille Mann, si prospère autrefois ; moi, parce que j'avais faim, Grand-Père parce qu'il était triste. Puis il sécha ses larmes, me déposa sur le siège avant de sa Galaxie et me conduisit chez le médecin, en ville.

Le cabinet médical n'était pas vraiment un cabinet ; c'était le rez-de-chaussée de sa maison, et le Dr Connor était le meilleur — et le seul — ami de Grand-Père. Connor avait relevé la tête, tout étonné de voir Grand-Père débouler dans sa salle d'attente avec un enfant vagissant dans un panier.

— Jettes-y un œil pour voir s'il aurait pas besoin d'une mise au point, dit Grand-Père, qui a toujours été un mécano dans l'âme. Je compte le garder.

— Mais où donc... ? fit le médecin, laissant sa question en suspens tandis qu'il se penchait au-dessus du panier.

— 'sais pas vraiment, mais c'est un Mann. Ça se voit à un kilomètre !

— Il y a des tests pour ça, maintenant, si le cœur t'en dit, répondit le Dr Connor tout en me chatouillant la plante des pieds.

Je pliai les orteils et le Dr Connor sourit, satisfait.

— Ça va peut-être prendre deux ou trois semaines, ajouta-t-il.

— J'ai pas besoin de tests à la noix pour reconnaître ma chair et mon sang. Assure-toi seulement qu'il a bien tout ce qu'il faut là où il faut. Je reviens de suite. Faut que j'aille acheter de la Médina.

— Du lait Blédina, rectifia le Dr Connor. Les médinas, c'est dans les villes d'Afrique du Nord.

— Exact. Va pour du Blédina.

— Prends aussi des couches, si tu comptes le garder.

— D'accord, alors, dit Grand-Père, toujours ivre mais opérationnel.

Ça faisait plus de vingt ans qu'il n'y avait pas eu de bébé chez les Mann. Il y a des astuces, des secrets, des mystères qu'il faut connaître pour pouvoir s'occuper d'un bébé et, dans la génération de Grand-Père, c'étaient les femmes qui les connaissaient. À l'époque où il était père de famille, les hommes ne se mêlaient pas d'élever un enfant. Ils ne changeaient pas les couches, ne faisaient pas chauffer les biberons, ne berçaient pas les bébés. C'était la femme de Grand-Père qui savait faire toutes ces choses-là. Eût-elle encore été de ce monde, c'est elle qui m'aurait élevé. Mais ma grand-mère n'était plus là pour en discuter ; elle avait purement et simplement disparu, un beau jour. Mon père, Eddie, était encore petit, juste après le fiasco des autruches. Grand-Père ne l'avait jamais revue et n'avait plus entendu parler d'elle. Il allait devoir se débrouiller seul.

Il se rendit chez les Gruber et acheta des trucs pour bébé, fouillant dans sa mémoire pour chercher tout ce dont un petit garçon pourrait avoir besoin, à part le lait en poudre et les couches — des choses que même les hommes savaient : des épingles à nourrice, des biberons, du talc, un hochet, des petits pots, plusieurs livres pour apprendre à lire et une carabine 22 long rifle. Il devenait de plus en plus excité de minute en minute, projetant dans l'avenir, me voyant déjà jeune homme. *Il apprendra à tirer, à chasser, à lire. Il faut que je lui ouvre un compte en banque. Il faudra qu'il aille à l'université.*

— Tu vas avoir un bébé, Tom ? lui demanda Harold Gruber tout en enregistrant les achats.

— C'est déjà fait, lui rétorqua Grand-Père.

Soudain, il changea d'avis en ce qui concernait le reçu. Il ne le montrerait pas à Harold. Il n'avait pas envie de savoir. Pour le moment, en tout cas. Et il ne voulait pas faire jaser.

— Un petit-fils, en fait.

— Je savais pas qu'Eddie avait eu un bébé, dit Harold avec un haussement de sourcils.

— Moi non plus, et je te serai reconnaissant de pas l'ébruiter pour l'instant.

Harold opina et ne dit plus un mot. Harold Gruber était un homme respecté ; tout le monde lui faisait confiance. Jour après jour, il entendait les ragots de Mannville dans sa boutique, et très vite il avait compris l'intérêt qu'il y a à savoir écouter et se taire. Il était aussi l'un des rares Mannvilliens — outre le Dr Connor — à ne pas s'être moqués de Grand-Père après le fiasco des autruches en 1946. Grâce à cela, Grand-Père était certain qu'il n'irait pas bavasser dans toute la ville sur mon arrivée surprise. On parlait déjà suffisamment de lui comme ça : ce vieux fou qui vivait en ermite, tout là-haut, dans cette vieille maison. Il boit toute la journée. Il parle tout seul. Il hurle après les gosses si d'aventure ils viennent dans sa cour. Il n'avait pas envie d'en rajouter.

Grand-Père chargea ses emplettes dans la Galaxie et retourna au cabinet du Dr Connor. Les deux hommes firent chauffer du lait Blédina sur le réchaud de la cuisine, le mirent dans un biberon et attendirent avec appréhension pour voir si j'allais boire. Je bus. Grand-Père me tenait dans ses bras pendant que le Dr Connor tenait le biberon.

— Adjugé vendu, dit Grand-Père. C'est un biberonneur.

— Je ne voudrais pas me mêler de ce qui ne me regarde pas, dit le Dr Connor, mais comment comptes-tu t'y prendre pour élever un bébé, tout seul dans ta maison ? Tu n'es même pas fichu de t'occuper de toi !

— Qu'est-ce que tu veux que je fasse de lui, sinon ? Je vais quand même pas le donner à une agence, ou quoi ou qu'est-ce. J'en dormirai pas de la nuit si je savais qu'il y a un petit Mann quelque part en ce monde qui ne sait même pas qui il est.

— Ça ne va pas être facile, Tom.

— Je l'ai déjà fait une fois.

— Tu avais ta femme.

— Ouais, ben je compte pas me remarier à mon âge. De plus, Connor, je voudrais pas te paraître cucu-la-praline, mais ce gosse, c'est la réponse à mes prières.

— Tu as prié pour avoir un bébé ?

— Mais non, gros malin, j'ai pas prié pour avoir un bébé. Mais j'ai réfléchi. On est tous partis, nous, les Mann. Je suis le dernier.

— Je sais. Tu me dis ça à chaque fois que je te vois.

— Ben, maintenant, j'suis plus le dernier.

— Maintenant, c'est lui, dit le docteur Connor en me désignant du doigt. Et alors ?

Connor était un scientifique, un homme pragmatique qui détectait la vanité humaine au premier coup d'œil. Pour lui, les gens n'étaient que des organismes biologiques. Tous avaient des os friables, des organes tendres et fragiles, et de temps en temps quelque chose se détraquait, qu'il fallait réparer. Pour lui, leur nom de famille ne faisait aucune différence. Lui-même était marié mais n'avait pas d'enfant. Quand on lui demandait pourquoi il n'y avait pas de petits Connor en ce monde, il répondait : « Il y a déjà presque un milliard de Chinois ! » C'était sa façon de dire qu'il estimait que la planète était déjà surpeuplée et qu'il ne souhaitait pas contribuer à aggraver le problème.

— J'ai toujours pensé que ce serait sacrément dommage si j'étais le dernier des Mann, expliqua Grand-Père.

— C'est si important que ça ?

— J'ai des histoires à lui raconter. J'en ai marre de parler tout seul dans cette baraque. Il faut qu'il sache tout.

— Comment vas-tu l'appeler ?

Et Grand-Père, selon ce qu'il m'a raconté plus tard, répondit du tac au tac :

— Connor, je te présente William Amos Mann IV... mais je vais l'appeler Billy.

— Bien le bonjour, Billy, dit Connor.

À cet instant, toujours d'après Grand-Père, j'ai recraché du lait et je m'en suis mis partout.

— Ce p'tit gars sait même pas boire, remarqua Grand-Père.

Pendant qu'il m'essuyait, il demanda au Dr Connor de lui rappeler les points importants à savoir pour s'occuper d'un bébé. Après quoi il me remit dans la Galaxie et nous reprîmes le chemin du vieux domaine familial.

La ferme où j'allais grandir n'était pas vraiment une ferme. C'était plutôt une grande maison de brique à colombages. On y accédait par une allée majestueuse qui montait en courbe depuis la route, et la véranda, comme celles des vastes plantations du Sud, s'enorgueillissait de deux immenses colonnes qui flanquaient une porte en chêne d'environ deux mètres cinquante de haut. Des bornes en laiton, recouvertes d'une fine patine vert-de-gris, se dressaient toujours fièrement, fichées dans le sol juste devant la véranda, alors que l'on n'y avait plus attaché aucun cheval depuis la fin des années trente. La maison en elle-même comportait deux étages, sans oublier le grenier et la cave. Chaque étage comprenait nombre de chambres à coucher, de cagibis, de salons, dont certains n'avaient pas servi depuis un demi-siècle. C'était une demeure immense, délabrée, hantée, et puisque j'étais un Mann, désormais, c'était la mienne.

La maison, bâtie en 1868 par mon arrière-arrière-grand-père, Willie Mann, avait été grouillante de Mann, mais tous étaient morts maintenant. Elle était vide, en dehors de Grand-Père et de moi. J'ai appris à marcher dans la cuisine : une pièce sans meubles, à l'exception d'une table, de quelques chaises, d'un poêle à bois pour se chauffer, d'un unique brûleur à gaz, et d'une glacière en guise de réfrigérateur. Le plancher, comme dans les autres pièces, était en bois de la région, brillant, lisse et froid. C'est la première pièce dont j'aie gardé un souvenir précis.

Je suis étalé sur le ventre, je dois avoir dix ou onze mois, et Grand-Père se trouve à l'autre bout de la cuisine, à quatre pattes. Le sol est une surface miroitante qui s'étend à l'infini devant moi. J'y plante mes mains et, d'une poussée, je m'accroupis comme un coureur sur ses marques. Grand-Père me crie des encouragements comme s'il était au stade et que j'étais le grand favori de la course. Je réussis à me redresser, puis, m'agrippant à une chaise non loin de moi, j'y prends appui et me mets debout. Grand-Père exulte. Il me soulève de terre, me fait tournoyer dans les airs. Je revois la pièce qui tourne comme une toupie, et le chapeau de Grand-Père.

Grand-père portait toujours un feutre mou, cabossé, vissé bien en arrière sur son crâne pratiquement chauve. Son haleine sentait le whisky, ses yeux se chiffonnaient quand il souriait. Quand je fus en âge de marcher sans son aide, il m'emmena visiter toute la maison, de la cave au grenier, en me racontant l'histoire de chacune des pièces. Il les connaissait par cœur. Il pouvait raconter la vie de tous ceux qui y avaient vécu depuis 1868. Il y avait la chambre principale, dans laquelle trois générations de Mann avaient été conçues. Chacune des autres chambres avait abrité, à un moment ou à un autre, un Mann enfant, adolescent ou adulte ; Grand-Père connaissait des histoires sur chacun d'eux, et ces histoires, je les ai entendues tant de fois que j'ai fini par les connaître à mon tour. Mes ancêtres étaient des entités vivantes, qui respiraient le même air que moi et occupaient une grande place dans ma mémoire, comme s'ils nous avaient quittés la veille.

La seule pièce qui m'intéressait vraiment, cela dit, c'était la chambre de mon père. La seule pièce où Grand-Père faisait le ménage. Les murs étaient tapissés de photos d'Eddie en uniforme de boy-scout, en tenue de footballeur, et, plus tard, en uniforme de l'armée de l'air. J'y passais plusieurs heures par semaine, dans cette chambre, espérant que, peut-être, j'apprendrais quelque chose sur mon père grâce au seul fait d'être là et d'examiner ces photos. Tout ce que j'y gagnai, ce fut le sentiment accablant de son absence. Pour moi, cette chambre était vide.

J'étais libre d'errer dans la maison comme bon me semblait. Les autres chambres étaient poussiéreuses, mais les lits toujours faits, comme si leurs occupants s'étaient, un beau jour, levés comme un seul homme pour s'en aller à jamais. Les penderies regorgeaient de vêtements mangés aux mites, lesquels de toute façon n'étaient plus à la mode depuis plusieurs décennies. Je m'entichai d'un haut-de-forme qui me retombait sur les yeux et j'arborai une canne cirée qui avait appartenu à mon trisaïeul, Willie, le bâtisseur de la maison. Son monogramme était gravé sur le pommeau doré. Ce furent les premières lettres que j'appris à reconnaître : W.A.M. III — William Amos Mann III, fondateur de Mannville, l'homme le plus riche du comté d'Érié, et dont Grand-Père m'avait donné le nom lors d'un baptême officieux, en traçant sur mon front, avec — il me le raconta plus tard — une goutte de whisky, non pas une croix mais la lettre *M*.

« Au diable l'Église, disait Grand-Père. L'Église ne m'a jamais rien apporté de bon. Quand on y pense, mon garçon, on a sa famille, et c'est tout. Jésus, il va pas descendre du ciel en flottant dans les airs pour te sauver la mise. Faut que tu t'en charges toi-même. Ou moi, tant que je vivrai. »

La cave, très humide, était tapissée d'étagères chargées de bocaux à conserves. Chacun d'eux contenait une solution d'alcool de grain dans laquelle macéraient différentes herbes. J'appris à lire les étiquettes rédigées à la main : jusquiame, pouliot, basilic, armoise, fenouil. Ça m'amusait, l'armoise, parce que je pensais qu'elle poussait dans les armoires, et le pouliot parce que les poules m'ont toujours fait rire. Les bocaux, que l'on n'utilisait plus, étaient recouverts de poussière. Ça faisait des années que Grand-Père ne pratiquait plus l'art de soigner avec des herbes. Je n'avais pas le droit de toucher à ces bocaux, mais c'est avec eux que j'appris à lire. Repoussant mon haut-de-forme en arrière afin de dégager mes yeux, je peinais pour déchiffrer les étiquettes sur les étagères les plus hautes. Ces bocaux-là étaient placés tout en haut parce qu'ils étaient les plus dangereux. Il y avait là de la ciguë, la plante avec laquelle Socrate s'est donné la mort, ainsi qu'une herbe susceptible de provoquer un avortement. Grand-Père me recommandait sans cesse de ne pas m'en approcher. La mort était une chose qu'il conservait en bocal, une chose très concrète, trop éloignée pour qu'on puisse l'attraper, à moins d'être grand.

Le soir, il s'asseyait dans son rocking-chair et je m'installais sur ses genoux. Il avait toujours un grand verre de whisky à portée de main, et son haleine, qu'il me soufflait dessus tandis que nous lisions le journal ensemble, en était chargée. Telles sont les odeurs de mon enfance : le whisky, le papier journal. On commençait par regarder les photos — à cette époque, celles de soldats dans les jungles du Viêt-nam, du Cambodge, du Laos — et Grand-Père me faisait raconter une histoire d'après chacune d'elles. Je les inventais au fur et à mesure. Elles avaient toutes un point commun : mon père.

« C'est mon papa, disais-je en montrant la photographie d'un parfait inconnu — un type de dix-neuf ans, originaire de l'Iowa, peut-être, qui, serrant un M-16 contre lui, faisait de son mieux pour paraître courageux. Il a un fusil, et puis un poulet apprivoisé qui s'appelle Fred. Et il va arriver demain dans son avion.

— Ton père n'avait pas des dents de lapin comme ça, répondait Grand-Père, qui ne pouvait se résoudre à m'avouer que mon père ne viendrait pas dans son avion le lendemain, ni jamais. Tourne la page. »

Ensuite, on s'attaquait laborieusement à des phrases de l'Associated Press. Je les lisais à haute voix, Grand-Père me corrigeait. À six ans, je pouvais prononcer tous les mots d'un article de trois paragraphes, même si je ne les comprenais pas tous. Je me baladais dans la maison en lisant tout ce qui me tombait sous les yeux : les étiquettes des détergents, des bouteilles de whisky, la notice explicative pour démonter la Galaxie garée dans les anciennes écuries. Au dire de Grand-Père, j'étais un surdoué. Au premier étage, deux pièces étaient réservées à ses livres, et j'ai commencé à m'aventurer dans leurs pages, suivant Grand-Père d'une pièce à l'autre, ou dehors, jusqu'aux écuries, tout en lisant sur le ton des journalistes sportifs. Il interrompait son activité — fixer des étagères, changer le filtre à huile de la Galaxie — pour rectifier ma prononciation, mes inflexions, ou pour m'expliquer le sens d'un mot. En dépit de son manque d'instruction, mon grand-père savait tout, et il avait décidé que je serais encore plus intelligent, encore plus lettré que lui. Ainsi commença mon éducation, bien avant mon entrée à l'école.

À cette époque, notre seul visiteur était le Dr Connor, un homme affable, à la voix douce, qui avait de grandes mains toujours tièdes et des cheveux blancs. Il surgissait, à intervalles irréguliers, au volant de sa Volkswagen verte, avec sa petite sacoche noire pleine d'instruments et de sucettes. Après m'avoir enfoncé le bâton d'un esquimau dans le fond de la gorge et m'avoir fait tousser deux fois en me tenant les testicules, il me donnait une sucette à la cerise — mon parfum préféré —, et Grand-Père et lui s'asseyaient dans la cuisine autour d'une bouteille de whisky. Parfois, je leur lisais un extrait du livre sur lequel je travaillais — un truc de Steinbeck, ou alors *Prémices de l'histoire de Rome,* de Livy, qui, je ne sais pourquoi, faisait partie de mes livres préférés quand j'étais très jeune. Le Dr Connor s'asseyait et m'écoutait lire, bouche bée, estomaqué.

— Eh ben, il aura à peine survolé les livres que tu lui as achetés chez les Gruber, dit-il un jour à Grand-Père, et les deux hommes rirent aux éclats comme s'ils partageaient une sensationnelle plaisanterie qu'eux seuls pouvaient comprendre.

Je ris aussi, ce qui redoubla leur hilarité, car je ne

savais pas pourquoi je riais. Je ne savais pas ce que je lisais non plus, d'ailleurs ; mais j'aimais le son que faisaient les mots en franchissant mes lèvres : ma passion pour les mots avait déjà commencé. Et puis j'aimais bien les faire rire. J'écoutais Grand-Père et le Dr Connor parler pendant des heures, à la table de la cuisine, et le niveau de la bouteille de whisky baissait d'une façon inexorable tandis qu'ils se racontaient des blagues, des histoires et, parfois, se disputaient.

Dans ces cas-là, ils parlaient fort et tapaient du poing sur la table. Parfois, je le savais, j'étais le sujet de leurs disputes. Le Dr Connor n'arrêtait pas de vouloir convaincre Grand-Père de faire quelque chose, et Grand-Père le regardait, les bras croisés, en secouant la tête ; alors le Dr Connor gesticulait, criait, suppliait. Comme je ne comprenais pas de quoi il retournait, je me postais dans le salon, à écouter, dans l'espoir de glaner quelque indice.

— Tout ce qu'on lui enseignera à l'école, il peut très bien l'apprendre ici, disait Grand-Père. On me prend pour un imbécile, tout ça à cause des autruches.

— Tu n'es pas un imbécile, tu es l'homme le plus cultivé de tout le Comté. Et, Billy, il m'épate. Je n'avais jamais vu ça. Mais il faut qu'il rencontre d'autres enfants !

— Il aura bien le temps pour ça plus tard. Il ne manque pas de gens en ce monde. Il aura sa dose au fur et à mesure.

— Non, lui rétorqua le Dr Connor d'un ton véhément, pas si tu le maintiens enfermé comme ça.

— Il n'est pas enfermé. Je ne suis pas un de ces vieux frapadingues dont parlent les journaux !

— C'est ce que les gens disent.

— Laisse-les dire ! Ces crétins peuvent bien raconter ce qu'ils veulent, je m'en fiche !

— Tom, combien de temps encore vas-tu ruminer des choses qui se sont passées il y a presque trente ans ? Pourquoi ne peux-tu pas tirer un trait là-dessus et passer à autre chose ?

— Et pourquoi ils peuvent pas, eux ?

Ainsi finit leur dispute de ce jour-là. J'étais toujours soulagé quand ils cessaient de crier.

Hormis les visites du Dr Connor et nos rares virées en ville pour aller nous approvisionner chez Harold et Emily Gruber, on ne voyait jamais personne. Nos voisins les plus proches habitaient à près d'un kilomètre de chez nous, au sommet de la colline. C'étaient les Simpson aux yeux d'un bleu boueux, et quand Grand-Père parlait d'eux, c'était toujours sur un ton rogue ; aussi ai-je appris à ne jamais demander à quoi ils ressemblaient. Lorsque nous allions en ville, à bord de la Galaxie, j'avais le droit de parler aux Gruber et à personne d'autre.

— Redresse-toi quand tu marches, m'ordonnait Grand-Père. Lève la tête et regarde droit devant toi. Souviens-toi que tu es un Mann, et qu'autrefois toute cette foutue ville et tout ce qui se trouve autour dans un rayon de quinze kilomètres était à nous.

Les Gruber étaient un vieux couple très gentil, toujours aux petits soins pour moi. Mme Gruber sentait le parfum. Elle me prenait dans ses bras et me disait que je pouvais choisir des bonbons parmi leur rangée de bocaux en verre : réglisses, marshmallows, chocodélices, pastilles de menthe, sucettes d'une variété infiniment plus grande que celles que le Dr Connor transportait dans sa sacoche noire. Grand-Père tolérait cela comme une blessure d'amour-propre.

— Rien qu'un, alors, me disait-il.

— Rien qu'un, répétait Mme Gruber.

Puis, dès que il avait le dos tourné, elle m'en fourrait plein dans les poches. Pour moi, cette femme était un ange. Elle fut aussi mon premier amour. Après, Grand-Père me confisquait toujours les bonbons, mais il ne les jetait pas ; il les mettait dans une boîte en fer blanc, sur la glacière, et me les distribuait un par un, pour que ça ne me rende pas malade.

Mais les mises en garde de Grand-Père, selon lesquelles je ne devais parler à personne, étaient superflues, pour la bonne raison que personne ne nous adressait la parole. Dans la rue, on croisait des gens qui devaient bien savoir qui nous étions, mais ils ignoraient Grand-Père et Grand-Père les ignorait. Parfois, des grandes personnes me lançaient un sourire à la dérobée. Plus tard, quand j'eus appris à reconnaître quelques visages, je leur rendais leur sourire — mais toujours en cachette. Et, si Grand-Père me voyait, il me tirait sèchement par la main pour me rappeler à mon devoir : redresse-toi quand tu marches. Lève la tête. Regarde droit devant toi. Tu es un Mann, bon sang.

Ainsi, je passais mon temps à errer dans la maison et sur nos terres qui, de mille cinq cents hectares, en étaient réduites à un demi. C'était toujours assez grand pour moi. Je grimpais aux arbres, je construisais des cabanes dans les buissons qui bordaient notre ruisseau, je parlais avec mes amis imaginaires, je pratiquais des rites compliqués pour faire apparaître l'esprit de mon père.

Parler avec les fantômes était un passe-temps que je tenais de Grand-Père. Assis dans son rocking-chair, il marmonnait dans sa barbe tout en sirotant son whisky, alimentant une conversation interminable avec les spectres qui erraient dans la maison vide. Lui seul pouvait les voir, mais nous savions tous deux qu'ils étaient là. C'était une source de vexations continuelles pour Grand-Père : aucun objet, dans la maison, ne restait plus d'une heure à l'endroit où il l'avait mis. Un marteau qu'il avait posé sur l'établi des écuries disparaissait trois jours de suite, puis refaisait son apparition au grenier, en équilibre sur la tête. Divers jeux de clefs furent souvent découverts dans la même penderie de l'étage, leur anneau en métal extensible toujours très serré autour de la tringle, de telle sorte que Grand-Père devait la retirer pour récupérer les clefs et les cacher ailleurs. Précaution inutile, bien entendu. On voulait le faire tourner en bourrique, il le savait. Ça l'amusait même, la plupart du temps. Une seule fois, il perdit patience face aux forces à l'œuvre dans notre maison. Un après-midi, alors qu'il me faisait frire des saucisses pour le déjeuner, il se tourna pour prendre une spatule et, quand il se retourna de nouveau, la poêle avait disparu.

— Nom de Dieu ! tonna-t-il.

Je sursautai, pensant qu'il en avait après moi.

— J'en ai marre ! Tu pourrais quand même être un peu plus attentionné envers ta famille !

La poêle tomba par terre avec fracas — du comptoir situé derrière lui.

— Susceptible, avec ça, grommela Grand-Père en songeant à l'esprit auquel il venait de faire la leçon.

Or cet avertissement toucha une corde sensible chez cette conscience fantomatique, car plus rien ne se produisit après cet incident — du moins en ma présence. Cette soudaine preuve de respect me convainquit que le fantôme appartenait à notre famille. Dès lors, je pensai à lui comme à un cousin invisible avec qui je pouvais jouer si l'envie m'en prenait. Mais les fantômes, vu leur état d'abattement et leur lien avec le tombeau, m'ennuyaient ; alors, après ça, je cessai de m'attarder à la maison.

À six ou sept ans, je commençai à m'aventurer de plus en plus loin de la ferme. Je passais des journées entières à marcher dans les vestiges des forêts qui, autrefois, peuplaient la campagne comme une race de géants. Désormais, les arbres ne formaient plus que des bouquets épars qu'on abattait pour offrir de l'espace à des champs qui, à leur tour, cédaient le terrain à des parcs envahis de mobile homes et à des quartiers de banlieue. On pouvait encore aller de la ferme jusqu'au bord du lac Érié, à un peu moins d'un kilomètre de là, en restant sous le couvert des arbres, mais, si je ne voulais pas que les banlieusards me voient il fallait que je me fasse tout petit. « Ne te mêle pas aux pauvres Blancs[1], m'ordonnait Grand-Père — terme par lequel il désignait quiconque n'était pas un Mann. Ils vivent sur nos anciens champs de maïs. » Cela devint un jeu pour moi. J'espionnais des pères de famille obèses, aux jambes blanches, qui cuisaient des hot-dogs au barbecue ou tondaient leur carré de pelouse ; je tendais l'oreille pour entendre ce que se racontaient, d'une voix perçante, des femmes qui étendaient leur linge. Le lac, je l'ai découvert tout seul, et je me suis dit, tel Henry Hudson ou Vasco de Gama, qu'il était à moi. J'y allais souvent pour jouer sur le sable et

1. « White Trash » : terme injurieux par lequel, dans le Sud des États-Unis, on désigne les Blancs pauvres qui n'ont ni terre, ni situation sociale, et qui vivent dans des campements de « mobile homes ». *(N.d.T.)*

torturer des vairons. Je me suis mis aussi à espionner les Simpson.

La colline où était perchée leur maison était cernée à sa base par la forêt d'origine.

Sur un versant, les arbres montaient assez haut pour assurer une protection suffisante à mes raids d'espion. Je me couchais au pied de leur tronc, et j'observais les allées et venues de la famille Simpson. J'étais excessivement curieux à leur égard. Grand-Père parlait d'eux avec un tel mépris que je songeais qu'ils devaient être fascinants, de toute manière. D'après ce que je voyais, ils ne faisaient pas grand-chose. Leur maison délabrée nécessitait bien plus de réparations que la nôtre. La cour était jonchée d'épaves de vieilles voitures et d'autres machines. Quelques poules rachitiques grattaient l'herbe rare, et un gros chien à l'air féroce, de lignage indéterminé, leur grognait dessus de temps en temps, quand il n'était pas couché sur la véranda, les yeux dans le vide. Pour un chien, il n'était pas doué. Il n'a jamais détecté ma présence et je n'ai jamais vu personne le caresser.

Quant aux Simpson, ils me paraissaient venir d'une tribu d'hommes de Néanderthal suralimentés, apathiques. Leur unique activité visible consistait à regarder la télévision. Du moins, c'est ce que je pensais, car ils s'asseyaient dans leur salon et regardaient fixement un rectangle vibrant et bleuté. Nous ne possédions pas de télévision et je n'en avais jamais vu, aussi cette clarté était-elle mystérieuse pour moi. Il y avait plusieurs filles, des adolescentes pour la plupart. Le père avait un ventre impressionnant, qui débordait largement de sa ceinture. Il était toujours à la maison. Rien qu'à le voir — ce qui arrivait rarement —, j'étais terrifié. Il avait des petits yeux en boutons de bottine, une moustache en guidon de vélo, un corps mou à la peau laiteuse. Ses filles lui ressemblaient comme deux gouttes d'eau, avec une précision génétique des plus frappantes. À l'exception d'une seule.

Elle avait à peu près mon âge. Ses deux nattes bondissaient entre ses omoplates quand elle courait. Chez les Simpson, elle était la seule à courir pour aller d'un endroit à un autre, parce que, contrairement aux autres, elle n'était pas grosse. Je l'observais quand elle jouait sur la véranda. Elle avait une imagination aussi riche que la mienne, me semblait-il, car elle parlait constamment toute seule, comme si elle eût été entourée par une foule d'admirateurs. Parfois, elle chantait. Je restais allongé à plat ventre derrière les arbres, dans les feuilles tombées, tandis qu'elle sautillait dans la cour en s'adressant aux poules d'une voix claire et haut perchée. Parfois, une voix d'homme résonnait avec force en provenance de la maison ; alors, la petite fille interrompait son activité et montait à contrecœur les marches de la véranda avant de disparaître à l'intérieur, plus du tout gaie. J'entendais parfois des pleurs, non seulement les siens, mais également ceux de ses sœurs — un concert plaintif, proche de la crise de nerfs. Donc, j'avais compris que son père était méchant. Je fis le vœu solennel de secourir cette petite fille dès que je serais assez grand. Dès lors, elle alimenta mes fantasmes. J'envisageai de lui parler depuis mon poste d'observation parmi les arbres, mais ma discrétion, me semblait-il, serait récompensée, l'heure venue, par la victoire. Je devais attendre d'être plus grand. Alors j'enfermerais son père dans sa chambre, et elle s'enfuirait avec moi, et elle serait peut-être ma petite amie. Ça me paraissait un bon plan, et j'y travaillais sans arrêt dans ma tête, au point d'avoir une infinité de rebondissements et de fins ; tous trouvaient leur point d'orgue dans sa libération, dans la reconnaissance éternelle qu'elle me vouait, et parfois dans des baisers.

Je ne risquais pas de révéler mon plan à Grand-Père. Il aurait été vert de rage s'il avait su que j'envisageais d'entrer en contact avec les Simpson. Donc je l'expliquai en détail à mon père, avec qui je conversais régulièrement dans ma cabane, au bord du ruisseau, près de chez moi. Mon père m'approuvait sans réserve. Il portait toujours son uniforme, et chaque fois qu'on se rencontrait, il retirait l'une de ses médailles et me l'épinglait sur la poitrine en me disant : « Je suis très fier de toi, mon fils. » Parfois, on partait à bord de son F-4. Il me laissait le piloter quand je voulais, parce que j'étais doué pour ça. On tournait au-dessus de la cour, de la maison des Simpson, puis on s'éloignait bien loin au-dessus du grand lac, éternel rêveur impassible, à moins d'un kilomètre au nord. J'abattais des avions ennemis à tire-larigot et faisais du rase-mottes au-dessus des toits. Mon père pensait que j'étais un petit génie, et il disait qu'il m'aiderait à libérer la fille Simpson. « Tel père tel fils, me répétait-il. La pomme ne tombe jamais loin de l'arbre. » Il regrettait de ne pas avoir eu plus d'hommes comme moi au Viêt-nam.

Grand-Père s'asseyait dans son rocking-chair, à l'intérieur du salon plongé dans l'obscurité, et buvait en marmonnant dans sa barbe. Depuis que le fantôme avait cessé de le harceler, il ne parlait plus que du journal intime — mystérieux livre auquel il n'avait jamais fait allusion jusqu'alors. Discuter avec Grand-Père, c'était un peu comme de bavarder avec quelqu'un qui parle dans son sommeil. On pouvait lui répondre ou non, comme on voulait, et ce qu'il disait pouvait avoir un sens ou ne rien vouloir dire du tout. D'habitude, je l'ignorais, mais ma curiosité fut éveillée par la mention de ce journal intime. J'essayai de lui tirer les vers du nez.

« Ça fait des années que je l'ai pas vu, ton journal, pouvait-il dire tout à coup. Je l'ai laissé chez quelqu'un.

— Tu n'as pas vu quoi ?

— Tu t'en souviens ? »

Il ne s'adressait pas à moi, je le savais, mais à quelque présence invisible, un autre fantôme — pas malveillant, celui-là. Ça faisait un moment que j'avais compris qu'il était là, mais comme il ne jetait ni ne cachait rien, je l'ignorais. Mais là, je répondis à Grand-Père, à sa place :

— Ouais, je m'en souviens. Alors, où il est, mon vieux journal intime ?

— Je veux bien être pendu si je le sais ! Il contient toutes les vieilles histoires. Comme la fois où tu es descendu à Buffalo, avec Frederic, et que vous vous êtes engagés. C'est là-dedans, tout ça.

— Qui c'est, Frederic ?

— J'espère que tu m'en voudras pas. J'ai dû le lui laisser. On a fait un marché.

— Le laisser à qui ?

Grand-Père prononça un nom qui n'avait pas une consonance américaine. Je ne le compris pas. Et pas moyen de le lui faire répéter.

— Réveille-toi, lui dis-je. J'ai faim.

Il pouvait sortir de ses moments de torpeur quand bon lui semblait, mais je voyais bien qu'en général il renonçait lentement à l'emprise qu'il avait sur le présent, au profit d'un temps où il n'était pas triste et où la maison était habitée par des tas de gens. Nous étions entièrement seuls désormais. Le Dr Connor ne nous rendait plus de visite. La dernière fois qu'il était venu, ils avaient eu une dispute homérique, la pire de toutes, et Grand-Père l'avait maudit en lui lançant à la tête une bouteille de whisky. Elle s'était brisée contre le mur, et les éclats de verre étaient restés sur le sol de la cuisine pendant des jours jusqu'à ce que je me décide à nettoyer moi-même.

— Qu'est-ce que tu veux manger ? me demanda Grand-Père.

— Des saucisses grillées.

Il se leva laborieusement du rocking-chair.

— Où t'es allé ces jours-ci ? me demanda-t-il en se dirigeant vers la cuisine.

— Jouer.

— Tout seul ?

— Euh...

Je l'entendais qui s'affairait dans la cuisine. La poêle lui échappa des mains, et il grommela en se baissant pour la ramasser. J'allai m'asseoir dans son rocking-chair. Un verre de whisky à moitié vide était posé sur la table à côté. J'en bus une toute petite gorgée, et m'étouffai aussitôt. J'avais la bouche en feu. Les larmes me montèrent aux yeux, mon nez se mit à couler. C'était donc ça qu'il buvait toute la journée : du poison. Un poison brûlant.

Il baragouinait par-dessus le grésillement des saucisses dans la poêle. Petit à petit, ses marmonnements cessèrent, et je me rendis compte qu'il sanglotait doucement. Il pleurait tout seul, en silence, tout en me faisant cuire des saucisses.

— Fais-en assez pour tout le monde, dit-il. Que personne ne s'en aille en ayant faim. Il ne sera pas dit que quelqu'un quittera la maison des Mann la faim au ventre.

Assis dans son rocking-chair, je sentais que, dans ma

bouche, le feu s'estompait. Je ramenai mes genoux sous mon menton et me balançai d'avant en arrière pendant qu'il pleurait tout seul dans la cuisine, s'efforçant d'étouffer ses sanglots pour que je ne les entende pas. J'espérais qu'il aurait dessoûlé au moment d'aller nous coucher. J'avais peur quand je me réveillais la nuit et que Grand-Père allait et venait dans la maison, parlant à voix haute avec des présences invisibles et pleurant tout seul, comme maintenant. Mon père, lui, n'avait jamais peur de rien. Dans ces moments-là, j'espérais qu'il ne me voyait pas.

2

La guerre de Grand-Père, telle qu'il me l'a racontée.

Il fut un temps, bien avant ma venue au monde, où Grand-Père n'était pas encore un vieillard amer, vivant en reclus, où il ne sifflait pas une bouteille de whisky irlandais par jour, où il était un jeune homme charmant, agréable, à qui sa mère tenait comme à la prunelle de ses yeux, où il était l'astre le plus lumineux de Mannville. C'était avant la Seconde Guerre mondiale. J'ai beaucoup entendu parler de la guerre en grandissant ; nous, les Américains, en avons connu beaucoup, mais, à en croire Grand-Père, une seule comptait : la sienne. Toutes les autres, de la guerre d'Indépendance à la Première Guerre mondiale, n'avaient été que des répétitions générales, des échauffements en quelque sorte, avant la vraie de vraie ; et toutes celles qui suivront, comme le Viêt-nam ou la Corée, n'en furent que de pâles copies. La Seconde Guerre mondiale, j'ai appris ça par Grand-Père, a saisi des millions de vies, tel un poing lépreux et inéluctable. Et celles qu'elle n'a pas soufflées comme des bougies, elle les a transformées à jamais. C'est le lot de toutes les guerres, bien sûr, mais peu auront fait cela à une échelle aussi vaste. Et c'est ce qu'elle a fait à Grand-Père, plus ou moins. Près de quarante ans plus tard, elle restait encore au centre de ses préoccupations. Il m'a répété cette histoire encore et encore, jusqu'à ce que je la sache par cœur et que je puisse la répéter sans même réfléchir, comme si ce n'était pas lui qui l'avait vécue, mais moi.

En 1943, à dix-neuf ans, Grand-Père s'engagea dans l'infanterie, et ce en dépit des protestations de sa mère, Lily, qui pensait qu'il aurait mieux fait de suivre des études. Mais l'université ne présentait aucun attrait pour lui. La guerre l'intéressait bien davantage. À Mannville, la plupart des jeunes hommes de son âge étaient déjà partis à la guerre ou sur le point de s'engager. La ville était pleine de soldats et de marins qui se pavanaient dans leur bel uniforme flambant neuf. En fait, il devenait impossible d'être remarqué par les filles si l'on ne portait pas l'uniforme, et Grand-Père devait m'avouer plus tard que plaire aux filles était alors son plus gros souci. La guerre était une fièvre incontrôlée qui se propageait dans le cœur et l'esprit de tous les Mannvilliens, et ceux qui n'étaient pas emportés par cette frénésie étaient vus d'un sale œil. Grand-Père brûlait d'aller se battre, de se distinguer ; il songeait que peut-être, avec de la chance, il serait blessé juste assez gravement pour souffrir d'une claudication intéressante, et renvoyé chez lui où gloire lui serait rendue jusqu'à la fin de ses jours, comme son grand-père Willie. Willie boitait à cause d'une balle de mousquet, d'un Sudiste, qui lui était restée dans la jambe. Tout le monde, jusqu'au maire de la ville, lui vouait un véritable culte.

Lily Mann était au désespoir. À ses yeux, l'infanterie était au-dessous de la condition des Mann, car leurs millions et l'étendue de leurs terres étaient légendaires dans toute la région. Elle estimait que Grand-Père aurait dû, au minimum, s'engager dans la cavalerie ; elle n'avait pas encore compris que la guerre motorisée avait déjà envahi la plus grande partie de l'Europe et le Pacifique, telle l'ombre d'un aigle assoiffé de sang. Pour elle, l'équitation était mille fois plus digne que la marche. Lorsque Grand-Père — que personne n'appelait encore Grand-Père à l'époque, bien entendu, mais Thomas Junior — lui expliqua que les chevaux ne servaient à rien face à des tanks et à des avions de chasse, elle se laissa fléchir, en remarquant qu'au moins il irait se battre sur la scène européenne et pourrait donc s'imbiber un tant soit peu de la culture de là-bas. « M'man, lui expliqua Thomas Junior, quand on parle de scène européenne, on ne parle pas de théâtre, ni d'opéra. Ne va pas imaginer qu'on va me laisser le loisir d'entamer la tournée des musées. »

Il faisait du mauvais esprit, bien entendu. Lily savait pertinemment ce que l'expression « scène européenne » voulait dire et, pour le rappeler à son fils, elle lui donna un petit coup sur un crâne qui, même si Thomas Junior n'avait que dix-neuf ans, commençait à se dégarnir.

— Tu pourras apprendre un peu de français, lui dit-elle. Le français fait beaucoup d'effet en société.

— Personne ne parle français par ici. Avec qui je le parlerais ?

— Tu le parleras quand tu reviendras et que tu iras à Harvard, lui répondit-elle d'un ton glacial.

Thomas Junior n'insista pas. L'opinion de sa mère était bien arrêtée, et il savait qu'il valait mieux ne pas s'opposer ouvertement à sa volonté. Elle était la personne la plus intraitable qu'il eût connue. En fait, il se disait que, si elle arrivait si souvent à ses fins, c'était parce qu'elle était une femme. Tout homme qui eût parlé aux gens comme elle leur parlait aurait dû étayer ses arguments à coups de poing. Or les femmes ne se battaient jamais. Et Thomas Junior pensait que c'était bien dommage, vraiment. Si sa mère était aussi douée pour la bagarre que pour la parole, elle aurait mis fin à la guerre en moins d'un an.

Lily n'avait que seize ans quand elle s'était mariée à Thomas Senior, père de Thomas Junior. Elle devint veuve un an plus tard, le jour où son époux trouva la mort en tentant de prouver qu'il était possible de traverser le lac Érié en automobile, quand il était gelé, jusqu'à Long Point, dans l'Ontario, au Canada — ce qui représente une distance d'une trentaine de kilomètres. En théorie, cet exploit est bel et bien possible, mais Thomas Senior — mon arrière-grand-père, le père de Grand-Père — avait mal choisi son jour. Ce soir-là, une tempête de neige faisait rage, ce qui limitait la visibilité à vingt mètres. De plus, il était fin soûl, et la surface du lac n'était pas complètement gelée. Mais aucun de ces facteurs ne le découragea. Nous sommes des casse-cou, nous, les Mann, tous autant que nous sommes, et nous faisons fi des lois de la physique qui proscrivent de conduire une automobile sur de l'eau. Thomas Senior, en état d'ivresse, se mit au volant de sa Pierce Arrow décapotable flambant neuve, fit gaiement au revoir de la main à ses amis, tout aussi soûls que lui, et partit sur les chapeaux de roue dans le blizzard pour y disparaître à jamais.

Lily, alors enceinte de Thomas Junior, reçut la nouvelle de sa mort avec son stoïcisme habituel ; personne ne la vit pleurer, ni au moment où elle apprit sa mort, ni à ses funérailles. Et dès que son fils vint au monde et qu'elle fut relevée de couches, elle prit en main la gestion des biens familiaux avec une fermeté et un sens des affaires qui avaient toujours manqué à son frivole époux.

« Tout est une question de vie ou de mort, disait Lily à son fils. Alors, autant vivre. »

Lily était issue d'une famille de fermiers pauvres dont le souci de respectabilité confinait au fanatisme. Ils habitaient la ville voisine de Springville. Elle avait épousé Thomas Senior non parce qu'il était riche, mais parce qu'il était irrésistible. Il avait du charme, de l'esprit, de la classe, et souriait tout le temps ; aucune soirée ne battait son plein avant son arrivée et, dès son départ, l'ambiance retombait. Lily avait fait un mariage d'amour en sachant qu'elle avait de la chance d'épouser une aussi grosse fortune, et elle était résolue à agir en sorte que les fermes, les vergers et les vignes de son mari continuent de rapporter, dût-elle y laisser la vie.

Le père de Thomas Senior, Willie, s'était retiré dans sa chambre en une sorte d'exil volontaire. Il était très âgé à l'époque, proche de la mort, ou du moins le prétendait-il, et passait le plus clair de ses journées, sa jambe blessée calée sur un tabouret, à griffonner les pages de son journal intime. Willie ne manifesta pas la moindre envie de reprendre la gestion de l'exploitation après que son casse-cou de fils eut conduit sa Pierce Arrow au fond du lac Érié — acte qui, soit dit en passant, ne lui causa aucune surprise. Il avait toujours su que son fils était trop étourdi pour devenir un bon gestionnaire, voire trop inconséquent pour vivre très longtemps. Willie avait annoncé, quelques années plus tôt, qu'il se retirait des affaires, et dans le même élan avait demandé poliment que tout le monde lui fiche la paix. Il avait dit que Lily pouvait très bien mener sa barque toute seule si tel était son désir. Qu'elle réussisse ou non n'impliquait aucune différence pour lui ; tout ce qu'il voulait, c'était se consacrer à la rédaction de son journal intime, et il pouvait tout aussi bien s'y consacrer à l'hospice que chez lui.

Lily, fidèle à elle-même, choisit de prendre Willie au mot. Elle avait tout juste dix-huit ans, mais elle possédait une volonté inflexible, un sens de l'organisation irréprochable, un sens des affaires d'une acuité redoutable. En un mot comme en cent, elle réussit brillamment, et sous sa main de fer les Mann devinrent plus riches que depuis le jour où Willie Mann avait fait fortune à son retour de la guerre de Sécession. À vingt ans, Lily était la reine incontestée des cercles sociaux, économiques et même politiques de Mannville. Les shérifs et les membres du conseil municipal avaient quelques difficultés à s'acquitter de leur mission s'ils n'avaient pas Lily Mann dans leur camp. C'est à cette force de caractère que son fils Thomas fut confronté ce jour-là, et il s'en tint à la conduite qu'il avait adoptée depuis des années quand il avait affaire à sa mère : il lui obéit.

L'armée américaine, cela dit, n'avait jamais entendu parler de Lily Mann. Peu après son enrôlement, Thomas reçut l'ordre de se rendre à Buffalo, où il prendrait un autocar pour New York ; de là, un avion pour San Francisco ; et, de là, un navire pour les Philippines, où il se battrait contre les Japonais.

Lily en fut ulcérée. Passant outre à la gêne de Thomas, elle téléphona au bureau d'un certain sénateur à Albany. Il eût été inutile de chercher à l'en dissuader, de toute façon. Tout en se confondant en excuses, le sénateur en question eut l'audace de laisser entendre à Lily qu'elle n'y pouvait rien.

Il paracheva son insulte en lui demandant, dans la foulée, de verser sa contribution au titre de l'effort de guerre. Pour la petite histoire, il n'est pas inintéressant de noter — et ce n'est pas totalement une coïncidence — que la campagne de ce sénateur en vue de sa réélection se solda par un échec.

— Les Japonais, tu penses ! fulmina Lily. Qui sont ces Japonais, de toute façon ? Je ne connais personne qui en ait rencontré un, de Japonais !

— Ils sont petits, jaunes, et ils mangent leur progéniture, lui répondit Thomas, exprimant par là sa vision des Japonais à l'époque. Ils ne sont même pas vraiment humains, comme nous. C'est pour ça que nous devons les combattre. Ils veulent envahir le monde !

Lily frissonna. Thomas était ravi. Au fil des semaines, il lui bourra le crâne avec toute la propagande antijaponaise qu'il put inventer. Thomas lui-même était terrifié par la menace nippone, et ses mensonges ne réussissaient qu'à exacerber sa terreur ; mais il voulait que sa mère pense qu'il accomplissait une œuvre magnifique. Il aurait préféré aller en Europe, c'est certain, mais il ne pouvait rien y changer, et il était bien décidé à faire contre mauvaise fortune bon cœur. Petit à petit, Lily changea d'attitude, et bientôt, non seulement elle fut favorable au départ de son fils pour le Pacifique, mais en plus, elle s'en vanta auprès de ses amis qu'elle croisait à des soirées et aux ventes de charité organisées au profit de la Croix-Rouge.

« Mon fils s'apprête à s'en aller détruire le péril jaune,

proclamait-elle avec orgueil. Les Mann ne peuvent tolérer l'agression japonaise, où qu'elle ait lieu. »

Si riche que fût Lily en vendant des vivres aux armées, elle reversait la quasi-intégralité de ses bénéfices sous forme de dons à la Croix-Rouge, association caritative qu'elle préférait entre toutes, et elle créa également un fonds de soutien pour les mères de famille dont les maris étaient morts au combat. Sa popularité s'en trouva accrue, et elle devint si fière de son fils, qui allait bientôt s'embarquer pour les Philippines, qu'elle ne pouvait plus prendre la parole en public sans verser des larmes de joie. Thomas, qui, en son for intérieur, tremblait à l'idée de se faire réduire en chair à pâté par les Japonais, n'en était pas moins fier de sa mère ; elle lui insufflait le courage nécessaire pour aller de l'avant. Ce fut donc le cœur empli d'une admiration mutuelle que Thomas et sa mère s'embrassèrent au moment du départ, sur le quai de la gare, juste avant qu'il monte à bord du 717 à destination de Buffalo, à une heure et demie de là.

Thomas Junior fut le deuxième Mann à se rendre à Buffalo afin d'être incorporé dans l'armée. Quatre-vingt-deux ans plus tôt, son grand-père, William Amos Mann III, avait marché pieds nus dans Mannville — qui s'appelait alors Clare Town, du nom du comté d'Irlande d'où la plupart de ses habitants étaient originaires — pour s'engager dans l'armée de l'Union et descendre dans le Sud pour « mater les Confés », comme il disait. Thomas avait bien connu son grand-père, un vieil homme au dos voûté et à la barbe fleurie. Il marchait en s'appuyant sur une canne de noyer au pommeau doré gravé de son monogramme, W.A.M. III. Il était mort quelques années plus tôt, à l'âge canonique de quatre-vingt-quinze ans, boitant toujours des suites d'une blessure qu'il avait reçue à la bataille d'Antietam. Willie avait tout de même réussi à boucler son journal intime, dans lequel tout le monde voyait une sorte d'autobiographie, et il l'offrit à Thomas au cours d'une cérémonie sans pompe ni solennité, peu avant sa mort. Il l'avait appelé dans sa chambre, avait récupéré son journal dans un vieux coffre et le lui avait tendu en lui disant, de sa voix douce où affleurait encore un résidu d'accent irlandais : « Tout ce que la vie m'a appris, mon garçon, j'ai essayé de l'écrire, pour que celui qui va suivre puisse peut-être y trouver du sens. Vu que ton père a été rappelé à Dieu, celui qui va suivre, c'est toi. Tiens, c'est pour toi. »

Thomas n'avait que seize ans à l'époque, l'âge de son grand-père quand celui-ci était parti pieds nus sur les routes pour s'en aller mener sa guerre à lui, et il n'avait pas accordé grande importance à cette scène. Il avait rangé le journal dans un endroit sûr et l'avait aussitôt oublié. Mais, alors qu'il préparait son paquetage pour les Philippines, il se souvint tout à coup de ce journal et l'exhuma à son tour. Cadeau d'un combattant à un autre, se dit-il avec emphase. Nul doute qu'il contenait d'émouvants récits de combats à mains nues qui lui insuffleraient le courage d'affronter l'ennemi.

Dans le train, Thomas plongea la main dans son paquetage afin d'y prendre le journal. Le cuir de la reliure était ridé, et sa couverture unie, sans fioriture. Il l'ouvrit à la première page. Le papier avait étonnamment bien vieilli ; il n'était qu'un peu jauni et toujours souple. Au revers de la couverture, d'une main peu sûre, son grand-père avait écrit :

1866
Ceci est le livre de Willie Mann !

Les premiers mots étaient :

21 mai 1866

Je m'apèle Willie Amos Mann C'est un gars de l'Armée de l'Union qui m'a appris à Écrire et j'avais Vingt-et-Un ans et le gars qui m'a appris à Lire et Écrire étais Instituteur. Aujourd'hui, il fais une de ces chaleur et On a Travayé a sarclé les Blés toute la Sainte journé.

Thomas remit le journal dans son sac. Ce n'étaient pas de glorieux souvenirs de guerre, mais un mortel sabir paysan. En outre, les nœuds qui lui tordaient l'estomac rendaient toute concentration impossible. Bien qu'il n'en eût rien dit à sa mère ni à quiconque, il éprouvait une peur infinie, et même si sa maison n'était pas très loin derrière lui, il se sentait déjà seul. Plus que tout, il souhaitait que la guerre se termine avant son arrivée à Buffalo. Mais il se doutait qu'il avait peu de chances. Alors il appuya sa tête contre la fenêtre du compartiment et ferma les yeux, revoyant sa maison jusqu'à l'instant où le train parvint à Buffalo. Il descendit, tremblant, en compagnie de plusieurs garçons de son âge venant de diverses bourgades desservies par la ligne Mannville-Buffalo. Là, le sergent qui les attendait les mit en rang sur le quai et les emmena, en file indienne, au centre d'incorporation. Et mon grand-père entra dans la gueule grande ouverte de l'US Army pour en revenir différent à jamais.

La véritable raison pour laquelle Thomas Junior s'était engagé dans l'armée de terre — et non dans une autre arme — n'était pas de celles dont on peut se vanter. Il n'était jamais monté dans un avion de sa vie, et comptait bien s'en passer ; aussi, tout ce qui avait un quelconque rapport avec l'aviation était hors de question. Ayant grandi sur le lac Érié, il connaissait assez bien l'eau pour savoir que la noyade le terrifiait aussi ; donc, il était également hors de question qu'il s'engage dans la marine. Les marines étaient fous, et il n'avait pas envie de se retrouver en première ligne lors de l'assaut. Il supposait que, dans l'armée de terre, il passerait tout son temps sur terre — élément avec lequel il se sentait en phase — en compagnie d'autres jeunes gens en proie à la peur et au mal du pays ; il aurait en permanence au moins un pied sur terre, et, si on lui tirait dessus, il pourrait le supporter avec un minimum de virilité.

Quoi qu'il en soit, après avoir été incorporé à Buffalo, Thomas et quarante-neuf autres conscrits embarquaient à bord d'un grand avion-cargo qui les conduisit à San Francisco. Il passa son premier vol à vomir en silence derrière une cloison. Après un entraînement de base — dont il se tira pas trop mal, à son gré, parce que cela eut lieu sur la terre ferme —, il fut embarqué à bord d'un navire de transport de troupes et envoyé aux Philippines. Il vomit plus encore. À son arrivée sur place, il apprit qu'il s'était produit une petite erreur : finalement, ce n'était pas aux Philippines que l'on souhaitait sa présence, mais aux îles Mariannes. Il fut donc réembarqué à bord d'un autre avion-cargo.

À ce moment-là, Thomas se rendit compte qu'il se trouvait entre les mains de fous dangereux. Il imaginait une pièce pleine de généraux, quelque part, penchés avec jubilation sur des cartes, complotant pour décider de sa destination suivante. À son arrivée aux Mariannes, il se présenta pour prendre son service, et on lui annonça qu'il s'était produit une autre petite erreur : finalement, c'était bien aux Philippines qu'il devait se rendre, et donc il fit un demi-tour réglementaire sur la piste et remonta dans l'avion.

Non seulement Thomas dut refaire un voyage en avion, mais encore il lui fallut survoler à très haute altitude un océan qui offrait une multitude d'occasions de périr noyé, si jamais leur avion était abattu. Quand Thomas en prit conscience, il se résigna à mourir. Il s'assit sur son casque, comme il avait vu d'autres soldats le faire, afin d'éviter, en cas d'attaque, que des éclats d'obus n'endommagent ses parties intimes. Le journal de Willie Mann était enveloppé dans plusieurs couches de toile cirée et à l'abri contre son ventre, maintenu par un épais ruban adhésif.

Il était le seul passager de ce vol-là. Il y avait un pilote, un copilote et un navigateur avec qui il échangeait quelques mots de temps en temps. Le navigateur était un étudiant en ingénierie âgé de vingt-trois ans, originaire de Kansas City, qui avait abandonné l'université pour s'engager dans l'armée de l'air. Penché sur ses cartes, il criait pour dominer le vrombissement des moteurs, précisant leur position à Thomas pour passer le temps. Thomas n'y comprenait goutte, mais il accueillait avec gratitude tout ce qui pouvait lui faire oublier qu'il était dans les airs — au-dessus d'un océan, qui plus est.

Chose incroyable, il arriva précisément ce que Thomas craignait depuis qu'il était monté à bord du premier avion, à Buffalo : une attaque menée par un avion de combat japonais, le redouté Zero. Ce fut une surprise pour tout le monde. Ils ne se trouvaient pas dans une zone à forte présence japonaise et les risques étaient en principe inexistants. D'abord, il remarqua que le pilote criait assez fort pour être entendu du fond de l'appareil. Puis l'avion se mit à la verticale et entama une ascension difficile et grinçante. Thomas valdingua vers la queue de l'appareil. Le copilote déboula du cockpit. Le navigateur et lui s'invectivèrent pendant un moment, avec moult gesticulations, tantôt vers les cartes, tantôt vers le ciel. Thomas comprit que, s'ils s'étaient perdus, c'était parce que le navigateur avait été trop occupé à bavarder avec lui, et que donc c'était en partie sa faute.

Le copilote retourna dans le cockpit. L'avion termina son ascension, pour plonger aussi sec à la verticale, au point que Thomas fut de nouveau catapulté vers l'arrière, cette fois flottant étrangement, attiré par la loi de la gravité. Le navigateur ouvrit le hublot proche de son siège et défit les sangles du fusil-mitrailleur qui s'y trouvait. Il appuya sur la détente, son torse tressauta, la culasse du fusil vomit à toute allure des douilles qui s'éparpillèrent par terre, et l'odeur âcre de la cordite emplit l'air. Par le hublot, Thomas aperçut un petit avion gris qui fila au-dessus d'eux, ridiculement près. Quand ils se stabilisèrent, le copilote reparut.

— Mettez vos satanés parachutes ! hurla-t-il.

Il aida Thomas à enfiler l'encombrant harnais dorsal qui contenait le parachute.

— Je ne me suis jamais servi de ça ! protesta Thomas.

— J'espère que ce ne sera pas nécessaire ! brailla le copilote. Mais si on est abattus, tu sautes par cette porte (il désigna l'imposante porte coulissante de l'avion-cargo, et Thomas doutait de pouvoir l'ouvrir seul) et tu tires là-dessus !

Il montra à Thomas la poignée d'ouverture du parachute et regagna le cockpit.

Thomas ne devait plus jamais le revoir. Il y eut un énorme fracas, comme si une pluie de balles de base-ball s'abattait sur l'avion, et plusieurs trous au contour irrégulier apparurent dans l'une des parois du fuselage, puis, tout de suite après, dans celle d'en face, pendant que les balles japonaises le traversaient de part en part avec la vélocité de mini-météorites. Au même instant, de la fumée commença à sortir du cockpit. Thomas, déséquilibré, crut bien qu'il allait vomir de nouveau tandis que l'avion chavirait d'un côté et repiquait du nez.

Le navigateur tira une dernière salve et courut vers la porte coulissante. Thomas et lui réussirent à l'ouvrir.

— Attends ici ! cria le navigateur.

Il courut dans le cockpit et en ressortit aussitôt, blanc comme un linge.

— Qu'est-ce qu'ils ont ? cria mon grand-père.

— Ils sont morts, murmura le navigateur.

Mon grand-père lut sa réponse sur ses lèvres mais n'entendit pas les mots.

Il se retourna vers la porte de l'avion-cargo, plissant les yeux à cause de la force du vent. Puis il sentit la main du navigateur sur son dos et, tout à coup, il bascula par la porte et tomba en chute libre dans les airs. Il tâtonna comme un fou, en quête de la poignée d'ouverture, apercevant de temps en temps, du coin de l'œil, le navigateur qui tombait au-dessus de lui. Enfin, il trouva. Son parachute s'ouvrit avec une saccade terrible, comme si la main de Dieu avait fendu les cieux pour lui remonter son caleçon d'un coup sec. Sa chute libre cessa. Il releva la tête pour tenter d'apercevoir le navigateur, mais tout ce qu'il vit, ce fut l'intérieur de la voilure de son parachute. Les rayons du soleil éclatant du Pacifique transperçaient le tissu, éclairant la soie exactement comme un abat-jour dans le salon de sa maison.

Il regarda en bas. Il se trouvait, en gros, à mille cinq cents mètres au-dessus de l'océan, qui, de cette hauteur, ressemblait à un drap de lit chiffonné. Pas trop loin, il entrevit un chapelet d'îles minuscules ; il essaya d'orienter son parachute dans leur direction mais ne réussit qu'à le dégonfler, accélérant sa chute.

— Mais je vais mourir, bordel de merde ! dit-il.

Loin au-dessous de lui, il remarqua de petites éclaboussures là où l'avion-cargo s'écrasait. Il eut un haut-le-cœur et lutta encore pour ne pas vomir. Ensuite, du coin de l'œil, il vit le navigateur flotter dans les airs à côté de lui. Il avait, lui aussi, repéré les îles et, plus habile que Thomas, il contrôlait sa descente et se dirigeait vers elles. Ils se trouvaient environ à cinq cents mètres l'un de l'autre. Thomas se mit à crier :

— Hé ! Hé ! Hé ! oh !

Le navigateur tourna la tête vers lui. Si ridicule que cela puisse paraître, les deux hommes s'adressèrent un signe de la main. Puis le navigateur se rendit compte que Thomas était dans une situation épineuse. Alors il lui montra, en mimant comme un fou, comment s'y prendre pour contrôler sa descente. L'océan devenait dangereusement proche, de même que les îles. Thomas n'allait pas se poser dessus, mais il espérait de toutes ses forces qu'il tomberait assez près pour pouvoir les atteindre à la nage. Il était un très bon nageur, peut-être, justement parce que sa peur de se noyer était si intense ; il n'avait jamais nagé en eaux profondes, mais cela ne devait pas être très différent, à condition qu'il eût le temps d'ôter ses vêtements avant qu'ils l'entraînent vers le fond. Il s'efforça d'en retirer le plus possible. Ses boots seraient les plus difficiles à ôter une fois dans l'eau ; aussi, après bien des efforts et bien des contorsions, réussit-il à les défaire assez pour les enlever en s'aidant de ses pieds. Puis, à coups d'orteils, il se débarrassa de ses chaussettes. Il glissa une main sous la sangle de son parachute et déboucla son ceinturon ; une fois dans l'océan, il aurait à se débattre pour se libérer du harnais, ce qui semblait problématique. Thomas prit une inspiration et ferma les yeux.

Du calme, se dit-il. *La seule chance de t'en sortir, c'est de rester calme.* Il passa en revue les étapes qu'il devrait franchir : défaire la boucle des sangles thoraciques, dégager ses bras du harnais, puis ses jambes. Il lui faudrait retenir sa respiration pendant un long moment, mais il y arriverait à condition d'éviter que la panique ne s'empare de lui. Enfin ce serait au tour de ses vêtements. S'il parvenait à retirer son pantalon sous l'eau, il pensait pouvoir s'en sortir.

Il n'était plus qu'à environ trois cents mètres au-dessus de l'eau. Les îles étaient encore à quelques bonnes brasses de lui, à mille huit cents mètres, peut-être. C'était dans ses cordes. Il en était sûr. Il regarda de nouveau le navigateur, qui s'était rapproché de lui et lui criait quelque chose, quelque chose comme « taquin » ou « faquin », mais Thomas ne chercha pas à comprendre. Il fallait qu'il se concentre. C'était le plus important.

Quand il toucha l'eau, il se roula en boule. Puis il repassa les étapes qu'il avait répétées dans sa tête. Son parachute était conçu pour être retiré très vite, et Thomas s'en dépouilla exactement comme il l'avait prévu. Son pantalon, en revanche, lui donna du fil à retordre. Il s'enfonça de plusieurs mètres sous l'eau tandis qu'il essayait de s'en débarrasser à l'aide de ses pieds, et la panique le reprit, gonflant dans son ventre pour aller se coincer dans sa gorge. Il la chassa encore. Il réussit enfin à retirer son pantalon et, d'une poussée, regagna la surface, où il avala une longue goulée d'air, ôta sa chemise et se laissa porter par les flots.

Il vit tout de suite où le navigateur était tombé : plus près des îles que lui, mais pas tant que ça. En fait, de là, elles paraissaient incroyablement loin. Une sacrée distance à parcourir à la nage. Une légère houle faisait de lui un petit bouchon au gré de l'eau. Thomas se réjouissait que les vagues ne fussent pas plus grosses. Pour la première fois de sa vie, il goûta l'eau salée. *Ça a le goût du sang,* songea-t-il. Il nagea en s'imposant un rythme lent et en s'obligeant à respirer régulièrement.

— Maman chérie, dit-il à haute voix, j'ai le regret de t'annoncer que je suis mort pendant que je nageais pour essayer de survivre dans l'océan, où j'étais tombé grâce à l'incompétence de l'armée de terre. J'ai découvert que la logistique américaine est un ennemi bien plus dangereux que les Japonais.

Il lui fallut une éternité pour rejoindre le navigateur. Quand il arriva à sa hauteur, il le trouva en train de flotter ; sa tête passait par le trou, au centre de son parachute, qui s'était gonflé autour de lui telle une robe de baptême géante.

— Aide-moi à me sortir de ce putain de truc, bordel de merde ! ordonna le navigateur, qui pleurait comme un gosse. Je peux à peine bouger.

— Attends.

Thomas roula un pan de la toile du parachute jusqu'à la faire passer par-dessus la tête du navigateur. Il se rendit alors compte qu'il portait un gilet de sauvetage.

— On est obligés d'en porter, Dieu merci, dit le navigateur. Je le partagerais bien avec toi, mais je me noierais : je ne sais pas nager.

— T'en fais pas, je suis bon nageur. Je vais te désangler.

— Mais je ne sais pas nager, je te dis !

— T'inquiète pas. Tu garderas le gilet de sauvetage.

— Toi qui sais nager, tu sais combien je serais prêt à payer pour être à ta place ?

— Beaucoup, je suppose. Allez, retire ça.

Le navigateur s'escrima à retirer son harnais. Quelques minutes plus tard, il était libre de ses mouvements. Il pleurait toujours, tout en s'efforçant de réprimer ses sanglots.

— Ne panique pas, lui dit Thomas. Tu m'entends ? Arrête de pleurer. Si on panique, on est foutus. Il faut qu'on atteigne ces îles.

— Qu'est-ce que tu as sur le ventre ?

Thomas en avait oublié le journal intime de son grand-père. Il baissa les yeux. Le journal était toujours là, fixé en toute sécurité à son abdomen.

— C'est un livre, dit-il.

Il y eut un moment de silence gêné. Thomas envisagea d'expliquer pourquoi il gardait un livre étanche scotché à son estomac, mais décida que cela pouvait attendre.

— Je suis de Kansas City, reprit le navigateur. On n'a pas de flotte, là-bas. J'aurais mieux fait de m'engager dans l'infanterie, putain, et d'aller en Europe, putain. Au lieu de ça, je suis dans l'armée de l'air, putain, et je barbote au milieu de l'océan, putain, et on va se faire bouffer par les requins, putain !

— Non, on va pas se faire bouffer. Allez, nage !

— Si, on va se faire bouffer ! Je les ai vus pendant que je tombais. Des gros. Là-bas.

Il pointa le doigt vers le grand large, par-dessus l'épaule de Thomas, qui sentit un froid glacial l'envahir.

— Oh, mon Dieu ! dit-il. Tu ne plaisantais pas ?

C'est donc ça qu'il me criait tout à l'heure, songea-t-il.

— Non, répondit sobrement le navigateur.

Il releva la tête en mettant une main en visière au-dessus de ses yeux pour se protéger du soleil.

— Regarde ! dit-il. Un autre parachute.

Thomas suivit son regard. Un autre parachute, en effet, voguait doucement au-dessus des îles, petit nuage tombant accidentellement de son nid au-dessus du monde.

— C'est Tony ? demanda le navigateur. C'est Blake ?

— Ce n'est pas possible, répondit Thomas, devinant qu'il parlait du pilote et du copilote. Tu m'as dit qu'ils étaient morts.

— Oh, mon Dieu ! C'est le Jap. J'ai dû le toucher ! J'ai descendu son avion !

— Allez, nage, ordonna Thomas. Je vais te devancer. Tu avanceras beaucoup moins vite que moi, mais tu ne couleras pas. Respire régulièrement.

— D'acc, dit le navigateur, tout sourire maintenant. J'ai descendu un avion jap !

— On se retrouve là-bas. Dirige-toi sur l'île la plus proche.

Il se mit à nager un crawl puissant.

— Je m'appelle Phillip Neuberg, je suis de Kansas City,

lui cria le navigateur. Si je ne m'en sors pas, tu écriras à mes parents ?

Thomas ne lui répondit pas, mais se promit de ne pas l'oublier. Phillip Neuberg, de Kansas City, lui demandait de prévenir sa famille si jamais il décédait. Très bien. Message reçu. Il ne pouvait pas perdre plus de temps à parler. Il se concentra sur ses mouvements : battement des jambes, rotation du bras, rotation de la tête, inspiration, battement des jambes, rotation du bras, rotation de la tête, expiration. Il ne regardait plus à quelle distance se trouvaient les îles. Il nageait, c'était tout. Le clapotement du navigateur devenait de plus en plus distant derrière lui. Il nageait depuis une quinzaine de minutes quand le premier requin attaqua.

Le navigateur poussa un cri à fendre l'âme. Thomas se força à continuer. Il ne pouvait prendre le risque de se retourner pour voir ce qui se passait ; de toute façon, il ne pouvait rien faire. Il nagea plus vite, le plus vite possible sans toutefois aller jusqu'au bout de ses forces. Il y eut un autre cri, puis un autre, puis les cris cessèrent brusquement.

Thomas nagea comme jamais. *Je ne serai pas dévoré par des requins,* se répétait-il dans sa tête. *Je m'y refuse. Je vais y arriver. Ils ne m'auront pas. Je ne les attire pas. Celui qui les a attirés, c'est Phillip Neuberg, de Kansas City. Je suis le nageur le plus rapide du monde. On m'appelle la Torpille humaine. Je vais atteindre l'île, et je vais tuer ce putain de Jap qui nous a abattus et m'a foutu dans cette merde, je vais être sauvé et je vais retourner chez moi, à Mannville, je vais m'asseoir dans le grand salon où il y a l'abat-jour qui ressemble à un parachute et qui laisse passer les rayons de soleil, et je n'en repartirai jamais, sauf pour sortir me chercher une bière ou aller aux toilettes. Nage. Nage. Nage.*

Et dans sa tête, il composait une autre lettre, celle-ci commençant par : « Chère madame Neuberg, je m'appelle Thomas Mann — aucun lien de parenté avec l'écrivain — et j'ai le regret de vous informer que je me trouvais avec votre fils Phillip quand il... »

Thomas fut rejeté sur la grève par le déferlement des vagues, comme une poupée de chiffon détrempée. Il demeura immobile pendant quelques minutes, reprenant son souffle, remerciant le Seigneur d'être né au bord du lac Érié et non dans le Kansas. En cet instant, il avait le sentiment d'avoir uniquement vécu pour se retrouver à bord d'un avion abattu au-dessus du Pacifique sud et nager jusqu'à cette île. Il ne pensa plus à retourner à Mannville. Il ne pensa plus à la guerre. Il ne pensa plus à rien, sauf qu'il était vivant et qu'il avait échappé, il ne savait trop comment, à l'horrible destin de Phillip Neuberg, de Kansas City, proie de requins.

Thomas fit le point. Il avait dix-neuf ans, et il était complètement nu, en dehors du journal intime enroulé dans de la toile cirée et fixé à son estomac avec de l'adhésif épais. Il était à moitié plein d'eau de mer, et il gisait sur une belle plage de sable fin à des milliers de kilomètres de Mannville. Quelque part sur cette île, se trouvait un pilote japonais, un escrimeur fou, un anthropophage idolâtre. Thomas ne possédait ni vivres ni armes. Peut-être n'existait-il pas d'eau potable sur cette île. Peut-être n'y avait-il rien à manger non plus. La situation était pour le moins désespérée.

Sa première pensée, pourtant, fut pour son pénis. Il était deux ou trois heures de l'après-midi, et le soleil des tropiques brûlait de mille feux. Son corps était bronzé, couleur café, depuis l'été précédent sur le lac, mais, de la taille jusqu'en haut des cuisses, il avait la peau aussi pâle qu'un missionnaire. Son pénis n'était pas du tout préparé à un assaut solaire aussi frontal. Thomas redoutait d'attraper un coup de soleil. Ce fut cette pensée, et nulle autre, qui lui insuffla l'énergie de se lever afin de partir à la recherche d'un coin d'ombre. Sans cela, il serait resté allongé pour l'éternité, à se contenter de respirer.

Grand-Père me raconta plus tard que, lorsqu'il se releva, il vomit de l'eau de mer. Il avait dû en avaler des litres pendant son sauve-qui-peut dans l'océan. Il fit quelques pas et rendit de nouveau de l'eau salée.

« Parfois, je me dis que j'ai passé toute cette foutue guerre à dégobiller », me confia-t-il plus tard.

Il jugea qu'il valait mieux ramper. Il crapahuta donc à quatre pattes, comme un bébé, s'éloignant petit à petit du roulis des vagues et s'enfonçant dans la ligne de buissons et de palmiers. Une fois sa virilité à l'abri, il se fabriqua un nid de feuilles — des feuilles énormes, les plus grosses qu'il eût jamais vues — et s'endormit.

Quand il se réveilla, il avisa un petit homme à la peau mate, debout à côté de lui. Le soleil déclinait à l'horizon ; on y voyait à peine. Le petit homme se découpait en ombres chinoises contre l'océan d'un bleu profond et luisant sous l'orangé du soleil couchant. Thomas se leva d'un bond. Le petit homme et lui se regardèrent sans ébaucher le moindre geste.

« Les Japs, c'est comme les serpents à sonnette, devait-il observer plus tard. Ils ont autant peur de nous qu'on a peur d'eux. »

En théorie, il était censé tuer tout Japonais qui croisait sa route. C'était ça, la guerre. À défaut, il fallait les capturer. Grand-Père avait passé les deux années qui avaient suivi Pearl Harbor à attiser en lui une haine frénétique vis-à-vis des Japonais, au point d'avoir envie de les tuer tous. Mais, face à ce petit homme, il se rendit compte qu'il ne désirait tuer personne. De plus, il ne savait comment s'y prendre pour le faire prisonnier. En outre, Thomas n'avait pas d'arme pour le menacer, et il lui aurait paru ridicule de dire : « Vous êtes mon prisonnier, accompagnez-moi. » Quel parti adopter ? Ils continuèrent donc à se regarder en chiens de faïence jusqu'à ce que le soleil se couche et que le bleu de l'océan vire au violacé puis au noir. Une fraîche brise de mer se leva et commença à souffler sur l'île. Grand-Père et le soldat japonais frissonnèrent comme un seul homme.

Voyant cela, comprenant que les Japonais eux aussi souffraient du froid, Thomas décida sur-le-champ de quitter l'armée américaine. Pour lui, la guerre était finie. Il était à bout de forces, il avait la nausée, il avait faim ; et, en y réfléchissant bien, s'il avait voulu partir à la guerre, c'était uniquement pour que les filles fassent attention à lui lors de son retour. En cet instant, cela lui sembla la raison la plus stupide qui soit.

Un passage du journal intime de Willie Mann concerne ce point particulier. Je le sais car le journal, après une absence de plusieurs décennies, est de nouveau en possession des Mann, et j'en suis dorénavant le dépositaire. Comme nombre des dernières notes rédigées par Willie alors qu'il était devenu un vieillard méditant sur sa longue et étrange existence, celle-ci est concise, bien écrite et de nature philosophique — à cette époque, il avait fait d'énormes progrès en grammaire et en orthographe. Ainsi écrivait Willie :

Les hommes aiment à tenir les femmes pour responsables des guerres qu'ils déclarent. On a blâmé la pauvre Hélène d'être la cause de la guerre de Troie, comme si elle avait demandé qu'on l'enlève et qu'on lui porte secours. Mais ce n'est pas la faute des femmes si les hommes se font la guerre : leur nature belliqueuse ne provient que d'eux-mêmes.

— Faut qu'on allume un feu, opina Thomas en faisant le geste de frotter deux bâtons l'un contre l'autre.

Le Japonais acquiesça de la tête. De ses yeux bridés — les premiers que Grand-Père voyait —, il le regardait d'un air circonspect mais teinté d'enthousiasme.

— Excellente idée, reprit le Jap. Il commence à faire frisquet.

Grand-Père, sidéré, le considéra, bouche bée.

Au bout de quelques instants, le pilote japonais se racla la gorge, mal à l'aise.

— J'ai dit « excellente idée, » répéta-t-il, en se demandant peut-être si mon grand-père avait un problème d'audition.

— Vous parlez anglais ?

— Vous parlez japonais ? s'enquit le pilote.

Thomas fit non de la tête. Le pilote lui sourit, dévoilant des dents d'une blancheur qui troua le crépuscule.

— C'est bien ce que je pensais ! dit-il d'un air triomphant. Donc je vais parler anglais.

— Celle-là, c'est la meilleure !

— Enzo Fujimora, se présenta le pilote. Harvard, promotion 35.

— Celle-là, c'est la meilleure ! répéta Thomas. Un Jap de Harvard !

— Absolument, dit le Japonais en inclinant le buste.

— Et ma mère qui voulait que j'aille à Harvard ! s'écria Thomas.

Cette phrase lui parut ridicule, mais ce fut tout ce qu'il trouva à dire.

— Votre mère a de nobles aspirations, commenta Enzo Fujimora. J'espère qu'un jour vous pourrez y aller. Ça m'a beaucoup plu, là-bas. Voulez-vous qu'on fasse un feu ?

C'est ainsi que Grand-Père rencontra celui qui allait bouleverser le cours de son existence, comme il me le raconta un nombre incalculable de fois, assez souvent pour que je puisse le rapporter avec autant de précision que si cela m'était arrivé personnellement.

Enzo Fujimora était âgé de trente ans. Instituteur de son état, il était issu d'une famille aisée de Nagasaki. Il avait une femme et deux enfants : un garçon de trois ans et un autre, de sept. Lorsque la bombe atomique tomba sur sa ville, deux ans plus tard, tous trois furent anéantis en une seconde. Enzo n'aurait pu le prévoir, bien entendu, mais en eût-il été capable qu'il n'aurait pas vécu différemment. Bouddhiste convaincu, il était l'homme le plus profond que Thomas eût connu jusqu'alors. Il pensait qu'on devait vivre chaque instant de sa vie comme si ce devait être le dernier. « C'est le meilleur moyen d'éviter de perdre du temps », disait-il.

On découvrit leur existence trois longues semaines plus tard. Entre-temps, Enzo Fujimora et mon grand-père étaient devenus de grands amis. Tous deux aimables, ouverts de nature, ils partageaient le même dégoût envers la guerre et envers toute forme de violence en général. Pendant le temps qu'ils passèrent ensemble sur cette île minuscule du Pacifique sud, ils se racontèrent leur vie dans les moindres détails jusqu'au moment où leurs chemins s'étaient croisés, en plein ciel, à bord de leurs avions respectifs. Enzo était séparé de son escadrille quand il avait repéré l'avion-cargo américain, et il avait souhaité se couvrir de gloire en l'abattant pour compenser le déshonneur de s'être égaré.

— Ce fut un acte égoïste, dit-il à Thomas. Je vous présente mes plus plates excuses.

Et d'incliner le buste.

Thomas, qui apprenait vite, lui rendit la pareille.

Ils tombèrent sur une petite mare d'eau douce, mais, comme aucune source ne l'alimentait, sa surface disparaissait sous une fine couche de mousse verdâtre. Il y avait très peu de nourriture. Enzo possédait un pistolet à six coups grâce auquel ils réussirent à tuer deux perroquets. Outre ces oiseaux, à la chair musquée et ferme, ils n'eurent à manger que des espèces de fruits minuscules qui leur donnaient la diarrhée, ainsi que quelques herbes qui poussaient non loin du point d'eau et qu'Enzo identifia sur-le-champ. Ainsi qu'il l'avait dit à Grand-Père, avant d'être pilote il était herboriste ; la connaissance des plantes médicinales était une tradition qui remontait à plusieurs générations dans sa famille. Ce qu'il désirait le plus au monde était de retourner dans le Massachusetts, un jour, pour y pratiquer la phytothérapie. Il enseigna à Grand-Père le nom japonais des plantes qu'ils trouvaient. Peut-être fut-ce parce qu'ils n'avaient d'autres distractions, mais Grand-Père jugea tout cela fort intéressant. Très vite, il maîtrisa tous ces noms et les diverses utilisations possibles de l'armoise, du fenouil et de la jusquiame. Enzo, reconnaissant en mon grand-père un élève motivé, lui prodigua ses leçons durant ces trois semaines.

En retour, Grand-Père lui lisait le journal de Willie

Mann. C'était une découverte pour tous deux, et ce texte, loin d'être le monotone récit d'une vie quotidienne, comme Grand-Père s'y était attendu, les passionna. Au fil des pages, le manuscrit devenait de plus en plus agréable à lire car Willie, outre sa maîtrise de l'orthographe et de la syntaxe, améliorait son style. À partir de quarante ans, il s'exprimait avec une fluidité digne d'un Dickens ou d'un Proust — auteurs qu'Enzo avait lus. Le frêle pilote japonais s'asseyait et écoutait, captivé, aussi longtemps que Grand-Père voulait bien lui faire la lecture ; et lorsque Thomas se fatiguait, Enzo lisait pour lui-même, méditant les enseignements que contenait le manuscrit, tel un érudit étudiant le Talmud.

Un jour, le sauvetage tant attendu se produisit. Un avion de chasse monomoteur américain les survola, alerté par le feu de détresse qu'ils entretenaient jour et nuit sur la plage. Le lendemain matin, un navire se découpa à l'horizon et grossit rapidement. Thomas et Enzo le regardèrent approcher en silence, avec appréhension. Tous deux savaient qu'Enzo deviendrait sous peu un prisonnier de guerre et que mon grand-père devrait sans doute reprendre du service. Ni l'un ni l'autre n'était enthousiasmé par l'avenir immédiat, mais cela valait quand même mieux que d'être retrouvés par les Japonais. Grand-Père avait entendu des histoires horribles sur la façon dont ils traitaient les prisonniers américains — Enzo avait sûrement entendu les mêmes histoires sur le traitement que les Américains réservaient à leurs prisonniers japonais — et Enzo eût risqué de se voir dégradé pour s'être perdu et pour n'avoir su sauver son avion. En outre, ils étaient tous deux amaigris, déshydratés, brûlés par le soleil, et si affamés qu'ils n'avaient plus faim. Alors, peu importait qui venait leur porter secours, au fond. Tout valait mieux que la mort certaine qui les guettait.

— Cette robinsonnade, c'était de la foutaise, m'expliqua Grand-Père plus tard. Une semaine de plus, et on serait morts.

Une fusée éclairante s'éleva du navire au moment où il mouillait l'ancre au large. Tandis qu'un petit groupe mettait le cap sur l'île, à bord d'un canot, Grand-Père, cédant à une impulsion, se tourna vers Enzo.

— Tiens, dit-il en lui tendant le journal intime. Je veux que tu le prennes.

Enzo le dévisagea, surpris :

— Je ne peux pas. C'est la propriété d'un de tes ancêtres.

— Tu me le rendras un jour. Je ne veux pas que tu le gardes à titre définitif, mais il me semble que tu en feras meilleur usage que moi.

Il songeait qu'Enzo aurait besoin de quelque chose pour s'occuper l'esprit pendant son incarcération. Et, en vérité, il n'avait pas trop envie de conserver ce manuscrit. Le journal contenait des histoires, des histoires passionnantes sur sa famille, mais il lui avait également révélé une chose qu'il aurait préféré ignorer. En fait, il se rendit compte en frissonnant qu'il était le seul Mann à connaître les véritables agissements de son grand-père pendant la guerre de Sécession, le seul Mann à savoir que Willie Mann était tout sauf un héros. Qu'il n'avait participé à aucune bataille. Que ce n'est pas une balle de mousquet qui l'avait blessé. Qu'il ne méritait pas la reconnaissance et l'admiration qui avaient été son lot sa vie durant. Willie lui avait légué son journal en se doutant que Thomas découvrirait la vérité en le lisant ;

Thomas considérait que c'était là une décision malavisée. Il aurait préféré que le vieil homme s'en abstienne.

Enzo, lui, était ému par ce don. Il ne savait rien de la réaction de Thomas face à ce journal intime ; pour lui, c'était un récit extraordinaire, inspiré, qui lui donnait à réfléchir. Thomas lui avait demandé de le lui rendre « plus tard ». À l'époque, il fallait beaucoup de courage ou d'optimisme pour utiliser cette expression. En temps de guerre, comment savoir de quoi « plus tard » sera fait ? Rien ne prouvait que l'un ou l'autre allait y survivre.

— Je te le rendrai si je suis encore de ce monde, promit Enzo. Je le jure.

— Je te crois, répondit Thomas.

Le détachement débarqua. Thomas, nu, salua et livra Enzo, nu lui aussi, comme son prisonnier. Enzo fut confié à un garde et, une fois à bord du navire, menotté et enfermé dans la soute.

— Je ne l'ai jamais revu, m'expliqua Grand-Père, trente-cinq ans plus tard. Mais il a toujours le journal. J'ai réussi à les convaincre de le lui laisser. Et il va me le rapporter. Je le sais. C'est le type le plus digne de confiance que j'aie croisé, américain, jap ou autre.

J'avais six ans la première fois que j'ai entendu cette histoire, du moins autant qu'il m'en souvienne. Grand-Père avait déjà dû me la raconter avant. La première fois qu'il me l'a relatée, je connaissais déjà la fin ; alors, peut-être l'entendais-je depuis ma naissance, pendant mon sommeil, par exemple. Quand j'étais petit, Grand-Père me parlait pour m'endormir, et il me berçait avec sa voix grave et chevrotante qui montait et descendait comme les vagues du Pacifique sud dans lesquelles il avait nagé pour sauver sa peau. C'était l'une des histoires que je préférais pour m'endormir. J'éprouvais toujours le même frisson de plaisir à le savoir en sécurité quand il s'échouait sur la plage, tout près des requins qui avaient dévoré le pauvre Phillip Neuberg, de Kansas City. Je le sentais donner des coups de dents à mes talons tandis que je fendais une eau qui, dans mon imagination, était aussi tiède et aussi salée que le sang, et non pas froide et croupie comme celle du lac Érié. Surexcité, je frissonnais en éloignant mes pieds du bord du lit, de façon que rien ne puisse sauter d'en dessous et m'attraper dans le noir.

On pourrait penser qu'une histoire d'avions de combat japonais et de requins a de quoi inspirer des cauchemars à un petit garçon. Des cauchemars, j'en faisais plein, mais pas à cause de ça. Ils étaient tout autres. En fait, c'était toujours le même qui revenait sans cesse. Dans ce cauchemar, je ne suis pas moi. Je suis une fille. Je cours dans la forêt, morte de peur, relevant ma robe pour ne pas trébucher. Je suis poursuivie par des hommes en uniforme ; des soldats d'un pays étranger. Ils parlent une autre langue, et leur uniforme est vert, à passepoil rouge. La forêt ne m'est pas inconnue. C'est celle d'ici, la forêt de Mannville, avant qu'on ne l'ait découpée en campements de « mobile homes ». La forêt est profonde, menaçante, trouée seulement d'un puits de lumière qui traverse le feuillage des arbres. Je cours comme un chat sauvage, toujours à deux doigts de me faire capturer. J'entends leur souffle, leurs halètements, leurs cris étranges, gutturaux, le cliquetis de leurs armes à leur ceinturon. Et juste au moment où je crois les avoir semés, je me prends le pied dans une racine et je m'étale de tout mon long. Une seconde plus tard, les soldats font cercle autour de moi. L'un d'eux tire son épée, la lève très haut dans les airs et, en un ample mouvement du bras, il me tranche la tête.

Tout devient noir.

Quand je faisais ce cauchemar, je m'éveillais toujours en criant. Le plus souvent, Grand-Père venait quand il m'entendait. Il se couchait à côté de moi dans mon lit et posait un bras au-dessus de moi.

— Du calme, chuchotait-il. Allons, du calme, mon garçon.

— Ils me poursuivent, pleurnichais-je.

— Je sais. Moi aussi, ils me poursuivent. Et tu étais elle, hein ? Pas toi-même, mais une fille ?

Je faisais oui de la tête. J'étais bien trop jeune pour m'étonner que Grand-Père connaisse ce cauchemar alors que je n'avais rien dit. C'est que Grand-Père, lui, il savait tout.

— Moi aussi, je fais ce rêve, reprenait-il. On l'a tous fait, tous les Mann. On est obligés.

— Je le déteste !

— C'est le prix de notre grandeur, disait Grand-Père.

Et il soupirait. Pas un soupir d'appréhension : un soupir de profonde satisfaction, parce que ce rêve apportait la preuve irréfutable que j'étais vraiment un Mann — preuve bien plus concluante que n'importe quel test génétique — et que nous n'étions pas encore complètement déchus, car tant que nous payions le prix, il devait y avoir quelque chose à la clef, et nous n'étions pas maudits, au bout du compte. Peut-être, songeait Grand-Père, peut-être notre grandeur ne faisait-elle que commencer.

Lorsque Grand-Père rentra à Mannville à la fin de la guerre, il fut reçu avec un faste réservé aux héros nationaux. Sa mère, Lily, avait déjà raconté en détail la manière dont son avion s'était abîmé dans la mer et dont lui-même avait survécu sur une île déserte, en omettant, pour ne pas porter préjudice à la réputation des Mann, son amitié avec Enzo Fujimora, et peut-être enjolivant d'autres détails ici et là. Quand il descendit du train, une foule de quatre cents personnes était venue l'accueillir, presque toutes convaincues que Thomas était un pilote de chasse hors pair qui avait pris l'île à lui seul, non sans massacrer au passage les centaines de Japonais qui l'occupaient. Certains portaient des pancartes : « BIENVENUE CHEZ TOI, TOMMY-TRAILLEUR ! » et « MANNVILLE SALUE SON HÉROS ». On était en décembre 1945. Thomas était parti, fringant jeune homme de dix-neuf ans ; il revenait, ancien combattant grisonnant de vingt-deux ans. Il avait terminé la guerre à un poste administratif, comme il l'avait demandé après son sauvetage. Avec pour tout bagage son paquetage et le souvenir des cris de Phillip Neuberg, il sauta sur le quai, embrassa sa mère (qui fut brièvement et royalement hystérique), salua timidement la foule et regagna l'immense domaine familial, au nord de la ville.

Thomas, quant à lui, n'entretenait aucune illusion sur son propre rôle durant la guerre. Il avait fait ce qu'il fallait pour survivre, ni plus ni moins, comme tous ceux qui étaient rentrés au pays, et à ses yeux il n'était pas plus héroïque que les autres gars de Mannville. Certains étaient revenus avec un bras ou une jambe en moins, ou le cerveau troué comme du gruyère ; et certains n'étaient pas du tout revenus. Thomas n'éprouvait aucun sentiment de fierté ni d'héroïsme quand il se comparait à ces autres victimes de la guerre. En revanche, l'attitude de sa mère envers lui changea du tout au tout. Elle vénérait sa présence, avec l'attitude d'une servante dévouée. Thomas découvrit que sa mère s'était repliée dans une profonde solitude durant son absence et qu'elle avait vieilli prématurément en trois ans ; ses cheveux étaient pratiquement gris, alors qu'elle venait de dépasser la quarantaine, et son cœur commençait à donner quelques signes de faiblesse. Elle avait tout juste réussi à sauvegarder son port de reine pendant la durée du conflit. Elle avait attendu que Thomas rentre à la maison pour pouvoir, petit à petit, confier à son fils unique les rênes de la ferme et des activités annexes. Et cette immense responsabilité, combinée au respect admiratif avec lequel on le traitait en ville, commença à gonfler en lui, au point qu'il se mit à marcher fièrement et à arborer une coquette moustache, sans reprendre ceux qui l'appelaient « mon lieutenant ». Bien entendu, il ne parla jamais de ce qu'il avait appris sur son grand-père en lisant le journal intime ; il ne voyait pas de raison de contrarier sa mère, et puis ces événements s'étaient produits depuis si longtemps que cela n'avait plus d'importance. Il dissipa les doutes qui le harcelaient : il les ignora. En outre, le journal était en sécurité au Japon, où aucun habitant de Mannville ne le découvrirait jamais. C'était l'autre raison pour laquelle il l'avait donné à Enzo. Il n'avait pu se résoudre à le détruire. Alors, autant l'envoyer très loin.

Lily mourut d'une attaque au début du printemps 1946. Thomas, désormais marié à la jeune et charmante Ellen Hurley, de Buffalo, se trouva soudain libre de faire ce qu'il voulait de son argent. Il avait des goûts de luxe, selon les critères des Mann, mais il n'était pas du genre à jeter l'argent par les fenêtres. Au contraire, il agit en suivant un plan qui mûrissait dans sa tête depuis quelque temps déjà. La culture du maïs et des légumes lui avait toujours paru ennuyeuse. Il avait donc décidé de liquider ses avoirs, d'importer des autruches d'Australie et de se lancer dans un élevage. Il se disait qu'un échec était impossible, qu'il était le genre d'homme qui, voyant loin, pouvait mener à bien ce genre de projet. Après tout, il était millionnaire, il revenait de la guerre en héros et personne n'allait oser le contredire. Il se voyait déjà à l'origine d'une mode qui allait révolutionner l'Amérique. Il avait mangé de l'autruche en Australie, lors d'une permission, et ce mets lui avait paru délicieux. Bientôt, les Mannvilliens suivraient son exemple, tout simplement parce que c'était lui, et alors il aurait le monopole du marché de l'autruche. Et pas seulement à petite échelle. Toutes ses terres seraient converties en élevage d'autruches ; il s'y consacrerait tout entier.

Sans attendre, Thomas commanda, pour un prix phénoménal, deux mille autruches en Australie, et embaucha soixante-quinze ouvriers pour clôturer ses champs. Tout Mannville guettait avec impatience l'arrivée de ces volatiles. Une semaine passa, puis deux ; puis un mois, puis trois. Alors il reçut un télégramme : près de la moitié des autruches étaient mortes sur le bateau pendant la traversée. De celles qui n'avaient pas péri, près de la moitié moururent très vite après leur arrivée, victimes de diverses maladies du Nouveau Monde contre lesquelles elles n'étaient pas immunisées.

Les survivantes, inconsolables, s'éparpillèrent dans l'immense étendue de terrain que Thomas avait fait clôturer à leur intention. Elles y restèrent jusqu'au jour où elles découvrirent la clôture, qu'elles franchirent sans demander leur reste avant de disparaître à jamais.

Thomas avait expliqué son projet aux ouvriers, mais ceux-ci, n'ayant jamais vu d'autruche de leur vie, n'avaient pas la moindre idée de la taille ni de la force de cet animal. Pour eux, une autruche n'était ni plus ni moins qu'une grosse poule. Ils construisirent donc une clôture qui, pour les autruches, ne représenta qu'un obstacle mineur entre elles et la liberté.

Les choses en restèrent là. En trois mois à peine, Thomas se retrouva au bord de la faillite, et sans une seule autruche à montrer du doigt. Le pire, toutefois, était que sa réputation parmi les habitants de Mannville avait dégringolé. En ville, les gens lui riaient au nez. Des fermiers indignés l'assaillaient de coups de téléphone pour lui dire que des autruches surexcitées saccageaient leurs récoltes et qu'ils tiraient à vue. Des autruches furent signalées dans les villes voisines — à Springville, à Angola, à Hamburg — et jusque dans le petit village montagneux d'Asford Hollow, à une bonne centaine de kilomètres de là. Le *Mégaphone*, l'hebdomadaire de Mannville, publia des articles sur le sujet durant l'année qui suivit, sous de gros titres tels que « LE MILLIONNAIRE EXCENTRIQUE DE MANNVILLE FAIT CHOU BLANC » ou « DES OISEAUX GÉANTS ENVAHISSENT L'ÉTAT DE NEW YORK ! ». Finalement, cette mésaventure acquit la célébrité sous le nom du « grand fiasco des autruches de 1946 ». Je crois bien que les manuels d'histoire du lycée de Mannville en font toujours mention comme d'une saga régionale, édifiante et haute en couleur.

Ruiné, démoralisé, abandonné du jour au lendemain par ses amis, Thomas se retira définitivement sur ses terres. Mon père, Eddie, naquit fin 1947. Peu de temps après, Ellen Hurley — je connais son nom pour l'avoir lu dans l'exemplaire des bans conservé sur microfilm à la bibliothèque municipale de Mannville — repartit seule et pour toujours à Buffalo, s'étant rendu compte après coup que ce n'était pas de Thomas Mann qu'elle était amoureuse, mais de sa fortune. Mon grand-père n'a jamais prononcé son nom devant moi, et Eddie l'a à peine connue. Thomas concentra toute l'énergie qui lui restait sur son fils. Il savait que seul Eddie permettrait au nom des Mann de sortir de la fange où il l'avait plongé par accident.

Il fallut tout vendre pour éponger les dettes. Les trois fermes principales des Mann, y compris les terres et le matériel, furent mises aux enchères publiques. Les terrains furent achetés essentiellement par des promoteurs avides de participer à l'élan de prospérité d'après-guerre. Aux quatre coins du pays, les soldats rentraient chez eux et se reproduisaient comme des lapins — comme s'ils rattrapaient le temps perdu, le temps perdu en France, en Angleterre, dans le Pacifique, partout où avait sévi cette triste et interminable guerre, le temps perdu à se battre quand ils auraient dû être au lit avec leurs femmes. Ces soldats avaient de l'argent maintenant, de bons boulots, et ils exigeaient d'avoir un toit. Quatre ans plus tard, en 1950, les mille cinq cents hectares avaient été divisés en parcelles.

Et là où autrefois s'étendaient de fertiles champs de blé ou de maïs, ainsi que des vignes, à perte de vue dans la campagne, on apercevait maintenant des allées et des voitures flambant neuves, des femmes qui étendaient leur linge dans leur jardin, des rues tranquilles avec des gosses sur des vélos ou des scooters. Une nouvelle ville était née, tout ça à cause d'une idée nulle de mon grand-père.

« Tout ça, c'est ma faute, nom d'un chien, me disait-il, comme il l'avait dit à mon père, tout en me montrant les voisins. Si j'en avais eu dans le ciboulot, aucun de ces merdeux ne serait ici. Tiens, il aurait mieux valu que ce soit moi qui me fasse dévorer par les requins au lieu de ce pauvre Phillip Neuberg. Je te parie qu'il n'aurait pas été assez bête pour investir dans des autruches, lui. Il était ingénieur. Il faut être intelligent pour être ingénieur. »

Mon père alla au jardin d'enfants en 1952. À partir de ce moment-là, sa scolarité se révéla particulièrement brillante, au dire de mon grand-père. Comme moi, il lisait de manière phénoménale, à un très jeune âge, en conséquence de quoi on le dispensa de l'année de cours préparatoire. Au collège, il joua pour la première fois au football et au base-ball, et travailla à mi-temps à l'épicerie des Gruber.

« Il n'était plus jamais à la maison quand il a eu treize ans », disait Grand-Père en se gardant bien d'ajouter qu'il ne pouvait pas lui en vouloir.

Qui aurait eu envie de s'éterniser dans les ultimes vestiges d'un empire dont le monarque déchu, assis au milieu des ruines, la mine lugubre, passait son temps à siroter du whisky sec en évitant tout contact ?

Eddie apprit aussi à se battre. « Les gamins lui cherchaient des noises, sous prétexte que son paternel était la risée de la ville, disait Grand-Père. Alors, ils lui disaient des choses et il leur cognait dessus jusqu'à ce qu'ils les retirent. Cette histoire n'a pas duré longtemps. C'était le gosse le plus fort des environs. Quand on le cherchait, on le trouvait, et en général on n'y revenait pas. Là-dessus, on a commencé à le remarquer sur le terrain. Quand il est entré au lycée, tout le monde a oublié ses origines. Il n'était plus que Eddie Vas-Y. Chaque semaine ou presque, son nom apparaissait dans le journal. Les filles téléphonaient ici tout le temps, nom d'un chien, et craquaient avant d'avoir eu le temps de faire ouf. Bon Dieu, c'était pas n'importe qui. »

Eh non, ce n'était pas n'importe qui : c'était un Mann. Sa tendance innée à la grandeur ne risquait pas d'être étouffée par le manque d'argent. Au contraire, il n'en avait que plus d'éclat.

« On a pas d'argent, me disait Grand-Père. On a pas d'amis. On a que cette maison, et tu m'as, moi. Et je t'ai, toi. Mais, bon Dieu, on a encore plus que n'importe quelle famille de la ville, parce que c'est le sang des Mann qui coule dans nos veines. N'oublie jamais ça.

— Non, Grand-Père », lui promettais-je.

Et je ne l'ai pas oublié, car c'est aussi mon histoire, même si ce n'est pas moi qui l'ai vécue. Si je veux expliquer qui je suis, comment j'en suis arrivé là et où je vais, il me faut raconter le reste. Pas forcément dans l'ordre chronologique, bien sûr, mais comme les choses viendront, d'une façon naturelle. Le temps est une rivière mais parfois les rivières forment des boucles, des tourbillons, des bras morts, de petites poches de rivage oubliées où les choses perdurent, inchangées, loin du débit tumultueux du milieu du lit, où l'eau est plus profonde. Et, quelquefois, c'est bon de se laisser dériver jusque-là, flottant, tournoyant, et de tout oublier pendant un moment.

3

Ma petite enfance (suite). L'homme qu'était mon père. Les Munchkins. Grand-Père a un accident.

L'ancienne chambre de mon père se trouvait au premier étage de la maison. Elle ne comportait qu'une fenêtre, orientée au nord, vers le lac à peine visible même par temps clair, fine ligne bleutée juste au-dessus des arbres. Cette pièce inhabitée était la seule propre — elle était bien mieux entretenue que la cuisine, par exemple, avec ses piles de vaisselle sale, ou que le salon au sol jonché de vieux journaux et de verres à whisky au fond poisseux. Un mur de cette chambre était tapissé d'étagères surchargées de trophées dorés, trente-huit en tout, astiqués, époussetés et rangés par taille. Ils étaient tous en or : point d'argent ni de bronze car mon père, dans tous les domaines, arrivait toujours à la première place. Il concourait dans les épreuves de cross-country, de course de vitesse, 100 et 200 mètres, de lancer de disque, de lancer de javelot, de lancer de poids, de natation, de football. Il excellait en tout, mais sa vraie passion, c'était le football américain.

À quinze ans à peine, Eddie devint le quarterback fétiche des Météorites de Mannville, se jetant contre des garçons de trois ou quatre ans ses aînés. Il se dégageait sans effort de la mêlée de mastodontes qui venaient de villes voisines comme Springville ou Angola, des garçons de ferme assez forts pour attraper une vache par les cornes et lui tordre la tête jusqu'à ce qu'elle ploie les genoux en meuglant, et qui n'attendaient rien de mieux de la vie que d'écraser mon père comme un grain de raisin pour qu'il cesse enfin de faire des passes qui permettaient à son équipe d'enchaîner les buts. Les Météorites remportèrent quatre fois de suite les championnats régionaux tant que le ballon transitait par mon père, et ils se retrouvèrent trois fois en finale de l'État, dont ils revinrent une fois victorieux.

Un autre mur était couvert de photographies : Eddie sur un bateau brandissant un sandre doré qui lui avait valu un prix ; Eddie en position « trois points », en casque et maillot ; Eddie lançant un javelot tel Achille sur le rivage de Troie, avec, au second plan, divers Achéens criant à pleins poumons pour manifester leur approbation ; et, pour finir, Eddie en uniforme de l'armée de l'air avec, tendue derrière lui dans toute sa splendeur, la bannière étoilée dont les bandes blanches n'avaient d'égal que l'éclat du sourire de mon père. Cette photo avait été prise environ un an et demi avant ma naissance. *Hé fiston,* semblait-il me dire, *c'est super, la guerre ; c'est super, de piloter ; c'est super, l'Amérique ; c'est super, tout ça. Hein, que c'est chouette d'être un héros ? Hein, que c'est génial d'être un Mann ?*

Cette photo-là, je la contemplais pendant des heures, souhaitant de toutes mes forces pouvoir sauter dedans et me joindre à mon père pour incarner tout ce que le monde a de bon, tout ce que l'Amérique a de bien. Grand-Père m'autorisait à aller dans la chambre de mon père à la seule condition que je ne mette pas de désordre. Sur le bureau, s'alignaient des objets que mon père y avait posés, véritables icônes, reliques qu'il était interdit de toucher car Eddie avait été le dernier à les manipuler. Résultat : le plateau du bureau, recouvert d'une couche de poussière de deux ou trois centimètres d'épaisseur, était une crasseuse oasis de sentimentalité au milieu d'un désert de propreté. Ces objets n'avaient rien de remarquable en soi : un stylo, quelques agrafes, un exemplaire de *L'Adieu aux armes*. Eddie avait été un grand admirateur de Hemingway. Mon grand-père m'avait formellement interdit de lire Hemingway sous prétexte que c'était lui qui avait donné à mon père l'idée de partir à la guerre. Cette interdiction ne réussit qu'à attiser ma curiosité, mais il devait s'écouler de nombreuses années avant que je m'autorise à prendre ce livre et à le lire. À l'époque, le simple fait de regarder sa couverture et son titre à peine visible sous la poussière en sachant qu'il était posé là depuis 1969, que la dernière personne à l'avoir touché était mon père, et de me dire que, peut-être, la seule façon pour moi de permettre à son fantôme de survivre, de lui parler à travers le voile de la mort, était de vénérer ces objets à l'instar de mon grand-père, de les traiter comme s'ils étaient en quelque sorte des émetteurs radio réglés en permanence sur la fréquence de l'au-delà, me suffisait.

« *Ton père était un casse-cou* », me disait Grand-Père avec fierté. Très jeune, il se persuada qu'il volerait dans les airs ; Grand-Père avait conservé la collection de plâtres qui le prouvait, moules des bras et jambes que mon père s'était cassés à des âges divers. Ils étaient rangés à la cave, à côté des bocaux d'herbes. Il y en avait cinq : trois jambes et deux bras. Pour la plus grande joie de Grand-Père, j'avais hérité des tendances suicidaires de mon père, bien que mon courage — d'aucuns appelleraient ça de la stupidité — se limitât à des cascades à grande vitesse en tondeuse à gazon autotractée, ce qui m'intéressait bien plus que de sauter du toit des écuries — passe-temps préféré de mon père. Cela faisait belle lurette que Grand-Père avait renoncé à tondre l'immense pelouse, et il avait retiré la lame de la tondeuse pour que je puisse la manier en toute sécurité. Ce fut une bonne chose, car je m'entraînais constamment à faire des prouesses telles que rester debout sur le capot en roulant en marche arrière, ou tenir sur le siège en faisant le poirier tout en tournant le volant avec mes pieds nus. Grand-Père, assis sur le toit de la niche, gueulait son approbation d'une voix avinée. Je tombais plus souvent qu'à mon tour, surtout à grande vitesse, et plusieurs fois la tondeuse me passa sur le bras ou la jambe, et même une fois sur tout le corps. Grâce à la prévoyance de Grand-Père, je sortis non seulement indemne de mon enfance, mais, de plus, sans rien craindre des défis physiques que le monde avait à m'offrir.

Parfois, l'après-midi, on jouait aux Munchkins[1]. C'était super marrant, parce que c'était sanglant, meurtrier et effrayant, et que je ne savais jamais à l'avance ce qui allait arriver. En gros, ça se passait comme ça...

Grand-Père s'asseyait sur le toit de la vieille niche, que plus aucun chien n'occupait, avec un verre de whisky à portée de main et son feutre vissé en arrière sur le crâne. Je m'installais à côté de lui et il me posait une main sur l'épaule. On ne disait plus rien. À mes oreilles tintait la vaste profondeur du silence qui s'était abattu sur la cour. Soudain, les buissons frémissaient.

1. Personnages de très petite taille qui apparaissent dans *Le Magicien d'Oz*. *(N.d.T.)*

— Ils sont là ! chuchotais-je en levant le doigt.

— Exact ! s'écriait Grand-Père.

Il posait son whisky, commençait à sortir des objets imaginaires de la niche et me les tendait.

— Dynamite ? demandait-il.

— C'est bon.

— Amorce ?

— C'est bon.

— Détonateur ?

— C'est bon.

— Tu as tout le matériel ? Boussole, pistolet, fusées de détresse, gilet de sauvetage, canot pneumatique, canne à pêche ?

Parfois, dans sa tête, Grand-Père confondait ce jeu avec son séjour dans le Pacifique sud, et il tenait à s'assurer que j'avais tout ce dont je pourrais avoir besoin si jamais je finissais dans l'océan.

— C'est bon.

— Parfait, disait-il. Va placer ta charge.

Je filais à pas de loup vers le buisson, l'arbre ou la haie où les Munchkins se cachaient. Les Munchkins étaient une bande de créatures hideuses et féroces qui vivaient dans notre jardin depuis la Création du monde. Ils étaient petits, d'environ ma taille, ils avaient de longs visages dégoulinants de salive et des griffes grâce auxquelles ils pouvaient vous couper en deux. Les hommes portaient une barbe qui leur descendait jusqu'à la ceinture. Les femmes attrapaient les enfants des humains pour les manger. Il était impératif de les décimer pour que le monde puisse redevenir un endroit sans danger pour les enfants. J'avais la mission terrifiante de les bombarder, et j'étais fier de m'en acquitter. C'était mon devoir de héros, en digne fils de mon père. Je plaçais ma charge de dynamite dans le buisson, une main sur mon pistolet au cas où ils m'auraient attaqué. Cela arrivait parfois ; le combat corps à corps qui s'ensuivait était impitoyable, et, souvent, j'étais grièvement blessé, mais j'en sortais toujours vainqueur.

— Ils sont combien ? me criait Grand-Père depuis le toit de la niche.

— Huit cent onze !

— Bon Dieu de bon Dieu ! Au rapport au QG !

Je revenais à la niche au triple galop.

— Chargée placée !

— Bien ! Compte à rebours !

— *Dix neuf huit sept six cinq quatre trois deux un !*

— Feu ! braillait Grand-Père en appuyant sur le détonateur.

Le monde était secoué par une terrible explosion. Je m'écroulais par terre, gisais, inconscient, pendant quelques instants, puis je retournais là où j'avais placé la dynamite pour achever les blessés ou faire des prisonniers, selon mon humeur.

Tout cela se passait bien avant que j'aie commencé à regarder la télévision ; la mystérieuse boîte lumineuse que je voyais lors de mes furtives missions de reconnaissance à la maison des Simpson ne comptait pas, étant donné que je ne m'en étais pas encore approché assez près pour savoir ce que c'était. Les Munchkins furent la première chose dont j'eus vraiment peur. J'avais vingt ans quand j'ai enfin vu *Le Magicien d'Oz,* et les créatures qui hantaient les cauchemars de mon enfance me furent révélées pour ce qu'elles étaient vraiment : une supercherie, une mystification, une méga arnaque montée contre moi par des escrocs de Hollywood. Les Munchkins n'étaient ni féroces ni effroyables, tout juste un peu crispants. J'en fus indigné. Il allait se passer bien des années encore avant que le journal intime de Willie Mann me soit restitué — à moi, son propriétaire légitime — et je devais y lire ces lignes qui, comme tant d'autres, écrites par Willie, me semblèrent avoir été rédigées spécialement à mon intention :

> *Il arrive un moment dans la vie de tout homme où ses pires craintes, sous le froid éclairage de la raison, en sont réduites à de piètres ombres jetées par des objets anodins. À ce moment-là, on peut soit céder à la colère, soit hausser les épaules et poursuivre son chemin. C'est là la véritable épreuve du passage à l'âge adulte, car celui qui se laisse aller au ressentiment envers les événements qui l'ont forgé n'a pas encore pris son destin en main.*

À l'époque, je ne savais rien de l'âge adulte, ni du destin, ni même de la raison. Je savais seulement que j'avais peur des Munchkins, mais que j'adorais jouer à ce jeu, parce que Grand-Père m'avait dit qu'il y avait joué avec mon père exactement comme avec moi ; un homme et un enfant, seuls au monde, défiant la nature en se racontant que ce qui était vrai ne l'était pas, et vice versa.

Entre mes cauchemars de soldats étrangers bizarres qui me poursuivaient à travers les bois, et les Munchkins qui hantaient notre immense jardin, je commençai à perdre le sommeil. Tout mon univers, qui, jusqu'alors était limité aux bois, au lac et à quelques virées d'espionnage près de la maison des Simpson, était envahi par le mal à l'état pur. Il était omniprésent, de jour en jour plus noir, plus terrifiant, jusqu'à devenir un sentiment qui m'envahissait tout entier, un sentiment qui avait une personnalité propre. Et même un nom : le Trouïaeu.

Je ne me rappelle ni comment ni pourquoi j'en étais arrivé à inventer le nom de Trouïaeu. Je suppose que j'avais entendu Grand-Père dire une fois au sujet des Munchkins, ou peut-être des métallurgistes de Pittsburgh, qu'il méprisait : « Ça leur fichera l'trouille, à eux. » Dans mon esprit, le Trouïaeu devint l'être qui dominait toutes les choses mauvaises. Non seulement, il les provoquait, mais, de plus, il aimait les provoquer. C'était sa *raison d'être*[1]. Le Trouïaeu était toujours en embuscade, prêt à me ficher la trouille. J'ai fait des dessins de lui : un grand chien ailé avec une tête de lion qui, la nuit, volait dans les airs au-dessus de la ferme. Parfois, je l'entendais respirer.

C'était le Trouïaeu qui avait tué mon père, pas le Viêt-cong. C'était à cause de lui que l'avion de Grand-Père avait été abattu par Enzo Fujimora ; à cause de lui que Grand-Père avait perdu tout son argent dans le fiasco des autruches ; à cause de lui que M. Simpson criait après ses enfants. C'étaient ses longues mains visqueuses qui sortaient de sous mon lit, la nuit, et tâtonnaient frénétiquement sur les draps, essayant de m'attraper par les pieds pour me tirer en dessous, près de lui. Toutes les nuits, je restais recroquevillé sous les draps, tremblant, trop apeuré pour dormir et trop honteux pour appeler Grand-Père. Les coups, les grincements et les gémissements des fantômes de notre maison ne me dérangeaient presque plus. Après tout, ils appartenaient à ma famille, et je savais bien qu'ils ne me feraient aucun mal ; c'était à Grand-Père qu'ils en voulaient. Le Trouïaeu était bien pire que tous les fantômes et, pour couronner le tout, les fantômes eux-mêmes étaient impuissants devant lui. Ils

1. En français dans le texte *(N.d.T.)*

ne pouvaient que former un cercle protecteur autour de moi, ce qu'ils faisaient chaque soir sous la forme de minuscules lumières dansantes ; parfois, je sentais une main tiède contre ma joue, quand l'un d'eux se matérialisait assez longtemps pour me rassurer d'une légère caresse. Je m'éveillais en sursaut du demi-sommeil lorsque je sentais cela, ne sachant trop si c'était vraiment un fantôme ou si Grand-Père était venu sans bruit dans ma chambre pour voir si je dormais. Ça n'avait pas d'importance. Les membres de ma famille me protégeaient ; c'était grâce à eux que j'arrivais sain et sauf à l'autre bout des ténèbres de chaque nuit.

L'hiver 1977 fut particulièrement rude. Dès la fin de cet automne-là, il y eut une tempête de neige qui enchâssa toutes choses dans une épaisse couche de glace. Le monde que je connaissais fut une fois de plus transfiguré, mais plutôt embelli. Les arbres, les buissons, les lignes à haute tension, le vieux four en brique près des anciennes écuries, et jusqu'à la vieille ferme, tout s'était cristallisé, immobilisé dans le cycle infini de renaissance et de pourrissement, tel un animal conservé dans le formol en vue d'être disséqué. Le Trouïaeu, dont moi seul je connaissais l'existence, battit en retraite, comme si ce phénomène inexplicable de la nature méritait bien une trêve provisoire. Le soleil, petit, blanc, froid, se reflétait sur tout avec une vigueur magnifiée. La cour devint une étendue miroitante sur laquelle je pouvais faire des glissades à une vitesse incroyable.

Le repli du Trouïaeu me permit de redécouvrir mon goût des cascades dangereuses et stupides. Ma réconciliation soudaine avec le monde m'ouvrait à des possibilités nouvelles et fascinantes. Ce n'était pas la même glace que celle qui se formait à la surface du lac — rugueuse, inégale, qui se dressait soudain en de hautes montagnes blanches, tombeau des vagues, me semblait-il, retenues prisonnières là où elles s'étaient laissé piéger ; en outre, elle était traîtresse : elle paraissait très solide, mais c'était précisément cette fausse impression qui avait conduit le père de Grand-Père à la mort, en 1912, quand il avait décidé d'aller au Canada en roulant sur le lac gelé. Cette glace-là, en revanche, était lisse, pure et battue incessamment par les vents de la tempête qui emportaient avec eux ses moindres défauts. Aucune trace, aucune fissure à la surface. En calant la porte de la cuisine pour qu'elle reste ouverte et en prenant mon élan depuis le mur du fond, j'acquérais assez de vitesse pour m'élancer sur la glace et glisser gracieusement à plat ventre sur une bonne trentaine de mètres. J'avais l'impression de voler. La première fois, je me cognai le visage et m'ouvris la lèvre inférieure, mais ça m'était déjà arrivé si souvent qu'il n'y avait pas de quoi en faire un drame. Je volais encore, encore et encore, jusqu'à l'épuisement, mais j'étais trop comblé pour m'arrêter. Finalement, je décidai de me lancer une dernière fois et d'aller ensuite trouver Grand-Père pour qu'il me prépare à déjeuner.

Je ne l'avais pas vu de toute la matinée, mais cela n'avait rien d'inhabituel. Parfois, plusieurs heures passaient avant qu'on se croise dans notre immense demeure. Si l'un de nous avait besoin de voir l'autre pour une question importante, il faisait tinter le vieux triangle de fer accroché à la porte de la cuisine. Après ma dernière glissade, je sonnerais Grand-Père, qui apparaîtrait et me dirait : « Saucisses grillées, ça te va ? » C'était toujours ça qu'il disait. C'était toujours ça qu'on mangeait. Et ça m'allait toujours.

Je n'eus même pas le temps de m'élancer pour ma

dernière glissade, car je me cognai en plein dans Grand-Père, qui descendait l'escalier de service pour jouer du triangle. Il ignorait où j'étais et voulait me demander si, une fois de plus, des saucisses grillées, ça m'allait.

La collision eut lieu au moment où j'allais quitter ma piste de décollage. Il eut le souffle coupé et j'entendis un « hooo ! » de surprise lui échapper tandis que ma tête heurta son vieil abdomen de plein fouet. Il fut projeté en arrière comme si on lui avait tiré dessus à bout portant avec un obusier. On atterrit ensemble, moi sur lui. Ma chute fut amortie par sa bedaine, mais rien n'amortit sa chute que l'épaisseur de la glace. J'entendis et sentis un craquement sonore à l'intérieur de son corps, et il poussa un cri si angoissant, si terrifiant que je compris tout de suite que le Trouïaeu n'était pas parti bien loin, au bout du compte.

Il se tenait en embuscade, attendant que j'aie baissé ma garde, trompé par la fausse accalmie.

— Oh, merde, dis-je — c'était mon nouveau mot, cette année-là.

— Ma hanche, dit Grand-Père.

— Pardon.

— Pousse-toi.

— Pardon, pardon, pardon... répétai-je.

Jamais je ne l'avais dit avec autant de sincérité. Je glissai doucement sur le côté. Grand-Père hurla de nouveau. Je me bouchai les oreilles et fermai les yeux. Je sentis l'haleine tiède, fétide et humide du Trouïaeu sur ma nuque.

— Billy, me dit Grand-Père, pas de panique.

Il était blanc comme un linge ; sa respiration était sifflante, haletante.

— Il faut que tu appelles quelqu'un, que tu demandes de l'aide.

Ça, au moins, je savais faire. Je me faufilai à l'intérieur, jusqu'à la cuisine, le Trouïaeu à mes basques. Je l'entendais qui soufflait comme un bœuf, et je savais que, si je me retournais en cet instant, je le verrais. Je choisis de ne pas regarder.

Le téléphone était noir, froid et lourd. Je portai le combiné à mon oreille et écoutai. Pas de tonalité, évidemment. Tous les téléphones de l'État de New York étaient logés à la même enseigne. La tempête et le verglas avaient provisoirement gommé le monde moderne. On aurait aussi bien pu être en 1877 qu'en 1977. On aurait aussi bien pu être à l'aube des temps.

— Allô, dis-je, très calme, espérant contre toute logique que quelqu'un m'entendrait tout de même.

Je refusais de me laisser entraîner par mon désespoir dans les ténèbres insondables qui s'ouvraient sous mes pieds.

— Allô ! criai-je à nouveau.

Je me mis à pleurer, ce qui avait le don de m'enrager ; je détestais pleurer. Je raccrochai violemment et courus à la porte.

— Ça marche pas ! criai-je.

Je devais découvrir plus tard que le téléphone ne fonctionnait plus depuis trois semaines, mais, comme Grand-Père et moi n'avions personne à qui téléphoner et que personne ne nous téléphonait, nous n'avions aucune raison de nous en rendre compte tant que nous ne nous étions pas trouvés dans une situation d'urgence — quand, bien sûr, c'était trop tard.

— Sacré nom d'un chien ! fit Grand-Père, redevenant lui-même, ce qui me calma. Bon, Billy, écoute-moi bien.

Il va falloir que tu prennes la Galaxie et que tu ailles chercher du secours.

— La Galaxie ! répétai-je en me remettant à pleurer. Pas question ! Je ne sais pas conduire !

— Écoute-moi, dit Grand-Père, de plus en plus pâle. *Écoute-moi !* Je ne peux pas bouger. Il fait très froid ici, et je vais bientôt être en état d'hypothermie. Tu sais ce que ça veut dire ? C'est quand on s'est fait très mal et que la température du corps diminue. Je vais peut-être mourir de froid, Billy. Si personne ne me vient en aide, et vite, je vais peut-être *mourir.*

Pour une raison inexplicable — divine, qui sait ? —, dès que Grand-Père eut prononcé ces paroles, ma peur s'envola. Je n'avais que sept ans, mais je pris sur moi le poids de la vie de mon grand-père avec l'assurance d'un homme qui aurait vécu plusieurs fois mon nombre d'années.

Extrait du journal :

> *La peur est un grand obstacle à bien des choses, mais une fois qu'elle a disparu, on voit clairement ce qu'on doit faire.*

Je fonçai dans la maison, trouvai des couvertures et emmitouflai Grand-Père. Même lui n'avait pas pensé à ça.

— C'est bien, mon garçon, approuva-t-il.

Il souffrait beaucoup, respirait trop vite. Un éclair de génie me frappa, presque palpable, comme si quelqu'un ou quelque chose, une force qui me protégeait, me l'avait planté dans le crâne.

— Je vais y aller en tondeuse, déclarai-je.

Grand-Père avait beau souffrir le martyre, il fut impressionné.

— Extraordinaire, dit-il dans un souffle. J'ai élevé un génie.

On rangeait la tondeuse à gazon dans les écuries. Peu de temps auparavant, on avait remplacé le vieux battant coulissant en chêne massif par une porte métallique moderne, comme celle d'un garage, qui s'ouvrait en basculant ; ainsi que tout le reste, elle était gelée. Si elle avait été complètement fermée, je n'aurais pu l'ouvrir. Par chance, elle était juste assez entrouverte pour que je puisse me glisser en dessous. Une fois que mes yeux se furent habitués à l'obscurité, je localisai la tondeuse et m'assis sur le siège. Je n'y voyais pas grand-chose, mais j'avais conduit la tondeuse si souvent que j'aurais pu la faire démarrer les yeux fermés. Je mis le starter, fis rentrer la lame — qui n'y était plus depuis belle lurette —, abaissai le levier jusqu'à l'image de la tortue — qui signifiait « vitesse lente » — et mis le contact. Le moteur démarra à la troisième tentative. Je le fis chauffer un petit moment, remontant peu à peu le levier jusqu'à l'image du lapin, puis j'appuyai sur la pédale d'embrayage et, en douceur, passai la première. À cause de la semelle mouillée de ma botte, mon pied dérapa sur la pédale, et la tondeuse et moi fîmes un bond en avant, pour aller nous cogner contre la porte presque fermée. C'était exactement ce qu'il fallait pour que la glace qui s'y était accumulée se brise et que je puisse l'ouvrir en grand. Je ne l'avais pas prémédité, bien sûr, mais à sept ans j'étais très superstitieux, et cela me parut être le signe que les choses allaient finir par s'arranger, qu'il était donc bien vrai que quelqu'un me protégeait. Je fus rassuré.

Au volant de la tondeuse, je descendis prudemment l'allée gelée, restant en première. Je ne me risquai à lancer qu'un regard par-dessus mon épaule, vers Grand-Père. Il était allongé par terre là où je l'avais laissé, les jambes tendues devant lui, raides, les bras écartés, ressemblant étrangement à un très grand enfant étalé dans la neige. J'eus envie de lui faire un signe de la main, mais je n'osai pas lâcher le volant. Je regardai de nouveau droit devant moi et passai la deuxième.

Il n'y avait qu'un endroit où je pouvais aller chercher de l'aide : chez les Simpson. En temps normal, j'aurais préféré me trancher le bras plutôt que de me présenter à leur porte. Pour ce que j'en savais, M. Simpson pouvait me tuer sur-le-champ et faire de moi son dîner. Mais là, on n'était pas en temps normal. Les mots de Grand-Père : « *Je vais peut-être mourir* » résonnaient à mes oreilles avec l'insistance d'une sirène d'ambulance. Il était dangereux de dépasser la seconde, aussi fis-je de mon mieux pour maintenir une vitesse régulière. Lorsque j'arrivai au croisement de notre chemin de terre et de la route, je lançai des regards éperdus à droite et à gauche, espérant voir surgir une voiture, un policier, un avion ou n'importe quoi d'autre. Il n'y avait pas âme qui vive. Toute la bordure du lac Érié était figée. On aurait dit que la terre entière était plongée dans des miroirs liquides, et que moi seul, petit garçon de sept ans, j'avais survécu à cette immersion et rampais à sa surface, créature minuscule et insignifiante vivant seule sur un presse-papiers cosmique.

La tondeuse effectuait de brefs dérapages sur la route. Elle était bien plus légère qu'une voiture, même si elle glissait, et sa vitesse n'était pas assez grande pour que je finisse dans le fossé. Les roues tournaient tout de même à une vitesse étourdissante, mais, quand j'arrivai au pied de la côte de chez les Simpson, la tondeuse ne put la monter. Rien n'y fit. Je restai immobile, découragé, assis au-dessus du moteur dont le vrombissement incongru déchirait le silence ambiant. Il allait me falloir une éternité pour grimper cette côte à pied. La route était beaucoup trop glissante. Je distinguais la maison des Simpson, bien loin au-dessus de moi, qui miroitait sous le soleil, lumière d'un phare hors d'atteinte. Je songeai à Grand-Père, en train de mourir de froid dans la cour, et je faillis me remettre à pleurer. Je réussis toutefois à refouler mes larmes en me disant que je devais être courageux, comme mon père. Il n'avait jamais pleuré, lui. Pas dans ce genre de situation, en tout cas. Il aurait fléchi ses avant-bras bronzés, bandé ses biceps, souri de son sourire ensorcelant, craché par terre avec mépris, et foncé. Moi aussi, j'aurais bien aimé foncer, mais je n'avais pas la plus petite idée de ce que je devais faire.

Alors, je pensai à la solution que plus tard les colonnes du *Mégaphone* de Mannville qualifieraient d'« exploit du siècle », d'« exemple stupéfiant de l'ingéniosité d'un jeune garçon en situation délicate ». J'opérai un demi-tour avec la tondeuse et gravis la côte en *marche arrière.* Je ne saurais dire aujourd'hui comment cette idée me vint. Ce fut un authentique éclair de génie car, en marche arrière, tout le poids était du bon côté ; cet élément, ajouté au fait que la marche arrière est, en général, l'engrenage le plus puissant sur tout véhicule, me permit d'atteindre le haut de la butte sain et sauf, à reculons, ayant parcouru très exactement huit cents mètres en trente minutes.

Je manœuvrai la tondeuse dans le dédale d'épaves de voitures qui jonchaient la cour et m'arrêtai devant la véranda affaissée de la vieille baraque. Là, dans l'encadrement de la porte, se trouvait la petite fille que j'avais vue jouer dans la cour bien des fois. Elle me fixait des yeux, éberluée, un doigt sur la bouche, avec ses couettes en queues de rat frisottées.

— Va vite chercher le monsieur moustachu, lui dis-je. Le méchant. Mon grand-père est tombé.

Elle continuait de me regarder.

— Je sais qui tu es, ajoutai-je. Tu es la plus jolie de la famille.

J'avais encore beaucoup de choses à apprendre sur la façon d'adresser la parole aux gens qu'on ne connaît pas ; l'une des conséquences de mon enfance solitaire était que j'avais tendance à aller droit au but, sans observer les convenances — ce qui m'arrive encore maintenant que je suis adulte. Parfois, c'est bien, parfois ça ne l'est pas ; mais, sur le moment, c'était exactement la chose à dire. Beaucoup plus tard, quand nous fûmes adolescents, Annie me dit : « *Je ne savais pas du tout qui tu étais, mais je suis tombée amoureuse de toi sur-le-champ.* »

— Tu t'es fait mal, observa-t-elle en pointant le doigt vers ma lèvre fendue.

(J'avais oublié ça.)

— Annie !

Toujours cette sombre voix de basse qui grondait comme le tonnerre et faisait que les enfants fondaient en larmes et que je déguerpissais, descendant la côte au triple galop.

— Qui c'est, bon sang ?

Annie ne répondit pas. Son regard changea — s'embua, en quelque sorte — et elle recula à l'intérieur de la maison. Peu après, j'entendis une démarche pesante, et le monsieur à la moustache et au gros ventre apparut. En me voyant, il plissa ses yeux porcins. Il était bien plus vieux que je ne le pensais. Ses cheveux étaient clairsemés, grisonnants, et son visage évoquait le lit d'un ruisseau à sec, tout fendillé et strié de fines rides. Il paraissait aussi vieux que Grand-Père.

— Qu'est-ce que tu fiches ici par un temps pareil ? me demanda-t-il. Tu es qui ?

— Billy Mann. Mon grand-père a eu un accident.

Je me gardai bien d'ajouter que c'était ma faute. J'eus de nouveau envie de pleurer, mais je me refusais à sangloter devant cet homme. Quelque chose me disait que je n'obtiendrais de lui ni paroles ni gestes de réconfort. Tout à coup, Grand-Père me manqua beaucoup.

— Billy Mann, répéta-t-il, sa bouche mince à peine visible sous sa moustache. Ooohhh. Billy le bâtard.

Je me demandai s'il avait lu le mot qu'avait laissé ma mère. Comment aurait-il su qui j'étais, sinon ? Il me scruta de la tête aux pieds, m'évaluant comme une tête de bétail, comme s'il essayait de déterminer dans quelle proportion la grandeur de mon père avait été diluée par les gènes de ma mère inconnue. Puis il ouvrit la porte.

— Entre donc, lâcha-t-il d'un ton rogue.

Je fis un pas à l'intérieur. Chaque maison a une odeur particulière, mais là, elle était suffocante, faite de relents de bière, de tabac froid, de vieille friture, de crasse et, sous-jacente, d'une couche de peur. Cette odeur-là, je la reconnus aussitôt : c'était celle du Trouïaeu. Je restai près de la porte pour capter la brise qui entrait par bouffées.

— Ferm'-moi donc cette foutue porte, ordonna l'homme à Annie, qui s'empressa d'obtempérer.

Il alla au salon d'une démarche chaloupée et s'assit sur

le canapé. L'intérieur de la maison ressemblait beaucoup à l'extérieur, mais sans verglas. Des canettes de bière, des assiettes en carton, des journaux et des pièces détachées d'automobile jonchaient le sol ; le canapé était criblé de trous à travers lesquels je voyais des ressorts qui grouillaient comme de longs vers voraces. Sur une table basse, était posé un appareil fascinant avec, derrière, des boutons de réglage, des cadrans, des tubes en verre, et devant, un micro. M. Simpson se pencha avec effort et, d'une chiquenaude, abaissa une commande. Les tubes, derrière cette chose, se mirent à émettre une lumière orangée. Je me demandai si c'était là l'objet qui produisait la lueur bleutée que je voyais toujours par les fenêtres.

Je restai près de la porte à côté d'Annie. Je sentais qu'elle me regardait, mais j'hésitais à me tourner vers elle. Je ne quittais pas M. Simpson des yeux. Quand les tubes devinrent orange vif, il saisit le micro et, à mon grand étonnement, commença à parler.

Il s'exprimait dans une langue bizarre que je ne connaissais pas. Pendant quelques instants, mon sang se glaça dans mes veines : la seule langue étrangère que j'avais entendue, c'était celle des soldats de mon rêve, ceux qui me poursuivaient à travers bois. Mais je me détendis quand je me rendis compte que ce n'était pas la même. Les mots qu'il prononçait ne m'étaient pas tous inconnus : il aboyait des ordres comme « *avoue !* », et posait des questions d'arithmétique comme « *cinq sur cinq* ».

Tout à coup, Annie me prit la main. Je sursautai ; sa main semblait avoir une vie indépendante ; elle était douce, vibrante, frémissante. Je la serrai dans la mienne. Elle fit de même.

— Viens, me chuchota-t-elle à l'oreille. Je vais te montrer quelque chose.

Après un autre coup d'œil à M. Simpson, qui nous ignora tout en continuant à parler dans le micro, on enfila un couloir à pas de loup, passant devant une cuisine très sale pour arriver à l'une des chambres du fond. La porte était ouverte. Une odeur encore plus forte en émanait, semblait-il, une odeur inhabituelle, très désagréable ; je devinai qu'elle était à l'origine de l'odeur qui régnait dans toute la maison.

— Regarde à l'intérieur, me dit Annie.

Je le fis. Là, dans le lit, était allongé un homme, ou une moitié d'homme plutôt, recouvert d'un drap. Il était calme, immobile, car il n'avait rien qu'il aurait pu bouger. Il n'avait ni bras ni jambes, du moins à ce que je devinais sous le drap, et sa tête était parfaitement droite. Je ne voyais pas s'il avait les yeux ouverts ou fermés. S'ils étaient ouverts, il regardait fixement le plafond. Le drap qui le recouvrait était sale, gris, souillé. Des perfusions étaient plantées dans le corps ; les tubes le reliaient à des sachets de plastique transparents. Il y en avait plusieurs.

— Qui c'est ? chuchotai-je à Annie.

— C'est mon frère. T'inquiète pas. Il nous entend pas. Il entend rien.

— Comment tu le sais ?

— Parce que. Il entend pas, il voit pas, il parle pas, rien.

— Qu'est-ce qui lui est arrivé ?

— Il était à la guerre et on l'a explosé.

— Quelle guerre ?

— Le Viêt-nam.

— Le Viêt-nam, soufflai-je — et curieusement, ce mot

familier me rassura dans cette atmosphère nauséabonde et étrangère. Je sais tout sur le Viêt-nam. Mon père y était.

— Viens, chuchota Annie en me reprenant par la main. Il est au bout du rouleau.

On retourna au salon. La vision de cette moitié d'homme, immobile dans son lit, m'avait secoué ; j'en avais du mal à respirer. J'éprouvais un sentiment inconnu, une peur d'une autre sorte que celle que le Trouïaeu éveillait en moi. Comment se pouvait-il qu'un homme comme celui de la chambre du fond puisse exister ? Comment pouvait-on être blessé à ce point et continuer à vivre ? Je frissonnai en pensant à mon père, mourant dans son bombardier. Si on pouvait avoir ses bras et ses jambes arrachés, et néanmoins survivre, quel genre de blessures atroces mon père avait-il dû subir pour en être mort ? Des images horrifiantes me traversaient la tête. Je luttais de nouveau contre une envie de pleurer. La main d'Annie était douce et tiède dans la mienne ; je la serrai très fort.

— Aïe, fit-elle... mais je vis bien qu'elle ne m'en voulait pas.

Elle aussi me serra la main très fort. On était arrivés au salon. M. Simpson avait fini de parler dans son micro.

— C'est-y pas mignon, dit-il en ricanant, voyant qu'on se donnait la main. Annie s'est dégoté un amoureux.

Annie ne répondit rien. Moi non plus. J'attendais de voir ce qui allait se passer.

— Une ambulance va arriver, poursuivit M. Simpson. Mais si tu t'imagines que j'vais te raccompagner jusqu'en bas de cette côte de mes deux en camionnette, tu te fourres le doigt dans l'œil jusqu'au coude. Y a trop de verglas.

Je détournai la tête, gêné. Je n'attendais pas de lui qu'il fasse une chose pareille. J'éprouvais une certaine gratitude à son égard pour avoir appelé du secours, mais, même si je n'avais que sept ans, je sentais qu'il avait agi plus par obligation que par réel désir. Mon regard se posa sur un autre appareil, une grosse boîte avec un écran de verre. Ma curiosité prit le pas sur mon dégoût et sur ma peur.

— C'est quoi, ça ? demandai-je, lâchant la main d'Annie pour montrer l'appareil du doigt.

M. Simpson soupira d'un air dédaigneux.

— T'as donc encore jamais vu une télé ?

— J'en ai vu des tas de fois, répondis-je, sur la défensive.

Je faillis trahir mon secret, leur révéler que je les avais espionnés, sa famille et lui, mais je me repris ; il fallait que je garde le silence là-dessus. Comme me disait mon père pendant nos jeux : un bon espion ne révèle jamais ses secrets. Grand-Père aussi me disait ça : si j'étais fait prisonnier par les Munchkins, il ne fallait pas que je parle, même sous la torture.

— Avec ces sacrées bonnes femmes, elle est allumée jour et nuit, dit M. Simpson.

Je me demandai où étaient ces « sacrées bonnes femmes ». D'après ce que j'en savais, la maison était vide, à part nous trois et la créature effrayante dans la chambre du fond.

— Ces sales garces, poursuivit-il. Elles fichent que dalle, à part rester assises devant la télé jour et nuit. Annie, pareil. Elle va devenir comme sa mère, celle-là. Grosse, inutile et moche.

Je sentis Annie frémir à côté de moi.

— Non, c'est pas vrai ! m'écriai-je sans réfléchir.

Pour un gros, M. Simpson bougea avec une rapidité surprenante. En deux temps trois mouvements, il s'était levé, planté devant moi, et avait posé une de ses paluches autour de mon cache-col, me le serrant autour du cou :

— T'as la langue bien pendue. Sûr, peut-être que tu crois que parce que t'es riche tu peux dire tout ce que tu veux. Ben, laisse-moi te dire un truc, petit bâtard. Vous, les Mann, vous êtes de la merde. De toute façon, vous êtes plus riches. Vous avez plus la folie des grandeurs depuis que tous vos oiseaux à la con ont décanillé, hein ?

J'essayai de déglutir. Mes genoux tremblaient et je sentais que je ne pourrais plus longtemps retenir mes larmes.

— Je sais où vous êtes allés, tous les deux, poursuivit-il en relâchant son étreinte. Vous êtes allés au fond, là-bas, pour vous faire des trucs pas propres. Des trucs de grandes personnes. Hein ? Hein ?

Il avait attrapé Annie par le bras et la secouait comme un prunier.

— Vous vous êtes tripotés, au fond, là-bas ? Hein ? Tu l'as tripotée, hein, le bâtard ?

— Non, dis-je d'une petite voix.

Je mentais. Je lui avais touché la main. Est-ce que c'était mal ? Sans doute, puisque ça le mettait en colère. Mais c'est elle qui m'avait pris la main en premier. Ce n'est pas moi qui avais commencé.

M. Simpson se précipita à la cuisine. J'entendis la porte du réfrigérateur s'ouvrir et se refermer avec bruit, puis le chuintement d'une canette qu'on ouvrait. Il réapparut, buvant une bière à grosses goulées.

— Vous, les Mann, vous vous imaginez que vous êtes sortis de la cuisse de Jupiter, dit-il. L'autre vieux, là, en bas, toujours à vous regarder de haut. Trop bien pour parler avec nous, trop bien pour nous donner un coup de main. Et son putain de fils, lui, il est arrivé à être pilote alors que le mien, il est entré dans l'infanterie. Laisse-moi t'dire une chose, petit merdeux. J'étais dans cette putain d'infanterie pendant la guerre mondiale, et y avait personne d'autre là-dedans que des Nègres et des Latinos, et les Blancs qu'avaient pas assez d'argent pour être pilotes. J'ai participé à aucun défilé non plus quand je suis revenu au pays. Je suis descendu du train, et y avait pas une foule de gens qui m'attendaient avec des pancartes et tout le tremblement. J'ai combattu trois ans en France, et j'ai eu droit à que dalle pour ça. J'ai pas honte de le dire. Mon fils a combattu sur terre avec les Nègres pendant que son fils, à ton vieux, il volait dans un petit zinc bien confortable. Bah, si tu es allé par-derrière, tu l'as vu. Il en reste plus grand-chose, de mon garçon, maintenant, mais au moins il est revenu. Le sien, non. Voilà où ça mène de regarder les gens de haut.

Je ne pus même pas me résoudre à dire un mot de plus à Annie. J'avais franchi la porte et m'étais rassis sur le siège de la tondeuse avant d'avoir eu le temps de faire ouf. Le moteur démarra en vrombissant. Je m'élançai vers le bas de la colline, pleurant à chaudes larmes, allant bien trop vite. Avant d'arriver à mi-descente, je perdis le contrôle de mon véhicule, dérapai et finis dans le fossé. Je fus éjecté et atterris sur le bord opposé, me fendant une deuxième fois la lèvre contre la glace. Je reconnus dans ma bouche un goût salé et amer. Je me mis à pleurer encore plus fort, parce que je savais que je ne pourrais le tuer qu'une fois que je serais grand, et que ça allait prendre du temps.

Je n'avais pas la moindre chance de redresser la tondeuse. Je n'essayai même pas. Je la laissai dans le fossé, moteur tournant, un filet d'essence coulant de quelque valve écrasée. Je remontai sur la route à quatre pattes et me laissai glisser sur les fesses jusqu'au bas de la colline. Si je n'avais pas été aussi furieux, j'aurais été enchanté par ce nouveau jeu : glisser jusqu'au bas de la côte, c'était encore mieux que de glisser à travers la cour. Et si le père d'Annie n'avait pas été un tel monstre, peut-être qu'elle et moi, on aurait pu jouer sur la butte toute la journée, à descendre puis à remonter, dans un autre monde, un monde où personne ne parlait comme ça aux enfants, où les gens n'étaient pas pleins de haine à cause de ce qu'ils n'avaient pas. Mais ces pensées ne me vinrent pas à l'esprit. Je n'étais habité que par une rage aveugle, la rage impuissante d'un tout petit garçon qui ne serait pas un homme avant longtemps et qui n'avait d'autre choix que de se soumettre à ce qui lui arrivait. Autant qu'il m'en souvienne, c'était la première fois que j'étais suffisamment en colère pour tuer quelqu'un. J'en étais malade, mais au moins je n'avais plus peur. Je ne songeais même plus au Trouïaeu.

Une fois au pied de la côte, je fis du patinage avec mes bottes, secoué de larmes et de sanglots qui se mêlaient au sang qui dégoulinait sur mon menton. Le trajet de retour fut bien plus rapide que l'aller. Bien avant d'atteindre la ferme, j'aperçus le gyrophare de l'ambulance. J'arrivai au moment où l'équipe médicale chargeait Grand-Père à l'arrière, sur un brancard. Oubliant mon équilibre, je courus, tombai et m'ouvris la lèvre pour la troisième fois. C'est ainsi que je fus transporté à l'arrière de l'ambulance avec Grand-Père, puisque j'avais besoin de points de suture.

Je m'assis à côté de lui et pleurai en lui tenant la main, trop furieux pour tout lui expliquer. Il me dit que ça allait. Il voyait bien que j'avais peur. Il savait qu'on a peur quand on est un enfant et que les choses tournent mal. Mais ce n'était pas ma faute. Je ne devais pas m'inquiéter, je ne devais pas pleurer. Je n'avais pas besoin de lui dire que je ne pleurais pas à cause de ma lèvre fendue : il se doutait bien que je ne pleurais pas pour un petit bobo. J'étais un casse-cou, fils et petit-fils et arrière-petit-fils de casse-cou, et il était mon grand-père. Il savait tout sur moi, jusqu'à mes rêves, la nuit, et il comprenait que, si je pleurais ce jour-là, c'était parce que j'avais entrevu ce que le monde est parfois, et qu'une telle vision est terrifiante pour un enfant.

Je n'avais pas eu l'intention de raconter à Grand-Père ce que j'avais vu chez les Simpson, mais, comme j'étais jeune et impulsif, les mots jaillirent de ma bouche sans que je puisse les retenir. Allongé, il grimaçait de douleur tandis que je jacassais. On l'avait déjà drogué, et il se sentait beaucoup mieux, presque comme d'habitude, et il restait conscient. L'ambulance roulait à dix kilomètres à l'heure, et la sirène, à ma grande joie, hurlait.

— Chez eux, dans une chambre du fond, il y a un homme qui a plus de bras et plus de jambes ! Il est juste allongé dans son lit et il regarde le plafond, sauf que je crois que ses yeux sont fermés, et il était au Viêt-nam, comme papa !

— Il y en a beaucoup qui sont allés au Viêt-nam, remarqua Grand-Père.

— Tu crois qu'ils se connaissaient ?

— Je crois que qui se connaissait ?

— Mon père et l'homme de la chambre du fond.

— Ce n'est pas parce qu'ils ont fait la même guerre

qu'ils se connaissaient. C'était une grande guerre... pas aussi grande que d'autres, mais grande quand même.

— Alors, oui ou non ?

J'étais déconcerté, car je sentais que c'était quelque chose dont Grand-Père n'avait pas envie de parler. J'en avais assez qu'on ne me dise rien, et je décidai, cette fois, de ne pas me laisser faire.

— Oui ou non quoi ?

— S'ils se connaissaient !

— Billy, je suis fatigué, dit Grand-Père.

On resta silencieux pendant un moment, l'ambulance tanguant légèrement au moment où elle s'engagea sur la route goudronnée et put prendre de la vitesse. Le chasse-neige était passé depuis peu, et j'entendais le crépitement des grains de sable et de sel sous les roues de l'ambulance. La sirène, à ma grande déception, se tut.

— Oui, répondit-il enfin. Oui, ils se connaissaient. Mais pas au Viêt-nam. Ils étaient amis à Mannville quand ils étaient petits.

— Petits comment ?

— Quand ils avaient ton âge.

— Ils jouaient ensemble ?

— Mouais.

— Ils jouaient à quoi ?

— J'en sais rien. Ils couraient beaucoup dans les bois. Il y avait vachement plus d'arbres à l'époque.

— Tu jouais aux Munchkins avec eux ?

Un sourire fugace traversa les traits de Grand-Père.

— Oui, dit-il. On jouait aux Munchkins tous les trois.

— Comme avec moi ? Avec de la dynamite et tout ?

— Mouais. Comme avec toi.

— Il s'appelle comment ?

Grand-Père fronça les sourcils.

— Pourquoi tu veux savoir ça ?

— Parce que ! Tu me dis jamais rien, c'est pour ça.

— Moi, je ne te dis jamais rien ? Ah ! Est-ce que je ne te raconte pas toutes les histoires que je connais sur notre famille ?

— Peut-être.

— Peut-être ? Tu en sais plus sur ta famille que tous les autres gosses sur la leur, mon garçon, alors ne te plains pas. Savoir de qui on vient, c'est aussi important que de se connaître soi. En fait, on ne se connaît pas soi-même si on ne connaît pas les siens.

Grand-Père ne s'en rendait peut-être pas compte, mais, en cet instant, il paraphrasait ce que Willie Mann avait écrit dans son journal, sur ce sujet précis, et que j'allais lire bien des années plus tard :

> *L'oracle de Delphes poussait les hommes à se connaître, mais comment nous, Américains, pourrions-nous nous connaître ? Nous n'avons, pour ainsi dire, pas de passé, et notre avenir, si prometteur soit-il, est flou. Nous n'avons que notre présent, que nous créons et recréons continuellement. Pour se connaître soi-même, il faut sonder son passé et s'informer sur la nature de ses ancêtres. De cette façon, on évite de répéter les erreurs de ses aïeux.*

J'étais un peu perdu.

— Comment on fait pour se connaître ? demandai-je. On ne peut pas se rencontrer soi-même et faire connaissance comme quand on rencontre quelqu'un d'autre et qu'on devient amis.

— Non, tu as raison, me dit Grand-Père. Pas comme ça.

— Comment, alors ?

— Tu comprendras plus tard, quand tu seras grand.

— Je suis grand !

— Tu as sept ans. Ce n'est pas très grand.

— Un jour, je serai assez grand pour retourner là-bas et casser la figure au gros moustachu !

— Hein ? fit Grand-Père, tout de suite sur le qui-vive. Pourquoi tu ferais ça ? Il t'a fait quelque chose ?

Je gardai le silence. Je n'avais pas eu l'intention de dire à Grand-Père que M. Simpson s'était montré méchant avec moi. Les enfants sont ainsi : quand il leur arrive quelque chose de mal, ils ont tendance à penser que c'est leur faute. C'est vrai dans une multitude de cas : divorce, maltraitance, attentats à la pudeur. D'un autre côté, les enfants ne sont pas habitués à garder des secrets. Je ne pouvais pas cacher à Grand-Père ce que M. Simpson m'avait fait. Je ne pouvais rien lui cacher.

— Il m'a crié dessus, admis-je.

Ma lèvre inférieure se remit à trembloter. Grand-Père prit ma petite main dans la sienne, grande et tiède.

— Ah oui ? dit-il d'une voix douce. Il t'a crié dessus ?

— Moui.

Je me sentais tout piteux, mais j'étais content de lui en parler.

— Pourquoi ?

— Il était en colère parce que j'avais parlé à Annie.

— C'est qui, Annie ?

— Une petite fille qui habite là-bas. Elle a mon âge. C'est mon amie.

— Alors, il y en a une autre, marmonna Grand-Père.

— Quoi ?

— Rien. Alors, comme ça, cette petite fille et toi, vous êtes amis ?

— Ouais.

— Et ça l'a mis en colère ?

— Ouais. Et il était en colère après l'homme sans bras et sans jambes qui est dans la chambre du fond.

— Ah oui, hein ?

— Ouais. Et il était en colère après mon papa.

Grand-père se raidit quelques instants, puis se détendit — autant que faire se peut quand on a une hanche déboîtée.

— Il a dit qu'il avait eu de la chance parce qu'il avait pu voler en avion et que comme ça il avait pas été obligé d'aller dans l'intranfie...

— L'infanterie.

— ... et qu'il regardait les gens d'en haut, et que M. Simpson, lui, il a dû être sur terre avec les Nègres pour faire la guerre.

— Ne dis pas ce mot-là.

— Quel mot ? « Guerre » ?

— « Nègres ».

— Ça veut dire quoi ?

— Ça désigne les Noirs, mais c'est un gros mot. Il n'y a que les Blancs loqueteux pour prononcer ce mot-là.

— C'est quoi, les « raclures de Blancs » ?

— C'est les Simpson, les Blancs loqueteux. Des Blancs qui sont sales, pauvres, mais surtout sales. Il y a beaucoup de pauvres qui ne sont pas des loqueteux parce qu'ils ont de la dignité et qu'ils ne passent pas leur temps à parler avec mépris des gens qui travaillent plus dur qu'eux. M. Simpson est en colère pour des tas de raisons, Billy, mais surtout parce qu'il a jamais rien fait de ses dix doigts. Il a toujours attendu que tout lui tombe tout cuit dans le bec. Aucun Mann n'attend que tout lui tombe tout cuit dans le bec. C'est ça la différence entre les

Simpson et nous. C'est pour ça que c'est des loqueteux. Ça n'a rien à voir avec la fortune.

— Ils sont comment, les Noirs ?

Grand-Père sourit de nouveau.

— Comment ils sont ?

— Ouais. J'en connais aucun. Et toi ?

— J'en ai connu dans l'armée. Quelques-uns. Ils étaient très gentils, et la guerre c'était pas facile pour eux, parce qu'ils étaient noirs. Ils avaient pas le temps de souffler. Jamais. Mais ils connaissaient plein de belles histoires et de belles chansons, et je parlais beaucoup avec eux. J'aurais pas dû, mais je le faisais quand même.

— T'aurais pas dû ?

— Non.

— Pourquoi ?

— Parce qu'ils étaient noirs et que j'étais blanc.

— Et alors ?

— C'est ce que je me disais, moi aussi. Je me disais : Et alors ? Un jour, un officier m'a donné l'ordre de ne plus « zoner » avec eux parce que c'était contre le règlement. Je me suis dit : Rien à foutre de ton règlement, oncle Sam. J'ai pas sauté en parachute dans l'océan, échappé aux requins et vécu sur une île déserte avec un pilote japonais grâce auquel je ne suis pas mort de faim pour revenir au pays et qu'un rat des champs sudiste déguisé en officier m'interdise de parler à des Noirs au nom du règlement militaire ! Bon Dieu, quels corniauds, ces gens ! À l'époque, les Blancs et les Noirs vivaient séparés. Les Noirs devaient voyager à l'arrière des bus, il y avait des fontaines publiques spéciales pour eux, des toilettes publiques spéciales pour eux, des écoles spéciales pour eux, des quartiers spéciaux pour eux, et ainsi de suite.

— Des fontaines spéciales pour eux ?
— Ouais.
— Pourquoi ?
— Parce que les Blancs avaient peur d'attraper des maladies s'ils buvaient aux mêmes fontaines que les Noirs.
— Ça serait arrivé ?
— Non, bien sûr que non.
— Comment il s'appelait ? demandai-je, changeant de sujet.
— Qui ? Les Noirs ?
— Non, le monsieur sans bras ni jambes. Tu me l'as jamais dit.
— Parce que je te dis jamais rien, c'est ça ?
— Dis-moi !
— Il s'appelait Frederic, répondit Grand-Père. Il s'appelle toujours Frederic, d'ailleurs. On l'appelait Freddy.
— Il aimait bien mon père ?
— Oui. Il l'aimait beaucoup.
— Et mon père, il l'aimait bien ?
— Oui.
— Et toi, tu l'aimais bien ?
— Oui. C'était un garçon très doux. Il ne tenait pas de son père. Il a mal tourné plus tard, mais quand je le connaissais, il était très gentil. En tout cas avec moi. Sans doute parce que je les emmenais en balade et que je jouais avec eux, et que l'autre gros poivrot ne le faisait jamais. Excuse-moi, Billy, je devrais pas te parler comme ça de Simpson. Ça ne se fait pas. Oublie ce que je t'ai dit.
— D'accord. Comment il a mal tourné ?
— Il a volé quelque chose.
— Il a volé quoi ?
— Une voiture.

— À qui ?

— À moi, me répondit Grand-Père en pinçant les lèvres.

— Il a volé ta voiture ? La Galaxie ?

— Non. J'en avais une autre à l'époque. Une Chevrolet.

— T'as appelé la police ?

— Oui, mais c'était avant que je sache qui l'avait volée. Si j'avais su que c'était lui, je n'aurais pas appelé la police.

— Pourquoi ?

— Parce que je le connaissais, ce garçon. Il avait fait une bêtise, mais je savais qu'il n'était pas foncièrement mauvais. Et je savais aussi que son père, quand il apprendrait cette histoire, il lui flanquerait une de ces raclées !

— Il l'a fait ?

— Oui. La police l'a retrouvé, l'a ramené chez lui et son père lui a démoli le portrait. On a dû l'emmener à l'hôpital. Le même hôpital que celui où on va en ce moment. Si on y arrive.

— Pourquoi il l'a battu ?

— Parce qu'il est méchant, n'oublie jamais ça.

— Il a crié après Annie.

— Devant toi ?

— Il lui crie tout le temps après.

— Comment tu sais ça ? me demanda Grand-Père en me décochant un regard soupçonneux.

Je ne répondis pas, mais me sentis rougir jusqu'aux oreilles.

— Tu es déjà allé là-haut ? Avant aujourd'hui ?

— J'sais pas.

— Oui ou non ? Ne me dis pas que tu ne sais pas.

— Oui.

— Pourquoi ?

— J'sais pas. Je m'ennuyais. Y a rien à faire !

Ce fut au tour de Grand-Père de garder le silence.

— Tu m'en veux ? lui demandai-je.

— Non, me répondit-il. C'est à moi que j'en veux. Connor a raison. Tu as besoin de fréquenter d'autres enfants. Il faut que tu ailles à l'école.

— À l'école ?

— J'ai été stupide de vouloir faire autrement, poursuivit Grand-Père. Le comté aurait entamé des poursuites tôt ou tard, de toute façon. Les temps ont changé. Il faut que tu ailles à l'école.

Une nausée me souleva l'estomac. Jusqu'alors, j'avais passé mes journées à m'occuper comme ça me plaisait, quand ça me plaisait. Grand-Père me faisait la lecture, je lui faisais la lecture, et il m'enseignait quantité de choses chaque fois que l'occasion se présentait. S'il fallait réparer la Galaxie, on la réparait tous les deux, et de cette façon j'avais appris la mécanique. S'il fallait remplacer un bardeau du toit, j'apprenais à m'en charger. Quand Grand-Père m'avait demandé de descendre la moitié des livres de la bibliothèque du premier à la cave, et de ranger l'autre moitié sur les étagères, j'avais appris à compter et à faire des divisions. Je trouvais que j'apprenais beaucoup de choses avec Grand-Père.

Je ne voyais pas pourquoi il comptait m'envoyer à l'école.

— Je ne veux pas, déclarai-je.

— On en reparlera plus tard. T'en fais pas pour ça pour l'instant.

— D'accord, dis-je, un peu inquiet tout de même.

L'ambulance s'engagea dans l'allée du centre hospitalier de Mannville. Mannville était une ville trop peu importante pour justifier la présence d'un hôpital, mais mon arrière-arrière-grand-père en avait tout de même fait construire un pour les malades et les blessés de la mégapole que Mannville, il en avait l'intime conviction, allait devenir. C'était une imposante bâtisse en U, de trois étages, en brique rouge, avec une aile réservée aux enfants. Le hayon de l'ambulance s'ouvrit tout grand sur les infirmiers.

— Comment ça va, monsieur Mann ? demanda l'un d'eux. Le trajet s'est bien passé ?

Cet infirmier était noir. Je le dévisageai sans la moindre retenue en me demandant s'il avait déjà bu à une fontaine qui lui était réservée.

— Ça va, répondit Grand-Père. Qui va s'occuper du petit ?

— Allez, descends, fiston, me dit l'infirmier en me prenant par la main pour m'aider à sauter à terre. Fais attention de ne pas glisser sur le verglas, hein. Ou-iiii ! Regarde-moi cette lèvre ! Tu te l'es éclatée carrément jusqu'au menton, à ce que je vois !

— Je suis tombé trois fois, précisai-je.

— Trois fois ! Ben, dis donc ! Une fois ne te suffisait donc pas ?

Les infirmiers déchargèrent le brancard et le placèrent sur un chariot qu'ils firent rouler jusqu'à l'entrée des urgences. Je franchis les portes battantes à leur suite. Ils s'arrêtèrent à côté d'une femme en tailleur. Elle avait une expression fermée et déplaisante, et elle était munie d'un porte-documents.

— Faites des points de suture à ce garçon, enjoignit-elle aux deux infirmiers. Il vient avec moi.

— Oui, m'dame, répondirent les infirmiers d'une seule voix.

L'autre était un Blanc.

— Monsieur Mann, dit la femme à Grand-Père, je suis Elsa Wheeler, du Bureau d'aide sociale du comté. J'ai cru comprendre que vous étiez le seul tuteur de cet enfant ?

— Ouais, dit Grand-Père. Pourquoi ?

— Nous allons nous occuper de votre petit-fils pendant votre convalescence.

Il avait beaucoup parlé pendant le trajet en ambulance, requinqué par les analgésiques que les infirmiers lui avaient donnés, et maintenant il s'affaiblissait. Ses paupières battaient, soyeuses comme des ailes de papillon.

— Prenez soin de mon petit, murmura-t-il.

Elsa Wheeler me saisit par la main. La sienne était mince, osseuse, froide. Je me débattis pour me libérer, mais elle resserra son étreinte.

— Du calme, me lança-t-elle d'une voix tranchante. Je n'ai pas le temps de te courir après dans tout l'hôpital.

— Je veux pas aller à l'école, protestai-je, persuadé que c'était là qu'elle comptait m'emmener.

— Tu n'iras pas à l'école aujourd'hui. Tu vas rester dans une de nos familles d'accueil jusqu'à ce que ton grand-père aille mieux. Mais tu iras à l'école bientôt.

— Tu peux toujours te brosser !

Sa main libéra la mienne, décrivit un large arc de cercle dans les airs et s'abattit sur mes fesses. Entendant le bruit, l'ambulancier noir qui, à ce moment-là, était à l'autre bout du couloir avec Grand-Père, se retourna et considéra longuement Elsa Wheeler. J'étais sidéré. En jouant, je m'étais fait bien plus mal, mais c'était la première fois de ma vie que quelqu'un me frappait.

— Tu réfléchis à deux fois avant d'ouvrir ton clapet, mon petit bonhomme, dit-elle entre ses dents. Ou tu auras droit à une autre tournée que tu apprécieras encore moins.

J'allais me mettre à pleurer, je le savais, et je n'y pouvais rien. Mes hurlements emplirent le couloir de la salle des urgences. Je vis Grand-Père soulever sa tête du chariot et me chercher des yeux avant de se laisser retomber, épuisé, sur l'oreiller. L'ambulancier noir se pencha et lui murmura quelque chose. Grand-Père secoua la tête.

Elsa Wheeler perdit patience. Elle me prit par le bras et me tira dans une vaste salle blanche où un médecin m'attendait.

— Allons, allons, me dit le médecin. Tu es Billy Mann, et j'ai beaucoup entendu parler de toi. Tu es un petit garçon très courageux.

J'en cessai de pleurer.

— Les garçons courageux ne pleurent pas, hein ? insista le médecin.

En disant cela, il m'enfonça une aiguille dans la lèvre et entreprit de la recoudre. Il ne fit pas un travail très propre. C'est pourquoi, dès que je le pus, je me laissai pousser la barbe afin de cacher la ligne brisée blanchâtre qui court de ma lèvre inférieure à mon menton, stigmate du pire jour de ma vie. J'étais impatient de le dissimuler à la vue du monde pour que les gens cessent de me demander comment je m'étais fait ça et de me rappeler le jour où je fus arraché, ne fût-ce que provisoirement, à mon grand-père.

4

Mes sept ans (suite). Je vais chez les Schumacher. Je fais la connaissance de Trevor et d'Adam.

Le lendemain matin, je m'éveillai tôt dans un lit qui n'était pas le mien. Le soleil ne s'était pas encore levé ; la chambre baignait dans la grisaille de l'aube. Je ne savais pas où j'étais ; je distinguais vaguement les formes de meubles qui, dans la pénombre, semblaient en lévitation. Puis je compris ce qui m'avait réveillé. Une silhouette massive se dressait non loin de moi ; j'entendais son souffle puissant et caverneux. Pétrifié, je la regardai s'avancer jusqu'à ce qu'elle s'arrête juste à côté de moi. Je perçus une vague odeur de fumier et de lait, et de tabac aussi ; voilà au moins des odeurs qui m'étaient familières. Je fermai les yeux très fort pour faire semblant de dormir, et feuilletai mon catalogue olfactif mental. Bon, je connaissais quelqu'un qui sentait comme ça, je le savais ; mais qui ? Ah, oui. Maintenant, je me rappelais où j'étais. Le soulagement m'envahit. J'étais chez les Schumacher, et les Schumacher étaient gentils.

Le lit était mouillé. Je me souviens de mon rêve : j'étais à la maison et je me relevais pour aller faire pipi. Mais je n'étais pas chez moi, et, apparemment, je n'avais pas suivi le trajet jusqu'à la salle de bains. Et M. Schumacher était penché sur moi.

M. Schumacher était un homme grand et costaud, et, comme il appuyait sur l'interrupteur de ma lampe de chevet, je vis qu'il brandissait un journal sous mon nez. C'était un exemplaire du *Mégaphone* de Mannville, le journal régional que je lisais à Grand-Père tous les matins. Mon regard se fixa sur la manchette : « LE SANG D'UN HÉROS DE LA GUERRE COULE DANS LES VEINES DE SON FILS. »

Je regardai la photo juste en dessous. Une photo de moi.

— Regarde ! s'exclama M. Schumacher. Tu es célèbre, mon gars ! Mutti ! cria-t-il par-dessus son épaule. On héberge un petit garçon célèbre !

Il s'exprimait avec un fort accent allemand. J'avais entendu : « On éperche ein bedi garzon zélèbre. »

— Ja, dit une femme dans l'encadrement de la porte. On pourrait l'appeler Amos le Fameux.

— Oui, s'il s'appelait comme moi, lui répondit-il.

— J'ai fait pipi au lit, indiquai-je en me levant. Amos est mon deuxième prénom.

— Ja, il est l'heure de se lever, reprit Mme Schumacher comme si elle ne m'avait pas entendu.

Elle aussi avait un accent, encore plus fort que celui de son mari, et elle portait un tablier par-dessus sa robe d'intérieur. Elle s'écarta de l'encadrement de la porte et je l'entendis descendre l'escalier à pas pesants.

— Tu vas faire pipi maintenant, Ja ? Dans le popot, cette fois, me dit gentiment M. Schumacher en me guidant jusqu'à la salle de bains.

— Je m'excuse, lui dis-je.

C'était la première fois que je mouillais mes draps, et j'étais mort de honte.

— Chhh, chhh, fit M. Schumacher. Demain soir, je

viendrai te réveiller pour que tu puisses faire pipi au bon endroit. De toute façon, on a mis une alèse sur le matelas.

Je refis pipi aux toilettes. M. Schumacher emplit la baignoire, je me mis debout dedans, et Mme Schumacher réapparut pour me faire une toilette en règle. Je n'avais encore jamais pris de bain debout, ni été lavé par une femme. Elle avait le geste vif et assuré d'une femme habituée à être mère, et je m'abandonnai à sa compétence. On aurait dit qu'elle avait donné le bain à des milliers d'enfants. Elle était bien plus douée que Grand-Père. Elle me frotta énergiquement de la tête aux pieds, allant jusqu'à explorer l'intérieur de mes oreilles avec le gant de toilette, jusqu'à ce que je devienne rouge comme une écrevisse et que je la supplie d'arrêter.

— Voilà, conclut-elle avec une satisfaction évidente. Propre.

Puis elle m'aida à enfiler des vêtements neufs et étranges qui n'étaient pas à ma taille et m'emmena en bas pour le petit déjeuner.

Les Schumacher, des Allemands de Pennsylvannie, étaient une smala de bons vivants. Ils avaient déjà tant d'enfants qu'ils n'en étaient pas à un près. Plus tard, j'appris qu'ils accueillaient des enfants victimes de tel ou tel drame, comme moi, depuis plus de vingt ans. C'était la raison pour laquelle ils ne s'étonnèrent guère que j'aie mouillé mes draps. Il n'est pas rare que les enfants perturbés fassent pipi au lit. Ils le savaient d'expérience.

Les Schumacher avaient six enfants, des adolescents pour la plupart, dont l'un n'était pas à eux. Bruyants Teutons débordants de santé, ils m'accueillirent avec des cris de joie en revenant de leurs travaux matinaux à la ferme et en prenant place autour d'un petit déjeuner pantagruélique. Il y avait plusieurs plats de bacon, de saucisses, de frites, de crêpes, de saladiers d'œufs brouillés aux piments doux et aux oignons, et des pichets de lait froid et de jus d'orange recouverts d'une buée qui coulait comme des gouttes de sueur. M. Schumacher but deux tasses de café fumant sans sourciller avant même de commencer à manger. Je regardai, sidéré, le furieux va-et-vient de sa pomme d'Adam. Il reposa sa tasse en poussant un « Ahhhh » de contentement, et essuya son impressionnante moustache d'un revers de serviette ; j'avais devant moi un homme qui appréciait au plus haut point les petits plaisirs de l'existence. Quand il vit que je l'observais, il versa un fond de café dans une tasse, y ajouta du lait et aspergea le mélange de sucre en poudre. Il posa la tasse devant moi.

— Bois ça, mon garçon, me conseilla-t-il. Ça te rendra fort comme moi.

— Ça te fera péter comme lui aussi, ajouta l'un de ses fils.

Toute la tablée hurla de rire, y compris M. Schumacher. Il prit une saucisse et en visa le garçon comme s'il s'était agi d'un revolver.

— Tu me fatigues, toi, dit-il.

Apparemment, la famille n'avait jamais rien entendu d'aussi drôle, car tout le monde rit aux larmes. Puis Mme Schumacher frappa dans ses mains, et les plaisanteries furent oubliées, hormis de temps en temps un gloussement venant troubler le sérieux qui présidait au repas.

J'étais le seul à ne pas rire. Je gardais le silence, fasciné par la concentration des convives et par la quantité de nourriture qu'ils ingurgitaient. Grand-Père et moi avions un appétit d'oiseau, comparés aux Schumacher ; de plus, nous n'étions que deux, et la cuisine paraissait vide même quand nous y étions. Je n'avais jamais été entouré d'autant de gens. Je ne pouvais me résoudre ni à lever la tête ni à parler. Et je ne voyais pas ce qu'il y avait de si drôle — en fait, je commençais à me sentir seul. Petit à petit, l'horreur de la veille revenait me hanter. Je revoyais Grand-Père étendu par terre, vieux, mou, désemparé sur le verglas qui avait failli le tuer. Je revoyais l'homme-tronc dans la chambre du fond chez les Simpson, et le regard d'Annie quand son père lui avait crié dessus. À nouveau, le Trouïaeu menaçait de m'attraper, et moi, encore jeune et sans expérience du monde, je ne savais que faire pour échapper à ses griffes.

L'aîné des enfants, qui s'appelait Amos lui aussi et qui avait une vingtaine d'années — ce qui me semblait très vieux —, tendit le bras vers moi et me fit des chatouilles. Je poussai un cri, ce qui déclencha une autre salve de rires. Cette fois, je m'associai à l'hilarité générale. Tout à coup, le Trouïaeu s'enfuit ; tout juste si je n'entendais pas ses pattes gratter le lino tandis qu'il courait se blottir dans un coin, maussade. Après, tout alla bien, et je bâfrai comme si je n'avais jamais pris de petit déjeuner de ma vie. J'avais, je le découvrais, une faim de loup.

Les Schumacher n'étaient pas plus compliqués que ça. S'ils ne vous connaissaient pas, ils vous chatouillaient, et ainsi les présentations étaient faites.

L'autre garçon qui n'appartenait pas à la famille Schumacher se nommait Trevor. Lui aussi portait des vêtements qui n'étaient pas à sa taille, lot commun des enfants placés dans des familles d'accueil. Amos le chatouilla, lui aussi, mais il ne rit pas. Il mangeait peu et fixait son assiette sans participer à la conversation ; la plupart du temps, elle se déroulait en allemand, de toute façon. Je ne parlais pas cette langue, bien sûr — je n'en connaissais même pas l'existence —, mais je trouvais ses sonorités familières et agréables. Je jacassais, riant à des plaisanteries que je ne comprenais pas, ce qui les faisait rire plus encore, ce qui me faisait rire d'autant plus.

— Tu vas rester chez nous jusqu'à ce que ton grand-papa aille mieux, m'indiqua Mme Schumacher.

— Il est où ?

— À l'hôpital.

— Il sort quand ?

— Bientôt, dit M. Schumacher. Il va bien.

— Comment vous le savez ?

— On connaît ton grand-papa, répondit Mme Schumacher. Il a dit que tu devais rester chez nous jusqu'à ce que sa hanche se soit remise.

— Il l'a dit ?

— Ja.

Il ne m'en fallait pas plus pour être rassuré.

Après le petit déjeuner, j'allai jouer dehors avec Trevor. Il parlait peu ; et, quand tel était le cas, la bouche en coin, en remuant à peine les lèvres. Je trouvais ça très impressionnant. Je décidai de le suivre.

Le monde était toujours pris dans les glaces. J'essayai d'intéresser Trevor à ma technique de glissade, mais il ne daigna pas prononcer le moindre commentaire. Je voyais bien qu'il pensait que c'était un jeu de gamin, et qu'il était au-delà de ça. On alla se promener dans les bois, cassant des branches d'arbre gelées qu'on cognait contre les troncs jusqu'à ce qu'elles se brisent. On joua à ça pendant un moment. Puis je l'entraînai derrière la grange où on s'assit sur une pile de vieux rondins, adossés au vieux mur en bois.

— T'as eu combien de familles ? me demanda Trevor.

J'étais perplexe. C'était bizarre, comme question.

— Une, je dirais.

— Menteur. T'es pas né ici, non ?

— Non.

— Alors, combien ?

— Deux.

— Ah. C'est rien. J'en ai eu huit.

— Huit ?

— T'es sourd ?

— Non.

— Tes parents ? 'sont morts ?

— Mon père, oui. Ma mère, j'sais pas.

— Elle doit l'être, sinon tu serais pas là.

— Elle l'est peut-être pas.

— Elle l'est, affirma Trevor d'un ton catégorique.

Pour lui, la question était réglée. Il sortit un paquet de cigarettes de sa veste et en alluma une. J'étais tellement estomaqué que je ne trouvai rien à dire. C'était la première fois que je voyais un gamin fumer.

— Qu'est-ce que t'as eu à la bouche ? questionna Trevor. C'est les flics qui t'ont fait ça ?

— Je suis tombé trois fois, lui dis-je avec fierté. Le docteur de l'hôpital de Mannville m'a mis sept agrafes.

— Les flics ont éclaté la bouche de mon vrai père, une fois.

— Qu'est-ce qu'il avait fait ?

— Que dalle.

— Il est allé en prison ?

— Ferme-la, me dit Trevor.

— Je demandais, c'est tout !

— Pas tes oignons. Compris ?

— Ouais.

— T'as déjà fumé ?

— Euh...

— T'as envie ?

— Non.

— Mais si, t'as envie. Je vois bien que t'en crèves d'envie.

Il sortit une cigarette du paquet et me la tendit.

— Mets-la dans ta bouche, me dit-il.

Je l'allumai. C'était la première fois que je maniai des allumettes sans que Grand-Père me surveille, et je savais que cela m'attirerait de gros ennuis. J'étais aux anges. Mais très vite, la fumée me picota les yeux, et le simple fait de tirer une bouffée m'envoya des rigoles d'une douleur cuisante dans la trachée. J'ôtai la cigarette de ma bouche et la tins à bonne distance. Jamais je n'avais goûté à quelque chose d'aussi infect.

— Tu aimes ?

— Ouais, dis-je.

— Ça fait du bien de fumer. Ça détend.

— Ah, fis-je tout en songeant que j'allais vomir.

— Tu comptes juste la tenir comme ça ?

— J'en veux plus.

— Faut que tu la fumes maintenant. Je vais pas gâcher une clope entière.

— J'peux pas.

— Bon sang ! Donne !

Je lui tendis la cigarette, qui se consumait toujours.

— T'as mis du sang dessus, dit-il d'un air dégoûté en la jetant dans la neige. Tu me dois une clope.

— D'accord.

Je m'assis. Mon estomac réussit tout de même à tenir le choc.

— Tu vas rester ici longtemps ? demanda Trevor.

— Juste quelques semaines.

— Ah ! Tu te fourres le doigt dans l'œil si tu penses ça. T'es coincé ici.

— Mais non. Je reste ici seulement jusqu'à ce que mon grand-père soit sorti de l'hôpital.

— On me l'a souvent servi, ce bobard.

— Comment ça ?

— Tu verras. Ils trouvent toujours une bonne excuse quand il y a quelque chose qu'ils veulent pas qu'on sache. On me laisse jamais au même endroit. Ils me baratinent sans arrêt. C'est comme ça que je sais.

— Pourquoi ?

— Pourquoi quoi ?

— Pourquoi on te change toujours d'endroit ?

— Parce que je fais de la casse.

— Tu casses quoi ?

— Tout. Les verres, les plats, les vitres, tout. Une fois, j'ai même bousillé une bagnole.

— C'est vrai ?

— Ouais. Le type chez qui j'habitais était ivre mort, j'ai pris ses clefs et j'ai foncé dans un arbre.

— Pourquoi ?

— Je t'ai dit. Pour qu'on me change de place.

— Tu voulais qu'on te change de place ?

— Cette fois-là, ouais.

— Pourquoi ?

— Ce type était pédé.

— Il était quoi ?

— Pédé. Homo.

— Ça veut dire quoi ?

Trevor me jaugea d'un regard soupçonneux.

— Tu déconnes, là ?

Je ne dis rien, espérant qu'il verrait que non.

— Un pédé, reprit-il, c'est un type qui enfonce sa bite dans le cul des mecs.

Je digérai cette information en silence. Je n'avais pas la moindre idée de ce qu'était une bite, et je ne voyais pas pourquoi un monsieur aurait voulu en enfoncer une dans le cul d'un autre monsieur.

— Whoua ! fis-je.

— Tu l'as déjà fait ?

— Quoi ?

— Enfoncer ta bite dans le cul d'un mec ?

Soudain, une image s'imposa à mon esprit. Je crus deviner ce que c'était qu'une bite.

— Non, lui dis-je. Et toi ?

Trevor haussa les épaules et écrasa sa cigarette.

— On peut faire d'autres trucs, dit-il.

D'autres choses encore ? songeai-je.

— Comme quoi ? lui demandai-je.

— On peut prendre la bite d'un mec dans sa bouche et la sucer.

— Pourquoi on fait ça ?

Trevor roula des yeux :

— Ce que t'es con !

— Non, je suis pas con !

— Si, t'es con. À force d'aller dans plusieurs maisons, tu finiras par tomber sur un type qui t'obligera à le faire. Tu verras.

— J'irai pas ailleurs ! Après ici, je rentre chez moi. Mme Wheeler me l'a dit.

— La Wheeler sait que dalle. Tu vas rester ici jusqu'à la fin de tes jours.

— Non ! criai-je en laissant échapper un sanglot.

— Bon sang, quel bébé tu fais ! Tu vas rester ici tout le temps, à sucer la bite de fermiers. Ton grand-père est mort et ta mère aussi. Ils veulent pas te le dire parce qu'ils savent que tu te mettrais à chialer. Tu vois ? C'est parti ! Tu chiales.

— Ferme-la ! hurlai-je.

L'instant d'après, j'étais assis à califourchon sur lui et le frappais sur les côtés de la tête, les poings serrés dans mes moufles. J'avais oublié qu'il était plus vieux que moi, que je voulais qu'on soit amis. Je voulais le tuer. La fureur emplissait mon corps chétif et je la sentais rouler en moi telle la foudre ; pour la deuxième fois en deux jours, je sentis en moi l'esprit guerrier celte ou, peut-être, le mépris total de la mort qui coulait dans les veines des Mann.

Trevor gigota tant et plus, finit par se libérer et fila à reculons, à quatre pattes. Je le poursuivis jusque devant la grange et vers la maison. Il se remit debout, piqua un sprint et percuta de plein fouet Mme Schumacher qui, ayant entendu nos cris, était sortie sur la véranda et courait vers nous. Mme Schumacher avait plus de vingt ans d'expérience en matière de bagarres entre gamins, et elle savait y mettre fin sans se soucier des causes. Elle ne perdit pas de temps à nous interroger. De ses mains potelées, elle nous prit tous les deux par la peau du cou et, d'un geste prompt, fit se cogner nos fronts. Ce fut un coup de haute précision. Si je ferme les yeux, je le ressens encore aujourd'hui, et je suis sûr que Trevor aussi, où qu'il soit.

— Pas de bagarre, dit-elle simplement.

Elle nous tira à travers la pluie d'étoiles qui s'était soudain mise à tomber devant mes yeux et nous mena à la salle de bains, où elle appliqua des gants de toilette humides sur les bosses qui se formaient déjà sur nos fronts. Stupéfiés, nous ne disions plus rien. J'avais même trop mal à la tête pour pleurer.

— Pas de bagarre, répéta-t-elle.

Il était bientôt l'heure de déjeuner. Alors, étourdis, sous les directives de Mme Schumacher, nous nous lavâmes les mains avant de gagner la cuisine. Le reste de la famille réapparut peu après : Marky, un garçon de douze ans bien en chair, aux joues rondes, facilement deux fois plus gros que moi ; Jan et Hans, des jumeaux de dix-huit ans qui eurent un rire nostalgique en avisant nos fronts meurtris ; Elsa et Hildy, les deux filles au postérieur aussi énorme que celui de leur mère, et qui pouffaient sans arrêt pour des raisons secrètes ; puis M. Schumacher lui-même, le plus imposant de tous les Schumacher, ses moustaches magnifiques, telles deux tapisseries faisant pendant l'une à l'autre, son torse aussi velu que la crinière d'un cheval, et son large visage buriné rougi par le froid ou la chaleur et toujours fendu d'un sourire jovial. Amos, l'aîné des enfants, arriva en dernier. Il était la copie conforme de son père, sauf qu'il était un peu plus petit et n'avait pas de moustache.

La famille au grand complet s'asseyait autour de la longue table de la cuisine, M. Schumacher à un bout et Mme Schumacher à l'autre, et les huit enfants sur les côtés, par ordre d'âge. Mme Schumacher commençait à préparer le déjeuner tout de suite après avoir fini la vaisselle du petit déjeuner ; elle gérait la cuisine avec une efficacité redoutable : la pièce ne paraissait jamais sale, même au plus fort de la tempête. La quantité de nourriture qu'elle préparait pour chaque repas nous aurait laissés, à Grand-Père et moi, des restes pendant un mois ; au regard du repas de midi, le petit déjeuner prenait des allures d'amuse-gueule. Les plats se succédaient, comme si, cinq heures plus tôt, on n'avait pas avalé le petit déjeuner le plus énorme que j'aie vu de ma vie : beignets, *scrapple*[1], saucisse épicée que M. Schumacher fabriquait dans sa grange, sandwiches de pain fait maison, tranches de jambon aussi épaisses que la paume de ma main, beurre maison sur les sandwiches, pichets de lait, d'eau, de jus de pomme, et un saladier si grand que j'aurais pu m'asseoir dedans confortablement, plein de frites à ras bord. M. Schumacher distillait de la bière à la cave ; Amos Junior et lui s'en servaient une grosse chope. La bière était épaisse, brune, coiffée d'une douce couche de mousse. Mais avant, on faisait sa prière.

J'appris en les observant que la prière consistait à incliner la tête et à adopter un air compassé tandis que Mme Schumacher ânonnait quelque chose en allemand, à l'intention de quelqu'un qui ne se trouvait pas dans la pièce. Plus tard, on m'expliqua que c'était à Dieu qu'elle s'adressait — à « Tieu », comme elle l'appelait — et que parfois il lui répondait, mais que personne d'autre ne L'entendait. Dès qu'un problème la taraudait, elle demandait conseil à Tieu, devant l'ensemble de la famille. Ce jour-là, elle dit :

— Mon Tieu ! Aujourd'hui, deux petits garçons se sont battus. Ils ont aussi crié et juré. Ils sont en visite chez nous, ils ne resteront pas longtemps. Que dois-je faire ?

Ensuite, elle garda le silence, écoutant attentivement

1. Bouillie épaisse épicée, à base de farine de maïs et de viande de porc, mets introduit en Amérique par les *Pennsylvania Dutch* (traduit plus haut par « Allemands de Pennsylvanie »), descendants des Allemands qui, au XVIIIe siècle, s'installèrent en Pennsylvanie. *(N.d.T.)*

les instructions que Tieu lui donnait, opinant du bonnet de temps à autre.

— Hum, fit-elle. Ja. OK.

Les autres membres de la famille n'osaient respirer. Ce n'était pas souvent que Mme Schumacher émaillait sa prière quotidienne d'une demande personnelle, et s'immiscer dans les conversations qu'elle avait avec Tieu était pire qu'un péché mortel.

— OK, redit-elle. C'est ce que je vais faire, alors. (Et, relevant la tête, elle ajouta :) Amen.

— Amen, répondit l'assemblée d'une seule voix.

J'étais terrifié. Trevor aussi. On se regarda, les yeux ronds, en se demandant ce qui allait se passer. Apparemment, Tieu avait tout vu, tout entendu, et Il n'avait pas apprécié. Cela ne faisait aucun doute dans mon esprit qu'il savait aussi que j'avais fumé. Je me résignai à mon destin. La prison, je le savais, était une punition encore trop douce pour ceux de mon espèce. Trevor avait peut-être raison : je n'aurais pas le droit de retourner à la maison, après tout. Mais M. Schumacher profita d'un moment où personne ne prêtait attention à lui pour m'adresser un clin d'œil. Par ce simple battement de sa paupière, il me communiqua un millier de pardons, et la crainte de Tieu quitta mon corps pour n'y laisser qu'un appétit du diable.

Puis on mangea. Fasciné, je contemplais ces géants qui bâfraient, soufflant, s'ébrouant, comme s'ils n'avaient jamais rien mangé de leur vie. L'organisme des Schumacher était une puissante chaudière qu'il fallait alimenter constamment. La première fois que j'ai vu, à la télévision, ces avions qu'on peut ravitailler en vol, j'ai tout de suite pensé aux Schumacher. Ils auraient tiré un grand parti de cette manière de s'alimenter en travaillant, sauf qu'elle les aurait privés du plaisir de se parler, ce qu'ils ne cessaient de faire tout en mangeant. Les repas étaient les points culminants de leur journée. Ils criaient, riaient, braillaient, rotaient, bavassaient, lampaient, reniflaient. La plupart du temps, j'étais si occupé à les écouter et à les observer que j'en oubliais de manger. Jamais je n'aurais imaginé qu'il pût exister des gens comme les Schumacher.

À la ferme, les jours se suivaient et se ressemblaient. Même si Trevor et moi n'étions pas censés travailler — moi parce que j'étais trop petit, et Trevor parce qu'il n'était pas assez doué —, on se levait en même temps que les autres, bien avant l'aube.

Mari et femme s'appelaient Fatti et Mutti — « papa » et « maman » en allemand —, et ils insistaient pour que Trevor et moi fassions de même ; Trevor, toujours irrévérencieux, traduisait par Fatty et Muddy[1]. Chaque matin, Mutti entrait dans la chambre que je partageais avec Trevor et les jumeaux, en tapant dans ses mains et en criant : « Ja ! C'est la bonne heure pour se lever ! » Alors, on se levait. On faisait la queue devant la salle de bains, dont la porte restait ouverte pendant qu'on faisait pipi à tour de rôle, de façon que les autres membres de la famille puissent entrer et sortir à leur guise. Pour les Schumacher, les réalités des fonctions animales faisaient partie des choses de la vie, ce qui se traduisait au quotidien par une absence totale de pudeur ; les filles gloussaient devant nos érections matinales quand elles entraient pour se brosser les dents, et ce fut à la ferme

1. Qu'on pourrait traduire par « Tas de Graisse » et « Tas de Boue ». *(N.d.T.)*

des Schumacher que, pour la première fois de ma vie, je vis les seins d'une femme : ceux de Mutti, généreux à l'excès, qui oscillaient et tressautaient comme deux entités vivantes pendant qu'elle se brossait les dents. Je me sentis gêné, pensant que j'avais interrompu quelque rituel secret, mais elle ne fit que me rire au nez et refermer doucement la porte de la salle de bains.

Après, on descendait en caleçon long pour s'habiller devant le poêle à bois — seule source de chaleur dans cette grande et vieille demeure. Fatti apparaissait en général à ce moment-là, émergeant du no man's land quasi subarctique qu'est l'État de New York en hiver, tel un ours polaire pataud, son regard s'éclairant quand il voyait qu'on était levés.

— Ja ! criait-il. C'est une bonne heure pour se lever !

C'était, semblait-il, la base de la philosophie matinale des Schumacher.

La toute première activité, chaque matin, consistait à traire les vaches. On s'en chargeait deux fois par jour, qu'elles soient de bonne ou de mauvaise humeur, qu'il neige ou qu'il vente, qu'elles soient malades ou non. Fatti avait investi dans une trayeuse électrique dont il n'était pas peu fier. Une fois les vaches ramenées à l'étable, lui, moi et les autres garçons — sauf Trevor, qui ne s'intéressait à rien —, on faisait cercle et on regardait la trayeuse aspirer le lait, tirant par à-coups mécaniques sur les pis gonflés. Les vaches, quant à elles, se balançaient doucement d'avant en arrière tout en ruminant. La trayeuse était là depuis six mois et on en parlait toujours comme d'une « nouveauté ».

— Vous voyez ? disait Fatti chaque matin. C'est ça, le progrès. Ça leur vide leurs mamelles en, combien, dix, quinze minutes.

Les autres le savaient déjà, mais il ne se lassaient jamais de l'entendre, et il fallait bien le dire à mon bénéfice. Ma venue au moment de la traite mettait Fatti au septième ciel. Il avait une excuse toute trouvée pour se lancer dans des explications interminables sur le fonctionnement de la trayeuse, ce qu'il ne manquait pas de faire en me montrant tous les tubes et tous les orifices, dont certains deux fois. Et quand les mots anglais lui manquaient, il leur substituait leurs équivalents allemands. Cela n'avait aucune importance, étant donné que je ne comprenais rien à ce qu'il me racontait, mais j'étais content de le voir content. Je l'écoutais discourir, j'opinais aux moments opportuns quand il posait une main sur mon épaule, et une chaleur se répandait en moi et allait se lover au bas de ma colonne vertébrale, tel un chat s'y enroulant pour faire la sieste.

J'évitai Trevor après cette première matinée. Il faisait partie des Blancs loqueteux, comme disait Grand-Père ; pas parce qu'il était pauvre, mais parce qu'il était bête et méchant, comme M. Simpson. Les Schumacher n'étaient pas pauvres, mais ils n'étaient pas riches non plus. Je savais qu'ils ne faisaient pas du tout partie des loqueteux. Grand-Père aurait dit d'eux qu'ils étaient d'« honnêtes gens », le « sel de la terre », car ils travaillaient dur et savaient que tout avait un prix. Je voyais clairement la différence, mais Trevor, je ne pense pas. Apparemment, il détestait les Schumacher. Il ne répondait pas quand on lui parlait, il boudait pendant les repas, tapait du talon contre les pieds de la table et se contentait de renifler avec mépris quand on tentait de le faire participer à la conversation.

J'avais peur de Trevor. Ses histoires d'hommes bizarres qui l'obligeaient à faire des trucs horribles produisaient sur moi l'effet inverse de celui qu'il attendait. Bien loin de me laisser impressionner, j'étais épouvanté, et à cause de cela, et aussi à cause de notre bagarre, je voulais éviter tout contact avec lui. J'allais me promener seul dans les bois, comme je l'avais toujours fait. Les Schumacher habitant dans le Township d'Eden, pas loin de Mannville, je ne me sentais pas dépaysé dans les bois alentour : mêmes arbres odoriférants, dépouillés et dormants, et le lac, toujours là, invisible mais répandant son souffle humide sur toute chose. Le dégel avait commencé. Le soleil brillait de nouveau, réchauffant les miroirs qui avaient recouvert le monde et qui gouttaient doucement à l'intérieur de la terre, comme dans le tableau de Dali, pour bientôt disparaître. Je rejouais à mes jeux imaginaires avec mon père et chassais les Munchkins, mais le cœur n'y était pas, et ce n'était pas drôle sans l'imagination de Grand-Père pour m'aider. Je préférais grimper dans le grenier à foin et me bâtir un fort avec les énormes bottes qui s'y trouvaient. Quelquefois, j'espionnais Trevor.

Il passait le plus clair de son temps assis derrière la grange, à regarder dans le vide, à fumer de temps en temps une cigarette. Avoir été frappé par un garçon plus jeune que lui représentait une humiliation cuisante. Il s'était complètement refermé sur lui-même, ne parlait à personne. Mutti s'inquiétait beaucoup à son sujet. Un soir, au dîner, Hildy, la fille aînée, tenta de le chatouiller, et il lui flanqua un méchant coup de pied dans le tibia qui lui valut une grosse bosse. Le lendemain, Mme Wheeler vint dans sa longue voiture rouge et s'assit à la table de la cuisine en compagnie de Mutti et de Fatti pour discuter. Elle fuma de minces cigarettes marron tandis qu'ils parlaient, entourés par un nuage de fumée à l'odeur âcre, et elle partit flanquée de Trevor qui portait sa petite valise en carton. Je les observais depuis le grenier à foin de la grange. Trevor monta dans la voiture sans se retourner. Il colla son visage à la vitre, et même s'il ne pouvait me voir, je m'imaginais que son expression butée m'était destinée. Il n'avait pas l'air triste mais triomphant, comme pour dire : *Tu vois, je te l'avais dit, que je partirais bientôt.*

La nuit, mes cauchemars me reprirent. J'étais de nouveau une petite fille inconnue qui s'enfuyait à toutes jambes à travers bois, pieds nus. Les soldats aboyaient à mon intention des mots qui, maintenant, me paraissaient vaguement familiers. Je criais, appelai Mutti et Fatti de ma voix haut perchée de petite fille, espérant qu'ils allaient surgir de derrière les arbres pour me sauver, mais ils ne venaient jamais, et le rêve se terminait toujours de la même façon : je me retrouvais couché par terre sur le dos, une lourde botte plantée dans ma poitrine, une épée fendait l'air et tout devenait noir. Toutes les nuits, je me réveillais la tête sur les genoux de Mutti, qui me caressait les cheveux de ses grosses mains. « Chh, chh », murmurait-elle sans fin, jusqu'à ce que mes cris cessent et que je me rendorme. J'avais conscience que Fatti n'était pas loin, sur le seuil de la chambre peut-être, hésitant, s'efforçant de deviner quels vieux démons pouvaient hanter un garçon aussi jeune. Si j'avais eu les mots pour le dire, je lui aurais expliqué que ce n'étaient pas seulement mes démons, que c'était un vieux rêve que faisaient tous les Mann — c'est Grand-Père qui me l'avait dit. Mais cela n'aurait eu aucun sens, car moi-même je ne le comprenais pas, et il allait encore s'écouler de nombreuses années avant que je découvre le journal de Willie Mann et que tout ce phénomène me soit expliqué d'une façon qui, dépouillant le rêve de ses oripeaux, me révélerait la vérité tapie en dessous de tout cela.

Le lendemain, apparut un nouveau pensionnaire. Il n'avait que cinq ans et il avait peur de tout. Il s'appelait Adam. Il lui était arrivé quelque chose d'horrible, mais c'était Mme Wheeler qui nous l'avait dit, car ce petit garçon ne pouvait pas parler. Ses cordes vocales étaient endommagées, et quand il essayait de dire quelque chose, on n'entendait que des couinements rauques. Fatti me raconta que c'était parce que son beau-père l'avait saisi à la gorge. Adam était petit pour ses cinq ans, et sa tignasse blonde était coupée au bol. Il avait peur de Fatti, d'Amos, de Marky, de Jan et de Hans, de Mutti et d'Elsa. Et il avait aussi peur des bols, des couteaux, des baignoires, des chiens, des gros morceaux de bois et du tracteur. Mais de Hildy et de moi, il n'avait pas peur du tout. Ses phobies, semblait-il, n'obéissaient à aucune règle logique. Adam me tenait la main en la serrant très fort quand on faisait le tour de la ferme, tous les deux, et que je lui montrais toutes les choses qui m'étaient devenues familières au cours de ces derniers jours. On allait regarder les vaches méditer dans leurs stalles. Il n'avait pas peur d'elles non plus, alors qu'elles auraient pu le tuer en l'écrasant d'un coup de hanches intempestif, et il poussait des cris aigus, tout excité, quand elles le fixaient de leurs grands yeux humides. Je lui fis visiter mon fort secret, dans le grenier à foin, et on jouait à un jeu nouveau que j'avais inventé et que j'appelais tout simplement « Viêt-nam ». Ce jeu consistait à me lancer du sommet des meules pour atterrir sur un matelas de foin éparpillé. J'étais aux commandes de mon avion de combat, et, tout en descendant en piqué, j'imitais des bruits de moteur et je tirais sur des avions ennemis.

Adam ne sautait pas, mais il piaillait avec enthousiasme en me regardant voler. Il me suivait comme mon ombre. Quand quelqu'un, à part Hildy, voulait lui dire quelque chose, il devait passer par moi. À table, il s'asseyait toujours à côté de moi, et il mangeait toujours la même chose que moi. Quand j'allais dans la salle de bains, il s'asseyait à côté de la porte et attendait que je sorte ; ses grands yeux bleus au regard noyé d'inquiétude s'emplissaient de soulagement dès que je réapparaissais. La nuit, il se glissait dans mon lit et nichait sa tête sous mon bras, et il restait là jusqu'à ce que Fatti, quand il venait me chercher pour m'accompagner à la salle de bains, le prenne doucement dans ses bras et aille le coucher dans son lit.

Une nuit, je m'éveillai en sursaut à cause de mon cauchemar, et je vis Fatti, penché sur moi, qui me considérait en silence. Quand une chose le tracassait, il tortillait sa moustache en guidon de vélo. C'est ce qu'il était en train de faire. Lorsqu'il se rendit compte que j'étais éveillé, il s'agenouilla à côté du lit.

— Tu rêvais de quoi ?

— De soldats, lui dis-je. Ils me poursuivaient.

— Quels soldats ?

— Je sais pas.

— Qu'est-ce qu'ils font ?

— Ils me tuent.

— Pourquoi ?

— Je sais pas. J'ai fait quelque chose de mal.

— Non. Tu es un gentil garçon.

— Eux, ils pensent que je suis méchant.

— Pourquoi parles-tu allemand quand tu dors ?

— Hein ?

— Tu parles allemand presque chaque nuit, me dit

Fatti. Mais quand tu es réveillé, tu ne parles pas l'allemand.

— Toi, tu parles allemand.

— Oui, mais pas toi.

— Les soldats parlent allemand, expliquai-je.

— Les mêmes qu'à la guerre ?

— Je sais pas. Quelle guerre ?

— La guerre mondiale.

Je savais deux ou trois choses sur la Seconde Guerre mondiale grâce aux histoires que m'avait racontées Grand-Père.

— Ils sont différents, repris-je. Ils me courent après, je trébuche sur ma robe, et ils me coupent la tête.

— Tu trébuches sur quoi ?

— Sur ma robe. Je rêve que je suis une fille et qu'ils me poursuivent.

Fatti médita en silence. Sa silhouette massive se découpait en ombres chinoises sur le clair de lune qui faisait miroiter la neige.

— Une fille ? répéta-t-il au bout d'un moment. Ils portent quel genre d'uniforme ?

— Vert. Avec de grands casques pointus.

— Qu'est-ce qu'ils te disent ?

— D'arrêter. *Halte.*

— Comment tu t'appelles dans ton rêve ? Tu le sais ?

Je réfléchis un moment. Je n'en étais pas très sûr, alors je prononçai le premier prénom de fille qui me traversa l'esprit.

— Mary.

Fatti opina. Apparemment, c'était significatif pour lui. Je me levai, et il m'accompagna à la salle de bains pour que je ne refasse pas pipi au lit, ce qui ne m'était plus arrivé depuis ma première nuit chez eux, de toute façon

— c'était juste une mesure préventive. Puis il me borda et planta un gros baiser humide sur mon front. Dans son lit, à l'autre bout de la chambre, Adam poussa un petit gémissement, plongé dans son cauchemar à lui. Jan roula sur lui-même dans le lit qu'il partageait avec Hans et, dans le mouvement, lui flanqua un coup de coude sur le front.

— *Strudelkopf,* marmonna Hans dans son sommeil.

— *Guten nacht,* mon garçon, dit Fatti.

— *Guten nacht,* Fatti, lui dis-je en sombrant dans le sommeil, délivré de mon cauchemar.

Le lendemain était un dimanche. Travailler le dimanche était strictement interdit, non par Fatti et Mutti, mais par le mystérieux et tout-puissant Tieu ; aussi, après la traite — activité dont Tieu, apparemment, ne prenait pas ombrage —, toute la famille mettait ses plus beaux habits pour aller à l'église. Habituellement, les Schumacher se rendaient à la chapelle luthérienne en un convoi de deux pick-up et une berline, mais ce jour-là il en fut autrement. Au cours du petit déjeuner, Fatti réquisitionna l'un des pick-up en annonçant d'un air mystérieux que lui et moi n'allions pas à l'église, mais ailleurs, pour des raisons personnelles, que c'était un secret, et que personne ne devait me poser de questions là-dessus, jamais. Adam, qui, après seulement quelques jours passés à la ferme, ne supportait pas qu'on soit séparés, pouvait venir avec nous.

Mutti semblait préoccupée. Un jour de culte raté, c'était la porte ouverte au diable ; et, même si elle ne le disait pas, je voyais bien qu'elle pensait qu'en agissant de la sorte, Fatti, pour une raison absurde, mettait mon âme en danger. Tieu n'allait pas du tout apprécier de ne pas me voir à l'église ce matin-là. Je m'étais bien gardé de leur avouer spontanément que je n'avais jamais mis les pieds dans une église. Cette nouvelle aurait choqué Mutti au plus haut degré. Inutile de préciser que j'aurais alors été soumis à un exorcisme acharné, destiné à me remettre dans les bonnes grâces de Tieu, et, si je ne savais quelle forme il prendrait, j'étais sûr que ce serait horrible, et j'étais désireux de l'éviter à tout prix.

Ce fut la seule fois qu'ils faillirent se disputer en ma présence. Mutti lança à Fatti un regard chargé de reproches, d'arguments et de protestations ; Fatti, qui assumait son autorité de chef de famille sans le moindre despotisme, se décomposa presque sous le regard noir de sa femme, et parut sur le point de renoncer. J'étais excité comme une puce, mais je ne dis rien, de crainte d'envenimer la situation. Je ne savais pas du tout où il voulait m'emmener, mais je mourais d'envie d'y aller.

La bataille fit rage entre eux pendant tout le petit déjeuner sans qu'une seule parole soit échangée. Les enfants Schumacher observaient la scène avec beaucoup d'intérêt ; c'était ainsi que les gros problèmes familiaux étaient réglés, non par des disputes mais par une sorte de communication télépathique entre les parents. D'abord, Mutti croisait les mains, y appuyait le menton et regardait fixement Fatti sans ciller. Fatti s'affairait à coincer sa serviette dans le col de sa chemise, en mettant un temps extraordinairement long. Il en lissait le moindre faux pli, s'assurait qu'elle était placée parfaitement, alignée sur ses boutons. Puis il s'emparait de sa fourchette et scrutait Mutti, les sourcils haussés, avec un air d'innocence absolue. Mutti levait les yeux au ciel et commençait à manger. Mais, après sa première bouchée, elle reposait sa fourchette et le regardait de nouveau, en croisant les bras cette fois. Fatti levait les mains en un geste d'impuissance, comme pour dire qu'il obéissait à une loi supérieure qu'on ne pouvait ignorer ; et, même s'il ne le formulait pas — peut-être, d'ailleurs, n'osait-il même pas se le dire —, il sous-entendait que cette loi était plus puissante que l'autorité de Mutti, et donc qu'elle était imparable. En fait, elle ne pouvait émaner que de Tieu Lui-Même. De là à en conclure que Tieu avait renoncé à passer par Mutti sur ce coup, pour s'adresser directement à Fatti, il n'y avait qu'un pas. Ce n'était pas une première. C'était déjà arrivé. Mais pour que Mutti s'y soumette, il allait falloir présenter des preuves irréfutables.

Fatti attrapa une bouchée de crêpe et, tout en mâchant avec ostentation, posa les coudes sur la table, regarda Mutti droit dans les yeux, soudain sûr de sa décision. Les épaules de Mutti s'affaissèrent ; elle détourna la tête. Elle ne regarda pas Fatti pendant un long moment. Ensuite elle poussa un profond soupir, reprit sa fourchette et se remit à manger. La dispute était terminée. Fatti avait gagné, même s'il était évident qu'il paierait le prix fort, plus tard. Tous les enfants, qui avaient observé la scène en retenant leur souffle, respirèrent plus librement et se mirent à manger.

— Tu ne l'emmènes pas au cirque, hein ? demanda Marky d'une petite voix, et toute la tablée partit d'un grand éclat de rire.

Marky fit la moue. On m'expliqua plus tard que, l'année précédente, quand la fête foraine s'était installée à Eden, Marky, qui avait la jambe cassée, n'avait pas pu y aller ; et pour les enfants Schumacher, manquer la fête foraine annuelle — qu'ils appelaient le « cirque » — leur causait à peine moins de chagrin que de perdre un être cher.

Fatti engagea le pick-up dans l'allée d'une toute petite maison et coupa le moteur. Il ne descendit pas tout de suite ; il semblait réfléchir avec effort sur le meilleur parti à adopter. Ses phalanges de géant battaient le tambour sur le volant tandis qu'il contemplait la maison.

— Ça y est, dit-il tout à coup. Elle nous a vus.

— Qui ça ? demandai-je avec inquiétude.

— Frau Weiler, me répondit-il. La dame à qui on vient rendre visite. Bon, écoute-moi. Quoi qu'elle fasse, n'aie pas peur. C'est une dame très gentille, elle ne te fera pas de mal. Ne dis rien sauf si elle te parle, d'accord ?

— D'accord, dis-je, pas très sûr de comprendre.

On descendit du pick-up et on se dirigea vers la maison. La porte s'ouvrit avant même qu'on ait frappé. Devant nous, se tenait une vieille dame ratatinée, à peine plus grande que moi, voûtée par les ans et très ridée. Elle portait une longue robe noire, un châle noir sur ses épaules, et un bonnet de dentelle blanc noué sous son menton. Adam se mit derrière moi et s'accrocha à mes jambes. Je faillis en faire autant avec Fatti, mais il avait ôté son chapeau et parlait à la vieille dame à voix basse, d'un ton empreint de respect, non en anglais, mais en allemand, et je n'osais pas bouger. La vieille dame l'écoutait en hochant la tête et, quand il en eut terminé, elle ouvrit sa porte et s'effaça pour nous laisser entrer.

L'intérieur de la maison était éclairé par deux lampes à pétrole dont les efforts conjugués ne pouvaient pas grand-chose contre l'obscurité. Je devinai tout juste qu'il y avait deux ou trois pièces, peu meublées. Ça sentait une odeur de fumée que je ne reconnus pas. Aux murs, ni photographies ni miroirs, ni, apparemment, aucune applique. La vieille femme désigna un long banc contre un mur. On s'y assit tous les trois. Fatti se releva pour tirer une chaise à haut dossier vers nous. Frau Weiler s'y assit, face à nous, et fixa son regard sur moi.

J'étais paralysé. Les yeux de Frau Weiler, contrairement au reste de sa personne, brûlaient du feu de la jeunesse. Ils étaient d'un gris clair, et ses pupilles scintillaient comme le soleil d'été sur le lac ; et, alors que le reste de sa personne était sinistre et que sa bouche demeurait obstinément pincée, ses yeux riaient, pas de moi, mais de quelque chose de beaucoup plus grand que moi, de beaucoup plus grand qu'elle, de beaucoup plus grand que nous tous réunis. Ce n'était pas un rire moqueur. C'était un rire joyeux, un rire de reconnaissance. Je la regardai dans les yeux, et bientôt, j'eus l'impression que la vieille dame me communiquait quelque chose. Puis elle tourna la tête vers Adam, qui s'accrochait toujours à moi, et son regard changea, s'adoucit quelque peu. On eût dit qu'elle allait verser une larme ou deux. Le petit Adam lui rendit son regard, pas du tout apeuré ; petit à petit, sa main lâcha mon manteau, il s'adossa contre le dossier du banc, posa la tête sur mon épaule, et, chose incroyable, commença à ronfler.

Ensuite la vieille dame parla à Fatti — sa voix, bien qu'aussi grésillante qu'un disque trop écouté, dégageait autant de force que son regard — et il se leva de nouveau, pour aller chercher une petite table haute qu'il posa à côté d'elle. Cette table n'avait qu'un seul tiroir, dont Frau Weiler sortit une bougie, des allumettes et une petite boîte en fer-blanc qui avait autrefois contenu des pastilles pour la gorge et qu'elle ouvrit avec beaucoup de respect avant de la poser sur la table. Elle en sortit une sorte de bâtonnet vert qui ressemblait vaguement à une plante. Elle craqua une allumette, alluma la bougie, et porta le bâtonnet vert contre la flamme. Il commença à se consumer et à dégager une odeur âcre. Elle l'agita sous son nez pendant plusieurs minutes, inhalant la fumée. Petit à petit, le nuage s'étendit et finit par m'entourer, et je ne pus faire autrement qu'inhaler ; ça ne ressemblait pas du tout à de la fumée de cigarette, c'était bien plus agréable, bien plus goûteux. Je me détendis un peu plus. Je n'avais jamais senti une odeur semblable, mais des années plus tard, quand je la sentis à nouveau, je me souvins instantanément de ce dimanche matin dans la maison de la vieille sorcière mennonite. C'était l'odeur de la marijuana.

La vieille femme me contemplait fixement et cette fois je la regardai dans les yeux ; j'y vis bien des choses, des choses qui me parurent familières, des choses que je savais sans le savoir. Je ne me souviens plus de ce que c'était ; ce n'étaient pas des objets, ni des images, mais des choses plutôt informes : des sentiments, peut-être, des humeurs, des idées. Tout me semblait clair ; je n'éprouvai pas le besoin de l'expliquer par un raisonnement logique. On continua à se regarder un long moment.

— Dis-moi ton prénom, m'ordonna-t-elle tout à coup, sans l'ombre d'un accent étranger. Rien d'autre. Juste ton prénom.

Je le lui dis.

Elle se remit immédiatement à parler en allemand, s'adressant à Fatti mais toujours sans me quitter des yeux. Elle parlait à voix basse, psalmodiant, et elle me mit dans une sorte d'état de transe. La hauteur et le volume de sa voix demeurèrent constants, et elle continua à parler ainsi un long moment ; au lieu de me sentir mal à l'aise, je l'écoutais et me laissais pénétrer par ses paroles. Je me rendais compte de tout, mais mon attention semblait se concentrer d'elle-même sur un point de la conscience pas plus gros qu'une tête d'épingle, en un endroit indéfinissable. Je regardais ce point minuscule devenir de plus en plus gros, m'envahir petit à petit. Je m'abandonnai à lui, c'était chaud et agréable.

Ensuite, je me revois dans le pick-up. Je revins à moi-même petit à petit. Adam était toujours endormi contre moi, comme si on n'avait pas bougé mais qu'on ait disparu du banc de la petite maison pour réapparaître dans le pick-up. Fatti, détendu, roulait prudemment sur les routes toujours glissantes, et riait de temps à autre pour une raison connue de lui seul. On ne parla plus de Frau Weiler de la journée, et, conformément aux instructions de Fatti, personne ne me demanda où on était allé ni ce qu'on avait fait. Je passai le reste de la journée dans un état de somnolence, observant la famille qui se pliait à sa routine dominicale. De temps en temps, le souvenir des yeux de Frau Weiler me revenait en mémoire.

Ce soir-là, alors que j'étais couché, Fatti vint dans la chambre pour m'emmener à la salle de bains. Je ne m'étais pas encore endormi. Je n'étais pas agité, je regardais tranquillement l'obscurité au-delà des gros chevrons du plafond. La maison des Schumacher était encore plus ancienne que la ferme de Grand-Père et, dans les vieilles poutres, on pouvait encore voir les marques laissées par les herminettes des charpentiers qui avaient taillé les troncs d'arbre. C'était pareil dans la grange, où je jouais dans les meules de foin. Il y avait de très anciens messages gravés dans certaines poutres, de si vieux graffiti qu'on ne les considérait pas comme des actes de vandalisme, mais comme des survivances du passé : « WILHELM SCHUMACHER A DORMI ICI, 1898. ELLA AIME GERHARDT. EDEN ÜBER ALLES. »

— La vieille femme m'a dit quelque chose sur toi, m'annonça Fatti.

J'avais attendu toute la journée qu'il m'explique ce qui s'était passé.

— Elle m'a dit que ton rêve est vieux. Toi aussi, tu es vieux. Il t'est arrivé des choses, à une autre époque. Dans un autre corps. Cette fille dont tu rêves... elle était toi. Ou plutôt, tu as été elle.

Je ne répondis rien, digérant cette nouvelle. Fatti contemplait par la fenêtre les pâturages éclairés par la lune. La nuit était claire, il n'y avait pas de réverbères pour faire concurrence aux étoiles. Le Grand Chariot était bas à l'horizon, ses bras dirigés vers le nord, vers le lac et ce qu'il pouvait y avoir au-delà.

— Je vais la voir, des fois, poursuivit Fatti. Pas très souvent. Pas même une fois par an. Quand j'ai une question. Jeune, j'y suis allé pour lui demander ce que je devais faire. Je voulais partir en mer, tu sais, être marin comme mon grand-oncle Wilhelm. Mais j'aimais aussi Mutti — elle n'était pas encore Mutti. Je voulais l'épouser mais je savais que je ne pouvais pas avoir les deux. Si je partais en mer, elle en épouserait un autre. Alors, je suis allé trouver Frau Weiler, et elle m'a dit : « Amos, fais ce que te dicte ton cœur. » Elle m'a regardé comme elle t'a regardé — très fort, tu as vu les yeux qu'elle a. Elle était déjà âgée. C'était il y a presque trente ans. Elle ne donne pas de réponse, cette vieille femme.

Elle te pose juste ta question d'une autre façon, afin que tu la comprennes. Mais elle sait tout. Elle ne te demande que ton nom, et elle te connaît.

— Qu'est-ce qu'elle t'a dit ?

— Que tu es vieux, que tu as bien plus de sept ans. Et que tu es déjà venu ici, comme nous tous. Et que tu y es revenu pour trouver quelque chose.

— Comment ça, je suis déjà venu ici ?

— On revient toujours. On revient en groupes.

— Qui ?

— Les âmes.

Fatti détourna le visage de la fenêtre et me dévisagea.

— Est-ce que ton grand-père te raconte des histoires ? me demanda-t-il.

— Tout le temps.

— Lesquelles ?

— Oh, fis-je en haussant les épaules, des histoires sur la guerre, quand il était sur une île. Et sur mon père. Et sur son père. Et sur Willie Mann.

— Qu'est-ce qu'il t'a dit sur Willie Mann ?

— Ben, des histoires. Qu'il a fait la guerre de Sécession.

— Ja. Je sais. Tout le monde a entendu parler de Willie Mann.

— Ah oui ?

— Ja. C'est une histoire connue.

— Laquelle ?

— Comment il a trouvé l'argent.

— L'argent ? répétai-je. (Je n'avais jamais entendu cette histoire.) Comment il est devenu riche, tu veux dire ?

— Ja. Tu ne connais pas cette histoire ?

— Non. Raconte-la-moi.

Fatti secoua la tête.

— Pas bien, dit-il. Je le voudrais, mais je ne peux pas.

— Comment ça ?

— Frau Weiler m'a dit de ne pas le faire, répondit-il avec simplicité. Ton grand-père la connaît. Il ne te l'a pas encore racontée ?

— Non.

— Alors, c'est qu'il doit avoir ses raisons. Je ne suis pas de ta famille, alors ce n'est pas bien d'aller contre ses souhaits. Il te la racontera quand tu seras prêt à l'entendre.

— C'est un secret ?

— Non. Ce n'est pas un secret. Tout le monde la connaît. Je ne sais pas pourquoi tu ne la connais pas. Mais il doit y avoir une raison, sinon il te l'aurait racontée. Ça a un rapport avec ce rêve que tu fais toutes les nuits.

— Mutti la connaît ?

— Ja.

— Amos Junior la connaît ?

— Ja.

— Et Elsa et Hildy, elles la connaissent ?

— Arrête, mon garçon. Ne leur demande rien à eux. Demande à ton grand-père. Il te la racontera.

— D'accord, dis-je, résigné.

— Tu as envie de faire pipi, là ?

— Ja, répondis-je.

Je commençais à parler comme un Schumacher. Je me levai, allai faire pipi, me recouchai et m'endormis, libéré de mon cauchemar, car ce fut d'Adam que je rêvai. Dans mon rêve, il pouvait parler et il n'avait plus peur de rien. On jouait ensemble dans les bois, et il n'y avait pas de soldats en uniforme kaki et casque pointu à notre poursuite ; et je n'étais pas une fille qui avait vécu là bien des années auparavant et dont l'âme était revenue pour trouver quelque chose, mais moi-même, Billy Mann, fils du pilote de chasse Eddie, petit-fils de Grand-Père, et arrière-arrière-petit-fils de Willie Mann, l'homme le plus célèbre du comté d'Érié.

Trois semaines s'écoulèrent et l'on approchait de Noël. J'avais parlé plusieurs fois avec Grand-Père par téléphone. Il avait une meilleure voix, plus forte, plus énergique, et quand je l'entendais une grande nostalgie montait en moi. J'avais envie de lui demander comment Willie Mann avait trouvé l'argent, mais dès que je lui parlais, je pleurais et j'oubliais de lui poser la question. De toute façon, je savais que je le reverrais bientôt car il était presque guéri ; on habiterait ensemble dans la vieille ferme comme on l'avait toujours fait, et il continuerait à me raconter des histoires. Et après Noël, j'allais fréquenter l'école.

J'étais toujours opposé à cette idée mais j'en avais parlé plusieurs fois avec Marky, qui m'avait dit que l'école n'était pas du tout une mauvaise chose si on se taisait et qu'on était gentil avec tout le monde, surtout avec les professeurs. Il s'attarda longuement sur le charme d'une certaine petite fille qui était assise devant lui. À ce stade, je me désintéressai du sujet — je m'éloignai même au beau milieu de la conversation, et je crois que Marky continua de parler d'elle tout seul pendant quelques minutes —, mais je fus, somme toute, rassuré sur la question.

Je réapprenais à parler à Adam. Il retrouvait l'usage de

ses cordes vocales, et il était capable de dire plusieurs mots d'affilée. Je ne lui avais pas annoncé que je partais. Je savais qu'il voudrait venir avec moi, mais un jour j'avais entendu une conversation entre Fatti et Mutti et je savais qu'ils voulaient essayer de l'adopter. Après lui, ils n'accueilleraient plus d'autres enfants. Trevor les avait aigris, en quelque sorte. Le défilé d'enfants venus d'ailleurs qui traversaient leur maison depuis vingt ans touchait à sa fin. Adam était trop fragile pour supporter un autre Trevor, si jamais il devait s'en présenter un. Ils avaient décidé de l'adopter parce que son vrai père était venu la semaine précédente.

C'était un Blanc loqueteux de la tête aux pieds, un type simpsonien en diable ; je le compris dès l'instant où il descendit de sa voiture, une Trans Am marron avec une boule orange au bout de l'antenne. Il était soûl et sentait la bière. Je jouais dans la cour. Adam, pour une fois, n'était pas collé à moi ; il se trouvait à l'intérieur, avec les filles. Ce fut une chance, sinon les choses se seraient peut-être beaucoup plus mal passées.

— Hé, le gamin, dit l'homme, il est où, Adam ?

— J'sais pas, lui répondis-je.

Il était petit mais il avait l'air dangereux. J'entendis la porte de la maison claquer derrière moi. Je ne me retournai pas. J'avais peur de le quitter des yeux. Il avait l'air tellement sournois...

— Menteur ! me cria l'homme. Tu mens comme un arracheur de dents.

Il avança vers moi. Je reculai et tombai à la renverse.

— Ho, dit-il, le petit est tombé, a fait boum ?

— La ferme, espèce de pédé ! lâchai-je, utilisant le mot que Trevor m'avait appris.

Je me relevai.

— Quoi ? Qu'est-ce que tu dis ? fit-il en venant vers mois plus vite.

— Fatti ! hurlai-je. Amos Junior !

L'homme hésita.

— Ho, fais pas ça, dit-il. Je viens juste chercher mon gosse.

La porte de la maison s'ouvrit et j'entendis le bruit rassurant des pas lourds d'un homme sur la véranda. Ce n'était pas Fatti, mais Amos Junior. Même s'il était plus petit que son père, il était facilement deux fois plus imposant que ce petit homme qui sentait mauvais.

— Bonjour, dit poliment Amos Junior. Partez. Tout de suite. Sans discuter.

C'était devenu une espèce de routine pour la famille Schumacher. De temps à autre, un parent indiscipliné, quand ce n'étaient pas les deux parents, d'un de leurs pensionnaires faisait son apparition et exigeait de le reprendre. Les Schumacher avaient établi une marche à suivre : soit Amos Junior, soit Fatti, restait toujours à la maison au cas où quelqu'un arriverait, et il l'escortait gentiment mais fermement hors de la propriété pendant qu'une des femmes appelait la police.

— J'ai des droits sur mon gosse, rétorqua l'homme.

Il avait un museau de rat, et sa voix était devenue geignarde maintenant qu'il avait affaire à quelqu'un de plus fort que lui.

— Dans ce cas précis, non, lui répondit Amos Junior.

Il s'efforçait encore de demeurer poli, mais ça lui demandait un effort. Il s'était pris d'affection pour Adam lui aussi, même si le petit garçon avait toujours peur de lui.

— Vous avez perdu votre autorité parentale quand

vous l'avez saisi à la gorge et plaqué contre le mur. Je n'ai pas raison ?

— C'était pas de ma faute ! brailla l'homme. C'était un accident !

— Ce n'était pas un accident. Vous étiez soûl comme une barrique, comme maintenant, insista Amos Junior d'une voix tremblante. Fichez le camp d'ici. Les flics sont déjà en chemin.

— Conneries !

— Je les ai appelés dès que j'ai vu votre voiture. Trans Am marron, immatriculation de l'État de New York 290JEY. Ça vous rappelle quelque chose ? Je m'attendais à ce que vous veniez ici, espèce d'ordure ! Vous m'écœurez. Si vous avez envie de cogner, cognez quelqu'un qui peut se défendre. Maintenant, fichez-moi le camp !

— Allez-y, foutez-moi dehors !

— Je le ferai. Croyez-moi, je le ferai. Je ne demande pas mieux, alors vous n'avez qu'à me donner une raison de le faire, putain !

Bon sang, me dis-je, il doit vraiment être très en colère : il était strictement interdit de jurer chez les Schumacher.

— La voilà, ta raison, espèce de cul-terreux ! s'exclama l'homme.

Il s'élança en avant et voulut sauter sur Amos Junior, lequel ne se donna même pas la peine d'esquiver. Il envoya un uppercut mollasson dont la courbe coïncida parfaitement avec la trajectoire du père d'Adam, qui le reçut en plein menton et s'écroula par terre. Il resta allongé sur le dos, gémissant ; le sang ruisselait de sa bouche. Puis il s'assit et essaya de parler, mais quelque chose n'allait pas dans sa bouche : il zozotait et ses paroles faisaient un bruit de gargouillis.

— Oh, non ! fit Amos Junior.

C'était un garçon très doux, et c'était la première fois qu'il recourait à la force. Il était poli envers tout le monde, même envers les vaches.

Le père d'Adam cracha quelque chose qui tomba par terre. Il regarda ce que c'était pendant un moment, n'en croyant pas ses yeux, puis il se mit à hurler. C'était la pointe de sa langue. Il se l'était sectionnée d'un coup de dents quand Amos l'avait frappé.

— Oh, non ! redit Amos Junior.

— Haaaa ! cria l'homme, se relevant en équilibre précaire sur ses jambes. Haaaa ! Hiiii ! Heeeeen !

Le sang coulait à flots de sa bouche. Sa veste d'hiver en était déjà couverte.

— Mon Dieu, monsieur, pourquoi vous m'avez forcé à faire ça ? dit Amos d'une petite voix.

Il fit une boule de neige et la tendit à l'homme :

— Tenez, mettez ça dans votre bouche.

Il se tourna vers moi :

— Billy ! Va dire à Mutti d'appeler une ambulance !

Je courus à la maison. Mutti, les filles et Adam étaient assis autour de la table de la cuisine. Adam pleurait en gémissant doucement, comme un chiot inconsolable.

— Amos Junior lui a donné un coup de poing et il saigne, et il faut appeler une ambulance, déclarai-je.

— Mon Tieu ! murmura Mutti en fonçant vers le téléphone.

— Ne pleure pas, Adam, lui dis-je. Amos l'a assommé d'un seul coup de poing. Il s'est coupé la langue en se la mordant, alors il peut plus parler. Ça va, Adam ? Tu es vengé maintenant.

J'entendais, provenant de la cour, les lamentations inarticulées de l'homme qu'Amos essayait de calmer. Elles ne faisaient qu'effrayer Adam davantage. Il se réfugia sous la table et enfouit la tête sous la jupe de Hildy. Je ressortis sur la véranda. L'homme, à genoux dans la neige, sanglotait d'une voix aiguë de haute-contre. Amos Junior faisait une autre boule de neige : il avait ramassé la pointe de la langue de l'homme et la mettait dans de la neige, pour qu'on puisse la lui recoudre.

Une sirène approchait. Quelques instants plus tard, le shérif — un petit homme ventripotent au crâne dégarni — arrivait. Une minute plus tard, c'était au tour de l'ambulance de débouler dans la cour, et les infirmiers s'empressèrent de charger le petit homme. Avec un frisson de joie, je reconnus le Noir qui nous avait conduits à l'hôpital, Grand-Père et moi.

— Hé ! criai-je en lui faisant un signe de la main. Salut !

L'homme m'adressa un V de la victoire et se fendit d'un grand sourire :

— Hé, petit frère ! Comment va ta lèvre ?

Il remonta dans l'ambulance, qui démarra pleins gaz dans des éclaboussures de neige et de boue puis disparut. Le shérif vint vers moi :

— Tu as vu ce qui s'est passé ?

— Ce type a essayé de faire du mal à Amos Junior, lui dis-je.

— Lui faire du mal comment ?

— En lui sautant dessus.

— Et Amos Junior l'a frappé ?

— Ouais.

Le shérif me dévisagea.

— Comment tu m'as dit que tu t'appelais, déjà ?

— Billy Mann.

— Oh, fit le shérif. Oui, c'est vrai. Où est M. Schumacher ?

— Ici, dit Fatti, apparaissant au coin de la véranda.

Il avait les joues rouges et semblait essoufflé d'avoir couru — il revenait des champs où il était allé rafistoler des clôtures. Le shérif et lui s'éloignèrent afin qu'on ne les entende pas, pour un long conciliabule. Après, le shérif revint près d'Amos Junior, qui, toujours immobile, tenait dans la main la boule de neige qui renfermait la langue de l'homme. Il avait oublié de la donner aux ambulanciers. Je m'approchais derrière eux sans faire de bruit pour entendre ce qu'ils se disaient.

— Ça t'ennuie de descendre avec moi, Amos ? s'enquit le shérif. Juste pour faire une déposition.

— D'accord, dit Amos, comme s'il allait se mettre à pleurer. Je ne voulais pas le blesser comme ça. Bon Dieu, je regrette.

— Tu n'as pas à t'en faire, Amos. Il n'avait pas de droit de visite et ne devait pas s'approcher d'ici à moins de deux kilomètres, et il le savait. En ce qui me concerne, tu aurais aussi bien pu le tuer. Je le connais, ce type. J'ai déjà eu affaire à lui plusieurs fois. Un habitué. Il battait sa femme avant qu'elle prenne la sage décision de mettre les bouts. Dommage qu'elle n'ait pas emmené son gamin avec elle. C'est de la vermine, Amos. Ne va pas perdre le sommeil à cause de lui.

— D'accord, acquiesça Amos.

Il jeta la boule de neige ensanglantée au loin et s'installa sur la banquette arrière de la voiture de police.

— Ne t'assois pas là, lui dit le shérif. Tu veux que tout le monde pense que je t'ai arrêté ?

Amos eut un sourire penaud et s'installa à l'avant. La voiture s'éloigna dans l'allée et s'engagea sur le chemin de terre. À côté de moi, Fatti poussa un soupir.

— Il y a des fous en ce monde, remarqua-t-il avec philosophie. C'est triste.

— Pourquoi, triste ? C'est un salaud, ce type.

— Oui, répondit Fatti, mais c'est un pauvre homme, et pour couronner le tout, maintenant il n'a plus de langue.

— Il a blessé Adam à la gorge, lui rappelai-je.

Fatti me regarda.

— Tu aimes Adam, et il t'aime, me dit-il. C'est bien.

— Vous allez le garder ?

— Ja, dit Fatti. J'espère.

— Moi aussi. Je pourrai venir vous voir quand je serai retourné vivre avec Grand-Père ?

— Ja, me dit Fatti.

Il me hissa sur ses épaules et on chemina vers la maison, la neige crissant sous ses pas.

— On t'aime, mon garçon.

Il dit cela simplement, avec son accent à couper au couteau — ça donnait : « On d'aime, mon garzon » — et on entra dans la maison. Adam était ressorti de dessous la table. Fatti nous fit des niches et Mutti servit du chocolat chaud jusqu'à ce qu'on se sente mieux. Avec cette amnésie bénie des dieux qui vient à point nommé aux enfants, j'oubliai complètement la visite du père d'Adam.

Je rentrai à la maison le 22 décembre. Mme Wheeler revint me chercher dans sa grande voiture rouge, et elle fuma l'une de ses longues cigarettes, assise à la table de la cuisine. Elle dégageait des effluves de parfum et de lotion ; ces odeurs inconnues, ces odeurs de la ville, avaient pour effet de mettre Fatti dans un état de stupeur et de lancer Mutti dans une frénésie de vaisselle à l'évier de la cuisine. Mme Wheeler sirotait le café fort des Schumacher. Ses lèvres laissaient des traces écarlates sur le rebord de la tasse.

— Tes affaires sont prêtes ? me demanda-t-elle.

— Ja, ses affaires sont prêtes, répondit Mutti en reniflant.

— Il vaut mieux en finir tout de suite, dit Mme Wheeler. Ils s'attachent facilement, à cet âge-là.

— Ja, dit Fatti.

— D'accord, alors, dit Mme Wheeler. Est-ce que tu as dit merci à M. et Mme Schumacher pour s'être si bien occupés de toi ?

— Merci, dis-je timidement.

— Vous voyez quel gentil garçon il est, déclara Fatti avec fierté. Il nous a déjà remerciés, de toute façon.

Fatti porta ma valise jusqu'à la longue voiture rouge et la posa sur la banquette arrière. Mutti resta dans la maison. Fatti mit ses mains dans ses poches, puis en sortit une et me la tendit. On se serra la main. Soudain, il me prit sous les aisselles, me souleva et m'écrasa contre lui :

— Souviens-toi de tout ce qu'a dit Frau Weiler. Souviens-toi de tout ce que tu as vu ici. Ja ?

— Ja, dis-je.

— Reviens vite.

— Ja.

— *Auf Wiedersehen.*

— *Auf Wiedersehen,* Fatti.

Fatti me serra contre son torse massif pendant quelques instants encore. J'entendais son cœur qui battait en lui comme une grosse caisse. Puis il me reposa par terre et recula, s'éloignant de quelques pas. Les autres Schumacher sortirent dans l'allée ; les garçons me serrèrent la main avec raideur, peu habitués à une telle formalité ; Elsa et Hildy s'agenouillèrent et me serrèrent contre elle, m'écrabouillant sans pitié contre leur opulente poitrine.

— Partons, ordonna Mme Wheeler d'un ton bourru.

Je montai en voiture.

— Attendez, dis-je avant que la portière se referme. Où est Adam ?

— Il est en train de jouer, me répondit Fatti sans plus de précisions. On lui dira au revoir de ta part.

Je compris alors qu'Adam avait été leurré, qu'il ne savait pas que je partais, qu'il ne le saurait qu'une fois que je serais loin.

Fatti ferma la portière, et Mme Wheeler démarra. On sortit de l'allée boueuse et on s'engagea lentement sur le chemin de terre. Mme Wheeler mit la radio et alluma une autre cigarette. La radio émettait des sons discordants, métalliques. Sur le chemin du retour vers la vieille ferme des Mann, on dépassa un boghei d'Amish tiré par un seul cheval. Il roulait au beau milieu de la route. Le conducteur ne nous avait pas entendus arriver derrière lui, et Mme Wheeler appuya à fond sur son klaxon. Au moment où la voiture doublait le boghei en vrombissant, le cheval recula, fléchissant les jambes. Je me retournai au moment où le conducteur se levait sur le marchepied pour reprendre le contrôle de l'animal apeuré. Il portait de lourds vêtements, et sa longue barbe pointait de sous son cache-col. Une femme était assise à côté de lui, elle aussi emmitouflée dans plusieurs couches de vêtements, le visage caché par son bonnet à large bord. « Ils ne vous regardent jamais dans les yeux, disait Grand-Père. Ils font comme si on n'était pas là. »

— Quels siphonnés ! commenta Mme Wheeler en parlant du couple d'Amish.

Je me tournai vers elle, en colère tout à coup :

— C'est vous, la siphonnée.

Au lieu de me gifler, elle me regarda d'un air surpris, et on continua de rouler en silence.

Vingt minutes plus tard, on s'engageait dans l'allée de notre demeure ancestrale. Grand-Père se tenait devant la maison. Il ne portait qu'un fin pull-over pour se protéger du froid. Il avait perdu beaucoup de kilos, ce qui était au-dessus de ses moyens : avec son cou de poulet, il paraissait beaucoup plus âgé. Je descendis de voiture et marchai vers lui à pas lents. Il me sourit timidement.

— C'est qu'il ne me reconnaîtrait pas, hein ! dit-il.

De fait, c'était le cas ; mais sa voix était toujours la même, et une vague d'émotion me submergea. Je courus vers lui et nouai mes bras autour de sa taille.

— Hou, fit-il. Attention. J'ai toujours un peu mal.

— Pardon, dis-je.

Il posa les mains sur ma tête et me regarda un long moment.

— Tu as grandi de quatre-vingt-dix centimètres, je crois bien, dit-il. Va chercher ta valise.

Je courus à la voiture et pris ma valise sur la banquette arrière. Puis Grand-Père et moi entrâmes ensemble dans la maison. J'entendis le gravier de l'allée crisser sous les pneus de la voiture de Mme Wheeler. Je ne lui avais pas dit au revoir. Grand-Père non plus. Elle ne faisait plus partie de notre vie. J'étais revenu chez moi, je retrouvai les odeurs qui m'étaient familières et les bruits que faisait la vieille maison quand on marchait. Je m'assis à la table de la cuisine.

— Faim ? me demanda Grand-Père.

— Ja.

— Ja ?

— Euh, ouais, quoi.

— T'as fréquenté une bande de Fritz, on dirait, observa Grand-Père en se penchant avec raideur pour prendre la poêle dans le placard du bas. Une saucisse grillée, ça te va ?

— Ouais, dis-je.

Une saucisse grillée, ça m'irait toujours, du moment que c'était Grand-Père qui la préparait. Il s'assit avec moi à la table de la cuisine et il me regarda manger, me demanda ce que j'avais fait, et je commençai à tout lui raconter. Pris par le rythme, je jacassai jusqu'à ce que je lui eusse tout raconté sur les Schumacher : ce qu'ils pouvaient manger, ce qu'ils pouvaient être grands, ce qu'ils pouvaient être bruyants, Trevor, Adam, le père d'Adam, les vaches, la visite à la vieille mennonite. Je parlai, parlai, allant jusqu'au bout de mon récit, allant jusqu'à lui raconter que Mme Wheeler avait klaxonné en doublant des Amish en boghei et qu'il s'en était fallu de peu que leur cheval ne se cabre. Puis j'en arrivai au présent, et tout le reste devint de l'histoire ancienne. J'étais de nouveau seul avec Grand-Père, assis dans la cuisine, il ébouriffa mes cheveux et me fit un sandwich.

5

Mes treize ans. Annie (suite).
Le Rouleau compresseur.

En revenant de chez les Schumacher, je n'étais plus le même petit garçon. Je m'étais aventuré dans le monde et en étais revenu entier, me prouvant à moi-même et prouvant à Grand-Père qu'on pouvait y parvenir sans dommages irrémédiables. J'avais aussi rencontré d'autres personnes, et j'estimais désormais être assez sociable pour envisager d'aller à l'école sans trembler de terreur à cette idée. J'apprenais, à la façon d'un garçon de sept ans, qu'il existait au moins deux genres de personnes dans le monde : ceux du type Trevor et ceux du type Schumacher, les méchants et les bons, les effrayants et les sécurisants. Et j'avais aussi appris que même si les uns pouvaient très vite vous gâcher la vie, ils étaient compensés par les autres, les rassurants, les gentils, les chaleureux, les Schumacher. Peut-être que j'allais aimer l'école, après tout ; si Marky Schumacher ne détestait pas, c'est que ça ne devait pas être si désagréable. Aussi me pliai-je à la volonté de Grand-Père et acceptai qu'il m'inscrive en primaire. S'il n'avait tenu qu'à lui, il aurait préféré continuer à me donner des leçons à la maison, de sa manière informelle mais efficace, mais lui-même se pliait à la volonté de l'État, personnifié par Mme Wheeler.

Mon premier souvenir d'école, ce fut mon examen par une batterie de spécialistes décidés à évaluer l'étendue de mes connaissances. Ils me firent passer des tests d'écriture, de lecture, de calcul ; à l'époque, les critères mannvilliens en matière d'instruction n'allaient guère au-delà. Avec le recul, je me rends compte qu'ils évaluaient aussi les connaissances de Grand-Père, qu'ils vérifiaient s'il m'avait enseigné tout ce qu'il prétendait. Au début, ils paraissaient sceptiques, mais ils furent bien obligés d'admettre que Grand-Père leur avait dit la vérité : en fait, j'étais instruit — en tout cas, jusqu'à un certain point. Je n'avais que sept ans, mais je savais déjà lire et écrire aussi bien qu'un enfant de dix ans, et mes aptitudes en arithmétique étaient tout à fait honorables. Du coup, on me dispensa de la maternelle et du cours préparatoire et j'intégrai le cours élémentaire de Mme Schmeider à l'école primaire de Mannville — là où j'aurais dû être si j'avais suivi une scolarité ordinaire.

J'arrivai en retard pour mon premier jour d'école, car la Galaxie ne démarrait pas. Quand j'entrai dans la salle de classe, je serrai contre moi un sac en papier kraft contenant un sandwich saucisse grillée et une pomme, et je portais des baskets flambant neuves dont j'étais immensément fier. Grand-Père, conscient de l'importance de ce moment pour moi, me les avait achetées exprès pour l'occasion. Je suspendis ma veste dans le cagibi et rejoignis les autres, m'efforçant d'ignorer l'océan de visages qui me suivaient des yeux avec curiosité. L'espace d'un instant, ma vieille peur des inconnus enfla en moi ; mais cette peur avait été plantée en moi par les mises en garde paranoïaques de Grand-Père ; bien vite, elle céda devant mon intérêt naturel envers ce nouvel environnement ; c'était la première fois que je mettais les pieds dans une salle de classe. De plus, Mme Schmeider nous lisait une histoire. Même si Grand-Père me faisait souvent la lecture, ce n'étaient jamais des textes pour enfants, mais en général des articles de journaux ou de revues. J'étais fasciné par les images brillantes du livre que tenait la maîtresse. Et alors, je sentis une petite main froide se glisser dans la mienne et la serrer en guise de bienvenue. Je regardai cette main, puis le bras auquel elle était rattachée, puis le propriétaire de ce bras. À ma grande surprise, c'était elle : la petite fille aux longues couettes du haut de la colline. Annie. Elle se pencha vers moi et me chuchota :

— Ta coupure, ça va mieux ?

J'acquiesçai, trop surpris pour parler.

— C'est bien, dit-elle.

Dire que j'étais au comble de la joie d'avoir retrouvé Annie serait un plat euphémisme. Je me retrouvai deux fois au coin, ce jour-là, parce qu'elle et moi n'arrêtions pas de parler. Mais ça ne m'ennuyait pas : c'était la première fois de ma vie que j'avais une amie. Après ce premier jour de classe, je bondissais du lit aux aurores tous les matins, frais et dispos, exhortant Grand-Père à se presser, à vite préparer mon déjeuner et à s'assurer que la voiture marchait, parce que je n'avais pas envie d'arriver en retard à l'école. Sinon, Annie pourrait penser que je ne venais pas, et je ne voulais pas lui faire faux bond.

— Mais bien sûr qu'elle marche, tonna Grand-Père un jour qu'il n'en pouvait plus. Elle n'a pas démarré, une seule fois, parce que j'étais resté longtemps à l'hôpital. Une voiture, il faut s'en occuper constamment, mon garçon. Comme certaines personnes que je ne nommerai pas.

Autrement dit : moi, je suppose.

Les années de primaire s'écoulèrent de cette manière, nous ballottant, Annie et moi, comme les wagons d'un train roulant à grande vitesse. Aucun de mes camarades de classe n'attachait, semblait-il, la moindre importance au fait que j'étais un Mann ; apparemment, tout le monde, à part Grand-Père, avait oublié le fiasco des autruches, et personne ne se moqua de moi à ce sujet. Et la main d'Annie resta dans la mienne jusqu'à l'année de nos treize ans, du moins eus-je cette impression, année où survinrent des choses importantes. Peut-être que la partie « main dans la main » n'est que le fruit de mon imagination, parce que ce fut à treize ans que je commençai à être intimidé par elle. Mais, timidité ou pas, nous étions ensemble, et avant que je m'en aperçoive, nous fûmes en classe de quatrième — l'année du Rouleau compresseur.

Tôt chaque matin, cette année-là, comme tous les matins des années précédentes, Annie descendait de chez elle à pied et me retrouvait au bas de la colline, au coin de Mann Road et de County Road — route qui n'avait jamais porté d'autre nom. C'était comme pour le reste en ville : la Place, le Chêne, l'École, le Rouleau compresseur. Dans une ville de la taille de Mannville, où tout n'existait qu'à un seul exemplaire, il s'avérait inutile de donner un nom propre aux choses ; tout le monde savait de quoi on parlait.

Le père d'Annie ignorait qu'on faisait le chemin ensemble, sinon il aurait trouvé le moyen de nous en empêcher, quitte à carrément lui interdire d'aller à l'école. Il ne m'avait plus adressé la parole depuis le jour où Grand-Père avait glissé sur le verglas, six ans plus tôt. Il faut dire que je m'arrangeais pour l'éviter : je n'allais jamais chez eux et je ne m'en approchais pas plus que nécessaire pour signaler à Annie que je l'attendais. Il restait assis devant la télévision toute la journée, ne sortait de chez lui que pour aller s'acheter de la bière, qu'il buvait, vautré sur le canapé, jusqu'à s'endormir comme une masse. Je savais ça par Annie, bien entendu. Je n'avais pas osé remettre les pieds chez les Simpson. Selon elle, son ventre était encore plus gros, sa peau avait pris le teint cireux de la mort, ses yeux étaient encore plus porcins et encore plus petits — ils ressemblaient de plus en plus à ceux du diable. Elle tremblait quand elle parlait de son père. J'appris à ne jamais faire allusion à lui.

En route pour l'école, Annie et moi comparions notre déjeuner et, si elle n'avait pas assez, je lui donnais un peu du mien. Elle garnissait sa boîte-repas tous les matins, mais souvent, elle n'avait pas grand-chose à y mettre : un ou deux œufs durs, ou un sandwich au beurre de cacahouète. Ce qu'elle préférait, c'étaient les Doritos. Moi aussi. C'était la seule chose que je n'avais pas envie de lui offrir. À part ça, tout ce qui était à moi était à elle, sans condition — même mes sandwiches aux saucisses grillées.

Une fois, elle me demanda si je n'en avais pas marre de manger des saucisses grillées.

— Non, lui répondis-je, sincère.

Aujourd'hui, devenu adulte, rien que la pensée d'en manger une me donne la nausée. Un jour, j'ai calculé qu'à l'âge de treize ans j'en avais mangé environ quatre mille.

— Tu as fait tes devoirs ? questionnai-je.

— Oui !

Annie disait toujours ça avec un petit air sage, comme si elle était choquée que j'aie pu penser le contraire. Annie faisait toujours ses devoirs. Par beau temps, elle les faisait sous les arbres derrière chez elle, et, par mauvais temps, à la bibliothèque municipale ou, parfois, chez moi. Chez elle, ce n'était pas possible, parce qu'elle n'avait pas de bureau et qu'elle partageait sa chambre avec trois de ses sœurs.

— Et toi ?

— J'ai fait un peu de maths. J'ai déjà lu ce putain de roman il y a deux ans, au moins.

On devait lire *Sa Majesté des Mouches* pour le cours de littérature. C'était un des livres les plus effrayants que j'aie lus, car, même si l'histoire ne s'était pas vraiment passée, ça avait l'air de choses tout à fait plausibles. Une bande de garçons échoués sur une île déserte, comme c'était arrivé à Grand-Père, pourchassant un autre garçon parce qu'il était gros, empoté et différent, tout ça parce que leur animalité avait repris le dessus : ça arrivait tous les jours, à plus petite échelle, évidemment.

— Ne dis pas de juron.

— Pourquoi ?

— C'est mentalement malsain, expliqua-t-elle. Et, avec le vocabulaire que tu as, tu devrais être capable de trouver d'autres façons de t'exprimer.

— Mentalement malsain ?

— Il faut que tu aies un esprit sain dans un corps sain, décréta Annie. Afin que tu sois assez fort pour que tu puisses me sauver.

Je souris à ces paroles. Nous étions encore des adolescents mais elle se souvenait toujours du plan ingénieux que j'avais mis au point pour la sauver quand j'étais petit. Bien des années plus tard, elle me dirait que non seulement elle ne l'avait pas oublié mais qu'elle y pensait tous les soirs en allant se coucher. Elle me disait que parfois, même si c'était seulement le fantasme d'un petit garçon, c'était la seule chose qui l'aidait à tenir : l'idée que quelqu'un, un jour, déboulerait chez elle et transformerait sa vie.

On était obligés de se retrouver en secret, au bas de la colline, et ce presque chaque jour depuis que nous avions sept ans. Cette nécessité du secret, on n'y faisait jamais allusion. On biaisait. Quand on se disait l'un à l'autre : « À plus tard », cela voulait dire : « Rendez-vous au bas de la colline, à l'abri de ses regards et près des bois, pour qu'il ne puisse pas nous surprendre et qu'on puisse se cacher si nécessaire. » Quand elle me disait « Pour que tu puisses me sauver », elle ne plaisantait qu'à moitié. Annie avait vraiment besoin d'une opération de sauvetage avec commando en tenue et peinture de camouflage. Le problème, c'est que j'étais le seul à être au courant, et que je ne savais pas comment m'y prendre.

Il fallait parcourir près de cinq kilomètres pour rejoindre l'école. Grand-Père nous proposait régulièrement de nous y emmener en voiture, mais je repoussais cette idée. Ces matinées en compagnie d'Annie étaient des moments heureux, paradisiaques, et je les faisais durer le plus longtemps possible. Je sais maintenant que j'étais déjà fou amoureux d'elle. On ne se tenait plus la main, on ne s'embrassait jamais, mais je me disais qu'un jour ça pourrait bien arriver, et cette perspective me collait aux doigts autant que de la confiture. Parfois, j'effleurais son bras pendant que nous marchions. Elle avait la peau douce. Ses bras étaient recouverts d'un duvet fin et doré, à peine visible, et encore seulement quand la lumière tombait dessus. Elle avait des bras adorables, parfaits, mais elle devait souvent porter des chemises à manches longues pour cacher les bleus qui marquaient sa peau là où son père l'avait empoignée. Quand je la touchais, j'étais parcouru d'un frisson si intense que j'en avais le souffle coupé ; c'était une violente décharge d'énergie qui naissait dans mon bas-ventre et partait simultanément vers le sommet de mon crâne et la plante de mes pieds. Tous les garçons qui ont été amoureux connaissent cette sensation. Elle vous consume, vous domine. On a le sentiment qu'elle vous mène par le bout du nez vers le but ultime. Moi, je n'avais pas la moindre idée de ce qu'était ce but ultime. Je sentais simplement qu'il était là, quelque part. Je pensais que c'était sans doute cela, « se peloter ».

J'avais appris cette expression à l'école. Certains avaient déjà fait ça, d'autres non. Tout le monde savait à quelle catégorie chaque élève appartenait : si on l'avait déjà fait ou pas. J'appartenais à la seconde catégorie depuis trop longtemps. Il ne faudrait pas trop tarder à sauter le pas. Tout d'abord, quelques petits obstacles à franchir. Pour commencer, Annie mesurait dix centimètres de plus que moi, et je ne savais pas bien comment contourner cette difficulté. Monter sur une chaise pour l'embrasser était hors de question : trop humiliant. Je me disais que je devrais être capable de la prendre dans mes bras et de l'attirer contre moi de telle sorte que ses petites chaussures ne touchent plus terre. Mais, avant tout, j'avais besoin d'une croissance éclair pour arriver à la hauteur de ses lèvres.

En outre, je n'avais pas la moindre idée de la façon de m'y prendre pour embrasser. Grand-Père et moi, on n'avait toujours pas la télévision, sinon j'aurais sans doute eu une petite idée sur la question. D'après ce que je savais, les gens n'arrêtaient pas de s'embrasser à la télévision. J'avais vu quelques images chez les uns ou les autres, et leur manière de s'embrasser — et de faire d'autres choses aussi — au vu et au su de tous m'avait choqué. J'avais du mal à en croire mes yeux. C'était grâce à la télévision que ceux de mon âge apprenaient comment accéder au monde des adultes, et du coup, sur un plan social, j'étais sérieusement pénalisé.

J'avais un autre problème : le Rouleau compresseur.

Le Rouleau compresseur n'était pas une machine, c'était quelqu'un, nommément David Weismueller, qui avait écrasé plus de quarterbacks que n'importe quel autre linebacker de toute l'histoire de Mannville et qui occupait la place de mon père en tant que héros du football de la ville. Il était célèbre, une photo de lui paraissait dans le *Mégaphone* presque tous les week-ends, exactement comme mon père. L'ironie de la chose était que mon père (qui, lui, avait été quarterback) se serait retrouvé face à — ou coursé par — David Weismueller s'ils s'étaient rencontrés sur le terrain, et qu'il l'aurait remis à sa place. Non seulement il lui aurait échappé, mais il lui aurait fait voir trente-six chandelles. C'était comme ça que j'imaginais la chose, car David Weismueller, dit le « Rouleau compresseur », voulait *me* faire voir trente-six chandelles, m'écrabouiller sans merci et m'aplatir comme une crêpe.

David Weismueller était beau ; j'étais très ordinaire. Il était musclé ; j'étais chétif. Il se rasait tous les matins ; je ne rêvais que de ça et pratiquais des inspections hebdomadaires de mon menton dans le miroir — en vain jusqu'à présent. Il possédait une Corvette rouge que son père lui avait achetée ; j'allais partout à pied, ou bien assis à l'arrière de la Galaxie de Grand-Père, comme un gamin. Il sortait avec une pom-pom girl, une certaine Sherry Anderson, depuis deux ans, et tout le monde savait qu'ils faisaient le Truc — le Truc, avec un T majuscule, le seul truc qui compte vraiment pour les lycéens — pendant le week-end. Le sexe était tellement loin de mon univers que je ne pouvais même pas entrevoir le départ de la route que le Rouleau compresseur avait empruntée pour y arriver. David Weismueller était ce que Jane Goodall aurait appelé un « mâle alpha ». Si nous avions été des gorilles, c'est sur lui qu'elle aurait pris des notes ; moi, elle m'aurait ignoré.

Le Rouleau compresseur avait l'habitude de me provoquer dès qu'il me voyait, et donc, je devais toujours garder mes poings en alerte. Je ne perdais pas espoir de le choper par les couilles, un de ces quatre. Je n'avais pas encore eu l'occasion de le faire, mais les choses avaient atteint un seuil critique, et mes instincts belliqueux se réveillaient dans mes gènes pour la première fois depuis ma bagarre avec Trevor, six ans plus tôt. J'étais petit, mais je savais que je pouvais lui faire mal — enfin, un peu. J'ignorais pourquoi il m'avait choisi comme bouc émissaire. Je suppose qu'il lui fallait quelqu'un. Je commençais à me rendre compte que la vie était cent pour cent comme dans *Sa Majesté des Mouches*, tous les jours. La seule raison pour laquelle je n'avais pas voulu relire ce livre, c'était qu'il me rappelait trop ma misérable existence.

— Je ne la vois pas, dit Annie, faisant allusion à sa Corvette.

— Il ne va pas tarder, répondis-je, l'air sombre.

— Je ne vois pas pourquoi tu ne le dis pas à quelqu'un.

— Ce n'est pas si terrible que ça.

— Si !

— Mais non.

— Tu n'as aucune raison de continuer à supporter ça.

— Toi non plus, tu n'as aucune raison de continuer à supporter ça.

Annie avait compris que je ne lui parlais plus de David Weismueller mais de son père — sujet que je n'étais pas censé aborder. Je venais de violer un accord tacite.

— À plus tard, conclut Annie d'un air impénétrable.

Et elle s'éloigna en direction des salles de classe. Nous étions encore tous les deux au collège, mais l'année suivante j'allais passer en seconde, au lycée, alors qu'Annie resterait au collège. Je n'attendais pas cela avec impatience. C'était plutôt elle qui aurait dû être en avance sur moi. Annie était un génie. Elle apprenait le français toute seule grâce à des cassettes qu'elle avait achetées avec l'argent qu'elle gagnait en faisant des petits boulots pour des voisins — ou qu'elle volait à son père. Elle disait qu'elle allait parler français couramment et qu'elle irait vivre à Montréal après le lycée ; et je ne doutais pas que, si telle était son intention, elle y parviendrait.

Juste au moment où Annie s'éloignait, je l'aperçus. Tel un requin affamé, la Corvette descendait lentement Frederic Avenue, devant l'entrée principale de l'école. Je ne ralentis ni n'accélérai mon allure, mais mon cœur se mit à battre la chamade, et je sentis la chaleur de mon sang se répandre dans tout mon corps. C'était bel et bien David Weismueller. J'aurais reconnu sa voiture entre mille. Des rêves où je le voyais au volant de sa Corvette commençaient à supplanter ceux des soldats me pourchassant à travers bois.

Quelques instants plus tard, il m'aperçut à son tour, appuya sur le champignon, dans un rugissement de son moteur, et fonça vers l'endroit où je me trouvais. Puis il s'extirpa de son siège et se planta devant moi, splendide spécimen d'*Homo erectus*, à défaut d'être un *Homo sapiens*, et se pencha considérablement pour pouvoir mettre son visage à hauteur du mien et me fixer d'un air menaçant.

— Qu'est-ce que t'as dit ? fit-il.

C'était son habituelle entrée en matière : faire comme si je venais de lui dire quelque chose qu'aucun homme digne de ce nom ne pouvait ignorer. Il était inutile de protester, même si je ne pouvais m'en empêcher. Mais ce matin-là, je me sentais différent. Je le toisai des pieds à la tête, avisant ses baskets, son jean, son polo de l'équipe du lycée et, finalement, ses yeux, aussi vides et aussi luisants que deux billes de verre.

— J'ai dit que ta mère aime les grosses bites. Qu'elle les suce pour le fric. Dix dollars la pipe. Je crois que t'es le seul joueur de l'équipe de foot à pas le savoir.

Sa mâchoire, rasée de près, en tomba. Je savais qu'il aurait été plus sage de ne rien dire, mais c'était trop tard. Je jetai toute prudence aux orties.

— Ou peut-être que tu le sais, repris-je. Peut-être qu'elle s'entraîne sur toi... peut-être qu'elle t'apprend comment faire pour les sucer toi aussi.

— Tu vas mourir.

— On va tous mourir un jour.

— Toi, c'est aujourd'hui que tu vas mourir.

Et, sur le moment, je le crus. Je lâchai mon sac à dos, qui dégringola par terre, et reculai de deux pas. Je me mis en garde, brandissant mes poings.

— Amène-toi ! lui ordonnai-je.

Il était trop malin pour ça. Quelques curieux s'étaient déjà assemblés autour de nous et, du coin de l'œil, je vis le surveillant du parking qui accourait. Si Le Rouleau compresseur m'avait frappé, il se serait attiré de gros ennuis.

— Fais gaffe à toi, Ducon, me dit-il, tremblant de rage. Je te conseille de ne plus fermer l'œil. Jamais. Je vais casser du pédé, et le pédé, c'est toi.

— Du calme, les gosses ! s'écria le surveillant, un certain Drew. Tu as envie d'avoir un avertissement, Weismueller ? Toi aussi, Mann ?

— J'en ai vraiment rien à battre, m'entendis-je répliquer. Je voyais rouge.

— Quoi ? fit le surveillant.

Je n'en rajoutai pas. Je ramassai mon sac à dos et m'éloignai en direction du collège, pendant que le regard incrédule de David Weismueller me faisait deux trous dans la nuque. Il avait raison ; j'avais signé mon arrêt de mort.

Une calme résolution s'installa en moi pour le reste de la journée ; presque un soulagement, en fait. Maintenant que l'inévitable était imminent, je n'avais plus peur, j'avais les idées claires et je me sentais prêt. Pendant les cours, je fis acte de présence, avec l'impression d'être un condamné à mort prenant son dernier repas. Je n'étais jamais très attentif en classe, de toute façon, car, la plupart du temps, je savais ce que le prof allait dire avant qu'il ouvre la bouche. La seule fois où je me laissai aller à intervenir, ce jour-là, ce fut en cours de littérature, pendant une discussion sur *Sa Majesté des Mouches.*

— Qu'arrive-t-il à ces garçons pendant qu'ils sont sur cette île ? demanda mon prof de littérature, un homme dégingandé du nom de M. Doddy. Pourquoi se comportent-ils comme des animaux ?

— Parce que les êtres humains sont des animaux, répondis-je.

— Qu'entendez-vous par là, exactement, monsieur Mann ?

M. Doddy était ravi : il était rare qu'un de ses élèves participe pendant son cours. Surtout moi.

— Ils sont coupés de toute société, expliquai-je. Ils doivent inventer leurs propres lois. Et puis il leur faut survivre, ce qui veut dire qu'ils doivent tuer. Comme quand ils tuent le sanglier.

M. Doddy, les mains croisées devant lui, regardait fixement un point du plafond, en une sorte d'extase professorale.

— Continuez, monsieur Mann, je vous en prie. C'est très intéressant.

Gêné, je devins rouge comme une pivoine ; néanmoins, je poursuivis :

— Leurs instincts meurtriers reprennent le dessus. Quand on vit en société, on les refrène parce qu'il faut bien se supporter les uns les autres. Mais eux, ils se retrouvent sur une île déserte, et ils n'ont plus personne pour fabriquer des lois. Ils doivent s'en charger eux-mêmes. Seulement, ils ne reprennent pas les nôtres, mais les anciennes lois, celles auxquelles on obéissait quand on vivait en tribus.

— Oui, en effet, monsieur Mann. Ce que vous décrivez, en fait, est une sorte de retour à un mode de vie qui n'existe plus aujourd'hui, mais qui était très courant quand nous devions nous battre au jour le jour pour survivre. C'est bien ça ?

— Je pense que ces lois existent encore, répondis-je.

Il y eut quelques ricanements chez ceux qui avaient assisté à ma confrontation du matin même avec le Rouleau compresseur.

— On est toujours assoiffés de sang, poursuivis-je. Comme les animaux.

Des années plus tard, je lirais ce que mon ancêtre Willie Mann avait à dire sur le sujet de la part animale chez l'homme.

> *Chez la plupart d'entre nous, le désir ancestral de tuer les faibles a été jugulé par la nécessité de coexister avec d'autres êtres humains en société, selon les lois modernes. Mais nous nous leurrons si nous pensons que nous ne sommes plus porteurs de ces pulsions animales au motif que nous sommes « civilisés ». Elles sont tapies juste sous la surface, prêtes à resurgir à la moindre occasion, et elles sont aussi bien huilées et aussi efficaces que si elles n'avaient été qu'en sommeil. Qu'aucun de mes descendants n'oublie que nous sommes, au mieux, des singes améliorés qui ont rasé leur pelage et se donnent de grands airs ; et nous nous les donnons depuis si longtemps que nous avons la naïveté de croire qu'ils sont notre nature profonde. Eh bien, non. Posez la question à n'importe quel vétéran de n'importe quelle guerre, et il vous parlera de la soif sanguinaire qui jaillit chez tout homme, du simple soldat au plus haut gradé, lors de combats mortels, aussi naturellement que si nous étions descendus de nos arbres depuis à peine huit jours.*

Cependant, ni M. Doddy ni moi-même n'avions entendu parler du journal de Willie Mann. Sinon, peut-être y aurions-nous fait allusion pendant nos débats en classe. J'aime à penser que ce manuscrit aurait remplacé les textes qu'on étudiait à l'école, parce qu'il contenait toutes les idées qu'on trouve dans les grandes œuvres de la littérature occidentale, de Shakespeare à nos jours : la naissance et la mort, l'amour et la haine, la guerre et la paix, la cupidité, le désir, la jalousie — la liste est longue. Mais le journal n'était pas encore entre mes mains, et le monde continuait son petit bonhomme de chemin cahoteux et obscur, ignorant du génie de mon arrière-arrière-grand-père.

Pendant l'heure de la cantine, je réussis à faire passer un mot à Annie :

C'est la galère pour moi après l'école. Il vaut mieux que tu rentres seule chez toi. Je suis bon, cette fois.

Elle me répondit :

Je préférerais que tu en parles à quelqu'un. Mais si tu refuses, j'espère que tu vas le tuer.

Je grimaçai en lisant ces mots. Je lui souhaitais exactement la même chose ; mais, à mes yeux, sa situation était bien plus désespérée que la mienne. Je ne vivais pas avec David Weismueller, après tout. Au moins, une fois à la maison, j'étais en sûreté, moi.

Pour rentrer à pied, on avait l'habitude de descendre Frederic Avenue, puis de prendre la Troisième Rue jusqu'à County Road, et, de là, on marchait jusqu'à nos maisons respectives : la mienne, hantée peut-être, mais accueillante et chaleureuse ; la sienne, froide et terrifiante. Ce jour-là, au lieu d'emprunter cet itinéraire, je me faufilai derrière les bâtiments de l'école et traversai plusieurs jardins en courant. Les quelques voisins qui étaient dehors, en train de désherber ou de tondre leur pelouse, me regardèrent, intrigués de me voir passer furtivement dans leur propriété. Je leur adressai un petit signe de la main, souriant.

— On fait une chasse au trésor, expliquai-je. Vous n'auriez pas vu une bande de mecs passer par là ?

Ils firent non de la tête, sans doute en pensant : « Ah, ces garçons, toujours à faire les quatre cents coups ! » ou quelque chose dans ce goût-là. Si seulement ils avaient su ! Seule ma fierté me retenait de me jeter à leurs pieds et de les supplier de m'accorder refuge, ou de me raccompagner chez moi en voiture — moi, sur la banquette arrière, caché sous une couverture pour que le Rouleau compresseur ne me voie pas.

J'atteignis County Road sans incident. Une fois là, je me mis à couvert des arbres et marchai parallèlement à la route sur plusieurs mètres. *Je vais y arriver,* me disais-je. *Au moins aujourd'hui.*

Et alors, je m'arrêtai net.

Pourquoi, me dis-je, *pourquoi est-ce que je permettrais à cet homme de Cro-Magnon de me gâcher la vie ? S'il ne me coince pas aujourd'hui, il me coincera demain, et si ce n'est pas demain, ce sera la semaine prochaine. C'est injuste. Archi-injuste, putain ! J'en ai marre. Je vais me battre contre lui. Peut-être qu'il me tuera, peut-être que non. Mais j'en ai marre de me cacher pour l'éviter. Je suis aussi fort que lui. Et, en plus, je suis un Mann. Et un cascadeur émérite. Et un Celte, putain de merde ! Je suis un redoutable guerrier celte avec de la peinture bleue sur le visage et les peaux de trois renards nouées autour de ma taille. Envoie-le-moi, Dieu. Mets-le sur ma route !*

C'était tout juste si je n'entendais pas, dans un coin de ma tête, les sons plaintifs et stridents des cornemuses.

Comme Willie Mann l'a écrit, dans l'un de ses moments moins ésotériques mais toujours aussi philosophiques :

> *Sollicite notre Créateur avec prudence. Il exauce toutes les prières qui viennent du fond du cœur ; cependant, Il ne nous donne pas ce que nous voulons avoir, mais ce que nous devons avoir.*

Juste au moment où ma dernière prière au Tout-Puissant franchissait mes lèvres et flottait vers Lui dans les airs, j'avisai la Corvette de David Weismueller roulant au pas. La voiture elle-même semblait être à mes trousses. Cette vision me planta la lance froide de l'appréhension dans le ventre. *Ça y est,* me dis-je. *Aujourd'hui est une belle journée pour mourir.*

Je bondis à découvert. Il dut me voir tout de suite dans son rétro, car la Corvette pila sur la route poussiéreuse. Je signalai tout de même ma présence.

— Weismueller !

J'entendis un bruit d'embrayage, après quoi la Corvette entama une marche arrière.

— Viens par là, on va s'amuser ! criai-je.

J'étais exalté. C'était génial.

Weismueller appuya sur le champignon, et la Corvette fila comme une flèche en marche arrière. Je bondis dans le fossé, sentant un appel d'air tandis que la voiture me frôlait en me manquant de peu. Il ne plaisantait pas. Il pétait les plombs. Il voulait vraiment me tuer.

Je sautai de nouveau sur la chaussée et me mis face à la voiture. Weismueller n'était pas seul. Il y avait deux autres joueurs de football avec lui, et ils me regardaient tous avec le même regard de chien fou.

Je me campai devant la voiture. Weismueller la fit avancer au pas, centimètre par centimètre, jusqu'à ce que le pare-chocs me touche les genoux. J'osais à peine respirer mais je tins bon. Ce n'était pas moi qui allais bouger le premier. Sous ses baskets, Weismueller avait le pouvoir de me tuer sans attendre, s'il le voulait, en appuyant sur l'accélérateur. On resta ainsi un long moment — du moins le temps me parut très long. Une éternité, comme on dit. En réalité, trois ou quatre secondes, je suppose.

Au lieu de donner un coup d'accélérateur, Weismueller descendit de la Corvette. Je respirai plus librement : au moins, je ne mourrais pas écrasé par une voiture. Les deux autres sortirent à leur tour. Eux aussi étaient des linebackers, des armoires à glace qui se faisaient acclamer par les foules tous les vendredis soir en raison de leur capacité à estropier ou à mutiler les joueurs de l'équipe adverse. Ils étaient les héroïques guerriers modernes de Mannville et, pour l'heure, ils avaient décidé de focaliser leur énergie sauvage sur ma personne. Je trouvais ça hautement ironique. Je ne représentais pas une menace pour eux. Je ne souhaitais pas marquer de buts contre leur équipe. Je voulais juste vivre en paix.

— C'est entre moi et Weismueller, dis-je aux deux linebackers. Restez en dehors de ça, vous autres.

Avec un sourire de déments, ils se tournèrent vers leur chef, qui les ignora, préférant planter ses yeux dans les miens. Je soutins son regard. Mes genoux étaient tout ramollos.

— Viens là, 'spèce de petite pède, articula Weismueller.

Je préférai reculer de deux pas, ce qui, apparemment, le rendit furieux.

— C'est quoi, le problème ? rugit-il. T'as peur ?

— Réfléchis, andouille, répondis-je calmement. Vous êtes trois, et vous êtes plus forts que moi. Bien sûr que j'ai peur.

Ils ne trouvèrent rien à redire à cela. L'un d'eux poussa un soupir méprisant. Je compris que ma logique n'avait pas porté.

— Ce n'est pas moi qui ai commencé, poursuivis-je. Tu as décidé de me harceler sans raison. T'es ce genre de mec, toi. Tu aimes bien faire du mal à des types plus petits que toi ? Très bien. C'est toi, le lâche, pas moi.

— Ferme-la, dit l'un des linebackers, qui, je crois, s'appelait Pfeiffer.

L'autre se nommait Olmacher. Huit ans plus tard, Olmacher allait mourir à la guerre du Golfe, son navire détruit accidentellement par un missile américain. Mais, à ce moment-là, il était bien vivant et il me dominait de toute sa hauteur, dans l'ignorance bienheureuse de son avenir.

— Non, je la fermerai pas, rétorquai-je. (Et j'ajoutai à l'intention de Weismueller :) Je ne sais pas pourquoi tu veux me casser la gueule, mais si tu veux le faire, alors, allons-y.

— Il te provoque, Dave, opina Pfeiffer.

— Je sais, fit Weismueller.

— Je vais me battre contre toi, lui dis-je. Je ne sais pas ce que tu cherches à te prouver, mais je vais me battre contre toi si tu m'y obliges, et je vais te cogner le plus que je pourrai avant de tomber au tapis.

— Tu vas tomber au tapis, me promit-il.

— C'est sûr, dis-je.

Puis j'exécutai le mouvement que je répétais dans ma tête depuis plusieurs semaines. Je fis un pas vers l'avant en pliant le genou et balançai un uppercut qui alla s'écraser là où je supposais que les testicules de Weismueller se cachaient, nichés tels deux œufs sans coquille dans les replis de son jean. Je frappai de toutes mes forces. J'étais petit, mais pas faible pour autant, et Weismueller ne s'attendait pas du tout à ça. Il s'écroula par terre comme s'il avait reçu une balle dans la peau, plié en deux par une douleur trop intense pour crier. Ensuite, je lui sautai dessus. J'avais complètement oublié Pfeiffer et Olmacher. Plus tard, en y repensant, je me rendis compte qu'ils avaient eu l'intention de nous laisser nous battre à la loyale — si tant est qu'on puisse parler d'un combat loyal, vu notre différence de gabarit. Ils nous laissèrent nous empoigner, plantés à côté de nous, criant des encouragements à leur seigneur de la guerre.

Je cognai Weismueller au visage, de mes deux poings. Aussi lontemps qu'il serait à terre, je comptais m'en donner à cœur joie. J'étais redevenu le furieux guerrier celte. Mes coups étaient d'une précision chirurgicale. Ils ne rataient jamais leur cible. Le premier s'abattit sur son nez, et le sang se mit soudain à ruisseler. Je le frappai plusieurs fois avant qu'un des deux autres — je n'ai jamais su lequel — me tire en arrière, me relève d'une main et me balance un crochet de l'autre. Ce ne fut qu'un coup de poing, mais il n'en fallut pas plus. Je m'étalai par terre, sur le dos, le nez dans le ciel. Quelque chose avait craqué dans le fond de mon crâne. Je n'avais pas envie de bouger.

— Ça, c'était dégueu, Mann ! cria Olmacher ou, peut-être, Pfeiffer. Tu l'as frappé dans les burnes !

Je n'avais pas le choix, me dis-je. Quelqu'un me flanquait des coups de pied dans les côtes, mais c'était comme si ça arrivait à un autre. Puis j'entendis la voiture démarrer. Je me demandais vaguement s'ils allaient me rouler dessus. Il s'en fallut de peu : les pneus passèrent à quelques centimètres de moi. Enfin, je fermai les yeux.

Je dus rester inconscient un long moment, car tout ce dont je me souvins ensuite, c'est qu'Annie, penchée sur moi, m'appelait, affolée. J'ouvris les yeux mais les refermai aussitôt. Le soleil m'enfonçait des dagues minuscules dans la nuque. J'essayai de me redresser.

— Ne bouge pas, me dit Annie. J'ai déjà appelé le docteur.

— Quel docteur ?

— Connor, me répondit-elle, inquiète.

Je savais très bien qu'un seul médecin effectuait des visites à domicile — ou, en l'occurrence, en bord de route. Elle m'avoua plus tard qu'elle avait craint que je ne reste simple d'esprit pour le restant de mes jours. C'est qu'ils avaient cogné très fort.

— Je suis resté évanoui longtemps ?

— Quelques minutes. J'ai tout vu. Non, ne te lève pas !

— Il le faut.

— *Tu ne peux pas.*

J'essayai de passer outre et retombai immédiatement en position assise.

— D'accord, dis-je.

— Tu as sans doute une commotion cérébrale.

— Je crois pas.

— Si. Je l'ai vu te frapper. Il t'a frappé fort.

— Moi aussi, je l'ai frappé fort.

— C'est sûr. Tu lui as fait plus de mal que lui ne t'en a fait.

— Tu crois ?

— Réfléchis, me dit Annie.

Je réfléchis.

— Tu as raison, dis-je, tout joyeux, tandis que la lumineuse tiédeur de la victoire commençait à se répandre en moi. Je te parie que je lui ai fait vachement mal.

— Et il le méritait amplement, commenta Annie.

Elle me regardait différemment, comme si j'avais accompli quelque chose de complètement inattendu, de merveilleux, et que son opinion sur moi s'en trouvait changée. Peut-être pensait-elle maintenant que j'étais capable de la sauver une fois pour toutes des griffes de son père. Peut-être s'était-elle rendu compte que je ne disais pas cela à la légère.

La voiture du Dr Connor s'arrêta à côté de nous. Il en descendit avec sa sacoche en cuir noir. Je ne l'avais pas revu depuis plusieurs années — depuis sa dispute avec Grand-Père —, mais il était exactement comme dans mon souvenir : grand, dégingandé, avec la même paire de lunettes qui lui glissait sans arrêt sur le nez. Il avait à peine vieilli, avec cette élégance particulière des vieux médecins de campagne.

— Bonjour, jeune William, me dit-il, l'air grave. Ça fait un bail qu'on ne s'était pas vus. Tu t'es battu ?

— Ouais.

— Tu as gagné ? Non, ne réponds pas. Il n'y a jamais de gagnant dans une bagarre. Sottises que tout ça. Ne bouge pas.

Il me palpa prudemment la nuque. Je grimaçai. Il m'ausculta pendant quelques minutes, me demanda si je pouvais remuer ceci, agiter cela, pendant qu'Annie lui racontait ce qui était arrivé. Deux ou trois voitures ralentirent en passant à notre hauteur et les conducteurs nous regardèrent, intrigués. Je sentis que cette histoire ferait le tour de la ville en quelques heures.

— Tu as sans doute une commotion cérébrale, reprit-il.

— Ah, tu vois ? fit Annie. Je te l'avais dit.

— Non, répétai-je.

J'avais entendu assez d'histoires sur les commotions cérébrales pour ne pas souhaiter en avoir une.

— Je vais te ramener chez toi, me dit le Dr Connor. Ton grand-père pourra te conduire à l'hôpital. Si tu le permets, j'insiste pour que tu y ailles. Aujourd'hui même. Ce soir au plus tard.

— Grand-Père regrette que vous ne veniez plus.

Je ne sais pas pourquoi j'ai dit ça ; je ne savais même pas si c'était vrai, mais ça s'était imposé à moi.

— Il regrette ce qui s'est passé, ajoutai-je.

Le Dr Connor ne me répondit pas, mais à son regard, qui s'adoucit, je compris qu'il avait entendu. Annie et lui m'aidèrent à me relever, et des vagues de nausée me submergèrent tandis qu'ils m'installaient sur la banquette arrière de la voiture. Annie s'assit à côté de moi ; je posai la tête sur ses genoux et restai ainsi pendant le court trajet jusqu'à la vieille ferme. Grand-Père était dans le jardin à notre arrivée. Pendant quelques instants, il sembla cloué sur place, devant l'apparition inopinée de Connor. Puis il vint vers nous pendant qu'Annie et le Dr Connor m'aidaient à descendre de voiture.

— Connor, dit Grand-Père, toujours pète-sec.

— Tom.

— Qu'est-ce qui s'est passé ?

— Une bagarre.

— Bien. Merci de l'avoir ramené ici.

Je me souviens avoir marmonné :

— Pourquoi vous ne vous serrez pas la main, vous deux ? Serrez-vous la main, qu'on en finisse.

Mais je ne me rappelle pas s'ils m'ont obéi.

Ils m'emmenèrent à l'intérieur. Le Dr Connor se tint à l'écart pendant qu'on me mettait au lit. Annie resta avec moi pendant que Grand-Père et lui bavardaient à voix basse devant ma chambre. Ça me rappelait agréablement le temps où le Dr Connor venait rendre visite à Grand-Père, quand j'étais petit, et que le bourdonnement de leurs voix graves, le soir, m'apaisait et m'aidait à m'endormir. J'étais de nouveau le sujet de leur conversation, sauf que, pour une fois, Grand-Père écoutait le Dr Connor lui expliquer ce qu'il devait faire, et abondait dans son sens au lieu de le contredire ; et puis je ne sombrais pas dans la magie du sommeil enfantin, mais je rôdais aux lisières de l'insomnie tandis que mon corps endolori entreprenait de réparer ses blessures. Annie me caressait le front tandis qu'ils parlaient dans le couloir. Ensuite, j'entendis les pas du Dr Connor décroître, et Grand-Père revint dans la chambre.

— Une bagarre, dit-il simplement.

L'espace d'un instant, je me souvins du jour où Mme Schumacher nous avait pris, Trevor et moi, par la peau du cou, comme deux chiots, et qu'elle nous avait cogné le front l'un contre l'autre en disant « pas de bagarre », ce qui, dans son vocabulaire, signifiait non seulement que se bagarrer n'était pas bien, mais aussi que jamais, au grand jamais, je ne devais participer à une autre bagarre. Je lui avais désobéi, mais non sans raison.

Grand-Père soupira :

— Il faut faire ce qui doit être fait, des fois, dit-il, en

pensant peut-être à son voyage dans le Pacifique sud pour tuer les Japonais. Qui a commencé ?

— Moi.

— C'est pas vrai, intervint Annie. Monsieur Mann, il y a un garçon, à l'école, il s'appelle David...

— C'est moi qui ai commencé, dis-je.

Je ne voulais pas que Grand-Père soit au courant. Je ne sais toujours pas pourquoi je lui ai menti ce jour-là. Tout ce que je sais, c'est que je préférais qu'il croie que j'avais provoqué David Weismueller sans raison plutôt que de lui avouer qu'il me provoquait depuis longtemps. Des scènes de *Sa Majesté des Mouches* défilaient en boucle dans ma tête. Je ne voulais pas passer aux yeux de Grand-Père pour une mauviette qu'on poursuivait dans une île. Avec le recul, je pense que ma commotion cérébrale me faisait délirer et que je subissais les assauts d'une fièvre qui, je le sentais, commençait à me pénétrer jusqu'aux os.

Le reste de la soirée se déroula dans une succession de rêves étranges. Dans certains, j'étais sur l'île avec Grand-Père et Enzo Fujimora, et ils me pourchassaient avec une lance en bois, en scandant : « *Tue ! Tue !* » Dans d'autres, on errait tous les trois, chacun armé d'une lance, mais il n'y avait personne à chasser ; désespérés, on fouillait toutes les falaises rocheuses et toutes les petites jungles encaissées dans l'espoir d'y trouver une victime, mais on n'en trouvait aucune et on finissait par abandonner. Je rêvai d'Annie aussi, et ces rêves-là m'entraînaient dans cette région mystérieuse où seuls les adultes peuvent aller, cette région que je ne pouvais que tenter d'imaginer quand j'étais éveillé. Apparemment, elle était déjà là, elle m'attendait ; tout ce que je devais faire, c'était découvrir le chemin d'accès. Mais il fallait être un homme pour ça, et je n'étais toujours qu'un petit garçon.

— Je suis un homme, ai-je dû marmonner dans mon sommeil, car je m'éveillai en entendant Grand-Père dire :

— Oui, tu es un Mann[1], et, bon sang de bonsoir, tu es le meilleur de tous jusqu'à présent.

Pendant que je dormais, Annie lui avait raconté ce qui s'était réellement passé. Annie était comme ça : elle ne supportait pas les mensonges des autres.

Le lendemain, je n'allai pas en classe mais à l'hôpital, où l'on me fit une radio de mon crâne, lequel souffrait toujours. On me confirma que j'avais bien une commotion cérébrale. Grand-Père avait voulu m'y emmener tout de suite, mais je l'avais supplié d'attendre ; j'avais trop mal à la tête pour bouger. Je passai le reste de la journée au lit, et je sus que j'étais vraiment malade car je ne m'agitais pas. Au contraire, j'accueillis ce repos avec joie. Je fis des rêves toute la journée et dormis toute la nuit comme une souche.

Le lendemain matin, je me levai avec le soleil et descendis. Grand-Père était déjà debout, comme d'habitude ; il se levait toujours avant l'aube chaque matin, pour donner à boire au bétail qui n'existait plus et se promener le long de clôtures franchies par les autruches depuis belle lurette puis rasées au bulldozer. Il avait pillé son ancienne réserve d'herbes, et préparait une concoction pour les commotions cérébrales, qu'il me força à boire. J'obéis. Ça avait un goût infect, mais je savais

1. L'auteur joue sur l'homophonie entre « man » (homme) et Mann. *(N.d.T.)*

d'expérience que Grand-Père pouvait tout soigner avec des herbes. On s'assit tous les deux à la table de la cuisine, lui sirotant un petit verre de whisky, et moi buvant sa potion.

— Alors, qui a commencé ? me demanda-t-il.

— Lui.

— Pourquoi ?

— Je sais pas. Un jour, il s'est mis à m'embêter.

— Quand ?

— Il y a quelques mois.

— Il t'avait déjà frappé ?

— Non.

— C'est vrai ?

— Oui.

— Et comment c'était quand tu le cognais ?

— Qu'est-ce que tu veux dire ?

— Tu sais très bien ce que je veux dire. Annie m'a raconté que tu lui avais réglé son compte. Bien. Tant mieux. Ce que je veux savoir, c'est comment c'était quand tu lui écrabouillais la gueule.

Je gardai le silence. C'était une question gênante, car je n'aimais pas la réponse. Le pire, c'est que j'étais sûr que Grand-Père savait déjà ce que j'allais dire. Il avait juste envie de l'entendre de ma bouche.

— C'était bien, admis-je.

— Hum.

— Je veux dire... j'aurais préféré que ça n'arrive pas, mais bon... pendant que ça se passait, c'était... bien, voilà.

— Tu es bien le fils de ton père.

— Qu'est-ce que ça veut dire ?

— Il disait la même chose. Les gamins l'embêtaient beaucoup. Et il était obligé de se bagarrer. Je ne l'ai jamais puni pour ça, parce qu'il n'avait pas le choix. Eddie n'était pas un enfant méchant. Il n'aimait pas se battre.

— Moi non plus.

— Mais quand il volait dans les plumes d'un gamin, c'était pas beau à voir. Il devenait méchant. Il devenait fou. Deux ou trois fois, j'ai dû en parler à la police.

— À la police ? m'écriai-je.

J'étais sous le choc. Mon père, un délinquant ?

— Ouais. Jamais personne n'a porté plainte, parce que tout le monde savait bien qu'Eddie faisait que se défendre. Mais il faisait plus que se défendre. Il devenait fou furieux.

— Comment ça ?

Grand-Père fit craquer ses articulations, mal à l'aise.

— Je n'aime pas beaucoup parler de ça, me dit-il. Mais tu grandis, alors il faut que tu saches. Tu pourras le supporter ?

— Oui.

— D'accord. Un jour, il a arraché l'oreille d'un gamin avec les dents.

— Tu me racontes des blagues, dis-je avec un haut-le-cœur.

— Non. Je n'y ai pas cru non plus. Il se souvenait même pas l'avoir fait. En tout cas, c'est ce qu'il m'a dit, et je l'ai cru. Plus tard, il s'en est voulu à mort pour ça. Il m'a dit qu'il avait tout essayé pour arrêter de se bagarrer avec ce garçon, mais, en voyant que rien n'y faisait, il a eu cette idée, et le monde a changé de couleur. Ça te rappelle quelque chose ?

Je me remémorai la bagarre. Pour moi aussi, le monde avait changé de couleur. Il m'avait paru rouge, comme si mes yeux étaient recouverts d'une fine pellicule de sang. Et la force que j'avais sentie dans mes bras était enivrante, d'autant plus que c'était une force que, d'ordinaire, je ne possédais pas. Pendant quelques secondes, j'aurais pu tuer David Weismueller.

— Oui, admis-je.

— Fais-y attention.

— Pourquoi ?

— Pas facile à expliquer. D'une manière générale, la violence est une mauvaise chose, disons-le comme ça. Il ne faut y avoir recours qu'en dernier ressort.

— C'était le cas !

— Je sais. Tu étais dans ton droit. C'est pas ce que je veux dire.

— Tu parles de quoi, alors ?

— Dans certaines familles, il y a des tempéraments coléreux. En fait, quand quelqu'un dit qu'il est coléreux, il se cherche une excuse. Tout le monde est coléreux. C'est juste que certaines personnes savent mieux se contrôler que d'autres. Bon, eh bien, nous, les Mann, on est en fait très doués pour nous contrôler. On n'est pas méchants. On n'agresse pas les gens sous prétexte qu'ils sont plus petits que nous.

— Comment on pourrait ? Tout le monde est plus grand que nous !

— Tu sais très bien ce que je veux dire. Les Mann sont les hommes les plus gentils de la terre, tant que quelqu'un ou quelque chose qu'on aime n'est pas en danger.

— Ou nous-mêmes.

— Ou nous-mêmes. Mais on a plus le souci des autres que de nous-mêmes.

— Ah bon ?

— Réfléchis. Pense à Annie. Tu te fais du souci pour elle, tout le temps.

— Oui, dis-je.

— Ce que j'essaie de te dire, c'est que tu dois savoir dominer ta colère. C'est un truc génétique. Nous avons un passé de... on va au-delà du strict nécessaire, on dépasse les bornes, si tu vois ce que je veux dire. Dans certains cas. Une fois qu'on pète les plombs, c'est trop tard. Les ennuis arrivent.

— Comment ça ? Quels ennuis ? Arracher les oreilles de quelqu'un avec les dents, par exemple ?

— Ouais, par exemple.

— Ou pire ?

Grand-Père frissonna. Son regard s'était de nouveau perdu dans le lointain ; je devinais qu'il revoyait quelque chose et qu'il n'avait pas envie de s'en souvenir.

— Contente-toi de pas oublier ce que je te dis, et touche jamais à ça, dit-il en désignant son verre. Du pur poison. Ça te tuera. Tu as déjà été soûl ?

— Ne change pas de sujet !

— Je change de sujet parce que je suis un adulte et que je veux changer de sujet, bon sang ! D'accord ? Réponds à ma question.

— Non. Je n'ai jamais été soûl.

— Bien.

— Je voudrais essayer une fois, quand même.

— Quoi ? Boire ?

— Juste me soûler.

— Pourquoi ?

— Ben, fis-je en haussant les épaules, c'est le genre de trucs qu'on doit tous faire au moins une fois dans sa vie.

— Ça m'a foutu à plat, ça c'est sûr.

Je ne dis rien. Je ne trouvais pas qu'il était à plat. Je pensais qu'il était déçu. Plus de ferme, plus d'argent, plus d'autruches ; uniquement moi, seul descendant de la famille Mann, autrefois si puissante.

— Tu as parlé avec le Dr Connor pendant qu'il était là demandai-je, moi-même désireux de passer à autre chose.

— Un peu.

— Vous allez redevenir amis, vous deux ?

— Je sais pas.

— Comment ça se fait que vous vous êtes disputés, cette fois-là ?

— Comment ça se fait que tu voies la petite Simpson ?

C'était sa façon de me répondre que cela ne me regardait pas. Cette fois, ce fut moi qui éludai sa question et, de concert, on changea de tactique.

— Qu'est-ce que tu veux dire ?

— Rien de spécial. Tu la vois souvent ?

— Tous les jours, en gros.

— Tu l'as déjà embrassée ?

Je rougis :

— Tais-toi !

— Oui ou non ?

— Non ! D'accord ? Non !

— Ne t'énerve pas, dit Grand-Père, soulagé. C'est tout ce que je voulais savoir.

— Pourquoi ?

— Peu importe pourquoi. Tu aurais tout intérêt à ne pas frayer avec les Simpson.

— Annie est quelqu'un de bien.

— Je ne dis pas le contraire. Je dis juste qu'il vaudrait mieux que tu ne la fréquentes pas.

— Elle n'est pas comme les autres.

— Non, tu as raison. Elle est belle. Intelligente, aussi. Personne ne pourrait se douter qu'elle est apparentée à l'autre gros salopard en haut de la colline. Euh... Oublie ce que je viens de dire.

— Pourquoi ?

— Il ne faut jamais dire du mal de personne, m'expliqua-t-il, récitant pour la énième fois un axiome populaire qu'il avait appris dans son enfance.

— Tout le monde dit du mal de tout le monde, non ?

— Pas tout le monde. Les Blancs loqueteux. Ces raclures de Blancs passent leur temps à médire des autres. Les personnes de qualité ne le font pas. Les gentlemen. Les ladies. Les gens bien. Les Simpson, eux, si.

— Annie est une Simpson.

— Non. Être un Simpson, c'est un état d'esprit.

— Il faut qu'il se calme, lui.

— Je sais.

— J'ai vu qu'elle avait des bleus sur tout le corps.

Grand-Père haussa un sourcil :

— Sur tout le corps ?

Je rougis de nouveau.

— Je veux dire : sur ses bras, tout ça.

— Il la frappe... seulement ?

— Comment ça ? Ben, bien sûr qu'il la frappe !

— Je veux dire : c'est tout ce qu'il lui fait ?

— Je... je ne sais pas trop.

— Elle ne t'a rien dit ?

Je fis non de la tête.

— Tu crois qu'il lui fait d'autres choses ? insista-t-il.

Je fis oui de la tête.

— Tu devrais en parler à quelqu'un.

— Elle m'a demandé de ne pas le faire.

— Ah bon ? Pourquoi ça ?

— Elle m'a dit que, dans quelques années, elle serait assez grande pour déménager et qu'elle ne le reverrait plus jamais. Elle fait des économies, et elle apprend le français toute seule. Elle veut partir à Montréal.

— Hum, fit Grand-Père, dubitatif.

— Elle le parle déjà très bien, repris-je, me rendant compte que j'étais fier d'elle.

— Ma mère voulait que j'apprenne le français, me confia Grand-Père. Elle voulait que j'aille en Europe, et pas dans le Pacifique, pour me cultiver.

— Je sais. Tu me l'as déjà dit.

Il se secoua légèrement, comme s'il avait été immergé dans un liquide infect mais pas désagréable.

— Bien sûr. Je te dis tout.

— Pas tout, en réalité.

— Quoi ?

— Comment ça se fait que tu m'as jamais dit comment Willie Mann avait trouvé l'argent ?

Il se tourna vers moi, tout pâle :

— Quoi ?

Je n'étais plus très sûr de moi, tout à coup. Mais j'insistai tout de même.

— Tu te souviens quand tu t'es cassé la hanche ?

— Ouais.

— Et que je suis allé vivre chez la famille d'Allemands ?

— Ouais.

— Et que je faisais déjà le cauchemar ?

— Ouais.

— M. Schumacher m'a emmené voir une vieille dame qui m'a dit de quoi ça parlait.

— Il a fait ça ?

— Ouais.

— Quelle dame ?

— Une sorcière.

— Une quoi ?

— Un genre de voyante. Une dame très, très vieille. Une mennonite.

— Bah, maintenant que tu en parles, il me semble bien que tu m'as dit quelque chose à ce sujet.

— Il m'a expliqué que tout le monde connaissait l'histoire de Willie sauf moi.

— Probable.

— Alors, comment ça se fait que tu me l'as jamais racontée ?

— J'attendais.

— Quoi ?

— Que tu sois plus grand.

— Ben, je suis plus grand maintenant.

— C'est une histoire pleine de sang.

— J'ai déjà vu du sang.

— Je ne suis pas sûr de me souvenir de tout. La plus grande partie est écrite dans le journal. J'aurais peur de me tromper.

Il se dérobait, je le savais, mais je ne m'y opposai pas.

— Et s'il ne ramène pas le journal du Japon ? dis-je. Le pilote de chasse ?

— Fujimora ?

Grand-Père souffla.

— Alors, dit-il, il y aura des tas d'histoires que tu ne sauras jamais.

— C'est pas juste.

— Désolé. Tu sauras tout ce que tu dois savoir avant que je m'en aille. Ne t'inquiète pas, petit. Si j'ai été si content de ta venue, c'est, entre autres, parce que j'allais avoir quelqu'un à qui raconter mes histoires.

Je regardai par la fenêtre de la cuisine tandis que nous bavardions. Quelque chose apparut dans le virage, qui me fit oublier notre conversation J'en restai bouche bée :

— Un Amish arrive en boghei !

— Je le savais, dit Grand-Père avec un soupir et sans même regarder. Je l'ai su quand je puisais dans mes herbes hier soir.

— Il vient chez nous, dis-je, voyant le boghei s'engager dans l'allée.

— Bien sûr. Tout recommence. Comme toujours.

C'était exactement le genre de commentaire énigmatique qui me donnait envie de le pousser dans ses retranchements, mais j'étais trop intrigué.

— C'est un vieux monsieur avec une barbe qui le conduit, indiquai-je.

— Grise, la barbe ?

— Mouais.

— Petit, le monsieur ?

— Pourquoi tu te retournes pas pour regarder toi-même ?

— Parce que je sais déjà qui c'est. Sors lui parler. Il entrera pas. Faut que j'aille chercher des choses à la cave.

Je sortis sur la véranda. Le boghei, à deux places, d'un noir de jais, était tiré par une jument alezane. L'homme assis sur la banquette de bois tenait mollement une pipe dans une main. Des volutes de fumée s'élevaient paresseusement du foyer tandis qu'il tirait des bouffées, créant de minuscules cumulus autour de sa tête.

— Bonjour, lançai-je.

L'homme se tourna vers moi et me dévisagea avec curiosité. Il avait un regard franc et scrutateur, ce qui était d'autant plus dérangeant que j'étais encore en pyjama.

— Bonjour, petit Anglais, me dit-il.

Pour les Amish, peu importe d'où votre famille est originaire ; du moment que vous n'êtes pas amish, vous êtes anglais. Pour eux, tout le monde est logé à la même enseigne. Mais je ne le savais que grâce aux histoires de Grand-Père ; c'était la première fois que je parlais à un Amish. Un sentiment d'irréalité et d'incrédulité serpenta en moi. Peut-être des centaines de bogheis étaient-ils venus jusqu'à notre porte depuis que la maison avait été bâtie, mais c'était la première fois que j'en voyais un. La matinée se chargeait du poids de l'Histoire.

— Vous pouvez entrer si vous voulez, proposai-je, mais il repoussa cette proposition d'un geste de la main.

— Où est ton grand-père ?

— À la cave.

À ma grande surprise, il parlait avec l'accent américain, comme la vieille sorcière mennonite qui m'avait expliqué l'origine de mon cauchemar.

— Il savait que j'arrivais ?

— Ouais.

— Je pensais bien, commenta l'Amish avec un petit rire.

Immobile, il continua de fumer, son chapeau tombant sur ses yeux, sa barbe lui descendant sur la poitrine en vagues somptueuses. Il ne dit rien de plus. La jument tendit l'encolure vers l'herbe qui poussait à côté de l'allée, et commença à brouter. Ne trouvant rien à ajouter, je retournai dans la maison. Grand-Père se chaussait dans le couloir. Une grosse sacoche noire, un peu comme celle du Dr Connor, était posée à côté de lui.

— Il fume, lui dis-je.

— Et alors ?

— Je croyais qu'ils n'avaient pas le droit !

— Leurs règles de vie sont très compliquées. Pas toujours aussi strictes qu'on l'imagine.

J'accusai le coup. Je n'aurais su dire pourquoi, mais la vue d'un Amish fumant la pipe me paraissait blasphématoire. On voyait souvent des Amish à Mannville. Ils venaient faire leurs courses, et je les observais chez Gruber. À ma grande déception, j'avais découvert qu'ils achetaient exactement les mêmes choses que tout le monde : un canif, une pelote de ficelle, des pinces à linge, des salopettes. Si on s'approchait trop dans les rayons, ils s'arrêtaient de parler jusqu'à ce qu'on se soit éloigné, ou bien ils allaient un peu plus loin. Mais jamais, autant que je m'en souvienne, ils n'avaient acheté du tabac.

— Je vais avec lui, m'annonça Grand-Père.

— Où ça ?

— À sa ferme, sans doute.

— Pourquoi ?

— Sa femme est en train d'avoir un bébé.

— Comment tu le sais ?

Grand-Père soupira une fois de plus, sans perdre patience.

— Parce que je le sais, me dit-il. Et tu le saurais aussi si tu prenais le temps d'être attentif.

— Attentif à quoi ?

— À tout, me répondit-il vaguement. À tout ce qui se passe autour de toi.

J'eus envie de protester, de lui dire que j'étais attentif à tout, mais le temps manquait, et j'avais envie d'aller avec lui.

— Je peux venir ?

— Tu as une commotion cérébrale.

— Plus vraiment. Je vais beaucoup mieux.

Grand-Père me dévisagea. Il savait qu'une commotion

cérébrale ne se réglait pas aussi vite, mais ce qu'il y avait de bien avec lui, c'était que, parfois, il choisissait d'ignorer des évidences au profit de ce qu'il préférait considérer comme la vérité.

— J'aimerais beaucoup que tu voies ça, répondit-il. C'est une occasion qui ne se représentera peut-être plus pour toi.

Alors je sus que je pouvais l'accompagner.

— Je vais m'habiller, dis-je.

Je dus gravir l'escalier lentement, en m'agrippant à la rampe car la tête me tournait toujours, mais je me sentais beaucoup mieux que deux jours auparavant. Je me changeai, redescendis et sortis sur la véranda. Grand-Père m'attendait sur le boghei, assis à côté de l'Amish. Il me désigna l'arrière du boghei, là où se trouvait le coffre à bagages — en tout cas, ça y ressemblait, même si je ne pouvais imaginer que les Amish eussent des bagages.

— Grimpe là-dessus, m'ordonna-t-il.

L'Amish ne dit rien.

— Le fils d'Eddie, précisa Grand-Père.

L'Amish opina.

Aucune parole ne fut échangée pendant l'heure qui suivit. J'ai appris depuis lors que le silence était une qualité très estimée autrefois par les hommes, car elle était nécessaire à la survie ; et chez des hommes âgés, comme Grand-Père, ou venant d'univers différents, comme cet Amish, j'ai souvent constaté ce caractère taciturne qui me stupéfiera toujours. Je n'ai jamais pu demeurer silencieux très longtemps. Mais je n'avais jamais passé des jours entiers à chasser dans la forêt, comme Grand-Père, dans sa jeunesse. Et je n'avais pas non plus travaillé dur, jour après jour, à engranger le foin ou à semer le maïs, comme l'Amish. Dans ces moments-là, on ne parle pas pour ne rien dire ; dans ces moments-là, on garde le silence, on se concentre sur sa tâche. Je pense que ces deux vieillards se souvenaient de ça, assis côte à côte, pendant que leurs épaules se cognaient de temps en temps, au gré des creux et des bosses de la route. Du travail les attendait. Ce n'était pas le moment de bavarder.

On quitta Mann Road et on s'engagea dans County Road, en s'éloignant de Mannville. J'étais assis, les jambes ballantes, à l'arrière du boghei. Une vieille Chevrolet nous doubla, et les ados qui se trouvaient dedans me regardèrent, mi-figue mi-raisin. Je leur souris. L'un d'eux m'adressa un signe de la main. Alors, du coin de l'œil, j'aperçus les deux jambes de quelqu'un qui ne m'était pas inconnu et qui marchait dans la direction opposée. C'était Annie qui se rendait toute seule en classe.

— Hé ! criai-je.

Mon grand-père ne dit rien, mais je sentis qu'il me lançait un regard par-dessus son épaule. J'avais brisé le silence. J'eus tout de suite honte. Annie s'arrêta et se retourna. Quand elle me vit, assis à l'arrière du boghei, il lui fallut plusieurs secondes avant de savoir quoi dire.

— Mais qu'est-ce que tu fais ? entendis-je vaguement, car sa voix était dominée par le clip-clop des sabots de la jument.

Je ne pus que sourire et hausser les épaules tandis que nous étions lentement entraînés loin d'elle. On se regarda disparaître, et je saisis quelques-unes de ses dernières paroles, noyées par la distance et les sabots de la jument :

— ... croyais que tu avais une commotion céré...

On roulait, roulait. C'était la fin septembre, les matinées étaient encore tièdes et, par-dessus le couinement des roues sur la poussière et les cailloux que martelaient les fers de la jument, on entendait déjà les cigales. Je m'allongeai à l'arrière du boghei, nichant ma tête encore douloureuse contre mes bras repliés. À travers les fentes entre les planches, je voyais la route qui défilait, au-dessous, avec la paresse d'une rivière.

Je dus m'assoupir, car ce que je revois ensuite, c'est Grand-Père me secouant par l'épaule. Je me redressai et regardai autour de moi. Le boghei s'était arrêté et nous n'étions plus dans le présent — en tout cas, dans celui que je connaissais — mais, maintenant, je ne pouvais en imaginer d'autre. *Voyager dans le temps est donc possible,* me dis-je. *Il suffit de monter dans le boghei d'un Amish et de s'endormir.*

Au loin, au sommet d'une colline, je distinguai une ferme isolée. Des champs et des pâturages s'étalaient entre elle et moi, brisés ici et là par une rangée d'arbres. Un chemin de terre serpentait à flanc de colline en direction de l'endroit d'où nous venions, moucheté de teintes vertes, marron et noires comme un dessin à la craie. Je descendis du boghei. On s'était arrêtés devant une autre maison à un étage qui me rappelait celle des Schumacher. Pas de poteaux électriques, pas de tracteurs, pas de voitures, pas d'antennes sur le toit. Le chemin était creusé d'ornières ; en face, il y avait une grange, et contre la grange étaient posés deux ou trois outils de jardinage qu'aucun fermier n'utilisait plus en Amérique depuis au moins un siècle : une faux, une herminette, un plantoir. Aucun son, à part le hennissement d'un cheval, ne trouait le silence de la matinée. Pas d'avion dans le ciel, pas même un jet lointain. L'air sentait le fumier, l'herbe, la fumée d'un feu de feuilles sèches.

L'Amish entra dans la maison, suivi de Grand-Père, qui

portait sa sacoche noire. Je ne le quittai pas d'une semelle. Je levai la tête vers l'étage, et vis, à l'une des fenêtres, un pan de rideau frémir et retomber vivement en place. Quelqu'un nous observait, quelqu'un de curieux.

La maison sentait le pétrole et la transpiration, mais pas la crasse. Ceux qui l'avaient bâtie n'avaient pas pris la peine de prévoir une entrée. On franchissait le seuil, et on se retrouvait directement dans une vaste salle à manger dont le sol était un plancher ciré, comme chez nous. Les murs et le plafond étaient blanchis à la chaux et dépourvus de tout ornement, en dehors d'une rangée de crochets. Grand-Père me chuchota à l'oreille que c'était là qu'ils accrochaient leurs chaises quand ils avaient besoin d'espace ; j'en dénombrai seize. Une longue table s'étirait d'un bout à l'autre de la pièce, et les seize chaises étaient disposées tout autour. La mère de famille avait donné naissance à quatorze enfants et était en train d'accoucher du quinzième.

— Elle est ici, dit l'Amish.

Il ouvrit une porte et disparut de l'autre côté.

Grand-Père se tourna vers moi. Il avait, dans le regard, une concentration farouche :

— N'essaie pas de me parler. Ne m'interromps jamais. Ne parle à personne. Si je te dis de faire quelque chose, fais-le, un point c'est tout. Et si tu ne comprends pas à quoi ça rime, fais-le quand même. Cette femme est très malade. Ça va faire deux jours que le travail a commencé.

— Je peux entrer ?

— Oui, tu peux entrer. Souviens-toi de ce que je t'ai dit.

Sans un mot de plus, il ouvrit la porte, me poussa devant lui et referma derrière nous.

— Mon apprenti, lança-t-il à la cantonade.

Dans cette pièce, les présentations ne semblaient pas nécessaires, ni même de circonstance. L'air confiné, fétide, sentait la sueur et le sang de femme, et d'autres odeurs que je ne pouvais identifier, à part le fait qu'elles étaient indubitablement humaines. Le long des murs se tenaient des femmes — combien ? je n'aurais su le dire — toutes habillées de la même façon : bonnet blanc, longue robe noire et tablier blanc. Quand je me risquai à lever les yeux, je constatai qu'elles regardaient toutes par terre, détournant la tête, mais qu'elles avaient conscience de notre présence. Au centre de la pièce, sur un grand lit taché de sang, était étendue une femme d'âge moyen, nue, au ventre violacé et distendu de façon grotesque. De part et d'autre, deux femmes vêtues de noir lui tenaient les mains. Sa respiration était laborieuse, sifflante. Soudain, elle poussa un cri comme je n'en avais entendu chez aucune bête ou aucun être humain : pas un cri de douleur, mais un cri venu du royaume d'au-delà de la douleur. Un cri sourd, rauque, étiré, sans la moindre lueur d'espoir. Cette femme se mourait. Même moi, je le voyais.

— Ouvre la sacoche, ordonna Grand-Père.

Il l'avait posée par terre au pied du lit. Je m'agenouillai, ouvris, et eus sous les yeux un fatras de bouteilles, de tubes et d'instruments luisants, en acier. Je me tournai vers lui, dans l'expectative.

— Pouliot, me dit-il.

Je farfouillai dans la sacoche jusqu'à ce que je trouve le bon flacon. Je le lui tendis.

— Ouvre-le, bordel ! aboya-t-il.

J'obtempérai.

— Passe-moi le drain.

Je lui tendis le bout de caoutchouc.

— Vaseline.

Il y en avait un gros tube dans la sacoche. Grand-Père s'en badigeonna les mains, puis en passa à l'intérieur du vagin de la femme. Je risquai un coup d'œil. Ses organes génitaux étaient boursouflés et saignaient ; un liquide jaune et noir suintait sur les draps. L'odeur était suffocante. Je détournai le regard.

J'entendis sauter le bouchon du flacon et le petit « gloup » du liquide déplacé par l'air.

Grand-Père soupira.

— Maintenant, on attend, dit-il.

Des murmures s'élevèrent parmi les femmes. Elles se parlaient en bas-allemand. Je ne comprenais pas ce qu'elles se disaient, mais je devinai qu'elles étaient mécontentes. L'une d'elles fit un pas en avant, se décollant du mur.

— Elle a attendu trop longtemps, dit-elle à Grand-Père, après quoi elle s'en retourna contre le mur, les joues rouges.

— Ce que je lui ai donné va provoquer des contractions, expliqua Grand-Père.

Personne ne dit mot.

— Sinon, je vais devoir l'inciser.

— Alors, incisez-la, dit l'homme qui était venu nous chercher.

Il se tenait derrière nous, adossé à la porte. Son expression n'était qu'un mélange d'émotions contradictoires. Il faisait de gros efforts pour ne pas perdre son sang-froid.

— Très bien, dit Grand-Père.

Il baissa les yeux sur moi :

— Scalpel.

Le sentiment d'urgence avait disparu de sa voix, et je sus alors qu'il avait perdu tout espoir.

— C'est cette espèce de couteau, là...

Je le lui tendis avec précaution. Il le nettoya avec de l'alcool. Puis il se pencha entre les jambes écartées de la femme, de façon que je ne puisse pas voir. J'entendis un bruit de chair brusquement déchirée. L'une des femmes qui se tenaient contre le mur tomba à terre sans bruit. Deux autres la relevèrent et la firent sortir.

— Il arrive, dit Grand-Père.

— *Heilige Gott,* dit l'Amish.

Les femmes firent cercle autour du lit. Tout à coup, je fus entouré d'une muraille de jupes noires. Je m'en éloignai en reculant vers la porte et me retrouvai à côté du Amish. Il posa une main sur mon épaule et la serra très fort. Je posai une main sur la sienne. Il relâcha son étreinte.

On entendit un halètement, le bruit d'une fessée et un cri perçant. Le bébé était né.

Grand-Père émergea du groupe de femmes bien plus tard. Nous étions dans la chambre depuis moins d'une heure, mais il paraissait épuisé. Il s'avança vers l'Amish à pas lents, les mains pleines de sang.

— Levi, dit-il, ta femme ne vivra pas.

L'homme ôta la pipe de sa bouche et la glissa dans la poche de sa veste noire. Il porta une main à son front et la posa sur ses yeux. Grand-Père le prit fermement par les épaules. Ils restèrent ainsi un moment, immobiles, au cœur d'une douleur d'homme. Je les observai tout en écoutant le bruissement des femmes qui emmaillotaient le bébé.

— Va m'attendre dehors, Billy, m'enjoignit Grand-Père.

Il éloigna Levi de la porte en un lent et étrange pas de deux. Je filai hors de la chambre, refermai la porte derrière moi, traversai la salle à manger comme une flèche, ignorant les élancements dans ma tête. Je sortis en courant, passai à côté du boghei devant la ferme, franchis la route et entrai dans le champ voisin. Je n'avais pas envie de vomir et je ne pouvais en vouloir ni à Grand-Père ni à Levi ni à la femme, mais en cet instant je me disais que je ne voulais plus voir personne jusqu'à la fin de mes jours ; surtout, si c'était cela, appartenir au genre humain, ça ne m'intéressait pas du tout. Et je ne souhaitais à personne de subir ça. C'était trop horrible. Si la vie pouvait être ainsi, ce n'était pas la vie telle que je la connaissais. C'était la mort. Sa présence était oppressante comme l'odeur des entrailles de la femme amish, étouffante comme une couverture que des bras puissants me maintenaient sur la tête.

Je continuai à courir à travers le champ qui montait jusqu'à une petite crête. Quand j'arrivai en haut, je m'arrêtai et demeurai immobile afin de reprendre mon souffle. Ma tête me faisait atrocement mal. Il faisait noir, et j'attendais que la lumière revienne en me disant que, peut-être, quelque chose dans ma tête obstruait ma vision. Mais je finis par me rendre compte que je fermais les yeux très fort. *C'est bien,* me dis-je. *Je vais rester comme ça.*

Je restai là, aveugle et tremblant, le visage caressé par une brise légère. Elle avait un goût de froid. Je sus alors que l'été indien touchait à sa fin et que l'automne était arrivé sur l'État de New York.

6

Mes quatorze ans. Je deviens un homme. Comment Willie a trouvé l'argent. La malédiction des Rory. Je deviens écrivain.

Cet automne-là, qui avait débuté par la mort de la femme amish et la naissance de son bébé, s'effaça devant l'hiver sans autre événement notable. Je repensais souvent à l'épouse de Levi Miller tandis que les feuilles tombaient à terre pour être bientôt enterrées sous la neige. Pendant plusieurs mois, la vision de son visage torturé, de son rictus de douleur, tandis qu'elle essayait de donner la vie alors que la sienne la quittait, me hanta. J'avais déjà vu des vaches mettre bas et aussi une jument, une fois, et cela ne m'avait pas spécialement troublé. Mais de voir Mme Miller m'avait perturbé, c'était sûr, non parce que c'était différent des juments et des vaches, mais au contraire, parce que c'était la même chose. J'avais découvert que la nature régissait le monde selon des lois implacables, sanglantes et non négociables.

J'avais deux femmes dans ma vie, Annie et ma mère ; Annie n'était pas plus âgée que moi, et ma mère avait disparu corps et biens. Donc, j'en savais peu sur les femmes, et je ne savais rien de la maternité. Je connaissais le mécanisme de la sexualité et de la naissance, mais les femmes en elles-mêmes représentaient un mystère pour moi — entre autres parce que je n'avais pas l'habitude d'être entouré de femmes. Elles étaient à mes yeux des créatures bizarres, fascinantes, étrangères à mon univers et un peu énervantes dans leur façon d'être. Même Annie, ma meilleure amie, mon alter ego, avait selon moi une attitude incompréhensible à cette époque. Elle avait des sautes d'humeur et parfois elle ne me parlait plus pendant plusieurs jours, pour des raisons qu'elle seule connaissait.

Je crois que c'était dû en partie à ce pouvoir étrange qu'ont les femmes de donner la vie. Pour moi, cette capacité était synonyme de puissance ; mais quand j'avais vu la malheureuse amish étendue sur son lit, débarrassée de ses vêtements et baignant dans son sang, elle ne m'avait pas paru forte, mais plutôt désemparée, pitoyable. J'avais éprouvé de la pitié pour elle, et je m'étais demandé ce que ça faisait d'être une femme, en vivant, comme les Amish, sous un joug séculaire.

L'épouse de Levi Miller fut aussi la première femme que je vis nue. La vision de ce corps en train d'accoucher provoqua de profonds changements en moi. Je grandis et mon corps gagna en force ; des poils me poussaient dans des endroits étranges ; ma voix mua, devint plus grave. Ce processus me semblait vaguement familier ; j'avais l'impression qu'on me rappelait une chose que j'avais oubliée ou dont je ne savais retrouver la trace. C'était comme si mon horloge biologique avait attendu un signe avant que la puberté puisse commencer. Vers Noël, cette année-là, elle était en plein essor.

Annie aussi. En fait, elle avait pris une longueur d'avance sur moi, comme toutes les filles. Désormais, sa compagnie était une expérience nouvelle, électrisante, frustrante, voire physiquement douloureuse. À ma grande honte, j'avais constamment des érections en sa présence. Elles ne m'arrivaient pas seulement auprès d'Annie, mais auprès de n'importe quelle femme, même des femmes plus âgées, des femmes mariées, et parfois même quand il n'y avait pas l'ombre d'une femme à l'horizon. N'importe quoi pouvait provoquer une érection. Elles surgissaient à l'improviste et pouvaient durer des heures. Elles étaient là à mon réveil, et m'empêchaient longtemps de trouver le sommeil. En classe, je ne répondais plus aux questions, de peur qu'on m'envoie au tableau ; le monde entier aurait vu cette folie qui vibrait dans mon pantalon, et ma gêne aurait été insupportable. Je mettais de longues chemises que je ne rentrais pas dans mon pantalon, ou bien je portais mes livres devant mon entrejambe. Et je fus au désespoir quand arriva l'été. Dans mon état, les shorts étaient dangereusement révélateurs. Il était encore plus prudent de rester à la maison.

Mes hormones exigeaient que je fasse des choses que n'aurait tentées aucun homme sain d'esprit. Elles surgissaient en moi, véritable raz-de-marée. Un samedi, j'en suis certain, je battis les records mondiaux en me masturbant six fois. J'avais tellement mal que je pouvais à peine marcher, mais ma satiété ne dura pas ; dès le lundi, j'étais guéri et prêt à recommencer. Parfois, le désir — pour n'importe quel objet — m'aiguillonnait à un tel point que je n'avais plus qu'une solution : copuler ou mourir. Or ma timidité et ma jeunesse conspiraient contre moi. Je savais qu'aucune femme ne voudrait faire l'amour avec un garçon de quatorze ans, qui allait bientôt en avoir quinze, car ce n'était pas d'une fille de mon âge que j'avais envie, mais d'une femme : une femme mûre, formée, une femme qui me transmettrait son savoir et me ferait obtenir mon diplôme d'entrée dans le monde, une initiatrice qui transformerait le masturbateur que j'étais en maître incontesté de l'art de l'amour. Et je savais que je devais en trouver une très vite, ou je ne répondais plus de rien.

Dans mon souvenir, il émane de cette époque une sorte de rayonnement, mais quant à savoir d'où il venait, je n'en suis pas très sûr — de ma jeunesse, je suppose, rien de plus. Annie et moi, nous nous tournions autour avec la timidité maladive des adolescents. Je faisais de mon mieux pour dissimuler ma concupiscence aux yeux du monde. Grand-Père buvait du matin au soir. Le temps passait à Mannville.

Pendant les vacances de Noël de mes quatorze ans, je travaillai pour M. et Mme Gruber, rangeant les produits sur leurs étagères et, de temps à autre, effectuant des livraisons. Après les vacances, ils me proposèrent de m'embaucher comme employé avec un contrat régulier. J'allais y travailler quatre heures chaque soir après le collège. M. Gruber était un homme généreux ; il insista pour laisser mes week-ends libres alors que j'avais proposé de venir travailler. C'était comme s'il avait eu la prescience de mon avenir. Quand je lui dis que je voulais travailler tous les jours, il me répondit :

— Tu vas avoir besoin de tes week-ends.

— Pourquoi ? Il n'y a rien à faire par ici.

— Quel âge as-tu ?

— Quinze ans, affirmais-je, mais, bien sûr, M. Gruber n'était pas dupe de ce mensonge.

Je savais qu'il se souvenait de ce jour de 1970 où Grand-Père avait déboulé dans son magasin, tout agité, juste après m'avoir découvert sur son seuil, et il n'était pas assez vieux pour que la date se soit perdue dans les limbes de sa mémoire. Il se fichait que je sois au-dessous de l'âge légal pour travailler, du moment que je ne le lui rappelais pas. Emily et lui étaient trop âgés pour continuer à livrer les provisions, et ils savaient que j'étais l'un des rares garçons du coin à qui on pouvait faire confiance. J'étais un Mann, après tout, et les Gruber n'avaient jamais perdu foi en nous, même après les autruches.

— Quinze ans ? répéta-t-il.

— Oui, m'sieur.

— Eh ben, fit-il, comme le temps passe...

— Euh, ouais, c'est sûr.

— Quand on arrive à ton âge, tu seras surpris du nombre de choses qu'il y a à faire tout à coup.

— Oui, m'sieur.

— Surtout le week-end.

— Oui m'sieur.

— Il vaut mieux que tu ne travailles pas le week-end.

— Bon, d'accord. Pas de travail le week-end.

— Je sais de quoi je parle.

— Oui, m'sieur.

— Moi aussi, j'ai été jeune, même si on ne peut pas s'en douter en me regardant maintenant. Ce qui me rappelle une histoire. Cette fois-là...

— Harold, doux Jésus, tais-toi, tu veux ! dit Emily, qui était irlandaise de naissance, allemande par le mariage, et avait entendu les histoires de son mari des dizaines de milliers de fois en trop.

Je rencontrais des gens. Je portais des brassées de provisions dans toute la ville, et, au moment où l'année mourut pour donner naissance à la nouvelle, je connaissais jusqu'à cinquante adultes par leur nom. La plupart, des gens âgés, ne pouvaient pas sortir dans la neige qui était tombée en abondance cette année-là encore, mais je les trouvais d'autant plus intéressants qu'ils étaient vieux, justement ; c'était passionnant de parler avec eux. Tous avaient connu mon père, et ils ne manquaient jamais de me faire remarquer que je lui ressemblais, que je me comportais comme lui, que je parlais comme lui, que je marchais comme lui. Parfois, je recevais une commande de gens qui avaient des enfants en bas âge et des emplois du temps trop surchargés pour pouvoir venir au magasin. Parmi ceux-là, il y avait deux mères célibataires, dont l'une était pour moi le symbole de la féminité le plus tentant qui soit.

Elle s'appelait Elsie Orfenbacher. Elle était divorcée, ou peut-être n'avait-elle jamais été mariée, et elle était mère d'un petit garçon de trois ans ; apparemment, personne ne savait qui était le père. Aujourd'hui, je me demande si Elsie elle-même le savait. Elle avait la réputation de recevoir un flot constant de visiteurs de la gent masculine — parfois même, des hommes mariés. Cette habitude lui attira les foudres des femmes les plus vertueuses de Mannville. Du coup, Elsie subissait une curieuse forme de mise au ban ; si les femmes ne lui adressaient pas la parole en public, les hommes appréciaient sa compagnie en privé.

Elsie était petite, ronde, énergique ; elle avait une poitrine plantureuse, et elle irradiait une sensualité qui, à des degrés divers, ne laissait personne indifférent. En tout cas, moi, j'y étais sensible. Dès ma première livraison chez elle, son odeur me captiva. Je m'imaginais qu'elle était partout, voile invisible en suspension dans la ville, et que je n'avais qu'à tendre le cou, où que je sois, pour la sentir. Elle sentait le pain frais et le parfum, agrémenté d'une touche de laque. Elle avait commandé des fruits en conserve, du beurre de cacahouète, de la gelée de raisin, du savon, du jus d'orange, un paquet de côtes de porc, et quand je posai le tout sur sa table de cuisine, elle me donna soixante-quinze cents de pourboire en me disant tout de go :

— Mais qui tu es, toi ? Je ne te connais pas.

— Billy Mann, m'dame, lui répondis-je en rougissant. J'étais content de porter mon long manteau d'hiver, qui recouvrait la partie de mon anatomie en constant danger d'explosion.

— Comment ça se fait que je ne t'aie jamais vu ?

Elle pencha la tête sur le côté et me lança un clin d'œil en souriant.

— J'sais pas, dis-je avec un haussement d'épaules.

— Tu es le fils d'Eddie Mann.

— Ouais.

— Je me souviens d'Eddie. Il était mignon. Et toi aussi, petit.

J'eus très chaud, tout à coup. Sa maisonnette devint suffocante. Son fils, assis par terre entre nous, jouait avec un camion de pompier.

— Vous avez connu mon père ?

— Toutes les filles de la ville ont connu ton père, me répondit Elsie en souriant encore. Son corps me parut vibrer d'une énergie nouvelle où se mêlaient la sexualité et la *joie de vivre*[1], et dans laquelle, sur le moment, je ne voulus voir que la part sexuelle.

C'était plus que je n'en pouvais supporter. Je voulus m'enfuir. Je regardai autour de moi, terrorisé, et mes yeux se fixèrent, je ne sais pourquoi, sur l'évier ; il était d'une propreté clinique, pas une fourchette, pas une

1. En français dans le texte. *(N.d.T.)*

tasse n'était visible. Elsie était une maîtresse de maison irréprochable.

— Faut que j'y aille, dis-je. Merci pour le pourboire.

Un coup retentit à la porte de derrière, et George Lemmon entra. George était propriétaire d'un magasin automobile près du lycée. Il avait une quarantaine d'années et, comme presque tous les hommes à Mannville, une bedaine de buveur de bière. Le simple fait de le regarder était un argument de poids dans la lutte contre l'alcoolisme.

— S'lut, Else, dit-il. Salut, petit. Salut, Billy.

Il avait l'air gêné.

— B'jour, m'sieur Lemmon, lui dis-je.

— Alors, comme ça, tu travailles pour les Gruber ?

— Ouais.

— Bon boulot ?

— Ouais.

— C'est bien.

— Bon, faut que j'y aille, redis-je.

— T'es venu pour ma voiture, George ? questionna Elsie au moment où je partais, mais sur un ton si peu naturel que je devinai qu'elle savait que George n'était pas venu pour sa voiture.

Au moment où je passais devant la maison, je risquai un coup d'œil par la fenêtre. George et elle étaient assis au salon, lui sur une chaise, elle sur le canapé. Il avait une bière dans la main. J'accélérai le pas.

Le lendemain, comme je rentrais du lycée à pied, en compagnie d'Annie, je lui dis :

— Et si on sortait ensemble ?

Elle s'arrêta net :

— Tu dis ?

— Sortons ensemble. Rien de sérieux. Au cinéma ou ailleurs.

Je n'en croyais pas mes oreilles. C'était une partie de moi inconnue qui parlait, une version « Homme à femmes » de mon ancien moi. Qu'avait donc éveillé Elsie ? Jamais encore je n'avais rencontré cette partie de moi-même. J'attendis de voir comment elle allait réagir.

— T'es dingue, dit Annie en reprenant sa marche.

— Juste pour rigoler, dis-je (ou bien dit l'Homme à femmes). Qu'est-ce qu'on peut bien faire d'autre, par ici ?

Annie sourit mais ne dit rien.

— La vie est courte, dit l'Homme à femmes, en philosophe du dimanche. Autant en profiter pleinement. En plus, je ne suis allé au cinéma qu'une seule fois.

C'était vrai. Aller au cinéma, Grand-Père n'y pensait jamais. Je gagnais mon argent de poche, maintenant, et l'Homme à femmes avait envie de le dépenser sans compter. *Le retour du Jedi* passai au Bijou. Ça faisait des semaines que j'avais envie d'aller le voir.

— Et comme tu es la seule fille dans ma vie, tu es pour moi, *baby.*

L'Homme à femmes s'exprimait avec un faux accent français à couper au couteau. Annie hurla de rire et devint toute rouge.

— C'est toi qui fais se lever et se coucher le soleil, repris-je. C'est toi qui fais tourner la lune sur elle-même. C'est toi qui fais pousser les feuilles, c'est toi qui fais tomber la neige d'une blancheur immaculée.

— Tu inventes au fur et à mesure ? demanda Annie en m'observant du coin de l'œil.

— On regardera Luke Skywalker, le grand guerrier Jedi, vaincre les forces du mal de la galaxie, et on se réjouira ensemble de sa victoire... en mangeant du pop-corn.

— On se connaît ?

— Bonne jour, comment ollé-vous ? Je m'appelle Jacques le Schnock.

— Tu es dingue.

— Je ne suis pas dingue. Je suis français, *baby*.

— Oh, pitié !

— Allons, Annie, dis-je de ma voix normale. C'est pas la mer à boire. C'est juste un film. Allons, viens avec moi.

Elle me dévisageait, les yeux ronds, avec, sur ses traits, une émotion que je ne lui avais encore jamais vue.

— Tu m'as eue avec la neige d'une blancheur immaculée, me dit-elle, et, au son de sa voix, je sus que quelque chose avait changé entre nous, grâce à moi, et que c'était bien.

Je remontai Mann Road jusqu'à la ferme, en sifflant. Quand j'entrai par la porte de la cuisine, j'entendis Grand-Père qui marmonnait dans sa barbe. Il était assis au salon avec un verre de whisky. Il avait sorti son banjo, mais il gisait, muet, par terre.

Quand j'étais plus jeune, Grand-Père me jouait de vieilles chansons folk au banjo, de temps en temps : *Oh, Susannah, Cripple Creek, Soldier's Joy.* On les chantait ensemble, et il jouait pendant que je marquais le rythme avec deux cuillers. Mais ça faisait des années qu'on n'avait plus joué ensemble. Depuis quelque temps, il lui arrivait de sortir le banjo, puis de s'asseoir et de le regarder, comme s'il se demandait à quoi ça pouvait bien servir. Je ne savais trop qu'en penser. Grand-Père m'avait toujours paru être un vieillard, mais je sais maintenant qu'il n'en était rien, que c'était juste la vision déformée de mon enfance qui me donnait cette impression. Pourtant, sa façon d'agir, son apparence, ses manies étaient celle d'un homme beaucoup plus vieux que son âge ; et même ses mains, tavelées, inutiles, étaient celles d'un homme de quatre-vingt-neuf ans alors qu'il n'en avait que soixante. Peut-être était-ce à cause de son arthrose qu'il ne pouvait plus jouer — l'arthrose peut frapper à n'importe quel âge, et elle est toujours arrivée tôt chez les Mann ; mais jamais, je n'ai entendu Grand-Père s'en plaindre. Il restait assis à regarder son banjo dans son étui, en grattant de temps en temps les cordes du bout d'un orteil.

En fait, Grand-Père ne parlait plus beaucoup à cette époque. On aurait dit qu'il supportait de moins en moins l'alcool, qu'il en était arrivé au point où l'ivresse ne le quittait plus et où chaque gorgée de whisky ne faisait qu'empirer son état. À un moment donné, l'alcool avait pris le dessus sur lui. Je n'aurais su dire quand cela s'était produit. Ce fut un lent processus, sans doute, qui gagnait du terrain de jour en jour. On ne s'aperçoit jamais de ces choses-là quand on a le nez dessus, mais, quand je comparais le Grand-Père que j'avais connu quand j'étais petit à celui de ma pré-adolescence, je voyais la différence. L'ancien Grand-Père chantait, parlait, riait, défiait les Munchkins d'une voix tonitruante. Le nouveau Grand-Père était un spectre. Je me surprenais à souhaiter qu'il meure et qu'on en finisse ; puis je me haïssais d'avoir eu de telles pensées.

Et les choses continuèrent ainsi.

Enfin, Grand-Père parlait assez souvent, pour être juste, mais pas à moi. Il parlait tout seul, ou à quelqu'un que je ne voyais pas.

— J'ai un rencard, lui dis-je.

J'aimais entretenir l'illusion que lui et moi formions une famille ordinaire, faire comme si nous avions des conversations sur les choses importantes.

Il posa sur moi un regard vide et, petit à petit, fixa son attention.

— Super, dit-il avec effort.

— Ouais. Cinéma. Avec Annie.

Il se remit à marmonner. Il se racontait des histoires.

— Arrête, lui dis-je. Attends que j'aie mon cahier.

Il sombra dans le silence.

— T'as faim, Grand-Père ?

J'étais devenu le cuisinier de la maisonnée. Je faisais aussi le ménage, la lessive, la vaisselle, déblayais l'allée quand elle était enneigée, et m'acquittais de mille et une autres choses pour éviter que notre demeure ne sombre dans le chaos. Grand-Père ne me demandait pas de faire tout ça, mais je savais que, si je ne m'en chargeais pas, tout irait à vau-l'eau en quelques jours. Je ne pense pas qu'il l'ait jamais remarqué non plus. Peut-être croyait-il que les domestiques de son enfance étaient revenus. Mais il est plus probable qu'il s'en moquait, voilà tout.

— T'as faim, Grand-Père ? répétai-je.

Il ne me répondait jamais.

Je jetai mes livres sur mon lit, retournai à la cuisine, préparai deux sandwiches au beurre de cacahouète et deux tasses de chocolat chaud. Puis je remontai à l'étage et pris mon cahier. Je posai un sandwich et une tasse de chocolat fumant près de Grand-Père — même si je savais pertinemment qu'il n'y toucherait pas —, ouvris mon cahier à une page vierge et attendis. Il s'était remis à parler tout seul, oubliant ma présence. Quand il marmonnait assez fort pour que je l'entende, j'écrivais ce qu'il disait. Ce fut de cette façon que j'appris comment

Willie Mann avait trouvé l'argent. J'avais déjà noirci plusieurs pages avec des bribes de phrases — parce que, parfois, quand on vous a volé votre histoire, il faut la récupérer en la volant à votre tour. Ça donnait :

« ... le triangle de fer... »

« ... le champ dont papa avait dit que tu l'aurais quand tu te marierais... »

« ... fabriqué en Angleterre... »

« ... avec un R en capitale dessus... »

« ... coupé leurs têtes... les a mises dans un tonneau... »

« ... Daddo a dû s'installer de l'autre côté de la cuisine... »

Grand-Père ne parlait pas de quelqu'un, mais à quelqu'un ; et j'avais fini par comprendre que ce quelqu'un était le fantôme de Willie Mann. Il vivait avec nous depuis quelque temps. Je me souvenais de l'époque où les événements étranges avaient cessé de se produire, où les choses s'étaient calmées. Les clefs ne disparaissaient plus, je n'entendais plus de bruits de pas à l'étage quand nous étions au rez-de-chaussée. Pour autant, la fin de ces manifestations n'avait pas marqué la disparition des fantômes, mais simplement leur remplacement par d'autres. Les anciens esprits frappeurs avaient cédé le terrain à un fantôme qui, semblait-il, avait des raisons sérieuses d'être là et n'avait pas de temps à perdre en nous faisant des niches. J'imaginais que ça avait un rapport avec moi, même si je ne savais pas encore en quoi. Je n'étais même pas sûr de savoir ce que j'attendais, mais j'étais certain qu'il allait m'arriver quelque chose, et sous peu.

Environ une fois par semaine, je rassemblais les notes que j'avais prises en écoutant Grand-Père et je les reliais en ajoutant des remarques de mon cru. Je m'étais engagé dans l'idée d'en faire une histoire. Une fois que ce serait fini, je comptais l'envoyer à un magazine pour qu'elle soit publiée. Je voulais devenir écrivain. C'était vraiment moi qui avais inventé les phrases que j'avais dites à Annie, sur la lune et la neige d'une blancheur immaculée, mais j'étais bien trop timide pour le lui avouer. Des phrases me venaient sans arrêt. Je les voyais dactylographiées dans ma tête ; je les entendais dites par d'autres personnes. J'écrivais des poèmes dans l'intimité de ma chambre, et certains n'étaient pas si mauvais que ça. Cet exercice avec Grand-Père représentait ma première tentative en vue d'écrire une nouvelle. J'avais l'impression que ça allait durer une éternité. Ma méthode était un peu curieuse, mais je ne le savais pas encore à l'époque. Et, à ma façon, j'y prenais grand plaisir.

La semaine passa sans événement notable : le symbole cruellement dressé de ma virilité naissante demeurait mon secret, et je vivais dans la terreur constante que quelqu'un ne le perce à jour. Si, au moins, j'avais su que tous les garçons de mon âge, à Mannville et, en fait, dans le monde entier, souffraient de cette maladie, j'aurais été rassuré. Mais, souffrant toujours d'un manque de rapports sociaux, je ne disposais pas d'éléments de comparaison.

J'avais pourtant l'occasion de me faire des amis, mais je n'en avais pas envie. Les garçons de mon âge m'ennuyaient. J'utilisais un vocabulaire plus savant que le leur, je ne pensais pas aux mêmes choses qu'eux, et je trouvais que presque tout ce qu'ils faisaient était ridicule, voire ennuyeux. Ils faisaient des tours en VTT, chiquaient, bricolaient des voitures. Parfois, ils se bagarraient mais jamais, semblait-il, pour des questions d'honneur — ce qui était pour moi la seule raison valable de se battre : mais par pur plaisir. Ça me paraissait presque relever de l'animalité — vestige, parmi d'autres, de l'époque où on vivait encore dans les arbres. S'ils se battaient, c'était pour établir une hiérarchie au sein du groupe, et je savais que, cinquante ans plus tard, ils obéiraient toujours à ce rapport de force car aucun d'entre eux ne quitterait jamais Mannville. Le pire, c'est qu'aucun d'entre eux n'en avait le désir.

Le samedi arriva. Le film commençait à sept heures et quart. Dès trois heures, j'étais trop surexcité pour attendre plus longtemps ; aussi commençai-je à me préparer. Je pris une douche et j'en profitai pour récurer au gant de crin chaque centimètre carré de mon corps. Je me brossai les dents une à une, devant et derrière, et me fis un bain de bouche pendant une bonne minute. Je me lavai à fond les oreilles, les yeux, le nez. Je me coupai soigneusement les ongles des mains, des pieds. Je me rasai — même si c'était totalement superflu — et cautérisai mes joues en feu avec de l'après-rasage, ce qui me fit monter les larmes aux yeux. Ensuite, stérilisé de la tête aux pieds et empestant la lotion capillaire, je passai une demi-heure de plus à m'habiller, enfilant chaque vêtement avec lenteur et m'assurant qu'ils m'allaient impeccablement. J'avais encore deux heures devant moi avant de retrouver Annie à la colline.

Willie Mann avait écrit :

> *Rien de tel que le rituel qui consiste à faire sa cour pour révéler ce qu'il y a à la fois de plus courageux, de plus ridicule et plus vulnérable chez l'homme. Notre vanité a raison de nous et nous nous rengorgeons comme des paons. C'est d'autant plus ridicule quand on songe que le résultat final de tout cela est de gagner le privilège d'ôter tous nos atours et, en fait, tous nos vêtements, en présence de celle pour qui nous avons fait tant d'efforts de toilette.*

Je me regardai dans le miroir. J'avais enfin commencé à grandir. Même s'il était peu probable que j'atteigne le mètre quatre-vingts que je convoitai ardemment, au moins ne passerais-je pas le restant de mes jours à lever la tête vers les autres. Annie ne mesurait qu'un centimètre de plus que moi et cette distance diminuait rapidement.

À sept heures moins le quart, une idée me vint. Je pris discrètement les clefs de la Galaxie, pendues à leur crochet sur le mur de la cuisine, fis démarrer la voiture et roulai au pas jusqu'au bas de la colline. Grand-Père cuvait au salon depuis le début de l'après-midi, et je savais que, même s'il se réveillait, il ne remarquerait pas que la voiture n'était plus là. Je riais tout seul en manœuvrant la Galaxie jusqu'au bas de Mann Road. Conduire était une idée de génie ; j'avais une voiture dans laquelle je pourrais peloter Annie si l'occasion se présentait.

Elle m'attendait au pied d'un chêne immense. Tel un lapin, elle fut prise dans les phares de la Galaxie et, l'espace d'un instant, se figea, désorientée. Elle pensait me voir arriver à pied. Je coupai les phares et ouvris la portière passager.

— Monte, lui criai-je.

— Oh, mon Dieu ! s'exclama-t-elle en se glissant à côté de moi. Billy, c'est dangereux !

— T'en fais pas pour ça.

— Tu sais conduire ?

— Bien sûr !

— Tu sais pour de vrai ?

— Je conduis depuis que j'ai cinq ans, lui rappelai-je.

— Les tondeuses à gazon, ça ne compte pas, Billy ! Il

faut avoir seize ans pour conduire une voiture ! Et si Madison te voit ?

Madison était l'agent de police de Mannville. Il passait ses samedis soir garé sur la place, là où se trouvait le cinéma. Annie avait raison ; je n'avais pas pensé à lui. Mais il était facile de contourner cette difficulté.

— On va se garer derrière la banque, dis-je. Ensuite, on traversera la place à pied jusqu'au cinéma. Comme ça, il ne nous verra pas.

Annie ne répondit rien. J'étais effondré. Moi, j'étais galant, viril, audacieux, et elle me prenait pour un rigolo.

— Tu m'en veux ? lui demandai-je.

— Non, ce n'est pas ça.

Sa voix avait changé. Elle était plate, éteinte : la voix de quelqu'un d'autre. Je sus tout de suite ce que cela signifiait. Son père l'avait encore maltraitée. J'arrêtai la voiture et allumai la veilleuse. Puis je pris doucement son menton dans mes mains, et examinai son visage.

— Pas de bleu, lui dis-je gaiement pour masquer l'appréhension qui me nouait l'estomac. Tu as l'air d'aller bien.

— Oui, dit-elle. J'en ai l'air.

— Tu as toujours envie d'y aller ?

— Oui.

— Ça va ?

Elle se mit à trembler, d'une manière imperceptible. Je tenais toujours son menton dans ma main. Je songeai que ce serait un moment bien choisi pour l'embrasser, mais quelque chose me retint. Je lui passai un bras autour des épaules et la serrai très fort contre moi. Elle resta les bras ballants.

— Serre-moi, toi aussi, lui murmurai-je dans le creux de l'oreille.

— Je ne sais pas comment.

— C'est facile. Il te suffit de…

— Billy…

— Quoi ?

— Je sais ce que tu ressens.

— Quoi ?

— Je sais ce que tu ressens pour moi.

Je la repoussai vivement, horrifié. Avait-elle effleuré mon entrejambe par accident ? Se rendait-elle compte que j'étais devenu un pervers ?

— Comment ça ? lui dis-je d'un ton qui se voulait détaché.

Elle sourit faiblement, mais son regard demeurait sans joie :

— Tu ne vas pas aimer ce que je vais te dire.

Je me sentis nauséeux, tout à coup. *Elle a percé mon secret, me dis-je. Elle sait qui je suis vraiment. Un monstre à trois jambes. Un démon de luxure, un obsédé sexuel. Je suis fichu.*

— Tu es le type le plus gentil que je connaisse, Billy, poursuivit-elle. Je te trouve formidable et j'aimerais éprouver pour toi ce que tu éprouves pour moi. Vraiment. Mais je ne peux pas. En fait, je ne peux rien ressentir du tout.

— Qu'est-ce que tu racontes ?

— Un gentil garçon rencontre une gentille fille, et ils tombent amoureux. Voilà comment ça se passe, non ?

— Je suppose, oui, lui répondis-je, sur mes gardes.

Elle me paraissait beaucoup plus vieille que son âge, soudain. Et je craignais toujours qu'elle me place sur le banc des accusés.

— Bon, dit-elle, il y a une chose que je veux te dire.

— Très bien. Nous y voilà.

Elle soupira :

— Non. Attends. D'abord, je vais te dire autre chose.

— Quoi ?

— Ça m'a fait vraiment très plaisir que tu m'aies demandé de sortir avec toi.

— Ah oui ?

— Oui, vraiment. Tu as été parfait. Comme tu me l'as demandé, c'était... ridicule et gentil comme tout. Exactement comme j'avais toujours imaginé que ce serait quand un garçon me demanderait de sortir avec lui.

— Ben, c'est bien, dis-je, complètement désorienté.

— Maintenant, il faut que je te dise l'autre chose.

— Je t'écoute.

— Je ne suis pas... je ne suis pas comme il faut.

— Ah, pour une nouvelle, c'est une nouvelle ! Tu n'es pas toujours comme il faut, c'est vrai. Envers moi, je veux dire. Des fois, tu es un peu trop autoritaire.

— Ce n'est pas de la blague. Je t'en prie.

— Oh. Excuse.

— Je veux dire : je ne suis pas comme il faut, pas comme les autres filles du lycée... Je ne suis plus innocente.

— Ah non ?

— Non.

— Je pensais que tu l'étais, moi.

J'essayais toujours de la taquiner, mais ça tombait lamentablement à plat. Il était trop tard pour détendre l'atmosphère. Ce n'était pas moi qu'elle convoquait au banc des accusés, mais elle-même, et j'ignorais de quoi elle parlait.

— Eh bien, tu te trompais, reprit-elle. Je ne suis pas innocente.

— Qu'est-ce que tu veux dire ?

— Je veux dire, expliqua-t-elle en détachant ses mots, que je ne suis plus vierge.

Je la regardai. C'était pire que si elle m'avait accusé. Je m'étais attendu à tout sauf à ça. J'avais arrêté la Galaxie sur le bas-côté de Mann Road, sans couper le moteur. Le chauffage s'était enfin décidé à fonctionner.

— Ben, je... euh...

Annie réprima un sourire.

— Tu ne sais pas ce que ça veut dire ? me demanda-t-elle.

Il y eut un long silence.

J'avais toujours su ce qu'elle s'apprêtait à me dire, ou, du moins, je l'avais deviné depuis assez longtemps pour avoir cette impression. Mais j'aurais préféré qu'elle ne me le dise pas. Pas à ce moment-là. Pas ce soir-là. Depuis une semaine, j'étais complètement déboussolé à la perspective de notre grand rendez-vous, et voilà comment ça tournait : j'avais peur. Peur d'elle. Un peu. Elle faisait tellement plus vieille que son âge ! Et ce que nous avions décidé, d'un accord tacite, de ne jamais mentionner était sur le point d'être formulé.

— Tu n'es pas obligée d'en parler, rétorquai-je.

— Si. Je t'en prie, laisse-moi le dire.

Je la regardai.

— Si tu m'aimes vraiment, Billy, et je sais que tu m'aimes, tu vas me laisser le dire. Il faut que je le dise à quelqu'un. Et ne le répète à personne.

— D'accord.

— Tu me le promets ?

— Si je te le promets ?

Ce soir-là, beaucoup de choses changèrent entre Annie et moi. La première, c'est que, là, dans la Galaxie de Grand-Père, elle m'a confié la vérité pour la première fois. La deuxième, c'est que je lui ai menti. Que je lui ai menti d'une façon éhontée, en la fixant droit dans les yeux. Et tel fut mon gros mensonge :

— Je ne le répéterai à personne, je te le promets.

Elle tourna les yeux vers le pare-brise et contempla la blancheur environnante.

— Si je ne suis plus vierge, dit-elle lentement, c'est à cause de mon père. Et c'est pour ça que je ne suis pas une fille comme il faut, que je ne suis plus innocente comme les autres filles du lycée. Et tu mérites une fille comme elles. Tu es un type bien, Billy, et tu es mon meilleur ami. Mais ce n'est pas une fille comme moi qu'il te faut. J'ai des tas de problèmes, et je vais devenir folle quand je serai grande. En fait, je le suis sans doute déjà. Folle.

Les mots me manquaient.

— Tu pourrais au moins arrêter de me regarder comme ça, dit-elle.

— Tu n'es pas folle.

Ce fut tout ce que je trouvai à dire.

Elle me scruta de nouveau.

— Mon père me baise, dit-elle.

Je dus tressaillir, détourner la tête. Je n'en croyais pas mes oreilles. Elle n'employait jamais ce genre de mots grossiers. Jamais.

— Tu m'as entendue ?

— Oui.

— Tu as entendu ce que je viens de te dire ? reprit-elle d'une voix suraiguë, tremblant de plus en plus.

— Oui.

— Tu n'aimes pas entendre ça, hein ?

Je ne répondis pas.

— Eh bien, dit-elle, imagine un peu ce que ça fait quand ça t'arrive pour de vrai.

— Je ne peux pas, répliquai-je, tremblant à mon tour.

— Non. Tu ne peux pas. Personne ne le peut.

Annie regarda par le pare-brise la nuit tranquille et gelée. Grand-Père avait raison ; elle n'avait rien des Simpson, pas l'ombre d'un sourcil tombant ou d'une mâchoire carrée. Elle avait le nez long et fin, et ses lèvres gourmandes commençaient à acquérir la carnation de sa féminité en devenir. Elle s'était coupé les cheveux trois ou quatre fois depuis qu'on se connaissait, et, ce soir-là, elle les avait coiffés en une longue tresse auburn qui lui tombait, soyeuse et douce, dans le dos. Elle était belle, pas de la même manière qu'Elsie Orfenbacher, pas comme une femme, mais comme... oh, si, une femme, mais il y avait autre chose aussi, peut-être... je ne savais pas. Elle était belle, voilà tout.

Je me raclai la gorge.

— Tu l'as toujours su, me dit-elle.

— Oui. En quelque sorte.

Et maintenant, qu'est-ce que je fais ?

— Je veux savoir ce que tu penses de moi, poursuivit-elle.

— Ce que je pense de toi ?

— Oui, Billy. Ce que tu penses de moi.

— Je... pense toujours pareil.

— Tu m'aurais quand même demandé de sortir avec toi si je te l'avais dit avant ? Si je te l'avais déjà dit ?

— Bien sûr !

Elle me scruta longuement :

— Tu mens. Tu ne dis pas toute la vérité.

— Arrête. Ce n'est pas juste, comme question. Je l'ai

toujours su. Tu viens de le remarquer toi-même. Et tu avais raison.

— Non, tu ne savais pas. Tu l'avais deviné. Ce n'est pas pareil.

— Non. Je l'ai toujours su. Je t'espionnais quand j'étais petit. Je te l'avais déjà dit ?

— Tu *quoi* ?

— Je montais jusqu'au sommet de la colline sans faire de bruit et je me cachais dans les arbres.

— Mais pourquoi ?

— Parce que je t'aimais. Je t'ai toujours aimée. Tu chantais toute seule, tout le temps. Et tu avais des amis imaginaires.

— Oh, mon Dieu !

— Tu te souviens d'eux ?

— Oui, espèce de salaud ! Tu m'espionnais ?

— Je m'inquiétais pour toi. Il criait. C'est pour ça que j'ai décidé de venir à ton secours. Je t'ai toujours aimée, Annie. Et je t'aimerai toujours. Quoi qu'il arrive.

— D'où est-ce que tu nous observais, d'abord ? Exactement ?

— Ça ne te regarde pas. Il y a des secrets que je dois garder, tu sais.

— Mais pourquoi ?

Je haussai les épaules.

— Au début, dis-je, juste parce que je m'ennuyais. Il n'y avait rien à faire, alors j'ai commencé à me balader au hasard. Je voyais ta maison de chez nous, et... (je faillis dire : *et Grand-père m'avait dit de ne jamais y monter, alors, bien sûr, il fallait que je le fasse,* mais je me retins juste à temps)... et j'avais toujours été curieux de savoir qui habitait là-haut. Et puis je t'ai vue. Alors, je n'ai pas arrêté de revenir.

— Pour m'observer ?

— Oui. Pour t'observer.

— Et tu as entendu des choses ?

— Oui.

— Quoi ?

— Des cris, dis-je. (Je tremblais de plus en plus, et je n'osais pas la regarder.) Des pleurs.

J'avais parlé d'une voix enrouée, comme si j'avais eu un chat dans la gorge.

— Oh, là, là ! fit Annie. Oh, là, là, Billy !

Elle me prit la main. J'étais à deux doigts de hurler, de donner des coups de poing dans le toit de la voiture.

— Je ne pense pas que tu sois folle, dis-je avec des sanglots dans la voix. Pas du tout. Tu t'en remettras. Je sais que tu le peux. Tu es la seule personne de notre âge, ici, qui soit intelligente.

— Je vais devenir folle.

Elle demeurait assise, très droite, sagement. Elle avait l'air d'une toute petite fille, comme lors de notre première rencontre, quand elle courait dans la cour de chez elle, toute seule, plongée dans ses rêves, chantant à ses poules. Est-ce qu'il lui faisait déjà ça à l'époque ? Cette pensée me donna froid dans le dos. Comment une chose pareille pouvait-elle continuer ? Pourquoi quelqu'un ne le tuait-il pas ? Pourquoi pas moi ?

— Je vais devenir folle parce que je ne supporte pas ma vie. Et, comme si ça ne suffisait pas, il faut, en plus, que je sois une Simpson ! Les gens les plus méprisés de la ville. Les gens les plus pauvres, les plus sales, les plus bêtes, ceux dont tout le monde se moque ! Et regarde-moi, avec toi ! Qui je suis, à ton avis ? Tu es un Mann, bon sang de bonsoir ! Vous, les Mann, vous n'êtes même pas des êtres humains. Vous êtes des surhommes ! Riches, intelligents, talentueux, populaires, séduisants...

— Je ne suis pas comme ça. Arrête. On n'est plus comme ça. L'argent, on n'en a plus. Tu le sais. Et tout le reste, ce n'est pas vrai non plus. C'était mon père, c'est tout. C'était lui, le super-héros, pas moi. Et puis, Annie, regarde-toi. Tu sais bien que tu es la fille la plus intelligente de la ville.

— Ah ouais ? Alors, comment ça se fait que ce soit toi qui as sauté une classe ?

Cette phrase, elle l'avait hurlée et, dans l'exiguïté de l'habitacle, son cri me fit sursauter. Elle s'en aperçut et, à cet instant, dans son regard, je lus : *Ah, tu vois ? Tu vois bien que je suis folle. Tu as peur de moi !*

Elle s'était mise à pleurer à chaudes larmes ; des larmes qu'elle versait sur une vie que, jusqu'alors, les autres avaient méprisée — le pire crime qu'on pouvait commettre contre sa personne. On lui avait volé sa vie, et elle voulait qu'on la lui rende. Son visage était crispé par la douleur ; sa poitrine se soulevait avec peine au rythme de ses sanglots.

— Pourquoi tout est si facile pour toi ? Tu ne fais jamais de devoirs à la maison ! Tu ne fais jamais rien, et tu ne redoubles jamais !

— Moi aussi, je fais des devoirs à la maison.

Piètre défense. Elle avait raison. Les choses me venaient plus facilement, non que je fusse plus intelligent qu'elle, mais parce que j'étais un Mann et qu'elle était une Simpson. Les professeurs s'attendaient que j'aie de bons résultats, même si le fiasco des autruches nous avait ruinés en ternissant notre aura. Elle, de son côté, était condamnée à l'échec. Aucun Simpson n'était allé jusqu'en terminale sans se faire arrêter au moins une fois, et aucun n'avait fréquenté l'université. De plus, elle était une fille. Ça jouait contre elle, en classe. Aucune autre fille ne levait la main aussi souvent qu'elle, et les professeurs avaient beau savoir qu'elle n'était pas bête, ils prenaient toujours un air surpris quand elle répondait correctement. Certaines filles la détestaient parce qu'elle était intelligente. Personne ne savait que faire d'une fille qui refusait de se comporter comme on l'attendait.

Je ne savais plus que dire. On resta dans la voiture. Le moteur tournait. Je lui tenais la main et la lui caressais doucement. Petit à petit, ses sanglots cessèrent. Je passai un bras autour de ses épaules, me penchai vers elle et appuyai ma tête contre la sienne pendant un instant. Puis je me redressai.

— Je m'en fiche, que tu sois folle ou pas, lui dis-je. Je t'aime. Je suis sérieux. C'est vrai. Tu veux toujours aller au cinéma ?

Ce qu'elle m'avait dit dépassait presque l'entendement. Les implications étaient gigantesques. Je ne pouvais penser que par étapes. Tout à coup, l'avenir immédiat me sembla très important. Et tout ce que je pouvais lui dire, c'était que je l'aimais.

Elle sourit et renifla.

— Je suis désolée, on a dû rater le début.

— Ce n'est pas grave. Je retournerai le voir.

On se gara derrière la banque et on traversa la place à pied. L'agent Madison était exactement là où Annie avait dit qu'il serait ; il nous fit signe de la main en nous saluant par notre prénom, et on lui rendit la pareille. Puis on entra dans le cinéma, et on regarda l'horrible vérité quant au lignage de Luke Skywalker se dérouler devant nos yeux. Je m'en doutais, et pourtant je ne pouvais me résoudre à croire que Darth Vader était le père de Luke Skywalker. Ça me paraissait trop incroyable, et pourtant, d'une certaine façon, ça se tenait. Je me fis la réflexion que la fin du film était la réconciliation des contraires, du bien et du mal. On sortit lentement dans le flot des spectateurs. Je pris la main d'Annie et elle se laissa faire. Je n'avais pas arrêté de penser à elle tout en regardant la destruction de l'Empire sur l'écran. Ça m'était égal, qu'elle ne soit pas innocente et pure ; ces mots ne voulaient rien dire pour moi, de toute façon. Elle était Annie, tout simplement. J'avais envie que les gens nous voient ensemble. J'étais fier d'elle.

On retourna à la voiture et on sortit de la ville par-derrière pour éviter Madison. On s'arrêta au bas de la colline. Je voyais bien qu'Annie pensait à ce qu'elle allait dire quand elle rentrerait chez elle. Dans sa tête, toute notre soirée était déjà passée à l'arrière-plan.

— Bonne nuit, me dit-elle. Et merci pour le film.

Elle descendit de voiture. Je la regardai grimper la côte, sa longue tresse oscillant comme un pendule dans la lumière des phares.

Puis je rentrai chez moi. Et voilà. Fin de ma première sortie en amoureux.

Grand-Père se tenait toujours assis à l'endroit où je l'avais laissé, assoupi dans son rocking-chair, inconscient. Je pris le verre de whisky près de lui et le vidai dans l'évier. Annie était passée à côté de son enfance. Dans quelle mesure étais-je passé à côté de la mienne ? Je n'avais eu ni père ni mère, et mon grand-père avait beau se montrer très gentil, il était largement absent. La plupart du temps, il était trop soûl pour s'occuper de moi.

Je poussai un soupir. Ça aurait pu être bien pire. Rien ne l'obligeait à s'occuper de moi, après tout. Je n'étais pas vraiment son problème. Ce n'était pas lui qui m'avait fait. Il aurait pu me placer à l'orphelinat quand j'étais bébé, ou me laisser chez les Schumacher. Je ne pouvais ni me plaindre ni m'apitoyer sur mon sort. Pourtant, j'éprouvais la même chose qu'Annie. Ma vie, ma personne, ma venue au monde me rendaient différent des autres garçons de mon âge, et il était trop tard pour y changer quoi que ce fût. En un sens, il avait toujours été trop tard. J'étais prédestiné à être un phénomène.

Je rinçai le verre et montai dans ma chambre. Là, je pris mon cahier et l'ouvris à la dernière page couverte d'écriture. Je n'avais pas la moindre idée de la fin de l'histoire, mais j'avais le sentiment d'approcher du dénouement. Les marmonnements de Grand-Père prenaient une certaine cohérence. J'avais appris à les décoder.

Je griffonnai jusqu'à minuit, ajoutant des choses ici, coupant là, m'efforçant de donner un sens à une histoire qui m'était révélée par bribes. J'étais incapable de prendre la juste mesure des événements qui s'étaient déroulés dans la voiture. Dans un recoin de ma tête, j'entendis Grand-Père monter l'escalier. Il marchait à pas plus lents et plus lourds que d'habitude ; on aurait dit qu'il traînait une patte. Il avança dans le couloir jusqu'à ma chambre, s'arrêta sur le seuil, essoufflé, pour me regarder.

— Je me suis bien amusé, lui dis-je.

J'espérais qu'il ne s'était pas rendu compte que j'avais utilisé la Galaxie, alors qu'il ne s'en serait pas offusqué — il me disait souvent que nous, les Mann, nous édictions nos propres lois, qui ne coïncidaient pas toujours avec celle des autres. Mais il ne dit rien.

— Tu veux que je te raconte ce que je fais ? demandai-je.

— Tu écris, me dit-il d'une voix qui n'était pas la sienne.

Elle était plus grave, plus vieille ; c'était une voix que je ne connaissais pas mais qui m'était étrangement familière. Je frissonnai des pieds à la tête. Je me retournai brusquement vers lui.

Il n'y avait personne sur le seuil de ma chambre.

— Nom de Dieu, murmurai-je.

L'air de ma chambre s'était rafraîchi tout à coup.

J'avais la chair de poule.

— Willie ? dis-je.

Je n'entendais aucun son, à part celui de ma respiration hachée, paniquée. Petit à petit, la température de l'air redevint normale et je me calmai.

— Faut que tu m'aides, dis-je d'une voix ensommeillée. Je n'y arriverai pas tout seul.

Ce fut ma dernière pensée ce soir-là. Je m'éveillai le lendemain matin, douillettement bordé dans mon lit, sans avoir le souvenir de m'être couché.

Le Dr Connor et sa femme habitaient aux deuxième et troisième étages de leur maison. C'était un grand hôtel particulier, bâti à peu près à la même époque que notre domaine. Il était entouré d'une pelouse bien entretenue, et une haute haie bordait le trottoir. Sur la porte, une petite carte écrite à la main indiquait : PRIÈRE DE NE PAS SONNER. En dessous, en plus petit, était écrite une phrase peu optimiste : PAIEMENT DÛ DÈS LA PRESTATION DE SERVICE. C'était, tout le monde le savait, une pure formalité. Les patients du Dr Connor, pour la plupart des gens sans couverture sociale, n'avaient pas les moyens d'aller se faire soigner à l'hôpital.

En conséquence, non seulement les consultations n'étaient-elles pas réglées dès la prestation de service, mais parfois jamais. Cela ne gênait pas trop le Dr Connor. Un jour, il avait dit à Grand-Père qu'il n'était pas devenu médecin par appât du gain. Les médecins dont c'était le cas auraient mieux fait de devenir agents de change.

Une sonnette tinta derrière moi pendant que je refermai la porte. La petite salle d'attente, autrefois, avait été l'un des salons de la maison. Elle s'enorgueillissait d'une table basse couverte de magazines et de deux fauteuils dont le dossier ne s'inclinait pas complètement car il butait contre le mur. Le Dr Connor se tenait justement assis dans l'un de ces fauteuils. Il lisait une revue de pêche. Un énorme loup de mer me regardait d'un air furibard, la gueule ouverte, sur la couverture. Quand j'entrai dans la pièce, le Dr Connor me lança un coup d'œil par-dessus ses lunettes :

— Tiens, tiens, bonjour, jeune William. Ça me fait plaisir de te voir. Tu es venu pour un bilan de santé ?

— En quelque sorte.

— Hum, hum, fit-il.

Il me précéda le long d'un couloir étroit jusqu'à sa salle d'auscultation, où il me désigna la table couverte de papier jetable.

— Installe-toi, me dit-il.

— J'ai rien qui cloche.

— Je le sais. Je le vois rien qu'à te regarder. Vous, les Mann, vous êtes solides comme des rocs. Mais ça ne fait jamais de mal de vérifier, du moment que je t'ai sous la main.

Être solide comme un roc était une des expressions favorites du Dr Connor ; je ne savais jamais trop comment la prendre, mais, vu que je n'étais jamais malade, je supposai que c'était une bonne chose.

Connor m'examina l'intérieur de la gorge, des oreilles, des yeux, du nez. Il me donna des coups sur le genou avec son marteau en caoutchouc ; docile, ma jambe se leva et se rabaissa.

— Tu as des maux de tête depuis ta petite altercation avec le joueur de football ?

— Non.

— Ton cœur bat toujours ?

— Ouais.

— Les fonctions cérébrales sont normales ?

— Hein ?

— Je blague. Tu as une vie sexuelle ?

— Je...

Mes joues me brûlaient tout à coup ; je sentais qu'elles étaient d'un rouge vif et humiliant. Je commençais à regretter d'être venu.

— Je ne suis pas là pour un bilan de santé ! m'écriai-je.

— Du calme. Je suis médecin. Il faut bien que je te pose ces questions. Tu n'es pas obligé de me répondre.

— Non, dis-je. Pas encore.

— Bien. Encore un peu jeune. Quel âge as-tu maintenant ?

— Quatorze ans.

— Oui. Je le savais.

Il s'assit sur une chaise dans un coin et, d'un geste, m'invita à m'asseoir sur l'autre.

— Descends de là. L'auscultation est terminée. Alors, de quoi voulais-tu me parler, au juste ?

Étant guérisseur comme Grand-Père, il avait développé une espèce de vision radar. Il devinait des choses sur les gens rien qu'en les regardant. C'était bien pour ça, d'ailleurs, que j'avais décidé de venir le voir.

Je jetai un coup d'œil autour de moi, ne sachant trop par où commencer. En fait, j'avais oublié ce que je voulais dire exactement. Au désespoir, je croisai les mains sur mes genoux et les contemplai en espérant que la réponse me viendrait si je les fixais avec suffisamment d'attention.

— Tu as des problèmes ?

Il avait parlé d'une voix douce, pleine de chaleur.

— Vous avez connu mon père ?

Ce n'était pas ce que j'avais envie de dire, mais c'était sorti. J'aurais voulu lui poser des questions sur Annie. Le Dr Connor retira ses lunettes, les glissa dans la poche poitrine de sa blouse blanche, qu'il portait partout, même quand il allait faire ses courses à l'épicerie des Gruber.

— Oui, me dit-il. Je l'ai bien connu.

— Il était comment ?

— Ton grand-père ne t'a jamais parlé de lui ?

— Pas beaucoup. Ça le rend trop triste.

— C'est compréhensible. Tu lui ressembles beaucoup.

— Ah oui ?

— Oui. Il avait ta taille. Non, plus petit. Les mêmes yeux. Le même caractère... intelligent, gentil. Beau gosse.

— Et moi, je suis beau gosse ?

Le Dr Connor se mit à rire.

— Tu te le demandes, hein ?

Il rit encore, mais son rire était teinté d'une certaine tristesse.

— Vous, les adolescents, vous êtes tous les mêmes, reprit-il. Si timides, si peu sûrs de vous ! J'ai été comme ça, moi aussi, bien sûr. Comme tout le monde.

— Il était timide, mon père ?

— S'il l'était ?

Il haussa un sourcil et parut interroger le vide pendant un moment.

— Bah, tu sais... ton père était différent de nous, Billy. Il... rayonnait, en quelque sorte. Il était toujours sûr de lui, mais jamais arrogant.

— Comment ça ?

— Il n'était pas bêcheur. Il ne prenait pas les gens de haut. Il l'aurait pu, tu sais. C'était sans doute le jeune homme le plus populaire de toute la ville. Tout le monde le connaissait, et il connaissait tout le monde. De plus, il aimait bien tout le monde. Sincèrement. Il n'hésitait jamais à prendre sur son temps pour rendre service. Il tenait la porte aux personnes âgées, il les aidait à traverser la rue, ce genre de choses. Enfin, bref, je n'ai pas encore répondu à ta question, qui est une question brûlante pour nous tous quand on est jeunes. Oui, Billy, tu es beau gosse, et tu seras bel homme, sauf mutilations imprévues, évidemment. Alors, mets toujours ta ceinture de sécurité.

— Hein ?

— Quand tu conduis, me dit-il, sévère.

Il me regarda d'un air qui me fit penser qu'il savait, pour la soirée avec Annie, en voiture. Nous avait-il vus ? *Ça fout les boules,* me dis-je. Mais je décidai de faire comme si je ne comprenais pas.

— Il y a...

— Oui ?

— Je, euh... c'est que, je me... bafouillai-je misérablement.

— Quand quelqu'un d'aussi intelligent que toi ne trouve plus ses mots, à tous les coups, c'est qu'il veut me poser une question sur le sexe, remarqua le Dr Connor, qui était un génie quand il s'agissait de lire dans les pensées des adolescents.

J'étais estomaqué.

— Comment vous le savez ?

— Ce n'est pas très difficile de deviner à quoi pense quelqu'un quand ce quelqu'un ne pense qu'à une chose, m'expliqua-t-il avec un clin d'œil.

Je rougis derechef.

— Les hormones, reprit-il. La testostérone. C'est cela la force qui régit ton corps, qui, en fait, régit le monde.

— Ah oui ?

— C'est elle qui nous pousse à agir. « Régit », je ne devrais pas dire ça, car cela induit une idée de supériorité, et les hommes ne sont pas supérieurs en tout. Mais c'est elle qui nous pousse à faire des choses.

— Quelles choses ?

— Des bêtises, la plupart du temps. Et parfois des choses bien. Elle rend les hommes courageux, ou imprudents, insouciants, voire carrément cruels. C'est la testostérone qui a poussé Christophe Colomb à traverser l'océan et à massacrer les Indiens.

— Ah oui ?

— Bon, là, peut-être que je schématise un peu trop, mais en gros c'est vrai. Les hommes ont tendance à vouloir aller vers l'extérieur et à *faire* des choses, à les *provoquer* — pas toujours pour les meilleures raisons. On veut prendre à autrui ce qui lui appartient, ou lui faire du mal, ou le tuer. L'histoire a surtout été écrite par des hommes, parce que ce sont des hommes qui ont provoqué les événements, mais ça ne nous rend pas plus nobles ou meilleurs que les femmes. Un imbécile a dans l'idée qu'il doit aller massacrer les hommes de la tribu voisine et leur prendre leurs terres, leurs femmes et leurs filles. Et il le fait, parce que la testostérone le rend fou et assoiffé de sang. Et c'est ainsi que Rome est née, et c'est pourquoi ça a duré un millier d'années.

Je gardai le silence. Tout cela était nouveau pour moi.

— Elle nous inspire également de bonnes choses, poursuivit-il. Fonder une famille, par exemple. Les grands sportifs, femmes ou hommes, réussissent grâce à elle. Tu savais que la plupart des athlètes femmes n'ont pas leurs règles ?

— Non.

— Et souvent, leurs seins ne poussent pas, ou alors ils sont très petits. Ça semble bizarre, mais c'est explicable par la science. C'est parce que leur corps produit trop de testostérone. Et les scientifiques eux aussi veulent réussir à toute force, en partie à cause de leur testostérone, même si certains ne veulent pas l'admettre et que, dans ce domaine, les femmes, sans testostérone, peuvent aussi bien réussir que les hommes ; et je sais de source sûre que les femmes scientifiques ont leurs règles *et* de la poitrine. Mais les hommes ont fait des découvertes. On a bâti des ponts, des gratte-ciel. C'est la testostérone qui nous a fait aller sur la lune. La fusée n'a été que le véhicule. Est-ce bien ou mal ? Qui sait ? Rien n'est absolu. Mais ce n'est pas vraiment ce qui t'inquiète, hein ? Tu veux savoir pourquoi il te pousse des poils, pourquoi tu as constamment des érections, pourquoi tu ne penses qu'au sexe. C'est bien ça ?

Je ne répondis rien. J'avais le visage en feu et je n'osais pas regarder le Dr Connor. Toutefois, un petit gloussement m'échappa.

— Qui ne dit mot consent, dit-il avec un sourire. Tu n'as pas à avoir honte. Tu es un garçon en pleine forme, normal, bientôt un homme. C'est juste que ta testostérone se déchaîne en toi en ce moment, comme si on voulait faire passer les chutes du Niagara par le chas d'une aiguille. Les choses sont ainsi. Ça finira par se calmer.

— Quand ?

— Quand tu auras trente-cinq ans, peut-être, avec de la chance, dit-il en riant.

— Mais...

— Écoute, c'est comme le reste. Tu peux l'utiliser comme tu le veux. Tu as en toi cette énergie qui te pousse à agir. Donc, cela prouve que tu as du pouvoir. Maintenant, à toi de voir si tu vas t'en servir et comment, ou si tu vas le laisser se servir de toi. Mais tu as le devoir de t'en servir sagement vis-à-vis des gens qui t'entourent. D'être un homme bon. Surtout envers les femmes que tu as dans ta vie.

— Je n'ai pas de femme dans ma vie.

— Il y a bien la petite Simpson, non ?

— Elle n'est pas ma petite amie.

— Aucune importance. Vous vous connaissez, vous êtes en interaction. Et il y en aura d'autres. Les femmes ne sont pas comme les hommes, et il y a trop de gens des deux sexes qui ne comprennent pas ça, ou ne le respectent pas. Prends-les comme elles sont. Elles vont peut-être te rendre fou de temps à autre, mais ce n'est pas grave. Nous aussi, on les rend folles. Le monde ne vaudrait rien sans elles. Et, tu sais, si jamais tu as envie de frapper une femme — ce qui t'arrivera sans doute, un jour ou l'autre —, ne le fais pas. Éloigne-toi d'elle jusqu'à ce que tu te calmes. On a sur elles l'avantage de la force, mais ce n'est pas de bonne guerre d'y avoir recours.

Il me vint à l'esprit que le Dr Connor était peut-être l'homme le plus curieux que j'aie rencontré et qu'il était peut-être même un peu fou, mais quand même, tout ça se tenait.

— Vous savez qui est ma mère ? demandai-je à brûle-pourpoint.

Le Dr Connor garda le silence.

— Parce que, si vous le savez, repris-je, il faut me le dire. Je ne supporte plus de ne pas savoir. Grand-Père refuse d'en parler. Il ne me laisse même pas entendre s'il sait ou pas. Je ne sais rien de moi. Je n'ai pas connu mon père, et je ne le connaîtrai jamais, mais ma mère est quelque part. Elle est peut-être même ici, à Mannville. Il faut que je la trouve.

— Pourquoi ?

— À votre avis ? C'est ma mère !

— Et qu'est-ce que tu vas lui dire quand tu la verras ?

— Je ne sais pas ! (J'étais exaspéré.) Je veux juste la voir !

— Es-tu certain que ce soit une bonne chose, mon jeune William ?

— Comment ça ?

— Est-ce que tu t'es demandé en quoi le fait de te voir allait l'affecter *elle* ?

— Vous savez qui c'est ou pas ?

Ma voix avait soudain grimpé dans les aigus et pris du volume. J'avais les joues moites.

— Dites-moi qui c'est ! Vous le savez ?

— Non, Billy. Je ne sais pas qui est ta mère. Si je le savais, je te le dirais.

— Juré ?

— Oui, c'est juré. Je te le dirais, si je savais.

— Si vous me mentez...

Je laissai ma phrase en suspens. C'était la chose la plus audacieuse que j'aie jamais dite à un adulte, et je craignis qu'il se mette en colère. Mais il ne ressemblait pas aux autres adultes. Il voyait clair en moi, au cœur de moi-même, et je savais qu'il ne m'en voudrait pas.

— Tout finira par se clarifier, mon garçon. Tu te poses des questions brûlantes. Il y a des choses que tu as besoin de savoir. C'est ce qui te donnera ta raison d'être. Suis ton instinct. Un jour, tu sauras. Ne te décourage pas si les choses ne sont pas tout de suite à ta portée.

Nous restâmes silencieux pendant que j'essuyais mon nez et mes yeux.

— Qu'est-ce que tu veux faire plus tard ? me demanda-t-il.

Venant de lui, cette question me parut moins vide que la sempiternelle question que les adultes posent aux enfants. Sa curiosité était sincère.

— Je veux devenir écrivain, lui dis-je.

— Ah. Écrivain.

— Je veux écrire des nouvelles. Et des romans, peut-être. J'écris une nouvelle en ce moment.

Grand-Père lui-même n'était pas au courant ; pas même Annie.

Un petit tintement se fit entendre, venant de la porte d'entrée. Quelqu'un arrivait dans la salle d'attente.

— J'aimerais bien la lire quand tu l'auras terminée. Si cela ne te dérange pas, bien sûr. Pas pour la critiquer. Ce que je sais en matière de littérature ne remplirait pas un dé à coudre. Pour la lire, c'est tout.

— Pour la lire, c'est tout, répétai-je.

— Penses-y, dit-il en se levant. Je sais combien il est difficile de montrer ces choses-là aux autres. Mais je serais très intéressé.

— Il y a autre chose.

— Oui ?

Je m'armai de courage. J'avais envie de lui dire, pour Annie, de lui raconter tout ce qu'elle m'avait révélé. Mais là, dans son cabinet, ce qui s'était passé dans la Galaxie me paraissait irréel. Je me souvenais que c'était pour ça que j'étais venu le voir — pas pour lui parler de moi, ni de mon père, ni de ma mère, mais d'Annie. Et voilà que j'en étais incapable ; ou, en tout cas, je ne savais pas comment m'y prendre. Je commençais à me demander si elle avait vraiment prononcé les mots que j'avais entendus, si c'était vrai. Les choses auraient-elles tourné autrement si j'avais parlé au Dr Connor ? Somme toute, je ne le crois pas. Je pense que cela n'aurait rien changé. Et puis j'avais promis à Annie de ne le répéter à personne. Telle demeurait mon intention. Je le dirais à quelqu'un. Je ferais quelque chose. Mais, allez savoir pourquoi, je ne le fis pas ce jour-là.

— Rien, repris-je. Je voulais juste... vous remercier d'avoir parlé avec moi. Vous êtes le seul à qui je peux dire tout ça. C'est sympa.

Touché, Connor eut un sourire qui chiffonna son bon visage ridé.

— Tu as toujours été comme un fils pour moi, Billy. Et je serai toujours là pour parler de tout ce que tu voudras. Quand tu voudras.

Si j'avais été plus petit, je lui aurais sauté au cou. Là, je lui tendis la main. Il me tapota l'épaule et serra ma main avec chaleur et fermeté dans sa grosse patte velue. Puis, sans prévenir, il m'attira contre lui et me plaqua contre sa poitrine pendant un bref instant. Ses bras m'entouraient d'une façon paternelle, et je sentis son odeur de pipe, d'eau de Cologne et de savon désinfectant. Il relâcha son étreinte, je sortis de la salle d'auscultation, longeai le couloir, franchis la porte en évitant de croiser le regard de la personne qui patientait dans la salle d'attente.

M. Gruber raccrocha le téléphone et me tendit une commande écrite sur un bout de papier. Machinalement, sans lire l'adresse, je pris un sac en papier kraft et commençai à y mettre les produits qui figuraient sur la liste. Côtes de porc, savon, tampons périodiques, fruits en conserve, bananes, bière, un paquet de cigarettes. Ensuite, je regardai l'adresse pour voir si je devais prendre la bicyclette.

J'espérais que non. Je me sentais toujours ridicule sur le vélo « Épicerie Gruber » ; il comportait un panier sur le devant, un grand fanion rouge derrière, placé sur l'insistance de Mme Gruber pour me protéger des chauffards et — à mon sens, le détail humiliant entre tous — une sonnette sur le guidon, à utiliser en cas de danger. Des types du lycée m'avaient vu sur ce vélo un jour, et les moqueries qui avaient suivi, sans être méchantes, m'avaient paru inacceptables. Une fois avait suffi : je m'étais juré de ne plus remonter sur cette bicyclette.

L'adresse était le 1213, Evergreen. Chez Elsie Orfenbacher.

— Ça va bientôt être l'heure de la fermeture, m'annonça Harold Gruber d'un ton jovial. Autant que tu rentres directement chez toi quand tu auras fini ça.

Je remarquai qu'il ne me regardait pas en disant cela.

— Paie le gamin, dit Emily.

C'était un vendredi.

— Ouais.

Harold s'approcha de la caisse enregistreuse et appuya sur la touche PAS DE VENTE. Il compta mon salaire de la semaine en billets et en pièces de monnaie, puis me tendit le tout. Je fourrai l'argent dans ma poche sans recompter. Je savais qu'au total cela ferait cinquante-sept dollars et quarante-trois cents. C'était là ce que je touchais chaque semaine, pourboires non compris. Ceux-ci, en général, augmentaient cette somme de quinze ou vingt dollars. Je travaillais chez les Gruber depuis plus de six mois. J'avais neuf cents dollars sur mon compte en banque personnel, ce qui me suffisait pour acheter à peu près tout ce que je voulais. J'étais presque milliardaire. Nous arrivions à la fin d'août 1984 ; mon moral était au beau fixe, à l'idée d'avoir bientôt quinze ans ; la vie était formidable ; j'envisageais de m'acheter sous peu une voiture, histoire d'avoir de quoi bricoler pendant mes moments de loisir.

— Je crois que je vais y aller à pied, si je rentre chez moi après, dis-je d'un air dégagé qui contredisait violemment l'impatience qui me tenaillait soudain.

— Ouais, ça me paraît une bonne idée, approuva Harold, qui parut comprendre ce qui n'avait pas été dit.

— Et si tu gardais la bicyclette tout le week-end ? suggéra Emily, qui soit ne savait rien, soit jouait les innocentes.

— Non, merci.

— Tu as tort. Ça t'éviterait de marcher.

— Emily, dit Harold, il ne l'aime pas, cette bicyclette.

— Et pourquoi il ne l'aime pas, cette bicyclette ? Elle est très bien...

— Bon, à plus tard, dis-je.

Je m'emparai du sac de provisions et sortis du magasin avant de me retrouver coincé dans l'une de leurs interminables discussions.

Il fallait dix minutes de marche pour aller jusqu'à Evergreen Street. J'entrai par la porte de derrière, ainsi qu'on m'avait dit de le faire. J'allai ranger les provisions à la cuisine puis longeai le couloir jusqu'à la chambre du fond. Je frappai à la porte.

— Entre, dit-elle.

Elsie, assise dans son lit, fumait en lisant une revue. Elle portait un grand T-shirt, et les draps la recouvraient jusqu'à la taille. Je savais que, en dessous, elle était nue.

— Salut, me lança-t-elle.

— Salut.

Je commençais à m'habituer. J'étais bien moins apeuré que les premières fois, où j'en avais pratiquement perdu l'usage de la parole. Mais j'avais tout de même dix-huit ans de moins qu'elle ; en toutes choses, elle était la patronne.

— Viens me serrer dans tes bras, reprit-elle, souriante, en posant son magazine.

J'obéis et m'agenouillai maladroitement à côté d'elle sur le lit. Elle m'avait dit que j'avais le droit de la toucher où je voulais, quand je voulais, du moment que nous étions seuls et que personne ne nous voyait. Ça faisait partie de mon éducation. Je soulevai son T-shirt et glissai une main par-dessous, cherchant ses seins. C'étaient mes premiers seins de femme, et je ne m'en lassais pas. Leur douceur était inconcevable.

— Ils te plaisent toujours autant ?

— Ouais, dis-je avec un grand sourire.

— Mon petit Mann à moi, dit-elle. (Elle me passa une main dans les cheveux.) Qui l'aurait cru ?

— Tu as oublié de me payer les provisions l'autre fois, dis-je. J'ai dû régler moi-même.

— Oh ! Combien ?

— Pas loin de vingt-sept dollars.

— Mince ! Excuse-moi.

— Ça va.

— Ça représente tant d'argent que ça, pour vous ? Je croyais que vous étiez millionnaires !

— Non...

Je le lui avais déjà expliqué, mais je trouvais charmant qu'elle persiste dans son idée que nous étions toujours riches.

— On n'a plus d'argent. On est fauchés. Mais il nous reste la maison.

— Il doit bien vous en rester un peu, insista-t-elle. Tout cet argent ne disparaît pas en une nuit.

— Grand-Père a fait quelques placements. Ils datent d'il y a longtemps. On vit dessus. Ils nous rapportent tout juste de quoi joindre les deux bouts.

Je n'ajoutai pas que je savais ça d'amère expérience, car, depuis un an, il m'incombait de totaliser les factures chaque mois et de les payer avec nos dividendes, lesquels allaient en s'amenuisant. Nos finances s'effondraient à des profondeurs abyssales. Néanmoins, je n'avais pas envie d'y penser pour le moment.

— Lève les bras, lui dis-je.

Elle obéit, et je lui retirai son T-shirt.

— J'y crois toujours pas, repris-je.

— Je pourrais aller en prison pour ça, m'annonça-t-elle d'une voix agréable et pleine de bonne volonté. Mais je n'irai pas, parce que tu as besoin de moi ici, hein ?

— Oui, approuvai-je tout en me déshabillant.

Car Elsie s'était portée volontaire pour être exactement ce que je recherchais : une enseignante, une tutrice, une préceptrice privée en matière de sexualité.

Tout avait commencé lors de ma deuxième livraison. J'avais déposé ses provisions sur la table, comme d'habitude, mais cette fois, à mon grand étonnement, elle ne portait qu'un peignoir de bain très court et, comme je restais immobile en attendant qu'elle me donne un pourboire ou m'ordonne de déguerpir, elle l'avait ouvert avec une lenteur délibérée en me montrant son corps.

— Regarde, avait-elle dit.

La pièce tanguait autour de moi. J'avais cru tomber dans les pommes. Elle venait de prendre une douche et son corps luisait d'humidité.

— Tu as besoin d'une femme, avait-elle dit. Je le vois.

— Vous le voyez ?

— Tout le monde le voit.

— *Hein ?*

— Ne t'en fais pas pour ça.

Curieusement, quand elle prononça ces mots, son attitude me rappela celle du Dr Connor ; d'une certaine façon, c'était rassurant.

— C'est parfaitement naturel, dit-elle. Tout ça fait partie du show. Viens ici.

Je m'approchai. Elle déboucla ma ceinture et déboutonna mon pantalon, qui me glissa sur les fesses. Puis elle mit la main dans mon slip, libéra mon sexe, qui se dressait de toute son avidité, et me masturba. Je jouis presque immédiatement.

— Eh ben, remarqua-t-elle en riant. Voilà un petit garçon bien excité, hein ?

— Je suis désolé, murmurai-je.

Mes genoux jouaient des castagnettes. Je pouvais à peine rester debout.

— Si jamais tu répètes ça à quelqu'un, je dirai que tu inventes, dit-elle. Et tu ne me reverras jamais.

— Vous en faites pas.

— Maintenant, file, rentre chez toi. Tu repasseras dans quelques jours.

C'était la première fois. Je rentrai chez moi et, allongé sur mon lit, je regardai le plafond, à la fois incrédule et émerveillé. Je vécus le reste de la semaine débordant d'une énergie nouvelle. Chaque fois que le téléphone sonnait à l'épicerie, je me forçais à rester calme. Elle rappellerait, elle l'avait promis ; je ne devais ni lui téléphoner ni passer chez elle à l'improviste. De plus, il m'était rigoureusement interdit de tomber amoureux : elle n'aurait pas supporté d'avoir dans les pattes un gamin qui la contemplerait avec des yeux de crapaud mort d'amour en lui écrivant des poèmes à l'eau de rose. Telle était la loi. J'avais terriblement peur qu'elle ne se manifeste plus.

Mais elle rappela, une fois par semaine, ni plus ni moins, et, de cette manière, le secret fut gardé.

Je me couchai à côté d'Elsie, et elle s'allongea contre moi. Elle passa son bras sous le drap et prit mon pénis, avec lequel elle fit joujou au point de me mener dangereusement près de la fin.

— Arrête, lui dis-je.

Je me mis sur elle. Elle n'était pas encore prête, et je

réussis à la pénétrer après bien des tâtonnements, après avoir failli jeter l'éponge. Elle subissait tout ça avec une sorte de sourire de stupéfaction, grimaçant de temps à autre.

— Moins vite.

Je ralentis.

On bougea ensemble comme elle me l'avait appris, et bientôt elle recommença à couiner ; du coup, j'allai plus vite, elle me répéta de ralentir, mais cette fois je ne le pus pas et tout fut terminé peu après. Pourtant, elle déclara que je m'améliorais. Je lui répondis que si elle ne couinait pas autant, je ne terminerais pas aussi vite, mais la façon dont elle le faisait me rendait fou. J'en frissonnais de partout. On rit, et elle me donna une cigarette — encore une chose qu'elle m'apprenait.

— Tu penses que je suis une salope ?

— Quoi ? Non !

— Non. (Elle souffla la fumée vers le plafond.) Tu es trop mignon pour ça, hein ?

— Je suppose.

— Tu es très jeune, mais tu n'es pas comme les autres.

Je ne dis rien. Ce n'était pas nouveau pour moi.

— Les autres pensent qu'ils peuvent venir quand ça leur chante, faire ce qu'ils veulent avec moi et se tirer. Ils voudraient même que je leur dise merci. Enfin !

— Ah bon ?

— Oh, allez. Tu as bien entendu ce qu'on dit sur moi.

— Non, mentis-je.

— Peu importe. J'aime bien faire l'amour, voilà tout. Quel mal y a-t-il à ça ?

— Aucun ! m'écriai-je avec conviction.

— Tu l'as raconté à quelqu'un ?

— Non. J'avais promis, non ?

— Eh bien, eh bien, un homme qui tient ses promesses ! Tu es merveilleux !

Si je ne l'avais raconté à personne, ce n'était pas parce que j'étais quelqu'un de merveilleux, mais parce que je n'avais personne à qui le raconter.

— Reviens la semaine prochaine, me dit-elle pendant que je me rhabillais. Je passerai une autre commande.

— Tu me dois vingt-trois pour celle-là, lui rappelai-je. Plus celle de la semaine dernière.

— Avance-moi, tu veux bien, petit chou ? Je suis un peu juste en ce moment. Je te rembourserai sur mon prochain chèque.

— Bien sûr. Je devrais pouvoir.

Je trouvais romantique de m'occuper d'une mère célibataire. Ça me donnait d'autant plus l'impression d'être devenu un homme. Mais il me vint soudain à l'esprit qu'elle ne croyait pas vraiment que nous étions pauvres, et que, peut-être, ce n'était pas étranger au fait qu'elle ait décidé de me prendre sous son aile.

Pourtant, rien de tout cela n'avait d'importance. Elle couchait avec moi, et la vie était belle. Je redescendis la rue et traversai la place en sifflotant, puis empruntai Frederic Avenue et remontai Mann Road — le trajet que j'avais effectué tous les jours de ma vie depuis que j'allais en classe. Il était environ six heures. L'air du soir était doux, chargé du parfum du chèvrefeuille. Un petit garçon, un des fils MacDonald, passa à côté de moi sur sa bicyclette, un drap de bain attaché par une épingle à nourrice autour du cou, telle une cape.

— J'suis Superman ! me cria-t-il.

— Je sais ce que tu ressens, lui dis-je.

Il me regarda, puis dévala la rue.

Arrivé chez moi, je sortis ma nouvelle. Elle était terminée ; il ne me restait plus qu'à la taper. J'avais trouvé une vieille machine à écrire Royal au grenier, que j'avais réparée. Je pris un paquet de feuilles, le posai à côté de moi, ouvris mon cahier à la première page et commençai à taper. De temps en temps, je portais mes doigts à mes narines pour sentir l'odeur d'Elsie, qui chaque fois me restait collée au corps pendant des heures.

7

Où je présente ma toute première nouvelle, intitulée « Willie Mann et la fortune des Rory ».

Willie Mann bêchait son jardin. C'était le début du printemps, dans l'ouest de l'État de New York, le long de la rive sud du lac Érié. Il faisait encore froid et humide. Le soleil refusait obstinément de briller, et les orages éclataient encore sans crier gare. Il y en avait un qui menaçait, au loin, de l'autre côté du lac. Willie le sentait.

La terre était sombre sous sa pelle. Dégelée depuis peu, elle était mouillée et grouillante de vers. Willie grimaçait de douleur chaque fois qu'il y enfonçait sa pelle. Il avait toujours dans la cuisse la balle d'un mousquet sudiste que les chirurgiens du champ de bataille d'Antietam n'avaient pu extraire tant elle était profondément enfouie. Pourtant, Willie ignorait la douleur. Il estimait qu'il avait déjà de la chance d'avoir conservé sa jambe. Nombreux furent ceux, moins heureux que lui, qui étaient revenus de la guerre à l'arrière de chariots, ou en avançant à cloche-pied, aidés de béquilles censées remplacer une jambe. Sa blessure lui faisait très mal quand il retournait la terre, mais chaque fois qu'il poussait la pelle de son pied droit et que la douleur l'élançait, elle lui rappelait qu'il avait toujours une jambe où avoir mal, et il ne se plaignait jamais.

Il bêchait un bout de terrain à côté de la propriété familiale que son père lui avait donnée en prévision de son mariage. Willie allait sur ses vingt et un ans et, bien que, dans l'immédiat, il n'eût pas de vues sur une femme, il estimait sage de s'y préparer à l'avance. Il y avait beaucoup de pierres dans le sol, et il lui faudrait toutes les retirer avant de pouvoir commencer à planter.

L'opération pouvait durer des mois. Le terrain mesurait à peu près un demi-hectare et, à un bout, les cailloux que Willie avait déjà déterrés formaient un tas d'environ un mètre de haut. Une fois qu'il aurait terminé de bêcher, et qu'il aurait planté maïs et légumes, il utiliserait ces pierres pour surélever le muret qui, à hauteur de genou, faisait presque tout le tour des champs appartenant aux Mann.

Il n'était pas loin de midi. Dans quelques minutes, sa mère taperait sur le triangle de fer pour signaler l'heure du déjeuner. Willie poignarda une fois encore la terre avec la lame de sa pelle, et buta contre une autre caillasse. Une grosse. Poussant un soupir, il creusa tout autour puis s'agenouilla avec peine et commença à déblayer la terre à mains nues, en espérant pouvoir dégager la pierre sans avoir à harnacher le cheval. Ce serait une heure de travail en plus, pour le moins, et il avait faim.

Mais à peine eut-il fini de déblayer que Willie ne pensa plus au déjeuner, il ne pensa plus à harnacher le cheval, il ne pensa plus à sa douleur dans la jambe. Il concentra toute son attention sur le couvercle du coffre à serrures de fer qu'il venait de mettre au jour, à une quinzaine de centimètres sous terre. Il le toucha. Le fer rouillé était presque en poussière, le bois rongé par l'humidité et la pourriture. Il semblait très vieux.

Willie s'assit par terre et plissa les yeux vers le ciel. N'étant pas homme à céder à la précipitation, il éprouva le besoin de réfléchir. Loin, de l'autre côté des champs, sa mère battit le rappel en frappant sur le triangle. C'était un son aigu, crispant qui, d'habitude, ne manquait jamais de l'entraîner, d'une démarche rapide et boitillante, vers la maison. Cette fois, pourtant, Willie l'ignora. Il ramassa sa pelle et creusa autour du coffre, prudemment, de façon à ne pas fracasser le bois déjà fragile. Bientôt, le coffre fut entièrement dégagé. Il était doté, de chaque côté, de deux grosses poignées en fer forgé. Il tira sur l'une d'elles. Elle se détacha sans effort et lui resta entre les mains.

— Ben dis donc, dit-il pour lui-même.

Il resta assis au bord du trou pendant un moment, faisant tourner la vieille poignée autour d'un de ses doigts, songeur. Le coffre était fermé par un cadenas, lui aussi méchamment corrodé, mais on y voyait toujours la lettre *R*, gravée voilà fort longtemps par un artisan anglais, si la légende disait vrai. Willie avait tout de suite reconnu ce coffre. Le choc était si violent qu'il ne put que rester assis en battant bêtement des paupières pendant quelques instants.

Il songea à l'histoire de ce coffre, et jugea qu'il était étrange que ce soit lui qui l'ai découvert ; il songea aussi à cette sensation inhabituelle : être tout à coup ramené un siècle en arrière. Il passa la main sous sa veste et s'arracha un poil de la poitrine, puis un autre. Oui, ça piquait. Donc il était bien réveillé. Il avait l'impression d'être un personnage dans l'un de ses rêves. *Mieux vaut ne pas précipiter les événements,* pensa-t-il. *Il y a une chance sur mille pour qu'une chose comme ça m'arrive de nouveau.*

— Ben dis donc, ben dis donc, ben dis donc, dit Willie.

Sans plus réfléchir, il alla se laver les mains et le visage à la pompe. Puis il entra dans la bicoque qu'il avait partagée toute sa vie, moins ses quatre années de guerre, avec sa mère, son père, son grand-père et ses deux frères.

Les autres Mann, à l'exception de Daddo, son grand-père, étaient déjà assis autour de la table qui trônait au milieu de la maisonnette. Le bâtiment ne comprenait que trois pièces : la cuisine — la plus grande, où ils mangeaient, s'asseyaient et lisaient la Bible le dimanche —, une chambre pour les parents de Willie, et une autre que Willie partageait avec ses frères et son grand-père. Willie dormait tête-bêche avec ses frères dans un lit ; Daddo avait un petit lit à une place. Il ne mangeait pas à table avec les autres, mais dans sa chambre, sur ordre du père de Willie, parce qu'il n'avait plus de dents et qu'il faisait trop de bruit quand il mastiquait.

La famille disait le bénédicité. Willie ôta son chapeau et inclina la tête jusqu'à la fin de la prière. Ensuite, il alla suspendre sa veste et s'assit à table. Personne ne parla. La mère de Willie fit le service. Elle servit d'abord le père, puis Willie, puis Andy, et enfin Poky Boy. Elle mit une ration de purée de pois et de pommes de terre dans une assiette et l'apporta à Daddo, en lui hurlant ce que c'était, car il était sourd comme un pot et à moitié aveugle. Enfin, elle se servit, s'assit et la famille commença à manger.

— T'as fini ton champ ? fit le père.

— Non, dit Willie. Et c'est pas pour demain.

— Rocailleux, hein ?

— Ouais. Comme tous les autres ici.

— Tu l'as dit.

— Jambon, demanda Poky Boy.

La mère se leva et lui servit une autre tranche.

— T'as donc pas faim ? dit Andy à Willie. Ça t'ennuie si je mange ta part ?

— À toi l'honneur.

— Et pourquoi que t'as pas faim ? questionna sa mère, inquiète. T'serais pas malade ?

— Nan.

— Tu dois l'être que t'as travaillé tout le matin et t'as pas faim !

— Femme, intervint le père, la mine sévère, s'il dit qu'il est pas malade, c'est qu'il est pas malade.

La mère ne dit rien et prit sa fourchette.

— 'scusez-moi, murmura Willie.

Il se leva et s'éloigna en boitant jusqu'à la pièce du fond, où Daddo mangeait. Il sentait les regards de quatre paires d'yeux qui lui brûlaient la nuque. Les autres se doutaient qu'il se passait quelque chose, mais ils savaient aussi qu'il valait mieux ne pas l'interroger. Willie était très renfermé depuis son retour de la guerre. Il était parti pendant quatre ans, et il parlait très peu depuis qu'il était revenu. Il ne leur avait même pas raconté comment il avait été blessé. *C'est la guerre qui fait ça,* décrétait le père. *Mieux vaut le laisser résoudre ça tout seul. Il en parlera quand il sera prêt.* Les Mann attendaient depuis bientôt un an que Willie veuille bien parler. Et il n'en donnait toujours aucun signe.

Willie s'assit lourdement par terre, aux pieds de Daddo, et tapota le genou du vieil homme pour lui signaler sa présence.

— Hein ? Quoi ? fit le vieillard. C'est qui ?

— C'est moi, Willie ! cria Willie.

— Willie !

— Oui.

— Qu'est-ce tu veux ?

Willie hésita, ne sachant trop par où commencer. Daddo était très âgé, vieux comme Mathusalem, et Willie ne voulait pas l'énerver. Daddo lui-même n'avait pas la moindre idée de sa date de naissance, mais il s'était battu contre les Anglais pendant la guerre de 1812, et il n'était déjà plus très jeune à l'époque. Daddo était venu d'Irlande, comme la plupart des habitants de Clare, la ville qui se trouvait à quelques kilomètres de là. Il parlait toujours avec un fort accent irlandais. Son fils, le père de Willie, avait aussi un accent, mais moins prononcé. Willie et ses frères avaient l'accent américain, mais un peu traînant, en roulant les *r* par moments, vestiges du rythme et de la musicalité irlandais.

— Tu te souviens de l'histoire du trésor des Rory ? demanda Willie.

— Oui, dit Daddo. Pourquoi tu me demandes ça ?

— Raconte-la.

— Quoi ! Maintenant ?

— Oui.

— Vingt dieux ! marmonna le vieil homme.

Il n'y avait plus aucun bruit dans la cuisine. La famille tendait l'oreille.

Daddo, comme beaucoup de personnes âgées, ne tarissait pas d'histoires. Il avait été un merveilleux conteur aux veillées, et on l'invitait encore aux mariages, aux enterrements et aux baptêmes des granges. On lui donnait la place d'honneur, près du feu, et on faisait en sorte qu'il n'eût jamais son verre vide. Il connaissait de très vieilles histoires du pays, des histoires du Nouveau Monde, des histoires de batailles, de fantômes, de crimes odieux, d'atroces trahisons et de passions vouées à l'échec. Sa mémoire remontait à des siècles avant sa naissance, car les histoires qu'il racontait lui avaient été rapportées quand il était petit par son père, qui lui-même les tenait de son père, et ainsi de suite. Quand Daddo les avait entendues, c'étaient déjà de très anciennes légendes.

Cependant, l'histoire du trésor des Rory était relativement récente. Elle s'était passée aux alentours de la guerre d'Indépendance, à peu près au moment où Daddo naissait dans le comté de Clare, de l'autre côté de l'océan. Tous les habitants de Clare Town et des autres villes à des kilomètres à la ronde connaissaient ce conte par cœur. Il avait bercé leur enfance, et tous espéraient être un jour celui qui découvrirait le trésor des Rory, car le bruit courait qu'il était fabuleux.

Mais, dans la génération de Willie, rares étaient ceux qui croyaient à l'existence de ce trésor. C'était pour cela qu'il voulait en réentendre l'histoire. Il devait la vérifier dans les moindres détails, s'assurer qu'il s'en souvenait exactement, telle qu'on la racontait, parce qu'elle allait devenir très importante pour lui : quand, plus tard, il la répéterait, il voulait être sûr de l'avoir bien mémorisée car, jusqu'alors, Willie n'avait pas cru au trésor des Rory.

— S' t'un moment bien étrange pour d'mander une histoire, dit Daddo, 'vec toute la journée d'vant toi et l'travail à faire.

— J'ai mes raisons.

Il remit la main sur le genou de Daddo, plus chaleureusement cette fois.

— Raconte-la, s'il te plaît.

Daddo posa son assiette. Quand il faisait un récit, il se redressait de toute sa hauteur, mais restait assis, eu égard à son âge et à son rang. Aux veillées, ses yeux voilés et inutiles regardaient vaguement au-dessus des têtes de l'auditoire, sauf quand il en arrivait à un passage effrayant, où il mettait un point d'honneur à regarder droit dans les yeux les plus jeunes enfants qui hurlaient de terreur. Daddo avait un grand sens dramatique. Il prit sa pipe et la bourra. Willie craqua une allumette et lui donna du feu.

Daddo prit le temps de rassembler ses idées. Quand il relatait une histoire, c'était comme s'il lisait un texte dans sa tête. Il ne la racontait jamais deux fois de la même façon mais, n'empêche, elle finissait toujours de la même façon.

— Autrefois, il y avait une famille écossaise du nom de Rory, commença-t-il, ses *r* et ses voyelles roulant entre ses lèvres. Ils furent parmi les premiers à s'installer ici, aux colonies, attirés par l'odeur de l'argent qui, dérivant au-dessus de l'Atlantique, s'en était allé chatouiller les narines cupides de leurs nez couverts de taches de rousseur. Le gouverneur de la Nouvelle-Amsterdam leur avait fait une concession, et ils consacrèrent la moitié de leur temps et de leur argent à faire fructifier la terre, là-bas, avec l'aide de la main-d'œuvre gratuite fournie par les esclaves indiens. L'autre moitié de leur argent, les Rory l'investirent dans d'autres esclaves. Ils possédaient une dizaine de bateaux aux cales remplies d'êtres humains qu'on avait volés, des chargements vivants arrachés au fin fond de leur Afrique natale et vendus dans des pays d'Afrique ayant pour nom le Mozambique ou la Côte-d'Ivoire. Ils expédiaient ces esclaves de l'autre côté de l'océan et les déchargeaient aux colonies. Ce commerce leur rapporta des sommes faramineuses, jusqu'au moment où les colonies entrèrent en guerre contre l'Angleterre. Les Anglais essayèrent de réquisitionner les bateaux des Rory pour mater la rébellion. Les Rory se fichaient pas mal des rebelles, mais, étant écossais, leur haine de l'Anglais fut plus forte que leur amour pour l'argent facile. Ils sabordèrent tous leurs bateaux — dont l'un était toujours plein d'esclaves non vendus quand ils le coulèrent en y mettant le feu — pour que les Anglais ne puissent mettre leurs sales pattes dessus. La colère du roi d'Angleterre fut si grande qu'il dépêcha un détachement de mercenaires spécialement entraînés — des Hessois, les saligauds les plus sanguinaires et les plus meurtriers de toute l'Europe — pour massacrer tous les Rory, hommes, femmes et enfants, confisquer leurs biens et les offrir à la Couronne. On dit que les Hessois commencèrent leur triste besogne en Écosse, où beaucoup de parents pauvres des Rory du Nouveau Monde demeuraient toujours. Ils décapitèrent dix-sept Rory, hommes, femmes et enfants, mirent leurs têtes dans une barrique qu'ils expédièrent par bateau en Angleterre. Deux semaines plus tard, tous les marins de ce bateau étaient frappés de cécité. C'était le début de la malédiction des Rory. L'histoire se répandit à travers le monde, via les voies de navigation. C'était un fait attesté que quiconque ferait du mal à un Rory perdrait la vue. Bien entendu, ce que les marins aveugles se gardaient bien de raconter, c'est que, ne sachant pas ce que la barrique contenait, ils avaient secrètement bu l'alcool qu'on y avait versé pour conserver les têtes. Et ce n'était pas de l'eau-de-vie, mais du formol, qui rend aveugle. Pour les marins, ça ne faisait pas de différence, tu vois. Pour eux, c'était de l'alcool, un point c'est tout. Et quand il n'y eut plus d'alcool, les têtes commencèrent à pourrir, et une puanteur abominable se répandit dans tout le navire. Alors, le capitaine eut vent de ce qui s'était passé, mais c'est une autre histoire.

Daddo marqua une pause pour tirer sur sa pipe, tout

en ricanant à cette farce macabre. Il y voyait mieux d'un œil que de l'autre, et il le plissait en regardant Willie, qui, assis par terre comme un petit garçon, sa jambe blessée étendue devant lui, attendait patiemment la suite. Les autres étaient toujours assis à table, silencieux, à l'écoute. Daddo dodelina de la tête un moment, puis reprit le fil de son récit.

— Parmi les Rory qui étaient venus au Nouveau Monde, dit-il, il y avait deux frères. L'un, Malcolm, était très beau et très charmant ; l'autre, James, était laid comme un pou. Mais s'ils étaient différents en apparence, ils avaient le même tempérament, aussi cruels et mauvais l'un que l'autre. Chacun avait sa façon d'assouvir ses penchants. James, le laid, avait un faible pour les jeunes esclaves. Il ne les achetait que dans un but : il leur donnait de beaux habits, les régalait d'un festin extraordinaire, puis les battait à mort. Il leur faisait aussi d'autres choses que je passerai sous silence par respect pour ta mère, dans la pièce à côté. Parfois, il en gardait plusieurs juste dans ce but, de jeunes Africaines ou Indiennes qui ne comprenaient pourquoi elles étaient si bien traitées que lorsqu'il était trop tard…

« Malcolm, le beau garçon, était encore plus cruel que son frère. Il exprimait sa violence de façon plus simple. Il aimait s'enivrer dans des tavernes et feignait d'avoir entendu quelqu'un l'insulter. Il défiait les gens de répéter ce qu'il affirmait avoir entendu. Malcolm était très connu, bien sûr, et personne n'aurait osé prendre la défense de ses victimes. Les Rory étaient craints à ce point-là, tu vois. Malcolm se mettait dans une colère noire, juste pour le plaisir, et exigeait réparation. Sa victime n'avait pas le choix. L'homme devait sortir du pub, sans être accompagné par ses amis — qui s'étaient raréfiés à ce moment-là. En dépit de ses traits fins, Malcolm était doté d'une grande force. Un jour, il tua un veau d'un simple coup de poing sur la tête. Donc, en général, ces bagarres ne duraient pas longtemps, juste le temps de réduire le crâne de son adversaire en bouillie, sur le trottoir, après quoi il pouvait toujours prétendre n'avoir fait que défendre son honneur. Comme on pouvait s'y attendre, de la part d'une race aussi démoniaque, les frères Rory se haïssaient profondément. James détestait Malcolm pour sa beauté et sa brutalité, et Malcolm détestait James pour son affectation et sa laideur.

« Dans les années qui ont précédé la guerre, ils n'avaient d'autre choix que d'être associés en affaires, tout en se tirant sans arrêt dans les pattes. Quand le bruit courut qu'une escouade de Hessois en voulait à leurs têtes, les deux frères comprirent qu'ils devaient unir leurs forces. Mais aucun d'eux ne se souciait de la sécurité de l'autre. Leur seul souci était d'éviter que la fortune familiale ne tombe entre les mains des Anglais. Ils changèrent auprès des banques tous leurs avoirs en or, et ensuite ils remplirent sept gros coffres cerclés de fer avec des pièces d'or frappées en France, en Espagne, en Russie et en Hollande. Enfin les deux frères s'employèrent à cacher les coffres. Ils ne creusèrent pas la terre, bien entendu, car ils s'estimaient trop nobles pour s'acquitter de cette tâche. Ils avaient des esclaves pour ça. Une fois chaque coffre placé au fond du trou, ils tuaient l'esclave qui l'avait creusé et plaçaient son corps sur le coffre, pour qu'il ne puisse pas dire où l'or était dissimulé. Six coffres furent enterrés de cette façon. Finalement, il n'en resta plus qu'un. Bien entendu, ce qui devait arriver arriva. Étant donné que les deux frères étaient les seuls à savoir où se trouvaient les six autres coffres, chacun espérait tuer l'autre pour aller les déterrer une fois la guerre finie. Ils mirent le septième coffre sur un chariot et roulèrent loin, très loin vers l'ouest, plus loin qu'ils n'étaient jamais allés, jusqu'à ce qu'ils soient sortis du territoire de la Nouvelle-Amsterdam, dans ce qu'on appelait alors les Bois de Pennsylvanie. Ils voulaient que le dernier coffre soit si bien caché que personne ne puisse jamais deviner où il était. Ils avaient compté sans leur sœur Mary.

« Mary était une Rory, mais malgré ça elle avait un bon fond. Elle était simple d'esprit, ou du moins tout le monde la traitait comme telle, et elle n'avait jamais mendié sa part. On ne lui avait jamais dit que la véritable origine de la fortune de sa famille était la traite des esclaves. Elle avait toujours cru, ou fait semblant de croire, que c'était le thé. Les frères l'emmenèrent avec le septième coffre par sécurité, car chacun savait que l'autre ne tenterait rien contre lui tant que Mary serait là. Et ils avaient peur pour elle, aussi, parce que les Hessois étaient, disait-on, tout proches. L'histoire des dix-sept décapités glaçait le sang de tout le monde. James et Mary voyageaient sur le chariot, et Malcolm les suivait à cheval. Ils progressèrent ainsi pendant plusieurs semaines, les deux frères se méfiant constamment des voleurs et s'épiant l'un l'autre. C'était tout juste s'ils osaient dormir la nuit, par crainte de se faire égorger. Mary, apparemment, ne se rendait compte de rien. Pendant la journée, elle se comportait comme si elle participait à une excursion, et la nuit elle dormait du sommeil du juste, bien au chaud dans le chariot entre ses deux frères.

« Finalement, ils décrétèrent qu'ils étaient allés assez

loin. Cette fois, comme ils n'avaient pas d'esclaves avec eux, ils durent creuser la terre eux-mêmes. De bon matin, pendant que Mary était encore endormie, ils creusèrent, creusèrent jusqu'au moment où le trou fut assez profond. Quand Malcolm eut le dos tourné, James prit sa pelle et frappa son frère à la nuque avec le tranchant. Malcolm n'avait jamais eu beaucoup de chance. Sa belle tête vola dans les airs et tomba dans le trou. Mary, s'éveillant soudain, poussa des hurlements, mais son frère l'ignora. Il jeta le corps de son frère à côté de la tête, balança le coffre par-dessus et reboucha le trou. Une fois qu'il en eut terminé, il se retourna vers sa sœur, et fut sidéré de voir qu'elle le visait avec un gros pistolet. Elle lui dit : "De la part de ta sœur" et elle fit feu.

« Pour mesurer le courage d'un tel acte, il faut se souvenir qu'à l'époque les pistolets n'avaient rien à voir avec ceux d'aujourd'hui. C'étaient des pistolets à silex, gros, lents et peu sûrs. Le plus souvent, le coup ne partait pas, et, lorsqu'il partait, il n'était pas rare qu'on rate sa cible. Quand on tirait sur un homme et qu'on le ratait, on avait intérêt à prendre ses jambes à son cou : on n'avait pas le temps de recharger. Mais Mary avait des nerfs d'acier. Le coup partit et atteignit sa cible. La balle troua le cœur de son frère et il mourut sur le coup. Mary savait depuis le début ce que ses frères complotaient, tu vois. Elle connaissait aussi les jeux sanglants qu'ils affectionnaient, et, contrairement à ce qu'ils avaient toujours cru, elle était loin d'ignorer la véritable origine de la fortune familiale. Et elle n'était pas simple d'esprit, non plus ; c'était juste qu'elle trouvait plus habile de faire semblant de l'être. Son plan était de venger les innocents qui avaient péri des mains de ses frères, et, un jour, de retourner récupérer l'or. Mais elle ne le récupéra jamais. Peu après cet événement, non loin de l'endroit où ses frères étaient tombés, les Hessois la découvrirent. Ils la pourchassèrent à travers bois et ils lui coupèrent la tête et l'envoyèrent par bateau au roi d'Angleterre pour qu'il puisse s'en réjouir. Ainsi disparut Mary Rory, et, en fait, toute sa famille, et leur fortune. Les Anglais découvrirent les six premiers coffres emplis d'or, mais ne mirent jamais la main sur le septième, et de ce jour jusqu'à aujourd'hui, bien des hommes l'ont cherché en vain.

Daddo acheva son récit en tirant sur sa pipe avec une expression de vif contentement.

— Maintenant que la moitié de l'après-midi est perdue, dit-il, autant que tu m'apportes un petit verre de goutte.

Willie plongea la main dans sa chemise et en sortit la vieille serrure du coffre. Il la soupesa un moment, prenant plaisir à en sentir le poids dans le creux de sa main. Elle devait bien peser trois livres. Elle était tellement rongée par la rouille qu'il avait suffi de deux ou trois coups de pelle pour qu'elle cède.

— Touche moi ça, murmura-t-il en la tendant à son grand-père.

Le vieil homme plissa les yeux. Il saisit l'objet, le tourna et le retourna dans sa main. Puis, du doigt, il suivit la lettre *R*, gravée sur le devant de la serrure.

— Vingt dieux !

— Tu dirais que cette serrure a une centaine d'années ? demanda Willie. Et tu dirais qu'elle vient du trésor des Rory, Daddo ?

Le vieil homme resta incapable de parler.

— Tu auras autant de verres de goutte que tu veux

jusqu'à la fin de tes jours, dit Willie en se relevant avec peine. Venez, tout le monde ! J'ai quelque chose à vous montrer !

Ce soir-là, alors que la fête battait son plein, Willie se traîna au lit. Toute sa famille, même sa mère, s'était soûlée au whisky, et les voisins étaient venus de loin, y compris de Clare Town, pour vérifier par eux-mêmes si la rumeur disait vrai.

Willie avait dû raconter encore et encore, jusqu'à la nausée, comment il avait découvert le trésor. Et comme, bizarrement, certains n'avaient jamais entendu parler de la légende, l'on décida que Daddo allait la raconter, avec cette fois en toile de fond le coffre plein d'or, couvercle ouvert, ainsi que les fragments d'os qui gisaient en dessous. Son auditoire comptait maintenant une centaine de personnes.

Ces ossements troublaient beaucoup Willie. Il étaient juste assez intacts pour être identifiables : une sorte de demi-dôme — manifestement une partie d'un crâne, et deux ou trois côtes. Le reste de James Rory était retourné à la poussière. Ces bouts d'ossements étaient le témoignage funeste que cet or avait le prix du sang, qu'il n'avait pas été gagné par un travail honnête, mais par le meurtre, la trahison et le trafic d'esclaves, et que davantage de sang encore — le sang de la famille Rory — avait été versé pour le défendre, ce qui montrait jusqu'où certaines personnes pouvaient aller pour rester riches.

Willie avait toujours considéré les Rory comme une bande de pauvres diables concupiscents et va-t-en-guerre, nés mauvais parce qu'ils étaient maudits. Mais, quand ils déterrèrent le coffre et découvrirent les ossements de James Rory, Willie comprit soudain que les Rory n'avaient sans doute été qu'une famille comme les Mann, des gens simples, pauvres et honnêtes, que la cupidité avait dressés les uns contre les autres. Il songea aussi que personne n'était à l'abri de ce genre de métamorphose, pas même sa famille, pas même lui.

Et cette nuit-là, il fit un rêve qui le troubla.

Il courait à travers une forêt profonde et obscure. Les arbres étaient hauts, au point de boucher le ciel. C'était tout juste si les rayons de soleil pouvaient transpercer la voûte de leurs épais branchages. Il courait, en proie à la panique. Et tout en sachant qu'il était toujours lui-même, toujours Willie Mann, il savait aussi qu'il ne l'était plus. Il regarda ses pieds. Ils étaient nus, petits, fins ; plus du tout les siens. Pour éviter de trébucher, il relevait la jupe qui lui recouvrait les jambes.

Derrière lui, on parlait une langue étrange et gutturale. Il entendait des cliquetis métalliques et le martèlement de pieds chaussés de bottes. Willie se risqua à regarder par-dessus son épaule. Plusieurs hommes étaient à sa poursuite. Ils portaient des uniformes verts, des baudriers blancs et des mousquetons. L'un d'eux brandissait une épée. Willie savait que c'étaient des soldats hessois venus pour le tuer.

Tout à coup, il se prit le pied dans une racine et s'étala de tout son long. Il voulut se relever, mais il trébucha sur sa jupe et tomba de nouveau. Alors, il fut trop tard. Les soldats étaient sur lui.

L'un d'eux lui flanqua un coup de pied dans le dos. Un autre, celui qui tenait l'épée, planta sa grosse botte dans sa poitrine. Willie s'entendit hurler, se débattre pour tenter de s'échapper. La crosse d'un fusil s'abattit sur son visage et il sentit sa mâchoire se briser. Alors le soldat à l'épée éleva son arme haut dans les airs, regarda brièvement Willie pour bien viser, et, d'un geste fluide, l'abattit sur son cou.

Tout devint noir.

Willie s'éveilla pour entendre les échos bruyants de la fête. Il était seul dans la chambre. La nuit était fraîche, pourtant il était trempé de sueur.

— Mary Rory, dit-il à voix haute. C'était Mary Rory.

La porte s'ouvrit d'un coup, et Poky Boy entra en titubant.

— Allez, Willie ! beugla-t-il. S' pas l' moment de dormir ! Tu as fait de nous des gens riches, grand frère ! On veut boire à ta santé !

— Fiche le camp, Poky, dit Willie d'une voix douce.

— Hé ? T' s'rais pas tombé sur la tête ? C'est l' plus beau jour de not' vie !

— Fiche le camp, j't'ai dit !

D'autres fêtards déboulèrent dans la chambre. Bientôt, elle fut pleine de monde. Certains tirèrent Willie du lit sans se soucier de sa jambe blessée et l'entraînèrent jusqu'à la pièce principale. Tous l'acclamèrent quand ils le virent. On lui fourra un verre de whisky dans les mains.

Willie regarda une fois encore le coffre sur la table, gardé farouchement par Andy et le père, qui empêchaient quiconque de s'en approcher. Ils étaient ivres tous les deux, et Willie vit son frère lancer un regard hargneux à un homme qui tendit le bras pour toucher une pièce d'or. Il avait dans les yeux une sauvagerie que Willie ne lui avait jamais vue ; pas un désir de meurtre, mais pas loin.

— Je veux juste toucher, protesta l'homme, ivre lui aussi.

De mauvaise grâce, Andy se laissa fléchir. Timidement, l'homme tendit la main et prit une pièce d'or. Il se tourna alors pour s'adresser à quelqu'un derrière lui. Andy suivit son regard, relâchant l'attention qu'il portait à la pièce. C'était précisément ce que l'homme avait escompté. L'air de rien, il glissa la pistole dans sa poche et s'éloigna.

Sans même avoir vu son geste, Andy comprit ce qui s'était passé. Il abattit sa main puissante sur l'épaule de l'homme, le força à se retourner et, de sa main libre, lui décocha un puissant uppercut qui lui fracassa la mâchoire. L'homme, projeté en arrière, alla s'écraser contre le mur et glissa à terre. Andy marcha sur lui. L'homme essaya de se relever, mais Andy le frappa de nouveau, sur le haut du crâne cette fois. L'homme perdit connaissance. Andy fouilla dans ses poches, récupéra la pièce d'or et, en un geste empreint de vénération, il la reposa sur la pile de pièces, dans le coffre. Puis son père et lui, après un bref conciliabule, rabattirent le couvercle et le fermèrent à double tour.

Dans la liesse collective, personne n'avait remarqué ce qui venait de se passer.

Willie posa son verre de whisky sur la table. Tout le monde l'avait déjà oublié. Personne ne le vit sortir en boitillant et s'avancer dans le champ, toujours en chemise de nuit, jusqu'au trou qu'il avait creusé un peu plus tôt dans la journée. Là, il se coucha sur le dos et regarda le ciel nocturne, couvert de nuages. La rosée traversait le tissu de sa liquette. Il ferma les yeux, songea à l'avenir, et regretta qu'un autre que lui n'ait pas trouvé cet argent. Dès lors, pour les Mann, rien ne serait plus jamais comme avant.

Fin.

8

Mes quinze ans. Je tue M. Simpson.

« Willie Mann et la Fortune des Rory » fut la première nouvelle que j'écrivis — la première chose que je menai à son terme, la première que j'accomplis seul du début à la fin. Peut-être est-ce pour cette raison que ce fut si douloureux, car c'était aussi la chose la plus difficile que j'aie faite de ma vie. Je n'avais personne pour m'aider, personne à qui en parler quand j'étais bloqué. Dans les moments où je me remettais en cause, je me rendais compte que je ne savais même pas pourquoi je le faisais.

J'avais commencé à travailler à cette nouvelle l'été de mes quinze ans, et je ne la terminai que quelques mois à peine avant mon seizième anniversaire : il m'a donc fallu un peu plus de neuf fois. Une femme enfante dans le même temps. L'adolescent que j'étais se réjouissait d'avoir accouché de quinze pages. Quand je commençai cette histoire, j'avais le visage glabre, la peau proprette et douce de l'enfance ; en la terminant, j'avais, à ma plus grande joie, quelques poils au menton ; moins enthousiasmante fut l'apparition du stigmate tant redouté de l'adolescence : l'acné. Mon corps évoluait alors même que je restais assis, courbé sur ma vieille et cliquetante Royal.

À l'époque où les autres garçons attendaient impatiemment d'avoir leur permis de conduire, leur première voiture, leur premier rendez-vous amoureux, je restais assis dans ma chambre à récrire indéfiniment la même histoire tout en apprenant à taper à la machine. Au début, j'utilisais la méthode « à deux doigts », des plus laborieuses et des plus frustrantes. Très vite, je mis au point une méthode à trois doigts, un peu plus efficace, puis embrayai avec un style à quatre doigts, plus prometteur. Avec quatre doigts, je tapais plus vite que je n'écrivais à la main. Enfin, j'atteignis le stade que, depuis, j'ai entendu définir par d'autres écrivains comme le moment où ils ont su qu'ils étaient faits pour être écrivains : je tapais au rythme de ma pensée. Les mots coulaient hors de moi comme un torrent, endigué seulement par mon besoin d'étirer mon dos endolori, ou par la nécessité de courir à toutes jambes en ville acheter un ruban neuf — ou comme un dératé jusque chez Elsie Orfenbacher, toujours partante, pour soulager les fréquents et foudroyants désirs que j'avais de sa chaleur si douce. Quand j'eus terminé ma nouvelle, j'avais appris deux choses : je tapais à la machine comme un professionnel et j'ignorais complètement ce que j'allais faire ensuite. Un roman ? Une autre nouvelle ? En avais-je fini ? Étais-je un tant soit peu doué ?

Écrire est un travail solitaire.

Cet automne-là s'était écoulé sans que j'y jette un regard, puis l'hiver, puis le printemps. La ronde des saisons était la seule chose qui me rappelait que la vie se poursuivait ailleurs. Annie et moi, on continuait à aller ensemble au lycée, mais on se voyait moins qu'avant. Je savais, sans avoir à le lui demander, que c'était à cause de ce qui s'était passé dans la voiture.

— Tu me connais déjà, disait-elle. On n'a plus rien à se dire.

— Conneries !

— Non, je t'assure.

Mais elle ne me regardait plus dans les yeux, et elle demeurait silencieuse pendant la plus grande partie du trajet. Parfois, elle ne desserrait pas les dents. J'en pris mon parti en me disant qu'elle se sentait gênée par ce qu'elle m'avait avoué. Je devais reconnaître que je l'étais un peu moi-même.

— Tu l'as répété à quelqu'un ? me demanda-t-elle un jour.

— Non, lui dis-je.

Je sentais toutefois que je n'allais pas tarder à le faire ; je me demandais même pourquoi je m'en étais jusqu'alors abstenu.

— C'est bien, murmura-t-elle, la tête baissée, traînant les pieds dans la poussière.

Elle ne marchait jamais comme ça, avant. Elle était abattue. J'allais la perdre. Le moment arrivait où il me fallait agir. Mais je me demandais toujours s'il était judicieux de parler. Peut-être devais-je tenter quelque chose moi-même ? Mais quoi ? Ce n'était pas une mince affaire. Il fallait que j'aie un plan, et aucun ne me venait à l'esprit.

Et, pour dire la vérité, même si j'ai encore honte de l'admettre, j'avais d'autres préoccupations que les malheurs d'Annie.

À ma grande surprise, j'en vins à redouter notre trajet jusqu'au lycée. De plus, les cours commençaient à me paraître si insignifiants que je pris le parti d'arrêter. Ce fut aussi simple que ça. Je m'y présentais une ou deux fois par semaine pour l'appel, puis je rentrais à la maison.

Apparemment, tout le monde s'en souciait comme d'une guigne. En tout cas, l'école ne nous appela jamais à ce sujet ; mais peut-être était-ce une période où j'avais oublié de payer la facture de téléphone. Et Grand-Père n'apprit jamais que je faisais l'école buissonnière, ou alors il feignit de l'ignorer. En fait, je crois qu'il ne se rendait même pas compte que j'étais à la maison. La plupart du temps, il roupillait dans son rocking-chair ou cuvait sa dernière cuite au lit. Les rares fois où il me demandait ce que je faisais là, je lui répondais qu'il n'y avait pas classe. Il se contentait toujours de cette réponse — à supposer qu'il l'eût entendue, ce dont je doutais.

Grand-Père buvait plus que jamais. Comme c'était moi qui achetais son whisky chez Gruber, je me rendais parfaitement compte de sa consommation — une bouteille et demie par jour, ni plus ni moins. M. Gruber me faisait une ristourne sur le whisky qu'il me vendait par caisses, avec un clin d'œil et un signe de tête complice. C'était illégal, mais il savait que ce n'était pas pour moi.

— Comment va le vieux en ce moment ? me demandait-il de temps à autre — par pure politesse, car il savait bien comment ça se passait entre Grand-Père et moi.

— Comme d'hab.

Mannville est une petite ville comme les autres. On ferme les yeux sur les choses les plus évidentes : Jack Simpson, du haut de la colline, abuse de sa fille ; Elsie Orfenbacher se tape un gamin de quinze ans ; le vieux Thomas Mann est un alcoolique et son petit-fils lui achète son whisky parce qu'il n'est même plus capable de sortir de chez lui.

Si j'avais su que l'alcool torture impitoyablement ses victimes avant de les tuer, j'aurais été affolé par les quantités que buvait Grand-Père. Mais j'étais adolescent, et les adolescents voient rarement plus loin que le bout de leur nez — du moins était-ce mon cas. De plus, il ne faut pas oublier que, depuis le début, j'avais toujours vu Grand-Père boire — non seulement il buvait, mais il était en état d'ivresse. Constamment. Je pensais que c'était normal, alors ça ne m'inquiétait pas beaucoup. Je pensais plutôt à mon avenir d'écrivain, et parfois à Annie, et parfois à Elsie. C'était tout.

Bien sûr, en écrivant ma nouvelle, je songeais à la fortune des Rory et aux changements qu'elle avait amenés dans notre famille. C'est à ce moment-là que j'ai commencé à comprendre ce qui était arrivé à la famille Mann ces cent vingt dernières années.

Il m'était difficile de ne pas évoquer l'histoire de l'argent de Willie Mann, car tout ce qui m'entourait avait été créé grâce à lui ou, pour le moins, transformé par lui, d'une façon ou d'une autre. La vieille ferme où Grand-Père et moi habitions avait été bâtie grâce à cet argent, sur l'emplacement de la maison d'origine des Mann, la bicoque de trois pièces où Willie avait vécu avec sa famille. J'avais appris tout ça par bribes, au fil des récits décousus de Grand-Père. Cela ne représentait qu'une amélioration parmi d'autres, réalisées par Willie grâce à l'argent ensanglanté des Rory. Il avait pu donner aux Mann ce qu'ils désiraient le plus : pas seulement une demeure somptueuse, mais aussi la possibilité de vivre dans l'intimité. L'intimité, les Mann n'avaient jamais connu ça. Pour eux, c'était le comble du luxe. Il écrivait :

Pouvoir m'asseoir à mon petit bureau et écrire à n'importe quelle heure du jour ou de la nuit sans être dérangé par personne est pour moi une source de joie infinie.

Willie, tout comme moi, était aussi torturé par une culpabilité très ancienne :

> *Je ne dois jamais oublier que je vis comme un roi alors que des milliers d'autres vivent comme des bêtes. Réduire quelqu'un à l'esclavage, c'est lui voler sa dignité, ses droits, son passé et son avenir. Je suis tourmenté par des cauchemars ; par un cauchemar en particulier. Même si ce n'est pas moi qui ai troqué ma dignité contre de l'or, je moissonne tout de même les profits de cette transaction.*

Willie fit en sorte que la maison compte une pièce spéciale pour Daddo, qui ne soit pas isolée des autres. On l'aménagea au centre de la maison, de façon que Daddo puisse apercevoir tout le monde. C'était une petite pièce — point sur lequel Daddo avait insisté —, meublée simplement, selon ses goûts, mais il y avait sur chacun des quatre murs, une porte qui demeurait ouverte en permanence pour qu'il puisse voir sa famille aller et venir au gré des tâches quotidiennes. C'était le trait d'union de la ferme. Grand-Père et moi l'appelions toujours la « chambre de Daddo ». Willie sentait la douleur que la solitude forcée inspirait au vieil homme ; il l'éprouvait avec presque autant d'acuité que lui. « Personne ne devrait être seul dans la vieillesse », pour reprendre l'un de ses enseignements.

Mais peut-être l'élément qui me poussa le plus à écrire l'histoire fut le cauchemar. Pendant le temps où j'écrivais ma nouvelle, le cauchemar, que je ne faisais plus depuis au moins deux ou trois ans, me revint avec force. Je le faisais chaque nuit. Il s'affaiblissait un peu au fur et à mesure que me venait l'histoire, mais si jamais je cessais d'y travailler, il resurgissait comme une maladie pernicieuse dont le traitement eût été interrompu trop tôt. Je n'avais d'autre choix que de terminer cette nouvelle, car je savais qu'ensuite, le cauchemar me laisserait tranquille pour de bon. Je le savais comme je savais que le fantôme de Willie Mann m'observait, pas toujours, mais de temps en temps. Et j'avais raison. Je n'ai plus jamais refait ce cauchemar depuis. Et je savais aussi que si jamais je ne terminais pas cette histoire, Mary Rory ne me laisserait pas en paix et finirait par me rendre fou. On peut se faire trancher la tête plein de fois avant de la perdre tout à fait.

Peu après que j'eus achevé la nouvelle, je la portai au Dr Connor. J'avais besoin de l'opinion d'un adulte ; je n'étais pas sûr qu'elle vaille quelque chose. On était un peu à court d'écrivains à Mannville, et Connor était le seul, parmi les gens que je connaissais à être allé à l'université ; donc, ce choix s'imposait. Il lut le texte dans sa salle de consultation, tandis que je tripotais le papier jetable de sa table d'examen. Son regard, quand il eut terminé, brillait d'enthousiasme et d'exaltation.

— Où as-tu appris à écrire comme ça ? demanda-t-il.

— Nulle part. Tout seul.

— Par Dieu !

— Vous aimez ?

— Si j'aime ? C'est formidable !

Je piquai un fard. La chaleur du sentiment de réussite se diffusa dans ma poitrine.

— C'est pas comme si je l'avais inventée, dis-je modestement.

Les événements étaient tous véridiques, et je les tenais de Grand-Père. C'était l'Histoire qui avait inventé cette histoire, pas moi.

— Ça n'a pas d'importance, répliqua-t-il. Il y a des

millions de façons différentes de raconter une histoire. Tu en as choisi une qui se tient. Tu as une imagination débordante.

— Mais je n'ai rien imaginé du tout !

— Ça n'a pas d'importance. Il t'a fallu trouver comment la raconter, non ? Il faut de l'imagination pour ça. Qu'est-ce que tu vas en faire ?

— La publier, je suppose.

— Tu sais comment ?

— Je vais l'envoyer à quelqu'un. Une revue, un truc comme ça.

Je n'avais pas une seule fois douté que j'allais devenir un vrai écrivain, un écrivain publié, même si, me semblait-il, c'était un travail extrêmement difficile ; produire à peine quinze pages en neuf ou dix mois n'était pas à proprement parler la marque du génie.

Le Dr Connor balaya ces réserves d'un revers de main. Il me dit que ce n'était pas la quantité de ce que j'écrivais qui importait, mais la qualité. Il me promit de m'emmener à la bibliothèque et de me montrer où trouver des adresses d'éditeurs. Il précisa que ce n'était pas aussi simple que je le croyais. Lui-même avait essayé de publier un ou deux articles sur la médecine, et, même s'il existait des revues médicales correspondant à sa spécialité, le plus souvent il essuyait des échecs.

— Tu t'en es admirablement sorti, mon garçon. Admirablement.

Je regardai le Dr Connor avec gratitude et je compris alors que je lui accordais une confiance absolue. Ce fut à ce instant que je sus que je devais lui parler d'Annie.

— Doc, commençai-je. J'ai quelque chose à vous dire.

Et je le lui dis.

Quelques jours plus tard, Annie apparut sur mon seuil. J'étais à la cuisine quand son ombre tomba sur la véranda et que je l'aperçus du coin de l'œil. Elle ne frappa ni ne sonna. Je longeai le long couloir jusqu'à la porte. Elle restait immobile, de profil. Je sentis tout de suite qu'elle avait encore quelque chose à cacher.

— Où tu étais ? dit-elle.

— Regarde-moi.

— Non.

Je sortis sur la véranda et, tout doucement, je tournai son visage vers moi. Elle portait une ecchymose noir et vert sur la joue gauche, enflée par rapport au reste du visage. Son œil était gonflé et fermé.

— Tu n'es pas allé au lycée, me dit-elle.

— Qu'est-ce qui t'est arrivé ?

— Moi non plus, je n'y suis pas allée aujourd'hui. Et c'est toi que je dois remercier.

— Je t'emmène à l'hôpital. Tout de suite.

— Non. Tu ne m'emmènes nulle part.

— Annie, je t'en prie...

— Tu m'as menti, dit-elle. Tu n'as pas tenu ta promesse. Tu l'as répété.

— Annie. Je t'en prie, comprends-moi. Il le fallait.

— J'avais confiance en toi.

Elle avait dit cela sans rancune. C'était une simple constatation.

Je me sentis rougir de rage — contre son père, mais aussi contre elle. Elle ne faisait rien pour empêcher tout ça. C'était elle qui permettait que ça arrive. Elle le laissait faire.

— Comment peux-tu accepter ça ? m'écriai-je. Combien de temps encore vas-tu le laisser continuer ?

— Ça ne regarde personne. Ni toi, ni Connor, ni le comté. Ça me regarde, moi.

— Pas seulement toi. Moi aussi. Tout le monde.

— Je ne peux pas me défendre, Billy. Il est trop fort. Si je me défends, il me frappe. Alors, je le laisse me droguer. C'est comme ça que ça se passe.

— De quoi tu parles ?

— Des moments où il fait ce truc avec mon corps.

Elle regardait loin derrière moi. Comme si ni elle ni moi n'étions là, comme si elle parlait de quelqu'un d'autre.

— Je sais quand il va me le faire, poursuivit-elle. Je n'y peux rien. Alors je le laisse me droguer, et, au moins, je ne sens rien. Et, si je ne sens rien, tout va bien. C'est comme si ça n'était jamais arrivé... C'est ce que je ressens. Mais quand les gens sont venus, voilà ce qu'il m'a fait. Et il ne m'a pas droguée avant. J'ai tout senti du début à la fin.

— Je vais le tuer, putain !

— Non.

— Si.

— Personne ne va faire quoi que ce soit.

— Si tu penses ça, tu es complètement barje, m'emportai-je. Je vais l'assassiner. Je vais le tuer !

Ce n'était plus moi qui parlais, tout à coup. C'était de nouveau le guerrier celte, celui-là même qui avait réduit en bouillie les testicules de David Weismueller, celui-là même qui avait cogné la tête de Trevor dans la neige, tant d'années auparavant... *Tiens, salut, toi,* dis-je au guerrier celte qui me gratifia d'un regard froid et sanguinaire. *Ça fait un bail que je ne t'avais pas vu. J'ai du boulot pour toi.*

— Je t'avais fait confiance, reprit-elle. Et tu l'as répété. Eh bien, moi, je ne te raconterai plus jamais rien.

— Oh, arrête avec ça !

Le guerrier celte attendait ; il avait toutes les peines du monde à maîtriser le raz-de-marée de colère qui gonflait en lui. Il s'assit, rongeant son frein, et commença à aiguiser sa hache.

— Tu as une idée de ce que j'ai ressenti en voyant ces gens débarquer chez moi ? Pour me poser des questions sur une chose qui ne les regarde pas ? Pour fureter, pour fouiller, pour m'interroger, pour l'interroger lui aussi, comme si on était des hors-la-loi ? Des braqueurs de banque ou je ne sais quoi ?

Je devinai que Connor avait dû appeler les autorités du comté, qui avaient envoyé des gens. Ça avait dû être la seule solution à laquelle il avait pensé, et, dans la plupart des cas, c'eût été la bonne. Mais pas là. Je savais que ça ne pouvait pas se passer normalement pour Annie. J'avais toujours su que je devais m'occuper de ça moi-même. Et je décidai alors, même si je n'en soufflai mot à Annie, que j'allais bel et bien régler moi-même cette affaire comme mon père l'aurait fait, à ma place. Comme le ferait un homme, un vrai. C'était une mission pour un super-héros, un risque-tout. C'était une mission pour Billy Mann.

Sans crier gare, Annie descendit de la véranda et s'éloigna dans l'allée.

— Annie ! l'appelai-je.

Elle se retourna.

— Oui ? fit-elle d'une voix vide.

— Je l'ai dit parce que je t'aime. C'est pour ça.

— C'est gentil.

Elle s'éloigna et remonta la route.

Tout en la regardant, j'avais l'impression qu'elle n'avait jamais été là.

Le guerrier celte alla à la rivière et prit de la glaise. Il la mélangea avec de l'eau et peignit son corps nu en bleu. Mon père, torse nu, radieux, souriant, frappa dans ses mains. Il cracha par terre avec mépris et banda ses muscles.

Allons-y, lui dis-je. *Un travail nous attend.*

Comme l'écrivait Willie Mann, mon ancêtre dont la pertinence était toujours d'actualité :

> *Ne ressens ni peur ni colère, car alors la colère n'a pas de prise sur toi. La colère est un outil. Manie-le, sers-t'en, mais toujours avec sagesse, jamais à tort et à travers. C'est la seule façon de la retourner à son avantage ; c'est la seule façon d'éviter qu'elle ne domine la vie.*

Je — j'entends : moi-même, le guerrier celte et mon père — partais pour une nouvelle mission chez les Simpson. Si Annie ne comptait rien faire pour se tirer de là, moi, je m'en occuperais.

Cela faisait des années que je ne m'étais plus adonné à l'art noble de la surveillance. De l'*espionnage*[1]. C'était un joli mot, doux à l'oreille, exotique, qui évoquait des villes étrangères et des rencontres avec des personnages indistincts dans des ruelles obscures. Toutefois, cette mission n'aurait pas lieu à Casablanca, Alger ou Berlin, mais au sommet de la colline, à huit cents mètres de chez moi, aux abords d'une affreuse bicoque blanche où de grands crimes étaient commis quotidiennement.

Je fouillai tous les placards jusqu'à ce que je trouve ce que je cherchais : un appareil photo cubique avec le mot « BROWNIE » marqué dessus, vers 1936. C'était le genre

1. En français dans le texte. *(N.d.T.)*

d'appareil qu'on devait tenir à hauteur de la taille en regardant d'en haut dans l'objectif. Il avait appartenu à la mère de Grand-Père, Lily. Je m'en étais déjà servi une fois, des années plus tôt, le jour où Grand-Père avait attrapé un gros sandre doré dans le lac et voulait en garder un souvenir. La photo était floue. Dans le coin inférieur gauche, le visage de Grand-Père était à peine visible, et le poisson, pas du tout. Je secouai l'appareil et eus le plaisir d'entendre un bruissement de papier. Il contenait toujours une pellicule. Sans doute périmée, me dis-je, mais il me faudrait faire avec. Il fallait que je tente ma chance.

Je passai deux jours à préparer *ma* mission. Durant cette période, je tins mes distances vis-à-vis du lycée et Annie tint ses distances vis-à-vis de moi, mais je lui envoyai des messages par télépathie. *J'arrive,* pensais-je très fort, depuis ma véranda, regardant en direction de chez elle. *Tiens bon.* Je dressais des plans dans ma tête — un bon espion ne confie jamais rien à une feuille de papier —, répétant l'opération étape par étape. Juste devant la maison des Simpson, un gros arbre m'offrirait son couvert ; en y grimpant, je pourrais voir ce qui se passait au rez-de-chaussée et au premier étage. Je ne savais pas quelle pièce était ma cible ; ça, je devrais le découvrir une fois sur place.

Je choisis ma tenue avec grand soin : pantalon sombre, polo noir, et, en touche finale, une cagoule de ski que j'avais achetée à l'épicerie des Gruber, grâce au rabais dont je bénéficiais en tant qu'employé, et en ignorant l'air étonné de M. Gruber devant cette acquisition.

Je fus prêt un mardi. Je me retrouvai une fois de plus sur la véranda, serrant et desserrant les poings, le regard fixé sur la vieille maison d'Annie, au sommet de la colline.

J'arrive, lui redis-je en esprit. *Je suis prêt. Mais quand ?*

Peut-être cela n'eut-il lieu que dans mon imagination, mais cette fois j'entendis sa voix me revenir, faible mais distincte, claire, porteuse d'un seul mot : matin.

Quoi ? pensai-je. Comment ça, « matin » ? Quel matin ?

Il n'y eut pas d'autre réponse.

Je retournai à l'intérieur et réfléchit plus longuement à la question. Le matin, ça me paraissait le meilleur moment pour passer à l'action. Oui, il fallait que ce soit le matin. Tôt. Plus j'y réfléchissais, plus ça me semblait logique. J'avais beau être dégoûté à cette idée, je devais bien admettre que M. Simpson et moi avions au moins un point commun avec tous les autres hommes de la planète : des érections matinales. Annie était toujours endormie, ou alors elle venait à peine de se réveiller quand il allait la trouver. Elle était impuissante, groggy, et il était ragaillardi par sa testostérone, enhardi peut-être par les vestiges de son ivresse. J'étais horrifié de penser que M. Simpson éprouvait peut-être les mêmes désirs que moi envers sa fille, que nous avions des tas de points communs : nous étions tous deux régis par les lois du désir. Je puisai quelque réconfort dans le fait qu'au moins, moi, je savais ce qui était tabou et ce qui ne l'était pas ; mon désir ne me rendait pas coupable d'un crime ; mais il m'était difficile, par analogie, de ne pas me dégoûter moi-même.

Si je ne le chopais pas du premier coup, j'y retournerais sans cesse jusqu'à ce que je le coince. Mais quelque chose me disait que mon intuition était la bonne. En y repensant, je me souvins qu'Annie était très souvent repliée sur elle-même le matin ; parfois elle ne prononçait carrément pas un mot. Ma conviction se renforça. Et, puisque j'étais prêt, rien ne me retenait. Je me jurai qu'avant le lever du soleil j'aurais tout fait pour mener ma mission à bien. Dorénavant, rien ne serait plus pareil pour Annie.

Elle avait beau refuser toute forme d'aide, je demeurais convaincu qu'une partie d'elle-même l'appelait de tous ses vœux — cette partie-là, cachée d'elle-même, presque absente, enfouie si profondément qu'elle menaçait de disparaître à jamais, c'était la vraie Annie. C'était elle qui m'avait répondu. C'était elle que j'allais sauver.

Je me couchai tôt ce soir-là, mon attirail posé sur une chaise près de mon lit : tenue sombre, appareil photo, cagoule de ski, petite torche électrique. Mon réveil sonna à quatre heures du matin. Je m'éveillai instantanément, bondis du lit, m'habillai. Un quart d'heure plus tard, je grimpais la route ; les brumes du sommeil se dissipaient rapidement de mon esprit tandis que je marchais en respirant l'air frais. Quand j'arrivai au pied de la colline, j'entrai sous les arbres ; c'était pour naviguer sans encombre entre les larges troncs et les branches mortes que j'avais emporté la torche électrique. Je ne m'inquiétais pas de passer inaperçu, étant encore à cinq cents mètres de mon objectif, mais, même si personne ne se trouvait là pour m'entendre, j'étais sûr que les claquements et craquements que je provoquais sur mon passage se répercutaient jusqu'en ville. Je n'avais pas de montre, mais quand je sortis du couvert des arbres et commençai à gravir la colline, j'estimai qu'il devait être près de cinq heures. Le gris des premières lueurs de l'aube teintait le ciel à l'est. J'atteignis l'orée du jardin des Simpson...

... quand soudain, je m'arrêtai net et me couchai à terre comme sous un tir de mitraillette. J'avais entraperçu une lueur orangée sur la véranda. C'était le bout incandescent d'une cigarette qui brillait et s'estompait au rythme des bouffées. Annie ne fumait pas, et ses sœurs aînées avaient toutes quitté la maison ; il n'y avait plus que lui et elle. Donc, ce devait être Simpson lui-même, le grand criminel. J'osais à peine respirer. J'étais couché à plat ventre, au pied d'un gros bouleau, espérant ardemment que je ne faisais pas tache contre son écorce claire, sûr et certain qu'il m'avait entendu. Comment aurait-il pu ne pas m'entendre ? Je me dis que j'étais fichu. Mission avortée. Grand temps d'évacuer les lieux.

Mais rien ne se produisit : ni cri, ni bruit de pas dans ma direction. Je distinguais vaguement une silhouette sur la véranda maintenant que le ciel, à l'est, commençait à s'éclaircir. C'était bien lui.

Ce fut alors seulement que tout ce que je n'avais pas prévu s'imposa à moi. Je me maudis d'avoir été aussi bête. Il ferait trop sombre pour que je prenne une photo, et, bien entendu, mon vieil appareil n'avait pas de flash. Pourquoi ai-je toujours un train de retard ? me demandai-je. Je ne pourrais jamais réaliser une bonne photo avec cette lumière. Je devrais choisir une vitesse très lente, autrement dit l'appareil ne devrait pas bouger pendant au moins une minute, et nul doute que les gens que je photographierais bougeraient, eux, pendant ce laps de temps, et donc deviendraient flous et non identifiables.

Quelle certitude avais-je qu'il allait le faire ce matin, et pas un autre ? J'ignorais si cela arrivait souvent. Et puis, peut-être que ça ne se passait pas le matin, mais l'après-midi ; peut-être que ça n'arrivait qu'une fois par mois, ou même par an. Après tout, Annie ne m'avait pas dit à quels intervalles il lui faisait ça. Une fois dans sa vie, songeai-je tristement, ce serait déjà bien suffisant. Peut-être avait-il eu une crise de folie passagère, un jour ; que l'idée de coucher avec sa fille avait germé dans son cerveau aviné, et que ça ne s'était pas reproduit depuis. Peut-être qu'il ne se passerait rien ce matin, après tout ; peut-être que j'étais complètement malade d'être là, couché à plat ventre sur la terre froide couverte de rosée, serrant dans ma main un appareil photo désespérément démodé avec, en tête, un plan qui aurait fait ricaner l'espion le plus nul du monde.

Pourtant, quelque chose me disait que ce n'était pas un événement isolé. Je le lisais dans les yeux d'Annie. C'était une chose récurrente qui, petit à petit, l'enfonçait dans la soumission, lui rongeait l'âme comme un cancer. Et si ça ne se passait pas ce matin, ce serait à un autre moment. Et je me fis le serment, là, le menton enfoncé dans le sol, avec un goût d'herbe et de feuilles mortes dans la bouche, que je serais là la prochaine fois que cela se produirait, même si, pour cela, je devais exercer une surveillance constante sur la maison et ses misérables occupants, tous les jours jusqu'à la fin de mon existence.

Il faisait assez clair pour que je voie bien, maintenant. Le mégot orangé de cigarette fendit l'air dans ma direction en un arc-de-cercle long et gracieux, lancé d'une chiquenaude par l'autre salopard. Il atterrit à quelques centimètres de mon nez. J'entendis l'autre grommeler sous l'effort qu'il faisait pour se remettre d'aplomb sur ses jambes grêles et entrer dans la maison. La porte-moustiquaire se referma en couinant doucement derrière lui.

C'était la première fois que je revoyais Simpson depuis

le jour où Grand-Père s'était brisé la hanche. Il était plus gros et se dandinait davantage. Il était l'être le plus ridiculement disproportionné que j'aie jamais rencontré. De l'abdomen au cou, sa silhouette était une sphère presque parfaite, mais ses jambes étaient frêles comme des roseaux. Il avait l'air d'une boule de glaise posée en équilibre instable sur deux cure-dents. Le fait qu'il n'eût pas claqué la porte-moustiquaire m'emplit de crainte et d'énergie. Peut-être ne voulait-il pas faire de bruit pour ne pas réveiller sa pauvre fille avant qu'il soit trop tard pour qu'elle tente de lui résister ? Il était possible que j'aie mis en plein dans le mille en choisissant ce jour-là.

Je rampai vers la maison. Quand il me parut évident que M. Simpson ne ressortirait pas sur la véranda, je me relevai et courus, courbé en deux, jusqu'à la porte. Mon cœur palpitait. J'étais tellement sur le qui-vive que je n'entendais que le bruissement de mon sang qui coulait dans mes veines à une vitesse deux fois plus rapide que la normale.

J'avais abandonné la partie de mon plan, là où j'aurais dû grimper à l'arbre. Je préférai me tenir près de la porte. J'entendis le bruit d'un verre qu'on reposait — proche, mais pas trop, dans la cuisine peut-être. J'entrouvris la porte-moustiquaire en regrettant de ne pas avoir apporté une burette d'huile pour faire taire les gonds. Mais, par bonheur, ils ne grincèrent pas, contrairement à la minute précédente, quand l'autre était entré. Il me fallut quelques secondes pour entrebâiller assez la porte et me glisser à l'intérieur.

Je me retrouvai dans le salon où j'avais vu Annie pour la première fois, où elle m'avait pris la main pour la première fois. *Est-ce que ça s'est passé ici aussi ?* me demandai-je. Je ne voyais pas comment quelqu'un, même le plus vil des criminels, pouvait avoir perdu tout sens moral au point d'avoir des rapports sexuels avec une fillette de sept ans. Mais ça arrivait, je le savais. On lisait des trucs comme ça dans les journaux. Peut-être bien que Simpson était mauvais à ce point-là.

La même puanteur emplissait la maison : odeur de merde, surtout, mais aussi de bière éventée, d'urine et de graisse de cuisine. Le salon était moins en désordre que sept ans plus tôt. Peut-être que les représentants du comté avaient profité de leur enquête surprise pour ranger ; il y avait plus de probabilités, cependant, pour qu'Annie l'ait fait elle-même : la vue de ces gens surgissant dans leur allée avait dû lui inspirer une frénésie de rangement, destinée à dissimuler les pires aspects de cette vie misérable. Je gagnai rapidement le couloir, les sens à l'affût. J'allai d'abord là, car ma mission incluait une raison annexe : vérifier si l'homme-tronc se trouvait toujours dans la chambre du fond.

Il me paraissait inconcevable qu'un être humain puisse rester cloué dans le même lit autant d'années, mais je savais que, dans cette maison, tout pouvait arriver, et que Simpson tentait, dans la mesure de possible, de transgresser la grande loi de la nature, à savoir que tout est fait pour changer. Cela me répugnait, mais je devais reconnaître qu'il ressemblait à Grand-Père sur ce plan-là : il préférait vivre en un autre temps, un temps où les choses étaient meilleures, un temps où son fils était indemne, pouvait marcher et parler.

Traverser la maison, c'était comme un vieux rêve. Je me plaquai la main sur le nez en approchant de la chambre ; l'odeur était intolérable. La porte était fermée, mais le loquet n'était pas mis. Je la poussai d'un doigt.

Elle tourna sur ses gonds, et je le vis, là, couché, regardant le plafond, exactement comme dans mon souvenir, emmailloté dans des draps toujours aussi crasseux.

En entrant dans la chambre, j'eus le souffle coupé. L'odeur de son corps sale était suffocante, presque animale. Je me jurai que je ne faisais là qu'un bref détour. J'avais des choses bien plus importantes et bien plus belles à accomplir. Mais quelque chose chez cet homme, cet ancien ami de mon père, m'attirait. Je ne pouvais manquer l'occasion de le revoir, au cas où j'aurais pu lui arracher quelques indices sur mon mystérieux passé.

Je m'avançai à côté du lit. Il n'était pas rasé, avait les cheveux longs et le visage parfaitement inexpressif. C'était un homme d'une quarantaine d'années, mort-vivant depuis vingt ans. En lieu et place de ses bras et de ses jambes, il y avait quatre moignons arrondis, proprement découpés par l'US Army. Les mêmes vieux tubes de perfusion s'enroulaient autour de lui tels des serpents en plastique, et le respirateur cliquetait, ronronnait, chuintait comme il l'avait toujours fait. *Voilà ce que fait l'armée,* songeai-je. *Elle reconditionne. On en revient toujours en moins bonne forme qu'en y allant.*

— Qu'est-ce qui vous est arrivé ? chuchotai-je.

Il ne cligna pas des paupières. Rien n'indiquait s'il savait que j'étais là.

— Vous vous souvenez de mon père ?

Rien.

— Mon grand-père m'a raconté la fois où vous lui avez volé sa voiture. Il est désolé d'avoir appelé la police, il m'a dit qu'il ne l'aurait pas fait s'il avait su que c'était vous.

Toujours rien.

— Il savait que vous n'étiez pas un méchant garçon.

Je me rendis compte alors que, même s'il m'entendait, il ne savait pas qui j'étais.

— Je suis Billy, le fils d'Eddie Mann. Vous étiez le meilleur ami de mon père.

Frederic — c'était son prénom, je m'en souvenais — laissa échapper un soupir. En repensant à son état, je suppose que la partie de son cerveau qui régissait les fonctions supérieures avait dû être endommagée. Il pouvait cligner des yeux et respirer, c'était tout. Je n'ai jamais su exactement ce qui lui était arrivé. Si ça se trouve, personne ne le savait. Un obus de mortier, peut-être, ou peut-être avait-il marché sur une mine dans une rizière aux confins du Viêt-nam. Peut-être que son cerveau fonctionnait parfaitement, et qu'il était simplement paralysé, en plus d'être amputé des quatre membres. J'aime à penser qu'il entendait tout ce que je lui disais et qu'il me comprenait. D'un autre côté, je préférerais pour lui qu'il n'ait plus été capable de réfléchir, car être coincé dans ce lit crasseux, dans cette maison, conscient de ce qui se passe autour de soi sans pouvoir y remédier, voilà un destin pire que le pire des enfers que je puisse imaginer.

Il était temps que je sorte de là. Je longeai le couloir en catimini, retraversai le salon et m'arrêtai au bas de l'escalier. Je tendis l'oreille. J'entendis une voix irritée, étouffée par l'épaisseur des murs. Puis, des pleurs. *Mon Dieu,* songeai-je, *aurais-je raison ? Est-ce en train de se passer ?* Je gravis l'escalier à pas de loup. Les sons me semblaient venir d'une chambre sur la droite, juste au coin. Les cris devenaient plus forts. Je venais de repérer de quelle pièce ils provenaient, quand le battant s'ouvrit sur M. Simpson.

Je reculai et me figeai. S'il tournait le coin du couloir

pour descendre, il me verrait. S'il me voyait, il me tuerait. Je n'avais même pas la force de redescendre et de me cacher. La terreur me décochait ses mille et une flèches. J'avais les intestins noués, l'estomac retourné. Mais il ne s'avança pas dans ma direction ; il se rendit à la salle de bains, à côté de la chambre d'où il venait de sortir. Il ferma la porte et je l'entendis ouvrir le robinet.

Je risquai un coup d'œil dans le couloir. La porte de la chambre restait ouverte, et la lumière allumée. Je distinguai un ou deux vêtements par terre, et une partie d'un lit. Dessus, un pied nu. Un pied petit et fin. Le pied d'Annie.

Sans réfléchir, je m'approchai de la chambre sur la pointe des pieds et entrai. J'avais complètement perdu le fil de mon plan. Voir Frederic m'avait mis à cran ; j'étais au bord de l'overdose d'adrénaline. Espion qui errait au hasard en territoire ennemi, je ne devais qu'à la chance pure de n'avoir pas encore été repéré. Toute prudence élémentaire m'avait quitté. Je ne savais plus ce que je faisais. Je m'approchai vivement d'Annie, prêt à poser ma main en bâillon sur sa bouche si jamais elle se mettait à crier.

Elle gisait sur le lit à peu près dans la même attitude que son frère au rez-de-chaussée, regardant le plafond, les yeux ouverts et vides. Sa chemise de nuit était remontée sur ses cuisses. *Est-ce que j'arrive trop tard ?* me demandai-je. *Est-ce qu'il l'a déjà fait ?*

— Annie, chuchotai-je.

Elle ne bougea pas.

— Annie !

Pas un mot, pas un regard. Elle fixait le plafond sans bouger. Je lui touchai l'épaule. Elle ne broncha pas. Je plaquai mon oreille contre sa bouche. *Ouf, elle respire,* me dis-je. Son haleine exhalait une vague odeur médicinale. Il l'avait droguée. J'étais arrivé trop tard pour empêcher ça ; mais pas pour empêcher le reste.

À cet instant, le robinet cessa de couler et la porte de la salle de bains s'ouvrit. Je me glissai dans le placard sans le refermer complètement, afin de voir ce qui se passait. Les pas pesants de M. Simpson résonnèrent dans le couloir, de plus en plus proches, puis dans la chambre. Je collai mon œil à l'entrebâillement de la porte.

Simpson ôtait sa chemise. Je fus horrifié par la vision de son torse flasque de buveur, de son ventre couvert de vergetures comme celui d'une femme qui aurait eu une dizaine de grossesses. Pas même la femme de Levi Muller, qui avait accouché de quinze enfants, n'en avait autant. Et j'appris sur M. Simpson quelque chose que j'ignorais : il portait une cicatrice sur le thorax, telle une fermeture Éclair sur toute la longueur du sternum. C'était la marque d'une opération du cœur. Quelque part, un jour, un chirurgien mal avisé avait décidé de prolonger de dix ou vingt ans la misérable existence de cet individu, comme si elle en valait la peine, comme si le monde allait y gagner d'être un peu plus longtemps en contact avec un monstre tel que lui.

M. Simpson se pencha et fit quelque chose à Annie, la changea de position ou la retourna, ce n'était pas très clair pour moi. Elle n'offrit aucune résistance, n'émit aucun son. Elle était dans les vapes.

Je me rendis compte que j'étais près du point de rupture. Je ne savais pas dans quoi j'avais mis les pieds. Bien des années auparavant, j'avais promis à Annie que je la délivrerais de son père, mais c'était avant de comprendre à quel point il était mauvais. J'avais toujours imaginé que je défoncerais la porte, épaulé par un détachement de marines, peut-être, et tirant des rafales de mitraillette dans toute la maison avant de jeter Annie sur mes épaules et de la porter vers son salut. Dans mes fantasmes, je n'avais jamais peur, je n'hésitais jamais, et l'issue ne laissait jamais aucun doute. Mais là, c'était une autre paire de manches. Si M. Simpson me chopait, il me ferait la tête au carré, et ce serait pire que tout ce que David Weismueller avait pu me faire subir.

Je devais réfléchir.

Je n'avais aucun moyen de les prendre en photo. Je sursautai en me rendant compte que je ne savais même pas où était mon appareil. J'avais pu le laisser n'importe où dans la maison. Avec la chance que j'avais, Simpson le trouverait avant que j'aie eu le temps de m'échapper. Le pire de tout était que le nom MANN était écrit audessous, à l'encre indélébile. S'il le voyait, Simpson saurait que j'étais venu. En inscrivant son nom sur son appareil photo, mon arrière-grand-mère Lily ne s'était pas doutée qu'elle mettrait ma vie en danger.

J'entendis le bruit d'une braguette qu'on ouvrait et le cliquètement de la boucle de la ceinture tombant par terre. Je crus que j'allais vomir. *C'est maintenant ou jamais,* me dis-je. Je ne savais pas quoi faire, mais je ne pouvais quand même pas rester dans ce placard et écouter cet homme violer sa fille. Je regrettai de ne pas avoir un revolver ou un couteau, n'importe quelle arme. À défaut, je regrettais de ne pas avoir un appareil photo moderne. Je ne serais même pas en mesure de prouver que tout cela s'était passé. Le Dr Connor me croirait sur parole, mais je ne pouvais guère espérer mieux. Et je transgressais autant de lois que je voulais en défendre. Moi-même je pouvais être arrêté pour ce que je faisais, envoyé à la maison de correction de Gowanda, où sans doute on me violerait moi aussi. J'étais à deux doigts de pleurer. C'était plus qu'un garçon de quinze ans ne pouvait en supporter.

Cependant, je me souvins que je n'étais pas n'importe quel garçon de quinze ans. J'étais un casse-cou, fils d'un casse-cou. Un sang de héros coulait dans mes veines. Et, de plus, j'étais un Mann.

D'une poussée, j'ouvris la porte du placard.

« Lâchez-la ! » hurlai-je à pleins poumons.

L'effet sur M. Simpson fut immédiat et spectaculaire, et meilleur que tout ce que j'aurais pu espérer. Il était sur le point de s'allonger sur Annie — elle était retournée sur le ventre et sa chemise de nuit était remontée par-dessus ses fesses. Il était nu et ne s'attendait pas à voir un inconnu encagoulé et vêtu de noir surgir du placard de la chambre de sa fille. Une vie d'éthylisme forcené, de tabagisme acharné et de repas riches en calories avait déjà laissé des traces sur son cœur. Il se redressa vivement, comme un petit garçon pris en faute, et porta une main à sa poitrine. Il se retourna lentement vers moi.

— Ahhhh ! dit-il doucement, ses yeux porcins lui sortant de la tête. Ahhh ! Ahhh !

Campé sur mes jambes, je le regardais, fasciné.

— Wahhhh... fit-il comme un crapaud.

Et lentement, non sans une certaine grâce, il bascula vers l'avant comme un arbre petit, épais, et toucha le sol avec un bruit sourd qui fit trembler les murs de la chambre.

Il me parut mettre un temps infini à tomber. La scène repassa plusieurs fois dans ma tête avant même qu'elle arrive à son terme dans la réalité. Durant quelques secondes répugnantes, nos regards se croisèrent. Je ne pouvais détourner les yeux. Plus bas, encore plus bas, puis sur le côté, et quand il toucha terre, les fenêtres vibrèrent ; j'eus la certitude que le bruit allait être entendu jusque dans le centre-ville.

Je demeurai immobile quelques instants. Simpson, allongé par terre, de l'autre côté du lit, était caché à ma vue. J'attendis. Au bout d'un moment, il y eut un sifflement, comme si de l'air s'échappait d'un trou minuscule.

Mon Dieu, pensai-je. *Il se dégonfle.*

Je continuai d'attendre. Sa tête ne réapparaissait pas au-dessus du lit. Il ne disait rien. Personne ne bougeait. Annie gisait toujours inconsciente. Je tendis le bras et rabattis délicatement le pan de sa chemise de nuit sur ses fesses. Jusqu'à présent, elle ne s'était pas rendu compte de ma présence, et je commençais à me dire qu'elle n'en saurait jamais rien. Tandis que les secondes passaient, l'étape numéro deux de mon plan prit forme dans ma tête, et me sembla excellente.

Je fis le tour du lit et regardai par terre.

Une flaque d'urine s'étalait rapidement autour du corps de Simpson ; sa vessie se relâchait. Il avait un œil fermé. L'autre était horriblement entrouvert, la pupille révulsée au point qu'on ne voyait que le blanc. Sa main potelée restait plaquée contre sa poitrine, en un ultime et vain effort pour encourager la vie à ne pas le quitter. Je demeurai là un long moment, attendant, attendant d'être sûr mais incapable de me résoudre à le toucher. Au bout de quatre ou cinq minutes d'immobilité, j'en eus la certitude.

Il était mort. Et c'était moi qui l'avais tué. Par ma faute, Simpson était mort de peur.

J'avais très peu de temps pour réfléchir.

Je courus dans le couloir, dévalai l'escalier quatre à

quatre, traversai le salon et filai par le couloir du fond. Je devais récupérer mon appareil photo. Il était posé par terre devant la chambre du frère d'Annie — qui, je l'espérais, irait bientôt quelque part où l'on prendrait soin de lui. Je jaillis de la maison au pas de course et dévalai la colline en évitant la route. Il importait avant tout que personne ne me voie. Il était également essentiel que je continue à vivre normalement, que je ne modifie en rien mon quotidien. Quand Annie s'éveillerait, elle saurait quoi faire. Jusque-là, je devais patienter. Je ne pouvais pas l'appeler pour lui demander comment elle allait. Je ne lui avais jamais téléphoné de ma vie ; la perpétuelle et malveillante présence de son père m'en avait empêché.

Annie s'éveillerait de sa torpeur médicamenteuse, apercevrait son père par terre et appellerait la police. Il n'y avait aucune raison qu'on soupçonne que j'avais un rapport avec cette mort. J'avais commis le crime parfait. D'autant plus parfait qu'il avait été improvisé ; il ne faisait pas du tout partie de mon plan initial. Ce n'était même pas un meurtre au sens traditionnel du terme. Je n'avais pas eu l'intention de le tuer. Je voulais juste empêcher qu'Annie subisse l'horreur une fois de plus. S'il avait fallu le tuer pour ça, soit. Il ne méritait pas de vivre, de toute façon.

De Willie, sur le noble art du meurtre :

> *Je me suis rendu coupable du meurtre d'un de mes semblables. Je l'ai tué à la guerre, où le meurtre est, de manière générale, encouragé ; pourtant, son uniforme était de la couleur du mien, et donc je fus châtié. Les circonstances m'ont imposé de devoir le tuer, sans quoi il aurait continué à vivre, ce qui n'était pas acceptable. Pourtant, mon intention n'était pas mauvaise, et l'acte en*

lui-même fut perpétré sans préméditation. Néanmoins, ma conscience en fut grandement tourmentée. Ceux qui liront ce journal plus tard se demanderont peut-être comment il se fait que je n'aie tué qu'un seul homme pendant toute ma carrière dans l'armée. Qu'ils poursuivent leur lecture ; tout sera éclairci.

Il s'écoulerait encore quatre ans avant que je lise ces lignes. Le soulagement qu'elles m'apportèrent fut stupéfiant. Je n'étais pas le seul Mann à avoir tué quelqu'un. Le crime commis par mon trisaïeul ne justifiait pas le mien, mais en me donnant sa culpabilité à lire Willie apaisa quelque peu ma conscience.

Le soleil s'était levé à l'est du lac.

Je cachai ma tenue de camouflage au fond de mon placard et remisai le vieil appareil photo Brownie au grenier. Il n'y avait aucune raison de cacher tout ça. Personne ne viendrait fouiller ma chambre en quête d'indices sur la mort de Simpson. Personne ne saurait jamais que c'était un meurtre.

— J'ai tué un Simpson, chuchotai-je dans le silence du petit jour.

Ce n'était pas le genre d'assassinat qui vous laisse la rage au corps après coup. Je ne l'avais ni matraqué, ni battu, ni poignardé, ni noyé, ni électrocuté, ni asphyxié, ni pendu, ni garrotté, et je n'avais recouru à aucune des méthodes que les êtres humains ont conçues pour s'entretuer. Je lui avais fait tellement peur qu'il en avait eu une crise cardiaque. Parfait. C'était parfait.

Il était bientôt six heures et demie du matin. Venant de la ville, retentit la sirène de l'ambulance de Mannville. Je tendis l'oreille. Elle gagna en intensité au fur et à mesure qu'elle approchait, puis changea brusquement de direction tandis qu'elle quittait Mann Road pour gravir la colline. *Pas la peine de vous presser,* songeai-je. *Les médecins ne peuvent plus rien pour son cœur.*

Cela signifiait que la pauvre Annie s'était réveillée et l'avait trouvé. Qu'allait-elle penser ? Se demanderait-elle ce qui lui avait fait peur ? Aurait-elle peur, elle aussi, ou tomberait-elle à genoux, en prenant soin d'éviter la flaque de pisse, dernier cadeau de son père à ce monde, et remercierait-elle Dieu de l'avoir délivrée ? Se demanderait-elle s'il l'avait pénétrée une dernière fois avant son trépas soudain, ou bien saurait-elle que non ?

Non que ça ait la moindre importance, d'ailleurs, songeai-je. Je n'avais aucun moyen de savoir combien de fois cela s'était déjà produit ; mais il en avait suffi d'une pour qu'Annie ne soit plus jamais la même.

9

Mon seizième anniversaire. Je suis démasqué, et Elsie prend le large. L'enterrement de M. Simpson. Grand-Père va mieux.

Ce ne fut que le lendemain, en fin d'après-midi, que je reçus des nouvelles d'Annie. On ne m'avait pas encore annoncé le décès de M. Simpson, et je jouais toujours les innocents, mais j'avais une crampe à la mâchoire tant j'avais grincé des dents toute la nuit, et des cernes sous les yeux. L'inquiétude commençait à se lire sur ma figure. De plus, j'avais fait un nouveau cauchemar pendant la nuit ; un cauchemar vague et sombre. Au réveil, je ne me souvenais de rien sauf de l'impression que j'avais, autrefois, que la maison était pleine de fantômes. Ce n'était rien d'autre que la peur de la mort et le désespoir qui l'accompagnait.

J'allai travailler chez les Gruber en fin de matinée. M. Gruber ne remarqua pas les changements qui s'étaient opérés en moi — mais il ne s'apercevait de rien dès l'instant que cela ne concernait ni le football ni son épicerie. Les Buffalo Bills avaient gagné la veille au soir, et c'était tout ce qui occupait son esprit ; il ne parlait que de Jim Kelly, leur quarterback. Mme Gruber, elle, me lançait des regards acérés tandis qu'elle totalisait des colonnes de chiffres dans son grand livre noir. Je me rendais compte que j'agissais bizarrement — un peu en coupable. Mais je n'y pouvais rien, me semblait-il. Je ne contrôlais ni mes gestes ni mes actions. Plusieurs boîtes de haricots m'échappèrent des mains et tombèrent par terre ; au lieu de les ramasser, je me contentai de les regarder rouler et disparaître sous le comptoir. Mme Gruber referma brusquement son livre de comptes et me lança :

— Viens un peu par ici.

Je la suivis dans l'arrière-boutique, le cœur glacé, tremblant. Quand elle atteignit la porte du fond, elle se retourna vers moi :

— Tu es jeune.

— M'dame ?

— *Trop* jeune. Pour faire certaines choses, en tout cas.

Je ne répondis rien. Trop jeune pour tuer quelqu'un ? Comment le savait-elle ?

— À partir d'aujourd'hui, tu n'iras plus faire les livraisons chez Mlle Elsie Orfenbacher.

Mon Dieu. C'était donc ça. J'avais complètement oublié Elsie. En fait, c'était aujourd'hui que je devais aller chez elle. Pour une « leçon », comme on disait.

— Ce que tu ressens, tu n'y peux rien, poursuivit-elle en se radoucissant. Tu es jeune, et bientôt tu seras assez grand pour faire ce que tu veux. Mais tant que tu travailles ici, tu es sous notre responsabilité. Tu es mineur, après tout. Et il est évident que quelque chose te tracasse. Tu n'es pas toi-même aujourd'hui, Billy. Et ça fait un petit moment déjà.

Je ne dis toujours rien.

— C'est illégal, Billy. Elle pourrait aller en prison pour ça. Nous aussi, on pourrait avoir des ennuis. Tu es trop jeune pour travailler ici. Tu y as déjà pensé ?

Trop honteux pour la regarder mais soulagé que notre sujet de conversation ne soit que le sexe, et non le meurtre, je secouai mollement la tête. L'idée que les Gruber puissent, à cause de moi, avoir des ennuis avec la justice ne m'avait jamais effleuré l'esprit.

— Je ne le raconterai à personne, ne t'inquiète pas, reprit Mme Gruber. Et je lui ai déjà téléphoné pour lui dire de s'approvisionner ailleurs, pour que tu n'aies pas à le lui dire toi-même.

— Vous avez fait *ça* ?

— Oui, bien sûr.

Sa bouche pincée en une moue vertueuse formait un pli fin et sombre comme ses rides. *Les Gruber deviennent vieux, pensai-je. En fait, ils sont vieux.*

— Il y a des choses qui ne me regardent pas, dit-elle, et d'autres sur lesquelles je ne peux pas fermer les yeux. Et ça, c'est une des choses auxquelles je ne peux pas ne pas réagir. Tu es sous notre responsabilité tant que tu es ici. Alors, ça doit cesser. C'est clair ?

— Oui, m'dame.

— Tu n'es pas amoureux d'elle, j'espère ?

Je réfléchis à la question. Je ne m'étais jamais demandé si j'étais amoureux d'Elsie ; jamais nous n'avions abordé ce sujet dans nos conversations ; elle se plaignait de tout et de tous, et je l'écoutais en hochant la tête.

— Non, m'dame. Je crois pas.

— Tant mieux.

Alors, ça ne devrait pas être si difficile de ne plus la revoir. Ce que tu fais de tes soirées, ça ne regarde que toi, bien sûr. Tu as bientôt seize ans. Mais pendant les heures de travail, tu gardes tes distances avec elle.

— Oui, m'dame.

Elle me jaugea d'un air soupçonneux :

— Tu me sembles prendre ça très bien.

Je haussai les épaules. *J'ai d'autres préoccupations*, songeai-je.

— J'ai élevé trois garçons, reprit-elle. Tous des cavaleurs. Je ne suis pas du genre à faire semblant de ne pas voir ce qui se passe. Je ne suis pas prude, contrairement à la plupart des gens ; et je ne regarde pas Elsie de haut, comme la plupart de ces dames. Une femme doit trouver sa voie en ce monde et, parfois, ce n'est pas facile avec les hommes qui tiennent les rênes de ce fichu endroit. Mais, pour moi, on va trop loin quand on mène en bateau un jeune garçon comme toi. Il faut que les jeunes fassent leurs expériences, soit, mais ils doivent être prudents... et ne fréquenter que des gens de leur âge, pas des femmes mûres qui devraient avoir plus de jugeote qu'eux.

— Oui, m'dame.

— Qu'est-ce que tu lui apportais, de toute façon ?

— Hein ?

— Pourquoi elle a fait ça ? Ne me dis pas qu'il a suffi que tu entres chez elle pour la séduire. Pas toi. Je ne le croirais pas.

C'était vexant, mais je ne relevai pas.

— Des provisions gratuites, dis-je.

— Quoi ?

— C'est moi qui lui payais ses courses.

— Avec ton argent ?

— Oui, m'dame.

— Pourquoi ?

— Elle est toujours fauchée.

— La garce ! Et quand elle va dans les bars tous les soirs, elle est fauchée ?

— Je ne suis pas au courant de ça, madame Gruber.

C'était la stricte vérité. L'autre vie d'Elsie, les quatre-vingt-dix-neuf pour cent dont je ne faisais pas partie, demeurait un mystère pour moi. Je n'y pensais même jamais. Le fait qu'elle sortait seule me déconcerta. Je pris conscience que je ne l'avais jamais vue en dehors de chez elle. Peut-être était-elle un oiseau nocturne, comme un hibou, qui sortait s'amuser bien après mon retour à la maison.

— Elle s'est servie de toi, dit Mme Gruber.

Bah, moi aussi, je me suis servi d'elle, eus-je envie de dire. C'était un marché équitable, en gros, chacun utilisant l'autre selon son besoin et, de mon point de vue, je n'étais pas le plus à plaindre. Mme Gruber avait eu des enfants et un mari, certes, mais elle ne savait pas pour autant ce que c'était que d'être un homme, notamment un adolescent. Le sexe est le plus grand trophée qui soit, et c'est plus qu'un trophée — en fait, je ne m'étais jamais vanté auprès de quiconque de mes frasques avec Elsie. Le sexe n'était pas une victoire pour moi, mais un passeport, un avant-goût du monde des adultes, ce monde auquel j'aspirais tellement que j'aurais volontiers payé deux fois le prix d'entrée. Je doutais qu'il existât une femme au courant de ce que ressentaient les garçons de mon âge — pas même Elsie, alors qu'elle y mettait du sien. Il n'empêche, je n'étais pas bête au point de me risquer à formuler autre chose que la réponse la plus prudente :

— Oui, m'dame.

— Elle vaut à peine mieux qu'une prostituée, Billy.

— Oh, attendez, là, madame Gruber...

— Ne t'avise pas de me contredire, jeune homme. Je ne le tolérerai pas. Tu vas tout de suite aller te faire examiner par le Dr Connor. Tu as peut-être attrapé quelque chose avec elle. Elle va avec n'importe qui. Tu le savais, hein ?

Vaguement. C'était une chose à laquelle je préférais ne pas penser. J'opinai.

— Si tu avais tes parents, tu saurais tout ça. Si seulement tu avais une mère ! Ou un père, au moins.

— Grand-Père fait du bon boulot.

— Je sais bien qu'il fait de son mieux. Mais un enfant a besoin de ses deux parents. Un seul, ça ne va pas. C'est trop de travail, voilà tout.

Surtout quand on est soûl du matin au soir, songeai-je. Mais je ne pouvais me résoudre à le dire. À personne.

Je pris la direction de ma maison, le cœur gros. Rien ne m'obligeait à ne plus voir Elsie, bien sûr. Mme Gruber avait même dit que ce que je faisais pendant mon temps libre ne la regardait pas. Mais ça durait depuis plus d'un an, maintenant, et j'avais dépensé près de mille dollars pour les provisions d'Elsie. Je voulais récupérer mon argent. Je me doutais que ce serait peine perdue, mais je voulais tout de même essayer. Je l'avais gagné, cet argent. Mme Gruber avait téléphoné à Elsie et avait dû lui dire ses quatre vérités. Mme Gruber était un petit bout de femme à la voix haut perchée, assez gentille avec moi, mais je l'avais entendue passer un savon à son mari une fois ou deux, et ça n'avait pas été joli joli. M. Gruber était un homme bien charpenté, toujours souriant qui, semblait-il, pensait qu'il était du devoir de son épouse de le mettre au pas deux ou trois fois par an. Et, pour ça, elle n'attendait pas qu'ils soient en tête à tête. Elle était capable de lui dire des choses qui faisaient rougir les gens jusqu'aux oreilles. Je savais beaucoup de choses sur les Gruber, que j'aurais préféré ne pas apprendre de cette manière — comme bon nombre de Mannvilliens qui s'étaient trouvés au magasin au mauvais moment. Aussi imaginais-je très bien comment sa conversation avec Elsie — à supposer qu'on puisse parler de conversation — avait dû se dérouler.

Soudain, ma tristesse s'évapora. Je changeai d'avis et pris la direction de chez Elsie. J'étais assez jeune pour être reconnaissant à Mme Gruber d'avoir voulu régler le gros du problème pour moi, mais assez âgé pour penser que, peut-être, je pouvais voir Elsie sous un autre jour. En fait, c'était gênant qu'une femme d'un certain âge décroche son téléphone et rompe à ma place — si tant est que rompre soit un terme approprié, car Elsie n'avait jamais prétendu être amoureuse de moi, ni moi d'elle.

Je vis, garée devant chez elle, une voiture qui me disait vaguement quelque chose. On était un mercredi. C'était mon jour. Était-elle au courant ? Avait-elle déjà quelqu'un de nouveau ? Je fis le tour de la maison et ouvris la porte de la cuisine. Elsie se tenait assise à la table, au côté d'un mystérieux inconnu au crâne rasé. Alors, je me souvins où j'avais vu cette voiture. C'était la Corvette rouge de David Weismueller, le Trouïaeu de ma préadolescence. Et David Weismueller était là, devant moi, les cheveux en moins, trois ans après le lycée, revenu chez lui en permission.

— S'lut, Weismueller, lui dis-je.

— Salut, Mann ! fit-il.

Depuis notre bagarre, nos rapports avaient changé du tout au tout. Il ne voulait plus me tuer ; en fait, il me semblait qu'on avait l'un pour l'autre ce respect que seuls peuvent éprouver ceux qui se sont battus presque à mort. C'est un phénomène curieux chez les garçons : d'instinct, ils peuvent avoir envie de s'entretuer pour des raisons qu'eux-mêmes ne connaissent pas, mais la bagarre les libère de leur agressivité, qui cède la place à une nouvelle sorte de camaraderie. Un jour, nous étions même allés jusqu'à parler football ensemble. J'en étais presque arrivé à le trouver sympathique, de loin.

— Salut, Elsie, dis-je.

— Salut, Billy. Comment va ?

— Plutôt bien.

— Ah ouais ?

— Ouais. Je venais juste te dire un petit bonjour.

— Bon, faut que j'y aille, dit Weismueller

— Repasse me voir, lui dit Elsie.

Weismueller se leva et sortit par la porte de derrière, ses épaules effleurant les miennes quand il passa à côté de moi.

Les rôles s'étaient brusquement inversés : j'étais l'ouvrier saisonnier, et lui, la nouvelle recrue qui allait bientôt commencer sa formation selon la méthode Orfenbacher. Elsie ne perdait jamais de temps.

— Bon, soupira Elsie une fois qu'il fut parti.

— Mme Gruber m'a dit qu'elle t'avait appelée.

— Ouais.

— Et ça a été ?

— Comment ça ?

— Ben... je veux dire : je ne savais pas qu'elle allait faire ça.

— Je m'en étais doutée.

Elle alluma une cigarette et me regarda d'un œil à travers la fumée. Elle me paraissait différente, même si je ne savais pas en quoi. La diatribe de Mme Gruber avait agi sur moi. Le rouge à lèvres d'Elsie était trop brillant ; ses cheveux, trop blonds. Je renonçai à mon idée de lui demander de me rembourser mon argent ; soudain, je ne voulais plus. Peut-être Mme Gruber avait-elle raison à son sujet. Jamais je n'aurais jugé qu'Elsie était une prostituée, mais notre relation prenait tout à coup un air de transaction commerciale arrivée à échéance.

— Je crois qu'il vaudrait mieux que je ne vienne plus, dis-je.

— D'accord.

J'avais l'impression de l'ennuyer.

— Du moment que tu comprends, repris-je.

— Que je comprends quoi ?

— Sans rancune, je veux dire.

Elsie poussa un soupir sifflant :

— Sans rancune. Ouais. C'est pas grave.

— Merci pour tout.

Elle rit. Je n'avais jamais aimé son rire. Un rire éclatant, métallique ; le rire gras d'une fumeuse, destiné à dominer le cliquètement des verres et le bourdonnement des conversations dans les bars, de telle sorte que tout le monde l'entende et sache à quel point elle s'amuse.

— T'es un gentil garçon, me dit-elle en se radoucissant. Tu n'es pas comme la plupart des types.

— Merci, répondis-je tout en n'ayant pas la moindre idée de ce qu'elle voulait dire.

— Je croyais que tu nous avais dénoncés.

— Tss, tss. Elle l'a deviné.

— Bah. J'aurais dû m'en douter.

— Je ne suis pas le genre de mec qui va tout raconter à tout le monde. Je n'ai jamais rien dit sur nous.

— Je t'en suis reconnaissante, petit. Enfin, ça ne fait pas de différence.

— Pourquoi ?

— Tu es sans doute le seul qui ne raconte rien. Tous

les autres se gênent pas. Pour ce que j'en ai à faire, de toute façon ! Je m'amuse, alors !

— Bien sûr, dis-je.

Les autres, songeai-je.

— Et merde, dit-elle. Dommage que tu ne sois pas plus vieux. Oh, non... dommage que je ne sois pas plus jeune. T'es une affaire. On n'en rencontre pas souvent, des comme toi.

— Des comme toi non plus, dis-je sans en penser un mot.

Mais, à ce compliment, la blonde décolorée qu'elle était s'illumina comme un phare.

— T'as envie d'une dernière fois pour la route ? me demanda-t-elle.

Je scrutai son visage : son maquillage trop prononcé autour de ses yeux, ses cheveux fourchus comme de la vieille corde, ses rides qui devenaient plus profondes et plus sombres quand elle tirait sur sa cigarette.

— J'peux pas, lui dis-je. Faut que je rentre.

Je faisais tout mon possible pour que mon tout nouveau dégoût ne transparaisse pas dans ma voix, mais elle se rembrunit et me regarda d'un air blessé. Elle l'avait tout de même détecté :

— Je suppose que t'es fatigué de moi.

— Ce n'est pas ça.

— Mais si, bien sûr.

— Allez, laisse tomber. Ce n'est pas ça.

— C'est pas grave, dit-elle.

Et, de nouveau, cet air d'ennui sur son visage. C'était un mur, une protection qu'elle voulait me voir attaquer. Mais ça ne m'intéressait plus.

— On oublie ce que tu me dois pour les courses, dis-je. Je t'en fais cadeau.

— Merci.

Je me détournai pour partir.

— Hé ! fit-elle.

Je pivotai sur mes talons.

— C'est vrai que vous n'êtes plus milliardaires ?

— Bon sang ! Je crois bien que tu es la seule personne à croire qu'on l'est toujours.

— Qu'est-ce que vous avez fait de tout cet argent ?

— Pourquoi ?

— Simple curiosité.

— Ce sont les autruches qui ont tout bouffé, expliquai-je. Et après, elles se sont fait la belle.

— Les autruches ? Quelles autruches ?

— Tu ne connais pas cette histoire ?

— Non.

Je me souvins alors qu'Elsie n'était pas de Mannville, mais de Springville. Je fus soulagé de découvrir que le bruit de notre infamie ne s'était pas répandu jusque-là.

— C'est vrai, lui dis-je. Demande à n'importe qui.

— Ah, d'accord.

— Ouais.

— Bon.

— Salut, Elsie.

J'avais refermé la porte du fond derrière moi avant de pouvoir entendre sa réponse.

En descendant Frederic Avenue, j'aperçus Madison. Assis dans sa voiture de police, à l'arrêt, il regardait droit devant lui. Un frisson me parcourut. J'avais oublié que j'étais un assassin, mais, en le voyant, je me souvins de tout. Je me forçai à lui adresser un signe de la main.

— Salut, Billy.

— B'jour, m'sieur l'agent.

Il me sourit. On l'appelait rarement ainsi.

— Quoi de neuf ? fis-je.
— Oh, pour du nouveau, il y a du nouveau.
— Ah ouais ?
— Jack Simpson est mort, dit-il d'un air grave.
— Non !

C'était la première fois que je disais le texte que j'avais si minutieusement préparé. J'espérais de toute mon âme que ça n'allait pas sonner faux.

— Eh si !
— Qu'est-ce qui s'est passé ?

Pas trop mélo, me dis-je, me rappelant à la prudence.

— Beeeennnn, dit Madison en traînant sur la syllabe, on dit que c'est une crise cardiaque.
— Wouah ! C'est pas possible !
— Tu es copain avec Annie Simpson, non ?
— Ouais.
— Et tu n'étais pas au courant ?
— Non.
— Tu l'as vue récemment ?

Je réfléchis très vite. Voilà une question à laquelle je devais pouvoir répondre sans mentir tout à fait. Je l'avais aperçue inconsciente sur son lit, bien sûr, sa chemise de nuit remontée jusqu'à la taille, mais nous ne nous étions pas parlé, et elle ne s'était pas rendu compte de ma présence. Avant cela, je ne l'avais pas vue depuis plusieurs jours.

— Non, dis-je. Pas depuis un moment.
— Depuis combien de temps ?
— Huit ou dix jours.
— Elle ne t'a pas appelé ?
— Non, m'sieur. On ne se téléphone jamais. Il ne le permettait pas.

Madison hocha la tête. Il n'avait pas besoin de

demander qui était ce « il » ; le caractère et les habitudes de M. Simpson étaient bien connus.

— C'est elle qui nous a prévenus par téléphone. Mais quand on est arrivés là-haut, elle n'était plus là.

— C'est plutôt bizarre ça.

— Et personne ne l'a vue.

— Ah...

— Tu es sûr que tu ne l'as pas vue ?

— Ouais, j'en suis sûr.

— Si je te demande ça, c'est qu'on l'a trouvé dans des *circonstances* sacrément *particulières.*

— Comment ça ?

— Ah, je ne peux révéler aucun détail sur l'enquête en cours, dit-il d'un air pompeux.

Madison avait un vocabulaire spécial lorsqu'il parlait des affaires criminelles ; il employait le genre de mots qu'on entendait dans les séries policières. Je le soupçonnais d'avoir suivi le gros de sa formation devant la télévision.

— Mais laisse-moi te demander une chose, reprit-il. T'as pas vu quelqu'un errer dans les bois, là-bas, autour de chez toi, hier matin ?

— Non, répondis-je en espérant que la terreur que je ressentais tout à coup ne transparaissait pas dans ma voix. À quelle heure ?

— Tôt. À quelle heure tu t'es levé hier ?

— Vers dix heures, mentis-je. Je crois.

— Quelqu'un nous a déclaré avoir vu un individu suspect. Habillé de noir. Qui rôdait dans les bois.

— Wouah !

— Tu n'as vu personne ressemblant à ça ?

— Non, m'sieur.

— Bah, je suppose que c'était un peu tôt pour toi. Et

ça ressemble bien à une crise cardiaque. Pas de trace de violence. Mais, tu sais, avec tous les poisons qu'on fait de nos jours... Qui ne laissent aucune trace. On les tire avec une sarbacane, et ça ne laisse aucune trace sur le corps. Et on croit à la crise cardiaque.

— Ah oui ?

J'avais entendu parler de ces poisons, mais je n'avais certes pas l'intention de le lui dire. Vu l'imagination débridée de Madison, ce serait pour lui l'équivalent d'un aveu.

— Le gouvernement les utilise sans arrêt. Des trucs pour étouffer des affaires. Pour les gens qui en savent trop.

— À la sarbacane ?

— Oh, ça, c'est juste une petite théorie perso, rétorqua Madison. J'ai pas de preuve. Pas encore. Mais ne dis rien de tout ça à personne, d'accord, Billy ? Je ne tiens pas à ce que le coupe sache que je suis au courant.

— Le « coupe » ?

— Le coupable. C'est du jargon policier.

— Je ne dirai rien.

— Tu connais quelqu'un qui a une sarbacane ?

J'étais de nouveau plus détendu. Madison était connu pour ses théories du complot, et plus il les tournait et retournait dans sa petite tête pleine de lassitude, plus elles prenaient de l'ampleur. Tant que Madison mènerait l'enquête, je ne risquais rien.

— Non, m'sieur, dis-je. J'ai jamais vu personne avec une sarbacane.

— Et tu ne sais pas où est la petite Simpson ?

— Non, m'sieur.

— Ben, quand tu la verras, si tu la vois, dis-lui qu'il faut qu'on lui parle.

J'étais vraiment inquiet de savoir où Annie pouvait se trouver.

— Je n'y manquerai pas, promis-je.

— Tu veux que je te dépose chez toi ?

— Non. J'aime bien marcher. Pour l'exercice.

— Dis bonjour à ton grand-père de ma part, alors.

— Oui m'sieur.

Je poursuivis mon chemin, commençant à rassembler mes idées ; les pensées se bousculaient dans ma tête. Il allait falloir que je retourne au lycée de façon que tout paraisse normal. Tôt ou tard, on se rendrait compte que j'avais séché les cours ; tout à coup, je n'avais plus envie de me faire remarquer.

En s'éveillant, Annie avait tout de suite dû comprendre ce qui s'était passé quand son père s'était effondré. Elle avait dû deviner que son cœur avait lâché pendant qu'il la violait une fois de plus. Elle n'avait pu faire autrement que de le voir nu, gisant dans sa pisse sur le sol de sa chambre. Avait-elle crié ? Combien de temps s'était-il écoulé avant qu'elle sorte de sa torpeur médicamenteuse ? Combien de temps était-il resté allongé avant qu'elle ne revienne à elle ? Et où donc était-elle ?

— Annie, murmurai-je. Montre-toi.

Comme nous ne pouvions pas nous téléphoner, il nous arrivait de nous envoyer des messages par télépathie, de nous transmettre nos pensées sur nos ondes mentales. Ça avait marché une fois, mais peut-être ne fut-ce qu'une coïncidence ; je l'avais appelée plusieurs fois dans ma tête et, quelques instants plus tard, elle remontait l'allée de chez moi en disant qu'elle m'avait entendu. « Annie Annie Annie. Mais où es-tu donc ? »

Cela marcha une fois encore, mais pas tout à fait de la

même façon. Dans notre boîte aux lettres, je trouvai un mot écrit de sa main ; deux mots, en fait : « MON HÉROS. »

Donc, elle savait.

Mais que savait-elle au juste ?

Je n'en avais pas la moindre idée.

Pendant deux semaines, tout Mannville rechercha Annie. Les habitants organisèrent des battues dans les champs, les bois, les prés, dans l'espoir de découvrir des indices, animés par une volonté commune et tacite de la retrouver. Elle était une Simpson, et les Simpson étaient des Blancs loqueteux mais elle faisait tout de même partie de notre ville. En tout cas, c'était ce que les gens, semblait-il, se disaient. Et on savait — c'était l'autre chose que l'on pensait sans vouloir l'admettre —, on savait tous ce qui s'était passé là-haut. Un courant sous-jacent de culpabilité agitait la ville : le sentiment que tout cela aurait pu être évité si seulement quelqu'un avait eu le courage de parler. Mais la culpabilité, ça peut s'enfouir sous de l'hyperactivité ; aussi le travail ordinaire cessa-t-il à Mannville le temps que tout le monde soulage sa mauvaise conscience en marchant en rangs serrés à travers bois et champs, portant des gilets jaunes sur lesquels on lisait « VOLONTAIRE » et appelant Annie à tue-tête.

Je participai à plus de battues que tous les autres, mais c'était surtout pour la galerie. Je savais bien que ce remue-ménage était inutile ; du cirque. Annie demeurerait introuvable. On ne découvrit aucune preuve qu'elle ait été enlevée ou assassinée ou qu'il lui soit arrivé quelque chose de grave. Une conclusion s'imposait : elle en avait tout simplement eu ras-le-bol de Mannville, de ses habitants et des souvenirs qui, pour elle, y étaient rattachés, et elle avait décidé de tenter sa chance ailleurs.

Je fus interrogé officiellement une fois par Madison, et une centaine de fois officieusement par tous les autres. Durant ces entretiens, je faisais de mon mieux pour paraître inquiet, voire un chouïa rongé par le remords, comme en proie à un examen de conscience destiné à me rappeler ce que j'avais bien pu faire qui lui aurait donné envie de partir. C'était une comédie ; et tout le monde, chacun à sa façon, en jouait une. Je savais parfaitement qu'Annie était saine et sauve. Je pensais même savoir où elle était, mais je ne comptais le dire à personne — pas plus que je n'avais l'intention de montrer le mot qu'elle m'avait laissé. Je l'avais mangé. Tout de suite, devant ma boîte aux lettres.

À ma grande surprise, il y eut beaucoup de monde à l'enterrement de M. Simpson. Apparemment, Madison n'était pas le seul à juger sa mort suspecte. Le bruit courait que M. Simpson avait été retrouvé nu dans la chambre de sa fille, rien que ça. Ces circonstances, associées à la disparition d'Annie, furent la source de commérages la plus inépuisable que Mannville eût connue depuis le fiasco des autruches. Personne ne voulait rater le dernier acte de cette existence scandaleuse, au cas où une révélation spectaculaire surgirait au tomber de rideau. Mannville fut soudain peuplé de détectives amateurs. Les gens comparaient leurs théories, rassemblaient des indices et en arrivaient à des conclusions si farfelues qu'elles n'étaient que des points flous à l'horizon de la crédibilité. Dans l'une de ces différentes versions, M. Simpson avait surpris des extra terrestres au moment où ils enlevaient sa fille, et ils l'avaient zigouillé avec leurs Rayons de la Mort. La silhouette vêtue de noir aperçue dans les bois — moi, évidemment — était l'une de ces créatures venues d'une autre planète. Cette théorie fut confirmée par un rapport signalant un OVNI à Érié, à une heure et demie à l'ouest de Mannville, dans la nuit précédant la découverte du corps de Simpson.

Grand-Père et moi allâmes à l'enterrement dans la vieille Galaxie. J'avais réussi à le sortir suffisamment de sa léthargie pour lui faire comprendre que Jack Simpson était mort ; curieusement, cette nouvelle parut le dessoûler. Il se redressa dans son rocking-chair, conscient et éveillé, le menton dans la main, l'air pensif.

— Comment il est mort, tu dis ? me demanda-t-il en formant ses mots lentement, avec effort.

— D'une crise cardiaque.

— Hum.

Je crois bien que nous n'avions pas eu de conversation aussi longue depuis plusieurs années.

Pour l'enterrement de Jack Simpson, Grand-Père avait enfilé le costume qu'il avait porté pour l'enterrement de sa mère, alors qu'il était jeune ; en tout cas, c'est ce qu'il prétendait. Il disait qu'il avait conservé la ligne grâce au whisky qui le bouffait de l'intérieur, que c'était pour ça qu'il pouvait encore entrer dans son vieux costume. Pourtant, il ne but pas de whisky ce matin-là tandis que nous nous préparions. Le costume, qui avait plus de quarante ans, était taché, lustré, et Grand-Père, totalement à jeun pour la première fois depuis des années, se tenait au garde-à-vous dans le cimetière de l'église comme s'il avait porté un uniforme militaire brodé d'or, ignorant les regards qui se posaient sur nous.

Et pour nous regarder, tout le monde nous regardait ! Il faut dire que c'était la première fois que les gens nous voyaient ensemble. Ils avaient l'habitude de me voir seul, bien sûr, portant des provisions sous le bras — ou, parfois, sur la Bicyclette Maudite des Gruber ; mais Grand-Père n'avait plus quitté la maison depuis au moins cinq ou six ans. Quelques personnes âgées l'observaient du coin de l'œil, l'air de dire « *Eh ben* » ou « *Mon Dieu, il est toujours vivant ?* » et je voyais qu'elles avaient complètement oublié son existence.

— Pourquoi tu y vas ? lui demandai-je tandis que nous nous préparions. Je croyais que tu le détestais.

— Je ne déteste personne, me répondit Grand-Père en guise d'explication. C'est juste que... bah, ce n'est pas bien de dire du mal des morts. C'est... c'est un devoir.

Petit à petit, il reprenait conscience du monde qui l'entourait. Peut-être la mort de son vieil ennemi lui avait-elle rappelé que lui-même était toujours vivant ; qu'il avait l'impression d'avoir remporté un concours, en quelque sorte. J'étais immensément soulagé.

— Comment ça, un « devoir » ?

Au lieu de me répondre, Grand-Père marmonna dans sa barbe. Dans ces cas-là, je savais qu'il valait mieux ne pas insister. Je n'étais que trop heureux qu'il soit vivant. Je le pris de court en passant mes bras autour de sa frêle carcasse et en le serrant très fort. Il se raidit et posa instinctivement une main sur mon épaule comme pour repousser une agression. Mais au bout d'un moment, il parut se rappeler que j'étais son petit-fils, et, me prenant par le cou, il m'attira contre lui.

— Fort comme un bœuf, dit-il. Comme ton père.

Apparemment, tout le monde avait oublié Frederic. Il n'était pas à l'enterrement — comme je m'y attendais —, mais je me demandais si quelqu'un l'avait trouvé, couché dans la chambre du fond, pendant qu'on emportait le cadavre de son père. J'espérais qu'il n'était pas encore là-bas, respirant péniblement, et attendant que quelqu'un vienne le chercher. En fait, il n'y avait aucun membre de la famille Simpson à l'enterrement. Annie avait disparu, Frederic était ce qu'il était, et leurs mystérieuses sœurs, que je n'avais jamais rencontrées, s'étaient esquivées au fil des années jusqu'à ne laisser que trois survivants : une Annie détruite, leur père démoniaque, et leur frère dans un état végétatif — trinité maudite et pathologique.

Grand-Père et moi nous tenions à la lisière du groupe, écoutant le prêtre psalmodier ses prières rituelles au-dessus du cercueil de Jack Simpson. Rien d'extraordinaire ne se produisit, contrairement à ce que les gens espéraient : pas d'apparition soudaine d'Annie, pas de coups de tonnerre, pas de soucoupe volante. Quand tout fut terminé et que Jack Simpson reposa en terre, nous retournâmes vers la Galaxie, et Grand-Père me dit, au moment où je sortais du parking de l'église :

— Jack Simpson est mort d'avoir trop bu, hein ?

Je frissonnai en revoyant sa cicatrice en fermeture Éclair.

— Ouais, dis-je. Plus ou moins.

— Et je prends le même chemin.

Je fus très surpris de l'entendre dire ça. Grand-Père ne se laissait que très rarement aller à des considérations de ce genre. Il savait qu'il buvait ; tout le monde le savait, et c'était ainsi. Les conséquences d'une vie de beuverie perpétuelle n'étaient un secret pour personne. On finissait comme Jack Simpson, tué par le cœur qu'on n'avait pas respecté. Mais c'était la première fois qu'il l'admettait.

— Oui, y a des chances, dis-je.

On roula en silence.

— Tu connaissais bien Jack Simpson ? lui demandai-je au bout d'un moment. Je veux dire : vous étiez amis, avant ?

Grand-Père poussa un soupir dédaigneux.

— Non, dit-il.

— Alors, de quoi tu parlais avec cette histoire de « devoir » ?

Il s'accorda le temps de la réflexion.

— On n'a jamais été des amis, dit-il enfin, mais on se connaissait. Il était plus jeune que moi de quelques années, pas de beaucoup. Une classe après moi à l'école. Nos garçons ont grandi ensemble. Eddie et Frederic. Je te l'ai déjà dit.

— Ouais. Je me rappelle.

— Freddie venait souvent dormir à la maison. Quand ça bardait chez lui. Simpson les battait, ses sœurs et lui, quand il était soûl. Jusqu'au moment où il a volé la voiture, il venait quand il en avait envie. Il entrait sans frapper. Il savait qu'il était toujours le bienvenu. Il avait même sa chambre, juste à côté de celle d'Eddie. Mais après qu'il a eu ces ennuis avec la police, et que son vieux l'a tabassé pour ça, il est parti. Il s'est engagé dans l'armée. Puis il a été blessé.

— Tu sais ce qui lui est arrivé ?

— Une mine, à ce qu'on dit.

— À ce qu'on dit ?

— Ou peut-être une grenade. Je ne sais plus. Simpson a toujours été méchant, dit Grand-Père, revenant à son frère ennemi. Il torturait des garçons plus petits que lui. Je me souviens m'être bagarré avec lui plus d'une fois. Je ne l'ai jamais aimé. Il s'est attiré de gros ennuis au lycée. C'était une famille à problèmes, déjà, à l'époque. Ça l'a toujours été. Il s'est mis à boire très tôt aussi. (Il se tut, puis ajouta :) Comme moi. (Et après un autre long silence :) Quand on y pense, mon garçon, il n'y a jamais eu beaucoup de différence entre Jack Simpson et moi, à part que je n'ai jamais tapé mon gosse. On est tous les deux des vieux poivrots, des bons à rien.

— Ne dis pas ça. Il n'y a aucun rapport entre vous deux.

— Je sais de quoi je parle. J'ai du recul, pas toi. Tu penses que c'est trop tard pour que j'arrête ?

— Si je pense... ? Non. Pas encore.

— Peut-être que oui.

— Tu pourrais si tu le voulais.

Je lui lançai un coup d'œil à la dérobée. Il regardait par la vitre.

— Bon, d'accord, dit-il. Quand on arrivera, je veux que tu nettoies toute la maison.

— Hein ?

— Que tu la nettoies. Du haut en bas. Que tu jettes toutes les bouteilles que tu trouveras.

— Que je jette les bouteilles ?

— J'arrête. Je vais me faire hospitaliser pendant un petit moment. Quand je reviendrai, je ne veux trouver aucune tentation à droite ou à gauche. Tu veux bien faire ça pour moi ?

— Je... tu es sérieux ?

— Ben oui, je suis sérieux.

Et, en vérité, il avait dans la voix une détermination que je ne lui avais jamais entendue.

— Ouais. Oui, je vais le faire. Bien sûr que je vais le faire... De voir Jack Simpson parti rendre des comptes à Dieu sans même avoir pu s'amender, ça m'a fait réfléchir.

J'ai des choses à régler avant de mourir. Et il est possible que je n'aie plus beaucoup de temps devant moi. L'alcool me sort par les pores. Le sevrage va peut-être me tuer, mais ça vaudra toujours mieux que de continuer à vivre comme ça. Et puis je te dois des excuses.

Je restai sans voix. J'avais des larmes plein les yeux.

— On ne peut pas dire que j'aie été un bon père pour toi, dit Grand-Père avec des larmes de regret. Ça fait quarante ans que je suis soûl. J'ai bien vu comment on me regardait là-bas.

— Qu'est-ce que ça peut faire, comment on te regardait ? Tu as toujours dit que ça n'avait pas d'importance !

— Eh si !

Grand-Père porta le poing à ses lèvres. Il avait la gorge nouée. Au bout d'un moment, il se ressaisit.

— Si, ça a de l'importance, et j'en ai marre. J'en ai assez de vivre comme un vieux père fouettard. Tout le monde me prend pour un fêlé.

— Mais non. Un excentrique, c'est tout.

Il poussa un soupir :

— Ils n'ont pas tout à fait tort. Mais écoute. Il s'est passé quelque chose de bizarre quand on était au cimetière.

— Quoi ?

— Ne ris pas.

— Non.

— J'ai quitté mon corps.

— Hein ?

— Je suis sorti de moi-même. Je me voyais debout où j'étais, à côté de toi — Dieu, ce que tu as grandi ! — et, pour la première fois depuis je ne sais combien de temps, je me suis vu comme les autres me voient… et ce n'était pas joli, acheva-t-il en laissant retomber son poing sur ses genoux. J'ai le nez rouge, les yeux gonflés en permanence. J'ai l'air de ce que je suis. Un poivrot. Et j'entendais ce que les gens pensaient.

— Ce qu'ils pensaient ?

— De moi. Pas tout, juste ce qu'ils pensaient de moi. Et ils pensaient : « Encore en vie, ce vieux poivrot ? »

Je ne lui dis pas que, moi aussi, j'avais lu ces pensées-là dans leurs têtes. J'avais déjà assez la frousse comme ça.

— Ben, ouais, je le suis ! rugit-il en flanquant un coup de poing sur le tableau de bord. Moi, mort ? C'est pas demain la veille, nom de Dieu ! Et j'ai gâché assez d'années à traîner mes guêtres en m'apitoyant sur mon sort. Il est temps que ça cesse ! Alors, nettoie à fond, mon garçon. Nettoie à fond cette foutue maison. Sans vouloir te commander. Je le ferais bien moi-même, mais je ne crois pas que j'en aie la force. Si je ramasse une bouteille, je serais fichu de ne pas la reposer.

— D'accord, dis-je.

Et cette simple réponse marqua le début de la rédemption de Thomas Mann Junior.

Il resta assis dans son rocking-chair pendant le reste de la journée. Je téléphonai à l'hôpital et leur annonçai qu'il viendrait le lendemain.

— Ils te préparent une chambre, lui dis-je. Tu veux que je commence à nettoyer maintenant ?

— Ne me laisse pas seul ici.

Alors je m'assis à côté de lui, sur le canapé, et le vis tendre la main vers l'endroit où son verre se trouvait d'habitude. Au bout d'une heure, il tendit le bras devant lui.

— Regarde ça, dit-il. (Sa main tremblait.) Je suis aussi nerveux qu'un chat à longue queue, lâché dans une pièce pleine de rocking-chairs. Je ferais mieux de boire un coup.

— Non.

— Rien qu'un, Billy. Juste pour m'arrêter de trembler.

— Pas un seul.

— Un petit.

— Non.

— D'accord, bon sang, soupira-t-il. Tu veux bien me préparer quelque chose à manger ?

— Bien sûr.

J'allai à la cuisine et sortis tous les ingrédients pour nous régaler d'un sandwich à la saucisse grillée. Quand je passai la tête par l'embrasure de la porte pour vérifier ce qu'il fabriquait, je le vis fourrer une petite bouteille sous les coussins du canapé et s'essuyer la bouche.

— Hé ! fis-je.

Il sursauta. J'allai récupérer la bouteille. C'était une flasque en argent.

— Qu'est-ce que c'est que ça ?

— Regarde, dit-il en tendant de nouveau le bras.

Sa main ne tremblait plus.

— Je m'en fiche, répliquai-je. Il faut que tu domines ces tremblements sans faire de concessions.

— Ne la jette pas, me supplia-t-il d'un air coupable. C'est un héritage.

Je vidai le whisky dans l'évier et rinçai la flasque. Ensuite, je refusai de le laisser seul dans la pièce. On mangea, les assiettes en équilibre sur les genoux, et je ne le quittai pas des yeux tandis qu'il regardait par terre. Après le repas, au bout d'un moment, il se remit à trembler, mais il ne redemanda pas à boire.

On monta se coucher tôt. Je fouillai sa chambre avant de le laisser dormir pour la nuit. Je trouvai une bouteille dans le placard et une autre sous le lit. Avant de me coucher, je m'assurai que les portes de nos chambres respectives étaient restées ouvertes, de façon à l'entendre. Une fois allongé, je tendis l'oreille, à l'affût d'un froissement de drap ou d'un bruit de bouteille qu'on débouche. La maison était toujours pleine de whisky — je n'avais pas voulu le laisser seul assez longtemps pour commencer à jeter toutes les bouteilles qu'il avait dû planquer ici et là. Je regardai le plafond et me laissai porter par des pensées décousues.

Peu après minuit, je fus réveillé par des cris. Inquiet, pensant qu'on était peut-être en train de nous cambrioler, je fonçai dans la chambre de Grand-Père et allumai la lumière. Je le trouvai assis dans le coin de la pièce, en sous-vêtements, se frottant frénétiquement les bras.

— Grand-Père ! Qu'est-ce que tu fabriques ?

— Nom de Dieu ! cria-t-il. Aide-moi à m'en débarrasser !

Je regardai ; il n'y avait rien sur lui, et pourtant il continuait à se frotter, en proie à la panique.

— Il n'y a rien, lui dis-je.

— Et ces serpents ? cria-t-il. La chambre en est pleine, putain !

Que se passe-t-il maintenant ? me demandai-je.

— Il n'y a aucun serpent ici, Grand-Père, lui dis-je.

Par acquit de conscience, je regardai sous le lit. En fait de serpents, j'aperçus des moutons. Mais Grand-Père continuait de hurler. De grosses larmes, des larmes de petit garçon, roulaient sur ses joues.

— Regarde, dis-je en lui prenant la main. Regarde-moi. Regarde mes mains.

— Arrête, sanglota-t-il. Ils vont te mordre.

— Tu vois mes mains ? Il n'y a pas de serpents dessus, hein ?

— Si, il y en a, si, il y en a !

— Il n'y a pas de serpents ici !

Je commençais à avoir peur. Je m'assis à côté de lui et lui passai un bras autour des épaules. Je ramenai mes genoux sous mon menton — au cas où il y aurait des serpents, après tout. Mais bien sûr, il n'y en avait pas. Et le fait que je le touche parut le calmer ; au bout de quelques instants, il se détendit, même s'il continua à sangloter en hoquetant bruyamment.

— Oh, ces serpents, putain ! Oh, je vois des serpents.

— Qu'ils viennent sur moi, lui dis-je en le serrant plus fort. Je ne les crains pas. Laisse-les venir sur moi. Ils ne t'embêteront plus.

Grand-Père commença à marmonner dans sa barbe. Il se balançait d'avant en arrière, d'arrière en avant.

Il avait le téléphone dans sa chambre. Je décrochai le combiné — grâce à Dieu, la dernière facture avait été payée — et composai le numéro du Dr Connor. Il répondit à la troisième sonnerie.

— Allô, ici le Dr Connor, dit-il d'une voix posée et parfaitement réveillée, même si, j'en étais sûr, il était encore profondément endormi cinq secondes plus tôt.

— C'est Billy Mann. Grand-Père a décidé d'arrêter de boire à partir d'aujourd'hui, et maintenant il voit des serpents partout. Vous pouvez venir ?

Un moment de silence.

— Billy ?

— Ouais ?

— J'arrive, dit-il, et il raccrocha.

Je laissai Grand-Père assis par terre, adossé au mur, et descendis ouvrir la porte d'entrée. Puis je remontai dans la chambre de Grand-Père. Il n'avait pas bougé d'un pouce. Quelques minutes plus tard, j'entendis le vrombissement de la Coccinelle du Dr Connor qui s'engageait dans notre allée. Il franchit la porte et monta directement. Il était toujours en pyjama, et il portait sa sacoche noire.

— Comment ça va, Tom ? demanda-t-il en posant sa sacoche par terre. Salut, Billy.

— Les serpents, dit Grand-Père.

— Ça fait un bail que je ne t'ai vu, Tom, reprit Connor, aussi calmement que s'il le croisait à l'épicerie.

— Ouais.

— Billy m'a dit que tu laissais tomber l'alcool ?

— Oh, bon Dieu ! fit Grand-Père.

Il se frottait les yeux comme s'il essayait de se réveiller.

— Voilà un petit quelque chose qui t'aidera à dormir, dit Connor.

Il me tendit un cachet. J'allai dans la salle de bains chercher un verre d'eau. Quand je revins dans la chambre, Grand-Père était de nouveau au lit, les draps sous le menton.

— Tiens, lui dis-je.

Il avala le cachet avec une gorgée d'eau et posa la tête sur son oreiller.

— Tu vas dormir maintenant, dit Connor.

— Je vais dormir maintenant, répéta Grand-Père, d'une voix déjà pâteuse.

— Demain, tu vas aller à l'hôpital, reprit Connor.

— On a déjà téléphoné, précisai-je.

— Bien. Je passerai te voir quand tu seras là-bas, si tu veux.

Grand-Père acquiesça.

Le Dr Connor me fit signe de le suivre. Au moment

où on allait sortir de la pièce, la voix de Grand-Père résonna dans notre dos :

— Connor !

— Oui, Tom ?

— Ce n'est pas moi qui t'ai crié après ce jour-là, dit-il.

Je compris qu'il faisait allusion à la violente dispute qu'ils avaient eue quand j'étais petit, avant que je commence à aller à l'école. Sa voix n'était plus qu'un murmure quand il ajouta :

— C'était l'alcool.

— Je l'ai toujours su, Tom, lui dit Connor.

— Tu es mon meilleur ami, Connor. Je te demande pardon.

— Ça aussi, je l'ai toujours su, espèce de vieille canaille.

— Tant mieux, alors, dit Grand-Père. Comme ça, c'est dit.

Il s'endormit.

Le Dr Connor me serra la main sur le pas de la porte et remonta dans sa Coccinelle. À une autre heure, nous aurions bavardé, sans doute, mais il était très tard, et les événements qui venaient de se dérouler faisaient déjà partie d'un passé surréaliste et lointain. J'écoutai sa voiture s'éloigner sur la route puis retournai me coucher.

Je dormis une heure ou deux. Je fus réveillé par des coups timides, frappés à ma porte. J'allai ouvrir. Grand-Père se tenait devant moi, dans le costume qu'il avait mis pour l'enterrement, un petite valise posée à ses pieds. Il s'arrangeait pour ne pas me regarder dans les yeux.

— Tu veux bien m'emmener à l'hôpital, maintenant ? s'enquit-il.

J'avais envie de lui demander comment il se sentait, mais quelque chose m'avertit qu'il valait mieux ne pas lui reparler des événements de la nuit. Donc, je m'habillai et l'accompagnai en voiture à l'hôpital central de Mannville, où j'attendis pour son admission. C'était la deuxième fois que je le laissais là — mais, cette fois, pas d'Elsa Wheeler, du comté, pour me traîner chez les Schumacher. Une fois les papiers en règle, Grand-Père et moi nous serrâmes la main solennellement devant le bureau des admissions.

— Je viendrai te voir demain, lui dis-je.

— Pas de visite, indiqua l'infirmière.

— Il peut quand même me téléphoner ? demanda Grand-Père.

Il avait déjà l'air agité ; c'était sa deuxième journée sans alcool, et son regard errait nerveusement sur les murs. *D'autres serpents ?* songeai-je. Je me demandais si je devais mettre l'infirmière au courant de ce qui s'était passé dans la nuit.

— Pas ce soir, dit l'infirmière.

— C'est mon grand-père, dis-je. Je l'appellerai aussi souvent que j'en ai envie.

— Nous avons un règlement, jeune homme, fit-elle. Surtout pour ce genre de situation. (En disant cela, elle fit un signe de tête vers Grand-Père.) Si vous ne pouvez pas le respecter, alors vous devrez aller ailleurs.

— Laisse tomber, dit Grand-Père. Appelle-moi demain.

— Je le ferai.

— Tu seras seul pour ton anniversaire.

— C'est pas grave.

Ça m'était complètement sorti de la tête. J'allais avoir seize ans. Et lui, soixante-quatre.

— Toi aussi, lui dis-je.

— À mon âge, j'en ai plus rien à branler, des anniversaires.

— Les grossièretés ne sont pas admises dans cet hôpital, dit l'infirmière.

— J'espère qu'un jour tu pourras me pardonner tout ça, marmonna Grand-Père.

— Arrête, lui dis-je.

— Bon, d'accord.

On s'embrassa.

Je me détournai, sortis de l'hôpital et me dirigeai vers la Galaxie, qui m'attendait au parking. Puis je fis demi-tour et rentrai dans le hall de l'hôpital. Comme je m'y attendais, Grand-Père avait disparu et l'infirmière était assise, seule, à son bureau.

— Oui ? dit-elle.

— Je voulais vous dire quelque chose.

Elle me regarda, dans l'expectative, les sourcils haussés, le crayon en l'air, comme si elle s'apprêtait à noter mes paroles. Je voulais lui parler des serpents. Je ne savais encore rien du delirium tremens, j'ignorais que voir des serpents, des vers de terre ou des araignées est chose courante chez ceux qui arrêtent de boire après des années d'accoutumance. Je craignais que ce soit une autre manifestation de la malédiction des Mann, comme le cauchemar de Mary Rory. Mais sa façon d'être, son attitude hautaine pinça une corde sensible chez moi. Celle de ma fierté. La fierté des Mann. Je ne pouvais avouer l'une de nos faiblesses à cette femme. Il n'était pas question que j'ajoute aux commérages qui concernaient notre famille. Et je n'aimais pas la façon dont elle avait parlé à Grand-Père. Aussi, je lui dis :

— C'est mon arrière-arrière-grand-père qui a bâti cet hôpital. Autrefois, toute cette foutue ville et tout ce qu'il y a autour à quinze kilomètres à la ronde était à nous. Alors, je vous serais reconnaissant de ne pas l'oublier quand vous vous adresserez à mon grand-père.

L'infirmière en resta bouche bée. Je tournai les talons et sortis.

Une fois arrivé à la maison, je fouillai de fond en comble et ramassai près de soixante-dix bouteilles de whisky. La plupart étaient vides — Grand-Père ne jetait jamais rien — mais certaines, encore pleines. Je les mis dans des cartons et les sortis dans la cour, puis les jetai une par une dans le vieux four en brique à côté des écuries. Chacune explosa avec un *pan !* des plus satisfaisants ; celles qui étaient pleines lançaient de jolies gerbes de poison couleur d'ambre dans les airs. Une fois que j'en eus terminé, j'étalai du papier et du petit bois sur les éclats de verre, arrosai le tout d'essence et fis un beau feu de joie. Il brûla pendant le reste de la journée, et de gros nuages de fumée noire roulèrent sur le ciel de Mannville. Je m'assis dans une chaise longue, au jardin, et contemplai cette flambée, et les serpents, et notre vieille demeure, et, pour la millième fois de ma vie, je songeai à ce que cela signifiait de faire partie de la famille Mann. Il y avait cette chose autour de nous désormais, ces serpents, cette maladie. Je me demandai si les héros chopaient des maladies. Et je me demandai ce que ça ferait de vivre seul.

Or je découvris, sans en être totalement surpris, que j'aimais bien vivre seul. Il m'était plus facile d'écrire en sachant que la maison était vide. Je m'attelai à la tâche. Mes travaux dirigés selon la méthode Orfenbacher étaient terminés, mais la seconde partie de ma formation, ma formation d'écrivain, commençait à peine.

J'avais appris, par le biais de mes lectures, que tous les grands écrivains avaient des habitudes. Ils se levaient à certaines heures et s'imposaient d'écrire tous les jours à des horaires réguliers. Soit ils faisaient en sorte d'être soûls, soit de n'avoir rien bu ; soit d'avoir mangé, soit d'avoir le ventre vide ; soit d'être entourés de plein de bruits, soit d'être plongés dans le silence total. La formule se poursuivait de jour en jour, se ramifiant en un nombre infini de pistes qui semblaient ne mener nulle part. J'avais tenté plusieurs méthodes, mais aucune ne me convenait ; je me rendis compte très vite que ce qui était valable pour les autres ne l'était pas pour moi, et que je devais en inventer une pour moi-même.

Donc, je mettais mon réveil à sonner tous les matins à cinq heures. Je me préparais un pot de café, ouvrais un nouveau paquet de cigarettes, montais le tout dans mon bureau et insérais une nouvelle feuille de papier dans ma machine à écrire. Puis je m'asseyais et regardais par la fenêtre pendant quelques minutes, fumant et sirotant du café. Quand un mot me venait, je le tapais. Les mots me venaient dans le désordre et semblaient n'avoir aucun rapport entre eux. Le plus dur, c'était le premier. Le deuxième avait plus ou moins un lien avec le premier, mais pouvait aussi bien se situer avant ou après, et le troisième trouvait sa place quelque part. Quand j'en avais une vingtaine, espacés comme de lointains cousins, je m'efforçais d'établir un rapport entre eux. En général, c'étaient des noms. Si je considérais que chacun d'eux symbolisait un événement différent dans une histoire qui n'existait pas encore, j'avais assez de matériau pour l'inventer. Je déplaçais les mots et les liais par du texte

— plusieurs pages, parfois. C'était une méthode un peu bâclée mais je ne pus trouver mieux au début, et c'est sans doute à cause de cette manie des substantifs que mes nouvelles qui ont suivi « Willie Mann et la fortune des Rory » n'ont ni queue ni tête. Cependant je ne m'en rendais pas compte, à l'époque. Je n'étais déjà que trop heureux d'écrire, même si c'était douloureux et que je détestais toujours autant ça, un peu comme les athlètes détestent s'entraîner — non pas animés par une colère véritable, mais faisant contre mauvaise fortune bon cœur. J'envisageais de passer aux verbes sous peu.

Pendant les semaines où Grand-Père se désintoxiquait à l'hôpital, j'écrivis quinze nouvelles. Ma solitude, au lieu de m'étouffer comme je l'avais craint, semblait favoriser ma créativité. Et j'attendais une réponse pour « Willie Mann et la fortune des Rory ». J'avais envoyé le texte à une revue que le Dr Connor m'avait aidé à choisir. Il m'avait dit qu'une réponse rapide était bon signe ; aussi, quand, au bout d'un mois seulement, je trouvais une enveloppe à l'en-tête de cette revue dans ma boîte, mon cœur bondit de joie. Elle contenait une lettre type. « *Cher lecteur, nous vous remercions de l'intérêt que vous portez à notre revue...* »

Une lettre de refus. Je montai à l'étage et la glissai dans un de mes cachiers. Je savais que ce ne serait pas la dernière.

J'achetai une moto. Une Kawasaki KZ1000, une ancienne bécane de flic que j'avais dénichée dans le journal un jour. « Réparations diverses », indiquait l'annonce, mais c'était dans mes cordes — outre la tendance paternelle à se jeter des toits et à faire des cascades dans les airs, j'avais hérité des dons de mécanicien de mon grand-père. Je laissai la moto au garage. Après ma séance d'écriture quotidienne — je m'imposais au moins quatre heures chaque matin —, j'allais au garage et réparais la moto. Grand-Père m'aidait par téléphone, lors de nos conversations de fin de journée. Il me disait que les serpents ne venaient plus sur lui, que ses mains ne tremblaient plus, et qu'il s'était fait un ami.

— Il y avait des années que je n'avais plus d'ami, me dit-il. À part Connor.

J'étais content pour lui, mais j'avais d'autres soucis en tête.

— Où est-ce que je peux trouver des joints pour ce carbu ? Les anciens sont tous fendillés.

— Demande à George. Il en aura. Tu sais, on regarde les nouvelles ensemble tous les soirs.

— Qui ? George et toi ?

— Non, avec mon ami.

— Il s'appelle comment ?

— C'est une femme. Elle s'appelle Mildred.

— Tu as une petite amie ?

— Je suis trop vieux pour ces bêtises, répliqua-t-il en pouffant. Mais elle est intelligente, je ne te dis pas ! Elle a un avis sur tout. Tu l'aimerais bien.

— Elle est vieille ?

— À mon âge, on ne se pose pas ce genre de question. On est heureux de ce que la vie nous donne. Qu'est-ce que tu as fait pour ton anniversaire ?

— Je n'y ai plus pensé.

Mon seizième anniversaire était passé sans que je lui adresse le moindre signe de bienvenue.

— Je crois que j'ai juste bossé sur ma bécane, dis-je.

— Je t'apporterai un cadeau quand je rentrerai à la maison.

— Je n'arrive pas à trouver comment redresser le guidon, me plaignis-je.

— Je te montrerai ça.

— Ce sera mon cadeau, alors. Tu rentres quand ?

— Dans dix jours.

— J'ai nettoyé toute la maison.

— Bravo. Je te remercie.

— De rien.

Ce que je voulais lui dire, bien sûr, ce n'était pas « de rien », mais un million d'autres choses : *Pourquoi as-tu attendu si longtemps avant de faire ça ? Qu'aurait été notre vie si tu avais arrêté de boire plus tôt ? Qu'aurait-elle été si tu n'avais jamais commencé ?* Mais je ne savais comment lui dire ces choses-là, et j'étais encore trop jeune pour mesurer les répercussions de la renaissance spirituelle de mon grand-père. Je me concentrais sur de petites choses, avançais à pas de bébé. Tout ce que je voulais, c'est qu'il revienne à la maison pour m'aider à redresser le guidon de ma moto.

Néanmoins, je réussis à le redresser moi-même et, au bout d'une semaine, je pus rouler à moto. Ma vie changea du tout au tout. Je fonçais sur les petites routes du comté d'Érié, parcourant des centaines de kilomètres, à en perdre le souffle, sans casque, seulement tributaire des limites de mon endurance. Faire de la moto, c'est éprouvant physiquement ; parfois, il faut se cramponner si on tient à la vie, accroché à la machine par le bout de ses doigts et de ses orteils. Ma poitrine, où des milliers d'infortunés insectes venaient s'écraser, finissait par me picoter ; j'avais en permanence les larmes aux yeux, à cause du vent, et des crampes dans les mains à force de serrer les poignées du guidon. Mais j'adorais ça. Petit à petit, je rattrapais tout ce que je n'avais pas vu, tous les endroits où je n'étais pas allé. Je traversais pleins gaz de petites villes de campagne si éloignées des axes principaux qu'il semblait que le temps les avait épargnées — des bourgades encore plus petites que Mannville, avec, peut-être, une station-service, une épicerie, et où un véhicule sur trois était un boghei amish. L'été touchait à sa fin, et le soir était le meilleur moment pour rouler, dans la douce tiédeur et les subtiles senteurs de l'air.

Les odeurs de la campagne sont innombrables et uniques : le fumier, les haies fraîchement taillées, les champs où brûlent les tiges de maïs, la sueur des chevaux. Je compris alors pourquoi les chiens, en voiture, aiment laisser pendre leur tête par la vitre. Une bonne moitié des mystères de la planète sont contenus dans les odeurs — odeurs insoupçonnées de ceux qui conduisent, enfermés dans l'habitacle de leur voiture. Je passais par de minuscules chemins de terre, surprenant des hommes qui chargeaient du foin sur d'énormes charrettes, doublant comme une flèche les bogheis amish qui semblaient faire du sur-place. Le goût de la liberté commença à prendre corps en moi, tel un ballon se gonflant peu à peu. Je compris que le moment où je quitterais Mannville n'était plus très loin, aussi inévitable que l'hiver qui approchait.

Grand-Père revint à la maison début septembre, près de cinq mois après son hospitalisation. Il avait grossi, son regard était clair et vif. Après avoir débarrassé la maison de toute trace d'alcool, j'avais effectué un décapage avec tous les instruments purificateurs : eau chaude savonneuse, eau de Javel, savon, balai, serpillière, chiffons, spray dépoussiérant parfumé au citron. Il m'avait fallu presque deux semaines pour accomplir cette tâche, mais la maison brillait comme un sou neuf. Grand-Père entra et inspira profondément.

— Les temps anciens sont révolus, décréta-t-il.

Il parlait de l'époque où il buvait, l'époque où la maison se dégradait et menaçait de tomber en ruine, l'époque où il me préférait ses bouteilles et ses souvenirs. Il posa la main sur mon épaule et la serra fort. Les larmes lui vinrent aux yeux.

— J'ai tant de choses à te dire ! Je ne sais par où commencer.

— On a du temps devant nous, dis-je, gêné.

— Ouais, approuva-t-il en s'essuyant les yeux. Si le fait que j'arrête de boire ne m'a pas tué, rien n'y parviendra.

Grand-Père n'était pas seul ; Mildred l'accompagnait. C'était une femme menue, jolie, aux yeux gris, au regard incisif, et à la voix gazouillante, en contradiction avec sa grande énergie. En franchissant pour la première fois le seuil de notre demeure, elle opina d'un air satisfait.

— C'est propre, dit-elle, et venant de moi c'est un compliment.

— Ça n'a pas toujours été comme ça, avouai-je.

Elle sourit.

— Dorénavant, ça le sera, dit-elle.

Et c'est ainsi que je sus qu'elle était venue pour rester.

Grand-Père me raconta plus tard que Mildred avait élevé sept enfants en un peu moins de trente ans, et que, pendant tout ce temps, son mari l'avait battue régulièrement. Au début, elle était restée pour les gosses, ensuite, parce qu'elle avait pris le goût de boire du matin au soir, ce qui était plus facile que de partir. Je l'observais quand je croyais qu'elle ne me voyait pas. Elle n'avait pas la tête d'une femme qui boit, et je ne pouvais imaginer qu'on puisse avoir envie de la frapper : elle était si frêle ! Mais l'alcool est perfide ; il ne choisit pas ses victimes d'après leur physique. Elle me fut sympathique d'emblée.

— Mildred va venir habiter avec nous, m'annonça Grand-Père un peu plus tard ce soir-là. Enfin, si tu es d'accord. C'est autant ta maison que la mienne. Tu es assez grand pour avoir ton mot à dire maintenant.

— Vous allez vous marier, tous les deux ?

Grand-Père pouffa.

— Non. On n'est pas si bêtes.

— Vous n'allez quand même pas vivre à la colle ?

Je ne faisais que le taquiner, mais il rougit et baissa la tête.

— Je ne savais pas que tu avais des idées aussi étroites, marmonna-t-il.

— Je plaisante ! dis-je, pensant à mes aventures avec Elsie Orfenbacher et à mon pseudo-assassinat de Jack Simpson. Je trouve ça génial. Sans blague. Je l'aime bien.

— C'est vrai ?

— Ouais, bien sûr que c'est vrai.

— On donne du temps au temps.

Il était tellement soulagé qu'il me serra très fort contre lui.

Je compris ce qu'il entendait par « donner du temps au temps » lorsque j'aidai Mildred à installer ses quelques affaires dans une chambre d'ami, au premier étage, qui avait été occupée pour la dernière fois au début du siècle par une vieille tante de Grand-Père. Il n'y aurait guère de batifolage entre Grand-Père et Mildred, en tout cas dans l'immédiat. Dans mon for intérieur, je me demandais s'ils étaient trop vieux pour ces choses-là. Ils semblaient se contenter de passer leurs soirées à rester assis au salon, en se faisant la lecture à voix haute et en s'entraidant, de temps à autre, à réprimer l'envie soudaine de boire un verre. Grand-Père était resté à l'hôpital trois fois plus longtemps qu'il n'était normalement nécessaire, en partie parce qu'il avait d'importantes lésions au foie. Son organisme s'habituait à ne pas boire, mais son esprit n'était toujours pas en repos. Rester assis au salon avait toujours été l'un de ses passe-temps favoris — mais avec un verre de whisky sur les genoux.

— Mildred m'aide à oublier tout ça, dit-il, et je fais pareil pour elle.

Mildred elle-même m'expliqua qu'elle m'était reconnaissante de ne pas m'être opposé à son installation chez nous.

— Des enfants, j'en ai sept, me dit-elle, et pas un qui m'ait écrit ou qui m'ait appelée depuis bientôt dix ans. Oh, je ne leur jette pas la pierre, remarque. Ils détestaient leur père, et je n'ai pas remué le petit doigt pour changer quoi que ce soit. Mais je ne pouvais pas, tu comprends. Et mon mari est mort maintenant. Alors, j'aurais été toute seule, seule au monde, si je n'avais pas rencontré ton grand-père.

Ses explications sur sa vie passée s'arrêtèrent là, mais je crus comprendre ce qu'elle voulait dire. J'en savais long sur la cruauté des pères. Je faillis lui dire que j'avais débarrassé le monde d'un père sadique qui vivait en haut de la colline et qui avait fait des choses que même le mari de Mildred eût jugées dégoûtantes. Mais je réussis à tenir ma langue, tout en étant sûr que Mildred ne m'aurait pas désapprouvé.

Mildred et Grand-Père semblaient prendre goût à la sobriété comme si c'était ce qu'ils avaient toujours attendu en secret. Mildred prit peu à peu possession de la cuisine, qui devint bientôt une petite entreprise privée, très animée, produisant gâteaux, cookies, rôtis et ragoûts à grande échelle. Elle cuisinait en quantités suffisantes pour un restaurant. Grand-père et moi commençâmes à prendre du poids, et je remerciai silencieusement le ciel d'avoir mangé ma dernière saucisse grillée. Grand-Père se remit à bricoler ; il passait le plus clair de son temps au garage, réparant tout ce qui lui tombait sous la main. Bientôt, l'extérieur de la maison devint aussi net que l'intérieur : les volets furent repeints, les installations électriques remplacées, la pelouse tondue. Il élagua les arbres et bêcha le jardin.

— C'est pratiquement ici que tout s'est passé, me dit-il un jour en me montrant son petit carré de terre retournée.

— De quoi tu parles ?

— Du trésor. C'est ici que Willie l'a trouvé.

Je regardai fixement l'endroit, frappé de stupeur. Somme toute, l'idée qu'un lieu correspondait aux événements qui s'étaient déroulés cent vingt ans plus tôt ne m'avait jamais traversé l'esprit. Je fus une fois de plus écrasé par le poids de notre passé. Il m'électrisa comme la foudre.

— On devrait ériger un monument, remarquai-je.

— Non, répondit Grand-Père d'une voix sombre et triste. Ça n'a pas été qu'une bonne chose.

— Comment ça ?

Il avait lu ma nouvelle et l'avait jugée d'une exactitude étonnante, vu la manière dont j'avais rassemblé les éléments.

— Tu y fais toi-même allusion dans ta nouvelle, me dit-il. Tu ne t'en souviens pas ?

— Non.

— L'argent fait autant le mal que le bien. Des trucs

dingues sont arrivés à notre famille quand on a été riches.

— Quel genre de trucs ?

— La cupidité. La cupidité est entrée chez nous en tenant la porte pour que l'honnêteté puisse sortir.

— Qu'est-ce qui s'est passé ?

Grand-Père poussa un soupir :

— Je n'aime pas trop en parler. Tout ça se passait encore quand j'étais petit.

— Tu veux dire que les gens étaient jaloux les uns des autres ?

— Quelque chose comme ça.

— Ils essayaient de se tirer dans les pattes ?

— Oui.

— Comment ?

— Tu te rappelles les frères de Willie ? Andy et Poky Boy ?

— Oui, et alors ?

— Willie avait dit à tous les membres de la famille qu'ils avaient droit à une part égale de l'argent, mais seulement une fois qu'il aurait pris la sienne.

— Ben, alors, c'est lui qui était cupide !

— Non. Il n'en a pas gardé beaucoup pour lui. Il a fait construire l'hôpital, la ferme, il a démarré l'exploitation. Il n'a rien dépensé pour lui-même. Tout ce qu'il a fait, c'était pour l'avenir. Pour toi, ajouta-t-il en m'enfonçant un doigt dans la poitrine, sauf que j'ai tout fichu en l'air.

— Ce n'est pas ta faute.

En réalité, comme je n'avais jamais possédé cet argent, je n'en ressentais pas le manque.

— Bah, Dieu te bénisse pour ces paroles, mais tu n'as pas la moindre idée de ce que tu dis. Bref. Les frères de Willie n'approuvaient pas ses décisions. Ils pensaient qu'ils feraient mieux de garder l'argent pour eux. D'abord le partager, tu vois, et, *seulement ensuite*, en faire ce qu'ils voulaient.

— Je vois, dis-je.

— De cette façon, ils en auraient plus à claquer pour ce que bon leur semblait. Mais Willie ne les a pas laissés faire, parce que c'était son argent. Alors, ils se sont bagarrés.

— À coups de poing ?

— Oui. Et pas qu'un peu.

— Tu veux dire qu'il y a eu plus d'une bagarre ?

— Oui.

— Qu'est-ce qui s'est passé ?

— Tu as lu la Bible ?

— Des petits bouts.

— Tu te souviens de Caïn et d'Abel ?

— Ouais.

— Des frères.

— Ouais.

Je commençais à m'impatienter, mais Grand-Père ne se laissa pas bousculer. Il prit appui sur le manche de sa pelle et ramena son feutre mou en arrière sur son crâne.

— Dieu a puni Caïn parce qu'il avait tué son propre frère. Et s'il l'a tué, c'est par pur égoïsme. Par jalousie.

— Et ?

— Ben, un soir où Andy s'était soûlé, il a commencé à chercher des noises à Willie. À le provoquer, tout ça.

— Pourquoi ?

— Parce qu'il lui en voulait de refuser de leur donner leur part tout de suite. Willie ne réagissait pas — il n'aurait pas pu de toute façon, à cause de sa jambe —, et il avait toujours dit qu'il s'était assez battu comme ça dans sa vie. Alors, Andy le bousculait et Willie se laissait faire.

Il essayait bien de partir, mais Andy l'en empêchait. Ils étaient seuls dans la maison. Dans cette maison, en fait. Dans notre cuisine.

— Et après ?

— Poky Boy est arrivé sur ces entrefaites. Il a demandé ce qui se passait. Willie n'a pas dit un mot. Il continuait d'essayer de franchir la porte, mais Andy n'arrêtait pas de l'empoigner et de le jeter contre le mur. Ce qui n'a pas plu à Poky Boy. C'était un type plus doux, plus gentil, et, même s'il avait envie lui aussi d'avoir l'argent tout de suite, il n'aurait jamais fait de mal à Willie pour l'obtenir. Alors, il a pris son élan et il frappé Andy pour qu'il laisse Willie tranquille.

— Il a fait ça ?

— Oui. Et Andy lui a démoli le portrait, dit Grand-Père. Il l'a frappé à mort, là, dans la cuisine.

— Il l'a tué ?

— À l'endroit même où Mildred est en train de nous préparer à manger. Il lui a cogné la tête contre la cuisinière. Poky Boy n'est pas mort sur le coup. Il est resté au lit trois jours, inconscient, et ils ont pensé qu'il s'en tirerait, mais une nuit il est mort. Ils n'ont rien pu faire pour le sauver. La médecine de l'époque n'avait rien à voir avec celle d'aujourd'hui.

— Oh, c'est pas vrai !

— Andy n'a pas pu le supporter. Dans la famille, personne ne lui a adressé la parole pendant les trois jours où son frère a été alité. Sauf Willie, bien sûr, parce que Willie était comme ça. Andy a supplié Willie de lui pardonner, et Willie lui a dit qu'il le ferait. Il ne pouvait pas s'empêcher de penser que tout ça était sa faute, vu que c'était lui qui avait trouvé l'argent. Là-dessus, Andy lui a dit qu'il ne pouvait plus supporter de vivre. Willie lui a dit qu'il le comprenait, mais qu'il devait faire avec. Andy lui a dit qu'il allait essayer, mais ce n'était pas vrai. Et il s'est pendu.

— Où ça ?

— Dans sa chambre, au premier, la dernière à gauche.

— C'est dingue !

Pas étonnant que la maison soit pleine de fantômes, songeai-je.

— À partir de là, les choses sont allées de mal en pis. Daddo est mort. Leur mère est morte — de chagrin, avant tout. Leur père s'est mis à boire comme un trou, ce qui l'a tué en quelques années. C'est dans le sang, ce genre de choses. Bientôt, Willie a été le seul survivant dans la maison. Il a fini par se marier — surtout pour éviter de devenir fou, et il a eu mon père, et mon père est mort trop jeune. Puis je suis né... Dieu merci, Willie est mort avant d'assister à la débâcle, après mon retour de la guerre. Parfois, je me dis que ce sont les morts qui ont de la chance. Bref. Voilà toute l'histoire.

On demeura silencieux quelques instants — moi, digérant ces nouvelles informations, et Grand-Père, dans ses pensées.

— Tu fais toujours tes cauchemars ? me demanda-t-il soudain.

— Non.

— C'est bien. Moi non plus.

— C'est peut-être fini.

— Bah, je l'espère.

— Moi aussi... j'aimerais bien lire le journal intime.

Grand-Père soupira :

— Fujimora m'a promis qu'il me le rapporterait. Il n'est pas encore mort, lui non plus. On s'est donné notre parole.

— Comment tu sauras quand le moment sera venu d'aller là-bas ?

— S'il meurt le premier, dit Grand-Père, je le saurai, c'est tout. Comme je sais tout ce que je sais sans qu'on me le dise. Exactement comme toi. Comme on a tous fait le même cauchemar. Lui et moi sommes liés, et toi aussi. Mais je ne crois pas que j'irai là-bas. Je crois que c'est lui qui viendra ici.

— Pas tout de suite, j'espère, dis-je, inquiet.

— Non, non. Pas tout de suite.

Mildred sortit sur la véranda et fit tinter le vieux triangle de fer pour nous signaler que le repas était prêt. Grand-Père et moi sursautâmes. On se regarda et on se sourit.

— C'est chouette d'avoir de nouveau une femme avec nous, dit-il. Tu ne trouves pas ?

— Je ne peux pas savoir. Je n'avais jamais habité avec une femme avant.

— Ça te plaira, opina Grand-Père. Grâce à elles, la vie vaut d'être vécue.

Sur ces bonnes paroles, on entra ensemble dans la maison pour aller déjeuner.

10

Mes seize ans (suite). Milieuisme.
Comment je décide de conquérir le monde.
Je fais un nouveau cauchemar.

Extrait du journal :

Les signes cosmiques, fils conducteurs de notre destin, sont partout. À nous de les suivre ou non — quoi qu'il en soit, ils sont là.

Et :

La grandeur d'un homme se mesure à sa capacité à suivre sa trajectoire personnelle. Nous forgeons notre destin, et pourtant ce n'est pas tout à fait vrai. En avançant, nous pensons tracer un nouveau chemin, mais ce chemin existait déjà auparavant, même s'il n'était pas très bien dessiné. C'est le paradoxe de la vie ; et un paradoxe n'est pas une énigme qu'il faut résoudre mais un endroit où séjourner, ne serait-ce qu'un court moment.

Au tout début de mon année de première, un nouveau faux pli froissa l'étoffe de ma vie. Il prit la forme d'une lettre arrivée par courrier. Plusieurs détails insignifiants de ce jour-là me reviennent en mémoire : c'était un mardi après-midi de la mi-septembre ; il faisait beau et frais. Je portais un jean. Rien de tout cela n'a de rapport avec ce qui se passa plus tard, bien sûr, mais c'est de ces choses-là, de ces petits riens qui n'ont pas de lien direct avec l'enchaînement des événements, qu'un écrivain se souvient le mieux : bribes d'une conversation, claquement d'un drapeau dans le vent, odeurs de cookies dorant au four dans une cuisine d'un immeuble voisin. Peut-être les écrivains perçoivent-ils mieux que les autres — ou, disons, différemment — l'impact d'un incident isolé, d'un détail. On se rappelle les petites choses avec précision car elles sont importantes, car on peut les assembler plus tard, accumuler ces fragments minuscules jusqu'à ce qu'ils forment une grande tapisserie. La vie est faite d'événements aussi insignifiants qu'une lettre qu'on n'attendait pas, reçue au courrier par un mardi d'automne. Tel est le métier à tisser de ma vie : le temps qu'il fait en est la chaîne ; la lettre, la trame ; tel ou tel jour, l'image qui en émerge.

Une lettre, ce n'était pas inhabituel en soi. Je recevais souvent du courrier, essentiellement des refus de revues littéraires. Toutes les deux ou trois semaines, je m'armais de courage et de petite monnaie, photocopiais ma nouvelle sur Willie Mann au moyen de la Xerox délabrée de la bibliothèque municipale de Mannville, et l'envoyais à plusieurs petites revues du pays. Puis j'attendais patiemment que pleuvent les lettres de refus. On appelle ce processus « soumettre un texte » — terme que je trouve parfaitement approprié pour désigner la marche à suivre afin d'essayer de se faire publier. Je n'avais pas seulement l'impression de demander aux rédacteurs en chef de lire mon travail, mais aussi de ramper devant eux en une humiliation abjecte, la poitrine dénudée, offerte au couteau éditorial qu'ils enfonçaient infailliblement dans mon cœur jeune et tendre. « Très cher auteur, disaient en général leurs lettres de refus, nous vous remercions de l'occasion que vous nous avez donnée de vous lire, mais nous avons le regret... ».

Ou autre chose dans cet esprit-là. Les formules variaient légèrement d'une lettre à l'autre, mais le message général était « pas assez bon ».

Les lettres m'arrivaient au compte-gouttes durant cet automne-là. J'étais sans doute le seul gamin de Mannville à rentrer chez lui dès la sortie du lycée pour savoir si oui ou non il avait été accepté par les milieux littéraires.

Mais cette lettre-là était particulière pour deux raisons : il n'y avait pas d'en-tête sur l'enveloppe, et elle avait été affranchie au Canada. J'en demeurai perplexe. Même si la frontière canadienne n'était qu'à une heure de voiture de Mannville, le Canada m'apparaissait comme un pays complètement étranger. Je n'y avais jamais mis les pieds, et j'étais sûr de n'avoir soumis ma nouvelle à aucune revue littéraire canadienne. Je n'avais même jamais pensé qu'il puisse y avoir des revues littéraires au Canada. En un éclair, je mesurai l'étendue de ma bêtise : bien sûr qu'il y avait des revues littéraires au Canada ! Il y avait un pays tout près, au nord ; pas simplement un pays entouré de frontières politiques, mais tout un univers littéraire à explorer ! Jusqu'à présent, je n'avais rencontré aucun succès en Amérique. *Mais le Canada !* songeai-je. *Peut-être qu'ils voudront bien me publier là-bas !*

Cependant, je n'avais soumis ma nouvelle à aucune revue canadienne. Alors, qui pouvait bien m'écrire du Québec ?

Puis je me souvins d'Annie.

Je ne me souvins pas d'elle brusquement, bien entendu. Le fait est que je ne l'avais pas oubliée, pas une seconde. Comment l'aurais-je pu ? Tous les matins, j'allais au lycée sur ma moto en empruntant l'itinéraire que nous suivions à pied chaque jour de la semaine depuis que nous étions petits, et je me racontais qu'elle était avec moi, assise derrière moi sur la moto, les bras noués autour de ma taille, et son rire résonnait dans mes oreilles. Depuis ma bagarre avec David Weismueller, je n'avais plus d'ennemis ; en fait — aux termes des lois particulières qui régissent l'ordre social parmi la gent masculine, et que je ne comprenais pas encore très bien —, j'y avais gagné un semblant de respect de sa part et de la part de sa cohorte d'athlètes. Plus personne ne m'embêtait. Les garçons de Mannville se méfiaient de moi, avec mes cheveux plutôt longs et mes ambitions artistiques, et les filles m'ennuyaient avec leurs incessants bavardages sur qui sortait avec qui et qui allait se marier après le lycée. Annie avait été la seule personne de mon âge de Mannville à me comprendre. La boucle était bouclée. Mon univers était de nouveau réduit à la ferme et à Grand-Père. Bien sûr, maintenant, il y avait Mildred, et aussi ma moto, mais la vie me paraissait vide sans personne avec qui la partager. J'aurais bien aimé qu'Annie soit là tous les jours pour ouvrir ma boîte aux lettres avec moi. Le choc des refus aurait été plus facile à supporter, me semblait-il, grâce à sa vision concrète des choses. Je l'entendais me dire : « Remets-toi, mon vieux ! Ces andouilles ne reconnaîtraient pas un génie de la littérature, même s'il se pointait devant eux et leur crachait à la figure. »

Il s'était écoulé près de trois mois depuis le matin où j'avais plus ou moins assassiné le père d'Annie. Personne, pas même moi, n'avait plus entendu parler d'elle depuis ce jour-là. C'était comme si elle avait disparu. J'en étais même arrivé à me demander s'il n'était pas possible que l'histoire de son enlèvement par des extraterrestres soit vraie. Madison m'avait vaguement surveillé pendant un moment, étant donné que j'étais celui qu'elle risquait le plus de contacter si elle était toujours en vie. Moi, contrairement aux autres, je savais qu'elle l'était, mais, même si je me sentais un peu coupable d'entretenir le doute, j'estimais qu'il valait mieux ne pas leur dire la vérité. Personne ne devait savoir que j'avais ma petite idée sur l'endroit où elle se trouvait. Son équilibre en dépendait.

Toutes ces pensées me traversèrent l'esprit en moins d'une seconde tandis que Grand-Père me tendait cette lettre. Je le regardai pour guetter des signes de curiosité ou d'étonnement sur son visage, mais, s'il avait deviné de qui était cette lettre, il n'en laissa rien paraître.

— Du courrier pour toi, me dit-il simplement, avant de retourner au garage où il réparait une radio.

Il avait décidé depuis peu d'élargir ses activités à l'électronique.

Je pinçai l'enveloppe entre deux doigts. Elle était lourde, épaisse. Une longue lettre. Je montai dans ma chambre et la décachetai. Une légère odeur flotta dans l'air — pas du parfum, Annie n'avait jamais été du genre à se parfumer ; une odeur étrangère, en quelque sorte, comme celle d'une cuisine exotique. Ici et là, le papier était maculé de taches de graisse. Je me lançai dans la lecture.

Cher Billy,

Je suppose que tu auras eu mon petit mot lors de cet affreux matin et que tu auras compris qu'il était de moi. J'ai toujours pu compter sur toi pour que tu me comprennes sans que je doive nécessairement parler. Je n'ai jamais de rapport comme ça avec personne, et il est probable que ça ne se reproduira jamais. C'est pourquoi ça me fait si mal de te dire que je ne suis pas sûre qu'on puisse se revoir un jour. Et ça aussi, j'espère que tu le comprendras sans que j'aie besoin de te l'expliquer, mais j'estime tout de même que je te dois quelques éclaircissements.

Je ne sais plus trop où j'en suis en ce moment, alors que je me sens libre. C'est une première pour moi, et je souhaite que tu t'en réjouisses. Je suis à Montréal. Je t'avais dit, il y a très longtemps, que je rêvais d'y aller, et je sais que tu t'en souviens. Toutes ces années que j'ai passées à apprendre le français toute seule ont payé. En arrivant, je le parlais comme une touriste américaine typique, mais comme j'ai travaillé dur et que j'ai eu beaucoup de chance, je me suis mise très vite au québécois. Le québécois est un dialecte français, alors il est probable que ça gâche définitivement mes chances de parler correctement le bon français, mais ce n'est pas grave. Je me plais bien ici. Je pense que je vais y rester longtemps, très longtemps.

J'ai tant de choses à te dire et tout est embrouillé dans ma tête. Je ne suis pas comme toi. Les mots ne me viennent pas facilement. Heureusement que tu sais déjà beaucoup de choses de moi, sinon cette lettre aurait été dix fois plus dure à écrire. Je pense qu'il n'est pas nécessaire de commencer par le commencement, sinon ça reviendrait à répéter tout ce que tu sais déjà. Donc, je vais commencer là où on en est restés, c'est-à-dire la dernière fois qu'on s'est vus ou, pour être plus exacte, la dernière fois que tu m'as vue.

Je sais que tu étais chez moi ce matin-là. La drogue que mon père m'avait donnée me faisait paraître inconsciente, mais j'éprouvais tout de même de vagues sensations, même si — comme je te l'ai dit ce jour affreux, la dernière fois qu'on s'est parlé — je ne me rappelais pas tout très clairement après coup. Je te revois te pencher sur moi et vérifier que je n'étais pas morte. J'ai deviné que c'était toi malgré ta cagoule. Je savais que tu t'étais caché dans le placard quand il est revenu, et je t'ai entendu en sortir d'un coup et lui faire peur. J'espérais que tu avais un revolver ou une autre arme pour le tuer. Je n'avais pas envie que tu t'attires des ennuis, ni que tu aies un meurtre sur la conscience pour le restant de tes jours, mais en même temps j'espérais que tu le tuerais, même si je t'avais dit que je ne le voulais pas, et tu ne m'as pas déçue. Merci, merci, merci. Tu es vraiment mon héros, Billy. Tu es venu me délivrer, finalement, exactement comme tu as toujours dit que tu le ferais. Et, au sujet de la mort de mon père, que ton esprit soit en repos, car je te connais et je suis sûre que tu dois te sentir coupable. C'est bel et bien son cœur qui l'a tué, pas toi. Ce n'était qu'une question de temps avant qu'il ne le lâche. Tu essayais juste de me protéger.

Je ne suis pas sûre de pouvoir un jour me pardonner de m'être laissé faire toutes les choses qu'il me faisait. Je n'aime pas l'idée d'avoir attendu d'être sauvée par quelqu'un d'autre, mais tant qu'à faire, je suis heureuse que ce soit par toi. C'est simplement que je ne savais pas quoi faire. Et il n'y avait que toi à qui je pouvais en parler. Je ne sais pas si c'est logique, mais la honte que je ressentais à cause de ce que mon père me faisait était immense.

J'avais peur, si je le disais, que ça se retourne contre moi et que ce soit présenté de telle sorte qu'on pense que c'était ma faute. C'est absurde, je sais. Mais j'ai lu pas mal de trucs là-dessus, et il paraît que ce genre de réaction est courante chez les gens comme moi.

« Les gens comme moi. » Je déteste l'idée d'appartenir à un groupe de victimes. Je hais les geignards, je hais les désemparés. Je méprise les faibles, je les ai toujours méprisés.

Et, bien que tu m'aies sauvée, je ne suis pas sûre de pouvoir un jour te pardonner d'être entré chez moi furtivement et de m'avoir vue au moment où j'étais la plus vulnérable. Est-ce que c'est logique ? Je m'en fiche, vraiment, que ça le soit ou pas. Je suis désolée si ça te paraît dur, mais c'est comme ça. Tu m'as vue avec ma chemise de nuit relevée. Je m'en fiche, de ça, que tu m'aies vue nue. Ce n'est pas ce que je veux dire. C'est difficile à expliquer pour moi. Tu savais ce qui se passait parce que je te l'avais dit, et ça aussi, j'en avais honte.

À une époque, je pensais que toi et moi, on se marierait quand on serait grands, ou, au moins, qu'on deviendrait amants. Mais ce que je t'ai dit l'autre soir dans la voiture tient toujours. Je ne crois pas que je puisse aimer physiquement un homme, jamais. Cette idée même me dégoûte. C'est en partie ça que j'essaie de te dire dans cette lettre, pour mettre fin à tous les doutes que tu pourrais avoir quant à notre avenir et être sûre que tout soit clair. Je t'aime profondément, sincèrement, définitivement, mais nous ne serons jamais des amants comme tu le voulais ce soir-là. Ce n'est pas que je ne ressente rien pour toi. Ce n'est même pas que je ne te trouve pas désirable. Appelle ça un effet pervers : ce n'est pas toi qui me dégoûtes — c'est moi, mon corps. Je ne veux plus que personne ne le touche, jamais. J'espère que tu peux comprendre. Tu es un jeune homme sain, normal, mais pas titillé par tes hormones au point de ne pas pouvoir comprendre ce que c'est que de se sentir vulnérable, et pas égoïste au point de croire que tu puisses me persuader de changer d'avis. Si jamais on devait se revoir — je dis bien « si » —, je veux être absolument certaine que tu comprends cela pour qu'il n'y ait pas de malentendu, pas de gêne, pas de rancœur.

Je n'ai appelé la police qu'après avoir préparé mon sac et m'être assurée que je pourrais quitter la maison avant son arrivée. Je l'aurais bien laissé pourrir sur place, mais je devais penser à mon frère, Frederic. Il se serait passé des semaines, voire des mois peut-être, avant qu'on découvre que j'étais partie et qu'il était mort, et Frederic serait mort de faim dans l'intervalle. Pauvre Frederic ; je ne l'ai jamais connu. Sa blessure date d'avant ma naissance, et il a vécu plus d'années tel qu'il est maintenant qu'en bonne santé. Peut-être que j'aurais dû le laisser mourir, après tout. Ça aurait mieux valu pour lui. Ça fait vingt-cinq ans qu'il n'a pas dit un mot et n'a pas fait un geste, et ça n'a pas de sens de le maintenir en vie, mais mon père n'a jamais voulu entendre parler de le « débrancher ». Je ne sais pas pourquoi il tenait tant à le maintenir en vie dans ces conditions. C'est de la torture pure et simple. Si, je sais pourquoi. C'était parce qu'il était son seul fils ; je suppose qu'il ne voulait pas renoncer à ça. Mon père pensait que les filles ne valaient rien. Il m'a dit mille fois à quel point il avait été déçu quand je suis née. J'espère qu'on prend mieux soin de Frederic maintenant, où qu'il soit, et que ceux qui s'occupent de lui vont se rendre compte que son état ne va jamais s'améliorer et qu'ils vont estimer qu'il vaut mieux y mettre fin. À quoi bon prolonger ses souffrances ? J'ai la conviction qu'il peut entendre, voir et comprendre tout ce qui se passe autour de lui, mais qu'il est prisonnier de lui-même. Il doit être devenu fou et doit constamment souhaiter sa mort. J'espère pour lui qu'elle viendra bientôt, et vite. Mon père disait toujours qu'il était le seul d'entre nous qui ait jamais valu quelque chose.

Après avoir quitté la maison, je me suis déguisée de mon mieux, et j'ai marché sur la route. C'était trop risqué pour moi d'aller en ville et de prendre un bus, alors j'ai fait du stop, et j'ai failli tout laisser tomber à ce moment-là. C'était une erreur. J'ai été prise par un type assez âgé qui semblait très désireux de m'emmener chez lui, et ce n'est qu'après l'avoir supplié, imploré, qu'il a fini par me déposer à Springville. J'ai dû le menacer d'appeler la police, mais j'espérais vraiment ne pas avoir à le faire car on m'aurait ramenée de force à Mannville. Mais, à l'époque, j'étais prête à tuer tous les hommes que je voyais. À la gare routière de Springville, j'ai acheté un billet pour Montréal. Pendant que j'attendais au dépôt, je me suis fait draguer par trois mecs, l'un après l'autre. Au troisième, j'ai hurlé. Les gens ont dû penser que j'étais folle, et je suppose que je n'étais pas loin de l'être à ce moment-là. L'un d'eux a essayé de me passer un bras autour des épaules, et je lui ai flanqué un coup de coude dans le ventre. L'agent de sécurité a levé les yeux de son journal et m'a regardée une seconde, puis il m'a ignorée. Billy, le monde n'est pas le même pour les femmes que pour les hommes. Depuis, je n'ai plus connu une journée comme celle-là — je ne sais pas ce qu'il y avait dans l'air ce jour-là, ou ce que je devais dégager pour attirer ces barjes —, mais ça peut se reproduire, n'importe quand, et je suis toujours sur mes gardes.

Donc, me voilà à Montréal. J'ai tout juste l'âge légal

pour travailler, et j'ai bien cru que ça n'allait pas marcher, que j'allais être obligée de revenir à Mannville. Mais j'avais réussi à économiser pas mal d'argent. Déjà toute petite, je prévoyais mon départ, tu sais. Je savais que ce jour viendrait, j'en rêvais toutes les nuits en regardant par la fenêtre de ma chambre. Je ne pensais pas que ça arriverait si vite, tout de même. Je n'étais pas encore tout à fait prête. Mais tu m'as épargné deux autres années de souffrance, Billy, et de cela je te serai toujours reconnaissante. Je ne pouvais me résoudre à m'enfuir tant qu'il était vivant. Je ne sais pas pourquoi. J'avais décidé de partir le jour de mes dix-huit ans ; comme ça, j'étais sûre qu'il n'y aurait aucun moyen de me forcer à revenir. Si j'avais réussi à arriver jusqu'ici et qu'il m'ait retrouvée et fait ramener à la maison, je me serais suicidée. Je le sais. Parfois, j'ai peur de le faire. Par moments, j'oublie qu'il est mort ; je me dis qu'il est à mes trousses. Et quand je pense qu'il est mort, c'est pire — la peur que j'ai de son esprit est plus grande que celle que j'avais de son corps, car c'était son esprit qui lui faisait faire ces choses. Maintenant, j'ai peur qu'il me voie tout le temps, qu'il me regarde pendant que je prends ma douche et que je vais aux toilettes J'ai peur de devenir folle. Mais quand je raisonne, je me souviens que l'enfer est un lieu sans fenêtres par lesquelles il pourrait regarder, et alors je me dis que peut-être il ne peut plus rien contre moi. Enfin.

J'ai trouvé du travail et un petit appartement. Je travaille dans un restaurant exotique. Je nettoie les toilettes le matin, et je fais le service l'après-midi et le soir. Je suis sûre que les propriétaires savent que je suis ici illégalement et que je suis trop jeune pour travailler, mais elles ne me semblent pas trop curieuses de savoir qui je suis, et c'est très appréciable. L'anonymat et le mystère sont les deux choses que j'apprécie le plus en ce moment. C'est dire que je prends un très gros risque en t'écrivant. Je t'en supplie, je t'en supplie, ne montre cette lettre à personne, et détruis-la dès que tu l'auras lue. Je te donne mon adresse, mais je t'en supplie, ne l'écris nulle part. Apprends-la par cœur. Tu peux m'écrire si tu veux. Ça pourrait même me faire plaisir que tu viennes me voir. Mais aie concience que je ne suis plus celle que tu as connue à Mannville. J'ai déjà énormément changé, et ça me plaît. Je n'ai pas du tout l'intention de redevenir celle que j'étais. Je ne t'oublierai jamais et tu seras toujours dans mon cœur. Mais rien ne sera plus comme avant entre nous. Si tu décides de venir, préviens-moi. Il faudra que je prévoie certaines choses.

J'ai toujours voulu être comme tout le monde, être une fille comme les autres, appartenant à une famille comme les autres. J'avais même mis une photo de mon père sur un mur de ma chambre. C'est dire à quel point je voulais faire comme si tout était normal. Mais le temps des faux-semblants est révolu, n'est-ce pas ?

Amitiés,
ANNIE

En octobre, j'annonçai à Grand-Père :

— Je crois que je vais faire un voyage dans le nord.

Il me regarda, étonné.

— Ah oui ? Et d'où t'est venue cette idée ?

Je haussai les épaules pour mieux cacher ma gêne. Je ne voulais pas que Grand-Père sache où j'allais, ni pourquoi, mais il fallait bien que je lui dise quelque chose, et il n'aurait servi à rien de mentir.

— J'ai mes raisons, répondis-je.

— Ça, je m'en doute. Mais ce n'est pas ce que je t'ai demandé, si ?

— Non.

— Ce que je te demande, c'est quelles sont ces raisons.

— Je sais !

On ne dit plus rien pendant un moment.

— Bon, tu vas m'expliquer ? demanda-t-il.

— Je suis obligé ?

— Bah, quel genre de père je serais si je te laissais partir sans même te demander où tu vas ?

— Pas très bon, concédai-je.

Il me dévisagea avec attention.

— Ça a rapport avec la fille Simpson ?

— Pas « la fille Simpson », dis-je en m'échauffant. Elle a un prénom.

Grand-Père se frappa le genou.

— Tu as toujours su où elle était, sans le dire, hein ?

— Je ne pouvais pas. Je lui avais promis.

— Quand ? Quand lui as-tu fait cette promesse ?

Depuis le début, songeai-je. *Depuis le jour où j'ai compris ce qui se passait dans cette maison.*

— Juste avant qu'elle parte.

Ce n'était ni tout à fait vrai ni tout à fait faux. Les serments n'ont pas besoin d'être dits à voix haute.

— Alors ça, c'est le comble ! s'exclama Grand-Père. J'ai jamais rien entendu de pareil ! Tu savais donc ! Depuis le début !

Il ôta son feutre mou et se gratta le haut du crâne. De son pied droit, il commença à frapper le sol à un rythme qui trahissait son agacement.

— Grand-Père, réfléchis deux secondes. À ma place, tu aurais cafeté ? Après tout ce qui s'est passé là-haut ?

Grand-Père savait que par « là-haut », j'entendais la

vieille maison blanche des Simpson au sommet de la colline.

— Non, dit-il. Mais ce n'est pas la question.

— Alors, c'est quoi, la question ? Pourquoi es-tu si en colère ?

— Parce que je pensais qu'elle avait fichu le camp une fois pour toutes !

— Eh, minute ! Tu es injuste ! Ce n'est pas parce que son père était ce qu'il était qu'elle est forcément mauvaise ! Tu m'as dit toi-même qu'elle n'était pas comme les autres Simpson ! Elle n'est pas comme eux ! Elle est...

— Bon, tu te calmes. Je ne pense pas qu'elle soit mauvaise.

— Alors, à quoi ça rime ? Pourquoi tu espérais qu'elle serait partie pour de bon ?

— Je ne veux pas que tu la revoies.

— Tu ne peux pas me faire ça, dis-je d'une voix sourde et tremblante de rage. Tu n'as pas le droit ! Et de toute façon, tu n'y peux rien ! Tu ne pourras pas m'en empêcher ! Pas sans me dire pourquoi !

— Je ne peux pas te dire pourquoi. Je ne peux pas. Je ne veux plus que tu la revoies, c'est tout, où qu'elle soit. C'est mal que tu la revoies. Un point, c'est tout. C'est mal.

Je tremblais si fort que je commençais à voir trouble.

— Ce n'est pas une raison suffisante, lâchai-je.

Je tournai les talons, sortis de la maison et gagnai la route. Grand-Père se campa sur le seuil.

— Hé ! me cria-t-il.

— Ce n'est pas une raison suffisante ! hurlai-je. Tu ne peux plus continuer à me faire des cachotteries ! Ce n'est pas juste ! J'ai le droit de tout savoir ! Moi aussi, je suis un Mann !

— Tu radines tes fesses ici tout de suite !

— Non !

— Où tu vas ?

En guise de réponse, je brandis mon majeur.

— Bon Dieu de bon Dieu ! rugit Grand-Père. Tu fais ce que je te dis ! Reviens ici !

— Tu n'es pas mon père ! Tu n'as pas d'ordres à me donner !

— C'est moi qui t'ai élevé, morveux ! Alors, tu m'écoutes !

— Tu étais soûl ! criai-je. Soûl du matin au soir ! C'est moi qui me suis élevé tout seul, et tu le sais très bien !

Il s'ensuivit un moment de stupéfaction durant lequel Grand-Père et moi nous regardâmes dans les yeux d'un bout à l'autre de l'allée. Je m'étais toujours juré de ne jamais lui dire ça. Il y avait toujours eu quelque chose en moi qui m'avait interdit de lui en vouloir pour ses faiblesses. Il était, après tout, mon grand-père, mon père et ma mère réunis en une seule et même personne, et, quand on y songeait, je n'avais que lui au monde. Il était ma seule famille. Pourtant, je le dis sur le moment, sans le vouloir, et il se figea. Je ressens encore le pincement de douleur que je ressentis à l'époque en voyant les épaules de Grand-Père s'affaisser et son regard devenir creux. Il recula comme s'il avait reçu une décharge de chevrotine dans le ventre et entra dans la maison.

Depuis ce jour, nombreuses ont été les nuits où j'aurais voulu revenir en arrière et reprendre mes paroles ; longues nuits solitaires où j'étais incapable de trouver le sommeil en ces heures blêmes, étrangement propices à la méditation, où nous autres, les adultes, sommes hantés par nos mauvaises actions.

Mais à d'autres moments, je pense que cela devait être dit. Et, de toute façon, on ne peut revenir en arrière.

Je partis au petit trot. Arrivé à la route, je tournai vers le nord et allongeai mes foulées. Je n'allais nulle part en particulier — je pensais peut-être pousser jusqu'au lac pour faire des ricochets sur l'eau et me calmer. Le lac était bien pour ça. Je pourrais nager, peut-être — je n'avais pas emporté mon maillot de bain, mais je connaissais une petite étendue de sable à l'abri des regards où je pourrais me baigner tout nu. En fait, au lieu de ça, je quittai la route et m'engageai sur le long chemin de terre qui montait jusque chez les Simpson. Je me laissai entraîner par mes pieds, ne sachant trop quelles étaient mes intentions. Ma colère me quittait au fur et à mesure que j'approchais. Je m'arrêtai au bas de la colline et levai la tête. Petit à petit, j'oubliai Grand-Père et bientôt il n'y eut plus que la maison devant moi. Elle semblait exhaler un souffle froid, chargé de désespoir, qui dévalait la colline et m'écrasait de sa puissance. Je frissonnai.

Les habitants des petites villes sont de drôles de gens. Une curiosité morbide s'était répandue comme une traînée de poudre à la suite de la mort de Simpson, qui, des mois durant, devint le principal sujet de conversation de tout Mannville. Pourtant, les causes de cette mort — les secrets de Jack Simpson, sa famille ratée et ses filles parties l'une après l'autre — étaient taboues. Après tout, si les gens avaient commencé à s'interroger là-dessus, la question inévitable, primordiale, n'aurait pas manqué d'être posée : *Pourquoi n'avons-nous rien fait pour empêcher ça avant qu'il ne soit trop tard ?*

Je suppose que nous autres, les Américains des petites villes, croyons toujours que nous ne devons pas nous attirer la colère des fantômes. Ou peut-être est-ce juste valable pour nous, les Mannvilliens.

Quoi qu'il en soit, personne n'avait occupé la maison des Simpson depuis la mort de Jack. On aurait pu croire qu'elle serait devenue le lieu de flirt des adolescents, un endroit où les gamins pourraient faire les fous, tout casser. Mais tout le monde avait toujours su ce qui se passait là-haut, et cette plaie était encore à vif dans les esprits. Quand les gens parlaient de la famille Simpson, c'était du bout des lèvres ; il ne s'était pas encore écoulé assez de temps pour que les événements cèdent la place à la légende, et les gens craignaient de réveiller les esprits malins qui avaient causé la perte des Simpson. La tranquillité de la maison n'avait été troublée en rien ; elle se dressait tel un monument élevé à la sempiternelle cécité du voisinage.

Or je ne me suis jamais considéré comme un Mannvillien ordinaire. Et ne dit-on pas que l'assassin revient toujours sur le lieu de son crime ?

Une affichette sur la porte m'informa, en lettres capitales rouges, que l'accès était interdit pour cause de danger. *De malédiction, plutôt,* songeai-je. Mais personne ne s'était donné la peine de condamner les fenêtres et les portes ; il me suffit de franchir la porte d'entrée, qui restait entrebâillée.

— Bonjour ! criai-je.

Rien, bien sûr.

— Hé, Simpson, espèce d'enfoiré ! hurlai-je.

Pas de réponse. La maison n'était pas seulement vide, elle était morte, aussi morte que Jack Simpson. Tous les meubles — le canapé défoncé que j'avais vu le jour où j'étais venu chercher du secours pour Grand-Père, les vieilles chaises paillées bancales, le lino et les tapis usés jusqu'à la trame — étaient aux mêmes places que le jour où Jack Simpson avait cassé sa pipe à l'étage, dans la chambre de sa fille. La maison était un chef-d'œuvre de décrépitude. Jusqu'à la vieille télévision qui était toujours là, et dont le petit écran gris encastré dans un imposant meuble en faux bois me fixait d'un regard vide, sans comprendre. J'appuyai sur le bouton de mise en marche. Rien. Le courant était coupé.

— Attends, je vais te réparer, dis-je à la télévision.

Je sortis et fouillai les alentours jusqu'à ce que je trouve une pierre grosse comme une balle de base-ball. Je la lançai de toutes mes forces dans l'écran, qui explosa dans un réjouissant fracas d'ampoules, de tubes et de contreplaqué.

C'était tellement jouissif que je ressortis et ramenai une brassée de pierres. Plusieurs fenêtres étaient déjà brisées — certaines par les éléments naturels, d'autres par Simpson lui-même, sans doute, au cours d'un accès de fureur éthylique — mais la plupart demeuraient encore intactes. Je m'employai à y remédier. Je pris les pierres une à une et les lançai à travers toutes les fenêtres du rez-de-chaussée. J'étais Sandy Koufas, j'étais Honus Wagner. Il n'y avait pas de voisin proche qui aurait pu entendre le bruit du verre brisé, mais, de toute façon, je m'en moquais. J'avais décidé que la maison devait disparaître.

Quand j'en eus fini avec le rez-de-chaussée, j'allai chercher d'autres pierres et montai au premier. Là, aucune des fenêtres n'était abîmée. Je lançai mes projectiles sur toutes les fenêtres, sauf celle de la chambre d'Annie, ressentant non de la colère mais une satisfaction froide et délicieuse chaque fois que la membrane fine, transparente et dure des carreaux cédait sous mon tir de barrage. Il y avait des miroirs, aussi ; eux, je les jetai contre les murs avec une désinvolture délibérée. Mais, là encore, j'épargnai la chambre d'Annie. Bientôt, les sols crissaient sous les débris de verre. *Je pourrais mettre le feu,* songeai-je. J'avais un briquet dans ma poche. Je ramassai un bout de papier journal par terre et l'allumai dans le couloir de l'étage. Il prit, flamba et s'éteignit. Je le lâchai et il flotta dans les airs avant de tomber au sol, où je l'écrasai. *Pas ici,* me dis-je. *Dans sa chambre. Que le feu vienne de la chambre d'Annie. Qu'il purifie cette maison.*

Je longeai le couloir. La porte de la chambre était fermée. Je l'ouvris lentement. Les gonds grincèrent. J'entrai.

C'était comme si je pénétrais dans une autre maison, un autre monde. La chambre d'Annie, au mépris des lois de la nature, était toujours d'une propreté immaculée. Le soleil entrait gaiement par les fenêtres, illuminant le lit fait et le sol reluisant ; les dessins de licornes et la photographie de son père étaient soigneusement accrochés aux murs. Dentelles, napperons roses... C'était la chambre d'une petite fille, pas celle d'une adolescente. Ces détails m'avaient échappé lors de ma précédente visite. *Annie a dû faire tout ça elle-même,* songeai-je. Je l'imaginais chez Jo Ann en train de choisir minutieusement quelles fanfreluches conviendraient le mieux pour donner l'illusion d'une enfance heureuse. « Je vais prendre celui-là », avait-elle dû déclarer, de son ton posé et étudié, en désignant d'un doigt manucuré le tissu qui, parmi la dizaine d'échantillons, lui semblait le plus propice à étayer son mensonge. Elle avait dû s'arranger pour ne pas croiser le regard de la vendeuse, pour lui dissimuler le fait que tout ça n'était qu'une comédie. Une mascarade.

Qui était terminée désormais, à en croire sa lettre.

C'est ici, me dis-je, à cet endroit précis du plancher, que Jack Simpson a rendu son dernier souffle. Et ça, mesdames et messieurs (car j'en étais à organiser une visite guidée pour un groupe de touristes imaginaires), c'est le lit sur lequel il a si souvent, et pour son plus grand plaisir, fait des choses à la seule de ses filles qui était restée sous son toit et sur laquelle je ne m'appesantirai pas. Ses autres filles avaient toutes craqué, voyez-vous. Il les avait toutes rendues folles, elles avaient quitté la ville, alors il avait bien fallu qu'il y en ait une qui reste. C'est ici qu'a eu lieu le plus grand crime de Mannville. Pas de flash, s'il vous plaît. Et moi qui vous parle, je suis aussi un criminel — un meurtrier, oui, alors regardez-moi bien, si vous n'en avez jamais vu. C'est moi qui ai envoyé Simpson ad patres, et je suis revenu une dernière fois pour savourer mon triomphe sur les forces du mal. Non, inutile d'applaudir, merci. Ce n'est qu'un des devoirs qui m'incombaient en tant que fils unique du héros de Mannville et pilote de chasse hors pair, le lieutenant Eddie Mann, US Air Force (dcd), dont vous avez sans doute entendu parler. Je ne fais que poursuivre les vieilles traditions familiales. Je n'attends aucun remerciement. Et maintenant, je propose que nous redescendions au rez-de-chaussée et que nous ressortions de la maison. En fait, vous devriez tous rentrer dans vos pénates et ne plus remettre les pieds ici. J'ai de grands projets pour cette chambre, je ne voudrais pas que l'un de vous soit blessé.

J'avais mon briquet à la main. Mon pouce était posé sur la molette.

Pourtant, je me contentai de m'asseoir sur son lit. Les draps, bien tirés, étaient coincés sous les oreillers. Je n'en revenais pas : même au bout de trois mois, ils n'étaient pas froissés. C'était Annie tout craché. Elle aurait fait son lit le matin de la fin du monde. Je restai assis, à son écoute, à l'affût de son parfum, d'un signe annonciateur de son retour, tout en sachant que c'était ridicule. Elle ne reviendrait jamais, et je n'en avais pas envie, de toute façon, même si son absence me torturait autant que si on m'avait arraché un os, même si ma vie avec elle était un air que nous n'avions joué qu'à moitié.

Je restai assis là un long moment, sans plus réfléchir.

Soudain, mes yeux tombèrent sur la photo de Jack Simpson : un portrait en noir et blanc, quand il avait une trentaine d'années. Je le décrochai du mur sans le regarder de trop près, puis je gagnai la fenêtre qui donnait au sud, l'ouvris et jetai le cadre dans le jardin, comme un Frisbee. Il vola dans les airs avec grâce et disparut dans les arbres. Je m'attendais à entendre un bruit de verre brisé, précédé d'un fracas de branches. Rien. Comme s'il s'était purement et simplement volatilisé.

Je m'accoudai au rebord de la fenêtre et regardai au-dehors. Je fus surpris de constater qu'on voyait toute la ville, depuis la chambre d'Annie, les toits des maisons et des commerces de Mannville qui pointaient paisiblement au-dessus des arbres. Je distinguais même ma maison. Je m'approchai de la fenêtre qui donnait au nord. De là, je pouvais voir jusque de l'autre côté du lac qui, ce jour-là, scintillait, vert et turquoise. Je ne m'étais jamais rendu compte qu'Annie jouissait d'une telle perspective de sa chambre, qu'elle pouvait en voir autant de notre petit monde. *Est-ce qu'elle se tenait là, le soir, et se prenait à rêver de mener une vie normale, de traverser le lac et de s'enfuir au Canada ?* me demandai-je. *Est-ce qu'elle nous observait vaquant à nos tâches quotidiennes, telle Rapunzel dans sa tour attendant d'être secourue ?*

Non. Pas Annie. Elle s'était secourue toute seule. Je n'avais fait que lui donner un petit coup de pouce. La vie n'est pas un conte de fées, et Annie n'était pas une princesse sans défense. Elle était même plus courageuse et plus coriace que moi. C'était en partie pour ça que je l'aimais.

D'un geste vif, je rempochai mon briquet, redescendis et ressortis de la maison.

Je ne sais toujours pas pourquoi je n'ai pas mis le feu à la maison des Simpson ce jour-là. Je suppose que ma colère était passée, que j'avais fini par me dire que cet endroit n'avait connu que trop de violence, qu'il était temps que le calme s'infiltre à travers ses murs. La maison pourrirait sur place. Il valait mieux qu'il en soit ainsi. Il valait mieux laisser la nature continuer à reprendre possession des lieux.

Je rentrai à la ferme sans me presser. Quand je pénétrai dans le salon, Grand-Père et Mildred étaient assis dans leurs rocking-chairs. En me voyant, Mildred se leva et alla à la cuisine.

— Grand-Père, dis-je, allant droit au but, il faut que je parte.

— Je sais. (Il se carra dans son fauteuil et regarda le plafond.) Bon sang, je suis bien placé pour le savoir ! N'ai-je pas passé le plus clair de mon temps assis ici, le cœur brisé ? Si j'avais pu aller quelque part, n'importe où, pour recoller les morceaux, je l'aurais fait, crois-moi.

— S'il y a une raison qui te fait penser que je ne devrais pas y aller, tu peux être sûr que je te serais reconnaissant de me le dire.

— Un jour, tu sauras. En attendant, oublie tout ça. Vis

ta vie comme tu dois la vivre, mon garçon. Je ne peux pas t'en empêcher. Et je ne veux surtout pas t'en empêcher. Tu es un bon garçon. Tu seras un bien meilleur homme que moi.

Je ne trouvai rien à lui dire, mais je savais qu'il avait raison.

— Excuse-moi pour tout à l'heure, Grand-Père. Je n'aurais pas dû dire ça...

— C'était ton droit le plus strict. (Il regardait obstinément par terre.) Je n'ai pas été un père pour toi. Et maintenant, c'est trop tard.

— Tu as été très bien, lui dis-je. Je pense que je vais bien m'en tirer.

Grand-Père se leva de son fauteuil et m'enlaça de ses bras osseux. Je devais me baisser désormais pour le serrer dans mes bras. Je mesurais un mètre quatre-vingt-un et demi, et j'avais toutes les raisons de croire que j'atteindrais le but longtemps désiré : un mètre quatre-vingt-trois. Grand-Père répétait que j'étais le plus grand Irlandais qu'il eût connu, et sans doute le plus grand Mann de tous les temps.

Cette même semaine, j'écrivis à Annie pour lui demander si elle était toujours d'accord pour que je vienne la voir. Je ne lui avouai pas que j'étais retourné dans son ancienne maison, ni que j'avais jeté la photo de son père par la fenêtre, qu'elle s'était évanouie dans les airs et que j'avais peur qu'il en soit de même pour l'amour que j'éprouvais pour elle. Je ne fis allusion à rien. Elle me répondit :

Oui. Non. Je ne sais pas. Tu as mon adresse. Aucune promesse. Je t'ai prévenu : je ne suis plus la même. Viens à Noël si tu veux. Tu ne le voudras peut-être pas.

Bien sûr que je le veux, songeai-je. *Comment pourrais-je ne pas le vouloir ?*

J'achetai un billet d'autocar pour Montréal. Je prévoyais d'y aller à la mi-décembre, pendant les vacances d'hiver.

Environ une semaine avant mon départ, je rassemblai toutes les nouvelles que j'avais écrites en utilisant la méthode des substantifs, les mis dans un carton et les portai au Dr Connor, chez qui je n'étais plus allé depuis très longtemps.

— Qu'est-ce que tu deviens ? me demanda-t-il.

Connor ne me serrait jamais la main : il m'empoignait la tête et regardait dans mon nez. J'en étais venu à penser que c'était la façon dont tous les médecins saluaient leurs semblables. Il sortit sa mini-torche électrique et me la braqua dans les narines.

— Tu fumes, observa-t-il, dégoûté.

— J'écris, rectifiai-je.

— Bien sûr. Et tu n'as pas arrêté, on dirait bien. Beaucoup de travail là-dedans.

— Je ne suis pas sûr que ce soit très bon, cela dit.

— Bah, ne sois pas trop dur envers toi-même.

— Vous pouvez jeter un coup d'œil ?

— Avec plaisir.

Il prit une nouvelle dans le carton et en lut le titre.

— « M. Bécasseau et le Marsouin vert ». Qu'est-ce que ça veut dire ?

— C'est un nouveau style que j'ai inventé moi-même. Ça a un rapport avec les noms.

— Les noms, je vois, dit Connor d'un air sceptique.

— J'ai souvent été coincé. Après ma première nouvelle, ça ne me venait pas très facilement.

— Et donc, tu as utilisé des noms ?

— J'écris en partant du milieu.

— Intéressant. Un milieuiste, alors ?

— Plus ou moins. Un milieuiste, ouais.

C'était la première fois que j'entendais ce mot, mais je trouvais qu'il sonnait bien : il conférait de l'importance et de l'originalité.

— Ainsi, l'école du milieuisme aura été fondée ici, à Mannville, conclut le Dr Connor d'un air songeur.

Il porta une main à sa bouche et fit mine de tousser, mais je voyais bien qu'il riait sous cape.

— Eh bien, repasse me voir demain matin. J'en aurai lu deux ou trois d'ici là.

Je revins le lendemain matin à la première heure. Le Dr Connor retournait l'écriteau sur sa porte, de « LE DOCTEUR EST ABSENT » à « LE DOCTEUR EST LÀ ».

— Entre, me dit-il.

Il ne se donna pas la peine de regarder l'intérieur de mon nez, pour une fois. Je le suivis dans la salle d'auscultation et m'assis sur la table d'examen. Il tenait « M. Bécasseau et le Marsouin vert », mais du bout des doigts, par un coin, entre le pouce et l'index, comme on tiendrait un rat mort. Mon cœur, depuis si longtemps plein de confiance en mon avenir littéraire, se retrouva soudain en chute libre.

— Tu sais, je t'aime comme mon petit-fils, déclara-t-il pour commencer.

— Oh, non, fis-je, car je savais que ce genre d'entrée en matière n'augurait jamais rien de bon.

— Et tu sais que je ne dirai jamais rien qui pourrait te blesser. À moins que je pense que cela puisse te servir à quelque chose. Tu le sais, n'est-ce pas ?

— Ouais, je le sais.

— Permets-moi de te raconter une petite histoire, et je te demande de m'écouter attentivement. Un jour, j'ai dû casser le bras d'un petit garçon. Il se l'était déjà cassé une fois, mais il n'avait pas voulu le dire à sa mère, parce que ça lui était arrivé alors qu'il faisait du patin à roulettes dans la rue, ce qu'elle lui avait interdit. Alors, il le lui a caché — comment ? je n'en ai pas la moindre idée — et l'os s'est ressoudé, mais de travers. On voyait, sous la peau, les deux extrémités mal jointes. C'était il y a bien longtemps, j'étais encore jeune. C'était juste après la guerre. Il n'y avait qu'une chose à faire pour arranger ça, en ce temps-là. La chirurgie, c'était hors de question, ce n'était pas comme aujourd'hui, les gens n'avaient pas les moyens de se payer une opération à l'époque. Alors, je lui attrapé le poignet d'une main, le coude de l'autre, et je lui ai cassé le bras sur le rebord de la table.

— Bon Dieu ! criai-je involontairement.

— Ça lui a fait horriblement mal, tu t'en doutes.

Il a hurlé, pleuré à chaudes larmes. Mais ça ne m'a pas embêté du tout, parce que je savais que j'allais pouvoir lui remettre son bras en place correctement. Sinon, il aurait vécu toute sa vie avec un seul bras valide. C'était avant que l'anesthésie soit utilisée comme aujourd'hui. Si ça avait été un adulte, je lui aurais fait boire du whisky d'abord. Mais ce pauvre gosse, il était complètement à jeun quand je lui ai cassé le bras. (Il inspira profondément.) Ça, reprit-il en brandissant ma nouvelle, c'est une horreur. Et de te le dire est la chose la plus difficile que j'aie dû faire de ma vie.

Je ne répondis rien. Je sentais le rouge de la honte me monter aux joues.

— C'est comme de casser le bras de ce gosse, reprit Connor. Sauf que rien ne me garantit que ça va aller en s'améliorant, contrairement à lui. Tout dépend de toi. Les os cicatrisent obligatoirement, mais les gens n'écoutent pas obligatoirement les critiques et ne deviennent pas obligatoirement de bons écrivains.

Je ne pouvais toujours pas parler.

— Il m'est arrivé de devoir dire à des gens que ceux qu'ils aimaient étaient en train de mourir d'une maladie incurable, poursuivit-il. Mais c'était de la rigolade, comparé à cela ! Je ne te dirais pas tout ça si je ne pensais pas que tu es capable de faire mieux. Tu as beaucoup de talent, Billy. Mais... bah...

Il laissa tomber la nouvelle dans le carton. Je sus, sans avoir à le lui demander, qu'il n'avait pas eu la force de lire les autres. La méthode des noms s'autodétruisit en un clin d'œil. Le milieuisme était voué à l'échec. Il rendit l'âme dans le cabinet du Dr Connor.

— Mais qu'est-ce que tu fais ? chuchota-t-il comme s'il parlait à un enfant qui aurait mangé de l'enduit. Que s'est-il passé ? Ta première nouvelle était si bonne !

— Je ne sais pas ce que je fais ! C'est ça, le problème. Je ne sais pas quoi faire.

Au fond de moi, j'avais toujours su que ces nouvelles ne valaient rien. Mais je m'étais tout de même forcé à les écrire jusqu'au bout. Je ne savais pas quoi faire d'autre.

— Je voulais juste essayer ce qui pouvait marcher, dis-je. Je ne sais pas, voilà. Je ne sais pas comment m'y prendre.

— Tu veux trop bien faire. Tu es plein d'histoires. Comme tous les Mann. Et je te connais. Je te connaissais avant que tu sois né, pour ainsi dire. Il suffit que tu les laisses couler hors de toi. Contente-toi d'écrire ce qui se passe, Billy. Oublie cette méthode sans queue ni tête. Raconte l'histoire, tout simplement.

— D'accord.

— Mais je vais te dire ce qu'il y a de bien dans tes nouvelles.

Mon visage s'éclaira.

— Quoi ?

— Tu ne fais jamais deux fois la même erreur. (Ma mine s'allongea de nouveau, mais il passa outre.) Tu es trop intelligent pour ça. Considère que tout ça, c'est du passé. C'est de l'entraînement. C'est un placement. Tu as écrit tout ça, et c'est autant d'expérience de gagné. Tu comprends ?

— Oui, je crois.

— En tout cas, tu comprendras plus tard. Reviens-en à ta première méthode, Billy. Écris l'histoire de ta famille. Il y en a beaucoup d'autres, à part celle du trésor. Quand tu es à court d'idées, écris ta propre histoire. Ce sera un vrai plaisir de lecture. Les choses viendront à toi si tu les laisses faire. Et souviens-toi : contente-toi de les laisser couler hors de toi. Tu veux les récupérer ?

Il désignait le carton de nouvelles à ses pieds.

— Ben, oui.

— Ne sois pas découragé, mon garçon, me dit-il avec chaleur. Tu réussiras. J'en suis certain.

— Merci.

— De rien. Et arrête de fumer.

— Oui m'sieur.

— Je suis sérieux.

— Oui m'sieur.

— À plus tard.

Je rapportai le carton de nouvelles à la maison, creusai un trou profond dans le jardin et les y enterrai. J'avais toujours les joues brûlantes, tandis que je lançais des pelletées de la terre sombre et rocailleuse de Mannville sur mes velléités littéraires, l'œuvre d'une vie. Mais à quoi avais-je donc pensé ? Je ne serais jamais de ces écrivains qui peuvent tout inventer à partir de rien. J'étais condamné à écrire à partir d'événements réels, en ajoutant un petit truc ici ou là pour rendre la chose un peu plus intéressante. Je n'étais ni un Hemingway, ni un Faulkner, ni une Dorothy Parker. J'étais un biographe, rien de plus.

Peut-être devrais-je faire autre chose, me dis-je. *Écrivain, c'est vraiment trop difficile.*

Plus tard, cette même semaine, Grand-Père et Mildred m'accompagnèrent en voiture à l'arrêt des autocars. Je portais un panier qui contenait de bons petits plats préparés par Mildred, trois paquets de cigarettes, un cahier vierge et une photocopie de la notice nécrologique de Jack Simpson.

— Tu sais, je pense à une chose, dit Grand-Père. C'est le panier dans lequel tu es venu au monde !

— Quoi ! m'exclamai-je. Ben, j'espère que tu l'as lavé, au moins !

— Non, quand je dis « venu au monde », je ne veux pas dire « né », mais dans lequel tu es venu à la maison.

— On dirait qu'il est tout neuf.

— Tu as raison.

C'est une curieuse propriété qu'ont les objets dans notre maison : ils ramassent la poussière mais on dirait qu'ils ne vieillissent pas. C'était comme si tous les efforts de Grand-Père pour arrêter la course du temps, pour que ne subsistent que les jours où la vie nous était clémente, à nous, les Mann, avaient réussi — du moins en ce qui concernait les objets. Il m'avait dit deux ou trois fois que, pour lui, ça avait un rapport avec les relents de whisky dont il avait chargé l'atmosphère du temps où il buvait, que les murs, les tissus et les vêtements en étaient imprégnés et que cela les conservait comme de la saumure. Apparemment, il avait raison. Les meubles et les vêtements qui, en toute logique, auraient dû partir en lambeaux depuis des décennies étaient comme neufs. Mais nous savions tous deux que cette explication était farfelue. C'était plutôt la nouvelle façon, plus subtile, que les fantômes — qui, décidément, ne pouvaient se résoudre à nous laisser tranquilles — avaient trouvée pour hanter les lieux.

Je serrai la main de Grand-Père — maintenant que j'étais plus grand, je lui avais interdit de m'embrasser en public —, reçus un baiser sur la joue de la part de Mildred, et partis. Dix heures plus tard, l'autocar entrait dans la gare routière de Montréal.

Annie m'y attendait. Je faillis ne pas la reconnaître ; elle s'était fait couper les cheveux. Pas seulement couper mais raser. Ils avaient un peu repoussé, mais la vision de la peau de son crâne sous une fine couche de cheveux était déconcertante. Je voulus l'enlacer, mais, plaquant une main sur ma poitrine, elle m'arrêta dans mon élan.

— Commençons par le commencement, dit-elle. Un : tu ne me touches pas.

Je me figeai, les bras tendus gauchement devant moi.

— Très bien, répondis-je en laissant retomber mes bras.

— Deux : j'ai toujours su que tu fréquentais cette horrible bonne femme.

— Ah bon ?

— Oui. Et, tu m'excuseras, mais je trouve que tu n'as aucun goût.

— Jalouse ?

J'avais voulu la taquiner, mais ça tomba complètement à plat.

— Jalouse ? Moi ? répéta-t-elle, en croisant les bras et en me gratifiant d'un regard dur. Mais pourquoi diable je le serais ?

— Aucune importance.

Je regardai vaguement autour de moi. Pour la première fois avec Annie, les mots me manquaient.

— Qu'est-ce qui t'a pris de vouloir sortir avec elle ?

— Ce n'est pas facile à expliquer.

— Je ne crois pas que ce soit très compliqué, rétorqua Annie. Tu as un pénis, non ?

— Oh, écoute, arrête, là ! Tu es injuste.

— Tout est injuste, répliqua Annie avec hauteur. S'il y a une chose que j'ai apprise, c'est ça.

— Je n'ai rien fait de mal.

— Tu te servais d'elle comme d'un objet !

— Et elle, elle se servait de moi comme quoi ?

Je songeai qu'Annie se serait très bien entendue avec Mme Gruber. À elles deux, elles me condamnaient à la réclusion à perpétuité, sans libération conditionnelle.

— De toute façon, tu ne connais pas toute l'histoire, lui dis-je.

— J'essaie simplement de formuler un point de vue, me répondit-elle avec colère. Si, à quinze ans, j'étais sortie avec un homme de trente-deux ans, qu'est-ce qu'on aurait dit sur moi ?

— Salut, Annie. J'ai été content de te revoir.

— Tu ne comprends rien ! Il y a deux poids deux mesures, là. Les filles doivent être sages comme des images, et les garçons peuvent faire ce qu'ils veulent.

— C'est peut-être toi qui ne comprends rien. Pourquoi es-tu furieuse contre moi ?

— Je te l'avais dit, que je n'étais plus la même.

Et tu avais bien raison.

Je ramassai mon sac et la suivis à l'extérieur de la gare routière, dans la rue. On marcha sur à peu près huit cents mètres ; elle devant, vite et en silence ; moi derrière, m'efforçant de ne pas me laisser distancer. Il faisait un froid de canard. À Mannville, il pouvait faire froid, mais jamais à ce point. C'était un froid « chauffé à blanc », pourrait-on dire. Je ne portais qu'une veste légère, un jean's, et, au bout de quelques minutes, je commençai à me demander si ma vie n'était pas en danger.

— Je suis gelé, dis-je.

Annie ne fit pas de commentaire.

— Je ne porte pas les vêtements appropriés, ajoutai-je.

Rien.

— Tu aurais pu me prévenir qu'il faisait froid à ce point-là, ici, dis-je.

Annie se retourna et me dévisagea. Je crus un instant que son regard s'adoucissait, mais il se glaça de nouveau et j'y vis briller la même lueur d'acier qu'une minute plus tôt.

— Il va bien falloir que tu fasses avec, lança-t-elle sèchement.

On poursuivit notre route jusque chez elle. Je ne desserrai plus les dents.

Annie habitait un appartement au premier étage d'un immeuble de Sherbrooke Street, juste au-dessus d'un restaurant palestinien tenu par deux femmes. Elle y travaillait douze heures par jour. Ses deux patronnes étaient petites, trapues et poilues ; l'une d'elles avait la lèvre supérieure surmontée d'un gros grain de beauté velu. Quand Annie fit les présentations, elles me scrutèrent d'un air soupçonneux, comme si elles regardaient l'émissaire d'une armée ennemie.

— Salut, leur dis-je.

Elles continuèrent à me jauger, les yeux plissés, sur la défensive.

— Pas « salut », rectifia Annie. *Bonjour*[1]. Elles ne parlent pas anglais.

— *Bonne-jouw*, dis-je.

C'était le premier mot français que je prononçais, et à la grimace des deux femmes, je compris tout de suite que je m'étais mal débrouillé.

— Bonjour, dit l'une.

— Comment ça va ? dit l'autre.

Annie s'adressa à elles en français. Elle parlait vite, leur expliquait quelque chose ; ses mains voletaient comme des oiseaux, et de temps en temps elle me désignait du doigt. Les deux femmes continuaient de me regarder sans changer d'expression. Je ne comprenais pas un traître mot des paroles d'Annie. Je me demandai si elle leur parlait d'Elsie Orfenbacher, à elles aussi. Soudain, elle se retourna vers moi :

— Viens.

— Qu'est-ce que tu leur as dit ? questionnai-je pendant que nous sortions de la cuisine.

— Je leur expliquais qui tu étais.

— Comment as-tu appris à parler comme ça ?

— Par habitude et par nécessité.

— Tu veux dire que personne ne parle anglais ici ?

1. En français dans le texte. *(N.d.T.)*

— Certains, si.

— Qu'est-ce qu'elles ont, ces deux-là ? Elles ne semblent pas particulièrement ravies de me voir.

— Elles ont été violées par des soldats israéliens, m'expliqua Annie tandis que nous montions au premier. Voilà ce qu'elles ont. Et pas seulement une fois, mais des dizaines de fois. Alors, elles n'aiment pas tellement les mecs. Je leur expliquais que tu étais quelqu'un de bien. Que tu n'allais pas leur faire de mal.

— Nom d'un chien ! Pourquoi elles ont été violées ?

— Comment ça, pourquoi ? fit Annie. Il faut une raison pour ce genre de chose ?

Elle s'arrêta dans l'escalier et me fit face. Elle pinçait la bouche, et son mécontentement creusait de petites rides à la commissure de ses lèvres. Elle parut avoir quarante ans, tout à coup.

— Euh... non, dis-je.

Je faillis ajouter « pardon », mais quelque chose en moi m'en empêcha. Je n'avais rien à me faire pardonner. Je n'étais pas un violeur. Je n'avais que seize ans. Ma nervosité grandissante me valut une crampe d'estomac, et subitement je regrettai d'être venu.

L'appartement d'Annie, qui comportait trois pièces — une cuisine, une chambre et un mini salon —, était imprégné d'une odeur de graisse qui montait du restaurant et semblait en suspension au-dessus de tout, tel un nuage invisible. Je reconnus l'odeur qui s'accrochait à la lettre qu'elle m'avait envoyée.

Je défis mon panier de pique-nique plein de nourriture.

— Grand-Père a une petite amie maintenant, lui annonçai-je. Elle adore faire la cuisine.

— Je vois, fit Annie d'un air pincé.

— Vas-y, sers-toi.

— Elle adore faire la cuisine, ou elle est bien obligée de faire la cuisine ?

— Hein ?

— Tu sais bien. Les femmes aux fourneaux ! Qu'elles fassent la cuisine et des gosses !

— Bon, d'accord. Tu sais quoi ? Tout ça, ce sont des conneries. Ou tu redeviens aimable tout de suite, ou je me tire. Je ne sais pas quel est ton problème, mais je ne mérite pas ça.

— Écoute, dit Annie, faisant glisser sa paume sur son crâne, je ne sais pas ce que tu attends de moi en venant ici, mais...

— Annie, l'interrompis-je, exaspéré, ne va pas imaginer une seconde que j'attende quelque chose de toi. Je te l'ai déjà dit. Tu me manques. Je veux dire : tu m'as manqué. J'avais envie de te voir, d'être sûr que tu allais bien, de passer du temps avec toi. Il vaudrait peut-être mieux que je prenne une chambre dans un motel. Bordel ! En fait, tu sais quoi ? Tu me fais chier. Je me barre.

Je pris mon sac et me dirigeai vers la porte.

— Attends ! me dit-elle.

— Non, toi, tu peux toujours attendre.

J'ouvris la porte.

— Sois sympa, Billy. Attends. Juste une...

Je m'arrêtai.

Elle s'assit et se prit la tête dans les mains. Je m'assis à côté d'elle. Instinctivement, je passai un bras autour de ses épaules. Elle tressaillit comme une jeune pouliche.

— Par pitié, ne fais pas ça, reprit-elle.

Elle avait retrouvé la voix que je lui avais toujours connue — c'était une simple demande, rien de plus.

— Excuse-moi, lui dis-je. L'habitude.

— Toi, excuse-moi.

— Je suis dans ton camp. Je l'ai toujours été.

— Je sais. C'est juste que...

— Je comprends.

Elle garda le silence.

— Annie, repris-je, tu ne me dois rien, si c'est ça qui te tracasse. Je ne suis pas venu te forcer à te rappeler des choses que tu veux oublier. Je voulais juste m'assurer que tout allait bien pour toi. Je suis fier de toi. Vraiment. Et je suis jaloux. Si tu savais comme j'aimerais avoir un appart à moi !

— Ah oui ?

— Oui. Vraiment.

— Il fait vachement froid ici. Plus qu'en ce moment, des fois. Ce n'est pas aussi super que ça en a l'air.

— Enfin, tu vois ce que je veux dire.

— Billy, me dit-elle, je suis contente de te voir. Très contente.

— Ah bon, je préfère ça. Moi aussi, je suis content de te voir.

Oh, mon Dieu, songeai-je, *si tu savais à quel point !*

— Sortons, dit-elle. Je vais te faire visiter le quartier. On va boire une bière ?

— On peut ?

— Ici, on a le droit de boire de l'alcool plus jeune que chez nous. À partir de dix-huit ans.

— Mais on n'a pas dix-huit ans.

— Ils ne vérifient jamais. Sois naturel, et ils ne feront même pas attention à toi.

Un pays où les ados pouvaient s'acheter de la bière : je trouvais ça génial. L'Amérique, qui avait déjà commencé à baisser dans mon estime comme étant le pays qui ne me publierait pas, descendit d'un cran supplémentaire en faveur du Canada. On s'habilla chaudement : longs sous-vêtements, jean's, chemise de flanelle, sweater, blouson fourré, écharpe, bonnet, gants et deux paires de chaussettes sous de grosses boots. Le soleil s'était couché, et quand on sortit dans la rue, le froid me frappa comme un coup de poing dans le ventre. Annie avait raison. Ça avait empiré.

— Mets ton écharpe sur ton nez, intima Annie. Respire à travers. Ne respire pas l'air comme ça. Tes poumons gèleraient.

J'étais presque paralysé. La température avait baissé de cinq ou six degrés depuis le peu de temps que j'étais là. Je n'aurais jamais cru qu'un froid pareil fût possible. Il s'infiltrait par les brèches de mon bouclier thermique, me transperçait comme des centaines de dards. On marchait vite pour avoir plus chaud. Tout le monde semblait faire comme nous. On était un vendredi soir, les rues étaient pleines de gens qui parlaient un pot-pourri de langues, cheminaient à grandes enjambées, sortaient de bars, de restaurants, de boîtes et autres endroits obscurs qui préféraient la discrétion à la publicité. Je n'avais jamais entendu parler français avant ce jour-là, et voilà qu'on l'entendait partout. Je trouvais que c'était une belle langue, mélodieuse et aérienne, même dans cet air glacé — on s'attendait presque que les mots se brisent à cause du froid. On passa devant deux hommes ivres qui se disputaient : des hommes barbus et ventripotents qu'on aurait vus conduire des pick-up ou des tracteurs à Mannville, et cela m'amusa beaucoup d'entendre ces deux poivrots se jeter à la figure ce langage gracieux et non pas les sons nasillards auxquels j'étais accoutumé dans l'État de New York. Ils s'insultaient dans la langue des diplomates et des rois.

On arriva dans un petit café au nom imprononçable. Annie commanda un pichet de bière rousse, qui me parut somptueuse car c'était la première que je buvais dans un bar. On la sirota à petites gorgées.

— Boréale Rousse, dit Annie.

C'était le nom de la bière. Elle me le fit répéter jusqu'à ce que je le prononce d'une façon qu'elle jugea satisfaisante : *Bow-ray-hal Ruce* — sauf qu'elle avalait à moitié ses « r » d'une façon rigolote que je ne savais pas reproduire. C'était étonnant et, à ma deuxième bière je jugeai cela encore plus génial.

— C'est trop, ce truc, dis-je. Pourquoi ça me rend si gai ?

— Fais attention, m'avertit-elle. Ces bières sont plus fortes que celles qu'on boit chez nous.

— Je voudrais te demander autre chose. Pourquoi tu t'es coupé les cheveux aussi court ?

Elle haussa les épaules et but une longue goulée de bière.

— Avoir le crâne rasé, c'est un peu comme être invisible. On ne te regarde pas, on ne t'emmerde pas. Je l'ai fait pour être invisible.

— On t'emmerdait tant que ça ?

Elle me regarda avec un air de dégoût, non plus teinté de mépris, mais de commisération envers mon ignorance, avec un zeste d'amusement.

— Dans dix mille ans, tu n'auras toujours pas compris, dit-elle.

— Compris quoi ?

— Ce que c'est qu'être une femme.

— Bah, dis-je, déjà un peu soûl, c'est parce que je suis un... *man*.

— Oui, je sais que tu es un Mann.

— Je voulais dire un homme.

— J'avais compris.

Je rejetai la tête en arrière et rugis de rire.

— Bon, ça va, dit-elle en souriant tout de même. Je crois que tu as assez bu.

On rentra, on s'emmitoufla dans une couverture et on s'assit sur le canapé pour bavarder. J'avais mille choses à lui raconter, mille petits détails. Il m'était impossible de les dire tous, et ce fut là que je me rendis compte d'une évidence : il existait un pan de ma vie qu'Annie avait raté et qu'elle ne comprendrait jamais ; et c'était également vrai en sens inverse. Mais du moins, nous étions réunis. On se frotta les orteils sous la couverture. Les mots nous venaient de plus en plus facilement et, bientôt, nous parlâmes librement, en riant. Les choses semblaient redevenir comme avant, Annie semblait redevenir Annie, et je compris qu'elle m'avait soumit à une sorte d'examen de passage, même si je ne savais pas trop quand il avait eu lieu ni en quoi il avait consisté. On s'endormit comme des enfants, les jambes entremêlées, et tard dans la nuit elle se réveilla, me guida jusqu'à son lit et se blottit contre moi.

À un moment, dans un demi-sommeil, je crus sentir une main me caresser les cheveux et entendre une voix murmurer :

— Tu es toujours mon héros, Billy Mann.

Mais je devais sans doute rêver.

Les journées étaient bien moins froides que les nuits ; aussi, pendant qu'Annie trimait à la cuisine des Palestiniennes, je partis explorer Montréal. Même les boîtes aux lettres — hautes, fines et rouges — me semblaient fascinantes. Le premier matin, tout en mangeant des falafels froids que m'avait donnés les Palestiniennes, j'allai au Mont-Royal et écoutai des hippies — du moins, je pensais que c'étaient des hippies, car je n'en avais jamais vu avant — qui jouaient du tambourin dans le parc. Puis je me rendis au centre-ville, où je visitai les ruines d'une cathédrale ravagée par un incendie. Une flopée de pigeons, cachés dans les interstices, s'envolèrent et se dispersèrent dans le ciel. Je les admirai, remarquant que le ciel était d'un bleu profond et que le soleil réchauffait la ville. L'influence de la France était omniprésente, dans l'architecture, la nourriture, la langue ; j'avais pris le car à Mannville et, au bout de quelques heures de route, j'avais l'impression d'être arrivé en Europe.

C'était une sensation étrange, et je la savourais pleinement. Je me rendis compte avec une certaine honte que je n'étais jamais allé nulle part, pas même à Buffalo, sauf pour l'avoir traversé en autocar. Je pensais à mes dix-sept ans de solitude et de stagnation. *Pas étonnant que je sois si nul comme écrivain*, songeai-je. *Je n'ai encore rien fait !* Il fallait que je rencontre des gens nouveaux, que j'apprenne des langues étrangères, que je vénère des dieux étonnants — ne fût-ce que pour savoir ce qu'on ressent en faisant ces choses-là. La soif de découvrir le monde poussait en moi telle une fleur carnivore exigeant d'être repue. Comparé à Montréal, Mannville était un trou perdu, ses habitants une bande de culs-terreux coiffés de casquettes de base-ball et qui mâchouillaient constamment du tabac en disant sans arrêt « ben non ». Mannville ne donnerait jamais naissance à un grand écrivain. Je n'avais aucune envie de retourner chez moi.

Vers midi, je fis halte dans un petit salon de thé, où j'achetai de l'eau minérale et des pâtisseries. De petites tables et des chaises étaient disposées à l'extérieur, mais, comme elles étaient toutes occupées, je m'assis sur le bord du trottoir pour manger. J'avais presque fini mon déjeuner quand j'entendis au loin une grande clameur. Je redressai la tête. On aurait dit des centaines de voix criant à l'unisson, accompagnées de martèlements de pas. C'était de plus en plus proche. Je me relevai et époussetai mon jean's en regardant dans la direction d'où venait ce bruit. Autour de moi, les passants se taisaient et s'arrêtaient pour écouter.

Mouvante, une rangée d'hommes et de femmes apparut au coin de la rue. Ils marchaient au pas cadencé, brandissant des banderoles. J'avais entendu parler des manifestations par les journaux : elles réunissaient des gens qui ne se connaissaient pas autour de quelque chose qui ne me concernait pas — en tout cas, c'est ce que je pensais —, comme le chômage, le désarmement nucléaire ou l'exploitation du bois. Mais là, ces gens étaient devant moi, pas dans les pages du *Megaphone. Il est possible,* songeai-je, *que je sois aux premières loges d'un événement historique.* J'étais surexcité. C'était génial. C'était le genre de trucs que je devais voir si je voulais devenir écrivain. C'était la réalité.

Il y avait des centaines de manifestants, des milliers peut-être, qui scandaient tous le même slogan. Le macadam vibrait sous le poids de leurs pas. La rue avait été fermée à la circulation ; j'aurais pu aller d'un trottoir à l'autre en marchant sur la tête de manifestants, tellement la foule était dense. Les gens assis aux tables derrière moi se levèrent et se mirent à se parler de façon très animée. L'un d'eux me flanqua un coup de coude dans les côtes et me dit quelque chose en français.

— Comment ? dis-je, criant pour dominer le rugissement des voix.

L'homme qui m'avait adressé la parole était âgé d'une quarantaine d'années. Il arborait une fine moustache soigneusement ourlée et portait une espèce de béret incliné sur le côté. À mes yeux, il faisait très français.

— Tu ne parles pas français ? hurla-t-il.

— Non !

— Pourquoi tu cries leur slogan ?

— Quoi ?

— Pourquoi tu cries leur slogan ?

— Je ne criais pas leur slogan !

Mais à peine avais-je dit cela que je me rendis compte que j'avais bel et bien crié en rythme avec les manifestants. Leur enthousiasme était contagieux. Je n'avais pas la moindre idée de ce qu'ils revendiquaient mais j'étais complètement pour. C'était la plus belle cause au monde.

— Qu'est-ce qui se passe ? demandai-je à l'homme.

— Hein ?

— Ils manifestent contre quoi ?

— Tu ne sais pas ?

— Non ! Dites-moi !

Il prit un air finaud.

— Tu es américain ? me demanda-t-il.

— Oui !

— J'aime pas les Américains, dit-il. Pas du tout !

— Navré.

— En fait, je hais les Américains ! Vous n'êtes qu'une bande d'enculés, accros à la came !

— Hé, minute, là.

— Mais toi, je t'aime bien, poursuivit l'homme avec un accent canadien à couper au couteau. Donc, je vais te dire le but de cette manif. C'est pour le Québec libre.

— Le Québec libre ?

— Tu aimes bien le Québec ?

— Oh, ouais ! Beaucoup !

— Tu es pour le Québec ?

— Oui !

Je commençais à m'échauffer. Mon cœur battait de plus en plus vite.

— Tu es américain mais tu es pour le Québec !

— Ouais, je suis pour ! hurlai-je. Je suis archi-pour !

— Alors, vas-y, vas-y ! brailla l'homme. Éclate-toi, défile !

Ma surexcitation confinait au délire. Sans un mot de plus, je m'élançai dans la rue. Les manifestants rompirent brièvement les rangs pour m'accueillir puis les refermèrent, et je me retrouvai bras dessus bras dessous avec deux types baraqués qui mesuraient facilement dix centimètres de plus que moi. Ils baissèrent les yeux sur moi et me gratifièrent d'un large sourire. Je leur souris aussi. Je ne comprenais pas ce que le slogan voulait dire, mais je pouvais suivre le rythme en ânonnant les mots le mieux possible. Mon cœur battait à tout rompre et l'adrénaline coulait dans mes veines aussi chaude que du plomb fondu. *Je manifeste,* songeai-je, tout joyeux. *Je suis un manifestant ! Si Grand-Père me voyait !*

On enfila plusieurs rues. Je scandais les slogans, je criais, je participais. Je ne savais rien de la province canadienne du Québec, mais ça n'avait pas d'importance. La liberté est une grande chose et, pour la défendre, je pourrais défiler n'importe où. La liberté est le principe fondateur de l'Amérique. C'est pour elle qu'on fait les guerres, d'habitude.

Il y avait foule dans les rues, mais très peu de gens criaient avec nous ; ils semblaient curieux mais distants, indifférents.

Je marquai une pause. Je n'étais au Québec que depuis un jour, mais je m'étais déjà rendu compte que les Canadiens francophones tenaient à l'idée de leur indépendance. C'était par excellence le sujet qui ne pouvait laisser aucun Quebécois indifférent. Pourtant, très peu de badauds, qui pour la plupart devaient être de Montréal, paraissaient concernés par les revendications des manifestants. Quelques-uns même semblaient moqueurs.

— Vive le Québec libre ! hurlai-je.

— Ta gueule, sale pédale ! me cria un homme sur le trottoir.

Sale pédale ?

Je tournai la tête. Derrière moi, deux femmes portaient une banderole. J'étais nul en français, mais je m'étais aperçu que certains mots étaient presque identiques à leur équivalent anglais ; grâce à cela, je pouvais comprendre pas mal d'enseignes de magasins. Tout à mon enthousiasme, je n'avais pas encore pris le temps de tenter de déchiffrer ce qu'il y avait d'écrit sur les banderoles, mais là, je me dis que, peut-être, cette manifestation n'avait aucun rapport avec ce que m'avait raconté l'homme à l'air français.

J'articulai en silence les mots qui figuraient sur la banderole. Deux ou trois d'entre eux me sautèrent aux yeux. VIVE LA DIFFÉRENCE. J'avais déjà lu ça quelque part. Ça voulait dire que les choses différentes n'étaient pas mauvaises, qu'on devait encourager la diversité. Bah, cela n'avait rien de bien extrémiste ; j'étais pour. Mais ça me semblait une curieuse raison de défiler dans les rues. Je continuai à lire.

Soudain, mon sang se glaça dans mes veines. J'avais reconnu un autre mot. HOMOSEXUALITÉ.

Je ne manifestais pas pour le Québec libre, mais pour la défense des droits des gays.

Au même moment, je me rendis que compte que les messieurs qui m'entouraient avaient relâché leur étreinte autour de mes bras. L'un d'eux avait, l'air de rien, glissé un bras autour de ma taille, et l'autre me tenait la main.

Je me retournai pour lancer un coup d'œil sur la foule. Sur le trottoir, un ado en blouson de cuir attirait l'attention en dansant en cercle, le bras tendu, le poignet cassé ; plusieurs de ses amis l'entouraient et riaient en montrant les manifestants du doigt. En nous montrant du doigt. À côté de lui, braquée sur moi au moment même où je regardais dans sa direction : une équipe de télévision, armée d'une caméra dotée d'un objectif grand angle, nous désignait, moi et mes deux imposants compagnons. Un homme très maquillé se tenait devant l'objectif, un micro à la main. Il me regardait droit dans les yeux.

— Vous m'excuserez, les gars, dis-je aux hommes à mes côtés.

Je me libérai de leur étreinte et sautai sur le trottoir. Je voulus déguerpir en courant, mais je trébuchai sur le pied d'un passant et m'étalai de tout mon long sur le ciment. Une main me saisit par le col et m'aida à me relever.

— Merci, dis-je.

Je me trouvai face au journaliste hyper maquillé.

— Salut ! me dit-il. Ça fait combien de temps que t'es sorti du placard ?

— Excusez-moi, répondis-je, mais je manifestais pour le Québec libre.

Je tournai les talons et repartis par où j'étais venu, les joues brûlantes.

Je n'ai rien contre les gays ; je pense qu'ils méritent d'obtenir le maximum de droits possible, et maintenant que je m'étais fait traiter de « sale pédale » par quelqu'un qui ne plaisantait pas, je voyais la chose sous un autre angle. Je m'étais senti humilé, et je n'étais même pas gay.

Mais je me jurai que si jamais je retombais sur l'autre Français moyen, je lui donnerais une leçon en relations internationales.

Je retrouvai Annie à six heures du soir.

— Qu'est-ce que tu as fait aujourd'hui ? me demanda-t-elle.

— Oh, pas grand-chose. Je me suis baladé.

— Il paraît qu'il y a eu une grande manif. Tu l'as vue ? On voulait y aller, mais on avait trop de boulot.

— Vous vouliez y aller ?

— Ouais, bien sûr.

— Pourquoi ?

— Parce qu'on... ben... tu sais pour quoi c'était ?

— La manif ?

— Ouais.

— Non, mentis-je.

— Bah, aucune importance !

Je crus comprendre, tout à coup. Le crâne rasé, le

physique asexué, sa colère systématique contre tout ce qui était masculin. Les deux Palestiniennes.

Annie devenait lesbienne.

— Regarde ça, lui dis-je en exhibant une revue que j'avais achetée dans une librairie.

Il fallait que je change de sujet car, tout à coup, je me sentais envahi par une nausée que je ne m'expliquais pas. *Oh, non, ne deviens pas lesbienne,* l'implorai-je dans ma tête. *Comment veux-tu qu'on se marie si tu es lesbienne ?* Je pensais que c'était une revue littéraire, mais sans certitude, car elle était en français. *Non ! Pas lesbienne !*

— *Le Journal des Lettres,* lut-elle à haute voix. C'est une revue régionale. Ils publient des nouvelles.

— Quel genre de nouvelles ?

Est-ce que tu es déjà devenue lesbienne ?

Annie haussa les épaules.

— N'importe, je suppose, dit-elle en la feuilletant. Pourquoi ?

— Tu es douée pour traduire ?

Rassure-moi : tu n'es quand même amoureuse de ces deux nanas bizarroïdes ? Elles sont amoureuses de toi ? Oh, c'est pas vrai !

— De l'anglais au français, tu veux dire ? Pourquoi ?

— Tu crois que tu pourrais traduire en français la nouvelle que j'ai écrite sur Willie ?

Ne deviens pas lesbienne, ne deviens pas lesbienne, ne deviens pas lesbienne, l'implorai-je in petto. *On n'est pas tous comme ton père ! Je serai bon envers toi.*

Annie fit la moue.

— Bah, oui, je devrais pouvoir. De façon littérale, oui, mais je ne suis pas sûre que ça ressemblerait à de la littérature, qu'elle serait aussi bonne qu'en anglais.

— Mais peut-être que si. Ne te sous-estime pas.

Merde. C'est trop tard, hein ? Tu as franchi le cap.

— Je ne sais pas trop. Je ne suis pas encore très familiarisée avec les expressions idiomatiques.

— Quel rapport ?

J'abandonnai mon monologue intérieur. Il était probablement trop tard. Peut-être les choses devaient-elles tourner ainsi.

— Elles sont indispensables pour raconter une histoire. Comme les métaphores. Et pour ça, il faut avoir une connaissance approfondie d'une langue.

— Tu veux bien essayer ?

— Tu envisages de la leur envoyer ?

Elle tapota la revue d'un doigt gercé et rougi. Les Palestiniennes lui faisaient faire constamment la plonge, et ça commençait à se voir sur sa peau. *Pour des féministes, elles se posent là, ces nanas !* songeai-je avec indignation. *Elles en profitent parce qu'elle est jeune. Elles la font trimer comme un chien.* Je faillis lâcher une réflexion à ce sujet, mais je tins ma langue. Je n'avais pas envie de commencer à saper les fragiles fondations qu'elle avait données à sa vie.

— Ben, je n'ai pas de chance en Amérique, dis-je.

— On ne dit pas « Amérique » ici, précisa-t-elle en pouffant. On dit « les States ». C'est plus branché.

— Enfin, bref. Alors, tu veux bien ?

— Je vais essayer, mais je ne te promets pas que ce sera bon.

— Essayer, c'est déjà bien. J'ai foi en toi.

Elle coinça son menton dans sa main fine et me sourit timidement. J'eus la vision fugace du visage qu'elle aurait quand elle serait plus âgée. Elle serait de ces femmes qui attirent le regard sans rien faire pour cela, simplement en existant ; ces femmes dont chaque geste irradie un calme olympien. Et, en plus, elle serait belle. Et elle aurait des enfants. J'en avais la certitude.

— On ne me dit jamais ça, dit-elle. Qu'on a foi en moi.

— C'est que tu ne fréquentes pas les bonnes personnes.

— Je n'ai pas été élevée par une bonne personne, dit-elle, et son visage s'assombrit.

Je sentis venir l'orage. Nous avions décrété que nous ne parlerions plus jamais de son père. Elle avait décidé qu'elle réservait ce sujet au thérapeute qu'elle irait consulter un jour. Quand nous étions ensemble, mon rôle consistait à lui faire oublier ses souffrances.

— Bois ta bière, lui dis-je. Je t'invite au ciné. Qu'est-ce que tu as envie de voir ?

Elle sourit.

— On donne *Le Retour du Jedi* dans une salle, dit-elle. On ne ratera pas le début, cette fois. J'espère que ça te gêne pas que ce soit sous-titré.

On passa le restant de la soirée et les soirées suivantes de la même façon : en se promenant en ville, parfois en se tenant la main et, petit à petit, j'en vins à connaître tous les coins de Montréal qu'Annie revendiquait comme étant siens. Ils étaient fréquentés par d'autres, bien sûr, mais, pour moi, il suffisait qu'Annie soit dans un endroit pour qu'elle y soit chez elle et condescende à ouvrir sa porte à autrui. Elle adorait les librairies, les cafés, les parcs, la façade de certains immeubles, ou simplement des bouts de trottoirs, des vérandas devant lesquelles, sans raison particulière, elle se sentait bien. Elle me confia qu'elle avait passé les deux premières semaines, après son arrivée, à marcher dans les rues. Il ne faisait pas froid à l'époque, et il fallait qu'elle sache si elle avait envie de vivre là.

— Si on veut connaître une ville, il faut s'y promener un moment, me dit-elle. Sentir ses odeurs. Écouter ses bruits. Chaque ville a son caractère.

Je trouvai cette réflexion si charmante que je l'écrivis dans mon journal.

Ma dernière nuit, on s'étendit l'un à côté de l'autre sans un mot. Durant les onze jours précédents, j'avais entassé plus d'images et de sons dans ma pauvre caboche de provincial que jamais auparavant, et à la veille de rentrer chez moi, je ressentais une impression de vide. La vie à Montréal était vraiment trop géniale. Mais petit à petit, je commençai à m'endormir, et, comme cela m'arrive souvent dans un état de demi-sommeil, je fis un rêve.

Je me trouvais dans le cimetière de l'église Saint-Jude, à Mannville, où M. Simpson avait été enterré et où cinq générations de Mann reposaient déjà. Nous avions accumulé un nombre impressionnant de tombes depuis notre arrivée dans le Nouveau Monde, et dans mon rêve, je les regardais, déchiffrant les inscriptions une à une comme je l'avais fait des centaines de fois. Mais là, pourtant, se dressait une nouvelle pierre tombale que je n'avais pas encore remarquée. Elle s'était immiscée parmi les autres, coincée entre celle de Grand-Père (il avait choisi l'emplacement quelques années plus tôt, en laissant un blanc pour la date de sa mort) et celle de mon père — qui n'était pas vraiment une pierre tombale, car il n'y avait personne en dessous, mais plutôt un mémorial, son corps n'ayant jamais été retrouvé. J'examinai cette nouvelle apparition de près, intrigué de ne l'avoir jamais vue. Elle était recouverte d'une écriture que je ne reconnaissais pas.

— Tu seras enterré ici un jour, dit une voix, et moi aussi.

Je me retournai et aperçus, non pas Grand-Père, de qui j'aurais pu attendre ce genre de discours, mais le Dr Connor. Il était à côté de moi dans son manteau blanc, les mains croisées devant lui en une pose respectueuse, comme si nous avions assisté à un service religieux.

— Je t'ai connu avant même ta naissance, ajouta-t-il.

Je me penchai sur la nouvelle pierre tombale et constatai que le texte était écrit en japonais. Les idéogrammes devinrent flous, puis se muèrent fugacement en mots anglais avant de redevenir flous pour réapparaître à nouveau. Je lus :

— « Enzo Fujimora est très âgé. »

J'eus une révélation. Enzo Fujimora était le pilote de chasse qui détenait le journal intime de Willie.

— Il n'est pas encore mort ! criai-je gaiement au Dr Connor. Il est toujours vivant ! Connor ! Il va venir nous rapporter le journal !

Or ce n'était plus lui qui se tenait à côté de moi, mais Grand-Père. Il ne me dit rien mais me gratifia d'un sourire tranquille et apeuré.

— Je ne comprends pas, dis-je.

Ce fut alors que j'ouvris les yeux. Annie me secouait doucement.

— Tu faisais un cauchemar, murmura-t-elle.

Je m'assis avec effort.

— On est où ? demandai-je, désorienté.

— Chez moi, me dit Annie. À Montréal. Tu refaisais le cauchemar des Rory.

— Non. Ce n'était pas un cauchemar.

— En tout cas, tu criais.

— Qu'est-ce que je disais ?

— Ce n'étaient pas des mots, juste des cris.

— Je ne fais plus ce cauchemar. Grand-Père non plus. Ce n'était pas le cauchemar.

— Eh ben, tant mieux, me dit-elle, mais il me semblait qu'elle me regardait bizarrement.

— Ne me regarde pas comme ça !

— Je ne te regarde pas d'une façon particulière.

Or, si je l'avais imaginé une seconde plus tôt, maintenant elle me fixait bizarrement.

— Ça va ?

— C'était un rêve différent, lui dis-je. Il est arrivé quelque chose.

— Quoi ?

— Je l'ignore. Il faut que je rentre.

— Tu repars demain matin.

— Je ne peux pas attendre.

Je me levai et commençai à jeter mes affaires dans mon sac.

— Il faut que je rentre tout de suite.

— Billy, tu dors à moitié. Reviens te coucher.

— Je ne dors pas à moitié !

— Tu es désorienté, alors. Tu as fait un mauvais rêve. Allez, reviens te coucher. Il gèle dehors ; on ne va quand même pas aller à la gare routière par ce temps.

Peut-être étais-je en train de dormir, car, même si je revois clairement le rêve en lui-même, le souvenir que j'ai gardé de notre conversation demeure brumeux, et je ne me rappelle pas ce qui s'est passé ensuite. Dans une lettre qu'elle m'envoya après mon retour à Mannville, Annie prétend que je lui ai dit : « Tu étais ma mère dans ma vie antérieure, alors c'est uniquement pour ça que je vais t'obéir », puis que je m'étais recouché en replongeant aussitôt dans le sommeil. Cela lui avait donné à réfléchir. Plus que ça, en fait : elle avait eu tellement la frousse qu'il lui avait fallu attendre des heures avant de pouvoir se rendormir. J'avais parlé avec tant de ferveur, de conviction, qu'elle en avait eu la chair de poule, transie jusqu'aux os malgré l'épaisseur des couvertures.

« Il y a des fois, écrivit-elle dans cette même lettre, où ce n'est pas facile d'être ami avec un médium. »

Au matin, je m'éveillai frais et dispos. On prit un petit déjeuner de café chaud et de falafels froids, gracieusement offerts par les Palestiniennes qui, au moment de mon départ, ne trahirent pas plus d'émotion qu'à celui de mon arrivée. Je leur dis au revoir en français, le plus poliment du monde, après quoi Annie m'accompagna à la gare routière. Je ne me souviendrais de mon rêve que plus tard. Pour l'heure, je redoutais mon retour à Mannville et l'ennui dont là-bas, j'en étais sûr, mon avenir serait fait.

— Pas la peine que tu attendes ici, dis-je à Annie. Autant que tu retournes travailler.

— D'accord.

— Tu comptes revenir chez nous ?

— C'est ici chez moi, répondit-elle les yeux brillants. Je pensais que tu l'avais compris.

— La force de l'habitude, commentai-je en me maudissant d'avoir mal choisi mes mots. Quand je disais « chez nous », je parlais de Mannville.

— Non. Je n'y reviendrai pas.

Elle se tenait devant moi, les bras croisés sur sa petite poitrine, me regardant avec un mélange de défi et d'espérance.

— Je trouve ça super, ce que tu fais, remarquai-je car je sentais qu'elle attendait que je dise quelque chose.

En dépit de son courage et de sa force de caractère,

elle avait besoin que j'énonce un verdict sur ses projets — une bénédiction ou une condamnation. Mais jamais je ne condamnerais Annie, quoi qu'elle fasse, même si je pensais que les Palestiniennes profitaient d'elle. Pour elle, c'était une question de survie, et je savais que, quoi que je dise, elle continuerait à vivre à Montréal, jusqu'au bout de cette expérience, avant de passer à autre chose.

— Franchement, repris-je, j'aimerais pouvoir en faire autant. Je t'envie.

— Pense à ma vie une seconde, petit con, répliqua-t-elle avec un pauvre sourire. Comment pourrait-on m'envier ?

Mais son sourire était teinté d'un certain soulagement, et je fus content d'avoir parlé.

— Je... je regrette de ne pas pouvoir passer plus de temps avec toi, lui dis-je.

Je la serrai contre moi quelques instants.

— Merci d'être venu, me chuchota-t-elle à l'oreille.

— Ce fut un plaisir, répondis-je en la relâchant.

— Ça a été important pour moi.

— Je sais.

— J'angoissais à cette idée... c'était un peu comme si... comme si mon passé avait rendez-vous avec mon avenir, tu vois ? J'avais peur qu'il y ait une collision, je ne sais pas... mais ça n'a pas été le cas. Ça a été super.

— Je suis content.

— Je n'étais pas sûre que ça marcherait.

— Je l'ai bien vu.

— Oh, merde. Pardonne-moi. J'ai été vraiment chiante quand tu es arrivé.

— Laisse tomber. Je comprends. Et je compte sur toi pour traduire ma nouvelle.

— Je te le jure. Dis bonjour à ton grand-père de ma part.

— Oh, zut ! m'écriai-je. J'ai oublié le panier de pique-nique.

— Il est chez moi.

Trop tard pour retourner le chercher : mon autocar venait de se garer à son arrêt.

— Oh, putain ! gémis-je. Grand-Père va me tuer.

— Pour un panier ?

— C'est *mon* panier. Celui dans lequel je suis arrivé.

— Quand tu étais bébé, tu veux dire ?

— Oui.

— J'avais toujours cru que tu parlais par métaphore quand tu me racontais que tu étais né dans un panier ! dit-elle en riant.

— Non, pas du tout.

Je ne trouvais pas ça drôle.

— Écoute, poursuivis-je, ce panier est la seule chose qui me vienne de ma mère. La seule chose dont je sache avec certitude qu'elle l'a touchée. Il faut que je le récupère.

— Je vais te l'envoyer.

— Non ! Il pourrait s'abîmer pendant le transport. Ou se perdre.

— Je ferai un paquet solide, promit-elle. Ne t'inquiète pas.

— Surtout, dis-je, surpris par la vague de panique qui se soulevait en moi, surtout, fais-y très attention.

— Mais oui ! Tu ne me fais pas confiance ?

Je me sentis gêné, tout à coup.

— Excuse-moi, marmonnai-je. Je ne sais pas ce qui m'a pris.

— Ne t'en fais pas.

Une voix inintelligible s'échappa du haut-parleur et annonçant le départ de mon autocar. « Toronto-Buffalo-Érié-Pittsburgh et direction sud. »

— Il y a des choses auxquelles on s'attache, dit Annie.

— Je t'écrirai souvent.

— Je te répondrai.

— Tu vas me manquer.

— Toi, tu vas me manquer.

— Annie ?

— Ouais ?

Est-ce que tu sors avec des filles ? Est-ce que tu m'aimeras un jour ? Est-ce que tu détesteras toujours les hommes ? Est-ce qu'on sera ensemble un jour ? Est-ce que tu m'épouseras ? Est-ce qu'il y a quelque chose que je peux faire pour tout arranger ?

— Au revoir, lui dis-je.

Je ne pouvais pas lui faire partager mes pensées — ni maintenant, ni jamais.

On s'enlaça de nouveau et je montai dans le car. Je trouvai deux places côte à côte et m'assis à côté d'une fenêtre. Ma panique au sujet du panier de pique-nique n'avait pas diminué. J'amusai Annie et oubliai mon désespoir en pressant mes lèvres sur la vitre tout en gonflant les joues, jusqu'à ce que le car démarre et s'en aille, comme l'avait indiqué le haut-parleur, direction sud.

Ce ne fut qu'après un bon bout de chemin que mon rêve de la nuit précédente me revint par bribes. Je les notai dans mon cahier jusqu'à ce que je sois sûr de tout avoir écrit dans l'ordre chronologique. Il y avait une phrase du Dr Connor qui m'intriguait énormément. Il me l'avait déjà dite dans son cabinet, le jour où il m'avait supplié, peiné, d'abandonner ma méthode d'écriture par substantifs, mais elle était plus lourde de sens dans le rêve que dans la vie réelle. C'était : « Je t'ai connu avant même ta naissance. »

Connor croyait dur comme fer à la réincarnation. Il m'avait dit plus d'une fois qu'il était convaincu que les âmes volaient ensemble, comme des oiseaux, se suivant de vie en vie telles des hirondelles d'arbre en arbre. Selon lui, on pouvait changer de rôle, mais l'âme restait la même ; celui qui avait été votre frère dans une vie antérieure pouvait être votre meilleur ami dans celle-ci, ou votre épouse actuelle pouvait avoir été votre sœur dans la Rome antique. Il dédaigna mes objections quand je lui fis remarquer que ce serait de l'inceste. « Ce qui importe, m'avait-il expliqué, c'est que les âmes soient ensemble. Le corps en soi est insignifiant, de même que ce qu'on fait avec. » Pour les âmes, toutes les combinaisons étaient possibles. Il pensait même qu'on pouvait changer de sexe d'une vie à l'autre, aussi facilement qu'on change de vêtements.

Moi, je ne croyais pas en la réincarnation. En tout cas, je n'avais jamais prêté grande attention à ses propos quand il en parlait. C'était une notion que je n'avais pas prise en compte quand je pensais aux liens qui m'unissaient aux gens, Annie, Grand-Père ou Connor lui-même. Je fus extrêmement surpris quand je reçus la lettre d'Annie où elle me racontait qu'au cours de ma dernière nuit chez elle je lui avais dit qu'elle avait été ma mère dans notre vie antérieure. D'ordinaire, j'aurais attribué cela au fait que j'avais parlé dans mon sommeil, ou du moins dans une semi-inconscience. Mais là, je commençais à me demander ce que le Dr Connor savait, ce qu'il avait peut-être voulu me laisser entendre. Ses connaissances m'avaient toujours paru illimitées ; il possédait à fond tous les sujets : la médecine, la mécanique, la politique, l'économie, les deux guerres mondiales, les principales religions, l'œuvre de presque tous les grands penseurs occidentaux et de quelques Orientaux. Je n'avais eu aucun mal à me convaincre que son savoir excédait les limites du monde matériel, au point d'englober les mystères de l'au-delà. J'étais impatient de lui parler. J'allais lui demander à brûle-pourpoint quel était selon lui le sens de son apparition dans mon rêve, car j'en étais arrivé à croire que même ce pouvoir était inscrit à son répertoire.

Grand-Père et Mildred m'attendaient à la gare routière de Mannville. Grand-Père donnait l'impression de n'avoir pas dormi depuis plusieurs jours.

— Tu t'en vas quelque temps et le monde part à vau-l'eau, bon sang de bonsoir, dit-il d'une voix brisée par la fatigue. Navré de devoir t'annoncer ça, Billy, mais Connor est mort.

Grand-Père, Mildred et moi nous tenions côte à côte dans le cimetière. Nous étions venus directement de la gare routière. Il y avait devant nous une tombe fraîchement creusée ; la pierre tombale ne serait placée qu'une fois la terre bien en place. Je n'avais pas été là quand Grand-Père avait reçu le coup de téléphone lui annonçant la mort de Connor. Je n'avais pas été là non plus pour la veillée funèbre ni pour le service funèbre ni pour l'inhumation ; maintenant, tout était fini, Connor était sous terre, et je n'y pouvais rien.

— Je n'avais aucun moyen de te contacter, me dit Grand-Père d'un air contrit. Et même si je l'avais pu, j'aurais peut-être attendu que tu rentres, de toute façon. Je n'avais pas envie de gâcher ton premier voyage hors de Mannville par un enterrement. Connor ne l'aurait pas voulu, d'ailleurs. Surtout pour son enterrement. Une perte de temps, qu'il aurait dit. Il aurait préféré qu'on le jette dans le lac sans autre forme de procès, mais on ne peut pas faire ça, bien sûr. C'est interdit par la loi.

J'étais incapable de parler.

— J'espère que tu trouves que j'ai eu raison, continua Grand-Père. En ne te prévenant pas, je veux dire.

— Annie n'a pas le téléphone, dis-je en fixant intensément la terre retournée. Tu n'avais aucun moyen de me joindre.

— Je sais que c'est brutal pour toi. Ça l'a été pour tout le monde. Tout ça.

Mildred, pleinement consciente, semblait-il, d'avoir pris en marche une histoire qui se déroulait depuis un certain temps déjà, gardait un silence respectueux. Sa main fine voleta vers la mienne, s'en empara et la serra un long moment.

— Il n'a pas eu le temps de se rendre compte de ce qui lui arrivait, dit Grand-Père. Les toubibs, à l'hôpital, ont dit qu'il était mort sur le coup. Il leur avait laissé des instructions très claires, peu de temps auparavant, selon lesquelles il ne voulait pas être autopsié. Il disait qu'une fois qu'il serait mort, ça ne ferait pas une grande différence de savoir pourquoi. Ils pensent qu'il a fait une attaque cérébrale, une hémorragie ou un truc dans ce goût-là. C'est sa femme qui l'a trouvé dans son cabinet. Il était assis à son bureau, il écrivait.

Il écrivait. Je plaquai mes mains contre mes tempes. Le soleil se couchait, le vent était d'un froid mordant — mais loin d'être aussi glacial qu'à Montréal.

— Il y avait du monde à l'enterrement ? demandai-je.

— Toute la ville, bon sang de bonsoir, me répondit

Grand-Père avec fierté. Et même des gens qui lui devaient de l'argent. (Il se redressa et se moucha.) Je suis content que tu sois allé le voir aussi souvent. Je crois qu'il aimait bien parler avec toi.

— Il m'aidait. Mais je ne vois pas ce que moi, je lui apportais.

— Tu comprendras quand tu seras vieux comme nous, dit Mildred. Ça fait plaisir de voir des jeunes.

— Au moins, tu te seras réconcilié avec lui, dis-je à Grand-Père.

Le soleil s'était couché ; le ciel couvert semblait en équilibre quelques mètres à peine au-dessus de nos têtes. J'entendis un petit cliquetis et me rendis compte que Mildred claquait des dents. Puis j'entendis un autre bruit, un sanglot étranglé, et m'aperçus que Grand-Père, fût-ce l'espace d'une seconde, pleurait.

— Ouais, dit-il. Bon, rentrons. Il fait un temps de chien.

Avant de repartir en direction de la Galaxie, je ramassai une petite poignée de terre sur la tombe, arrachai une feuille à mon cahier et l'entortillai en mettant la terre à l'intérieur. Je tins ce petit paquet très soigneusement pendant tout le trajet jusqu'à la maison. C'était le genre de geste auquel Connor ne se serait jamais abaissé. J'imaginais sans peine qu'il aurait dit : « Ah oui, vénérer la terre sacrée. Quitte à oublier que tout le reste de l'État de New York est recouvert de milliards de mètres carrés de la même terre. Tant que vous y êtes, érigez des statues de moi dans le square de la ville. C'est ridicule. Quel bien ai-je fait, de toute façon ? Je ne me suis même pas reproduit. » Mais j'en avais besoin ; j'avais besoin d'une espèce de talisman. J'avais raté la veillée funèbre, raté l'enterrement, et surtout, j'avais raté à jamais l'occasion de lui poser les questions que je m'étais formulées dans l'autocar. J'avais besoin, au moins, d'une petite poignée de la terre qui entourait son corps pour me souvenir de lui.

Il avait commencé à neiger. De gros flocons s'écrasaient sur le pare-brise avec un bruit mou. Demain matin, la tombe de Connor serait recouverte d'un fin glaçage blanc, et, comme il n'y avait pas de caveau, elle ne serait plus visible. Plus personne ne pourrait la voir avant le printemps prochain. Ce serait, somme toute, comme s'il n'avait jamais existé.

11

La lettre du Dr Connor, dans laquelle bien des choses sont expliquées. Je rends visite à Henry Hutchins.

Cher Billy,

Quand tu liras cette lettre, je serai mort. Je ne sais pas quand cela arrivera, bien sûr, mais ça ne devrait plus tarder. J'ai soixante-douze années sur les épaules, ce qui n'est pas tant que ça selon les critères actuels, mais bien assez selon les miens. Je ne pensais pas atteindre cet âge-là. Il y a six mois, j'ai eu une légère attaque, dont je n'ai parlé à personne car elle ne m'a pas fait grand mal ; rien de plus, vraiment, qu'un léger mal de crâne, mais j'ai reconnu les symptômes. Le mois dernier, j'en ai eu une autre. J'ai compris alors que ce n'était plus qu'une question de temps. Mon père est mort de la même façon, par petites attaques successives jusqu'à ce qu'une dernière, plus dévastatrice, l'emporte. Je sais très bien que je partirai comme ça, et dans peu de temps. J'attends ce moment avec résignation — curiosité, même. J'ai toujours considéré que la mort est une grande aventure, et franchement je l'envisage avec exaltation depuis un certain temps déjà. J'éprouve à la fois un intérêt clinique et une curiosité intellectuelle quant à ce qui se trouve sur l'autre rive de la vie. Mais il me reste quelques affaires à régler avant de partir, et t'écrire est l'une d'elles, car il y a des choses que je dois te dire et qui pourront peut-être t'aider à devenir toi-même.

À la fin de l'été 1970, un matin de très bonne heure, une jolie jeune fille que je ne connaissais pas s'est présentée à mon cabinet. Si je précise que je ne la connaissais pas, c'est que c'était inhabituel — comme tu le sais, il est très rare qu'on ait des gens de passage. J'ai les mêmes patients depuis des années, et il n'y a pas un habitant de Mannville que je n'aie vu tout nu. Je n'avais jamais rencontré cette jeune femme qui était près d'accoucher et venait d'avoir les premières contractions. Il était environ cinq heures et demie du matin. Elle cogna à ma porte, et quand je l'eus fait entrer, elle me dit qu'elle était sur le point d'avoir un bébé et qu'elle voulait accoucher, ici, dans mon cabinet. Elle avait tenté d'aller à pied jusqu'à l'hôpital, mais elle se rendait compte qu'elle n'y parviendrait pas — ses contractions étaient trop fortes et trop rapprochées — et le hasard avait voulu qu'elle se trouve justement devant mon cabinet. Je lui ai proposé de la conduire à l'hôpital en voiture, mais elle a refusé tout net en disant que le destin avait décidé du moment et du lieu où elle accoucherait et qu'elle croyait qu'il fallait obéir aux circonstances et non les provoquer. Elle était ce qu'on appelle une « hippie » — une des rares qu'on ait vues à Mannville. Elle portait une veste en cuir à franges ; elle était brune et avait les cheveux longs. Elle était plutôt jolie. Elle m'a dit — et c'est la seule révélation qu'elle ait faite spontanément — qu'elle s'appelait Azur.

— Voyons, lui ai-je dit, personne n'appelle sa fille Azur. Vous avez bien dû avoir un autre prénom à un moment donné. Lequel ?

Alors elle m'a dit son nom de baptême : Eliza.

Eliza avait une autre raison de ne pas vouloir se rendre à l'hôpital, une raison qu'elle ne me confia pas mais que je devinai assez rapidement. Elle savait qu'à l'hôpital elle devrait remplir une fiche d'admission et ne pourrait garder son identité secrète. C'était de la plus haute importance pour elle. Vu mon expérience de médecin, il ne m'a pas fallu longtemps pour comprendre ce qui se passait : elle était célibataire, le père de l'enfant était aux abonnés absents, et il est probable qu'elle avait caché sa grossesse à ses parents, qui ne l'auraient sans doute pas acceptée. C'est une vieille histoire que j'ai vue se répéter maintes fois au cours de ma carrière, avec d'infinies variations.

Je n'étais pas dupe non plus du fait que son arrivée à mon cabinet n'était pas fortuite — contrairement à ce qu'elle prétendait — car j'avais, et j'ai toujours, la réputation d'être un médecin qui aide les jeunes filles en détresse, gratuitement si nécessaire. Il existe une contre-culture des grossesses illégitimes. Les bruits courent, et quand les filles du coin ont ce genre de problème, on finit par prononcer mon nom. Je fais les examens prénataux gratuitement, et Eliza n'était pas la première à accoucher dans mon cabinet. Si une femme va avoir un bébé, devrais-je refuser de m'occuper d'elle parce qu'elle n'a pas d'argent ? Cela irait à l'encontre de tous mes principes. Tu seras aussi peut-être surpris d'apprendre que j'ai pratiqué de nombreux avortements. Mes raisons, tu les connais déjà : tu sais ce que je pense de la surpopulation. Je ressens une certaine tristesse durant cet acte, bien sûr, mais elle est à mettre au compte de mon seul égoïsme. Je pense que mes obligations morales vont au-delà de l'individu. Je suis plus inquiet de savoir si un bébé aura une vie heureuse, avec la chance d'un avenir heureux. Il me semble que cela ne sert pas à grand-chose de faire venir au monde un nouvel être humain si personne ne peut l'aider à y trouver une place. Mais l'aide que j'apporte aux femmes ne se limite pas aux avortements ou à des diagnostics gratuits en obstétrique. En fait, je ferais tout pour aider une jeune femme paniquée à accoucher. Je ne suis pas devenu médecin pour l'argent, mais pour secourir mes semblables.

Eliza était bien trop avancée dans sa grossesse pour un avortement, bien sûr, et j'étais persuadé que si elle avait voulu y avoir recours, elle l'aurait fait plus tôt. Je ne la connaissais que depuis quelques minutes, mais j'étais déjà frappé par sa volonté, son indépendance, sa capacité à prendre des décisions et à s'y tenir — ce qui me donna à penser que, puisqu'elle avait tenu à mettre son enfant au monde, c'est qu'elle devait avoir les moyens de lui assurer de bonnes conditions d'existence. Elle devait aussi savoir que je ne lui poserais aucune question. J'avais l'impression que c'était très important pour elle. Elle voulait que personne ne connaisse son nom. Ce n'est qu'à contrecœur qu'elle avait fini par me dire son prénom, et encore en me suppliant de ne le révéler sous aucun prétexte. Quant à son nom de famille, elle ne se laissa pas fléchir et, après deux ou trois tentatives infructueuses, j'y renonçai.

Je téléphonai à l'étage pour dire à ma femme que j'avais besoin de son aide. On prépara la salle d'accouchement, on installa confortablement la jeune Eliza et on se prépara à la longue attente. Donner naissance, c'est en grande partie un jeu de patience. Ça peut durer des heures. C'est exactement ce qui s'est passé dans le cas d'Eliza. Je tournai l'écriteau sur ma porte du côté « LE MÉDECIN EST EN VISITE » de façon à ne pas être dérangé. En cas d'urgence, mes patients iraient à l'hôpital. Je minutai les contractions d'Eliza, une main sur son ventre et l'œil rivé sur un chronomètre. Pendant que nous attendions, je lui posai quelques questions sous prétexte de connaître ses antécédents médicaux. J'appris ainsi qu'elle avait vingt-trois ans, que c'était sa première grossesse et qu'elle n'était pas de l'État de New York.

— Et le père ? lui ai-je demandé. Que savez-vous de lui ?

— Il est mort, m'a-t-elle répondu, les larmes aux yeux. Au Viêt-nam.

— Je suis vraiment navré, lui ai-je dit du fond du cœur.

J'étais farouchement opposé à notre engagement dans ce conflit. Pour moi, il n'y a rien de plus triste qu'une jeune mère qui met son enfant au monde seule, et il n'y avait que trop d'enfants en Amérique qui se retrouvaient orphelins de père à cause de cette guerre inepte.

— Vous avez des amis qui pourront vous aider après la naissance de votre enfant ? lui ai-je demandé. De la famille ?

Elle a secoué la tête, incapable de parler sur le moment, à cause d'une contraction particulièrement forte ; et elle essayait de ne pas crier. Elle était courageuse, résistante, et déjà j'avais beaucoup de respect pour elle. Une fois sa contraction passée, je lui ai demandé :

— Vous étiez très proche de lui ?

Elle a reposé sa tête sur l'oreiller, et elle m'a dit en soupirant : « C'était quelqu'un de très beau. » J'ai gardé le silence. Je ne lui avais pas demandé à quoi il ressemblait ; je sentais qu'elle ne me parlait pas de son physique, mais des qualités humaines qu'il possédait. Et j'avais raison car, quelques instants plus tard, elle a dit : « Il était vachement droit. Vachement clair. Il te zoomait dessus en un instant. Et pas de prise de tête, pas de frime. Il avait une belle âme. Une vieille âme. »

Je traduisis dans ma tête. Cette description, une fois décodée, m'était familière. Je commençais à percevoir la logique de tout cela.

— Il était d'ici ? lui ai-je demandé. De Mannville ?

Elle n'a pas pu me répondre car une nouvelle contraction l'avait saisie. Je palpai le col de l'utérus ; il était complètement dilaté. Elle pouvait commencer à pousser.

Ma femme et moi sommes restés près d'elle toute la journée jusqu'au soir. Son col utérin s'était dilaté vers midi, je me souviens. Le travail a été long et difficile ; je me suis demandé plusieurs fois si je ne devais pas la faire transporter à l'hôpital. Mais quand je me suis risqué à lui en reparler, elle s'est obstinée dans son refus.

— Ce bébé aura besoin d'être fort dans la vie, m'a-t-elle dit. (Dans la douleur, tout argot avait disparu de son discours). Alors autant savoir tout de suite s'il est suffisamment armé pour ça.

Je n'ai plus abordé ce sujet.

Le bébé est né vers six heures du soir. C'était un petit garçon de quarante-huit centimètres et de trois kilos sept. Le travail avait failli la tuer, et le bébé aussi. Ma femme a nettoyé le petit et l'a fait respirer pendant que je recousais la jeune Eliza et la lavais. Comme j'avais dû pratiquer une épisiotomie, ce qui est courant lors d'un premier accouchement, il y avait du sang partout.

Eliza et son bébé ont habité chez nous près de six semaines ; elle nous avait avoué qu'elle n'avait nulle part où aller, et nous avons été ravis de l'inviter à rester. En dépit de son attitude réservée, elle était fort sympathique. On lui a donné l'une des chambres d'ami, au premier. Elle s'est rapidement remise sur pied, et le bébé, une fois passé le choc de son arrivée difficile, montrait tous les signes d'une constitution robuste.

Eliza nous avait suppliés de ne parler d'elle à personne. Voyant qu'elle était complètement désespérée, ma femme et moi avons respecté son souhait, ce qui ne nous empêchait pas d'être curieux à son égard. Nous étions également déconcertés par le fait qu'elle n'avait pas donné de prénom au bébé. Quand on lui a demandé pourquoi, elle nous a répondu que ce n'était pas à elle de décider du nom que cet enfant porterait. Elle comptait laisser ce choix à ceux qui le connaîtraient mieux qu'elle.

— Tout ça ne me plaît pas, m'a dit ma femme. Il se prépare quelque chose d'étrange.

— Je sais, lui ai-je dit. Mais ça ne nous regarde pas.

— J'ai toutes les difficultés du monde à ne pas l'oublier.

Je comprenais ce qu'elle voulait dire. Elle estimait qu'elle avait le droit de savoir la véritable histoire de cette jeune femme après tout ce qu'on avait fait pour elle et son bébé.

— Nous avons promis qu'on ne demanderait jamais aucun paiement aux filles comme elle, lui ai-je rappelé. Cela inclut aussi les renseignements. Si elle ne veut rien nous dire, c'est son droit.

— Bah, je peux toujours lui demander, m'a dit ma femme.

Alors, j'ai fait quelque chose que je n'avais jamais fait avant et n'ai jamais refait depuis : je lui ai donné un ordre.

— Je t'interdis formellement de lui demander quoi que ce soit. Si tu ne peux pas t'en empêcher, tiens-toi éloignée d'elle.

Inutile de dire que ma femme ne me l'a jamais tout à

fait pardonné. Ce n'était pas seulement que je voulais imposer ma loi ; je lui rappelais une promesse que nous nous étions faite. J'avais l'impression qu'elle était disposée à l'oublier, et évidemment, je savais pourquoi. Elle s'était attachée au bébé et elle n'avait pas envie qu'il parte. Moi non plus.

Quand, finalement, Eliza a été prête à partir, à mon grand étonnement, elle a sorti un portefeuille plein d'argent.

— Je vous dois combien ? m'a-t-elle demandé.

Je fis un rapide calcul. Aux tarifs en vigueur, en comptant mes honoraires, les provisions et le prix d'une chambre, sa note se serait élevée à environ trois mille dollars. Je n'avais aucunement l'intention de lui demander cette somme, bien sûr, mais j'ai pris l'initiative d'en parler avec mon épouse, pour avoir son avis sur la question. Elle était d'accord avec moi. Elle l'était d'une manière générale, c'était d'ailleurs l'une des raisons pour lesquelles on s'était mariés : on voyait les choses de la même façon. Mais là, elle voulait que j'aille un peu plus loin.

— Dis-lui qu'on oublie l'argent si elle nous parle d'elle.

— C'est du chantage ! ai-je protesté.

— Non, ce n'est pas du chantage, m'a rétorqué ma femme. C'est une assurance. J'ai l'intuition que ces renseignements nous seront utiles un jour.

— De quoi parles-tu ?

— C'est juste une intuition, m'a-t-elle répété.

Et je suis désolé de dire que, puisque ma femme n'a pas pu me donner de raison valable et rationnelle pour en savoir plus sur Eliza, je n'ai pas accédé à sa demande : j'ai dit à Eliza qu'elle ne nous devait rien, et je ne lui ai posé aucune question. Elle a paru soulagée. Je n'en ai guère été étonné : je savais qu'elle ne resterait pas à Mannville et qu'elle aurait besoin de son argent pour aller là où elle le souhaitait. Comme je te l'ai déjà dit, je ne suis pas devenu médecin par appât du gain. Et, de toute façon, je ne pense pas que je lui aurais arraché d'autres renseignements. Ma femme ne m'a jamais pardonné cela non plus, et l'avenir devait lui donner raison. Ces renseignements nous auraient été utiles plus tard, ne serait-ce que pour satisfaire le besoin naturel d'en savoir plus sur ses origines.

Le jour où Eliza est partie avec son bébé, ma femme s'est assise à la cuisine et a pleuré. Cela ne lui ressemblait pas, mais je n'en étais pas surpris. Moi-même, j'étais ému aux larmes. Nous nous étions attachés à la jeune femme, en dépit de ses airs mystérieux ; il était évident qu'elle était de bonne famille, et nous admirions sa grâce et sa force de caractère. Nous nous étions aussi attachés au bébé. Ma femme et moi avions décidé avant même de nous marier que nous n'aurions pas d'enfant. Elle avait ses raisons et j'avais les miennes, et, bien qu'elles soient différentes, nous poursuivions le même but ; tout se passait bien, semblait-il. Mais on ne met pas un enfant au monde, on ne le voit pas grandir sous ses yeux pendant un mois et demi, on ne le tient pas dans ses bras, on ne change pas ses couches, on ne le dorlote pas, on ne lui fait pas risette et toutes les autres choses qu'on fait aux petits bébés, sans s'y attacher. Le départ d'Eliza a été un coup rude pour nous deux.

Ses dernières paroles ont été pour nous remercier.

— Vous avez aidé un beau petit homme à venir au monde, nous a-t-elle dit.

Et elle est partie.

L'avenir allait nous dire que nous l'avions mal comprise. Elle ne parlait pas d'un « beau petit homme », mais — je suis sûr que tu l'as deviné toi-même, maintenant, Billy — d'un « beau petit Mann[1] ». *Car ce bébé, c'était toi, William Amos Mann IV, et Eliza est ta mère.*

Dès le lendemain, ton grand-père faisait irruption dans mon cabinet avec un bébé dans un panier de pique-nique. J'ai eu toutes les peines du monde à cacher mon étonnement, ma joie, mon émoi car j'ai immédiatement reconnu le bébé d'Eliza. Quelques questions m'ont suffi pour être sûr que ton grand-père ne savait rien de ta mère. Pour lui, en tout cas, il était évident que tu étais le fils de son fils, Eddie. Une fois qu'il me l'a démontré, je me serais battu de ne pas l'avoir compris plus tôt. Et j'ai eu la preuve que tu étais bien le fils d'Eliza à cause de ta tache de vin derrière la tête. Tu ne sais sans doute pas que tu l'as. Elle se trouve juste au-dessus de la naissance de tes cheveux, entre les deux tendons de ta nuque, et elle a la taille d'une pièce de vingt-cinq cents. Si jamais tu te rasais le crâne, tu la verrais exactement là où je te le dis.

Je n'ai pas avoué à ton grand-père que je te connaissais déjà intimement. Mais je ne trouve pas les mots pour décrire le bonheur incroyable qui m'a submergé en te revoyant et en sachant que tu allais faire un peu partie de ma vie, partie de Mannville. J'avais l'impression que tu étais ma chair et mon sang. Ton grand-père t'a laissé avec moi le temps d'aller faire des courses, et dès qu'il est parti, j'ai sonné ma femme à l'étage. Elle est descendue comme une flèche, et nous t'avons pris tous les deux dans

1. Là encore, l'auteur joue sur l'homophonie entre « man » — homme — et « Mann ». *(N.d.T.)*

nos bras en versant des larmes d'amour et de joie. Nous étions incapables de contenir notre émotion.

Comme il n'y avait aucune trace d'Eliza, nous avons compris qu'elle t'avait abandonné. Ce fut — et je pèse mes mots — un moment clef de ma vie. Mon épouse et moi-même t'avons toujours aimé plus que de raison car, pour nous, tu fais partie de notre famille, et tu ne sauras jamais combien il nous a été difficile de ne pas te le montrer davantage. Ce jour-là, nous nous sommes juré l'un à l'autre de ne jamais raconter à ton grand-père, ni à toi — avant que tu sois en âge de comprendre — la véritable histoire de ta naissance.

Et maintenant, passons au plus difficile. Tu vas peut-être m'en vouloir, sur le coup, de ne pas t'avoir dit tout cela plus tôt. Je te supplie de ne pas oublier que ma femme et moi sommes des gens sensés, intelligents, et que nous avons toujours de bonnes raisons d'agir comme nous le faisons. Je ne me vante pas, j'explique. Plusieurs éléments nous ont poussés à prendre cette décision. Tout d'abord, Eliza tenait à garder son identité secrète, et, même si nous lui en voulions beaucoup à l'époque de t'avoir abandonné, nous devions bien reconnaître que nous ne connaissions pas toute son histoire. Elle avait peut-être de bonnes raisons de ne pas désirer que tu saches qui elle était. Donc, comme nous étions dans l'impossibilité de prendre une décision éclairée, nous avons résolu de garder le secret. Je pense encore aujourd'hui que nous avons fait le bon choix.

En second lieu, nous ne voulions en aucune façon nous immiscer dans la relation qui se formait entre ton grand-père et toi, car nous te connaissions bien mieux que lui à l'époque, et nous comporter autrement aurait créé une certaine confusion. Plus tard, quand tu as été plus grand, les choses se sont résolues naturellement, tant et si bien qu'il était trop tard pour révéler la vérité. Nous pensions que le plus important était que tu vives ta vie auprès de lui sans être influencé par des facteurs extérieurs. Ton grand-père était un homme très triste, et de le voir de nouveau heureux était extrêmement réconfortant pour nous deux. Il estimait que tu étais à lui, que Dieu t'avait conduit jusqu'à lui pour empêcher les Mann de s'éteindre, et nous ne voulions surtout pas lui voler sa joie en exprimant la nôtre.

Peut-être ces raisons te paraissent-elles idiotes, mais ne perds pas de vue que je suis médecin. J'ai aussi pris ma décision pour des raisons professionnelles, et en définitive j'étais légalement dans l'impossibilité de révéler quoi que ce soit sur l'identité d'Eliza.

Mais je suis mort maintenant, pour dire les choses comme elles sont, et par conséquent rien ne m'oblige plus à respecter les lois. Là où je vais, il n'y a pas d'avocat, je ne crains aucune poursuite judiciaire.

Un jour, tu m'as demandé si je savais qui était ta mère. Si tu te rappelles bien notre conversation, tu te souviendras que je n'ai ni admis ni nié ce fait. J'ai bien dit que je ne la connaissais pas, et c'était la vérité ; je ne savais presque rien d'elle. Mais tout cela ne représente que des points de détail, et je reconnais que je coupe les cheveux en quatre pour soulager ma conscience. J'ai volontairement passé sous silence les renseignements que j'avais sur ta mère ; et cela m'a valu d'éprouver de temps à autre un regain de culpabilité. Je te demande de croire que j'avais de bonnes raisons pour cela. Ce jour-là, je t'ai dit que tu devais te concentrer sur le présent et sur qui tu étais. La vérité, je savais que tu la saurais un jour, et je voulais attendre que tu sois prêt avant de te révéler tous ces faits.

Tu l'es désormais. Très bientôt, j'en suis sûr, tu quitteras Mannville et tu entameras la quête dans laquelle tous les jeunes ou presque se lancent un jour ou l'autre : découvrir qui tu es, de quelle étoffe tu es fait. Dans ton cas, la question de savoir qui tu es doit s'entendre au sens littéral. Te dire plus tôt ce que je savais sur ta mère aurait créé d'infinis problèmes de confusion, d'impatience, et je ne voulais pas te faire ça. Tu as toujours été un enfant heureux, même si tu as été élevé dans des circonstances étranges et pour le moins inhabituelles. Je ne voulais pas porter atteinte à ton bonheur.

Un des rares faits que j'ai pu établir sur ta mère est qu'elle vient du Sud-Ouest. Il suffisait de la regarder pour deviner qu'elle n'était pas de la côte Est : elle avait le teint hâlé, et ses yeux — comment dire ? — étaient habitués à voir un ciel plus grand. Elle voyait plus loin que la plupart d'entre nous. Je ne sais pas au juste ce que j'entends par là, je suis désolé, mais si jamais tu la vois, si elle est toujours vivante, tu comprendras. Elle a mentionné certaines villes par où elle est passée et qui, peut-être, t'évoqueront quelque chose : Santa Fe, Denver, Needles, Jackson Hole, Missoula. Je les ai cherchées sur une carte : elles sont toutes à l'ouest. Elle suivait la route, apparemment, mais rien dans sa personne ne suggérait qu'elle soit une vagabonde. Elle était propre, n'avait pas de maladie, possédait de l'argent, était vive, et semblait équilibrée et j'irais même jusqu'à dire heureuse, vu les circonstances. C'était une jeune femme captivante aussi, intelligente, subtile, ce qui était d'autant plus frustrant pour ma femme et moi, car elle était le genre de personne qu'on a envie de connaître davantage.

Je ne sais pas comment elle a connu ton père. Elle devait avoir un ou deux ans de plus que lui, mais cela n'avait rien d'exceptionnel. Ce qui me paraissait plus étonnant, c'était leur différence de personnalité. Ton père était l'Américain typique, bien mis, respectueux et fier de servir son pays sans réserve. Habituellement, ce genre de personne ne fréquente pas des hippies. On pourrait dire qu'ils n'étaient pas dans le même camp, qu'ils n'avaient pas — apparemment, en tout cas — les mêmes idéaux. D'un autre côté, il n'était pas difficile de comprendre pourquoi tout homme était attiré par Eliza, ni pourquoi Eliza avait été attiré par Eddie. Sa description de lui était parfaitement juste. C'était presque comme s'il était un acteur jouant un rôle dans la vie — un rôle auquel il croyait, bien sûr, mais auquel il ne se limitait pas non plus. Son rôle, son identité n'étaient pas tout son être. Il était bien plus qu'un joueur de football ou qu'un pilote. Quand je lui parlais, j'avais souvent l'impression de parler à quelqu'un de beaucoup plus vieux que moi, qui comprenait bien plus de choses qu'un garçon ordinaire, natif d'une bourgade. Bref, Eddie était un cas, et il le savait. Au lieu de s'exclure de notre ville, pourtant, il a tiré parti de sa situation pour s'élever au-dessus de nous. Toutes ses paroles, tous ses actes dénotaient une conscience des choses supérieures, de ce qui se cache derrière les apparences et leur donne du sens. Je suis certain que c'est cette aptitude à laquelle Eliza se référait quand elle disait que son âme était « ancienne », car c'est le genre de comportement qu'on s'attend à trouver chez quelqu'un d'un très grand âge et d'une très grande sagesse, pas chez un sportif amateur, originaire d'une petite ville. Ils étaient parfaitement assortis, et je suis triste qu'ils n'aient pu vivre leur vie ensemble.

Tu seras bientôt prêt, j'en suis certain, à commencer à partir à sa recherche. Je t'ai dit tout ce que je savais pour t'aider à la retrouver. Si j'étais toi, je chercherais vers l'ouest, peut-être dans un des endroits où elle a dit être passée au cours de ses voyages. Cherche une femme grande, aux cheveux châtains, aux yeux gris, au nez aquilin, à la voix douce et un peu rauque. Je suis navré de ne pouvoir t'en dire plus.

Et avant de terminer, je tiens aussi à te dire que

La lettre s'arrêtait là.

Connor écrivait à son bureau quand la dernière attaque, celle qu'il attendait d'un moment à l'autre depuis six mois, eut raison de lui, ainsi qu'il l'avait pressenti. Cela ne m'aurait pas surpris d'apprendre que Connor savait que la mort approchait ; sa lettre presque achevée semblait indiquer qu'il avait prévu l'heure de sa fin, à quelques minutes près. Me parler de ma mère était la dernière affaire qu'il devait régler. Il ne pouvait quitter ce monde avant d'avoir achevé ce dernier récit.

Je me creusai les méninges pour essayer de deviner ce qu'il était sur le point d'écrire dans le dernier paragraphe, mais cela ne servait à rien — on ne peut lire dans les pensées des morts. Je renonçai à ces vains efforts. *Au moins,* me dis-je, *il a pu écrire le plus important.*

Mme Connor, qui m'avait fait porter cette lettre le lendemain de mon retour de Montréal, m'expliquait dans un mot qu'elle l'avait prise d'entre les mains froides de son époux. Je n'ai jamais eu l'occasion de discuter avec elle des circonstances de ma naissance. Elle avait cinq ans de plus que le Dr Connor — manifestement, tout comme moi, il avait un faible pour les femmes plus âgées que lui — et ils étaient mariés depuis près de cinquante ans ; aussi, personne ne s'étonna d'apprendre, quelques jours après la mort du Dr Connor, qu'elle s'était éteinte paisiblement dans son sommeil, en parfaite santé et avec encore une vingtaine d'années à vivre si elle en avait eu le désir. Apparemment, tel n'avait pas été le cas. Elle avait préféré rejoindre son époux.

— Qui peut lui jeter la pierre, la pauvre ? dit Mildred. Quelle femme aurait envie de vivre seule après avoir été heureuse en ménage pendant si longtemps ?

Et elle posa sa petite main légère comme une plume sur la grosse paluche poilue de Grand-Père tandis qu'ils se balançaient côte à côte dans leurs rocking-chairs. Grand-Père lui en avait fabriqué un dans son atelier. Il avait sculpté un aigle tarabiscoté sur le repose-tête et il avait tourné les barreaux lui-même.

— Bah, je n'ai pas été dans cette série, dit Grand-Père.

— Quelle série ? lui demandai-je.

— Cette série de trois. La mort vient toujours par trois. Simpson, Connor, sa femme. C'est un fait.

— C'est ridicule.

— Bien sûr que c'est ridicule, admit-il. Et c'est rageant. Mais c'est comme ça. Toujours.

— Je n'avais jamais entendu ça, lui dis-je.

— C'est une vieille superstition, mais c'est vrai. Et tu es trop jeune pour l'avoir vérifié. Tu verras. Plus tu deviens vieux, plus ceux que tu connais passent l'arme à gauche. Et toujours par trois. Enfin, bref, que disait cette lettre ?

— Du nouveau.

Je pris conscience que Connor n'avait jamais raconté à Grand-Père ce que je savais désormais. Il avait tout autant que moi le droit d'être au courant ; aussi lui tendis-je la lettre. Il la lut in extenso deux fois de suite, là, dans le salon. Je m'attendais qu'il pique une colère, peut-être, ou se laisse submerger par l'émotion, ou au moins que ça lui fasse un coup, mais il se contenta de se frotter le front d'un air songeur :

— Je veux que tu passes ton bac d'abord.

— Quoi ?

— Avant que tu partes en vadrouille. Tu dois absolument passer ton bac d'abord.

— Qu'est-ce qui te fait penser que je vais partir en vadrouille ?

Mais, avant même que j'aie fini de formuler ma question, je savais qu'il avait raison. Une fois encore, Grand-Père me prouvait qu'il me connaissait presque mieux que moi-même. Je n'avais pas encore eu le temps d'y réfléchir, mais il était déjà évident que je n'aurais qu'un seul parti à prendre : partir vers l'ouest pour retrouver ma mère, et ce le plus vite possible.

— Ça va me prendre un temps fou, protestai-je.

— Très exactement un an et demi, précisa-t-il, très calme. Après, tu pourras faire ce que tu voudras. Mais si tu pars maintenant, tu vas te planter. Sans diplôme, on n'arrive à rien, de nos jours. Il faut au moins que tu aies ton bac. Et tu devrais également envisager d'aller à l'université.

— Université, univer-chie-té, dis-je. Je veux devenir écrivain.

— Les écrivains font des études. Il y a même des universités spéciales pour eux.

— Et alors ? Ce n'est pas pour autant que je dois y aller. De toute façon, pour un écrivain, c'est l'expérience qui compte. Pas un bout de papier à la noix.

— Tu n'es pas obligé d'y aller tout de suite. Découvre un peu le monde avant.

— Toi, tu n'y es jamais allé, à l'université, lui fis-je remarquer.

— C'est justement pour cette raison que je veux que tu y ailles. Il n'y aura jamais de manuel scolaire sur la façon de vivre la vie selon l'école de pensée de Thomas Mann. Ma mère aurait voulu que j'aille à Harvard. J'aurais dû au moins aller en IUT. Avoir une formation dans le domaine commercial ou autre.

Autrefois, il n'aurait pas manqué d'ajouter : « Ça m'aurait évité d'acheter ces autruches de merde. » Mais, depuis qu'il avait arrêté de boire, il avait aussi arrêté de se battre la coulpe à propos du fiasco des autruches.

— Eliza, ça te dit quelque chose ? lui demandai-je. Tu l'as déjà croisée ?

— Non. Et je ne vois pas du tout où Eddie a pu connaître une fille comme ça. Il ne fréquentait pas les hippies.

— Il a bien dû, puisqu'il en a rencontré une. Il n'était pas du genre à mépriser les gens sous prétexte qu'ils avaient les cheveux longs.

— En effet. Ce que Connor a écrit est vrai. Eddie était ouvert à tout le monde, et pas que superficiellement. C'était plus profond que ça. Il avait une façon à lui de s'investir dans son rapport avec les autres.

— Peut-être qu'elle était pareille.

— Apparemment, oui.

Grand-Père se creusait la tête, essayant de se souvenir de la dernière fois où Eddie était venu à la maison :

— Il a dû la rencontrer lors de sa dernière permission. Il est resté un mois. C'était en novembre 69.

— Il est resté à Mannville pendant tout ce temps ?

— Non, il est allé à Buffalo. Deux fois. Voir un copain de l'US Air Force qui habitait là-bas et qui était en permission en même temps que lui. Euh... j'essaierai de retrouver son nom. Peut-être que lui l'aura connue, cette Eliza...

Ni lui ni moi ne pouvions encore nous résoudre à faire référence à Eliza comme à ma mère. Après tant d'années passées sans savoir qui elle était, il était soudain étrange d'avoir d'elle un prénom et une description physique.

— Oui, lui dis-je. Essaie.

Une autre chose me tarabustait mais je choisis de ne pas en parler à Grand-Père. C'était le mot que ma mère avait laissé dans mon panier. Pourquoi m'avait-elle qualifié de bâtard ? Si elle avait un caractère si libéré et si bohème, pourquoi me haïssait-elle ? Il me semblait que si elle avait été une vraie hippie — pour ce que j'en savais, les hippies défendaient l'idée de faire l'amour et pas la guerre, de se laisser porter au gré des événements —, elle m'aurait gardé quoi qu'il arrive. Non seulement elle m'avait abandonné, mais, en plus, insulté. J'avais mal à l'idée que si jamais je la retrouvais, il se pouvait très bien qu'elle n'ait pas envie de me voir, même après tout ce temps. Elle avait peut-être fondé une famille, avec un mari et des enfants légitimes qui me mépriseraient parce que j'étais un enfant naturel. Et si elle était devenue riche ? Elle croirait que je cherchais à la retrouver pour l'argent. Et si elle était pauvre, peut-être qu'elle penserait — comme Elsie Orfenbacher — que des millions de dollars ne disparaissent pas du jour au lendemain, qu'il devait bien en rester un peu et qu'elle pourrait mettre la main dessus. Je m'entendais déjà lui dire : « Bonjour, c'est moi. Le bâtard d'Eddie. Celui que vous n'avez pas voulu garder. » Et ensuite, quoi ? Des larmes de bienvenue ? Des cris ? Des accusations ? De la culpabilité ? Du bonheur ? Du remords ?

— Ce n'est pas aussi simple que ça, dis-je. Il y a de fortes chances qu'elle n'ait pas envie de me voir, hein ?

Peut-être qu'elle a éprouvé le besoin de m'insulter pour essayer de prendre des distances par rapport à moi ? songeai-je. *Pour m'aimer moins ?*

— C'est un gros risque, répondit Grand-Père. Ce genre de choses, on ne sait jamais comment ça va tourner.

— Tu crois qu'elle pense encore à moi ?

— J'en suis sûre, intervint Mildred. Surtout que tu étais son premier enfant.

— Si elle est toujours en vie, dit Grand-Père. Il faut envisager toutes les possibilités.

— Ton grand-père a raison, reprit Mildred. Elle a pu tomber malade, mourir, on ne sait pas. Je n'arrive pas à imaginer comment on peut garder son bébé pendant six semaines, et ensuite l'abandonner. Peut-être qu'elle voulait te garder, mais qu'elle n'a pas pu, pour une raison que nous ne connaissons pas.

— Elle était peut-être recherchée par la police ?

— Non, ça, je ne crois pas, rétorqua Grand-Père.

— Regarde cette femme dont le journal télévisé a parlé, lui dis-je, elle a été complice dans un cambriolage de banque, il y a vingt ans... c'était une hippie, non ? Elle s'est mariée et a eu des enfants, et personne ne s'est jamais douté de rien. Elle faisait même partie d'une association de parents d'élèves. Puis les fédés l'ont arrêtée. Peut-être que ma mère était en fuite.

— Je ne crois pas, dit Mildred.

Qu'elle ait été ou non en fuite, on commençait à prendre conscience que c'était de ma mère que l'on parlait : ma mère biologique, sur qui je n'en avais jamais su assez pour me permettre la moindre supposition.

Désormais, elle avait un prénom, un visage, et je disposais de certains détails que je pouvais assembler.

Au fil des semaines qui suivirent, ces détails se muèrent en un squelette auquel j'ajoutai de la chair ici et là, jusqu'à ce que j'obtienne une vraie mère vivante dans ma tête, une mère qui marchait, parlait et habitait un lieu mystérieux et lointain quelque part à l'ouest. Je dessinai son visage en me basant sur la description de Connor. Bientôt, les murs de ma chambre furent tapissés de portraits d'une jeune hippie aux cheveux châtains et soyeux, et au nez aquilin. Je découvris que je n'étais pas très doué en dessin, mais ça n'avait aucune importance. L'important, c'est que j'avais quelques indices grâce auxquels je savais enfin par où commencer mes recherches.

J'oscillais entre des moments d'euphorie et d'abattement, liés à l'ajournement de mon départ de Mannville. J'étais enthousiasmé par les révélations de Connor, et furieux contre Grand-Père. C'était la première fois qu'il m'interdisait formellement quelque chose. Il s'était toujours montré souple en matière de discipline, ce que j'avais toujours mis sur le compte de son ivrognerie. Son récent intérêt envers les valeurs du bien et du mal, j'en blâmais sa sobriété récemment retrouvée. Mais quand le lycée reprit au mois de janvier, je m'y étais résigné, et petit à petit je me rendis compte, à mon grand déplaisir, que Grand-Père avait encore une fois raison. Une pensée au moins me réconfortait : mon avenir proche était tout tracé, et même si j'ignorais où rechercher ma mère, je savais au moins quelle tâche m'attendait quand j'aurais décroché mon diplôme.

Du coup, je constituai un groupe à moi tout seul, parmi mes camarades de classe. J'étais le seul de mon âge à savoir précisément ce que j'allais faire après l'examen.

Certains visaient l'université mais ne savaient pas encore quelles études entreprendre ; d'autres savaient déjà qu'ils iraient travailler dans un garage, un commerce ou encore au moulin, à la sortie de la ville ; d'autres encore semblaient se ficher complètement de ce qui allait leur arriver — ceux-là se laissaient porter par le courant et prenaient ce que la vie leur offrait sans qu'ils aient à travailler trop dur.

Dans mon for intérieur, j'étais tantôt amusé, tantôt agacé par ces trois groupes. Comme mon père en son temps, je sentais que je n'appartenais à aucun d'eux. Et, d'après le peu que je savais de ma mère, j'étais sûr qu'il en avait été de même pour elle. Il me semblait qu'il y avait toujours un chemin à emprunter, qui n'était pas le plus évident, et c'était celui-là que les gens de ma famille adoptaient. C'était en cela que nous étions des Mann. Même ma mère, qui ne portait pas le même nom que nous, était de notre race. Nous étions des gens hors du commun, pour le meilleur ou pour le pire ; et il ne nous arrivait pas des choses ordinaires.

Grand-Père retrouva au grenier une boîte à cigares pleine de lettres. En un geste de déni qui ne lui ressemblait guère — lui qui était plutôt du genre à conserver les reliques d'Eddie à la vue de tous, comme l'exemplaire de *L'Adieu aux armes* toujours en évidence sur le bureau depuis 1969 —, il l'avait remisée là-haut, parmi les poutres, quand il avait appris sa mort. Curieusement, je n'étais jamais tombé sur cette boîte lors de mes fouilles. Je repris espoir mais elle ne contenait que quelques objets intéressants : trois lettres écrites sur le fin papier à lettres bleu de l'armée, et une carte postale de Thaïlande. Et aussi un collier bizarroïde, un tour de cou composé de centaines de minuscules perles blanches. J'ouvris le fermoir et le passai autour de mon cou. Il m'allait à la perfection, à croire que c'était pour moi qu'on l'avait fabriqué. Puis je reportai mon attention sur la carte postale.

Au recto figurait la photographie d'un homme tirant un couple d'âge moyen en pousse-pousse sur un chemin de terre, près de ce qui ressemblait à une jungle. Le conducteur était petit, mat de peau et presque nu ; l'homme et la femme assis dans le pousse-pousse étaient blancs et rondouillards ; on aurait dit deux pâtisseries en train d'être livrées à une boulangerie. Ils portaient trop de vêtements et arboraient un air hautain. Sans que je sache pourquoi, cette photo me répugna. Je retournai la carte et lus au verso :

> *Cher papa. Suis en Thaïlande. Ai circulé dans un de ces machins hier. Amusant mais j'avais pitié du type qui le tirait. À te voir en novembre. Bises. Eddie.*

C'était exactement le genre de réaction que je prêtais à mon père : trouver du plaisir à se promener en pousse-pousse pour la première fois de sa vie, mais détester devoir se faire tirer par un pauvre homme. Je l'imaginais sautant à terre et insistant auprès du coolie éberlué pour qu'ils échangent leurs places, puis trottinant sur les routes de Thaïlande en uniforme bleu de l'armée de l'air, traînant l'homme épuisé dans son sillage.

La carte postale datait d'août 1969. Il y avait des chances que mon père n'ait pas encore rencontré ma mère à ce moment-là ; en tout cas, elle n'était pas encore enceinte de moi.

Les lettres étaient datées d'octobre 1969, et de janvier

et mai 1970. Entre les deux premières, Eddie était revenu chez lui et m'avait conçu. Il était même possible qu'il ait écrit sa dernière lettre en sachant que j'allais naître.

J'emportai les lettres dans ma chambre afin de les parcourir. Elles étaient brèves, rédigées laborieusement d'une écriture serrée. La couleur de l'encre changeait deux ou trois fois dans chaque lettre, donnant à penser qu'il les avait écrites par étapes, avec des stylos différents, et que, peut-être, il n'était pas facile pour lui d'exprimer ses pensées par écrit. J'avais bien l'intention de les lire attentivement mais, dans un premier temps, j'étais trop agité pour me concentrer. Je voulais d'abord vérifier si je trouvais des noms qui pourraient servir de piste. Je cherchai, bien sûr, celui d'Eliza, mais il n'apparaissait nulle part. Ni celui d'Azur. Il parlait de son commandant — ce qui me redonna de l'espoir — mais, dans la phrase suivante, je lus qu'il avait été tué lors d'une attaque contre les Japonais, et mes espoirs s'envolèrent. Ce fut seulement à la fin de la dernière lettre que je tombai sur un autre nom, et mon cœur bondit dans ma poitrine et battit à tout rompre.

> *Tu te souviens de ce type, Henry Hutchins, que je suis allé voir à Buffalo quand j'étais à la maison ? Eh bien, il a eu de la veine. Il a décroché le gros lot grâce à une blessure en plein dans les fesses. Un sniper a réussi à s'approcher de notre camp et à toucher trois de nos hommes avant qu'on le dégomme. Henry a été le premier des trois. J'imagine qu'il venait de se baisser pour relacer ses Rangers quand le niakwé a pressé sur la détente. Bingo ! Il est rentré pour de bon.*

Un indice.

Buffalo n'était qu'à une heure de route.

Les Hutchins habitaient dans le centre de Buffalo, dans une rue constituée de maisons attenantes, toutes identiques, séparées les unes des autres par une horrible allée en ciment de quelques mètres de large. L'angoisse m'étreignait rien qu'à les regarder. Henry Hutchins lui-même m'expliqua que tout le quartier avait été bâti par une fabrique de pneus, dans le but de loger ses ouvriers ; elle leur louait les maisons à des prix exorbitants qu'ils pouvaient tout juste payer. Ainsi les ouvriers ne pourraient-ils envisager de déménager pour aller travailler chez un concurrent.

— C'est un vieux système d'exploitation qui remonte aux premières usines créées en Angleterre à la fin du dix-huitième siècle, m'expliqua Henry. Au tout début de la révolution industrielle. C'est à ce moment-là que les gens ont, pour la première fois, perfectionné l'art de s'exploiter les uns les autres. Avant, c'était la servitude, la féodalité, les paysans s'épuisant à la tâche pour leur seigneur, jusqu'à tomber raide morts, un peu comme les esclaves des plantations du Sud. Les usines ne sont qu'une autre forme de plantations, à part qu'elles paient un peu mieux. Ma famille a travaillé pour la fabrique de pneus pendant trois générations. Quand je suis rentré de la guerre, j'ai acheté la maison. Dieu sait pourquoi. Je l'ai toujours eue en horreur. Entre donc. Tu ressembles beaucoup à ton père, tu sais. Mais je suis sûr qu'on te l'a souvent dit.

Hutchins était un homme petit, dégarni, qui parlait d'une voix calme mais avec vigueur. Il portait des lunettes à verres épais, derrière lesquels ses yeux paraissaient aussi gros que des pièces de cinquante cents.

Il me précéda jusqu'à un salon plongé dans la pénombre.

— Voici ma mère, m'annonça-t-il en désignant une forme blanche dans un coin de la pièce.

En y regardant de plus près, je vis qu'il s'agissait d'une très vieille dame, assise dans un rocking-chair, qui me regardait d'un air inexpressif.

— Enchanté, madame, dis-je.

— Elle ne te répondra pas. (Et il chuchota, comme s'il craignait que je trouve cela répugnant :) Elle a la maladie d'Alzheimer.

— Qui c'est, ça, Jacob ? demanda la vieille femme d'une voix tremblotante et haut perchée.

— Je suis Henry, lui dit Henry. Et voici le fils d'Eddie Mann, Billy, maman. Il est venu nous voir de Mannville. (À mon adresse, il précisa :) Jacob était mon frère.

— Pauvre Eddie, dit la femme. Il est là, lui aussi ?

— Non, maman, dit Henry.

Il m'indiqua un canapé et s'assit en face de moi. Puis il se releva aussitôt :

— Excuse-moi. Je n'ai pas de manières. Je ne reçois pas beaucoup. Tu veux boire quelque chose ? Du thé ?

— Oui, merci.

Henry alla à la cuisine et versa de l'eau dans une bouilloire. Je reportai mon regard sur la vieille dame.

— Qui êtes-vous ? me demanda-t-elle. Vous êtes un ami d'Henry ?

— Je suis le fils d'Eddie Mann, Billy.

— Pauvre Eddie. Il est là, lui aussi ?

— Non, maman, répondit Henry depuis la cuisine.

— Il y a un homme ici, Jacob ! cria sa mère.

— C'est bon, maman, dit Henry. Viens, c'est l'heure de ta sieste.

— Je suis fatiguée ?

— Oui, dit Henry.

Il fit lever sa mère du fauteuil et la conduisit dans une chambre, au fond. Je l'entendis lui dire :

— Tu l'avales. Ne le recrache pas. C'est bien... Tu veux de l'eau ?

— Non, dit-elle.

Une porte se ferma et Henry réapparut avec du thé sur un plateau :

— Excuse-moi.

— Vous n'avez pas à vous excuser.

— Elle s'agite dès qu'il y a du monde. Elle confond tout maintenant. Bref...

— J'espère que je ne suis pas tombé à un mauvais moment.

Hutchins balaya mon inquiétude d'un geste de la main.

— Je préfère qu'elle soit ici plutôt que dans un hospice. Elle n'a plus beaucoup de temps devant elle. La maladie est très avancée.

Il s'assit et but une gorgée de thé.

— Je suppose que tu n'es pas venu me voir simplement pour que je te raconte mes souvenirs. Sans vouloir te vexer, je n'avais jamais entendu parler de toi. J'étais un peu sceptique après ton coup de téléphone. Je ne savais pas qu'Eddie avait eu un fils. Mais je suis sûr que tu es qui tu prétends être ; ce qui veut dire que tu as dû naître après sa mort.

— C'est ça, oui.

— Tu m'excuseras d'être aussi direct, mais ça veut dire aussi que tu n'as jamais connu ton père.

— Non.

— C'est triste. Je suis vraiment navré d'entendre ça.

— Pas de problème. Enfin, je veux dire : ouais, c'est sûr que j'aurais préféré, mais je ne l'ai jamais connu, alors ce n'est pas comme s'il me manquait vraiment.

— Tu as de la force de caractère, mon garçon.

Mon sourire passa inaperçu dans la pénombre qui régnait dans la pièce.

— Eddie s'était marié ? demanda Henry, sceptique. Non, se répondit-il à lui-même, il n'a pas eu le temps. Ce qui veut dire... (Il afficha un air satisfait devant sa perspicacité et conclut :)... que tu es venu me voir pour me poser des questions. C'est ça ?

— Ouais. Vous auriez dû être détective.

— C'est ce qu'Eddie me disait toujours, acquiesça Hutchins en souriant pour la première fois. Ce qui prouve que tu es bien le fils de ton père. Non que tu aurais une raison de mentir, remarque. Pardonne ma curiosité, mais qui t'a élevé ?

— Mon grand-père.

— Le père d'Eddie ou celui de ta mère ?

— Le père d'Eddie.

— Ah, fit Hutchins. Je l'ai rencontré une fois. Comment il va ?

— Il a arrêté de boire.

— Pas facile, dit Hutchins en hochant la tête. J'ai lutté contre l'alcool, moi aussi, quand je suis revenu de la guerre. J'ai failli gagner. Je suis ravi d'apprendre qu'il ne boit plus.

— Ouais.

J'étais étonné. Hutchins ne correspondait pas à l'idée

que je me faisais d'un alcoolique. Il était soigné, posé, intelligent. D'une façon absurde, il me paraissait trop petit pour boire beaucoup.

— Alors, reprit-il, que veux-tu savoir exactement ?

— Je suis à la recherche de ma mère.

J'avais eu l'intention d'être moins direct. C'était un peu embarrassant d'avouer à un parfait inconnu que mes origines restaient un mystère pour moi, mais en quelques minutes Hutchins avait gagné ma confiance. Il m'était facile d'imaginer que mon père se soit lié d'amitié avec lui. Et lui-même avait pris un risque en me présentant sa mère. Soudain, je me dis que j'avais trouvé en lui un allié de poids pour ma quête.

— Une histoire vieille comme le monde, dit Hutchins en souriant de nouveau. Jeune homme en quête de ses origines. Oui. Tu veux découvrir qui était ta mère. Elle est toujours vivante ? Tu en es sûr ?

— Je ne sais rien. Je connais son nom et je sais vaguement à quoi elle ressemblait. C'est tout.

— Elle s'appelait comment ?

— Eliza. Ou peut-être Azur.

Hutchins ferma les yeux.

— Elle était grande, dit-il.

— Oui !

— D'une beauté saisissante. Longs cheveux bruns. Une enfant de la terre. Une hippie, comme on disait.

— Vous l'avez rencontrée ? m'écriai-je avec espoir.

Je dus faire un effort sur moi-même pour ne pas lancer ma tasse de thé dans les airs et me mettre à danser.

— Oui, dit Hutchins. (Il rouvrit les yeux, revenant du monde dans lequel, durant quelques instants, il s'était évadé.) Une fois.

— Rien qu'une fois ?

— Ne sois pas déçu. Ce fut une rencontre capitale.

— C'était quand ?

— À une soirée. C'était en... attends, laisse-moi réfléchir...

— En novembre 1969 ?

— Tu as bien révisé. Oui, c'est ça. On était revenus en permission.

— Et Eddie est venu vous rendre visite ?

— Oui.

— C'était où, cette soirée ?

Je sortis un petit calepin et, au stylo, écrivis le mot « soirée ». Je relevai la tête et notai que Hutchins réprimait un sourire.

— Juste pour ne pas oublier, lui dis-je, penaud.

— Je ne me moque pas de toi, m'assura-t-il. Mais tu es d'un sérieux !

— C'est très important pour moi

— Je comprends. Tu sais pourquoi ?

— Pourquoi quoi ?

— Pourquoi tu veux la retrouver.

Je restai sans voix.

— Je... fis-je. Ben... je ne devrais pas ?

— Ce n'est pas ça, ce n'est pas ce que je veux dire. Mais la majorité des gens préfèrent ne pas savoir... enfin, je crois. Ils sont trop paresseux pour chercher des réponses aussi difficiles à trouver. Ils renonceraient. Mais vous, les Mann, vous n'êtes pas comme tout le monde, hein ?

— Non, on n'est pas comme tout le monde.

Je sus d'instinct que je n'aurais pas à donner de plus amples explications, car je voyais, à sa manière de bouger, de parler et de me regarder d'un air entendu, derrière ses lunettes, qu'Henry Hutchins lui non plus n'était pas comme tout le monde.

— Bref, reprit-il, on était sortis en ville. C'était un week-end, je m'en souviens, sans doute un samedi. Je buvais toujours à l'époque, bien sûr, et Eddie et moi, on s'en était jeté plusieurs derrière la cravate. On était dans un bar. Pas la peine que tu essaies de le retrouver, il a été fermé depuis. Incendie. On était en uniforme, ce qui nous arrivait rarement. On détestait être en uniforme.

— Mon père détestait porter l'uniforme ?

— Détester, c'est un grand mot. Il était fier de servir son pays. Moi aussi. Mais ça s'était envenimé au Viêt-nam. Et ni lui ni moi n'aimions recevoir des ordres. Je crois qu'on se disait qu'on organisait une espèce de manif à deux, en faisant la tournée des bars et en se bourrant la gueule pour que tous ceux qui nous voient se disent : *Regardez-moi ces deux bouffons.* Pas une manif contre la guerre, mais contre l'armée. Notre manif à nous pour défendre notre cause... Quelques personnes nous ont crié des insultes dans la rue. Des hippies, je m'en souviens. Je ne sais pas si tu sais, mais certains, en Amérique, doutaient sérieusement du bien-fondé de notre présence au Viêt-nam. Beaucoup de gens pensaient qu'on était allés là-bas rien que pour le plaisir de massacrer des gens à tour de bras. Qu'on prenait notre pied. Les hippies, notamment, nous détestaient, ce qui... (il pouffa)... m'a toujours paru le comble de l'ironie, étant donné qu'ils étaient censés défendre la philosophie du *peace & love.* Bref. On marchait sur le trottoir, un peu pompettes, trop bien pour se lancer dans une bagarre. Il y avait des hippies qui nous gueulaient dessus, du trottoir d'en face. On est entrés dans un bar sans faire attention à eux. Non, attends... Eddie leur a fait le signe de la paix.

Ça nous a bien fait marrer. Eux, ils étaient encore plus furax, et ils nous ont suivis dans le bar. Ils étaient trois ou quatre. Quatre. Trois hommes et une femme.

— Que s'est-il passé ?

— Ils nous ont traités de tueurs de bébés. Là, c'était une grosse erreur. On se trouvait dans un bar d'ouvriers, et beaucoup de clients étaient d'anciens militaires, des vétérans de la guerre de Corée et de la Seconde Guerre mondiale, même. Ils avaient une conception particulière de la guerre, que ne partageaient pas ces hippies. La plupart de ces jeunes qui avaient le loisir de se laisser pousser les cheveux et de zoner à travers tout le pays étaient des gosses de riches, tu sais. Ils avaient les moyens d'aller à l'université, ce qui leur permettait d'éviter la conscription — ce qui, tu t'en doutes, leur a valu une grande animosité de la part de ceux qui ne pouvaient pas se payer des études. Comme moi, par exemple. Ce n'est qu'après mon retour de la guerre que j'ai pu bénéficier d'une bourse, dans le cadre du programme d'études pour les GIs. La guerre n'a jamais été un problème moral pour la classe ouvrière, ou plutôt uniquement après la fin du conflit, quand on a eu le temps d'y réfléchir. À l'époque, on n'avait pas le choix. On était appelés, on y allait. Ça a toujours été comme ça. On n'avait pas le pouvoir de remettre le gouvernement en question. De toute façon, on n'aurait rien pu faire, à part causer des troubles. Faire des vagues. Tu me suis ?

— Je crois.

— On faisait confiance au gouvernement, à l'époque, même si ça commençait à changer. Bref, on est donc dans ce bar plein d'anciens combattants de l'armée de terre et de la marine, d'ouvriers d'usine, et ces hippies nous cherchent des poux dans la tête, nous suivent dans le bar, et tout d'un coup, ils regardent autour d'eux et ils se disent : *Merde, où est-ce qu'on est tombés ?* Plus personne ne dit un mot dans la salle. Et alors, il y a eu un déferlement général.

— Tout le monde s'est rué sur eux ?

— Ouais. Ils allaient se faire casser la figure, et pas qu'un peu.

— Dingue !

— Et j'ai le regret de te dire que je pensais qu'ils ne l'avaient pas volé. Ils avaient poussé le bouchon un peu loin avec moi, et j'avais bien envie de leur filer une branlée.

— Vous ?

— Oui, je sais, je n'ai pas le physique d'un bagarreur, mais j'étais différent, à l'époque, et j'avais bu. Bref, je me tourne vers Eddie pour lui dire : « Viens, on s'y met », et je m'aperçois qu'il n'est plus là.

— Il était parti ?

— Non, dit Hutchins en riant. Il était au beau milieu de la mêlée en train d'essayer de les protéger.

— Qui ? Les hippies ?

— Oui ! Il se tenait entre eux et ceux qui voulaient leur tomber dessus. Tu imagines que ça a créé une certaine confusion dans les deux camps.

— Pourquoi il a fait ça ?

— Il ne voulait pas qu'ils se fassent casser la figure, c'est aussi simple que ça.

— Et ensuite ?

— Ensuite, il s'est passé le même genre de truc que dans un film. Eddie s'est lancé dans un discours. Ils ont tous arrêté, car il les avait pris par surprise : les hippies n'en revenaient pas, qu'il les protège, et les autres n'en revenaient pas non plus. Eddie restait planté entre les deux groupes, sans bouger d'un pouce. Il n'était pas aussi grand que toi, et je ne le voyais plus au milieu de la foule, à part ses mains, parce qu'il agitait les bras tout en parlant.

— Qu'est-ce qu'il disait ?

— Il parlait de la paix, murmura Henry Hutchins. Il disait qu'il ne voulait plus voir des gens se battre. Qu'il détestait qu'on se batte. Bizarre, vraiment, quand on pense au nombre de gens qu'il avait dû tuer en tant que pilote. Il leur a dit aussi que lui et moi, on était encore en permission pour un petit moment, et que c'était formidable d'être de retour au pays, parce qu'en Amérique c'était la paix et que, pour lui, c'était synonyme de sécurité. Il a dit aussi que même si la guerre était une chose horrible, même si les pacifistes avaient peut-être raison, il voulait que pour un soir tout le monde mette ça de côté et qu'on soit amis. Il leur a demandé de faire ça pour nous faire plaisir — à lui et à moi — pour qu'une fois de retour à la guerre, on ait de bons souvenirs du pays, et non pas des images de gens qui se battent. Je ne peux pas te dire tout ça aussi bien que lui. Il pouvait être très éloquent, une fois qu'il était lancé. Il n'écrivait pas très bien, mais il pouvait enflammer un auditoire quand il était en forme.

— Alors, qu'est-ce qui s'est passé ?

— Exactement ce qu'il voulait ; ça, je l'ai su dès qu'il a commencé à parler. Une fois qu'Eddie avait décidé de te convaincre, il ne te lâchait plus. Et, en général, ça ne lui prenait pas beaucoup de temps. Ce qui s'est passé, c'est que, pour finir, ils se sont tous serré la main.

— Sans blague ?

— Sans blague. Et après, les hippies se sont assis au bar. Le silence régnait toujours dans la salle, Eddie avait pris le contrôle de la situation, alors tout le monde attendait de voir ce qu'il allait faire.

— Et qu'est-ce qu'il a fait ?

— Il s'est contenté de s'asseoir. Je crois que tout le monde s'attendait à un truc plus spectaculaire, alors ils ont dû être déçus sur le coup. Il est allé au comptoir avec les hippies, il a commandé une tournée et on s'est assis à une table.

— Et parmi vous, il y avait Eliza ?

— On ne connaissait pas encore son prénom. C'était la seule femme du groupe. C'était même la seule femme dans le bar, mais ça ne semblait pas la gêner le moins du monde. Je pense qu'elle ne l'avait même pas remarqué. Elle était très belle. Je ne pouvais pas la quitter des yeux. Je n'avais aucune chance avec elle, c'était sûr, en présence d'Eddie. Elle faisait sept ou huit centimètres de plus que lui, mais elle le regardait comme s'il était un dieu grec descendu de l'Olympe pour boire un coup avec nous. Et Eddie aussi la dévorait des yeux.

— Il lui faisait du rentre-dedans ?

— Ne me fais pas dire ce que je n'ai pas dit. Eddie avait parfaitement conscience de l'effet qu'il produisait sur les autres et il n'en abusait jamais. Ce n'était pas un manipulateur. Le plus souvent, il restait spectateur et observait les événements — sauf quand il ne pouvait pas ne pas intervenir. Ça aussi, c'était une de ses forces. Ce sens de l'observation. On n'oubliait jamais qu'il était là, même quand il ne disait rien. Je pense qu'on s'est tous rendu compte que le courant passait entre lui et Azur — électrique ou magnétique, je ne sais pas... curieux, hein, qu'on parle souvent d'amour en termes scientifiques ? Bref. Non, Eddie n'était pas le genre de mec qui aurait fait du rentre-dedans à une femme. D'abord, parce qu'il n'avait pas besoin de ça — c'étaient elles qui venaient à lui ; d'autre part, parce qu'il estimait que c'était indécent, en quelque sorte… que ça dévalorisait les femmes… ou peut-être qu'il pensait que ça dévalorisait les hommes, je ne sais pas. Ce n'était pas son genre, en tout cas.

— Combien de temps vous êtes restés avec ces hippies ?

— Oh, on est restés dans ce bar une heure, à peu près. Ensuite, on est allés avec eux à une soirée, je ne sais plus où. Inutile de te dire qu'on était les deux seuls gars en uniforme, et qu'on s'attirait pas mal de regards curieux. La majorité des mecs avaient les cheveux longs jusqu'aux fesses. Ils fumaient de l'herbe, buvaient du vin et s'asseyaient en cercle pour jouer de leurs instruments de musique… Il y en avait qui trippaient à l'acide, je m'en souviens parce qu'un type est venu se planter devant moi et a regardé fixement mes médailles pendant une bonne dizaine de minutes. Quand j'ai fini par lui demander ce qu'il fabriquait, il m'a répondu qu'il les écoutait chanter. C'était carrément délirant.

— Eliza était avec vous ?

— C'était elle qui organisait la soirée. Il se trouve que ça se passait chez elle, dans une maison qu'elle louait avec des copains. Elle ne se faisait pas appeler Eliza, mais Azur. Comment as-tu appris son vrai prénom ?

Je lui résumai la lettre du Dr Connor.

— Elle est allée à Mannville pour accoucher de toi ? demanda-t-il, surpris.

— Ben, oui. C'est là que je suis né.

— Pourquoi n'est-elle pas restée chez ton grand-père ?

— Je ne sais pas. Elle m'a laissé sur le pas de la porte.

— Sur le pas de la porte ?

— Avec un mot.

— Eh ben, fit Henry. Ça m'étonne, ça !

— Pourquoi ?

— Parce qu'elle me semblait avoir un grand sens des responsabilités.

— Vous l'avez donc connue ?

— Un peu. En fait, on a fini par rester chez elle tout le week-end. On s'amusait trop pour partir.

— C'est à cette occasion que j'ai été conçu ?

— Ben, je suppose, parce qu'ils ont passé le plus clair de leur temps au lit.

Il rougit légèrement, et moi de même.

— Ah bon ?

— Ils étaient inséparables. Ils ne sont pas sortis de la chambre. Je suis resté seul la plupart du temps, mais ça ne me gênait pas, vu qu'il y avait toujours du monde qui passait dans cette maison, et ils étaient tous très sympa avec moi, même si j'étais en uniforme. En fait, je me marrais bien. C'était la première fois que je vivais un truc pareil, et ça ne me déplaisait pas. Ce week-end-là a changé ma vie, pour tout te dire.

— Comment ça ?

— Ben, de toi à moi, j'ai pris des acides.

— Ah bon ?

— Mais attention, hein, je ne cautionne pas, je ne te dis pas que c'est un exemple à suivre, loin de là. Surtout pour un jeune. J'en ai pris sous l'impulsion du moment. Aldous Huxley l'a dit mieux que moi : les portes de la perception me furent ouvertes. Seulement, après douze heures à ce régime, j'ai fait ce qu'on appelle un mauvais trip.

— C'était comment ?

— Atroce. Pire que la guerre. Pire que la peur de la mort. Là, on n'y échappait pas. C'est indescriptible. C'était comme si j'avais un vide sans fond sous mes pieds, et je ne supportais pas de regarder vers le bas ni ailleurs. C'est là que j'ai vraiment pété les plombs. Je voulais retourner au Viêt-nam, j'étais complètement à côté de la plaque. Eddie a dû sortir de la chambre et venir me calmer.

— Qu'est-ce qu'il a fait ?

— Il m'a serré contre lui, c'est tout. Il est resté près de moi cinq ou six heures, sans rien dire, ce qui valait mieux. Quand il a vu que j'étais en mesure de l'écouter, il s'est mis à me parler pour me faire sortir de cet état. C'était comme s'il me faisait faire une visite guidée de mon âme. J'avais la sensation qu'il savait exactement ce que je ressentais.

— Qu'est-ce qu'il vous disait ?

Henry pinça la bouche et leva les yeux au ciel d'un air pensif.

— De me laisser aller... de ne pas me bloquer, des choses comme ça. De me laisser engloutir.

— Il prenait des acides, lui aussi ?

— Lui ? Oh, non, ça ne risquait pas.

— Alors, comment il savait quoi vous dire ?

— Il était comme ça, Eddie. Il savait tout faire, même ce qu'il n'avait jamais fait. Parfois, j'avais l'impression qu'il avait eu des vies antérieures. Je veux dire : on a tous plusieurs vies... En tout cas, c'est ce qu'on croit si on est hindou ou bouddhiste, mais il y avait des fois où je me demandais si Eddie, lui, n'avait pas gardé des souvenirs de ses vies passées.

Je faillis raconter à Henry Hutchins mon expérience avec la vieille mennonite quand j'étais petit, puis me ravisai. La soirée était déjà bien entamée, et la route était longue pour rentrer à Mannville.

— Que s'est-il passé après ? m'enquis-je. Quand vous êtes partis ? Entre Azur et mon père ?

— Oui. Tu sais, ça, je ne m'en souviens pas très bien. Je pense qu'ils ont dû échanger leurs adresses. Sûrement. Sinon, Azur n'aurait jamais su où habitait ton grand-père. Peut-être avaient-ils projeté de se retrouver à la fin de la guerre. Bon Dieu, ils auraient fait un beau couple.

— Donc, Eddie connaissait son adresse ?

— Je pense que oui.

— De quoi ont-ils parlé pendant qu'ils étaient ensemble dans la chambre ? Il vous l'a raconté ?

— Non, et je n'ai pas posé de question. Mais après, il rayonnait... comme s'il avait eu une apparition religieuse. Ça m'a frappé, parce que c'était inhabituel. Aucune femme ne lui avait jamais fait cet effet-là. Il en avait connu des tas, tu comprends. Je ne veux pas dire qu'il était blasé, mais il n'était pas du genre à tomber fou amoureux d'une nana. Il était au-dessus de ça, en quelque sorte.

— Mais cette fois-là, c'était le cas ?

— Disons que je ne l'avais jamais vu comme ça. Quand on est partis, il ne disait rien, il fredonnait pour lui-même, le regard dans le vague. Je pense qu'il était très heureux.

— Qu'est-ce que vous avez fait après, tous les deux ?

— On est revenus ici, dans cette maison. Et le lendemain, Eddie est reparti à Mannville.

— Puis vous avez réembarqué ?

— Trois jours plus tard. Et c'est en février que son

avion a été abattu. Excuse-moi. Ça doit t'être pénible de m'entendre parler de sa mort.

— J'y suis habitué. Et je ne l'ai pas connu.

— C'est vrai, j'avais oublié. Quel dommage ! Il t'aurait aimé, petit.

— Donc, repris-je, vous ne savez pas où je dois chercher ma mère ?

— Désolé, Billy. Je ne l'ai jamais revue, et je crois que ton père non plus. Peut-être lui a-t-elle écrit ? Si c'est le cas, ses lettres ont dû être renvoyées chez lui avec ses effets personnels. Ton grand-père ne les a pas reçues ? Une boîte renvoyée par l'US Air Force ?

— Je ne sais pas, dis-je, me sentant tout bête.

Pourquoi n'ai-je pas pensé à demander ça à Grand-Père plus tôt ? me dis-je. *Parce que je suis un amateur. C'est la première fois que j'essaie de retrouver la trace de quelqu'un.*

— Henry ! cria une voix grêle. Qui est cet homme ?

Henry et moi nous retournâmes et vîmes sa mère qui, entrée sans bruit dans la salon, me pointait du doigt. Elle était complètement nue.

— Oh, maman ! dit Henry. Excuse-moi, Billy.

Il se leva du canapé en prenant un plaid, dont il couvrit le corps de sa mère. Je détournai les yeux.

— Ne vous en faites pas, lui dis-je.

— Donne-moi des nouvelles, me cria Henry pardessus son épaule, tandis qu'il ramenait sa mère vers la chambre. Ça m'a fait plaisir de te parler, petit. Tu tiens de ton père.

Je considérai que c'était une façon de me donner congé.

— Merci, monsieur Hutchins, lui dis-je. Je vous tiendrai au courant si j'apprends quelque chose.

Je ressortis dans l'allée étroite et me glissai au volant

de la Galaxie que Grand-Père m'avait prêtée pour le trajet. Sur le chemin du retour, je fouillai mentalement la ferme de Mannville de fond en comble, en quête de quelque chose. N'importe quoi. Il me manquait un indice essentiel. Je sentais son absence comme si ce vide était en soi un objet palpable, sans que je sache de quoi il s'agissait. Mais j'approchais du but. Cela aussi, je le sentais.

12

Mes dix-huit ans. Autre série de trois. J'enterre Frederic Simpson. Le récit de Grand-Père et son départ.

Extrait du journal de Willie Mann :

Nous, les humains, sommes une bande de sagouins qui courons en tous sens, habitons dans des cages dorées conçues par nous et inventons lentement les moyens de nous autodétruire. Avant nous est venue une longue lignée d'autres sagouins qui, sans intentions grandioses, mais par leur simple capacité à se reproduire — ou leur incapacité à l'éviter —, nous ont engendrés. C'était un groupe dépravé, sanguinaire et haineux qui décimait d'autres tribus de sagouins pour les spolier de leurs terres. Il semblerait que certains sagouins des temps modernes pensent le plus grand bien de nos ancêtres et soient fiers de remonter notre sagouinité sur plusieurs générations, voire aussi loin que les premiers sagouins assassins, les Européens. Personnellement, je vois très peu de chose dans l'histoire de notre espèce dont nous puissions être fiers. Il est trop tard pour réparer nos pires erreurs ; et quant à celles qui n'ont pas encore été commises, leur décor est déjà planté. Mon seul souci, désormais, c'est ma famille. Je veux tenir ce journal pour que mes descendants sachent les erreurs que nous, sagouins connus sous le nom de

Mann, avons commises. Il y a des erreurs qui sont inévitables, mais je ne souhaite pas que soient répétées les plus graves d'entre elles.

Willie Mann rédigea ces lignes alors qu'il approchait de ses quatre-vingt-dix ans. Pendant soixante-quinze années de sa vie, il tint ce journal qu'il avait commencé à vingt et un ans, alors qu'il apprenait tout juste à écrire. Il pensait — il espérait — que grâce à cela il aiderait les Mann qui viendraient après lui. Il voulait éviter que l'instinct fratricide et la cupidité ne reviennent, après sa mort, déchirer sa famille.

Je n'avais pas encore lu ces lignes, bien entendu. Je n'avais même pas encore vu ce journal. Il se trouvait toujours au Japon. Combien de temps y resterait-il ? Je n'en avais pas la moindre idée, mais j'espérais qu'il nous reviendrait intact car je savais qu'il serait pour moi d'une valeur inestimable.

— Je ne comprends pas comment tu as pu le donner comme ça, dis-je un jour à Grand-Père, furibard. Enfin, tu ne pouvais pas imaginer qu'il pourrait intéresser quelqu'un d'autre que toi, un jour ?

— Réfléchis, petit. J'avais dix-neuf ans. Ton père n'était même pas né. J'étais fils unique. Je ne pensais pas que je survivrais à la guerre. On agissait impulsivement en ce temps-là, on vivait au jour le jour. En outre, ce que j'avais lu ne m'avait pas plu du tout. J'avais envie de m'en débarrasser.

Ce n'était pas la première fois que Grand-Père faisait allusion à des révélations dont il avait eu honte à l'époque, et auxquelles il avait préféré ne plus penser. Il refusait toujours d'en parler, mais je n'arrivais pas à savoir si sa réticence était due à son orgueil ou à sa mémoire défaillante. Grand-Père s'était fait une spécialité de feindre un esprit chancelant quand ça l'arrangeait.

— Tu n'as pas l'adresse de ce Fujimora ? Comme ça, je lui écrirais pour m'assurer qu'il compte bien revenir.

— Il était de Nagasaki, et cette ville a été détruite par la bombe atomique. Même s'il m'avait donné son adresse, il ne resterait plus que l'ombre de sa maison, aujourd'hui.

— Comment peux-tu être sûr qu'il est toujours vivant ?

— Il est vivant.

— Et s'il ne revenait pas ?

Cette grande question était gravée dans mon esprit depuis longtemps déjà. Leur plan, selon lequel chacun des deux saurait par intuition quand l'autre serait sur le point de mourir, me paraissait tiré par les cheveux et pas vraiment fiable. J'aurais préféré une notification par un moyen légèrement plus sûr — un coup de téléphone, par exemple.

Toutefois Grand-Père restait confiant.

— Il va venir, m'affirmait-il. Je le sens. Et il ne devrait plus tarder maintenant.

Il ne devait plus tarder car, selon Grand-Père, une autre série de trois avait commencé avec la mort de Frederic Simpson, et il avait la certitude qu'il ferait partie de cette série-là. *Mon numéro est terminé,* disait-il. Il était sur le point de rendre ses clefs, de casser sa pipe, de boucler sa malle, de déposer son bilan. Il en était tellement persuadé qu'il avait fait creuser la fosse sans attendre, pendant le dégel, pour que la terre puisse être drainée régulièrement avant qu'il y repose. L'idée d'avoir froid dans la mort le laissait indifférent, mais la perspective d'être mouillé lui était intolérable. Depuis son plongeon forcé dans le Pacifique, Grand-Père avait une sainte horreur de l'eau.

— Fais plaisir à un vieil homme, me dit-il.

Je téléphonai donc au directeur des pompes funèbres qui téléphona au cimetière qui téléphona au fossoyeur, et la fosse fut creusée.

J'allai la voir sans rien dire à personne. J'avais l'idée farfelue de m'y coucher moi-même pendant un moment, juste pour voir ce que ça faisait d'être là. Je ne sais pas pourquoi je voulais m'amuser à ça, mais j'avais dix-huit ans, et cela justifie sans doute bien des choses. C'était un geste poétique dans le plus pur style de ceux qu'un jeune homme de cet âge peut concevoir. J'ai fait beaucoup de choses à dix-huit ans que j'essaie encore de m'expliquer. Cependant, quand j'arrivai au bord de la fosse, je la trouvai si déplaisante que je changeai d'avis. Grand-Père avait raison. La terre était détrempée, froide, suintante ; j'avais l'impression terrifiante que, si j'enfonçais un doigt dans les parois terreuses, je toucherais le cercueil d'un des innombrables Mann qui peuplaient cette partie du cimetière.

Nous n'aurions jamais appris la mort de Frederic si Mildred n'avait eu l'habitude morbide d'éplucher chaque matin la rubrique nécrologique du journal. C'était la première page qu'elle regardait — avant même les gros titres — et, quand elle trouvait un nom connu, elle lisait l'avis de décès in extenso et à haute voix. C'était une manie bizarre qui m'agaçait, mais Grand-Père me disait que, lorsque je serais vieux, je ferais la même chose, car, parmi mes amis, les morts seraient plus nombreux que les vivants.

— Il faut se tenir au courant de ce qui se passe dans le monde, me répétait-il ; et quand tu auras notre âge, de ce qui se passe dans l'autre monde... Et ça bouge sans arrêt dans ce domaine !

L'avis de décès de Frederic était concis. Il décrivait ses états de service au Viêt-nam et mentionnait qu'il y avait été « grièvement blessé », à la suite de quoi il avait été soigné par son « père attentionné, à qui il avait survécu ». Aucune allusion à sa sœur Annie. Je songeai que ce texte avait dû être rédigé par une infirmière de l'hôpital des Anciens Combattants, où on l'avait admis. Il fallait ne pas être de Mannville pour traiter M. Simpson de « père attentionné ».

J'eus la sensation qu'on m'avait ôté un poids énorme de la poitrine. Je respirais plus librement depuis que je savais que le pauvre Frederic avait enfin été libéré de la prison de son corps. L'idée qu'il avait peut-être gardé ses facultés mentales pendant tout ce temps me terrifiait. Cette éventualité, si mince fût-elle, m'avait parfois empêché de dormir la nuit et, par solidarité, je faisais semblant d'être paralysé en me disant que je ne pourrais plus jamais bouger mes membres. Je pensais souvent qu'après une vie comme la sienne la perspective d'aller en enfer devait représenter un moindre mal. Ce matin-là, je découpai l'avis de décès et l'envoyai à Annie, à Montréal, presque avec joie, sûr que mon soulagement serait peu de chose en comparaison du sien.

Grand-Père poursuivait bon an mal an les préparatifs de sa mort. Il avait acheté un cercueil étanche, rédigé son testament et commencé à l'avance la multitude de tâches que la mort nous impose, de nos jours. « Bon sang de bonsoir, soupirait-il en de nombreuses occasions. On ne peut plus se contenter de tomber raide mort, pas vrai ? » Lorsqu'il apprit le décès de Frederic, il sentit que son heure n'allait pas tarder à sonner et il décida de m'annoncer officiellement qu'il partirait bientôt. Son foie ne s'était jamais remis du régime de beuveries ininterrompues auquel il l'avait soumis pendant quarante ans. Il avait faibli petit à petit, au fil des années et, selon les médecins de l'hôpital, il allait bientôt lâcher.

— Il va peut-être tenir le coup encore un an, me dit-il, alors ne va pas te mettre à chialer.

— D'accord, lui répondis-je.

Je luttais contre le sentiment atroce qui me serrait la poitrine. C'était la même impression que j'avais éprouvée le jour où Annie avait disparu, cette impression que je ressentais, enfant, quand je me disais que je n'avais ni père ni mère. Le sentiment d'être abandonné ; la sensation profonde, confuse, béante, ancrée quelque part au plus profond de moi et qui soudain irradiait comme une bombe atomique.

— Je ne veux pas qu'on me branche sur une machine, déclara Grand-Père. Je suis catégorique là-dessus.

— D'accord.

— Il n'y a absolument aucune raison d'être branché sur des machines, à part l'égoïsme pur. Les gens âgés ont le devoir de libérer la route. Pense au pauvre Frederic Simpson. Tu crois que j'aurais envie de finir comme ça ? Complètement sous perf ? Et merde ! Je préfère encore être mort !

— Bien, m'sieur.

J'aurais voulu changer de sujet, mais il s'obstina.

— Il n'y a aucune raison qu'on gaspille des ressources précieuses par peur de ce qui nous attend après. Des fois, quand je pense au nombre d'années que vivent les gens, de nos jours, ça me rend malade ! À quoi bon ? Ils font rien de leurs dix doigts ! Ils passent leur journée au lit à se plaindre. Ce sont des boulets.

— On pourrait parler d'autre chose ?

— On dit que les bébés nés en l'an 2000 auront une espérance de vie d'un siècle, lâcha-t-il avec dédain, ignorant mon intervention. À la période glaciaire, les hommes ne dépassaient sans doute pas trente ans. On est faits pour mourir et retourner à la poussière. Comme ça, on sert d'engrais aux fleurs, et toutes ces conneries. Nom de nom ! On se plaint de la pollution, mais le vrai problème, ce sont les gens. Ils encombrent la terre.

Je ne dis mot. C'était étrange d'entendre quelqu'un parler en ces termes. Grand-Père pouvait, s'il le voulait, prolonger sa vie de plusieurs années — par une greffe du foie, peut-être. Mais, à cette idée, il poussait un soupir dédaigneux.

— On est faits pour avoir un foie, c'est tout.

Le foie, c'est comme les voitures. Si on n'est pas capable de prendre soin du premier, je ne vois pas pourquoi on en mériterait un autre !

— Je ne sais pas. Je dirais que les gens ont le devoir de rester le plus longtemps possible.

— Ridicule. Pourquoi ? Qu'est-ce que je vais réaliser maintenant ? À quoi sert un vieil homme comme moi, de toute façon ?

— Tu pourrais me raconter d'autres histoires, lui suggérai-je.

Je me creusai désespérément la cervelle pour trouver des arguments à opposer aux siens, mais la vérité, si horrible soit-elle, était que je me rendais compte qu'il avait raison. Il était temps qu'il meure. N'empêche, chaque parcelle de mon être cherchait le moyen de se rebeller contre l'inévitable. J'avais passé toute mon enfance à l'ombre de la mort. Tous ceux que j'aurais dû connaître, tous ceux qui auraient pu donner à ma vie plus de plénitude et plus de sens avaient disparu avant même mon arrivée en ce monde, ne laissant qu'une vague idée de ce qu'ils avaient été, et sans les avoir connus, je devais rassembler les pièces du puzzle de mon identité avec seulement Grand-Père pour m'aider dans cette tâche. J'estimais avoir payé le prix fort à la mort, alors peu m'importait d'abandonner d'autres parents à l'inconnu où je ne pouvais les atteindre. Peut-être était-ce pour cela que notre maison était pleine de fantômes quand j'étais petit — mes ancêtres affligés se sentaient coupables de m'avoir laissé orphelin, ruiné et jouant avec des amis imaginaires.

Mais Grand-Père me dit :

— Je t'ai raconté toutes les histoires que je connaissais.

— Toutes ?

— Absolument. Tu sais tout ce que je sais. Et elles sont toutes écrites noir sur blanc, hein ?

Je fus tenté de lui mentir pour le forcer à prolonger son séjour, mais lorsqu'il me posait des questions, ce n'était en général qu'une simple formalité : il en connaissait déjà les réponses car il savait toujours ce que je pensais. Ces trois dernières années, j'avais noirci plusieurs cahiers avec les histoires de famille qu'il m'avait répétées. Récemment, je lui avais montré toute la série, et lui-même avait été impressionné par la grande variété de ces histoires.

— Je n'arrive pas à croire que ma pauvre tête baignant dans l'alcool ait pu contenir tout ça, s'émerveilla-t-il.

Puis il se mit à pouffer d'un rire d'asthmatique, pour une raison connue de lui seul.

— Qu'est-ce qu'il y a de si drôle ?

— C'est juste que c'est d'une ironie !

— Quoi ?

— Ma tête baignant dans l'alcool, comme celles de tous les pauvres Rory dans la barrique !

On était au printemps de 1988. J'allais bientôt passer mon diplôme. Il s'était écoulé près d'un an et demi depuis ma visite à Henry Hutchins, à Buffalo ; entre-temps, j'avais fouillé la ferme, en quête d'indices, que l'US Air Force avait pu renvoyer après la mort de mon père, et aussi d'autres objets — n'importe lesquels.

J'écrivais aussi de longues lettres à Annie, décousues et enthousiastes, à propos de tout et de rien. Fier de mon style, je les photocopiais ; quand je les relis aujourd'hui, je les vois pour ce qu'elles sont : un effort désespéré pour essayer de la persuader de changer d'avis, de m'aimer comme je l'aimais. Au début, elle me répondait régulièrement, puis uniquement de temps en temps, puis de plus en plus rarement. Le temps passa, fidèle à lui-même. Et je n'eus plus de nouvelles d'elle.

Oublie-la, me soufflait une voix intérieure qui me parlait souvent, maintenant que j'étais plus grand. *Laisse-la donc tranquille.*

J'avais beau répugner à l'admettre, je savais que cette voix avait raison. Je ne l'oublierais jamais, mais peut-être valait-il mieux que je la laisse tranquille. Du coup, je concentrais de nouveau mon énergie sur ma mère.

Or Grand-Père me déclara n'avoir rien reçu de l'armée, donc cela ne servait à rien de chercher, s'il n'y avait rien à trouver. Il n'avait pas pensé à cela, à l'époque, et de toute façon il avait une chambre pleine de reliques pour lui tenir compagnie et lui rappeler mon père. Mais, maintenant que je lui en parlais, lui aussi se demandait ce qu'il était advenu des effets personnels d'Eddie.

J'étais sûr que l'US Air Force devait avoir consigné ses affaires, même si ce n'était pas important : sa brosse à dents, d'autres babioles de ce genre. Plusieurs mois durant, je passai des coups de téléphone à divers services gouvernementaux avant de pouvoir déterminer lequel d'entre eux serait en mesure de me fournir des renseignements utiles. Ensuite, je dus formuler une demande écrite exposant les raisons pour lesquelles je désirais savoir en quoi consistaient les effets personnels d'Eddie et où on les avait expédiés. Il leur fallut près de trois mois pour me répondre.

— C'est un miracle qu'on ait pu gagner des guerres, avec une bureaucratie pareille, dis-je à Grand-Père, qui opina.

Il lui arrivait encore de pester contre l'idiotie des bureaucrates, à laquelle il devait d'être tombé dans les eaux du Pacifique sud quarante-sept ans plus tôt.

Mais finalement, ce printemps-là, une lettre me vint au courrier. C'était la photocopie d'une liste tapée en 1970 par un certain sergent Jackson. Apparemment, il avait pour tâche de répertorier les affaires des morts et de les envoyer à l'adresse de la « personne à contacter » signalée par le soldat. La liste, ainsi que je m'en doutais, énumérait des objets banals, mais parmi eux je lus : « *Vingt-sept (27) lettres — correspondance privée.* »

— Tu lui as écrit vingt-sept lettres ? demandai-je à Grand-Père.

Il fronça les sourcils :

— C'est ce que dit l'US Air Force ?

— Non. Ils disent qu'ils ont trouvé vingt-sept lettres.

— Je lui écrivais une fois par mois. (Il ferma les yeux

et fit un rapide calcul mental.) Il a été tué au bout de dix-huit mois, ce qui fait que j'ai dû lui écrire dix-huit lettres. Et encore.

— Qui d'autre a pu lui écrire ?

— Tous ceux qui avaient son adresse, bien sûr.

— Combien de gens ça représente ?

— Je ne sais pas, mon garçon. Au moins la moitié des filles de Mannville.

Avant même de savoir qui avait écrit ces lettres, il me fallait découvrir à qui elles avaient été renvoyées après que son avion de chasse se fut désintégré dans un nuage de feu, au-dessus de l'océan Indien. J'étais certain que c'était là le prochain indice qui m'aiderait à percer l'énigme de l'identité de ma mère. J'imaginais qu'Eddie et Eliza avaient dû passer un accord sur ce qu'elle deviendrait au cas où Eddie serait tué. J'étais sûr qu'ils n'avaient pas uniquement fait l'amour à tout va. Henry Hutchins connaissait bien mon père, et s'il pensait qu'Eliza et lui étaient amoureux l'un de l'autre, c'est que ce devait être vrai. Peut-être même avaient-ils pensé qu'Eliza pouvait être enceinte à l'époque, auquel cas elle aurait tenu à garder un souvenir de mon père, à conserver un lien avec lui pour être sûre qu'il lui reviendrait. Ou peut-être qu'Eddie, comme Grand-Père, connaissait à l'avance le jour et la cause de sa mort, et qu'il en avait parlé à Eliza tandis qu'ils étaient au lit tous les deux, dans la maison de Buffalo, et que le pauvre Henry Hutchins faisait un mauvais trip dans la pièce voisine.

Mais l'adresse à laquelle les lettres et les autres objets personnels de mon père avaient été envoyés n'était pas incluse. J'avais l'impression de me cogner la tête contre un mur bâti avec soin par l'US Air Force. J'expédiai une autre lettre au service qui m'avait envoyé la liste des effets personnels d'Eddie, dans l'espoir fou que quelque col bleu sans âme la lise et me prenne en pitié.

« J'essaie de trouver la réponse à une question qui me hante depuis ma naissance, écrivis-je. Vous êtes les seuls qui puissiez m'aider. Mon père a perdu la vie pendant qu'il servait dans l'US Air Force. Je pense que le moins que vous puissiez faire, espèces de crétins, serait de me dire, par retour du courrier, à qui ces lettres ont été adressées et d'arrêter de me mener en bateau. »

— Ça, c'est bien envoyé, commenta Grand-Père avec admiration.

Depuis son séjour avec Enzo sur leur île du Pacifique sud, il nourrissait une forte méfiance à l'égard de l'armée de l'air et la mort de mon père n'avait fait que l'exacerber.

— À mon avis, tu as tort de les traiter de crétins, opina Mildred. Tu obtiendrais peut-être de meilleurs résultats en te montrant plus aimable.

Je changeai donc « espèce de crétins » en « messieurs » et glissai la lettre dans une enveloppe. Je joignis une photocopie de la liste que le sergent Jackson avait tapée dix-huit ans plus tôt, et la renvoyai au service qui me l'avait fait parvenir. Il allait peut-être s'écouler plusieurs mois avant que je reçoive une réponse ; peut-être n'en recevrais-je jamais. On était un samedi matin, très tôt, le 15 mars. J'eus un coup au cœur en me rendant compte que c'était le jour de l'enterrement de Frederic Simpson. Il serait inhumé au cimetière dans deux heures. Je n'avais pas prévu d'y aller, mais soudain je sus que je devais le faire.

Je me douchai et mis mon seul costume potable, lequel n'était plus à ma taille. Il avait appartenu à mon père, mais j'étais plus grand que lui de quatre bons centimètres ; mes poignets et mes chevilles dépassaient des manches de la veste et des revers du pantalon. En réalité, selon Grand-Père, j'étais le plus grand de tous les Mann, ce qui avait pour conséquence que je ne pourrais bientôt plus perpétuer la grande tradition des Mann : porter des fripes.

— Il faut qu'on emmène ce garçon faire des achats, dit Mildred en me jaugeant d'un air réprobateur.

Grand-Père haussa le sourcil. Lui et moi n'étions jamais allés nous acheter des vêtements de notre vie. Cette perspective nous terrifiait et nous fascinait à la fois. Curieusement, il ne m'était jamais venu à l'esprit que, lorsqu'on avait besoin de vêtements, on pouvait aller s'en acheter. Pour moi, c'était jeter l'argent par les fenêtres, alors qu'on avait tant de générations de costumes, de chapeaux et de chemises pliés dans les armoires et parsemés de boules de cèdre et de naphtaline. Qu'est-ce que ça pouvait faire s'ils étaient démodés ? Un vêtement, ce n'est qu'un vêtement. Rien dans ma penderie ne datait d'après 1969. Mais Grand-Père n'était plus le même homme qu'autrefois, et il se montra emballé à l'idée de faire en sorte que je sois bien habillé.

— Mildred, tu as raison, comme d'habitude, lui dit-il. On va lui payer un costume avant qu'il ait son diplôme.

— Tu ne viens pas à l'enterrement de Frederic ? lui demandai-je.

— Je ne me sens pas très bien, me répondit-il.

Je ne dis rien ; il n'avait pas l'air d'aller très bien, mais je ne tenais pas à en parler.

Je garai ma moto sur le parking gravillonné de l'église. Il ne s'y trouvait que quatre ou cinq voitures et, sur le coup, je me demandai si je n'avais pas mal lu la date. Mais j'avisai une affichette sur la porte : MESSE

D'ENTERREMENT DE SIMPSON, 11 H 00. J'entrai dans l'église et m'assis sur un banc du fond, laissant mes yeux s'habituer à la pénombre.

— Vous ne venez donc pas devant ? Pourquoi ? murmura une voix désincarnée.

Je plissai les yeux pour percer l'obscurité. Debout derrière l'autel se tenait le père Kinney, le prêtre de la paroisse, et je distinguais maintenant la silhouette de plusieurs hommes en uniforme, assis au premier rang. Des soldats. Je m'avançai sur la pointe de pieds et m'installai derrière eux. Raides comme des piquets, ils m'ignorèrent complètement.

— Je suis content que quelqu'un soit venu, dit le père Kinney. Vous êtes de la famille du défunt ?

— Non, répondis-je. (Et, après réflexion, j'ajoutai :) Excusez-moi.

— Oh, c'est toi, Billy, dit le père Kinney. Je ne t'avais pas reconnu. Inutile de t'excuser. Je suis content que tu aies pu venir.

Il semblait plus que content. Il semblait soulagé de ne pas présider la cérémonie des obsèques dans une église vide.

Le cercueil de Frederic, déjà placé au pied de l'autel, dans la nef centrale, était recouvert de la bannière étoilée, flanqué par deux autres soldats qui regardaient, l'air sombre, vers le fond de l'église.

— Autant commencer, dit le père Kinney.

En dehors des soldats, j'étais le seul membre de l'assemblée. Même si, depuis toujours, les Mann étaient catholiques, je n'avais pas été baptisé, et l'enterrement de Frederic était la première messe à laquelle j'assistais. J'étais fasciné, comme si j'étais tombé par hasard sur quelque culte ancien et oublié. Je suivais l'exemple des soldats, qui savaient quand s'agenouiller, quand se relever, et, d'une voix forte et claire, chantaient les cantiques, un peu faux certes, mais avec une ardeur toute militaire.

— Si quelqu'un souhaite prononcer quelques mots à la mémoire de Frederic, c'est le moment, dit le père Kinney.

Silence de mort. Le prêtre me fixa. Je fis semblant de ne pas le remarquer.

— Billy ? Tu es le seul à être venu.

Je déglutis.

— Vas-y, me pressa le père Kinney. Juste quelques mots.

Je me levai.

— Frederic Simpson était un ami de mon père, dis-je.

De la chaire, le père Kinney approuva d'un hochement de tête.

Encouragé, je poursuivis sur ma lancée, m'adressant tantôt au prêtre, tantôt aux soldats qui continuaient de m'ignorer.

— Il a servi son pays au Viêt-nam, où il a été grièvement blessé. Depuis, il était dans le coma ou presque. Il ne lui reste aucun parent, alors je suis content d'être ici. Mon père et lui étaient potes. Mon père est mort au Viêt-nam.

Je ne trouvai rien à ajouter. Je me rassis, les joues en feu.

— Merci, dit le père Kinney. Nous allons maintenant le conduire à sa dernière demeure.

En silence, les soldats se levèrent et se mirent en rang de chaque côté du cercueil. Derrière le prêtre et un enfant de chœur, ils descendirent la nef à pas lents et mesurés. Le soldat en tête comptait la cadence d'une voix à peine audible. Fermant le cortège, je regardais leurs pieds, qui avançaient avec une précision parfaite. Tout à coup, la vérité se fit jour en moi : ils n'avaient jamais connu Frederic. Ils faisaient leur travail. C'étaient des professionnels des cortèges funèbres. Ils ne connaissaient aucun des morts qu'ils portaient en terre. Ils s'acquittaient de cette tâche avec simplicité, calme et solennité.

On forma un petit groupe autour de la tombe ouverte. Le père Kinney lut un passage de la Bible, puis les soldats s'alignèrent sur un rang. Le soldat qui avait compté la cadence sortit des fusils et les distribua à ses compagnons. Je me tenais de l'autre côté de la tombe, les mains croisées devant moi. Au commandement, les soldats visèrent le ciel.

— Feu ! dit celui qui les commandait.

Je sursautai violemment quand ils tirèrent à l'unisson. Il y eut deux autres salves. Ensuite, les fusils furent rangés et les soldats prirent le drapeau qui recouvrait le cercueil, le plièrent avec cérémonie en un triangle épais, et le donnèrent à leur commandant qui, après quelques instants d'hésitation, s'approcha de moi.

— Monsieur, au nom de l'armée américaine, nous vous remettons ce drapeau américain en gage de notre approbation et de notre gratitude pour les services rendus à la patrie par... — il s'interrompit, puis le nom lui revint —... par Frederic Simpson.

Je n'arrivais pas à croire que c'était à moi qu'il offrait ce drapeau. Je décochai un regard indécis au père Kinney, mais il regardait au loin quelque chose qui ne s'y trouvait pas. Je m'éclaircis la gorge.

— Merci beaucoup, dis-je en prenant le drapeau.

Ainsi s'acheva l'enterrement de Frederic Simpson. Les soldats sortirent du cimetière au pas cadencé, me laissant seul avec le père Kinney.

— De tous les enterrements que j'ai faits, c'est le plus triste, dit-il. Et jamais je n'avais eu aussi peu de monde. Tu le connaissais bien ?

— Je connaissais sa sœur, Annie.

— Ah oui. Celle qui a disparu. On l'a retrouvée ?

— Non.

— Bah, dit le père Kinney avec un soupir, c'est la fin des Simpson, je suppose. Ils sont tous là.

D'un grand geste, il balaya les tombes environnantes.

Je suivis son mouvement du regard. Ce que je vis alors me coupa le souffle : des dizaines et des dizaines de pierres tombales, des centaines peut-être, qui toutes portaient le nom de Simpson. Elles étaient encore plus nombreuses que celles des Mann. Je ne m'étais jamais aventuré dans cette partie du cimetière, étant donné que ma famille occupait le secteur opposé, et, je ne sais pourquoi, il ne m'était jamais venu à l'idée qu'il avait pu exister d'autres Simpson en d'autres temps.

— Nom de Dieu ! soufflai-je, oubliant que j'étais en présence d'un prêtre. (Mais celui-ci ne parut pas s'en offusquer). Ils étaient si nombreux que ça !

— Eh oui ! C'est ce qui rend cet enterrement d'autant plus triste. Autrefois, Simpson était le nom le plus répandu à Mannville, avant que ça s'appelle Mannville, évidemment. En fait, il s'en est fallu d'un cheveu qu'on ne vive à Simpsonville. Et aujourd'hui, ils sont morts, tous autant qu'ils étaient.

Je réfléchis à ce que cela impliquait. En moi, une petite lueur de compréhension commença à poindre, vacillante comme la flamme naissante d'une bougie.

— Ça ne vous ennuie pas si je me promène un peu par ici ? demandai-je.

La lueur avait soudain pris la dimension d'une haute flamme, brillante et forte. Je devais partir en exploration.

— Bien sûr que non. Il y a des Mann dans ce cimetière depuis que l'église a été bâtie. Tu es ici chez toi.

Il se faufila avec précaution entre les tombes et regagna l'église.

— Merci d'être venu, Billy, me cria-t-il par-dessus son épaule. Je suis sûr que c'était très important pour Frederic, s'il nous regarde.

Après quoi je me retrouvai seul parmi les morts.

Je lus avec intérêt les noms sur les tombes des Simpson. Sous beaucoup d'entre eux figuraient des dates de naissance remontant à la fin du XVIIIe siècle, tout comme dans la partie du cimetière réservée aux Mann. Ils étaient gravés dans le même granit blanc, qui devait luire et scintiller autrefois mais qui, aujourd'hui, apparaissait terne et grêlé par le temps et le pourrissement. À en juger d'après les dates, les Simpson étaient plus nombreux avant la guerre de Sécession. Comment étaient-ils ? Avaient-ils toujours été une bande de gros soûlards ? Avaient-ils toujours habité dans la grande maison blanche au sommet de la colline ? Et qu'était-il advenu d'eux ? Pourquoi s'étaient-ils éteints ?

Grand-Père devait le savoir. C'était certain. Il allait répondre à certaines questions.

Je me dirigeais vers ma moto quand un nom familier attira mon attention. Contre le mur du fond, je trouvai la tombe de Frederic Simpson, mais pas le Frederic Simpson que nous venions de mettre en terre. Ce Frederic-là était né en 1848 et mort en 1864. Sur sa pierre tombale étaient gravées deux carabines entrecroisées, entourées d'une couronne mortuaire, symbole des fantassins. Ce Frederic-là avait fait la guerre de Sécession, comme Willie Mann avait fait le Viêt-nam. Il avait dû mourir au combat, ou peut-être d'une fièvre maligne, d'une infection ou d'une des innombrables calamités qui fauchaient les soldats en ces jours sombres. Il n'avait que seize ans. Je me demandai s'il avait connu mon arrière-arrière-grand-père.

Je coinçai soigneusement le drapeau de Frederic sous mon blouson en cuir, enfourchai ma moto et roulai jusque chez moi, pensif. Les Simpson avaient dû se rendre coupables de péchés graves pour que le destin veuille que leur lignée s'éteigne complètement. J'avais appris à l'école qu'une telle punition était le lot des méchants, dans la mythologie grecque, ceux qui avaient commis le parricide, le fratricide ou l'inceste. Mais les dieux de l'Antiquité étaient tous endormis ou morts depuis des siècles ; et, eussent-ils été encore vivants, il me semblait fort improbable, à moi, un garçon du vingtième siècle qui filait sur sa moto à toute allure, qu'ils aient décoché leurs foudres vengeresses en direction de l'ouest de l'État de New York. *Peut-être, songeai-je, que les Simpson n'ont rien fait de mal du tout et que c'est un pur hasard qu'ils aient disparu de cette manière. Ou peut-être que l'âme tordue du Simpson que je ne connaissais que sous le nom de M. Simpson, le père d'Annie, l'homme le plus méchant et le plus brutal qu'il m'ait été donné de rencontrer, a suffi à causer leur chute.*

Auquel cas il serait donc vrai, fût-ce au prix d'une injustice scandaleuse, que les fils étaient punis des péchés de leurs pères.

Et je me demandai un instant si mon père n'avait pas commis en secret quelque crime.

Je rejetai cette pensée aussitôt, sans vraiment admettre que j'avais pu la concevoir. J'arrivai à la maison et rangeai le drapeau dans un tiroir de ma commode. Après réflexion, je le ressortis, l'empaquetai et l'adressai à Annie. Je n'avais pas joint de lettre à l'avis de décès que je lui avais envoyé, et je n'en écrivis aucune pour accompagner le drapeau. Ce n'était pas nécessaire. C'était un geste poétique de plus, de la part d'un jeune homme de dix-huit ans qui, je l'espérais, serait assez poignant en soi. Annie ne me demandait jamais d'explications. Ce n'était pas nécessaire entre nous.

Au dernier moment, toutefois, je ne l'envoyai pas.

— Dis donc, il y a beaucoup de Simpson au cimetière, racontai-je à Grand-Père dans l'après-midi.

Mildred et lui étaient assis côte à côte dans leurs rocking-chairs, se balançant doucement d'avant en arrière, à l'unisson. Autrefois, il aurait eu un verre de whisky à la main. Désormais, il sirotait des tisanes.

— Hein ? fit-il. De quoi tu parles ?

— Ben, je me baladais et je n'avais jamais remarqué qu'il y avait tant de Simpson enterrés là-bas.

— Ouais. Ceux-là, ce sont les bons Simpson.

— Pourquoi tu dis ça ?

— Parce que ! fit-il avec un sourire espiègle. Ils sont morts !

Mildred lui flanqua un coup sur le genou.

— Tu n'as pas honte ? s'indigna-t-elle.

— Un bon Simpson est un Simpson mort, énonça Grand-Père en riant à gorge déployée.

— Eh, le coupai-je, Annie est une Simpson.

Son sourire se figea :

— Calmos, mon garçon. Je l'avais oubliée, celle-là. Je ne parlais pas d'elle.

— Ben, je ne l'ai pas oubliée, moi !

— Tu ferais peut-être mieux, dit Grand-Père, l'air sombre. Il ne peut rien en sortir de bon.

— Comment ça ?

J'étais de plus en plus irrité ; ça me faisait mal d'entendre Grand-Père parler ainsi de la fille que j'aimais depuis toujours.

— Aucune importance.

— Comment ça, aucune importance ? J'ai le droit de tout savoir !

— Pas tout, non.

— Fais chier ! m'écriai-je, au comble de l'agacement. Il y a une centaine de Simpson là-bas. Ils sont ici depuis plus longtemps que nous. Que leur est-il arrivé ?

— Qui veux-tu que ça intéresse ?

— Moi ! Depuis quand nos deux familles sont-elles ennemies ? Depuis le dix-huitième ?

— Je ne veux pas en parler.

— Ben, moi, si.

— Ah oui, et alors ?

— Comment ça, et alors ? J'ai le droit de savoir !

J'étais en colère. Il était rare que Grand-Père me tienne la dragée haute ; il m'avait toujours traité en adulte, en tout cas il me respectait en tant qu'interlocuteur. Mais là, il demeurait silencieux. Il avait cessé de se balancer et je voyais, à sa façon de pincer les lèvres, que lui aussi était en colère.

— Depuis combien de temps les Simpson et les Mann se connaissent ? questionnai-je.

— Oh, j'ai oublié, me répondit-il sèchement. Et ta moto, elle roule bien ?

— Bien joué, lui dis-je. Mais ne pense plus à ça.

— Que je ne pense plus à quoi ? Je te demande juste...

Je fus moi-même surpris par ce qui se passa ensuite. Je pris la tasse et la soucoupe des mains de Grand-Père, et les jetai par terre, où elles se brisèrent en mille morceaux. Puis je me penchai en avant et posai les mains sur les bras du rocking-chair :

— Tu n'as pas intérêt à me mentir, putain ! Ne t'avise surtout pas de me mentir encore, putain ! Je te pose des questions sérieuses, et tu vas me répondre ! J'en ai marre de tes petits jeux ! Tu crois que tu es le seul à pouvoir encaisser la vérité ? Tu me dis ce qui s'est passé. Maintenant. Pas plus tard. Pas demain. Tout de suite. J'ai le droit de savoir.

J'avais parlé d'une voix basse et calme. Grand-Père, carré dans son fauteuil, me dévisageait.

— Billy ? fit Mildred.

Je me redressai.

— Excuse-moi, dis-je.

— Je vais chercher le balai, dit Mildred.

— Non, j'y vais, répondis-je. Je vais nettoyer tout ça.

— Non, non, laisse-moi faire, insista Mildred d'une voix mal assurée.

Je vis que je lui avais fait peur. Grand-Père, lui, ne semblait pas du tout décontenancé. Je me tournai vers lui, gêné.

— Je ne voulais pas faire ça, lui dis-je. Excuse-moi.

La tête tournée vers la fenêtre, il regardait la cour :

— Je le sais bien. Mais tu l'as fait.

Je ne dis rien.

— Allons au garage, toi et moi, reprit-il, qu'on bavarde un peu.

— Il y avait un autre Frederic, dis-je, une fois que nous arrivâmes au garage. Il est mort à la guerre de Sécession. J'ai vu sa pierre tombale au cimetière.

— Alors, comme ça, tu as fouiné par là ?

— Ben, ouais. Le père Kinney a dit que je pouvais.

— Bah, je me doutais bien que tu finirais par le savoir un de ces jours.

— Qu'il y a eu un autre Frederic, mort à la guerre de Sécession ?

— Oui.

— Willie et lui se connaissaient ?

Grand-Père mit une main devant ses yeux.

— Grand-Père ? Ils se connaissaient ?

Il écarta sa main.

— Oui, dit-il.

— Bien ? Ils étaient amis ?

— Non. Enfin, si, ils étaient amis... et aussi plus que ça.

— Comment ça ?

— Ils étaient cousins, lâcha Grand-Père.

Je restai silencieux pendant une bonne minute, à assimiler cette nouvelle. Le lien qu'elle impliquait entre Annie et moi était évident, mais les pensées se bousculaient dans ma tête, et je préférais ne pas regarder tout de suite la chose en face. Je ne pouvais pas.

— Petit, poursuivit Grand-Père, il y a beaucoup de choses que je ne t'ai pas dites.

— Comment as-tu pu ne pas me dire celle-là ? Que tu ne m'aies pas tout dit, soit, mais ça !

— Comment l'aurais-je pu ? Comment te dire que la fille dont tu étais amoureux était liée à toi par le sang ?

Il remit la main devant ses yeux. Il était appuyé contre son établi. Il se retourna et s'y accouda, le dos voûté. Je vis que, sous son T-shirt, ses fines épaules tremblaient.

Comment ai-je pu vouloir lui faire du mal ? songeai-je. Son vieux corps était maigre, fragile, décharné. Je ne l'avais jamais vu aussi petit. *Il va bientôt mourir,* me dis-je, *et il y a dix minutes à peine, je lui criais dessus.* Je fus submergé par une vague de tendresse et de remords d'une telle force que je dus m'asseoir, de crainte que le sol ne se dérobe sous mes pieds. L'objet le plus proche de moi était la vieille tondeuse à gazon autotractée, celle-là même que j'avais conduite pour secourir Grand-Père, tant d'années auparavant. Je me laissai tomber sur son siège et ramenai mes genoux contre ma poitrine. Mes yeux, noyés par les larmes, me picotaient.

— Annie savait ? demandai-je.

Il sortit un mouchoir de sa poche et se moucha bruyamment.

— Peut-être, mais j'en doute. Il ne l'avait jamais dit à Frederic — son fils, je veux dire. Il en avait autant honte que moi.

Il n'était pas nécessaire que je demande qui était ce « il ». Nous savions tous deux qu'il parlait du père d'Annie.

— C'est pour ça que tu ne voulais pas que j'aille la retrouver à Montréal, dis-je. C'est pour ça que tu n'arrêtais pas de me dire que ce n'était pas bien. Pas parce qu'elle était une Simpson, mais parce qu'on est parents.

Grand-Père poussa un soupir.

— Oui, dit-il.

— C'est pour ça que tu disais que tu étais obligé d'aller à l'enterrement de M. Simpson. Parce qu'il était de notre famille.

Grand-Père opina, hébété.

— Nom de Dieu ! murmurai-je.

Simpson était de notre famille. *De notre famille.* Autrement dit, moi aussi j'étais apparenté à lui. J'eus un haut-le-cœur en revoyant Simpson tel qu'il était le matin de sa mort, obèse et nu, un œil ouvert et révulsé. *Depuis toujours, j'ai cru que nous étions seuls au monde,* songeai-je, *et voilà que je suis allé tuer ma chair et mon sang.*

— Mon père était au courant ?

Grand-Père secoua la tête, l'air triste.

— Je n'ai pas eu l'occasion de le lui dire. Je comptais le faire quand il serait plus âgé, mais il n'a pas eu le temps de vieillir.

— Donc, Frederic et lui n'ont jamais su qu'ils étaient parents ?

— Non.

— Mais ça ne te gênait pas qu'ils jouent ensemble quand ils étaient petits ?

— Bien sûr que non. À l'époque, je pensais qu'il y avait une chance que tout soit effacé. Je me disais : pourquoi empoisonner la vie de ces gamins ? Qu'ils grandissent côte à côte, et comme ça, une fois qu'ils seraient des hommes, qu'ils auraient appris la vérité, ils pourraient en rire un bon coup et passer à autre chose. Ça ne m'a jamais fait plaisir de détester Jack Simpson. Je ne voyais pas de raison pour lui léguer ça.

— Donc, tu l'as caché à mon père ?

— Toutes les familles ont leurs secrets, mon garçon.

— Mais pourquoi me l'avoir caché à moi ? Pourquoi ? Je suis le dernier Mann ! Je dois tout savoir ! C'est ce que tu m'as toujours dit !

— Je ne t'ai jamais menti. Mais il m'est arrivé de ne pas tout te dire. J'ai mes raisons. Ce n'est pas parce que je pensais que tu ne supporterais pas la vérité, mais parce qu'il est des choses qui doivent être retirées du monde.

Si personne ne les connaît, elles n'existent plus. C'est pour ça que je ne te les ai pas dites. Pour les passer au tamis, en quelque sorte... faire le ménage. Nous n'allons jamais redevenir ce que nous étions si nous restons englués dans notre merde. La seule façon de purger la méchanceté, c'est de la tuer. Et de la porter en terre. (Il soupira.) Mais je n'avais jamais pensé qu'Annie entrerait dans le tableau. J'étais ennuyé pour elle, mais j'ai été soulagé quand elle a quitté la ville. Je ne me rendais pas compte que tu l'aimais à ce point-là. J'aurais dû. Je ne voulais sans doute pas le voir. Et maintenant que tu le demandes, je ne peux pas te mentir. C'était une chose que je m'étais juré de ne jamais te dire. Je savais que tu finirais par l'apprendre un jour, quand le journal de Willie nous serait rendu. Mais je me disais qu'à ce moment-là je serais mort.

— Très bien. Je comprends.

— Est-ce que... elle et toi, vous...

Il hésita, rougit.

— Annie et toi, est-ce que vous avez... vous êtes déjà allés ensemble ?

— Si on a... tu veux dire ?

— Ouais.

— Non. Jamais.

— Pff, souffla-t-il. (Il semblait énormément soulagé.) Bon, tu... tu m'excuseras, mais il fallait que je te le demande.

— Alors, quand est-ce que tout ça a commencé ?

— Notre inimitié, tu veux dire ?

— Ouais.

— C'est une longue histoire.

— Ben...

Je m'interrompis, désireux de bien choisir mes mots.

Mon premier réflexe avait été de dire : « Sans déconner ? Et si tu me la racontais quand même ? » Mais j'avais honte d'avoir cassé sa tasse ; par ce geste, je m'étais fait autant de mal que je lui en avais fait. J'étais allé trop loin en perdant mon sang-froid ; j'avais brisé un tabou, violé une loi du silence dont je n'avais jamais pris conscience jusque-là. Tu ne jetteras pas la tasse de ton grand-père par terre. Tu ne prononceras pas le mot *putain* en présence de Mildred. Intérieurement, j'étais dévoré par la honte.

— Grand-père, préférai-je dire, c'est très, très important pour moi. D'accord ? J'ai besoin de savoir. Tu comprends ça ?

Et, faillis-je ajouter, *le temps va nous manquer. Tu vas bientôt mourir. Raconte-moi maintenant, par pitié. Tu as peu de jours devant toi, et il se pourrait bien que demain soit le dernier.*

Car, pour dire la vérité, je n'avais jamais cru que le journal intime de Willie Mann allait refaire son apparition, et j'étais sûr que si Grand-Père ne me racontait pas tout lui-même, il y aurait des choses que je ne saurais jamais. Et c'était inacceptable.

Mais à quoi bon exprimer mes pensées les plus noires ? Je regardai Grand-Père tout en me disant cela, Grand-Père me regardait et, une fois encore, il lut en moi à livre ouvert. Un courant de compréhension mutuelle passa entre nous. Je ressentis son corps comme si c'était le mien, je le sentis se fragiliser, je sentis son essence s'en échapper lentement. Je dus m'agripper à deux mains à la tondeuse car j'eus la sensation fugace que je quittais mon corps. Cela ne dura qu'un bref instant, mais ce fut l'une des expériences les plus terribles de ma vie et, encore aujourd'hui, je suis persuadé que, pendant une fraction de seconde, j'ai cessé d'être moi-même pour devenir mon grand-père mourant et que c'est lui qui a provoqué cela chez moi, à dessein. Encore cette maudite télépathie des Mann. Annie s'était plainte un jour, en disant qu'il n'était pas facile pour elle d'être l'amie d'un médium, mais ce n'est rien, comparé au problème d'en être un.

— Très bien, mon garçon. Écoute bien. Je vais tout te dire. D'accord ?

— D'accord.

Il mit le pied sur une boîte à outils et se hissa sur l'établi. Il avait l'air ridiculement petit, assis là-dessus, les jambes ballantes, le regard fixé sur le mur derrière moi. Il n'observait rien de particulier ; avec sa grande force mentale, il écartait les pans du rideau qui voilait le passé, prenait le temps de se remémorer ce qui se trouvait là avant de me le décrire. Pour la plupart des gens, c'est une tâche difficile qui exige beaucoup d'énergie et de concentration. Pour Grand-Père, ça avait toujours été aussi simple que d'enfiler ses chaussettes.

Une fois qu'il eut vu tout ce qu'il y avait à voir, une fois qu'il se fut rappelé tout ce qu'il y avait à se rappeler, il prit la parole.

— Tu en sais sur Willie aussi long que tout le monde en ville, mais pas autant qu'il aurait voulu. Il aurait souhaité que tu connaisses toute l'histoire, et, s'il était là, il te la raconterait lui-même. Il avait honte, c'est sûr, mais sur ses vieux jours il a dépassé sa honte et il a compris combien il est important de dire la vérité. Ce n'est pas pour autant qu'il a claironné ce qu'il avait fait pendant la guerre ; pas parce qu'il en avait honte, mais parce qu'il était un héros, et Mannville, comme toutes les petites villes, avait sacrément besoin d'avoir son héros. Regarde autour de toi. On n'a pas grand-chose à quoi se raccrocher : un moulin, une poignée de fermes, quelques magasins en ville, une plage pas trop moche. Ton père a été le dernier héros véritable de notre ville. Willie a fait construire un hôpital, une école, une bibliothèque, tout ce qu'il fallait pour que les gens d'ici se sentent importants... qu'ils aient l'impression qu'ils valaient quelque chose... que vivre à Mannville n'était pas une immense perte de temps. Willie tenait à ce que tout le monde ait ce sentiment, et il savait que si jamais les gens apprenaient la vérité sur lui, ils auraient envie de rentrer sous terre et de mourir de honte...

« Mais moi, il voulait que je sache la vérité. Il n'était pas vraiment un héros de la guerre. C'était juste une histoire qu'on racontait, un peu comme ce qui s'est passé pour moi quand je suis revenu de ma guerre. Les gens aiment embellir les faits. Willie lui-même n'a jamais raconté de mensonge. En fait, pendant des années après son retour, il n'a pas dit un mot sur ce qui s'était passé à la guerre. Il a fermé son clapet et, du coup, les gens ont pensé que c'était par modestie. Enfin, un beau jour, il s'est rendu compte qu'il était devenu une légende. Le fait qu'il ait trouvé cet argent n'a rien arrangé, c'est certain. Les gens aiment croire qu'il existe de rares élus nés pour avoir un destin. Ils ont pensé que Willie était de ceux-là. Ils se sont dit que puisqu'il avait eu la chance de trouver la fortune des Rory, c'est qu'il était sûrement un héros de la guerre.

« Les histoires ont pris de plus en plus d'ampleur, et bientôt on a raconté qu'il était assis à côté de Lincoln lors de la signature de la paix à Appomattox, ou qu'il donnait des conseils à Grant sur la façon de gagner ses batailles. Bref ! Rien de tout ça ne correspondait au vrai Willie. Le vrai Willie, quand il est parti rejoindre les troupes nordistes, était un gamin de seize ans, décharné, sous-alimenté, en haillons, qui marchait pieds nus. À l'époque, les Mann étaient si pauvres qu'ils n'avaient pas les moyens de s'acheter des souliers ; en fait, une des raisons pour lesquelles il a voulu s'engager, c'était pour faire des repas réguliers et être habillé décemment. Willie n'était pas bête et il travaillait dur, et, comme beaucoup de gamins intelligents, il détestait la vie à la ferme. On le comprend. Moi-même, ça ne m'a jamais trop plu. C'est un travail éreintant, monotone ; c'est tous les jours la même chose, qu'il neige ou qu'il vente, hiver comme été... Et puis il y a toujours quelque chose à réparer, toujours une chierie pour vous embêter, pour vous tirer du lit ou vous empêcher de passer à table. Alors, quand une guerre éclate, les fermiers sont toujours les premiers à s'engager. La guerre, c'est la gloire, croient-ils. Beaucoup de gars quittent leur foyer pendant plusieurs années et reviennent en héros ; alors, pourquoi pas eux ? Ils ne prennent jamais le temps de penser qu'il y a de fortes chances qu'ils perdent un bras ou une jambe, qu'ils se fassent tuer, ou que, s'ils ne se font pas blesser, ils soient hantés jusqu'à la fin de leurs jours par ce qu'ils auront dû faire subir à d'autres hommes, pareils à eux. Tous les anciens combattants de toutes les guerres font des cauchemars, je te le garantis. J'en fais toujours. Ton père a dû en faire. Je suis heureux qu'on ne soit pas en guerre, mon garçon. Tu y serais sans doute. Tu es exactement comme moi à ton âge. Alors tu saurais de quoi je parle, et je prie Dieu que tu n'aies jamais à le découvrir par toi-même...

« Donc, Willie apprend que la guerre est imminente, et le voilà excité comme une puce. À l'époque, il n'y avait que la minuscule bicoque, ici — trois pièces, sol en terre battue — et ils y vivaient à... laisse-moi réfléchir... six : Willie, ses parents, ses deux frères et Daddo. Alors, ça faisait une raison de plus pour qu'il saute sur l'occasion d'aller se battre. Meilleure nourriture, vêtements neufs, ne plus habiter les uns sur les autres dans une petite baraque.

« Alors, voilà Willie qui part à pied pour Buffalo, ce qui, à l'époque, représentait trois bons jours de marche par la route du lac. Il était pieds nus et il avait un vieux fusil que Daddo lui avait donné, de ceux qu'on charge par le canon. Willie disait qu'il était plus grand que lui et qu'il pesait une tonne. Il était tellement lourd que au bout d'un jour de marche, il a failli renoncer et rebrousser chemin. Mais il a tenu bon. Il a continué d'avancer. En chemin pour Buffalo, il est tombé sur son oncle et sa tante, qui revenaient d'un déplacement. Ils assistaient souvent à des réunions religieuses — ça ne manquait pas à l'époque. Si un prêtre connu prêchait à quatre-vingts kilomètres à la ronde, tu peux être sûr que la tante de Willie allait l'écouter, et le plus souvent elle faisait suivre son mari et son fils.

« Elle s'appelait Eslpeth. Elle était un peu hystérique sur les bords. Elle avait la manie de tomber dans les pommes. Pas pour de vrai, juste pour qu'on s'occupe d'elle. S'évanouir, c'était très branché en ce temps-là. En ville, toutes les femmes élégantes en avaient l'habitude. Elles avaient même des divans spécialement pour ça dans leur maison, et quand quelque chose les énervait, les effrayait ou leur déplaisait, pouf ! elles se laissaient tomber dessus. La tante de Willie était ce genre de femme, sauf que ses évanouissements faisaient un peu déplacés parce que les fermières ne s'amusaient pas à ça, normalement, et Elspeth n'était qu'une fermière...

« Donc, Willie s'est arrêté pour leur parler. Le jeune Frederic, leur fils, était avec eux. Il avait douze ans. Willie et lui étaient les meilleurs amis du monde ; ils étaient inséparables. Ce n'était pas par hasard que Willie avait choisi de partir pendant que Frederic et ses parents étaient absents : il savait très bien qu'il aurait toutes les peines du monde à leur dire au revoir, sans compter que Frederic aurait certainement voulu le suivre. En l'occurrence, c'est exactement ce qui s'est passé. Frederic a fait tout un cirque quand il a su que Willie partait sans lui. J'imagine qu'il a dû y avoir un de ces baroufs sur cette route, entre la tante de Willie tombant dans les vapes et Frederic beuglant comme un veau. Mais il était hors de question qu'il parte avec Willie, ça va sans dire. Il était trop jeune. Willie lui-même pouvait à peine soulever son vieux fusil, et il avait peur que l'armée refuse de l'enrôler une fois qu'il serait à Buffalo. Et donc, il a continué sa route, et son oncle, sa tante et Frederic ont continué la leur.

« Cette nuit-là, Willie a dormi à la belle étoile dans un bouquet d'arbres au bord du chemin. La forêt était beaucoup plus étendue à l'époque, et on pouvait camper là où on voulait, plus ou moins. Il n'a pas fermé l'œil de la nuit, il avait déjà le mal du pays ; ses pieds, ses bras le faisaient souffrir, il avait faim, il était fatigué et il commençait à avoir peur quand, tout à coup, il a entendu un bruit venant de la route. C'était une voix. Quelqu'un criait quelque chose. Willie s'était déjà tellement mis martel en tête en ce qui concernait les Sudistes qu'il a pensé qu'ils avaient dû avoir eu vent de sa présence et qu'ils avaient dépêché un des leurs jusque dans l'État de New York pour le tuer. Il a raconté plus tard qu'il avait failli mouiller son pantalon. Il a chargé son fusil, et il est resté assis parmi les feuilles, écoutant la voix et s'efforçant de voir qui c'était, lorsque, soudain, il entend son nom. Il tend l'oreille, et cette fois, il en est certain : on l'appelle. C'est donc quelqu'un qui le connaît. Puis il comprend : c'est Frederic. Le chenapan s'est sauvé de chez ses parents et il est parti en quête de son cousin, et, le hasard faisant bien les choses, il l'a retrouvé. À en croire Willie, il hésitait entre lui sauter au cou ou lui tirer dessus. Il savait qu'il y aurait du grabuge quand les parents de Frederic s'apercevraient de son départ, et que ce serait pire quand ils comprendraient où il était parti. Willie a essayé de le convaincre de retourner chez lui, mais évidemment Frederic n'a rien voulu entendre. Il était décidé à devenir soldat et à descendre dans le sud pour flanquer une dérouillée aux Confés.

« Plus tard, Willie a dit qu'il aurait dû retourner en ville avec Frederic sur les talons, attacher ce petit idiot à un arbre pour l'empêcher de le suivre, et repartir seul. Mais, pour une raison ou une autre, il ne l'a pas fait. Après, il l'a regretté, c'est sûr, mais alors c'était trop tard. Il était jeune, trop jeune pour se sentir responsable des autres ; il apprenait tout juste à s'occuper de lui-même. Et puis il était heureux d'avoir un compagnon de route, parce que cette première nuit passée à la belle étoile lui avait permis de se rendre compte qu'il était loin d'être aussi courageux qu'il l'avait cru. Il était partagé entre la peur de mourir, et les affres de la solitude et du mal du pays. Bref, Willie et Frederic sont donc allés à Buffalo et ils se sont engagés. L'armée n'a pas voulu de Frederic, bien entendu, mais les deux garçons ont menti, supplié, gémi, tant et si bien qu'il a été enrôlé comme tambour. En ce temps-là, personne n'avait de papiers, et on pouvait facilement tricher sur son âge. Donc, ils s'engagent, on leur donne de beaux uniformes flambant neufs, ils passent un mois dans un camp d'entraînement, et les voilà partis à pied avec d'autres soldats vers le sud.

« Parmi eux, il y avait un certain Ferguson. En général, les Irlandais préféraient rester ensemble, mais ce Ferguson était une enflure de première, le genre d'Irlandais qui faisait le déshonneur des siens, et les autres soldats ne l'aimaient pas. C'était un ivrogne, un cossard, une brute épaisse qui sentait mauvais. Il était balèze et il aimait dominer plus faible que lui. Chacun avait une tâche quand ils dressaient le campement pour la nuit : il en fallait un qui aille chercher du bois, un autre de l'eau, et ainsi de suite. En général, ils dormaient chaque soir par groupes de six ou sept. Ferguson était dans le groupe de Willie et de Frederic. Il n'avait jamais envie d'aller ramasser du bois quand c'était son tour, et quand il était particulièrement de mauvais poil, il forçait un pauvre bougre à y aller à sa place. C'est arrivé à Willie plusieurs fois. Ferguson était trop grand pour que Willie ose se défendre, et les gars ne se plaignaient pas de ce genre d'abus à leurs supérieurs. Donc, soit on faisait une tête au carré au mec, et l'affaire était réglée, soit on prenait son mal en patience. Willie a choisi cette deuxième solution. En tout cas, jusqu'au soir où ils ont dressé leur campement quelque part dans le sud de la Pennsylvanie. C'était au tour de Ferguson d'aller chercher du bois, et, comme de bien entendu, il n'en avait pas la moindre envie. Donc, il a décidé d'y envoyer quelqu'un à sa place. Au lieu de choisir Willie, cette fois, il a jeté son dévolu sur Frederic. Willie n'était pas gros, mais Frederic était encore plus chétif, vu qu'il n'avait que douze ans. Pour couronner le tout, Ferguson a commencé à le frapper. Là, c'en était trop pour Willie. Il s'est jeté sur Ferguson comme un lion, et là-dessus Ferguson est mort. Willie a été arrêté et jeté en prison.

— Mort ? répétai-je.

— Raide mort, dit Grand-Père.

— Et c'est Willie qui l'a tué ?

— Il l'a poignardé avec un grand couteau de chasse qu'il portait toujours sur lui. Il a dit par la suite qu'il ne se souvenait même pas de son geste, qu'il avait vu rouge, et, quand il a repris ses esprits, il était en prison avec des chaînes autour du cou et des chevilles.

Je frissonnai. Je savais ce que ça voulait dire que de voir rouge. Cela m'était arrivé le jour où je m'étais battu contre David Weismueller. Ainsi, l'esprit du guerrier celte avait aussi animé mon arrière-arrière-grand-père. C'était de lui que je le tenais. C'était un héritage, au même titre que le cauchemar de Mary Rory.

— Bref, reprit Grand-Père, Willie a passé le restant de la guerre en prison. L'armée a envisagé de le condamner au garrot, mais je suppose que le cœur n'y était pas. Willie a eu l'occasion de s'expliquer devant un tribunal militaire, et d'autres recrues ont témoigné en disant quel genre d'individu était Ferguson. Ils ont ajouté qu'ils étaient étonnés qu'il ne se soit pas fait tuer plus tôt, vu la façon dont il traitait les autres. Mais on ne pouvait tout de même pas libérer Willie. Il a donc passé les quatre années suivantes dans une cellule... en compagnie d'un maître d'école, figure-toi, et c'est comme ça qu'il a appris à lire et à écrire.

— Et qu'est-il arrivé à Frederic ?

— Frederic, dit Grand-Père d'un ton triste, eh bien, Frederic, il a été tué.

— Au combat ?

— Ouais. À Antietam. Willie l'ignorait, bien sûr. À

l'époque, on ne vous notifiait pas ce genre de chose, et de toute façon, il était en prison. En ce temps-là, l'armée n'envoyait pas de lettre aux familles pour leur expliquer ce qui s'était passé. Certains soldats ne rentraient pas chez eux à la fin de guerre. Au bout d'un moment, leurs proches comprenaient qu'ils ne reviendraient plus. Et c'est ce qui s'est passé pour Frederic.

« Il y avait toujours eu un lien très fort entre Willie et les parents de Frederic. Ils lui faisaient une entière confiance, mais ils lui disaient, quand il partait chasser, pêcher ou nager avec Frederic, qu'ils le tenaient pour responsable de la sécurité de leur fils, puisqu'il était le plus âgé des deux. Et Willie prenait la chose très à cœur. Il faisait toujours de son mieux pour éviter tout problème au petit garçon. Mais la guerre, c'est très particulier. Willie n'avait aucun moyen de protéger Frederic sur un champ de bataille ; et puis, bien sûr, pendant qu'il était en prison, il ne savait même pas où se trouvait Frederic. Ni l'un ni l'autre ne savait écrire à ce moment-là ; ils ne pouvaient donc pas s'envoyer de lettres.

« Willie est sorti de prison le jour même de la signature du traité et, pendant plusieurs mois, il a cherché Frederic. Finalement, il est tombé sur des anciens de son régiment, qui lui ont dit que Frederic était mort. Willie a donc abandonné ses recherches et il est rentré chez lui tout seul, après quatre ans d'absence. Pendant ce temps, personne ici n'avait eu des nouvelles des deux garçons. Les parents de Willie ont été au comble de la joie en voyant leur fils revenir sain et sauf, et tant pis s'il restait un tantinet taciturne. Bien entendu, Willie n'avait pas envie de leur dire où il avait passé ses années de guerre, alors il a fait celui qui avait participé à trop de combats pour avoir envie d'en parler. Ses parents n'ont jamais su qu'il n'avait jamais mis les pieds sur un champ de bataille.

— Et sa blessure à la jambe ? m'enquis-je.

— Un fermier lui a tiré dessus un jour qu'il essayait de lui voler une poule. Il l'a touché à la cuisse. C'est la seule fois de toute la guerre où Willie a entendu siffler une balle. Et les parents de Frederic n'ont jamais su non plus que les deux garçons avaient été séparés. Pour eux, Frederic et Willie avaient toujours été côte à côte, et ils ne comprenaient pas que Willie n'ait pas ramené leur fils avec lui. Le père de Frederic a plus ou moins accepté la chose : il se doutait bien que Willie n'aurait rien pu faire pour protéger le petit au plus fort des batailles — toutes ces batailles auxquelles Willie n'avait jamais participé, mais ça, il ne le savait pas — mais Elspeth ne lui a jamais pardonné. Tu sais comment sont les parents avec leurs enfants. Ils deviennent fous s'ils ont le moindre bobo, et s'ils se font tuer, ben, ils peuvent carrément péter les plombs. Je suis bien placé pour le savoir. C'est ce qui m'est arrivé...

« Quand Willie est rentré chez lui, la première chose qu'il a faite, c'est d'aller en boitant chez son oncle et sa tante. Il n'en avait pas du tout envie, mais il savait que s'il ne le faisait pas tout de suite, il ne le ferait jamais. Quand Elspeth l'a vu monter la rue seul, elle en a été bien trop bouleversée pour penser à s'évanouir. Elle avait progressivement perdu la tête depuis le départ de Frederic, et quand elle a compris qu'il était mort, elle est vraiment devenue folle. Elle a maudit Willie et tous les Mann. Pas simplement "soyez maudits", mais une vraie malédiction comme celles que les gens d'ici proféraient autrefois quand ils croyaient à ces choses-là. Elle ne l'a pas lâché pendant près d'une heure, en appelant sur lui de terribles malheurs.

« Willie est resté près du portail et l'a écoutée jusqu'au bout. Une fois qu'elle en a eu terminé, il a tourné les talons et il est reparti chez lui. Peu de temps après, il a trouvé l'argent. Il a voulu en donner une partie aux parents de Frederic, mais Elspeth a refusé. Elle a interdit tout contact entre les Mann et les Simpson, et elle nous a mis tous ses parents à dos. Peu après ça, les Simpson ont commencé à mourir les uns après les autres. C'était comme si la malédiction s'était retournée contre eux. Ils sont morts de la grippe, surtout, qui, en ce temps-là, était mauvaise. De la rougeole, aussi. Bientôt, il n'en est resté que quelques-uns. Et maintenant, il n'en reste plus aucun.

Grand-Père poussa un gros soupir de soulagement.

— À un moment, j'ai pensé que nous étions voués au même sort. (Il me regarda, et ajouta en souriant :) Puis tu es arrivé. Dieu soit loué !

— Merci de m'avoir dit tout ça.

— Ce n'est pas facile de raconter cette histoire. Bah, maintenant que je te l'ai dite, tu vas trouver qu'il n'y a pas de quoi fouetter un chat, je suppose. Willie ne m'a jamais raconté tout ça, tu sais. Il l'a écrit dans son journal, et il me l'a donné, mais je n'ai pu me résoudre à le lire qu'une fois sur cette foutue île. Je n'ai jamais eu l'occasion d'en parler avec lui. De temps en temps, avant que je parte pour la guerre, il me demandait : "Tu as lu mon journal ?" et je lui répondais : "Pas encore, Papa Willie." Alors, il me disait : "Tu me diras quand tu l'auras lu." Bon Dieu, ce que je regrette... bah, peu importe ce que je regrette. Il est trop tard pour récrire l'histoire. Accompagne-moi à l'étage et aide-moi à me coucher maintenant. Tout ce discours m'a épuisé.

Deux autres mois s'écoulèrent. La fin de l'année scolaire approchait, avec son cortège de tentations : mon diplôme, le terme de mes années de lycée et la liberté de rechercher ma mère. Mais, pour cela, il fallait que je sache par où commencer, et je n'avais pas obtenu de nouvelles de l'US Air Force. Mes journées se passaient dans une agitation permanente.

Je reçus enfin des nouvelles d'Annie. Elle m'envoya le panier de pique-nique dans lequel j'avais été livré à Grand-Père et que j'avais oublié à Montréal. À l'intérieur, se trouvaient plusieurs exemplaires d'une revue française. Sa couverture me disait quelque chose. Je l'examinai quelques instants, m'efforçant de la situer. Puis je fis le rapprochement : c'était *Le Journal des Lettres*, la revue pour laquelle j'avais demandé à Annie de traduire ma nouvelle.

Cher Billy,

Excuse-moi de ne pas t'avoir écrit plus tôt. Je crois que je n'ai pas besoin de te donner d'explications. Ça a toujours été comme ça avec toi. Tu comprends. S'il te plaît, essaie de continuer à comprendre. Ne change jamais là-dessus.

J'ai finalement terminé la traduction, et devine ! Ils l'ont publiée ! Ils n'ont pas proposé de payer, bien sûr, mais ils m'ont envoyé dix exemplaires gratuits. J'en garde deux et je t'envoie les autres. C'est un peu un triomphe pour nous deux, non ? Félicitations !

J'étais enfin publié... dans une langue que je ne comprenais pas. C'était un triomphe, effectivement. En demi-teinte, mais un triomphe tout de même.

Et ce que je soupçonnais sur la nature de mes rapports avec Annie était confirmé. « S'il te plaît, essaie de continuer à comprendre », écrivait-elle. Dans notre code secret, cela voulait dire : « S'il te plaît, essaie de continuer à me laisser tranquille. Un jour, peut-être, les choses seront différentes, mais pas pour le moment. »

Entre-temps, Grand-Père était devenu plus pâle. Non, pas plus pâle, plus jaune. Sa peau avait pris la teinte d'une feuille d'érable en automne. Son foie battait de l'aile, refusant d'éliminer les toxines que son organisme produisait naturellement. « Je l'ai trop fait travailler pendant trop longtemps, disait-il, et maintenant, il manque de carburant, de ce qui le faisait fonctionner. » Grand-Père avait une approche du corps humain directement liée à son expertise en mécanique automobile. Ce fut en des termes semblables qu'un jour il m'avait expliqué la sexualité : en me parlant de vilebrequins, de soupapes, d'huile, de combustion. Désormais, il se considérait comme un moteur qui avait tourné trop longtemps sans être révisé ; son corps s'apprêtait à vivre, humainement parlant, l'équivalent d'un écoulement de bielle, et personne n'y pouvait rien.

Mildred, sur le point de perdre le second homme de sa vie — mais à l'entendre, le seul et unique, de bien des façons —, ne laissa paraître que peu d'émotion. Du moins devant nous. Mais il m'arrivait, en passant devant sa chambre, de l'entendre sangloter derrière la porte fermée, soulageant secrètement sa peine. Je m'arrêtais dans le couloir en me demandant ce qu'avait dû être sa vie. J'étais né en ayant déjà tout perdu, mais Mildred... Mildred avait bâti toute une vie puis l'avait détruite petit à petit, verre après verre. Un peu comme Grand-Père, en fait.

Mildred était une femme pragmatique, terre à terre, même, quand il le fallait ; elle appartenait à une époque où les femmes n'avaient pas encore eu le luxe de remettre en question leur statut, où elles devaient gérer seules certaines situations. La mort de leur compagnon était l'une d'elles, cas de figure pour lequel elles étaient rarement prêtes. En dépit de son émotion, elle ne pouvait laisser passer cette occasion de profiter de l'avertissement : elle fit un pied de nez à la mort. Elle nettoya la maison de fond en comble, l'astiqua avec une vigueur qui faisait honte à mes efforts précédents. Elle insista pour que Grand-Père choisisse le costume qu'il porterait dans son cercueil, et, quand il résista en disant qu'il se moquait de ce qu'il porterait et qu'il pourrait aussi bien partir nu dans la vie future, elle refusa de céder.

— Tu ne veux quand même pas qu'on te mette dans ton cercueil en tenue d'Adam ? s'exclama-t-elle.

Quand Mildred s'adressait à mon grand-père, son regard brillait d'une façon qui disait qu'elle l'aimait mais qu'elle n'admettrait aucune rébellion. En la regardant, dans ces moments-là, on ne se serait jamais douté qu'elle avait versé une larme de sa vie.

— Je suis venu en ce monde nu, non ? objecta Grand-Père. Alors, je peux quand même en partir nu, bon Dieu de bois !

— Surveille tes paroles. Personne ne se fait enterrer nu. Que vont dire les gens ?

— Ha ! Sur moi, ils ne peuvent rien dire qu'ils n'ont déjà dit !

— Va savoir, répliqua-t-elle.

« On naît nu, mouillé et le ventre vide, me dit Grand-Père un jour. Et à partir de là, les choses vont de mal en pis. Ça te plaît, comme formule ? Je l'ai lue sur un autocollant de bagnole. »

— Tu choisis un costume tout de suite, lui dit Mildred, ou tu vas quitter ce monde bien plus tôt que tu ne le crois.

— Quand tu te marieras, Billy, choisis-toi une femme comme elle, me dit Grand-Père, le regard brillant. Une qui déborde de vie.

— Et ne sois pas comme ton grand-père, ajouta Mildred. N'aie pas peur de mourir.

Sous le choc et l'étonnement, Grand-Père fit des yeux ronds comme des soucoupes. Il ouvrit la bouche, et je crus qu'il allait hurler, mais ce fut un rire qui franchit ses lèvres, un rire tonitruant, inextinguible, un rire dirigé contre lui-même car, bien sûr, Mildred avait vu juste. Il ne voulait pas choisir de costume car cela l'obligerait à imaginer à quoi il ressemblerait dans son cercueil.

Une fois ces paroles prononcées — des paroles qu'il ne pouvait accepter que de Mildred —, les faux-semblants ne furent plus de mise. Grand-Père choisit le vieux smoking noir qu'il avait porté la dernière fois le jour où jeune homme, il attendait avec impatience l'arrivée des autruches de la lointaine Australie. Il ne pouvait plus quitter son lit, désormais. Je tins le smoking à bout de bras pendant qu'il l'examinait depuis son oreiller.

— Bon Dieu, je me sens au trente-sixième dessous, me confia-t-il quand nous fûmes seuls. (C'était la première fois que je l'entendais se plaindre.) Je dois en avoir l'air aussi.

— Tu n'as pas mauvaise mine, mentis-je.

— Ha. Je te parie que j'ai déjà une tête de mort.

Je ne lui répondis pas, mais en vérité il avait raison. Il avait une tête de cadavre, et l'odeur de la mort avait déjà pris possession de sa chambre. Mon oppression grandissait de jour en jour. Quand j'étais au lycée, j'avais peur qu'il ne parte en mon absence, que je ne sois pas auprès de lui au moment de sa mort ; en même temps, j'étais terrifié à l'idée d'en être témoin. J'avais assisté à la mort de la femme de Levi Miller et à celle du père d'Annie. Tous deux avaient eu une fin terrible, sanglante, impressionnante. Je ne souhaitais pas revoir un tel spectacle.

— Écoute, mon garçon, tu as pensé à ce que tu allais faire après mon départ ?

— Tu le sais. Je vais chercher ma mère.

— Je parlais en général. Ton métier.

— Écrivain.

— Quoi d'autre ?

— Comment ça, quoi d'autre ?

— Ça ne va sans doute pas marcher tout de suite. Qu'est-ce que tu comptes faire pour gagner de l'argent ?

— Je pourrai toujours trouver du boulot.

— Ouais. Mais il y a boulot et boulot.

— C'est-à-dire ?

Il soupira et décida d'aller droit au but :

— Je veux que tu ailles à l'université.

— Je n'ai pas besoin d'aller en fac.

— Erreur. Les temps ont changé. Les choses sont différentes, maintenant. Un diplôme universitaire, c'est ton seul espoir, à moins que tu veuilles rester pauvre toute ta vie. Tu es intelligent. Ne commets pas les mêmes erreurs que moi.

— J'ai un peu d'argent de côté.

— Je vais t'en léguer aussi. Mais ce ne sera pas suffisant. J'ai pris une assurance vie juste avant de tomber malade. Tu en auras la plus grosse part.

— Et Mildred ?

— J'en ai parlé avec elle. Elle en a moins besoin que toi. Elle a hérité l'argent de son mari, alors elle s'en sortira.

— Qu'est-ce qu'elle compte faire ?

— Prendre sa retraite. Se la couler douce. Elle va s'installer dans la nouvelle maison de retraite qui s'est ouverte à Forestville. On est aux petits soins pour vous, et on joue aux dames toute la journée.

— Ça va lui plaire ?

— Sans doute que non. Du moins au début.

— Mais au bout d'un moment ?

— Bah, c'est une vieille dame.

— Comment ça ?

— Bah, on vieillit... et puis on meurt.

— Elle veut mourir en maison de retraite ?

— Personne ne veut mourir en maison de retraite, répondit Grand-Père. Mais elle n'a plus de famille.

— Et ses enfants ?

— Tu l'as entendue en parler. Ils ne lui écrivent pas, ils ne lui téléphonent pas. Elle ne sait même pas où ils habitent.

— Oui, mais c'est à cause de son mari. Ce ne n'est pas sa faute à elle.

— Ils lui en veulent aussi, de l'avoir supporté.

— Et la maison ?

— Cette maison ? Elle est à toi, évidemment, dit-il, choqué. Qu'est-ce que tu crois ? Qu'elle va disparaître ?

— Mildred peut rester ici.

— Bah, tu es chez toi, tu fais comme bon te semble.

Il s'efforçait de paraître indifférent, mais je voyais bien qu'il avait les yeux pleins de larmes. Il détourna la tête pour me les cacher. Je fis celui qui n'avait rien vu.

— J'aimerais qu'elle reste, dis-je. Elle est ici chez elle autant que toi ou moi.

— C'est rudement gentil de ta part, mon garçon.

J'imaginais Mildred dépérissant petit à petit dans une maison de retraite. *Ça la tuerait aussi sûrement qu'une balle dans la tête,* songeai-je. Elle avait besoin d'être active pour rester dynamique et de s'occuper l'esprit en faisant le ménage, en s'inquiétant de ceci ou de cela. Elle se sentirait peut-être seule dans cette grande et vieille demeure, mais elle n'y vivrait pas en recluse, comme Grand-Père. Elle se ferait des amis. Elle en était capable.

— C'est elle qui a le plus été une mère pour moi, repris-je.

À peine avais-je prononcé ces paroles que j'en perçus toute la force. J'enfouis mon visage dans mes mains.

— Oh, vas-y, vide ton sac, dit Grand-Père — et cette fois, ce fut son tour de faire semblant de ne pas remarquer mes larmes. Des fois, je n'aime pas la façon dont les choses ont tourné pour toi, mon garçon. C'est injuste depuis le début. La vie ne t'a pas fait de cadeau. Surtout avec moi à tes côtés.

— Ne dis pas ça. Tu t'en es bien tiré.

— Y a des années que j'aurais dû arrêter de boire. Quand je t'ai eu. Quand je pense à tout le temps que j'ai perdu...

— Arrête. Je ne t'en veux pas.

— Je n'oublierai jamais ce jour-là. Je sors sur la véranda de derrière, et cet avion qui apparaît de nulle part. Je t'ai raconté pour le jet ?

— Oui, Grand-Père, acquiesçai-je, me souvenant que le F-4 était passé en vrombissant au-dessus de la maison, juste au moment où Grand-Père allait me marcher dessus.

Il m'avait raconté cette histoire des centaines de fois.

— Je n'avais jamais été aussi heureux depuis le jour où j'étais revenu de la guerre. J'ai tout de suite su qui tu étais. C'était comme si je te reconnaissais. Comme si je t'avais déjà connu. Je n'aimais pas penser que j'allais mourir sans descendance. Papa Willie et ma mère avaient mis de si grands espoirs en moi, tu sais ? Bah, tout est parti en eau de boudin. Des fois, je me dis que je n'aurais pas dû laisser Eddie s'en aller au Viêt-nam, mais vraiment je ne vois pas ce que j'aurais pu faire pour l'en empêcher. Il était né pour mourir jeune. Je le vois maintenant. Je vois tout clairement. En tout cas, mon garçon, je suis heureux que tu sois venu. C'est pour ça que je veux que tu ailles à l'université. Je m'en fous, que tu sois riche ou célèbre, et tout ça. Je veux juste que tu aies une belle vie. Bien remplie. Heureuse.

Ses yeux se fermèrent.

— Eh ! fis-je, alarmé tout à coup.

— Je ne suis pas encore mort, dit-il sans rouvrir les yeux. Je vais faire un petit somme.

Je retournai dans ma chambre. Ne sachant que faire d'autre, je pris un cahier vierge et y transcrivis le plus fidèlement possible les paroles qu'il venait de prononcer. Un jour, je les relirais, et peut-être prendraient-elles un autre sens pour moi, avec le temps. Pour l'heure, j'étais trop bouleversé pour m'en imprégner.

Je descendis à la cuisine et mis de l'eau à chauffer pour le café. Mildred, qui était allée jeter un coup d'œil à son jardin, entra. Elle était essoufflée, saisie. Sans un mot, elle s'assit en face de moi à la table de la cuisine.

— Qu'est-ce qui se passe ? lui demandai-je.

— Il y a un homme dans la grotte, dit-elle.

— Quoi ? fis-je en bondissant sur mes pieds.

La grotte était un petit renfoncement au fond du jardin, creusé par l'un de nos ancêtres. C'était une sorte de minuscule hémicycle de trois ou quatre mètres de profondeur, où se trouvait un petit banc face à une statue de la Vierge. Je courus à la fenêtre de la cuisine et regardai en direction de la grotte. Je distinguai la silhouette d'un tout petit homme assis sur le banc, le dos voûté. En un éclair, je repensai à l'époque où je chassais les Munchkins, et se dévida en moi un écheveau de mes peurs d'autrefois, auxquelles se mêlaient quelques fils de fantaisie. *Est-il possible,* me demandai-je, *que les Munchkins soient eux aussi en train de mourir, et que celui-ci, le dernier de leur tribu, soit venu faire la paix avec moi avant de s'éteindre ?* Cela semblait logique : le départ imminent de Grand-Père augurait que d'autres parties du monde, dont les Munchkins, allaient se refermer sur elles-mêmes, disparaître à jamais.

Sauf que je n'étais plus assez jeune pour croire à ces fables. C'était un être humain. Il paraissait endormi ou plongé dans ses pensées.

— Il y a un homme dans la grotte, répéta Mildred.

Mais j'avais déjà franchi la porte et traversais le jardin au pas de course.

Il était encore plus petit que je l'avais imaginé. Dans les histoires de Grand-Père, il avait pris des proportions légendaires, et maintenant qu'il était là, en chair et en os, il retrouvait sa taille humaine. Il mesurait à peine plus d'un mètre cinquante. Je m'arrêtai à l'entrée de la grotte. Après avoir attendu ce moment toute ma vie, je restai sans voix, décontenancé. Immobile dans son dos, j'observais ce petit homme. Il portait un pardessus sombre dont il avait relevé le col contre la fraîcheur humide de l'air du printemps, et il regardait la statuette en plastique avec une curiosité extrême. Je me disais que la Vierge Marie devait lui faire l'effet d'une déesse exotique, et qu'il devait s'interroger sur ses pouvoirs, être fasciné par son étrangeté. Vu de dos, on aurait dit un petit garçon qui aurait enfilé les vêtements de son père. Soudain, il se retourna, averti de ma présence par le bruit de ma respiration.

— Ah, dit-il.

Son sourire plissa ses yeux d'Oriental et chiffonna son visage de mille petites rides.

— Vous êtes ?

— Billy.

Il se leva et s'approcha de moi à pas lents. Debout, il m'arrivait à la poitrine. Mon rêve de Montréal était juste : c'était un très vieil homme. Il se déplaçait à une allure de chat, sans signe de rhumatisme, mais prudemment, comme s'il craignait de se rompre les os. Il s'arrêta à distance respectueuse et inclina le buste aussi bas que le lui permettaient les quatre-vingt-cinq ans de sa colonne vertébrale.

— Enchanté, me dit-il. Billy, pour William Amos Mann, je présume ? Du même nom que votre trisaïeul.

J'inclinai le buste en retour. C'était la première fois que je saluais quelqu'un de cette façon. D'instinct, je savais qu'un homme de son âge, venu de si loin pour tenir un engagement dont des hommes de moindre qualité se seraient défaussés, méritait mon respect entier et inconditionnel. Je m'inclinai le plus bas possible. Quand je me redressai, je vis que son sourire s'était encore élargi.

— Pour un Américain, vous êtes très poli, remarqua-t-il. Comme c'est gentil !

— Merci.

J'étais incapable de dire quoi que ce soit d'autre. On continua de se regarder.

— Vous savez qui je suis ? me demanda-t-il au bout de quelques instants.

— Oui, dis-je. Oh, excusez-moi. Désirez-vous entrer ?

— Il fait très frais dehors, dit-il. Je crains d'être plus sensible aux éléments que je ne l'étais autrefois.

On avança lentement vers la maison. Il me tenait le coude d'une main. Le jardin tanguait devant mes yeux et, dans ma poitrine, la froideur du désespoir avait cédé la place à l'éblouissement de la joie.

Enzo Fujimora était venu à Mannville.

Enzo m'expliqua plus tard qu'en vérité il n'y avait pas grand mystère à déterminer à l'avance la date de la mort de Grand-Père. Bien des années auparavant, quand Grand-Père et lui vivaient sur l'île du Pacifique sud, il avait consulté une infinité de signes en vue de cette prédiction, un peu comme les fermiers interprètent le vent pour savoir quand la pluie viendra. Tout d'abord, il avait lu les lignes de la main de Grand-Père : sa ligne de vie était longue, mais coupée avant sa fin naturelle par d'autres lignes, ce qui indiquait soit un revers de fortune, soit la maladie ; en second lieu, il lui avait demandé sa date et son heure de naissance, puis interprété ces données à la lumière de sa vaste connaissance de l'astrologie orientale, qu'il maîtrisait déjà parfaitement dès 1943 ; pour finir, il avait fabriqué trois jetons de bois sur lesquels il avait tracé des traits pour distinguer le côté pile du côté face. Grand-Père lança les jetons, Enzo totalisa le nombre de traits puis il consulta l'autre vaste domaine qu'il avait mémorisé, l'ancestral et mystique art divinatoire chinois, le Yi King. Son oracle : Grand-Père mourrait sans doute entre 1987 et 1990.

Bien entendu, à l'époque, Enzo ne lui dit rien de tout cela. Il n'est pas bon qu'un homme connaisse à l'avance la date de sa mort.

— Mais comment avez-vous su que c'était en ce moment ? lui demandai-je, sidéré.

Je ne pouvais me résoudre à croire qu'il avait deviné au hasard. Le mythe qui avait bercé mon enfance était qu'il le saurait, voilà tout, et, en un sens, le voir dans la grotte ne m'avait pas du tout surpris... pas plus que s'il était descendu du ciel à dos de dragon.

Cependant, ses méthodes ne reposaient pas entièrement sur la voyance ni sur la magie, mais sur la technologie moderne.

— J'ai appelé l'hôpital de Mannville le mois dernier, me confia-t-il. Je me suis présenté comme un guérisseur et je leur ai dit que j'espérais renouer avec un vieil ami que je croyais déjà malade. Ils m'ont donné des nouvelles de votre grand-père. Normalement, ils n'en ont pas le droit, bien sûr, mais j'ai su les convaincre.

— Comment ?

Enzo fit un clin d'œil et ne dit mot. Je repris courage. Peut-être avait-il encore un atout dans sa manche qui lui permettait de contrôler l'esprit des autres de très loin. Ainsi sa dimension mythique ne serait-elle pas complètement détruite.

Je le fis entrer dans la maison. Mildred se terrait dans la cuisine, mais elle se détendit quand elle vit que cet inconnu me parlait fort aimablement et qu'il était si petit. À elle aussi, Grand-Père avait raconté plus d'une fois son séjour dans l'île du Pacifique, et quand je lui présentai

Enzo Fujimora en personne, elle fut grandement impressionnée tout en restant sur ses gardes.

— Les Orientaux me font froid dans le dos, me dit-elle plus tard, du bout des lèvres.

Ce fut la seule fois où je faillis me mettre en colère contre elle. Je dus faire un effort pour me souvenir que Mildred appartenait à une génération qui avait connu une guerre contre les Asiatiques et vu ses fils partir pour une autre guerre en Orient. Je ne pouvais pas lui en vouloir. On lui avait inculqué que ce n'étaient pas des êtres humains.

Willie Mann avait abordé cette question :

> *Il est bien plus facile de tuer son semblable quand on se dit que, contrairement à soi, ce n'est pas un être humain. J'ai toujours été étonné, quand je croisais un Sudiste, de voir qu'il avait deux jambes, deux bras, dix doigts et dix orteils, etc., exactement comme moi. On m'avait dit que les rebelles ressemblaient plus à des chiens qu'à des hommes, et que les tuer ne portait pas à conséquence.*

Ma première initiative fut de conduire Enzo à l'étage. Je m'arrêtai sur le seuil de la chambre de Grand-Père et frappai légèrement.

— Grand-Père ?

Ses paupières battirent comme deux papillons ivres. J'entendais sa respiration de l'autre bout de la pièce.

— Qu'est-ce que tu veux ? dit-il dans un souffle.

— Tu es trop mal pour recevoir de la visite ?

— Oui.

— Il y a quelqu'un.

Grand-Père était trop faible pour se redresser sur ses

oreillers. Il essaya de voir qui se tenait dans le couloir, mais il ne portait pas ses lunettes.

— C'est qui ?

Je conduisis Enzo à son chevet. Il s'assit à côté de Grand-Père, posa sa main minuscule et ridée sur la sienne. Grand-Père écarquilla les yeux et l'ombre d'un sourire erra sur ses lèvres sèches.

— Enzo-san, dit-il.

— Thomas-san, dit Enzo.

— Tu es venu.

— Oui.

— Je suis content. Tu aurais pu me l'envoyer par la poste.

— Je t'avais fait une promesse, dit Enzo. Et puis, j'ai toujours eu envie de voir Mannville la belle. Ta maison, ton jardin, tout.

Mannville la belle ? songeai-je.

— Je meurs, Enzo, dit Grand-Père.

Enzo lui sourit avec une immense compassion.

— Je sais, Tom, dit-il.

Les deux hommes restèrent ainsi, la main de l'un posée sur celle de l'autre. Ils ne dirent rien d'autre. Ils étaient calmes.

Je les laissai seuls et redescendis finir mon café, qui avait refroidi. Mildred me proposa de le réchauffer.

— C'est Enzo, lui expliquai-je.

Elle ne fit pas de commentaires. Elle versa mon café dans une casserole et alluma un brûleur.

— Faudrait que j'achète un micro-ondes, lui dis-je.

Elle frissonna.

— Je ne risque pas d'avoir un truc pareil chez moi, opina-t-elle d'un air entendu. Ça donne le cancer.

— On peut faire réchauffer le café en une minute avec ça. Penses-y.

En fait, j'avais envie d'acheter des tas de choses. Il avait fallu attendre l'arrivée de Mildred, deux ans plus tôt, pour que Grand-Père se décide à mettre au clou la vieille glacière et se procure un réfrigérateur moderne.

— Je veux une télé ! dis-je. Et un magnétoscope. Et des jeux vidéo. Tous les trucs qu'ont les autres.

— Au moins, tu auras eu une enfance protégée, observa Mildred.

— Tu n'aimerais pas avoir un lave-vaisselle ? Tu n'en as pas marre de faire la vaisselle à la main ?

Mildred, les larmes aux yeux, ne dit rien et détourna la tête. Je me souvins alors que je ne lui avais pas encore demandé si elle voulait rester.

— On parlait de toi, avec Grand-Père.

— Ah oui ?

— Tu sais que sa première femme l'a laissé tomber du jour au lendemain ?

— Je sais.

— Grand-Père n'a plus jamais fait confiance à personne après ça.

— Je sais, redit-elle.

— Tu as mérité ta place ici autant que moi. C'est toi qui as redonné du bonheur à Grand-Père, tant que faire se peut. Même sa femme n'a jamais été aussi bonne pour lui. Tu dois rester. Je t'en prie. Ne t'en va pas à Forestville. Reste ici.

Mildred s'assit à la table et enfouit son visage dans son tablier. Je bus mon café en faisant, une fois de plus, semblant de ne rien remarquer. Il y avait eu beaucoup de pleurs ces derniers temps, et je trouvais tout cela très gênant. Une fois qu'elle eut réussi à maîtriser son émo-tion, elle s'essuya les yeux.

— Merci, répondit-elle simplement.

On resta assis ensemble, sirotant notre café, sans dire grand-chose d'autre.

Au bout d'une demi-heure, je retournai à l'étage. Enzo était toujours assis au chevet de Grand-Père. Je m'arrêtai sur le seuil de la chambre quelques instants. Ils étaient silencieux, unis par une communion secrète. Quand ils s'aperçurent de ma présence, Enzo se retourna vers moi et me sourit, et Grand-Père, avec un de ses longs doigts jaunâtres, me fit signe d'approcher. J'entrai timidement.

— Il est arrivé juste à temps, me dit Grand-Père avec effort.

Je regardai ses yeux, son teint, écoutai sa respiration. Sa peau était devenue diaphane. Il ferma les yeux et son souffle diminua jusqu'à devenir presque inaudible.

Je remarquai alors le livre posé sur sa poitrine. Grand-Père y avait posé sa main libre, comme s'il y puisait de la force. C'était un livre ancien, à la reliure de cuir, dénué d'inscription. Son odeur parvenait jusqu'à moi. Il sentait le cuir, le papier, la moisissure, et ces relents imprégnaient toute la chambre. *Comme c'est curieux,* songeai-je, *qu'un livre ait une odeur !* J'inspirai profondément. D'autres senteurs s'y mêlaient : celle d'épices étranges, ou, peut-être, d'écorce brûlée, et celle de la maison de quelqu'un d'autre, d'une maison loin de Mannville, d'une maison qui n'avait pas les mêmes odeurs que celles du coin.

Grand-Père battit encore des paupières et rouvrit les yeux. Il agrippa le livre à deux mains et, en un effort énorme, le poussa vers moi. Je le pris avant qu'il ne lui échappe des mains. Grand-Père essaya de parler, mais sa bouche et sa gorge étaient trop sèches. Je lui fis boire un peu d'eau. Il humecta ses lèvres.

— Lis-le ! me dit-il après plusieurs tentatives.

Puis il referma les yeux pour la dernière fois.

Grand-Père respira pendant trois heures encore. Enzo s'éloigna vers un mur de la chambre, se faisant discret. Je pris sa place et Mildred s'assit de l'autre côté du lit. Nous demeurâmes près de lui, à voir sa respiration diminuer de plus en plus, glisser vers le néant. Au dernier moment, Mildred et Enzo quittèrent la chambre en refermant la porte derrière eux, et je restai seul avec lui. Je glissai ma main dans la sienne sur le lit, et la tins. À 15 h 43, sa respiration cessa complètement, son pouls si léger devint imperceptible, et sa peau commença à devenir glaciale.

J'allai ouvrir la fenêtre. Des oiseaux, dérangés par le bruit, quittèrent leurs perchoirs et s'envolèrent en silence vers le ciel. Je me penchai au-dehors et regardai le jardin. Par-dessus le faîte des arbres, j'apercevais les toits des plus hautes maisons de Mannville, bâties dans les nouveaux quartiers, autrefois terres des Mann. Je méditai vaguement là-dessus sans vraiment réfléchir.

Au bout d'un moment, je me retournai et m'adossai au rebord de la fenêtre. Il y avait un miroir au mur, à côté de moi, et un autre en face ; Grand-Père avait tenu à cette disposition, disant que cette confluence de reflets ouvrirait la voie à l'échappée de son âme. Je regardai dans le miroir face à moi et me vis m'éloigner à l'infini dans un dédale de rebords de fenêtres, me répéter à perte de vue comme l'enchaînement des générations qui m'avaient créé. C'était comme si j'avais sous les yeux ma propre histoire ; je la voyais jusqu'à perdre sa trace.

Une fois que je fus certain qu'il s'était écoulé assez

de temps, je pris deux taies d'oreiller dans la penderie de Grand-Père et en recouvris les miroirs. Puis j'ouvris la porte de la chambre et fis entrer Mildred et Enzo. Entre-temps, l'entrepreneur des pompes funèbres était arrivé ; deux jeunes hommes costauds étaient assis au salon, face à la chambre de Grand-Père, arborant des costumes aussi sombres que leurs mines. Je les saluai d'un geste de la main. Ils me répondirent par un signe de tête et se levèrent poliment. Je pris une autre brassée de taies d'oreiller dans l'armoire du couloir et passai d'une pièce à l'autre pour recouvrir tous les miroirs jusqu'à ce que la maison soit sans reflet, que toutes les issues, une fois empruntées, soient refermées. La vieille ferme n'avait eu que trop de fantômes. Grand-Père était en route pour chez lui.

13

La veillée funèbre de Grand-Père. Certaines choses se terminent et d'autres commencent.

Nous, les Mann, enterrons les nôtres à la manière d'antan.

Grand-Père me racontait qu'à l'époque où les salons funéraires n'existaient pas, les défunts étaient veillés chez eux, après quoi des membres de la famille chargeaient le cercueil sur leurs épaules et le portaient à l'église. Autrement dit, la dépouille mortelle restait à la maison pendant trois ou quatre jours. C'était normal à l'époque ; aujourd'hui, on imagine mal que cela puisse se produire. Sauf pour nous, les Mann, bien entendu. Mais il faut dire que nous ne faisons rien comme tout le monde.

Je me livrai à un calcul mental — je ne sais pourquoi, juste pour me distraire, je suppose — et parvins à la conclusion qu'il y avait eu une vingtaine de veillées funèbres dans notre vieille ferme avant mon arrivée, et Dieu seul savait combien, avant cela, dans la masure qui existait avant que Willie découvre l'argent des Rory.

Ainsi, une fois de plus, le passé vint à mon aide. Si j'avais été le premier d'entre nous à endurer cela, que ce ne soit jamais arrivé avant moi, j'aurais peut-être craqué ; mais de penser à tous ceux qui étaient partis avant Grand-Père et à tous les Mann qui s'étaient assis autour d'eux pour les pleurer, avant qu'à leur tour ils s'éteignent et reposent à l'endroit même où Grand-Père se trouvait maintenant, eh bien, ça me facilitait les choses. Je savais qu'un jour, moi aussi, je serais étendu ici même et que d'autres gens seraient assis autour de moi en ayant les pensées que j'avais aujourd'hui.

Il fallut tout de même faire quelques concessions à notre époque, bien sûr. Grand-Père fut embaumé au salon funéraire — on n'a plus le droit de garder chez soi des corps non embaumés — puis ramené à la maison, où il fut exposé au rez-de-chaussée, là où il avait l'habitude de s'asseoir dans son rocking-chair.

Non. Pas Grand-Père. Sa dépouille. Je devais sans cesse faire un effort pour ne pas l'oublier.

Donc, au début de l'après-midi du lendemain, Grand-Père gisait dans son cercueil au salon, deux lourdes pièces en argent posées sur ses yeux. La pièce avait été vidée de ses meubles, des chaises pliantes alignées le long des murs. Deux candélabres de cuivre flanquaient le cercueil, chacun contenant un cierge blanc, qui à tour de rôle entretenait une petite flamme mordorée. Mildred avait une fois encore nettoyé la maison — c'était tout juste si on ne voyait pas son propre reflet dans les parquets cirés — et toute la vieille ferme sentait la citronnelle. Je m'assis sur une chaise pliante, regardai dans le vide par la fenêtre. Mes yeux me picotaient à cause de ma fatigue, mon esprit nageait en pleine confusion. Une petite voix intérieure n'arrêtait pas de me répéter : « Grand-Père est mort ».

« Tais-toi », lui intimais-je in petto. Elle m'obéissait un

moment, mais bientôt revenait, insistante, me chuchoter : « Grand-Père est mort. Qu'est-ce que je vais faire maintenant ? »

Je ne sais pas, pensai-je, tout piteux. *Je ne sais pas.*

Dans la mort, Grand-Père était détendu comme il ne l'avait jamais été dans la vie. Les rides autour de ses yeux et sur son front s'étaient estompées, et sa peau bilieuse de malade avait cédé la place à la blancheur cireuse qui est l'indiscutable apanage de la mort — et qui, en tout cas, lui seyait mieux que son teint d'hépatique. Il y avait autre chose de bizarre, quelque chose sur quoi je n'arrivais pas à mettre le doigt. Ce serait seulement plus tard, quand la maison serait pleine de visiteurs et que je serais soûl, que je m'apercevrais qu'on ne lui avait pas mis son feutre mou.

Quand je posai la question aux employés des pompes funèbres, ils parurent confus, me dirent qu'ils ne l'avaient pas vu. Je fouillai toute la maison en vain. Je finis par abandonner. Apparemment, Grand-Père avait peut-être, je dis bien peut-être, pu emporter quelque chose avec lui, au mépris de toutes les lois — mais les lois et les Mann n'avaient jamais fait bon ménage. Quoi qu'il en soit, son chapeau avait disparu, et je ne remis jamais la main dessus.

Mannville étant une petite ville, la nouvelle d'une mort se répandait très vite. Il était quasiment superflu de faire paraître un avis de décès dans le *Megaphone.* En quelques heures, toute la ville fut au courant du décès de Grand-Père et de la veillée, selon le rituel d'antan, qui aurait lieu à la ferme. À la vérité, je craignais qu'il ne vienne personne. On ne pouvait pas dire que Grand-Père eût fait de gros efforts pour se montrer sympathique ces quarante dernières années. Depuis qu'il avait arrêté de boire, il était sorti un peu plus, avait renoué avec d'anciennes relations, mais il est impossible d'effacer quatre décennies d'isolement en seulement deux ou trois ans. Donc, au début, il n'y eut que Mildred, Enzo et moi.

Et Grand-Père, bien sûr.

Non. Pas Grand-père. Sa dépouille.

Mais vers une heure, des coups timides furent frappés à la porte : M. et Mme Gruber entrèrent. Ils s'entretinrent à mi-voix avec Mildred ; leurs chuchotements, tel un vol de chauves-souris, pénétraient dans mon esprit fatigué pour en ressortir aussi vite. Enzo leur fut présenté. Les Gruber vinrent me trouver, et je leur serrai la main — celle d'Emily, petite et osseuse ; celle de Harold, large et tiède —, et leurs condoléances résonnèrent confusément dans la pièce baignée de lumière. En dehors de l'absence de fleurs, qu'il détestait, Grand-Père avait demandé que toutes les fenêtres soient grandes ouvertes sur la lumière du jour. « Je ne tiens pas à ce qu'une bande de cafardeux soient assis dans le noir, avait-il dit. Les enterrements sont déjà assez déprimants comme ça. » Ainsi donc, les volets du salon n'étaient pas fermés, et le soleil, qui brillait sans interruption, baignait la cérémonie d'une lumière douce, tiède et dorée.

Une veillée irlandaise, ça veut dire boire et manger. La vieille table en bois de la cuisine était jonchée de bouteilles de whisky, de mets en cocotte, de couverts et de verres propres. Mildred allait et venait, portant une bouteille de Bushmill et des verres sur un plateau. Elle m'avait juré qu'elle n'en boirait pas une goutte, mais elle ne voyait pas pourquoi l'échec de son histoire d'amour avec l'alcool devait empêcher les autres de passer un bon moment. Mme Gruber ne buvait pas non plus, mais Harold accepta volontiers, imité par Enzo, qui, sans un mot, tendit son verre à Mildred pour qu'elle le remplisse. Harold lorgna Enzo d'un air soupçonneux, se demandant sans doute d'où sortait ce petit Oriental et ce qu'il fichait là. Mais, tous deux étant de vieux messieurs ayant en commun le poids des ans, ils ne tardèrent pas à engager la conversation.

Je les ignorai. La voix était revenue. *Grand-père est mort,* me rappelait-elle.

Je faillis lui hurler de se taire. Je me dominai en me forçant à écouter Enzo et Harold.

— Alors, ça, c'est du whisky irlandais, disait Enzo.

Il huma le breuvage, le goûta et haussa les sourcils.

— Bonté divine ! s'écria-t-il et, marmonnant quelques mots en japonais, il rejeta la tête en arrière et vida son verre d'un trait. (Puis il eut un large sourire.) Bonté divine, répéta-t-il.

— Qu'est-ce que vous avez dit juste avant ? lui demanda Harold.

— Quelque chose dans ma langue. Je pense qu'on peut le traduire par : « À la tienne ! »

— Ah, ça faisait longtemps que je n'avais pas entendu cette expression.

— On se disait ça quand j'étais étudiant, précisa Enzo. Mais on n'a jamais rien bu de pareil.

— Bah, vous savez, fit Harold, je ne suis pas irlandais, mais je dois dire que j'apprécie ce qu'ils font comme alcools.

— C'est excellent, acquiesça Enzo. Et moi non plus, je ne suis pas irlandais.

— Dis donc, Billy, me dit Harold, ça te fait quel âge maintenant ?

Je me secouai.

— Vingt et un ans.

— Bah, je sais bien que tu n'as pas vingt et un ans, et je m'en fiche pas mal, fit-il. Ce garçon me ment sur son âge depuis qu'il a douze ans, expliqua-t-il à Enzo, et il a toujours pensé que je le croyais. (Il se tourna vers moi :) Va te chercher un verre, qu'on porte un toast à ton grand-père, entre hommes.

— Harold, intervint Emily, je ne suis pas sûre que ce soit une bonne idée.

— Emily, je t'en prie ! Ce n'est plus un gosse. Il peut boire un verre avec nous s'il en a envie.

— Fais attention, Billy, me dit-elle, et au regard noir qu'elle lança à son époux, je compris qu'il était bon pour avoir droit à une scène.

— D'accord, dis-je.

J'allai chercher un verre à la cuisine. Enzo me servit du whisky. Sa main noueuse ne tremblait pas malgré son grand âge.

— À la tienne ! dis-je.

— À la tienne ! dit Harold.

— À la bonne vôtre à tous, dit Enzo.

Je vidai mon verre. C'était mon premier whisky. Il brûlait autant que, dans mon souvenir, la gorgée que j'avais bue en douce quand j'étais gamin. Je toussai.

— Bonté divine ! dis-je.

— Exactement, renchérit Enzo.

La sonnette de la porte tinta et Mildred alla ouvrir. Je me servis un autre verre, et en proposai à Harold et à Enzo. Enzo déclina mon offre, mais Harold me pria de lui en verser deux doigts. Mme Gruber me fusilla du regard, mais je passai outre. Le whisky me réchauffait le cœur et le corps.

— La vache ! dis-je à Harold. Ça fait un bien. Pas étonnant que Grand-Père ait tant aimé ça.

— En temps ordinaire, je n'y touche pas, déclara Harold, mais aux enterrements... bah, les enterrements, c'est fait pour boire. Ou boire, c'est fait pour les enterrements. C'est comme on veut.

— Sincères condoléances, Billy, dit quelqu'un dans mon dos.

Je me retournai et aperçus les Greene. M. et Mme Greene, qui approchaient des soixante-dix ans, avaient le crâne couronné à l'identique d'un halo de cheveux gris. Je leur livrais des provisions une fois par semaine. Ils me serrèrent la main, s'approchèrent du cercueil, s'agenouillèrent et se signèrent.

Je les observais avec curiosité — je n'avais jamais prié de ma vie, mais ça me semblait être une bonne occasion d'apprendre. Quand ils en eurent terminé, ils se signèrent de nouveau et se relevèrent. Mentalement, je pris note de la marche à suivre : se signer, s'agenouiller, prier, se signer, se relever. Mais c'était quoi, prier ?

Je traversai la pièce et m'agenouillai à leur place. Gauchement, je fis le signe de la croix. Je posai les coudes sur le capitonnage en velours du cercueil. Ce fut seulement alors que je m'autorisai à regarder mon grand-père.

Je n'avais jeté qu'un coup d'œil rapide à sa dépouille quand les employés des pompes funèbres l'avaient ramenée du salon funéraire. Grand-Père était mort sous mes yeux ; aussi le voir dans son cercueil fut-il moins terrible que j'aurais pu le craindre ; mais je ne m'étais pas encore donné le temps de le regarder longuement. Et je ne lui avais pas encore parlé, ni n'avais parlé de lui. Quitte à prier, je devais le faire maintenant.

Seulement, je ne pouvais pas. J'étais à genoux, je le regardais, voilà tout. J'eus envie de lui caresser la main, mais je savais qu'elle serait glaciale et sans vie ; qu'il ne sentirait pas le contact de la mienne.

Prie, me dis-je.

D'accord. Allons-y.

Mon Dieu. Voici l'homme qui m'a élevé depuis ma plus tendre enfance. Il a fait de son mieux, et je pense qu'il s'en est très bien tiré. Il savait qu'il allait mourir un jour, et moi aussi, je le savais, et moi aussi, un jour, je mourrai, alors ce n'est pas la peine d'insister sur ce point. L'idée, c'est que je ne veux pas qu'il s'attarde parmi nous. Je veux que son âme parte librement. C'est pour ça que j'ai recouvert tous les miroirs. Je veux qu'il aille là où l'on va après, où que ce soit, et je veux qu'il dise à tous les Mann qu'il verra là-bas que tout ira bien pour moi, qu'ils n'ont pas de souci à se faire. Et je promets de raconter toutes nos anciennes histoires à mes enfants quand j'en aurai. Je promets de leur parler de lui aussi. Alors, si Vous pouviez lui faire passer ce message pour moi, s'il Vous plaît, mon Dieu, je Vous en serais très reconnaissant. Je le ferais bien moi-même, mais je ne sais pas comment.

Je ne trouvai rien à ajouter.

Amen, dis-je, après réflexion.

Je me demandai si je devais attendre une réponse. Au bout d'un moment, toutefois, aucune ne s'annonçait. Grand-Père demeurait silencieux dans son cercueil, Dieu ne me répondait pas — je n'attendais pas vraiment qu'il le fît, mais qui sait... Je recommençai le signe de croix et me relevai.

Le silence s'était abattu dans la pièce. Tout le monde me regardait. Quand je me retournai, ils détournèrent les yeux. J'entendis des sanglots étouffés. Ce fut alors que, pendant quelques instants, je vécus la même expérience que Grand-Père à l'enterrement de Jack Simpson. Je ne veux pas dire que je quittai mon corps, comme il prétendait l'avoir fait, mais en tout cas, je me vis tel que les autres me voyaient. Et je perçus que c'était un moment poignant pour eux : le jeune orphelin disant adieu à son seul parent connu. En cet instant, je compris comment les habitants de cette ville, ces gens qui m'aimaient, m'avaient toujours considéré. Je n'avais jamais été « Billy le Bâtard » pour eux. J'avais été le gosse qui s'était fait pratiquement tout seul, et ils me respectaient pour cela. Alors, quelque chose changea en moi en cet instant, une chose impalpable et difficile à décrire, mais voici la meilleure façon de l'exprimer : avec le recul, si je devais choisir le moment où la page de mon enfance fut définitivement tournée et où je commençai à me considérer comme un adulte, ce fut celui où je me tenais à côté du corps de mon grand-père.

Les Greene, qui avaient rejoint le petit groupe de gens dans le coin de la pièce, mangeaient dans une assiette en carton, qu'ils tenaient à la main. Mildred arriva de la cuisine, portant une autre bouteille de whisky et des verres propres sur un plateau. Tout le monde en prit un, sauf M. Greene.

— Du Bushmill, c'est ça ? demanda-t-il.

— C'est ça.

— Alors, je ne dois pas. C'est un whisky de protestants.

— Oh, qu'est-ce que ça peut faire ? dit Mme Greene. On est en Amérique. (Et à l'intention des autres, elle expliqua :) Il aime faire croire qu'il est très concerné par les troubles en Irlande du Nord. Ça lui donne l'impression d'être important.

Piqué au vif, M. Greene prit un verre et le réchauffa entre ses mains en silence, tout en fusillant sa femme du regard.

Le silence régna un moment. C'était ma première veillée funèbre, je ne savais pas quoi faire.

— Ce fut un vieillard plein de noblesse, dit Harold.

— Ça m'a toujours fait mal au cœur, l'histoire des autruches, dit M. Greene.

— À lui ! À lui !

Tout le monde, même moi, leva son verre pour un autre toast. Le troisième. La sonnette de la porte tinta de nouveau. J'allai ouvrir. Après avoir fait entrer l'agent de police Madison et son épouse, j'eus l'idée de caler la porte avec une chaise. Ainsi, personne ne devrait se déranger pour aller ouvrir. Je trouvai que c'était là une initiative fort ingénieuse et m'en félicitai tout en me servant un autre whisky. Mais mon regard croisa celui d'Emily, et je reposai mon verre avec un pincement de culpabilité, en me disant que je le boirais plus tard.

— Excellente idée, cette veillée à la maison, dit Madison. On faisait toujours comme ça, avant.

Madison n'était pas un très bon agent de police, mais il était tombé pile sur ce qu'il fallait pour délier les langues : la nostalgie. Les souvenirs qui abondaient dans ces têtes grises fusèrent.

— Je me souviens, quand mon grand-père est mort, dit Harold. Je devais avoir dans les sept ans. Les gens ne vivaient pas aussi vieux que maintenant, à l'époque.

Il m'avait adressé sa dernière remarque, car j'étais le benjamin et par conséquent, logiquement, le plus ignorant. Il ne pouvait se douter que j'étais bien plus immergé dans le passé que la plupart d'entre eux. J'opinai en prenant un air faussement intrigué.

— Quelles sont vos coutumes au Japon ? demanda Mildred à Enzo.

— La crémation, lui répondit-il. On conserve les cendres dans un reliquaire.

— Ah, en voilà une bonne idée ! s'exclama Harold d'un air admiratif. Comme ça, on gagne de la place, hein ?

— Nous vénérons nos ancêtres, dit Enzo. Nous aimons les savoir près de nous.

— Comme c'est beau ! dit Mme Greene.

— Vous êtes d'où, au Japon, exactement ? s'enquit M. Greene.

— De Nagasaki.

Il s'ensuivit un long moment de silence durant lequel, je suppose, nous eûmes tous la même image à l'esprit : celle d'un champignon atomique aux lueurs rouges et noires grossissant dans le ciel du Japon. Quelqu'un toussota ; quelqu'un d'autre traîna les pieds.

— Vous étiez un ami de Tom Mann ? demanda enfin Harold.

— Oh, oui ! répondit Enzo. On s'est connus pendant la guerre.

— Ah bon ? fit Mme Greene. Comment est-ce possible ?

— J'ai abattu son avion, précisa Enzo.

M. Greene, qui sirotait son whisky, faillit s'étouffer, et son épouse lui tapota le dos.

— C'est vous le type qui a abattu l'avion de Tom ? s'écria Harold en écarquillant les yeux.

— Oui, c'est moi.

— Ah, ben ça, alors ! dit M. Greene, qui avait récupéré. Mais qu'est-ce qui vous a pris de faire ça, bon sang ?

— Ce n'est pas un problème, dis-je vivement. C'est

l'homme avec qui Grand-Père a échoué sur une île déserte. Ils sont devenus amis.

— Je lui ai présenté mes excuses par la suite, dit Enzo à M. Greene. Il a parfaitement compris. Nous étions en guerre, ne l'oubliez pas. Je devais le faire.

— Je me souviens du retour de Tom après ça, dit Harold. Il a été reçu en héros.

— De bons Américains sont morts dans cet avion, monsieur ! dit M. Greene.

Enzo se racla la gorge.

— Ma femme et mes enfants ont été tués à Nagasaki par votre bombe atomique, dit-il.

Le silence qui suivit s'étira à l'infini. J'avais les joues brûlantes de whisky et de gêne.

— Hum, fit M. Greene, ça, je suis vraiment navré.

— C'était la guerre, dit Enzo, et c'était il y a longtemps. Ces choses-là arrivent en temps de guerre.

— Vous avez piloté un de vos Zéro ? s'enquit Harold.

Cette question sauva la situation, car les trois hommes âgés, comprenant que les animosités datant de la guerre étaient tombées en désuétude, s'embarquèrent dans une discussion sur les différences entre le Zéro japonais et le P-40 américain. Je les écoutai. Bientôt, les femmes se mirent à parler entre elles, comme si leurs époux n'étaient pas là, et le rythme de leurs voix calma petit à petit mes nerfs à vif. Épuisé par ma nuit blanche, je dus me secouer à deux ou trois reprises.

Puis j'entendis des pas derrière moi et une grosse main se posa sur mon épaule. Ce contact ne m'était pas inconnu. Un instant, dans mon état de semi-conscience, je crus que le Dr Connor était sorti de sa tombe. Mais une odeur, dominant celle du whisky, des bougies et de l'encens, me titilla les narines : celle du fumier. Du fumier et du lait. Et du tabac. Où avais-je déjà senti ce curieux mélange ?

Je me levai et me retournai, toujours à moitié endormi. Ce n'était pas le Dr Connor, bien sûr, mais M. Schumacher. Derrière lui, en rang par ordre d'âge, comme d'habitude, se tenaient Mme Schumacher et leurs sept enfants, dont les visages rondouillards irradiaient à la fois le plaisir et la tristesse.

J'étais incapable de parler. M. Schumacher m'attrapa par les épaules et me serra contre lui ; lui aussi, semblait-il, était trop ému pour prononcer une parole. Mme Schumacher lui sauva la mise en le poussant gentiment et en m'attirant contre son opulente poitrine qui me parut — mais était-ce possible ? — encore plus grosse qu'avant. Ni l'un ni l'autre n'avait pris le moindre coup de vieux.

— *Gruss Gott,* murmura Mme Schumacher. Ça me fait plaisir de te revoir, mon garçon.

— Ja, approuva M. Schumacher, comme si c'étaient les mots qu'il cherchait depuis plusieurs minutes. Ça me fait plaisir de te revoir.

— Ça me fait plaisir de te revoir, me dit l'homme qui se tenait derrière eux.

Avec étonnement, je me rendis compte que c'était Amos Junior. Maintenant âgé d'une trentaine d'années, il était le portrait craché de son père — jusqu'aux mêmes moustaches en guidon de vélo, qui pendaient paresseusement de chaque côté de sa lèvre supérieure. Je lui serrai la main, voyant mes doigts disparaître dans son énorme paume.

— Ça me fait plaisir de te voir, Amos Junior, lui dis-je.

J'avais la gorge si nouée par l'émotion qu'il m'était difficile de parler. Je dus me contenter de lui serrer la main le plus fermement possible, mais mon effort était aussi vain que celui d'une fourmi essayant de soulever une crêpe.

Amos Junior céda la place à Jan et Hans, puis Elsa, Hildy et Marky qui, tous, étaient devenus les clones de leurs parents. Ils me serrèrent contre eux comme si j'étais un frère prodigue qu'ils attendaient depuis des lustres. Sans même regarder, je savais que dans l'allée était garé le convoi Schumacher : les deux pick-up et la berline. L'habituelle caravane familiale.

Les Schumacher passèrent en rang d'oignons devant moi et gagnèrent le salon, où ils allèrent s'agenouiller près du cercueil pour prier. Le dernier de la file était un jeune garçon d'à peu près mon âge. Il avait une tignasse blonde coupée au bol, de grands yeux d'un bleu limpide. Il semblait mal à l'aise dans son costume neuf — l'étiquette était toujours accrochée au pantalon. Quand il vit que je l'observais, il regarda par terre d'un air embarrassé. M. Schumacher me flanqua une bourrade amicale dans le dos.

— Il est timide, mais il n'a pas arrêté de parler de toi pendant tout le trajet, me dit-il. Va lui dire bonjour.

Je m'approchai du jeune garçon. D'après mes calculs, il devait avoir seize ans, mais il paraissait plus jeune que son âge ; ce serait sans doute toujours le cas. Et maintenant, onze ans plus tard, il devait être un Schumacher à part entière, peut-être pas par la stature mais du moins par l'esprit.

— Bonjour, Adam, lui dis-je.

Adam me regarda droit dans les yeux pendant un long moment. Je me revis dans la grange, sentis à nouveau le foin écrasé sous mes pieds tandis que je jouais au pilote et qu'il me regardait. Ses yeux avaient grandi en harmonie avec le reste de sa personne ; ils lui mangeaient toujours le visage et donnaient l'impression qu'on regardait quelqu'un dont l'âme ondoyait juste sous la surface de ses traits, attendant le moment opportun pour jaillir et briller dans toute sa gloire.

— Bonjour, me dit-il. Comment tu vas ?

Je haussai les épaules.

— Bien. Et toi ?

Ce fut à son tour de hausser les épaules.

— Ça peut aller, dit-il.

Il avait toujours une voix éraillée et aiguë, comme si elle n'avait pu muer. Les dommages causés à ses cordes vocales par son père étaient irrémédiables.

— C'est ta maison, hein ?

— Ja, lui dis-je.

Inconsciemment, je reprenais la terminologie en vogue chez les Schumacher. Adam l'avait adoptée, lui aussi.

— Je me souviens très bien de toi, me dit-il.

Je lui souris.

— Moi aussi, je me souviens de toi.

— Ja. C'est bien.

On continua de se regarder gauchement, en silence.

— Viens chez nous, des fois, finit-il par dire. Nous rendre visite.

— D'accord. Je viendrai.

— C'est vrai ?

— Sûr.

— C'est bien.

Soudain, il fila comme une flèche vers Mme Schumacher. Il s'assit à côté d'elle et posa la tête sur son épaule. Elle lui caressa les cheveux tout en continuant à converser avec Mme Greene. Adam me regarda encore, timidement, puis me sourit.

Les gens affluaient petit à petit. Je les reconnaissais tous, plus ou moins, pour les avoir croisés lors de mes virées en ville en tant que livreur de l'épicerie Gruber. Les hommes me serraient la main, les femmes m'embrassaient sur les joues ; tous me murmuraient des paroles de commisération et de condoléances. Certains avaient apporté des bouteilles, de grands plats de nourriture qu'ils posaient sur le comptoir de la cuisine.

Je profitai de cette aubaine pour descendre un quatrième whisky. Il avait une saveur fumée, forte mais non pas âcre ; je le sentis couler dans ma gorge comme de la lave et m'envoyer un frisson dans tout le corps. J'avais souvent vu Grand-Père frissonner de la sorte quand il buvait, et je m'étais demandé pourquoi il buvait si c'était si désagréable. Maintenant, je comprenais que ce n'était pas uniquement un frisson de dégoût, mais aussi de plaisir, et de joie pure et perverse à se flétrir de cette manière-là, et aussi la réaction convulsive de l'organisme contre la puissance de l'alcool. Pour être du poison, c'en était, certainement, mais un poison délicieux, suave et chaleureux, et je ressentis une certitude que je n'avais jamais éprouvée auparavant, un vertige qui céda rapidement la place à une clarté d'esprit jubilatoire. Tout à coup, des tas de choses que je n'avais jamais comprises furent mises en lumière. Moi, ma vie, mon enfance dans la vieille ferme, Annie, Grand-Père : tout prenait du sens, d'une façon désinvolte. J'étais étonné de voir que tout me semblait facile en cet instant, que la question même de mon existence était claire, simple, belle.

J'étais ivre.

Willie Mann, dans un de ses plus grands moments de légèreté, écrivit à propos de la boisson :

Le whisky rajeunit le vieil homme,
Il sent son cœur battre plus vite et plus fort.
Mais le whisky le fait vieux à nouveau,
Quand, au matin, la nausée le prend au corps.

Les gens entraient maintenant sans sonner ni frapper. Ma crainte que personne ne vienne s'estompait de seconde en seconde. Il y avait d'ores et déjà plus de gens à la maison que je n'en avais vu depuis ma naissance.

Je remarquai alors trois hommes qui restaient gauchement à l'écart. Ils étaient petits et frêles. L'un d'eux, à la tignasse d'un roux flamboyant, tenait sous son bras un étrange sac auquel étaient fixés plusieurs tuyaux ; les deux autres portaient des instruments de musique dans leur étui — un violon, apparemment, et autre chose. Je les observai avec prudence. Leur habillement était bizarre, d'apparence étrangère ; néanmoins, il m'était familier. Il me rappelait les vieux costumes rangés dans les malles au grenier. Même coupe démodée ; même style. Ce trio paraissait si incongru dans ces vêtements qu'ils donnaient presque l'impression d'être déguisés ; pourtant, personne ne semblait les remarquer. En tout cas, personne n'y attachait d'importance.

Le rouquin remarqua que je les dévisageais. Il donna un petit coup de coude à ses compagnons, et les trois hommes vinrent vers moi d'une démarche lente et respectueuse, tête baissée.

— Nous v' présentons nos condolances en s' temps d'ficile, me dit le rouquin.

Il avait un accent irlandais si prononcé que j'avais du mal à le comprendre.

— Merci, répondis-je.

J'attendais qu'ils se présentent, mais ils regardaient par terre, tout timides.

— C'est une veillée irlandaise 'ci, 'paraît, dit le rouquin.

— Ça l'est, dit celui de ses compagnons qui tenait l'étui à violon.

— Vous êtes irlandais, vous trois ? leur demandai-je.

Ah, c'est ça, songeai-je. *Des Irlandais qui ont le mal du pays.*

— *Aye,* dit le troisième, prenant la parole pour la première fois.

Un sourire fugace éclaira son visage, mais il le réprima bien vite, comme s'il venait de se rappeler où il était.

— Vous êtes là depuis longtemps ?

— Ici ?

— Aux États-Unis, je veux dire.

— Oh, les États-Unis, dit le rouquin. Ah... ça fait un bon bout de temps qu'on est ici, oui.

Je jaugeai de nouveau leur mise. *Peut-être que ce sont des vêtements irlandais,* me dis-je. *Ceci expliquerait cela.*

— Euh... fis-je, sentant le whisky couler dans mes veines, vous avez quoi, là, dans vos étuis ? Et c'est quoi, tous ces tuyaux, là ?

— Ah, dit le rouquin, on a un violon, un accordéon, et ces tuyaux, comme vous dites, c'est pour faire de la musique.

— De la musique, répétai-je. (J'eus une intuition fulgurante.) Vous êtes musiciens !

— Oui, dit le troisième larron. Nous... bah...

— Allez, dit le deuxième, vas-y, dis-le-lui, toi.

— Bon, d'accord, dit le rouquin. On a appris le décès de vot' grand-père. On en a tous été très peinés. Et on a appris aussi qu'il allait y avoir une veillée comme chez nous, vu que les Mann sont une vieille famille d'Irlandais. On s'excuse d'arriver comme ça, sans prévenir, voyez, mais...

Il parut perdre pied, se tourna vers ses compagnons, en quête d'un soutien.

— Ça s'rait pas une veillée comme en Irlande sans d'la musique d'Irlande, acheva le deuxième homme. Alors s'vous voulez qu'on joue pour vous, on peut. Et sinon, ben, v' nous 'scuserez de nous êt' imposés comme ça, et on pass'ra not' chemin.

Mais il parlait dans le vide, car je m'étais déjà éloigné pour leur faire de la place contre le mur. *C'est génial,* songeai-je. *C'est le destin. Comment ai-je pu oublier de faire venir des musiciens irlandais pour une veillée irlandaise ?*

— Venez, asseyez-vous là, leur dis-je. Et jouez, jouez. Jouez tout votre soûl. Je ne sais pas qui vous a dit de venir, mais je suis très heureux que vous soyez là.

Les hommes prirent place et deux d'entre eux sortirent leurs instruments. Celui qui portait le violon dans son étui bondit de sa chaise et me prit par le bras.

— Si je pouvais v' dire un mot, me dit-il. En privé, quoi.

On alla dans la cuisine, légèrement moins peuplée. La maison était bondée.

— On m'a demandé de vous transmettre un message, murmura l'homme.

Toute trace de timidité avait disparu. Il m'agrippait toujours par le bras, et pourtant sa main était légère comme une plume. Je ne pus m'empêcher de baisser les yeux pour vérifier qu'elle était bien là.

— Un message ? répétai-je.
— *Aye.*
— De qui ?
— De quelqu'un qui pense beaucoup à vous.
— Et c'est quoi ?

L'homme se racla la gorge et leva la tête quelques instants, comme s'il essayait de se rafraîchir la mémoire.

— Quand Dieu se réjouit, dit-il comme s'il s'agissait d'une citation, réjouis-toi.

Un frisson me parcourut l'échine.

— Quoi ? dis-je, même si j'avais parfaitement entendu.
— Quand Dieu se réjouit, réjouis-toi, répéta-t-il.

On demeura immobiles quelques instants, à se regarder dans les yeux. De nouveau, j'eus une sensation étrange, comme si j'avais connu cet homme à une autre époque, en un autre lieu. Mais je ne pouvais situer son visage. Cela n'avait pas beaucoup d'importance, de toute façon. Un grand calme m'envahit alors que je repensais aux paroles qu'il venait de prononcer. Je croyais savoir ce que signifiait ce message. C'était l'équivalent d'un télégramme envoyé par quelqu'un qui était arrivé à bon port au terme d'un long voyage. C'était ce genre de message que les émigrants d'Irlande avaient sans doute envoyé au pays, des années plus tôt, une fois qu'ils atteignaient le Nouveau Monde après leur traversée de l'océan : arrivé sain et sauf, tout va bien, s'il te plaît ne t'inquiète pas pour moi.

C'était un message de Grand-Père.

— Mais qui êtes-vous donc ? lui demandai-je.
— Un musicien, répondit l'homme. Et un Irlandais, comme vous.
— Ça ne me dit pas grand-chose de plus.
— Chhh, fit l'homme en me tapotant l'épaule.

Écoutez la musique. Ne pensez pas autant. C'est à ça que sert la musique. Elle rappelle qu'il faut aussi danser de temps en temps.

Il me laissa en plan et regagna le salon. Quelques instants plus tard, les accents déchirants et poignants d'un air très ancien emplirent le salon. Le rouquin jouait de la cornemuse. Les amis de Grand-Père venus lui dire un dernier adieu se turent et écoutèrent. Ces accords m'étaient étrangement familiers. J'en eus la chair de poule et frissonnai de la tête aux pieds.

Grand-Père m'avait raconté que, dans sa jeunesse, les Mann organisaient des fêtes interminables où l'on jouait ce genre de musique. Le répertoire folklorique irlandais. Il disait que les musiciens étaient plus nombreux à l'époque, et qu'il y en avait trois en particulier qui avaient l'habitude de passer de temps en temps. Toute la ville venait les écouter et danser et boire et manger aux frais des Mann — car il était de notoriété publique que ces trois-là étaient les meilleurs musiciens irlandais de toute l'Amérique, et certains affirmaient qu'ils jouaient d'une manière quasi surnaturelle. Il s'agissait de musiciens ambulants, et ce n'était pas souvent que les habitants de Mannville avaient l'occasion de les entendre — seulement une ou deux fois l'an. Grand-Père m'avait dit qu'il ignorait ce qu'ils étaient devenus. Ils étaient un peu plus maigres, un peu plus pâles, un peu plus défaits d'année en année, puis, l'année juste avant la guerre, ils n'étaient pas revenus. Personne ne les avait revus. Grand-Père parlait d'eux avec nostalgie, comme s'il espérait toujours les voir réapparaître un beau jour, arborant leur sourire timide et demandant du bout des lèvres si on voulait bien qu'ils jouent, expliquant leur longue absence en disant qu'ils s'étaient perdus en chemin, mais que tout cela n'avait plus la moindre importance : ils étaient revenus, et leur musique imposait silence et permettait l'oubli.

Le joueur de cornemuse joua longtemps, je crois. Je restai là où le petit homme m'avait laissé, dans la cuisine, la tête appuyée contre le mur. Je me rappelai que Grand-Père avait tenté de me décrire ce genre d'instruments un jour, mais les sons qu'ils émettent défient toute description, de même que leur effet sur une âme en peine. Ce n'était pas seulement un air de musique que jouait l'homme roux. C'était comme s'il racontait une histoire, en quelque sorte, ou peut-être simplement une manière de se rassurer, un lamento perçant, flûté, chaleureux, lumineux comme la vie et sombre comme le désespoir qui s'écoute plus avec le cœur qu'avec les oreilles. Il me pénétrait, résonnant dans ce vide qui s'était creusé en moi depuis que j'avais vu Grand-Père fermer les yeux pour la dernière fois.

— Vous avez commencé à lire le journal ? s'enquit une voix à la fois ténue et ferme.

Je me retournai vers Enzo. Il semblait encore plus petit parmi ces Américains costauds. Ses lunettes rondes lui donnaient un faux air de vieux hibou.

— Oui, lui dis-je. J'espère que vous avez passé une bonne nuit. Le lit était confortable ?

D'un geste désinvolte de la main, Enzo éluda la question comme si elle ne méritait pas qu'on s'y attarde. J'ai survécu à des situations pires que d'être obligé de dormir dans un mauvais lit, semblait-il sous-entendre. Ne m'insultez pas en me demandant si j'ai bien dormi.

— Je voulais vous avertir que le facteur est passé, poursuivit-il.

— Pardon ?

— Le facteur. Vous avez du courrier.

— Merci.

Voyant qu'il continuait à me regarder sans ciller, j'ajoutai :

— J'irai le chercher plus tard, j'écoute la musique.

— Vous ne croyez pas que ça pourrait être important ?

— Plus tard. Sans doute des factures. Comme d'habitude. Je ne reçois que des factures.

— Peut-être devriez-vous vous en assurer...

Sa voix eut une fois de plus le même effet sur moi. À peine audible, elle ne m'en fit pas moins une profonde impression. Je suppose que c'est avec ce ton-là qu'il dut convaincre les médecins de l'hôpital de lui donner des nouvelles de Grand-Père. Tout à coup, je compris ce qu'il voulait me signifier. Je lui avais raconté que, dans ma quête pour retrouver ma mère, j'avais contacté l'US Air Force pour essayer de savoir si des effets personnels de mon père avaient été expédiés à une autre adresse que notre ferme. Il savait que j'attendais toujours une réponse ; cela faisait si longtemps que je ne l'espérais plus. Enzo avait vu le facteur passer, et quelque chose l'avait poussé à aller vérifier dans la boîte aux lettres, puis il était venu me prévenir qu'il y avait du courrier.

— J'y vais tout de suite, lui dis-je.

Il me sourit.

Tandis que d'autres voitures venaient s'arrêter dans l'allée, je m'approchai de la boîte aux lettres et l'ouvris. J'en sortis une mince enveloppe bleue. On entendait des rires venant de l'intérieur de la maison. Des rires. À la veillée funèbre de Grand-Père. Il aurait été content. Cela lui aurait parfaitement convenu que tout le monde oublie sa mort et s'amuse une fois encore, plus qu'ils ne l'auraient fait sans cela.

Je brandis l'enveloppe à la lumière. Elle contenait une seule feuille de papier. D'un geste faussement détaché, je décachetai l'enveloppe et je lus la lettre.

Cher monsieur Mann,

Suite à votre demande de mars 1988, vous trouverez ci-joint le renseignement que vous nous avez demandé.
Bonne chance.

Suivait une adresse à Santa Fe, au Nouveau-Mexique. Là où ma mère vivait à l'époque. Et là où elle vivait peut-être encore aujourd'hui.

Un nom correspondait à cette adresse. Un nom et un prénom. Les siens.

Comme il serait simple, songeai-je, *de perdre ce morceau de papier, léger comme l'air, qui disparaîtrait si je le lançais au loin dans la brise. Ou comme il serait simple de le déchirer et de le jeter à la poubelle à l'insu de tous, et que ma vie ne change en rien.*

Parfois, notre destin bascule à cause d'une chose insignifiante comme une feuille de papier. C'est dans ces moments-là que les machinations du sort se révèlent aussi vaporeuses et aussi souples qu'une écharpe de soie. *Je pourrais ne jamais quitter Manville,* songeai-je, *et me contenter de ce que je sais déjà, sans chercher à en apprendre davantage. L'avenir serait tout tracé. Grand-Père m'a laissé de l'argent. Je pourrais garder la maison, me trouver un travail, me marier, avoir des enfants, d'autres Mann auxquels je raconterais les histoires de fantômes qui ont hanté les couloirs poussiéreux de notre demeure.* Rien ne m'obligeait à changer le cours des choses.

Or je savais que cela ne se passerait pas ainsi. L'avenir

avait toujours été indistinct pour moi ; ce n'était pas l'obscurité du désespoir, mais celle d'une terre encore vierge. C'était comme de plonger le regard dans le couloir, entre les deux miroirs de la chambre de Grand-Père. Je devais franchir le pas et entrer. Explorer. Sinon, je ne saurais jamais ce qu'il y a après la courbe, je mènerais une vie misérable et mourrais mécontent.

Je pourrais toujours revenir, songeai-je. *Il n'y a pas de voyage qu'on ne puisse annuler en revenant chez soi.*

Une image s'imposa à moi : celle qui m'était venue à l'esprit quand j'avais sept ans et que j'avais gravi la côte en tondeuse à gazon jusque chez les Simpson pour sauver la vie de Grand-Père. Une vision de mon père. Il était hâlé, comme toujours, torse nu, il arborait son sourire ensorceleur. Il banda ses biceps, cracha par terre d'un air méprisant et frappa dans ses paumes.

— Allons-y, dit-il.

Et il se frotta les mains, impatient d'affronter la tâche difficile qui nous attendait.

De là où je me trouvais, à côté de la boîte aux lettres, je distinguais la maison d'Annie. Les fenêtres brisées regardaient bêtement droit devant elles. Des chambres du premier étage, on voyait jusque de l'autre côté du lac, et par temps clair, le Canada était visible, ligne sombre et ténue à l'horizon. Un instant, j'envisageai de retourner à Montréal ; j'avais tant de choses à lui raconter, et puis j'avais envie de la prendre dans mes bras et de lui dire que tout irait bien.

Mais, dans ma tête, la petite voix se fit à nouveau entendre. *Laisse-la tranquille,* me dit-elle. *Si tu l'aimes vraiment, laisse-la tranquille.*

Je fourrai l'enveloppe dans la poche de ma chemise et fis volte-face vers la maison. J'entendais la musique très clairement, de là où j'étais, près de la route. Les trois musiciens avaient changé de tempo, abandonnant le lamento initial au profit du rythme endiablé de ces airs irlandais dont l'appel est irrésistible. Toute la maison résonnait des coups frappés sur le plancher par des dizaines de pieds. Moi-même, en me dirigeant vers la maison, j'esquissai quelques pas d'une jigue improvisée.

Ma vie est faite d'une succession d'histoires. Quand l'une se termine, une autre commence. Le monde est le métier à tisser sur lequel chacun d'entre nous, homme, femme ou enfant, tisse les fils multicolores de sa propre histoire qu'il entrelace à celle, plus vaste, qui a déjà commencé à être racontée bien avant sa naissance et qui continuera à l'être par d'autres une fois que les fils de son existence auront été dévidés. Je ne crains pas que ces histoires se tarissent. Bébé, j'ai été nourri d'histoires, et je m'en suis nourri, jeune garçon et adolescent. Grand-Père a toujours dit que mon arrivée l'avait rendu fou de joie : elle lui avait permis d'avoir enfin quelqu'un à qui parler, dans la grande et vieille demeure, quelqu'un qui écouterait ses histoires, qui leur insufflerait une nouvelle vie et de nouvelles couleurs. Et, du même coup contrairement à ce qu'il avait craint, il ne serait pas le dernier des Mann, nous continuerions à exister et, peut-être, les choses seraient différentes, désormais. Je savais qu'il pensait cela comme j'ai su tout le reste : par les récits que m'a faits Grand-Père, de sa voix grave et sourde. Il m'avait pris dans ses bras le jour où il m'avait trouvé sur le seuil ; il avait plongé son regard dans mes yeux d'un bleu Mann, il avait ressenti un soulagement immense et indicible. Et, dès ce premier instant, il avait commencé à me raconter les histoires.

Maintenant que j'étais seul, unique survivant de tous

ces siècles de Mann, la même pensée me vint : je sus que je ne serais pas le dernier des Mann. Il en viendrait d'autres, et je leur ferais visiter la maison, tout comme Grand-Père me l'avait fait visiter, en tenant leur petite main dans la mienne, d'une pièce à l'autre, en leur narrant les histoires des Mann qui, autrefois, avaient habité en ces lieux, qui n'étaient plus là physiquement depuis longtemps mais dont l'âme subsistait encore et subsisterait toujours tant qu'il y aurait quelqu'un pour prononcer leurs noms. Je voyais déjà cela arriver, dans l'avenir. Le moment était venu pour moi de cesser de regarder en arrière et de porter mon attention sur ce qu'il y avait devant moi.

Et je savais que, lorsque je plongerais le regard dans leurs yeux bleus, j'éprouverais ce que Grand-Père avait éprouvé en me voyant. Un sentiment de fierté, de joie, de plénitude. Nous sommes des casse-cou, des surhommes, des héros, nous, les Mann. De petits héros de province, mais des héros tout de même. Et je me dirais, en les regardant, ce que Grand-Père s'était dit la première fois qu'il m'avait vu : *Peut-être notre grandeur ne fait-elle que commencer.*

Composition et mise en pages réalisées
par Étianne Composition
à Neuilly-sur-Seine

Impression réalisée sur CAMERON par

BUSSIÈRE CAMEDAN IMPRIMERIES

GROUPE CPI

à Saint-Amand-Montrond (Cher)
pour le compte des Éditions France Loisirs
en avril 2001

N° d'édition : 34961. — N° d'impression : 011729/4.
Dépôt légal : février 2001.

Imprimé en France